DU MÊME AUTEUR

Aux Éditions Gallimard

L'ENFANT VOLÉ, 1993 (Folio nº 2733)
LES CHIENS NOIRS, 1994 (Folio nº 2894)
SOUS LES DRAPS ET AUTRES NOUVELLES, 1997 (Folio nº 3259)
DÉLIRE D'AMOUR, 1999 (Folio nº 3494)
AMSTERDAM, 2001 (Folio nº 3728)
EXPIATION, 2003 (Folio nº 4158)
SAMEDI, 2006 (Folio nº 4661)
SUR LA PLAGE DE CHESIL, 2008 (Folio nº 5007)
SOLAIRE, 2011 (Folio nº 5480)
OPÉRATION SWEET TOOTH, 2014 (Folio nº 6013)
L'INTÉRÊT DE L'ENFANT, 2015 (Folio nº 6299, Écoutez lire)
DANS UNE COQUE DE NOIX, 2017 (Folio nº 6611)
UNE MACHINE COMME MOI, 2020 (Folio nº 6965)
LE CAFARD, 2020 (Hors-série Littérature)

Aux Éditions Gallimard Jeunesse

LE RÊVEUR, 1995

Aux Éditions du Seuil

LE JARDIN DE CIMENT, 1980
UN BONHEUR DE RENCONTRE, 1983 (Folio nº 3878)
L'INNOCENT, 1990 (Folio nº 3777)

Du monde entier

IAN McEWAN

LEÇONS

roman

Traduit de l'anglais
par France Camus-Pichon

GALLIMARD

Titre original :

LESSONS

Pour ma sœur, Margy Hopkins,
et pour mes frères, Jim Wort et David Sharp

D'abord nous jouissons. Puis vient la chute.

JAMES JOYCE
Finnegans Wake

PREMIÈRE PARTIE

1

C'était un souvenir d'insomnie, pas un rêve. C'était encore la leçon de piano – un sol au carrelage orangé, une seule fenêtre en hauteur, un piano droit, neuf, dans une pièce aux murs nus près de l'infirmerie. Il avait onze ans, s'attaquait à ce que d'autres connaissaient peut-être sous le nom de premier prélude du premier livre du *Clavier bien tempéré* de Bach, en version simplifiée, mais lui n'en savait rien. Il ne se demandait pas si l'œuvre était célèbre ou obscure. Elle n'avait ni date ni lieu d'origine. Il ne pouvait concevoir que quiconque eût jadis pris la peine de la composer. La musique était simplement là, une activité scolaire, ou austère, comme une forêt de pins en hiver, réservée à lui seul, son labyrinthe privé, désolant et froid. Il n'en trouverait jamais la sortie.

La professeure était assise près de lui sur le banc. Visage rond, dos raide, parfumée, stricte. Sa beauté se dissimulait derrière sa manière d'être. Jamais elle ne fronçait les sourcils ni ne souriait. Certains élèves la disaient folle, mais il en doutait.

Il fit une fausse note au même endroit, celle qu'il faisait toujours, et elle se pencha pour lui montrer. Le bras de la professeure était ferme et tiède contre son épaule, ses mains, ses ongles vernis, juste au-dessus de ses genoux. Il sentit un terrible frisson capter son attention.

« Écoute. C'est un doux clapotis. »

Mais lorsqu'elle joua, il n'entendit pas le clapotis. Son parfum submergeait ses sens et l'assourdissait. Une senteur écœurante tout en rondeur, tel un objet dur, un galet lisse qui chamboulait ses pensées. Trois ans plus tard il apprit que c'était de l'eau de rose.

« Essaie encore. » Elle avait haussé le ton pour le mettre en garde. Elle était musicienne, pas lui. Il savait qu'elle avait l'esprit ailleurs et qu'il l'ennuyait par son insignifiance – un pensionnaire de plus aux mains couvertes d'encre. Ses doigts appuyaient sur les touches aux sons discordants. Il vit l'endroit maudit sur la partition avant de l'atteindre, tout se précipitait, la fausse note accourait, bras tendus comme ceux d'une mère prête à les refermer sur lui, toujours cette même fausse note qui venait le chercher sans la promesse d'un baiser. Et ce qui devait arriver arriva. Son pouce vivait sa vie.

Ensemble, ils écoutèrent la cacophonie se dissiper dans le silence vibrant.

« Désolé », se murmura-t-il à lui-même.

Elle manifesta son déplaisir en soufflant brièvement par les narines, un reniflement à l'envers qu'il avait déjà entendu. Du bout des doigts elle trouva l'intérieur de sa cuisse, au ras de l'ourlet de sa culotte courte grise, et le pinça fortement. Le soir même il aurait un minuscule bleu. Cette main au contact frais sur sa peau remonta sous l'étoffe jusqu'à l'élastique de son slip. Il se leva précipitamment du banc, le rouge aux joues.

« Rassieds-toi. Recommence ! »

Sa sévérité effaça ce qui venait de se passer. C'était fini

et déjà il doutait du souvenir qu'il en avait. Devant cette nouvelle confrontation aveuglante avec les façons de faire des adultes, il hésitait. Jamais ils ne vous disaient ce qu'ils savaient. Ils vous cachaient les limites de votre ignorance. Ce qui s'était passé, peu importait quoi, devait être sa faute et la désobéissance n'était pas dans sa nature. Il se rassit donc, redressa la tête vers la colonne menaçante des clés de sol sur la page et se remit à jouer, encore plus maladroitement qu'avant. Il ne pouvait y avoir de clapotis, pas dans cette forêt. Trop vite il approchait de l'endroit maudit. Le désastre était certain et il en eut la confirmation lorsque son idiot de pouce s'enfonça au lieu de rester tranquille. Il s'interrompit. La fausse note résonnait comme son nom prononcé à voix haute. La professeure lui prit le menton entre le pouce et l'index et fit pivoter son visage vers le sien. Même son haleine était parfumée. Sans le quitter des yeux, elle saisit la règle graduée sur le couvercle du piano. Il ne comptait pas se laisser frapper mais, se relevant prestement du banc, il ne vit rien venir. Elle l'atteignit au genou, avec l'arête et non le plat, une douleur cuisante. Il recula d'un pas.

« Tu vas faire ce qu'on te dit et te rasseoir. »

Sa jambe le brûlait mais il n'y poserait pas la main, pas encore. Il jeta un dernier coup d'œil à sa professeure, à sa beauté, à son chemisier moulant au col montant et aux boutons de nacre, à l'étoffe plissée en éventail par la forme de ses seins sous son regard convenable et inflexible.

Il la fuirait plusieurs mois d'affilée, jusqu'à l'année de ses treize ans, un soir, tard. Des mois durant lesquels elle avait figuré dans ses rêveries d'avant le sommeil. Mais cette fois-là ce fut différent, une sensation sauvage, le naufrage dans son ventre devait être ce que les gens appelaient extase. Tout, bon ou mauvais, était nouveau et n'appartenait qu'à lui. Rien n'avait jamais semblé si excitant que de franchir le point de non-retour. Trop tard, impossible de revenir en arrière, et qu'est-ce que ça pouvait faire ? Ébahi, il avait joui dans sa main pour la première fois. Après s'être assis sur son lit dans le noir pour reprendre ses esprits, il s'était levé et était allé dans les toilettes du dortoir, « les chiottes », examiner le fluide pâle au creux de sa paume d'enfant.

Là ses souvenirs firent place au rêve. Il s'approchait, toujours plus près à travers l'univers étincelant, d'un sommet surplombant un océan lointain, tel celui que découvrait le gros Cortés dans un poème recopié vingt-cinq fois par toute la classe comme punition collective. Une mer de créatures plus petites que des têtards, grouillant par milliards jusqu'à la courbure de l'horizon. Toujours plus près jusqu'à trouver et suivre un certain individu fendant à la nage cette foule dans son voyage, jouant des coudes avec ses frères et sœurs le long de tunnels lisses et roses, dépassant les autres tandis qu'ils tombaient d'épuisement. Enfin il arrivait seul devant une sphère à la magnificence d'un astre, tournant lentement dans le sens des aiguilles d'une montre, calme et omnisciente, attendant avec indifférence. Si ce n'était lui ce serait un autre. Alors qu'il pénétrait entre d'épais rideaux rouge sang lui parvint un hurlement puis, dans un rayon de soleil, le visage d'un bébé en pleurs.

Il était un homme adulte, un poète – aimait-il à penser – émergeant avec la gueule de bois et une barbe de cinq jours des profondeurs d'un sommeil récent, allant de sa chambre à celle du bébé braillard, le sortant de son petit lit et le prenant dans ses bras.

Il se retrouva ensuite au rez-de-chaussée avec l'enfant

endormi contre sa poitrine sous une couverture. Un fauteuil à bascule, et à côté sur une table basse un livre consacré aux problèmes du monde, qu'il avait acheté mais dont il savait qu'il ne le lirait jamais. Il avait ses propres problèmes. Il était devant les portes-fenêtres et contemplait, tout au fond d'un étroit jardin londonien noyé dans l'aube brumeuse, un pommier solitaire et nu. À gauche de l'arbre une brouette verte retournée, qui n'avait pas servi depuis une journée d'été oubliée. Plus près, une table ronde en métal qu'il avait toujours eu l'intention de peindre. Un printemps froid et tardif dissimulait la mort du pommier qui n'aurait pas de feuilles cette année. Durant les trois semaines de canicule et de sécheresse début juillet il aurait pu le sauver, malgré l'interdiction d'arroser. Mais il avait eu trop à faire pour trimballer des seaux d'eau sur toute la longueur du jardin.

Ses yeux se fermaient et il se penchait en arrière, se souvenant à nouveau, ne dormant pas. Voilà le prélude tel qu'il devait être joué. Il y avait si longtemps qu'il ne s'était pas revu à onze ans, marchant avec trente autres vers un vieux baraquement. Trop jeunes pour avoir conscience de leur malheur, trop frigorifiés pour parler. Une réticence collective les faisait descendre en silence d'un même pas, tel un corps de ballet, la pelouse pentue pour se mettre en rang dans la brume et attendre docilement le début du cours.

À l'intérieur, au centre, un poêle à charbon, et une fois réchauffés ils chahutaient. C'était possible, là et nulle part ailleurs, parce que le professeur de latin, un Écossais bienveillant de petite taille, ne tenait pas sa classe. Au tableau, de la main du maître : *Expectata dies aderat.* Dessous, l'écriture maladroite d'un élève : *Le jour tant attendu était arrivé.*

Dans ce même baraquement, leur avait-on expliqué, des hommes s'étaient autrefois préparés en des heures plus graves à faire la guerre en mer, apprenant l'art de poser des mines. Leurs devoirs à eux. Alors qu'à présent un garçon robuste, une brute notoire, bombait le torse en allant au premier rang pour se pencher insolemment et recevoir, l'œil mauvais, une fessée inefficace donnée avec une chaussure de tennis par l'Écossais trop gentil. Il y avait eu des acclamations pour la brute, car personne d'autre n'aurait osé en faire autant.

Tandis que le vacarme et le chaos redoublaient et que quelque chose de blanc circulait de table en table, il se souvint, c'était lundi et ce jour tant attendu et redouté était arrivé – à nouveau. Il avait au poignet la lourde montre donnée par son père. *Ne la perds pas.* Dans trente-deux minutes ce serait la leçon de piano. Il essaya de ne pas penser à la professeure, parce qu'il n'avait pas travaillé. Trop sombre et terrifiant dans la forêt pour arriver à l'endroit où son pouce s'enfonçait aveuglément. S'il pensait à sa mère il perdrait ses moyens. Elle était trop loin et ne pouvait l'aider alors il la chassa de son esprit elle aussi. Personne ne pouvait empêcher le lundi de revenir. Son pinçon de la semaine précédente s'estompait, et qu'est-ce qui lui prenait, de se remémorer le parfum de la professeure de piano ? Ce n'était pas la même chose que de le sentir. Plutôt comme une image décolorée, ou un lieu, ou ce qu'il inspire, ou quelque chose entre les deux. En plus de la crainte il y avait un autre élément, une excitation, qu'il devait également refouler.

Pour Roland Baines, cet homme sans sommeil dans le fauteuil à bascule, la ville qui s'éveillait n'était qu'un lointain bruit de circulation, augmentant de minute en minute.

L'heure de pointe. Arrachés à leurs rêves, à leur lit, les gens s'engouffraient dans les rues comme le vent. Ici, il n'avait rien d'autre à faire que d'être le lit de son fils. Il percevait contre sa poitrine le rythme cardiaque du bébé, presque deux fois plus rapide que le sien. Leurs pouls battaient tantôt en cadence tantôt non, mais un jour ils seraient définitivement à contretemps. Jamais plus ils ne seraient si proches. Il connaîtrait moins bien Lawrence, de moins en moins bien. D'autres le connaîtraient mieux que lui, sauraient où il était, ce qu'il faisait et disait, à quel ami, puis à quelle amoureuse il s'attachait. Et que parfois il pleurait, seul. De son père, quelques visites occasionnelles, une étreinte sincère, des nouvelles du travail, de la famille, un peu de politique, et au revoir. Pour l'heure, Roland savait tout de lui, où il se trouvait à tout moment, en tout lieu. Il était le lit du bébé et son dieu. Ce long éloignement pouvait représenter l'essence de la parentalité mais il était inconcevable vu d'ici.

Bien des années avaient passé depuis que lui-même s'était éloigné du garçon de onze ans avec une marque ovale secrète à l'intérieur de la cuisse. Ce soir-là il l'avait examinée après l'extinction des feux, baissant son pantalon de pyjama dans les chiottes, se penchant pour voir de plus près. C'était l'empreinte du pouce et de l'index de sa professeure, sa signature, une trace écrite authentifiant l'épisode. Une sorte de photo. Il n'avait pas mal quand il en suivait de l'index les contours où la peau pâle virait du verdâtre au bleu. Il avait appuyé fort, au milieu, où c'était presque noir. Même pas mal.

*

Durant les semaines qui suivirent la disparition de sa femme, les visites de la police et la pose des scellés sur la maison, il tenta souvent de mettre les souvenirs qui le hantaient sur le compte de la nuit où il s'était soudain retrouvé seul. La fatigue et le stress l'avaient ramené aux origines, aux premiers principes, au passé qui n'en finissait pas. Ç'aurait été pire s'il avait su ce qui l'attendait : nombreuses convocations dans un bureau lugubre, longues attentes avec cent autres sur des bancs de plastique vissés dans le sol à guetter l'appel de son numéro, multiples entretiens où il plaidait sa cause tandis que Lawrence H. Baines se tortillait et gazouillait sur ses genoux. Il obtint finalement l'aide de l'État, une allocation de parent isolé, le denier du veuf, bien que sa femme ne fût pas morte. À l'âge d'un an, Lawrence aurait une place en crèche alors que son père postulerait à un emploi – dans un centre d'appels ou un équivalent. Professeur d'écoute bienveillante. Parfaitement logique. Laisserait-il les autres trimer pour subvenir à ses besoins pendant qu'il se morfondait tout l'après-midi sur ses sextines ? Il n'y avait rien de contradictoire. C'était un arrangement, un contrat qu'il acceptait – et détestait.

Ce qui s'était passé longtemps auparavant dans une petite salle près de l'infirmerie avait été aussi calamiteux que le pétrin où il se trouvait actuellement mais il tenait bon, maintenant comme autrefois, l'air presque en forme vu de l'extérieur. Ce qui pourrait le détruire venait de l'intérieur, du sentiment d'avoir mal agi. Si ses remords d'autrefois étaient ceux d'un enfant égaré, pourquoi se sentir coupable à présent ? Qu'il lui en veuille à elle, pas à lui. Il connaissait désormais par cœur ses cartes postales et son mot. D'ordinaire, on laissait ce genre de message sur la table de la cuisine. Elle avait laissé le sien sur son oreiller à lui, comme un chocolat amer dans un hôtel. *N'essaie pas de me retrouver. Je vais bien. Ce n'est pas ta faute. Je t'aime mais je pars pour de bon. Je me suis trompée de vie. S'il te plaît essaie de me pardonner.* Sur le lit, de son côté à elle, ses clés.

Quelle sorte d'amour éprouvait-elle ? Se trompait-on de vie en mettant un enfant au monde ? C'était d'habitude après une bonne cuite qu'il s'en prenait à la phrase finale qu'elle n'avait pas terminée. *S'il te plaît*, aurait-elle dû écrire, *essaie de me pardonner comme je me suis pardonné à moi-même.* L'apitoiement sur soi de celle qui déserte contre l'amère lucidité de celui qui reste, le déserté. Laquelle se renforçait à chaque doigt de whisky. Encore un doigt invisible qui lui faisait signe. Il haïssait progressivement sa femme et chaque pensée était une répétition, une variation sur le thème de sa désertion complaisante. Après une heure à disséquer le passé, il savait que le point de bascule n'était pas loin, le pivot du travail mental de la soirée. Tu y es presque, verse-t'en un dernier. Ses pensées ralentissaient et s'arrêtaient brusquement sans raison, comme le train du poème que leur classe avait dû apprendre par cœur sur la douleur du châtiment. Une journée étouffante lors d'une halte dans le Gloucestershire et le silence rompu par la toux de quelqu'un. Puis elle l'assaillait à nouveau, cette lucidité aussi limpide et insistante qu'un chant d'oiseau tout proche. Il était enfin ivre, et libre d'aimer à nouveau sa femme et de vouloir qu'elle revienne. Sa beauté éthérée, séraphique, l'ossature fine de ses mains frêles, et sa voix à peine infléchie par une enfance allemande, un peu rauque, comme après avoir trop crié. Or elle n'avait jamais crié. Elle l'aimait, donc ce devait être sa faute à lui, même si c'était gentil de lui avoir dit dans son mot que non. Il ne savait lequel de ses propres défauts incriminer, donc il devait être entièrement coupable.

Vaguement contrit, dans un nuage d'une douce tristesse, tout à ses ruminations il gravissait l'escalier, allait voir le bébé, s'endormait, parfois tout habillé, en travers du lit, pour se réveiller dégrisé aux petites heures du jour, épuisé mais sur le qui-vive, furieux et assoiffé, additionnant dans le noir ses vertus et le tort qui lui était causé. Il gagnait presque autant d'argent qu'elle, avait fait sa part avec Lawrence – nuits comprises –, était fidèle, tendre, n'avait jamais joué les poètes géniaux vivant au-dessus des règles communes. Il avait donc été un imbécile, un naïf, et voilà pourquoi elle l'avait quitté, peut-être pour un homme digne de ce nom. Mais non, il était un type bien, vraiment bien et il la haïssait. Je pars *pour de bon.* La boucle était bouclée – à nouveau. Ce qui se rapprochait désormais le plus du sommeil pour lui était de rester allongé sur le dos, les yeux fermés, à l'affût des pleurs de Lawrence, et néanmoins la proie de souvenirs, de désirs, d'inventions, même de vers acceptables qu'il n'avait pas la volonté de noter, le tout pendant une heure, puis deux, puis trois, jusqu'à l'aube. Bientôt il revenait une fois de plus sur la visite de la police, les soupçons dont il était l'objet, le nuage empoisonné à cause duquel il avait calfeutré la maison, la nécessité ou non de refaire le travail. Une nuit ce vain processus l'avait ramené à la leçon de piano. À la chambre d'écho dans laquelle il avait pénétré par hasard et où il était forcé de regarder.

Grâce au latin et au français il avait découvert l'existence des temps grammaticaux. Le passé, le présent et le futur étaient là depuis toujours, et il n'avait pas remarqué de quelle façon la langue divisait le temps. Maintenant il savait. Sa professeure de piano employait le présent de l'indicatif pour influer sur le futur immédiat : « Tu es bien assis, le menton relevé. Tu maintiens tes coudes à angle droit. Tes doigts sont prêts, légèrement recourbés, et tu gardes les poignets souples. Tu fixes la partition. »

Il savait aussi ce qu'était un angle droit. Les temps, les angles, comment s'écrivait « indicatif ». Autant d'éléments du monde réel que son père l'avait envoyé apprendre à plus de trois mille kilomètres de sa mère. Les adultes avaient des centres d'intérêt, des millions, qui deviendraient un à un les siens. Quand il arriva du cours de latin, essoufflé et à l'heure, la professeure de piano l'interrogea sur son travail de la semaine. Il lui mentit. Puis elle s'assit à nouveau près de lui. Elle l'enveloppa dans son parfum. Le pinçon qu'elle lui avait fait sur la jambe la semaine précédente s'était estompé et le souvenir de cet épisode restait flou. Mais si elle réessayait de lui faire mal il s'enfuirait de la pièce sans attendre. C'était en quelque sorte une force, un murmure d'excitation dans sa poitrine, de prétendre avoir travaillé trois heures cette semaine-là. En vérité non, même pas trois minutes. Jamais encore il n'avait trahi la confiance d'une femme. Il avait menti à son père, qu'il craignait, pour éviter des ennuis, mais il avait toujours dit la vérité à sa mère.

La professeure toussota, signe qu'elle le croyait. Ou pas.

« Bien, chuchota-t-elle. Vas-y. »

Le grand et mince recueil de morceaux pour débutants était ouvert à la page du milieu. Pour la première fois il remarqua les trois agrafes du pli central. Pas besoin de les jouer, elles – cette pensée stupide le fit presque sourire. La boucle sévère et droite de la clé de sol, la clé de fa enroulée comme le fœtus de lapin de son manuel de biologie, les noires, les blanches diaphanes que l'on faisait durer, la double page crasseuse aux angles cornés qui était son châtiment à lui. Rien de tout cela ne semblait à présent familier ni même hostile.

Quand il commença, le volume de sa première note fut deux fois supérieur à celui de la deuxième. Il enchaîna avec méfiance la troisième puis la quatrième et prit de la vitesse. C'était de la prudence, et pourtant il eut la sensation de ruser. N'avoir pas travaillé le libérait. Il obéissait aux notes, sa main gauche s'arrangeant avec la droite, et il ignorait les doigtés inscrits au crayon. Il n'avait rien d'autre à se rappeler que l'ordre dans lequel appuyer sur les touches. L'endroit maudit le rattrapa soudain mais son pouce gauche omit de s'enfoncer et ensuite c'était trop tard, il était déjà loin, de l'autre côté de la forêt, traversait sans encombre l'espace dégagé où l'air et la lumière étaient plus purs, et crut un temps discerner une vague mélodie suspendue telle une plaisanterie au-dessus de la marche en avant des sons.

Suivre les instructions, deux, trois peut-être par seconde, mobilisait toute sa concentration. Il s'oubliait, oubliait même la professeure. Le temps et le lieu se dissolvaient. Le piano s'évanouissait et avec lui l'existence même. Ce fut comme s'il s'éveillait d'une nuit de sommeil quand il se retrouva à la fin, jouant à deux mains un simple accord ouvert. Mais il ne les retira pas, contrairement à ce que lui indiquait la brève sur la partition. L'accord résonna et s'estompa dans la petite salle aux murs nus.

Il ne lâcha pas le clavier en sentant la main de l'enseignante sur sa tête, même quand elle exerça une pression pour faire pivoter son visage vers elle. Rien dans son expression n'annonçait ce qui allait suivre.

Elle dit calmement : « Toi… »

Alors il enleva ses mains des touches.

« Toi, espèce de petit… »

Dans un mouvement compliqué, elle baissa et inclina la tête, son visage se rapprochant et décrivant un arc de cercle qui se termina par un baiser, ses lèvres à elle sur les siennes, un doux baiser prolongé. Il ne résista ni ne répondit à ce baiser. C'était arrivé et il la laissa faire sans rien ressentir tant que cela dura. Après coup seulement, à force de revivre et de rejouer cet épisode seul avec lui-même, en mesura-t-il l'importance. Tant que cela dura, elle avait les lèvres sur les siennes et il attendait sans bouger que le moment passe. Puis une distraction soudaine y mit fin. Un éclair dû à une ombre ou à un geste fugitif avait traversé la fenêtre en hauteur. La professeure s'écarta pour regarder, comme lui. Ils l'avaient tous deux vu ou perçu au même instant, en lisière de leur champ de vision. Était-ce un visage, un visage réprobateur et une épaule ? Mais la petite fenêtre carrée ne leur montrait que des lambeaux de nuages et des bribes de bleu pâle hivernal. Il savait que de l'extérieur cette fenêtre était trop haute pour que même le plus grand des adultes ne l'atteigne. C'était un oiseau, probablement un pigeon du colombier des anciennes écuries. Mais professeure et élève s'étaient séparés avec un sentiment de culpabilité et, bien qu'il n'ait pas compris grand-chose, il savait qu'un secret les unissait désormais. La fenêtre vide leur avait brutalement rappelé le monde des gens du dehors. Il comprenait aussi qu'il aurait été impoli de porter la main à sa bouche pour atténuer le picotement de la salive en train de sécher.

La professeure se retourna vers lui et d'une voix apaisante qui suggérait qu'elle se souciait peu de la curiosité du monde extérieur, les yeux dans les siens elle s'adressa à lui, avec gentillesse cette fois et au futur, qu'elle employa pour donner au présent un semblant de raison. Et ce fut le cas. Mais il ne l'avait jamais entendue en dire si long.

« Roland, dans deux semaines il y aura une demi-journée de congé. Elle tombe un vendredi. Écoute-moi attentivement. Tu iras sur ton vélo jusqu'à mon village. Erwarton. Venant de Holbrook, c'est après le pub, à droite, une porte verte. Tu arriveras à temps pour déjeuner. Tu as compris ? »

Il avait acquiescé de la tête, sans rien comprendre. Qu'il doive traverser la péninsule à vélo sur des petites routes et des chemins de terre jusqu'à son village pour déjeuner alors qu'il pouvait manger à l'internat le déconcertait. Tout le déconcertait. Dans le même temps, malgré sa confusion, ou à cause d'elle, il aspirait à être seul pour retrouver la sensation de ce baiser et réfléchir.

« Je t'enverrai une carte pour te le rappeler. À partir de maintenant tu prendras tes leçons avec M. Clare. Pas avec moi. Je lui dirai que tes progrès sont exceptionnels. Donc, jeune homme, nous allons faire des gammes en majeur et en mineur avec deux dièses à la clé. »

*

Plus facile de demander où que pourquoi. Où était-elle allée ? Quatre heures s'étaient écoulées avant qu'il ne signale à la police le mot d'Alissa et sa disparition. Ses amis avaient trouvé que même deux heures, c'était trop long. Appelle-les tout de suite ! Il avait résisté, il avait tenu bon. Pas uniquement parce qu'il préférait croire qu'elle pouvait revenir d'une minute à l'autre. Il ne voulait pas qu'un inconnu lise son mot ni que son absence soit officiellement confirmée. À sa grande surprise quelqu'un lui avait rendu visite le lendemain de son appel. C'était un agent de la police locale et il semblait débordé. Il avait relevé quelques indices, jeté un coup d'œil au mot d'Alissa et dit qu'il tiendrait Roland au courant. Rien ne s'était passé pendant une semaine, au cours de laquelle les quatre cartes postales étaient arrivées. Le spécialiste débarqua sans prévenir au petit matin dans une minuscule voiture qu'il gara en stationnement interdit devant la maison. Il avait plu à torrents mais il ne remarquait pas les traces que ses chaussures laissaient sur le sol de l'entrée. L'inspecteur Douglas Browne, le visage alourdi par des bajoues, avait l'air bienveillant d'un gros chien aux yeux marron. Il était assis le dos voûté à la table de la cuisine en face de Roland. Près de ses immenses mains aux phalanges noires de poils, son calepin, les cartes postales et le mot trouvé sur l'oreiller. Un épais pardessus, qu'il n'enleva pas, ajoutait à sa corpulence et à la ressemblance canine. Autour des deux hommes, un fouillis d'assiettes et de tasses sales, de prospectus publicitaires et de factures, un biberon presque vide, les restes écrabouillés du petit déjeuner de Lawrence et son bavoir. C'était ce qu'un ami de Roland surnommait les années baveuses. Lawrence, inhabituellement muet dans sa chaise haute, contemplait avec stupeur ce mastodonte aux épaules démesurées. À aucun moment de l'entretien Browne ne prêta attention au bébé. Roland se sentit vaguement offensé au nom de son fils. Quantité négligeable. L'inspecteur au doux regard marron se concentrait sur le père de Lawrence et Roland dut répondre à un interrogatoire de routine. Le couple n'était pas en difficulté – il l'affirma plus haut et fort qu'il n'aurait souhaité. Aucun retrait d'argent n'avait été effectué sur le compte joint. Les vacances n'étaient pas finies, l'école où travaillait Alissa ignorerait donc tout de son départ. Elle avait emporté une petite valise noire. Son manteau était vert. Voici quelques photos, sa date de naissance, le nom et l'adresse de ses parents en Allemagne. Elle portait peut-être un béret.

L'inspecteur s'intéressait à la plus récente des cartes postales, postée à Munich. Roland pensait qu'Alissa n'y connaissait personne. À Berlin, oui, ainsi qu'à Hanovre et Hambourg. C'était une femme du Nord luthérien. Browne haussant le sourcil, Roland précisa que Munich était dans le sud du pays. C'était sans doute le nom de Luther qu'il aurait dû expliquer. Mais l'inspecteur baissa les yeux vers son calepin et posa une autre question. Non, répondit Roland, elle n'avait jamais rien fait de tel auparavant. Non, il n'avait pas de photocopie de son passeport. Non, elle ne semblait pas dépressive ces derniers temps. Ses parents vivaient près de la petite ville de Nienburg, également dans le nord de l'Allemagne. Quand il les avait appelés à un autre propos, il avait eu le sentiment qu'elle n'était pas allée là-bas. Il ne leur avait rien dit. La mère d'Alissa, en proie à un ressentiment chronique, aurait explosé à cette nouvelle concernant sa fille unique. Une désertion. Comment osait-elle ! Mère et fille se disputaient souvent. Mais il faudrait que les beaux-parents de Roland et ses propres parents soient prévenus. Les trois premières cartes postales d'Alissa, envoyées de Douvres, de Paris puis de Strasbourg, étaient arrivées en l'espace de quatre jours. La quatrième, celle de Munich, deux jours plus tard. Depuis, rien.

L'inspecteur Browne étudia de nouveau les cartes. Chacune dans les mêmes termes. *Tout va bien. Ne t'inquiète pas.*

Embrasse Larry pour moi. XX Alissa. Cette invariance donnait une impression de dérangement ou d'hostilité, comme la formule de fin sans tendresse. Un appel au secours ou une forme d'insulte. Même stylo-feutre bleu, aucune date, cachet de la poste illisible, sauf celui de Douvres, mêmes vues anodines de villes avec des ponts sur la Seine, sur le Rhin, sur l'Isar. Des fleuves imposants. Elle voguait vers l'est, toujours plus loin de chez elle. La veille au soir, gagné par le sommeil, Roland se l'était représentée comme l'Ophélie noyée de Millais, flottant sur les eaux lisses et propres de l'Isar après Pupplinger Au, avec ses baigneurs nus affalés sur les berges herbeuses tels des phoques échoués ; traversant sur le dos, la tête la première, invisible et silencieuse au fil du courant, Munich et son Jardin anglais vers la confluence du Danube et de l'Isar, puis Vienne, Budapest et Belgrade sans se faire remarquer, dix nations à l'histoire barbare, le long des frontières de l'Empire romain, jusqu'aux ciels blancs et aux marécages infinis de la mer Noire, où Alissa et lui avaient un jour fait l'amour à l'abri d'un vieux moulin à Letea et vu près d'Isaccea une troupe de pélicans bagarreurs. Deux ans plus tôt seulement. Des hérons pourprés, des ibis falcinelles, une oie cendrée. Jusqu'alors il ne s'était jamais intéressé aux oiseaux. Ce soir-là, avant de s'endormir, il avait dérivé avec elle vers un lieu de bonheur sauvage, une source. Depuis peu, il lui fallait fournir un effort de concentration pour rester longtemps dans le présent. Le passé conduisait souvent de la mémoire aux fantasmes débridés. Roland mettait cela sur le compte de la fatigue, d'une gueule de bois, de la confusion mentale.

Penché sur son calepin, Douglas Browne disait en guise de consolation : « Quand ma femme à moi en a eu assez, elle m'a jeté dehors. »

Roland voulut répondre mais Lawrence l'interrompit par un piaillement. Histoire de se mêler à la conversation. Roland se leva pour défaire le harnais de sa chaise haute et l'installa sur ses genoux. Un nouvel angle de vue, face à ce géant inconnu, réduisit une fois encore le bébé au silence. Il le dévorait des yeux, bouche bée et dégoulinant de bave. Nul ne savait ce qui traversait l'esprit d'un nourrisson de sept mois. Un vide peuplé d'ombres, le gris d'un ciel d'hiver sur lequel des impressions – des sons, des visions, des contacts tactiles – explosaient telles les fusées aux couleurs primaires d'un feu d'artifice, sitôt oubliées sitôt remplacées, et oubliées à nouveau. Ou bien une mare profonde dans laquelle tout tombait et disparaissait, mais demeurait irrémédiablement présent, autant de formes sombres exerçant au fond de l'eau leur force gravitationnelle même quatre-vingts ans plus tard, sur un lit de mort, lors d'ultimes confessions, d'ultimes pleurs pour un amour perdu.

Après le départ d'Alissa il avait guetté chez son fils des signes de chagrin ou de traumatisme et en trouvait à tout bout de champ. Un bébé souffre forcément de l'absence de sa mère, mais comment, sinon par le souvenir ? Lawrence restait parfois silencieux trop longtemps. En état de choc, sonné, le tissu cicatriciel se formant en quelques heures dans les profondeurs de l'inconscient, si toutefois un tel lieu ou un tel processus existait ? La veille au soir il avait pleuré trop fort. De rage à cause de ce qu'il ne pouvait avoir, tout en ayant oublié ce que c'était. Pas le sein. Il était nourri au biberon depuis le début sur l'insistance de sa mère. Une partie du plan d'Alissa, pensait Roland aux pires moments.

L'inspecteur avait fini avec son calepin. « Vous comprenez que si on retrouve Alissa, on ne pourra pas vous dire où elle se trouve sans son autorisation.

— Vous pourrez me dire si elle est vivante. »

Il hocha la tête et réfléchit quelques instants. « En général, quand une femme portée disparue est morte, c'est le mari qui l'a tuée.

— Espérons donc qu'elle est vivante. »

Browne se redressa et se balança légèrement sur sa chaise, feignant la surprise. Pour la première fois il sourit. Avec sympathie semblait-il. « Ça se passe souvent ainsi. Bon. Il la tue, se débarrasse du cadavre, disons au fin fond de la New Forest, un endroit isolé, une tombe improvisée, il signale sa disparition, et là, vous savez quoi ?

— Quoi ?

— Là, ça commence. Il ouvre soudain les yeux : elle était adorable. Ils s'aimaient. Elle lui manque et il commence à croire à l'histoire qu'il raconte. Elle s'est fait la malle. Ou bien un psychopathe l'a tuée. Il a la larme à l'œil, est déprimé, puis furieux. Il n'est pas un meurtrier, ni un menteur, pas de son point de vue. Elle est partie et il en *souffre* vraiment. Et ça nous paraît vrai. Ça nous paraît sincère. Difficile de les faire craquer, ceux-là. »

Lawrence dodelinait de la tête contre la poitrine de son père, et il s'assoupit. Roland ne voulait pas que l'inspecteur s'en aille tout de suite. Quand il partirait il faudrait alors nettoyer la cuisine. S'occuper des chambres, de la lessive, de ces traces sales dans l'entrée. Faire une liste de courses. Tout ce qu'il voulait, c'était dormir.

« J'en suis encore au stade où elle me manque, répondit-il.

— Ce n'est que le début, monsieur. »

À ces mots, les deux hommes eurent un rire discret. Comme s'il y avait de quoi rire et qu'ils étaient de vieux amis. Roland se sentait bien disposé envers ce visage aux joues tombantes, à l'air de chien battu et d'une lassitude infinie. Il respectait le besoin subit de l'inspecteur de se confier.

Après un silence il demanda: « Pourquoi vous a-t-elle jeté dehors ?

— Je travaillais trop, je buvais trop, je rentrais en retard tous les soirs. Je ne m'occupais pas d'elle, ni des enfants, trois petits garçons adorables, je voyais une autre femme dont quelqu'un lui a appris l'existence.

— Donc elle s'est débarrassée de vous.

— C'est ce que j'ai pensé. Je m'apprêtais à devenir un de ces types avec deux familles. On en entend parler. La première femme n'est pas au courant, la nouvelle est jalouse de la première et on court de l'une à l'autre en serrant les fesses.

— Maintenant vous êtes avec la nouvelle. »

Browne soupira bruyamment par les narines en détournant le regard et en se grattant le cou. L'enfer dans lequel on s'enfermait soi-même était un concept intéressant. Tout le monde s'en fabriquait un, au moins une fois dans sa vie. Certaines existences n'étaient rien d'autre. C'est une tautologie de dire que l'on fait son propre malheur à cause d'un trait de caractère. Mais Roland y pensait souvent. On construisait un engin de torture dans lequel on grimpait. Sur mesure, offrant tout un éventail de souffrances : celles liées à certains emplois, ou à un penchant pour la boisson, les drogues, la délinquance assortie d'un don pour se faire prendre. Une religion austère était un autre choix possible. Un système politique tout entier pouvait reposer sur les tourments que l'on s'impose – Roland avait naguère passé quelque temps à Berlin-Est. Le couple, un engin de torture, offrait d'immenses possibilités, autant de variantes de la *folie à deux*[1]. Chacun en connaissait des exemples, et celui de Roland était une construction ingénieuse. Daphné, sa meilleure amie, lui avait mis les points sur les « i » un soir, longtemps avant le départ d'Alissa, quand il avait avoué se sentir déprimé depuis des mois. « Tu as brillamment réussi aux cours du soir, Roland. Toutes ces matières ! Mais dans tout ce que tu as essayé d'autre, tu as voulu être le meilleur au monde. Piano, tennis, journalisme, maintenant la poésie. Et encore, je ne connais pas le reste. Dès que tu découvres que tu n'es pas le meilleur, tu jettes l'éponge et tu te détestes. Idem avec les femmes. Tu demandes trop et tu vas voir ailleurs. Ou bien c'est elle qui ne supporte pas cette quête de perfection et qui te largue. »

Roland profita du silence de l'inspecteur pour reformuler sa question. « Bon, avec la nouvelle ou avec l'ancienne, qu'est-ce que vous voulez vraiment ? »

Sans bruit, Lawrence faisait caca dans son sommeil. L'odeur n'était pas si épouvantable. Une découverte de la maturité : la vitesse à laquelle on tolère la merde de la personne qu'on aime. En général.

Browne se donnait le temps de la réflexion. Il inspectait distraitement la pièce du regard. Des étagères au contenu chaotique, des piles de magazines, un cerf-volant cassé en haut d'un placard. À présent, les coudes sur la table et la tête baissée, il scrutait les veines du pin massif en se massant la nuque à deux mains. Enfin, il se redressa.

1. Les mots et expressions en italique suivis d'un astérisque sont en français dans le texte original.

« Ce que je veux vraiment, c'est un échantillon de votre écriture. N'importe quoi. Une liste de courses suffira. »

Roland laissa passer une vague nausée. « Vous pensez que j'ai écrit ces messages ? »

Une erreur, après une nuit alcoolisée, d'avoir sauté le petit déjeuner. Pas de toast beurré et tartiné de miel pour contrer l'hypoglycémie. Trop occupé avec Lawrence. Puis ses mains tremblantes avaient triplé la dose de café.

« Un mot pour le laitier ferait l'affaire. »

De la poche de son pardessus, Browne sortit un objet cubique tendu de cuir au bout d'une lanière. Avec force grognements et un soupir d'exaspération, il libéra un appareil photo de son étui fatigué, tâche nécessitant de desserrer une vis argentée trop petite pour ses doigts grassouillets. C'était un vieux Leica 35 millimètres, noir et chromé, au boîtier un peu cabossé. Sans quitter Roland des yeux, Browne eut un sourire pincé en retirant le couvercle de l'objectif.

Il se leva. Avec un soin méticuleux il aligna les quatre cartes postales et le mot d'Alissa. Lorsque tout eut été photographié recto verso et que l'appareil fut de retour dans sa poche, il lança : « Merveilleux, ce film rapide. Il marche partout. Vous êtes amateur ?

— Je l'ai été. » Puis Roland ajouta, d'un ton accusateur : « À l'adolescence. »

Browne prit dans l'autre poche de son pardessus une liasse de pochettes transparentes. Une par une, il saisit les quatre cartes par un angle et les glissa chacune dans une pochette, qu'il ferma d'une pression entre le pouce et l'index. Dans la cinquième il mit le mot trouvé sur l'oreiller. *Ce n'est pas ta faute.* Il se rassit et empila le tout soigneusement avec ses grosses mains.

« Si ça ne vous ennuie pas, je les emporte. »

Le cœur de Roland battait si violemment qu'il finit par se ressaisir.

« En fait ça m'ennuie.

— C'est pour les empreintes digitales. Très important. Vous les récupérerez.

— Il paraît qu'on perd des choses dans les commissariats. »

Browne sourit. « Faisons le tour du propriétaire. Donc, il nous faut votre écriture, un vêtement de votre femme, quelque chose avec seulement ses empreintes à elle et, hum, quoi d'autre déjà ? Un échantillon de son écriture à *elle*.

— Vous l'avez.

— Quelque chose de plus ancien. »

Roland se leva avec Lawrence dans les bras. « C'était peut-être une erreur de vous impliquer dans un problème privé. »

L'inspecteur se dirigeait déjà vers l'escalier. « Peut-être. »

Quand ils atteignirent l'étroit palier, Roland déclara : « Je dois d'abord changer le bébé.

— J'attends là. »

Mais cinq minutes plus tard, revenant avec Lawrence sur une hanche, il trouva Browne dans sa chambre, leur chambre, brusquement rétrécie par son corps massif, debout devant la fenêtre, près du petit bureau sur lequel travaillait Roland. Comme auparavant, le bébé ouvrait des yeux ronds. Un carnet et trois exemplaires dactylographiés de poèmes récents entouraient la machine à écrire, une Olivetti portable. Dans la pièce faiblement éclairée et orientée au nord, l'inspecteur inclinait un feuillet vers la lumière.

« Excusez-moi. C'est personnel. Vous êtes fichtrement indiscret.

— Bon titre. » Browne lut d'une voix monocorde : « "Glamis a assassiné le sommeil". Glamis. Ravissant prénom féminin. Gallois. » Il posa le feuillet et se faufila entre le bout du lit et le mur pour rejoindre Roland et Lawrence.

« Le titre n'est pas de moi et Glamis est un nom écossais.

— Donc vous dormez mal ? »

Roland ne releva pas. Les meubles de la chambre avaient été peints par Alissa en vert pâle, avec des motifs bleus au pochoir qui représentaient des glands et des feuilles de chêne. Il ouvrit un tiroir pour Browne. Trois rangées de pulls d'Alissa bien pliés. Les divers parfums qu'elle portait composaient un mélange subtil, une riche histoire. Le moment de leur première rencontre se superposait à celui de leur dernier échange. C'en fut trop pour lui, ces parfums et la présence soudaine d'Alissa et il recula, comme ébloui par une lumière crue.

Browne se pencha péniblement et prit le pull le plus proche. Un cachemire noir. Il se détourna pour le glisser dans une pochette transparente.

« Et mon écriture ?

— Je l'ai. » Il se redressa et tapota la bosse faite par l'appareil photo dans la poche de son pardessus. « Votre carnet était ouvert.

— Sans mon autorisation.

— C'était son côté à elle ? » Browne regardait vers la tête du lit.

Roland était trop en colère pour répondre. Sur la table

de nuit d'Alissa, sous une pince à cheveux en plastique rouge, un livre de poche que l'inspecteur prit par les côtés. *Pnine* de Nabokov. Délicatement, il souleva la couverture et jeta un coup d'œil.

« Ses annotations à elle ?

— Oui.

— Vous l'avez lu ? »

Roland acquiesça de la tête.

« Cet exemplaire-là ?

— Non.

— Bien. On pourrait faire venir la police scientifique mais à ce stade ça ne vaut pas trop la peine. »

Roland réussissait à se contenir et tenta d'alimenter la conversation. « Je croyais que c'était le début de la fin pour les empreintes digitales. L'avenir est à la génétique.

— Dernières foutaises en vogue. Je ne verrai pas ça de mon vivant. Et vous non plus.

— Ah bon ?

— Ni personne, d'ailleurs. » L'inspecteur fit un pas vers le palier. « Il y a un truc qu'il faut que vous compreniez. Un gène n'est pas une chose. C'est une idée. Une idée de l'information. Une empreinte digitale est une chose, une trace. »

Les deux hommes et le bébé redescendirent. Au pied de l'escalier, Browne se tourna vers Roland, la pochette transparente qui contenait le pull d'Alissa sous le bras. « On ne débarque pas sur une scène de crime pour chercher des idées abstraites. On cherche des traces de choses réelles. »

Ils furent à nouveau interrompus par Lawrence. Tendant soudain le bras il poussa de toutes ses forces un cri qui commençait par une plosive, un « b » ou un « p », et il désigna inexplicablement le mur de son index mouillé.

Ce son était un entraînement pour toute une vie de paroles, supposait généralement Roland. Il fallait bien que la langue s'exerce en vue de tout ce qu'elle aurait à dire.

Browne retraversait l'entrée. Roland, qui le suivait, eut un petit rire : « J'espère que vous n'insinuez pas que nous sommes sur une scène de crime. »

L'inspecteur ouvrit la porte d'entrée, sortit et se retourna. Derrière lui sa minuscule voiture, une Morris Minor bleu pâle, était garée à cheval sur la bordure du trottoir. Le soleil rasant du matin soulignait les rides tristes qui creusaient son visage. Ses déclarations sentencieuses étaient peu convaincantes.

« J'ai eu un brigadier qui répétait que là où il y a des gens, il y a une scène de crime.

— Ça semble complètement absurde. »

Mais Browne avait déjà tourné les talons et parut ne pas entendre. Le père et le fils le regardèrent longer la courte allée herbeuse jusqu'à la grille cassée du jardin, qui n'avait jamais fermé. Quand il atteignit le trottoir il passa trente secondes, légèrement voûté, à chercher ses clés dans ses poches. Il les trouva enfin et ouvrit sa portière. Ensuite, d'un même mouvement agile, il fit pivoter son corps massif et se plia en deux pour s'installer dans la voiture et claqua la portière.

*

La journée de Roland, une froide journée du printemps 1986, pouvait commencer, et cela lui pesait. Ces corvées, ce sentiment d'absurdité auquel s'ajoutait un nouvel élément, l'impression déplaisante, pas nette, d'être suspect. Si toutefois il l'était. Presque coupable. Un crime, le meurtre d'une épouse, lui collait à la peau comme le petit déjeuner qui avait séché et formé une croûte sur le visage de Lawrence. Pauvre petit. Ensemble ils observaient l'inspecteur attendant pour s'insérer dans la circulation. Près de la grille un jeune arbuste chétif était attaché à un tuteur en bambou. Un robinier. Le vendeur de la jardinerie avait assuré qu'il se plairait dans les gaz d'échappement. Pour Roland, sur le pas de sa porte, tout semblait imposé de manière aléatoire comme s'il avait été plongé depuis un lieu oublié dans ce guêpier, cette vie laissée vacante par quelqu'un d'autre, sans qu'il ait rien choisi. Ni la maison qu'il n'avait jamais voulu acquérir et qui était au-dessus de ses moyens. Ni l'enfant dans ses bras qu'il ne s'était jamais attendu à aimer ou à avoir besoin d'aimer. Ni le flot irrégulier de véhicules passant trop lentement devant cette grille qui était désormais la sienne et qu'il ne réparerait jamais. Ni le frêle robinier qu'il n'aurait jamais pensé acheter, ni l'optimisme qu'il avait en le plantant et ne ressentait plus. Il le savait d'expérience, le seul moyen de sortir d'un état de dissociation était de mener à bien une tâche simple. Il irait dans la cuisine débarbouiller son fils et le ferait avec tendresse.

Mais alors qu'il refermait la porte d'un coup de pied il changea d'avis. N'ayant plus qu'une idée en tête, il remonta l'escalier avec Lawrence jusqu'à sa chambre pour examiner son carnet resté ouvert sur son bureau. Il ne se souvenait pas de la dernière entrée. Neuf poèmes publiés dans des revues littéraires en quinze mois : son carnet était l'emblème de son sérieux. Compact, réglure gris pâle, couverture bleu sombre et reliure verte. Il n'en ferait pas un journal intime retraçant dans ses moindres détails le développement du bébé, ou les fluctuations de sa propre humeur ou ses réflexions obligées sur des événements officiels. Trop trivial. Son matériau était plus noble. Suivre la piste obscure d'une idée exquise jusqu'à découvrir avec un peu de chance un filon, un point d'incandescence, une concentration soudaine de lumière pure pour éclairer un premier vers qui recélerait la clé secrète ouvrant sur les suivants. Cela s'était déjà produit, mais le vouloir, aspirer à ce que cela se reproduise, ne garantissait rien. L'illusion nécessaire était que le meilleur poème jamais écrit soit à sa portée. La lucidité n'aidait pas. Rien n'aidait. Il était obligé de rester assis et d'attendre. Parfois il capitulait et couvrait une page de considérations médiocres ou de citations d'autres écrivains. La dernière chose qu'il souhaitait. Il avait recopié un paragraphe de Montaigne sur le bonheur. Il ne s'intéressait pas au bonheur. Avant cela, un extrait d'une lettre d'Elizabeth Bishop. Avoir l'air occupé aidait mais il n'était pas dupe. Seamus Heaney avait dit un jour que le devoir d'un écrivain était de se mettre à son bureau. Chaque fois que le bébé dormait dans la journée, Roland se mettait à son bureau et attendait et souvent, la tête à même le bois, il dormait lui aussi.

Le carnet était ouvert comme Browne l'avait laissé, à droite de la machine à écrire. Il n'aurait pas eu besoin de le déplacer pour prendre ses photos. Une lumière froide et constante tombait de la fenêtre à guillotine. Les vers étaient en haut de la page de gauche : ses années d'adolescence transformées, le cours de son existence détourné. La mémoire, les dégâts, le temps. À coup sûr un poème. Quand il saisit le carnet, le bébé voulut l'attraper. Roland le mit hors de portée, provoquant un couinement de protestation. Derrière la machine à écrire, prenant la poussière, une balle de racquetball. Il n'avait jamais joué avec mais l'avait quotidiennement serrée entre ses mains pour renforcer un poignet blessé. Ils allèrent dans la salle de bains débarbouiller le bébé et laver la balle. Quelque chose où Lawrence pourrait planter ses gencives. Ça marcha. Ils étaient allongés ensemble sur le lit, côte à côte. Le petit garçon, à peine plus du tiers de son père par la taille, suçotait et mâchouillait. Le passage n'était pas comme dans les souvenirs de Roland, car il le lisait avec les yeux d'un policier. Il ne s'était pas amélioré.

> Quand j'y mis fin elle n'opposa aucune résistance. Elle savait ce qu'elle avait fait. Lorsque le meurtre planait partout sur le monde. Même enterrée, par une nuit d'insomnie elle surgit des ténèbres. S'assied tout près sur le banc du piano. Parfum, chemisier, vernis à ongles rouge. Toujours vivante, comme avec la terre de sa tombe dans les cheveux. Ah, ces gammes ! Horrible fantôme. Elle ne veut pas s'en aller. Au pire moment, alors que j'ai besoin de calme. Elle doit rester morte.

Il le relut deux fois. Perversité que de rejeter la faute sur les deux femmes, mais il le faisait : Mlle Miriam Cornell, la professeure de piano qui trouvait à nouveau le moyen de se mêler de ses affaires à travers le temps et l'espace ; Alissa Baines, née Eberhardt, épouse bien-aimée, qui maintenait son emprise sur lui où qu'elle soit. Tant qu'elle ne donnerait pas signe de vie il ne serait pas délivré de Douglas Browne. Dans la mesure où il avait contribué à l'état d'esprit du policier, Roland se sentait lui aussi fautif. À la deuxième relecture il conclut que de toute évidence son écriture se distinguait de celle sur les cartes postales et le mot. Tout n'allait pas si mal. Mais ça allait mal.

Il se mit sur le côté pour contempler son fils. Voilà une découverte qu'il avait faite trop lentement : somme toute Lawrence était plus un réconfort qu'une corvée. La balle avait perdu son charme et roulé hors d'atteinte de ses paumes. Luisante de bave, elle gisait contre une couverture. Lawrence regardait en l'air. Ses yeux bleu-gris pétillaient d'attention. Les artistes médiévaux représentaient la vue comme un faisceau lumineux projeté par l'esprit sur le monde extérieur. Roland suivit ce faisceau vers les dalles du plafond prétendument antifeu, puis vers un trou irrégulier où le précédent propriétaire avait autrefois suspendu un lustre. Une action optimiste dans une pièce d'environ trois mètres sur quatre au plafond bas. Soudain il la vit, juste au-dessus d'eux, une araignée à longues pattes qui se dirigeait la tête en bas vers un angle de la chambre. Tant de détermination dans une tête si petite. Elle fit une pause, se balançant au bout de ses pattes aussi fines que des cheveux, oscillant comme au rythme d'une mélodie cachée. Existait-il une autorité scientifique capable d'expliquer ce qu'elle faisait ? Pas de prédateurs alentour à immobiliser, pas d'autres araignées à séduire ou à intimider, rien pour lui faire obstacle. Or elle attendait toujours, dansant sur place. Lorsqu'elle reprit son chemin, l'attention de Lawrence était ailleurs. Il avait tourné sa tête démesurée vers son père, à la vue duquel il se lança frénétiquement dans une série de flexions-extensions des jambes et des bras. Une tâche absorbante. Mais qui ne l'empêchait pas d'être communicatif, voire interrogateur. Les yeux fixés sur Roland, il donna encore quelques coups de pied dans le vide, puis attendit avec un demi-sourire plein d'espoir. *C'était comment ?* Il voulait qu'on admire ses exploits. Pour qu'un bébé de sept mois fasse son intéressant il fallait qu'il ait une vague idée de l'existence d'esprits comme le sien, de ce que signifiait être impressionné, de ce qu'il pouvait y avoir de désirable, d'agréable à gagner l'estime d'autrui. Impossible ? Et pourtant. Trop compliqué pour creuser davantage.

Roland ferma les yeux et se laissa gagner par la sensation que tout tournait lentement autour de lui. Oh s'endormir maintenant, si le bébé voulait bien dormir lui aussi, s'ils pouvaient s'endormir ensemble sur ce lit, même cinq minutes. Mais les yeux clos de son père évoquèrent pour Lawrence un univers qui se réduisait à des ténèbres glacées, faisant de lui le dernier être vivant, frigorifié et échoué sur un rivage désert. Il prit une profonde inspiration et hurla, un cri strident et pitoyable d'abandon et de désespoir. Pour les humains sans parole, sans autonomie, le pouvoir résidait surtout dans un violent déferlement d'émotions extrêmes. Un mode grossier de tyrannie. On comparait souvent les tyrans de ce monde à de jeunes enfants. Les joies et les peines de Lawrence n'étaient-elles séparées que par le plus fin des voiles ? Même pas. Elles étaient étroitement mêlées. Lorsque Roland se fut levé et qu'il arriva en haut de l'escalier avec le bébé dans les bras, le contentement était revenu. Lawrence tirait sur le lobe de l'oreille de son père. Tandis qu'ils descendaient il explora le pavillon de ses doigts malhabiles.

Il n'était pas encore dix heures du matin. La journée promettait d'être longue. Elle l'était déjà. Dans l'entrée la trace de chaussures boueuses sur le carrelage édouardien bas de gamme le ramena à Browne. Oui, oui, ça allait mal. Mais il fallait commencer par là. Éliminer. D'une main il prit une serpillière, emplit d'eau un seau et nettoya la boue, la diluant et l'étalant. Voilà comment on nettoyait la plupart des salissures, lissées jusqu'à l'invisibilité. La fatigue transformait tout en métaphore. La routine des tâches ménagères le rendait à la fois amer et résistant à l'égard des exigences et des tentations de la vie dans le vaste monde. Sauf deux semaines plus tôt. L'actualité internationale avait envahi son passé. Lors d'un raid sur Tripoli, en Libye, des avions de guerre américains avaient détruit son ancienne école primaire mais échoué à tuer le colonel Kadhafi. À la lecture d'un article sur un discours de Reagan, de Thatcher ou de ses ministres il se sentait désormais exclu et coupable de son manque d'intérêt. Mais il était temps de garder la tête sur les épaules et de s'en tenir aux tâches qu'il se fixait. Moins réfléchir avait ses mérites. Gérer la fatigue et s'occuper de l'essentiel : le bébé, la maison, les courses. Il n'avait pas mis le nez dans un quotidien en quatre jours. La radio de la cuisine, allumée toute la journée en sourdine, prenait parfois la voix calme et virile des situations d'urgence pour reconquérir son attention. Il s'efforça de l'ignorer en passant avec son seau et sa serpillière. *Quelque chose pour toi,* murmurait le poste. *Des mutineries dans dix-sept prisons. Quand tu t'occupais des affaires du monde tu t'intéressais précisément à ce genre de choses… Une explosion… Nouveaux développements en vue avec le signalement par les autorités suédoises d'un taux de radioactivité…* Il accéléra le pas. Ne t'arrête pas, ne t'endors pas, ne ferme pas les yeux.

Après l'entrée il s'attaqua à la cuisine pendant que Lawrence assis dans sa chaise haute mangeait et jouait avec une banane pelée. Le nettoyage table-évier fut expédié. Roland emmena Lawrence à l'étage. L'ordre qu'il remit dans les deux chambres était cosmétique mais le glissement vers le chaos fut stoppé. Le monde présentait une apparence un peu plus raisonnable. Là, après tout, en haut de l'escalier, un tas de linge pour la machine attendait. Alissa n'était pas plus douée que lui pour ce genre de choses. En fait… mais non, aujourd'hui il ne voulait pas penser à elle.

Plus tard, Lawrence vida un biberon de lait et s'assoupit, et Roland alla à côté dans sa chambre. Plutôt que de dormir, il avait en tête d'apporter certaines modifications à son poème sur l'insomnie. « Glamis ». De façon implicite – il fallait que ce soit implicite car il n'en savait pas assez long – celui-ci portait sur « les Troubles » en Irlande. En 1984 il avait passé plusieurs jours à Belfast et à Derry avec Simon, un ami irlandais de Londres devenu riche grâce à une chaîne de salles de sport, et un idéaliste. Simon projetait de créer quelques écoles de tennis pour des gosses de part et d'autre des divisions sectaires. Roland serait l'entraîneur en chef. Ils cherchaient des locaux et des soutiens sur place. Ils étaient innocents, naïfs. On les filait, du moins le pensaient-ils. Dans un pub de Knockloughrim un type en fauteuil roulant – blessé aux jambes par balle, selon eux – leur avait conseillé de « faire attention ». L'accent de l'Ulster de Simon laissait tout le monde indifférent. Personne ne s'intéressait trop au tennis pour enfants. Ils avaient été retenus six longues heures à un barrage routier par des soldats britanniques qui ne croyaient pas à leur histoire. Cette semaine-là Roland avait à peine fermé l'œil. Il pleuvait, il faisait froid, la nourriture était infecte, les draps de l'hôtel humides, tout le monde fumait cigarette sur cigarette et avait une tête à faire peur. Il évoluait dans un mauvais rêve, essayant constamment de se convaincre que ses appréhensions n'étaient pas de la paranoïa. Or c'en était. Personne n'avait touché à un seul de leurs cheveux, ni même menacé de le faire.

Il redoutait que son poème n'ait une trop grande dette envers « Châtiment » de Seamus Heaney. Que ce personnage de femme longtemps enfouie dans une tourbière n'évoque ses « sœurs traîtresses » irlandaises, couvertes de goudron pour collaboration avec l'ennemi sous les yeux du poète, à la fois indigné et rendu complice par sa compassion. Que pouvait avoir à dire des Troubles un individu extérieur, un Anglais n'ayant à son actif qu'une semaine de vagues engagements ? Sa dernière idée était justement celle-ci : orienter le poème vers son ignorance et ses insomnies. Montrer combien il s'était senti perdu et effrayé. Et un nouveau problème se posait. Browne avait eu entre les mains cette version dactylographiée. Lisant le titre, Roland réentendit la voix monotone de l'inspecteur et « Glamis a assassiné le sommeil » le rebuta. Pauvre, lugubre, emprunté à Shakespeare. Au bout de vingt minutes il mit le poème de côté pour réfléchir à son idée. Il rouvrit son carnet. Le piano. L'amour, le souvenir, le mal. Mais l'inspecteur était passé avant lui. En sa présence toute intimité avait été violée. Un pacte innocent entre la pensée et la page, entre l'idée et la main, avait été rompu. Ou souillé. Un intrus, une présence hostile avaient rendu Roland méfiant envers son propre style. Il était forcé de se lire avec les yeux d'autrui pour éviter une probable erreur d'interprétation. L'autocensure signait la mort d'un carnet.

Il écarta le sien, se leva et se souvint des contraintes immédiates qui pesaient sur lui. Elles suffisaient à lui donner envie de se rasseoir. De réfléchir à deux fois. Elle était partie depuis une semaine seulement. Assez de faiblesse. De préciosité, alors qu'il lui fallait de la robustesse. Un poète faisant autorité avait dit qu'écrire un bon poème était un exercice physique. Il avait trente-sept ans, de la force, de l'énergie, et ce qui était écrit restait à lui. Le poète ne se laisserait pas détourner de son but par le policier. Les coudes sur le bureau, le menton dans les mains, il se sermonna en ces termes jusqu'à ce que Lawrence se réveille et se mette à hurler. C'en était fini de la journée de travail.

Au début de l'après-midi, tandis qu'il habillait le bébé pour sortir faire les courses, les chamailleries d'oiseaux dans la gouttière du toit derrière la maison lui rafraîchirent la mémoire. En bas, Lawrence sous le bras, il consulta le grand agenda qu'il laissait sur une pile d'annuaires près du téléphone de l'entrée. Il n'avait pas vu arriver le mois de mai. On était samedi, donc le 3. Toute la matinée la petite maison poussiéreuse s'était réchauffée. Il ouvrit une fenêtre du rez-de-chaussée. Que les cambrioleurs viennent pendant qu'il serait dans les magasins ! Rien à voler. Il se pencha au-dehors. Un papillon, un paon-du-jour, prenait le soleil sur les briques. Le ciel que Roland avait ignoré ces temps derniers était sans nuage, l'air embaumait l'herbe coupée du jardin voisin. Lawrence n'aurait pas besoin de son manteau.

En quittant la maison avec le bébé dans sa poussette, Roland n'avait pas l'esprit tout à fait tranquille. Mais il attachait moins d'importance à sa vie étriquée. Il y avait d'autres vies, des soucis plus graves. En chemin il tenta de voir les choses avec une indifférence enjouée : si tu perds une épouse, passe-toi d'elle et trouves-en une autre, ou alors attends son retour – entre les deux, pas grand-chose d'autre. La voie de la sagesse était de ne pas trop s'en faire. Lawrence et lui s'en sortiraient. Le lendemain ils iraient dîner chez de bons amis à dix minutes de marche de là. Le bébé s'endormirait sur le canapé, protégé par un rempart de coussins. Daphné était une vieille copine et la confidente de Roland. Peter et elle étaient d'excellents cuisiniers. Ils avaient trois enfants, dont l'un du même âge que Lawrence. D'autres amis seraient là, curieux des derniers développements. La visite de Douglas Browne, son style d'interrogatoire, la tombe improvisée dans la New Forest, les intrusions scandaleuses, le petit appareil photo dans sa poche, ce qu'avait dit son brigadier – oui, de ces éléments il ferait une comédie de mœurs. Browne deviendrait Dogberry dans *Beaucoup de bruit pour rien*. Roland souriait intérieurement en se dirigeant vers les commerces et en imaginant l'hilarité de ses amis. Ils admireraient sa résilience. Pour certaines femmes un homme s'occupant seul d'un bébé était séduisant, voire héroïque. Pour les hommes il serait le dindon de la farce. Mais il était assez fier de lui-même, du linge en train de tourner dans la machine, du sol propre de l'entrée, de l'enfant repu. Il s'offrirait des fleurs exposées dans un seau en zinc devant lequel il était passé deux jours plus tôt. Un double bouquet de tulipes pour la table de la cuisine. La boutique, à deux pas, était davantage une maison de la presse qu'un fleuriste, et il en profiterait pour acheter aussi un quotidien. Il se sentait prêt à embrasser le vaste monde turbulent. Si Lawrence le permettait, il pourrait le lire au parc.

Impossible d'acheter un journal sans voir sa une. « La Grande-Bretagne atteinte par un nuage radioactif ». Il avait déjà entendu dans le murmure de la radio de la cuisine quelques fragments de cette histoire d'explosion. Attendant près de la caisse que les fleurs soient emballées il se demanda comment on pouvait savoir quelque chose, ne fût-ce que dans les termes les plus vagues, et en même temps le nier, refuser de le voir, l'éviter, puis s'offrir le luxe d'un choc au moment de la révélation.

Il sortit du magasin à reculons avec la poussette et continua ses courses. La rue offrait une apparence sinistre de normalité au ralenti. Il avait cru pouvoir se terrer chez lui mais le monde l'avait rattrapé. Enfin pas lui. Lawrence. Un oiseau de proie industriel, un aigle sans pitié, au service des rouages du destin, était venu arracher l'enfant du nid. Le parent imbécile, se félicitant d'avoir mis la vaisselle du petit déjeuner dans l'évier, changé les draps du bébé, acheté des tulipes pour la cuisine, regardait ailleurs. Pire, il s'appliquait à regarder ailleurs. Il se croyait à l'abri parce qu'il l'avait toujours été. Il s'imaginait que son amour protégeait son fils. Mais quand une urgence nationale survient, elle met tous les humains sur un pied d'égalité. Les enfants comme les autres. Roland ne bénéficiait d'aucun privilège particulier. Il était dans la même galère que ses semblables et serait obligé d'écouter les annonces officielles, les affirmations moyennement crédibles de gouvernants qui, selon l'usage, s'adressaient aux citoyens avec condescendance. Ce qui semblait bon pour les masses dans l'esprit d'un homme politique ne valait sans doute pas pour tout le monde, en particulier pour Roland. Mais il faisait partie des masses. Il serait traité comme l'idiot qu'il avait toujours été.

Il s'arrêta près d'une boîte aux lettres. Sa couleur rouge et son insigne royal pittoresques, datant de George V, étaient déjà des vestiges d'un autre temps, d'une foi risible en la continuité assurée au moyen de messages envoyés par la poste. Il rangea les fleurs dans un sac suspendu à la poignée de la poussette et déplia le journal pour relire la une. Digne de la science-fiction, d'une neutralité apocalyptique.

Bien sûr. Le nuage avait toujours su où il se dirigeait. Pour arriver jusque-là depuis l'Ukraine soviétique il avait dû traverser des pays de moindre importance. C'était un problème local. Roland découvrit avec atterrement qu'il en savait déjà beaucoup sur le sujet. La fusion, l'explosion et la combustion du cœur d'un réacteur nucléaire dans une centrale lointaine du nom de Tchernobyl. En bas de page les mutineries couvaient encore dans les prisons, un semblant de normalité à l'ancienne. Sous son journal Roland voyait en partie la tête duveteuse, presque chauve de Lawrence pivoter sur elle-même à chaque apparition d'un passant qu'il suivait des yeux. Cette une était moins alarmante que le titre au-dessus en plus petits caractères. « Les autorités sanitaires soulignent l'absence de risque pour la population. » Exactement. Le barrage tiendra bon. L'épidémie ne se propagera pas. Le président n'est pas gravement malade. Des démocraties aux dictatures, du calme avant toute chose.

Son cynisme était une bonne protection. Il l'incitait à prendre des mesures qui lui donneraient le sentiment de ne pas être un anonyme dans la masse. Son enfant survivrait. Lui-même était un homme instruit et savait quoi faire. La pharmacie la plus proche se trouvait à moins de cent mètres. Au comptoir des médicaments sur ordonnance il fit la queue dix minutes. Lawrence s'impatientait, se tortillant et se cabrant pour échapper au harnais de la poussette. Comme seuls les gens bien informés le savaient, l'iodure de potassium protégeait la thyroïde vulnérable aux radiations. Les enfants étaient le plus à risque. La pharmacienne, une dame aimable, sourit et haussa stoïquement les épaules comme par une journée pluvieuse. Tout vendu. Depuis la veille au soir.

« Ils se ruent tous dessus, mon pauvre. »

Dans deux autres pharmacies du quartier on lui dit la même chose, en des termes moins aimables. Un type âgé en blouse blanche manifesta son agacement : Roland n'avait donc pas vu la pancarte sur la porte ? Plus loin dans la rue il acheta six bouteilles d'un litre et demi d'eau minérale et un sac assez solide pour les transporter. Les réservoirs seraient irradiés, il fallait éviter l'eau du robinet. D'une quincaillerie il rapporta plusieurs rouleaux de plastique transparent et de ruban adhésif.

Au parc, pendant que Lawrence s'endormait avec un morceau de sa deuxième banane de la journée écrasée dans son poing, Roland parcourut les pages suivantes et en tira une mosaïque d'impressions. Le nuage invisible était à une centaine de kilomètres. Des étudiants britanniques arrivant de Minsk à Heathrow avaient un taux d'irradiation cinquante fois supérieur à la normale. Minsk était à trois cent vingt kilomètres du lieu de l'accident. Le gouvernement polonais déconseillait de boire du lait ou de consommer des produits laitiers. Les Suédois avaient, les premiers, détecté la fuite radioactive à mille cent vingt-cinq kilomètres de distance. Les autorités soviétiques n'avaient diffusé à l'intention de leur population aucune consigne relative aux aliments ou boissons contaminés. Cela ne pourrait pas se produire ici. Or cela s'était déjà produit. Une fuite dans la centrale de Windscale était restée secrète. Le troisième secrétaire de l'ambassade russe à Stockholm avait eu pour mission de demander aux autorités suédoises comment circonscrire un feu de graphite. Les Suédois l'ignoraient et avaient orienté les Russes vers les Britanniques. On n'avait pas d'autre information officielle. La

France et l'Allemagne avaient déclaré que la population ne courait aucun danger. Mais il ne fallait pas boire de lait.

Sur une double page une vue en coupe de la centrale montrait point par point comment l'accident était arrivé. Roland fut impressionné qu'un quotidien ait si vite pu en savoir autant. Ailleurs figuraient les mises en garde déjà anciennes des experts sur ce type de réacteur. En bas de page, on recensait les centrales britanniques d'un modèle similaire. Selon un éditorial il était temps de passer à l'énergie éolienne. Un chroniqueur demandait ce qu'était devenue la politique de transparence de Gorbatchev. Elle avait toujours été un leurre. Quelqu'un écrivait dans le courrier des lecteurs que partout où il y avait de l'énergie nucléaire, à l'Est ou à l'Ouest, il y avait des mensonges d'État.

De l'autre côté de l'allée goudronnée qui traversait le parc, sur un banc comme le sien, une femme lisait un journal à fort tirage. Il apercevait le gros titre. « Accident nucléaire ! » Toute cette histoire, cette accumulation de détails, finissait par lui donner la nausée. Comme après avoir mangé trop de gâteau. Une indigestion de radioactivité. Deux femmes, poussant chacune un landau à l'ancienne bien suspendu, le dépassèrent. Il en entendit une employer le mot « urgence ». Il y avait une sensation de vertige généralisée à cause de cet unique sujet de conversation. Le pays se rassemblait, uni dans l'angoisse. Fuir était la seule réaction sensée. S'il avait l'argent il louerait un logement dans un endroit sûr. Mais où ? À moins qu'il n'achète un billet d'avion pour les États-Unis, pour Pittsburgh où il avait des amis, ou bien pour le Kerala où Lawrence et lui pourraient vivre de peu. Comment l'inspecteur Browne verrait-il cela ? Ce qu'il me faut, pensa Roland, c'est une conversation avec Daphné.

Les prévisions météo en dernière page de son quotidien annonçaient un vent de nord-est. Le reste du nuage était en route. Priorité pour Roland : rapporter le sac de bouteilles d'eau chez lui et rendre les fenêtres étanches. Il devait continuer à tenir le monde extérieur à distance. Le trajet à pied dura vingt minutes. Lorsqu'il sortit de sa poche la clé de la porte d'entrée, Lawrence se réveilla. Sans raison, comme tous les bébés, il se mit à brailler. Le remède était de le prendre au plus vite dans les bras. Avec des gestes fébriles et maladroits il entreprit de défaire le harnais, de soulever l'enfant écarlate et hurlant, de transporter dans la maison la poussette, l'eau, les fleurs, les rouleaux de plastique. À l'intérieur, il la vit sur le sol, le côté écrit tourné vers lui : une nouvelle carte d'Alissa, sa cinquième. Davantage de mots cette fois. Mais il la laissa où elle était et emmena Lawrence et les courses vers la cuisine.

2

Ses parents et lui étaient arrivés à Londres depuis l'Afrique du Nord à la fin de l'été 1959. Il y avait prétendument une vague de chaleur – à peine plus de trente-cinq degrés et un temps « caniculaire », mot nouveau pour Roland. Il avait réagi avec dédain, fier de venir d'un lieu où la lumière de la matinée était d'une blancheur aveuglante, où la chaleur vous giflait en rebondissant sur le sol et réduisait les cigales au silence. Il aurait pu le dire à ses proches. Au lieu de quoi il se le disait à lui-même. Ici, les rues autour du logement de sa demi-sœur Susan, à Richmond, étaient bien entretenues, avec un air de permanence. Des pavés et des bordures de trottoirs colossaux, trop lourds pour être soulevés ou volés. Des chaussées noires et lisses sans bouses de vache ni sable. Pas de chiens, de dromadaires ni d'ânes, pas de cris, pas de coups de klaxon longs d'une demi-minute, pas de charrettes à bras avec des empilements de melons, de dattes branchées ou de blocs de glace en train de fondre sous une toile de jute. Pas d'odeur de nourriture dans la rue, pas de sifflements ni de fracas, pas de relents d'huile et de caoutchouc brûlés venant d'ateliers où l'on rechapait de vieux pneus sous des auvents. Pas d'appels à la prière des muezzins du haut de leurs minarets. Ici, la chaussée propre paraissait légèrement bombée, comme si un gros tube noir presque entièrement caché à la vue y était enfoui. Pour permettre à la pluie de s'évacuer, avait expliqué son père, ce qui était logique. Roland avait remarqué les lourdes grilles en fer des caniveaux pavés et sans immondices. Tant de travail pour quelques mètres de rue ordinaire, et nul ne s'en rendait compte. Quand il avait tenté d'expliquer sa théorie du tube noir à Rosalind, sa mère, elle n'avait pas compris. Le « Tube » était le nom d'un train, avait-elle dit. Sa partie souterraine n'allait pas jusqu'à Richmond. Le long de la portion visible du tube noir de Roland, la circulation s'écoulait régulièrement, sans effort apparent. Aucun automobiliste n'essayait de doubler tous les autres.

Au milieu de l'après-midi de leur première journée complète « au pays », il avait accompagné son père, le capitaine Robert Baines, dans les magasins anglais. La lumière sirupeuse et dorée rappelait le Golden Syrup. Les couleurs dominantes étaient des rouges et des verts intenses – ceux des célèbres autobus et des étonnantes boîtes aux lettres sous d'imposants marronniers et platanes, ceux des pelouses, des talus, des touffes d'herbe dans les fissures des trottoirs. Le rouge et le vert n'allaient pas ensemble, disait sa mère. Ces couleurs qui juraient étaient associées à une angoisse, une tension dans les épaules qui le faisait marcher penché en avant. Le surlendemain ses parents et lui se rendraient à plus de cent kilomètres de Londres pour visiter sa nouvelle école. La rentrée n'aurait pas lieu avant plusieurs jours. Les autres garçons ne seraient pas présents. Il s'en réjouissait, car à leur pensée son estomac se nouait. Ce mot, ces « garçons » pris collectivement, leur conférait une autorité, un pouvoir brutal. Quand son père parlait d'eux comme de « jeunes gens », ils devenaient encore plus grands dans son esprit, inconscients de leur force. Dans une ville située à une dizaine de kilomètres de son école – *son* école – il irait avec ses parents acheter son uniforme. Cette perspective-là aussi lui donnait des crampes d'estomac. Les couleurs de l'école étaient le jaune et le bleu. Le trousseau comprenait un bleu de travail, des bottes en caoutchouc, deux sortes de cravates, deux sortes de vestes. Il n'avait pas dit à ses parents qu'il ignorait quoi faire de pareils vêtements. Il ne voulait décevoir personne. Qui pourrait lui expliquer à quoi servait un bleu de travail, ce qu'étaient des bottes en caoutchouc, un blazer, ce que signifiait « en tweed Harris avec des pièces de cuir », et à quel moment il devait les mettre et les enlever ?

Il n'avait jamais mis de veste. À Tripoli en hiver, il portait parfois un pull avec des torsades sur le devant tricoté par sa mère. Deux jours avant qu'ils ne prennent le bimoteur à hélices qui les amènerait à Londres via Malte et Rome, son père lui avait montré comment faire un nœud de cravate. Au salon il avait plusieurs fois prouvé à ses parents qu'il y arrivait. Ce n'était pas facile. Quand il serait avec les autres garçons, ces *jeunes gens*, en rang par centaines devant de gigantesques miroirs comme ceux qu'il avait vus sur une photo du château de Versailles, il ne se souviendrait sans doute pas comment réussir un nœud de cravate. Il serait seul, objet de moqueries, et aurait des ennuis.

Ils étaient sortis à pied pour acheter les cigarettes de son père et s'évader des deux pièces exiguës dans lesquelles Susan vivait avec son mari et leur fille encore bébé. Sa mère avait déjà rangé les lits de camp et passait l'aspirateur sur les tapis pourtant parfaitement propres. La petite fille, avec deux molaires qui perçaient, pleurait sans cesse. Par correction, « les hommes » ne pouvaient que débarrasser le plancher. Ils marchèrent un quart d'heure côte à côte. Au croisement de leur rue et de l'artère principale s'élevaient les énormes marronniers, qui formaient une avenue vers le premier commerce. Roland avait l'habitude des eucalyptus élancés aux feuilles rêches et poussiéreuses bruissant dans le vent et à l'écorce qui s'écaillait, des arbres apparemment sur le point de mourir de soif. Il adorait les hauts palmiers qui se penchaient vers des ciels d'azur. Mais les arbres de Londres, riches et majestueux comme la reine, affichaient la même permanence que les boîtes aux lettres. D'eux venait sa plus profonde angoisse. Les jeunes gens, le bleu de travail et le reste n'étaient rien. Les feuilles des marronniers, comme la ligne d'horizon de la Méditerranée, comme l'écriture sur le tableau noir de son école primaire de Tripoli, recelaient un secret, un secret qu'il pouvait à peine s'avouer. Il voyait flou. Un an plus tôt, il arrivait à mieux voir en plissant les yeux. Ça ne marchait plus. Chez lui quelque chose clochait et il ne supportait pas d'y penser, d'envisager ce qui l'attendait. La cécité. C'était une maladie et un échec. Il ne pouvait en parler à ses parents de peur de les décevoir. Tout le monde voyait normalement, et pas lui. Tel était son secret honteux. Il emmènerait son infirmité en pension et l'affronterait seul.

Chaque marronnier était une falaise d'un vert indifférencié. Lorsqu'ils s'approchèrent du premier, ses feuilles apparurent, chacune d'elles une large tache exubérante et sympathique à cinq oreilles. S'arrêter pour regarder de près aurait pu trahir son secret. Examiner les feuilles n'était pas le genre de choses que son père approuvait.

Quand ils eurent trouvé une maison de la presse, le

capitaine lui acheta, sans qu'il le lui ait demandé et en même temps que ses cigarettes, une barre chocolatée. Plusieurs années comme soldat de l'infanterie, dans une caserne de Fort George en Écosse avant guerre, mal payé et toujours affamé, lui faisaient apprécier de gâter son fils. Il était également sévère, mieux valait ne pas lui désobéir. Un mélange efficace. Roland le redoutait et l'adorait. La mère de Roland aussi.

Il était encore à l'âge où une confiserie à base de chocolat, de caramel, de pâte sablée et d'éclats de cacahuètes pouvait combler ses sens et occulter ce qui l'entourait. Quand il reprit ses esprits, ils entraient dans un autre commerce. De la bière pour les hommes, du xérès pour les femmes, de la limonade pour lui. En fin d'après-midi il y aurait du foot à la télévision, miraculeusement retransmis depuis Ibrox Park à Glasgow. Et le lendemain une émission de variétés en direct du London Palladium. La télévision n'existait pas en Libye, on n'en parlait même pas. Les programmes de radio londoniens diffusés à l'intention des familles de militaires à l'étranger ne couvraient que par intermittence les sifflements et couinements du chaos cosmique. Pour Roland et ses parents, la télévision n'était pas une nouveauté. C'était une merveille. La regarder était une fête. Des boissons s'imposaient.

Père et fils repartirent du magasin de spiritueux en sens inverse avec leur lourd chargement dans des sacs en papier kraft. Alors que l'avenue était encore à cinq minutes, et la maison de la presse juste derrière eux, un bang retentissant claqua comme une détonation, comme celle des fusils de calibre 303 que Roland avait entendue plus d'une fois au stand de tir du Kilomètre 11. Ce qu'il vit en se retournant resta à jamais gravé en lui. À la toute fin, cela figurerait parmi les formes et murmures évanescents de sa conscience déclinante. Un homme avec un casque blanc, une veste noire et un pantalon bleu décrivait un arc de cercle dans les airs. Parce qu'il volait la tête la première, on aurait dit un acte délibéré, un défi relevé avec audace. Il atterrit à quatre pattes et s'écroula face contre terre sur la chaussée en glissant dans un crissement sur le bitume. Au moment de l'impact son casque avait roulé au loin. On pouvait estimer que l'homme avait parcouru une dizaine de mètres, voire une douzaine. Derrière lui se trouvait une petite voiture au capot embouti et dont le pare-brise avait volé en éclats. L'inconnu avait fait un vol plané au-dessus du toit. L'épave d'une moto retournée gisait dans le caniveau. À l'intérieur de la voiture une femme hurlait.

La circulation était interrompue et le silence se fit sur la ville. Roland traversa la chaussée en courant derrière son père. Jeune soldat de l'infanterie légère des Highlands, le caporal Baines s'était retrouvé à vingt-trois ans sur une plage près de Dunkerque et il avait vu beaucoup de morts, ainsi que des hommes déchiquetés par les bombes encore vivants. Il savait qu'il ne fallait pas déplacer le motocycliste. Il appliqua l'oreille contre sa bouche pour vérifier qu'il respirait et chercha son pouls dans ses cheveux poissés par le sang sur ses tempes. Roland observait attentivement. Son père mit le blessé en position de sécurité. Il enleva sa propre veste, la replia et la lui plaça sous la tête. Roland et lui allèrent jusqu'à la voiture. Une foule s'était formée. Le capitaine Baines n'était pas seul : tous les hommes, sauf les plus jeunes, avaient l'expérience de la guerre et de ce qu'il fallait faire, pensa Roland. Les portières avant de la voiture étaient ouvertes et trois inconnus se penchaient à l'intérieur. Tout le monde s'accordait pour dire que la femme ne devait pas être déplacée elle non plus. Elle était jeune, avec une chevelure blonde bouclée et un corsage en satin à pois multicolores couvert de traînées de sang. Elle avait une entaille en travers du front. Elle ne hurlait plus mais répétait, indéfiniment : « Je ne vois plus. Je ne vois plus. » Une voix masculine étouffée leur parvint de l'intérieur de la voiture. « Ne vous en faites pas, mon chou. C'est le sang qui vous coule dans les yeux. » Sonné, Roland détourna le regard.

Un instant plus tard deux ambulances étaient là. La femme, silencieuse à présent, était assise au bord du trottoir avec une couverture sur les épaules. Un ambulancier entourait son front blessé d'un bandage. Le motocycliste gisait inconscient sur un brancard près de l'ambulance. L'intérieur était blanc crème, éclairé par des lampes jaunes. Il y avait des couvertures rouges, deux lits une place séparés par un espace, comme dans une chambre d'enfant. Le père de Roland et deux autres hommes s'avancèrent pour aider à soulever le brancard mais on n'eut pas besoin d'eux. Un murmure de compassion s'éleva dans la foule quand la femme fondit en larmes alors qu'on l'aidait à s'installer elle aussi sur un brancard. Enveloppée dans la couverture, elle fut transportée vers la seconde ambulance. Durant tout ce temps, découvrit Roland, les gyrophares des deux véhicules n'avaient cessé de clignoter. Héroïquement.

Ces minutes étaient effrayantes. En onze ans sur terre il n'avait rien connu de pareil. Elles avaient le caractère décousu d'un rêve. Dans ses souvenirs elles deviendraient floues, échapperaient à l'ordre chronologique. Peut-être son père et lui avaient-ils d'abord couru vers la voiture, puis vers l'homme à terre parce que personne ne s'occupait de lui. Il y avait un vide, comme un instant de sommeil, pendant lequel les ambulances étaient arrivées. Leurs sirènes avaient dû retentir et pourtant il ne les avait pas entendues. Une voiture de police était là mais il ne l'avait pas davantage vue arriver. Peut-être la femme assise au bord du trottoir avec une couverture sur les épaules était-elle une inconnue ayant perdu connaissance dans la foule. Peut-être la femme blessée n'avait-elle pas bougé de la voiture tandis qu'un ambulancier stoppait l'hémorragie. Les lumières jaunes à l'intérieur de l'ambulance pouvaient avoir été les reflets du soleil. Les souvenirs étaient moins faciles à examiner en détail qu'une feuille de marronnier. L'homme qui volait dans les airs : ça c'était incontestable. Ainsi que la façon dont il avait atterri et glissé face contre terre alors que son casque blanc roulait vers le talus engazonné. Mais ce qui resta gravé dans la mémoire de Roland et le transforma fut sa réaction lorsque les portes claquèrent à l'arrière des ambulances et que celles-ci se frayèrent un chemin dans la circulation à l'arrêt. Il se mit à pleurer. Il s'éloigna pour que son père ne s'en aperçoive pas. Roland avait de la peine pour cet homme et cette femme mais ce n'était pas ça. C'étaient des larmes de joie, d'émotion sous l'effet d'une soudaine prise de conscience dont il ne pouvait encore identifier la raison : quelle humanité et quelle bonté chez les gens, quel monde bienveillant que celui disposant d'ambulances qui arrivaient de nulle part dès qu'il y avait du malheur et de la souffrance. Toujours là, sous la surface de la vie quotidienne, un système entier demeurait vigilant, prêt à venir à l'aide avec toute sa compétence et son savoir-faire, au sein d'un plus vaste réseau de solidarité que Roland avait encore à découvrir. Il lui sembla, alors que les ambulances disparaissaient au son de leurs sirènes hurlant au loin, que tout allait bien, rentrait dans un ordre bienfaisant et juste. Il n'avait pas saisi qu'il s'apprêtait à quitter sa famille pour toujours, que durant les sept années suivantes les trois quarts de son existence se passeraient en pension, que chez lui il ne serait plus qu'un visiteur. Et qu'après les études viendrait l'âge adulte. Mais il pressentait qu'il était à l'aube d'une nouvelle vie et comprenait à présent que le monde était compatissant et loyal. Il serait accueilli en son sein avec bienveillance, équité, et rien de mauvais, de vraiment mauvais, ne pourrait lui arriver à lui ni à quiconque, du moins pas pour longtemps.

La foule se dispersait, chacun retournait à son quotidien. Roland remarqua trois policiers debout près de leur voiture de patrouille. Le bras du capitaine Baines était couvert du bout des doigts jusqu'au coude de sang séché couleur rouille. Il rabattit ses manches retroussées lorsque Roland et lui allèrent récupérer dans le caniveau sa veste repliée. Il y avait aussi du sang sur la doublure de soie grise. Ils traversèrent la rue avec leurs sacs et s'arrêtèrent le temps que le capitaine remette sa veste. Il expliqua qu'il fallait éviter que la police voie le sang. Il ne voulait pas être convoqué au tribunal comme témoin. La mère de Roland et lui avaient leur avion pour la Libye à prendre la semaine suivante. Ce rappel du fait qu'il ne serait pas du voyage mit fin au moment d'épiphanie de Roland. À sa place revinrent toutes les vieilles angoisses. Ils regagnèrent à pied le logement de Susan en silence. Ils furent plus tard rejoints par le mari de celle-ci, Keith, joueur de trombone dans une fanfare militaire. Pendant que le bébé dormait enfin, ils burent de la bière, du xérès ou de la limonade en regardant le foot à la télévision avec les rideaux tirés.

Deux jours plus tard Roland et ses parents prirent à Liverpool Street le train pour Ipswich. Devant la gare victorienne endormie ils attendirent le bus 202, comme il était indiqué dans une lettre de la secrétaire du directeur. Au bout de trois quarts d'heure arriva un autobus à impériale désert aux couleurs exotiques marron et crème. Ils s'assirent à l'étage pour que le capitaine puisse fumer. Roland avait un siège près d'une vitre ouverte à cause de la chaleur. Ils longèrent une interminable rue principale aux petites maisons jumelles en brique rouge sombre. Près d'un hangar à bateaux ils obliquèrent pour prendre une route étroite en bordure d'un estuaire. Soudain apparut l'ample rivière Orwell, aux eaux propres et bleues à marée haute. Comme Roland tournait le dos à ses parents il plissa les yeux, dans l'espoir de mieux voir. Sur l'autre rive, en amont, se trouvait une centrale électrique. La route solitaire serpentait entre des étangs marécageux dont les senteurs de sel et d'humus s'élevaient dans la chaleur de cette fin d'été et emplissaient le bus. Sur la rive opposée se succédaient à présent des bois et des prairies. Il aperçut une gabare avec de hauts mâts et des voiles de la couleur du sang sur la manche du capitaine. Il désigna le bateau à sa mère mais elle se retourna trop tard. Il était enchanté par ce paysage nouveau pour lui. Pendant plusieurs minutes il en oublia le but de leur voyage, tandis que le bus dépassait une ancienne tour monumentale en gravissant une colline et que la rivière disparaissait à la vue.

Le contrôleur monta leur dire avec l'accent chantant de la région de descendre au prochain arrêt. Ils sortirent dans l'ombre fraîche et profonde d'un immense arbre. Il se dressait de l'autre côté de la route près d'un banc de bois. Bien que n'étant pas un marronnier, il rappela à Roland son secret et les plaisirs du trajet en bus furent oubliés. Son père sortit de sa veste la lettre de la secrétaire pour consulter ses indications. Ils franchirent, devant la loge d'un gardien, des grilles en fer forgé grandes ouvertes et suivirent l'allée. Personne ne parlait. Roland prit sa mère par la main. Elle referma les doigts sur les siens. Il lui trouva l'air inquiet et chercha quelque chose d'intéressant et de gentil à lui dire. Mais tout ce à quoi il pensait, sans pouvoir le révéler, était ce qui les attendait, invisible derrière les arbres. La séparation à venir. Il se devait d'en protéger sa mère quelques instants de plus. Ils dépassèrent une église normande et, à un détour de l'allée, une modeste bâtisse aux murs roses d'où provenaient les sons et les odeurs d'une porcherie. Dans la montée, à trois cents mètres au-delà d'une vaste pelouse, apparut un majestueux bâtiment de pierre grise avec des colonnes, des ailes en forme de croissant et de hautes cheminées. Berners Hall était un bel exemple, lirait un jour Roland, de l'architecture anglaise de style palladien. À l'écart, des écuries et un château d'eau étaient en partie cachés par des chênes imposants.

Ils s'arrêtèrent pour regarder. Le capitaine désigna le bâtiment d'un geste et déclara inutilement : « Nous y sommes. »

Ils savaient ce qu'il entendait par là. Ou du moins Rosalind Baines le savait-elle précisément, son fils ne le comprenant que vaguement.

*

Peu d'habitants de la Grande-Bretagne connaissaient la Libye. Encore moins étaient au courant de la présence sur place d'un contingent de l'armée britannique, vestige de vastes campagnes victorieuses dans le désert durant la Seconde Guerre mondiale. En matière de géopolitique la Libye était un trou perdu. Pendant six ans la famille Baines avait vécu sa vie dans une obscure crevasse de l'Histoire. Une vie agréable en ce qui concernait Roland. Il y avait une plage du nom de Piccolo Capri où les familles se retrouvaient l'après-midi après l'école ou le travail. Celles des officiers à une extrémité, celles des soldats moins gradés un peu plus loin. Les camarades du capitaine Baines avaient comme lui fait la guerre et gravi les échelons. Les officiers issus de l'école militaire de Sandhurst et leurs familles appartenaient à un autre monde. Roland et Rosalind avaient pour amis les enfants et les épouses des collègues du capitaine. Tels étaient leurs points de repère : cette plage, l'école primaire de Roland située dans la caserne Azizia au sud de la ville – cible que les Américains détruiraient un jour –, le YMCA qui employait Rosalind au cœur de Tripoli, l'atelier de maintenance des chars et blindés légers du camp de Gurji où travaillait le capitaine, le NAAFI, magasin des forces armées où ils faisaient leurs courses. Contrairement à la plupart des familles ils achetaient aussi des légumes et de la viande dans les souks de Tripoli. Rosalind avait le mal du pays et tricotait pour des nouveau-nés qu'elle ne connaîtrait pas bébés, emballait des cadeaux d'anniversaire presque toutes les semaines, écrivait chaque jour à ses proches des lettres qui se terminaient souvent par : « Il faut que je me dépêche pour attraper la levée. »

Il n'y avait pas d'école secondaire et, quand Roland aurait onze ans, il faudrait l'envoyer en Angleterre. Le capitaine Baines trouvait digne d'une fille sa proximité avec sa mère. Il l'aidait à faire le ménage, dormait dans son lit lorsque le capitaine était en manœuvres, la tenait encore par la main à l'âge de neuf ans. Si elle avait eu son mot à dire, elle aurait choisi de rentrer en Angleterre pour mener une vie normale et scolariser son fils dans un externat local. L'armée réduisait ses effectifs et proposait une retraite anticipée à des conditions avantageuses. Mais le père de Roland, en plus de son tempérament généreux et sévère, bienveillant et dominateur, se méfiait de tout changement avant même d'avoir des arguments contre. Il avait ses propres raisons de vouloir éloigner son fils. Deux décennies plus tard, un soir devant une bière, le commandant (en retraite) Baines expliquerait à Roland que les enfants étaient toujours une gêne dans un couple. Trouver un internat public en Angleterre pour Roland valait mieux pour « tout le monde ».

Rosalind Baines, née Morley, femme de militaire et fille de son époque, ne s'était ni irritée ni indignée de son impuissance, pas plus qu'elle n'en tint rigueur à son mari. Robert et elle avaient quitté l'école à quatorze ans. Il était devenu commis boucher à Glasgow, elle femme de chambre dans une maison bourgeoise près de Farnham. Une maison propre et bien rangée restait sa passion. Robert et Rosalind voulaient pour Roland l'instruction dont ils avaient été privés. Voilà l'histoire qu'elle se contait à elle-même. Elle avait sûrement banni par devoir l'idée que Roland puisse être externe et rester avec elle. C'était une petite femme nerveuse, inquiète, très jolie, tout le monde en convenait. Impressionnable, redoutant Robert quand il avait bu, c'est-à-dire chaque jour. Elle n'était vraiment à l'aise, vraiment détendue, que lors de longues conversations à bâtons rompus avec des amis proches. Là elle racontait des anecdotes et riait de bon cœur, un rire en cascade que le capitaine entendait rarement.

Roland était l'un de ses amis proches. Pendant les vacances, quand ils faisaient le ménage ensemble, elle évoquait des épisodes de son enfance dans le village d'Ash, près de la ville de garnison d'Aldershot. Ses frères et sœurs se brossaient les dents avec des brindilles et elle aussi. C'était son premier employeur qui lui avait offert sa première brosse à dents. Comme tant d'autres de sa génération elle avait perdu toutes ses dents entre vingt et trente ans. Les bandes dessinées des journaux montraient souvent des gens au lit avec leur dentier dans un verre d'eau sur la table de chevet. Rosalind, l'aînée de cinq, avait consacré la majeure partie de son enfance à s'occuper de sa fratrie. C'était de sa sœur Joy, qui vivait encore près d'Ash, qu'elle se sentait la plus proche. Où donc était leur mère pendant qu'elle s'occupait des enfants ? Sa réponse était toujours la même, une version enfantine non révisée à l'âge adulte : ta grand-maman prenait le bus pour Aldershot et passait la journée à faire du lèche-vitrines. La mère de Rosalind désapprouvait farouchement le maquillage. À l'adolescence, les rares soirs où elle sortait, Rosalind retrouvait son amie Sybil et ensemble elles allaient dans leur cachette, un petit tunnel sous la route en lisière du village, se mettre du rouge à lèvres et se poudrer. Elle avait dit à Roland qu'à l'âge de vingt ans, déjà mariée à Jack, son premier époux, et enceinte de Henry, son premier enfant, elle croyait que celui-ci sortirait de son postérieur. La sage-femme lui avait remis les idées en place. Roland riait avec sa mère. Il ignorait d'où venaient les bébés et savait que ça ne se faisait pas de poser la question.

La guerre avait pris Rosalind par surprise. Elle secondait un vieux chauffeur routier appelé Pop. Ils livraient des provisions près d'Aldershot. Une bombe était tombée sur la route et l'explosion avait envoyé leur camion au fossé. Ni Pop ni elle n'avaient été blessés. Elle avait continué à travailler pour lui après la guerre. À cette époque, Jack Tate avait été tué au combat et elle était mère de deux enfants. Henry vivait chez sa grand-mère paternelle. Susan était à Londres dans une institution pour les filles de soldats morts au front. Pendant la guerre le travail ne manquait pas pour les femmes. En 1945, effectuant des livraisons régulières dans une caserne à la sortie d'Aldershot, elle avait remarqué le beau sergent du poste de garde. Il avait l'accent écossais, le dos droit, une moustache bien taillée. Après de nombreuses rencontres il l'avait invitée au bal. Il lui faisait peur et elle n'avait accepté qu'après plusieurs demandes. Ils s'étaient mariés en janvier deux ans plus tard. L'année suivante naissait Roland.

Elle parlait toujours de son premier mari à voix basse. Sans qu'on le lui dise, Roland avait compris qu'il ne devait pas mentionner cet homme devant son père. Son nom avait des sonorités héroïques : Jack Tate. Il était mort de blessures au ventre reçues en Hollande quatre mois après le Débarquement. Avant la guerre, c'était un vagabond. Chaque fois qu'il disparaissait, Rosalind et ses deux enfants vivaient « aux frais de la paroisse », c'est-à-dire dans une extrême pauvreté. Parfois l'agent de police du village le ramenait. Où était-il allé ? La réponse de Rosalind à la question de Roland était toujours la même : il dormait sous les haies.

Henry et Susan, le demi-frère et la demi-sœur de Roland, étaient des personnages lointains, romantiques, des adultes menant leur vie en Angleterre, avec des emplois, des mariages, des bébés. Pendant ses loisirs Henry jouait de la guitare et chantait dans un groupe. Susan avait fait partie de la maisonnée jusqu'à ce que Roland ait six ans. Il la trouvait belle et l'adorait. Mais c'étaient les enfants de Jack Tate et il flottait autour d'eux un parfum d'interdit qui les rendait difficiles à cerner. Pourquoi les avait-on envoyés en 1941 vivre avec une grand-mère sévère et peu aimante, la mère de Jack, durant les années précédant la mort de leur père ? Henry avait passé chez elle toute son adolescence jusqu'à son service militaire. Susan avait été mise plus tard dans cette institution stricte de Londres, fondée au dix-neuvième siècle pour former des femmes de chambre. Elle était tombée malade à cause d'un phlegmon à la gorge et on l'avait finalement ramenée chez elle.

Pourquoi Henry et Susan n'avaient-ils pas grandi avec leur mère ? Roland ne posait jamais ces questions, pas même en son for intérieur. Elles étaient constitutives du nuage qui planait sur les rapports familiaux. Un nuage accepté comme un trait de l'existence. Pendant cette moitié de son enfance que représentait la Libye, on ne l'encourageait jamais à écrire à son frère et à sa sœur. Eux-mêmes ne lui écrivaient jamais. Il avait entendu dire que le couple formé par Susan et Keith, le musicien dans une fanfare, battait de l'aile – concept assez vague en soi. Susan devait venir en avion à Tripoli et y rester quelque temps. La veille du jour où ils allèrent la chercher à l'aéroport RAF Idris, Rosalind avait pris Roland à part et s'était adressée à lui avec gravité. Elle répétait chaque phrase deux fois, comme s'il avait fait une bêtise. Il ne devait jamais, *au grand jamais*, révéler à quiconque que sa sœur et lui n'avaient pas le même père. Si quelqu'un posait la question il devait répondre que son père était aussi celui de Susan. C'était bien compris ? Il acquiesçait de la tête, sans rien comprendre. Ce grave problème d'adultes faisait partie du nuage familier. Ne pas en parler semblait logique et approprié.

Au début, quand Roland et sa mère étaient arrivés à Tripoli pour rejoindre le capitaine, ils vivaient dans un deux-pièces au troisième étage avec un minuscule balcon. Le palais du roi était tout près. La chaleur, l'exotisme du centre de Tripoli et les trajets quotidiens jusqu'à la plage étaient enthousiasmants. Mais quelque chose clochait dans cette famille et clocha bientôt chez Roland, âgé de sept ans. Des cauchemars, accompagnés de hurlements, des tentatives pour sauter par la fenêtre de sa chambre lors d'accès de somnambulisme. Ses parents le laissaient parfois seul dans l'appartement en début de soirée. Assis dans un fauteuil avec les genoux repliés il attendait leur retour, terrifié, à l'affût du moindre son.

Puis il s'était retrouvé dans un appartement voisin, passant les après-midi avec une dame aimable – en partie italienne – et sa fille June, qui avait le même âge que lui et était devenue sa meilleure amie. La mère de June était psychologue et avait dû suggérer une solution pratique. Les Baines emménagèrent dans une villa blanche de plain-pied, sur les terres d'une ferme, juste à l'ouest de Tripoli. On y faisait pousser des arachides, des grenadiers, des oliviers et des vignes. S'il sautait par la fenêtre de sa chambre il tomberait d'une soixantaine de centimètres au plus. Jumbo, le chiot qu'on lui avait offert, était sans doute aussi une idée de la psychologue. June et sa mère retournèrent en Italie et Roland fut quelque temps inconsolable. La ferme lui rendit sa joie de vivre. À un kilomètre et demi environ, là où les oliveraies faisaient place au désert, commençait le camp militaire de Gurji où travaillait le capitaine. Roland se rendait parfois seul à pied jusqu'à la maison d'un camarade de classe, par une étroite piste sablonneuse bordée de hautes haies de cactus.

Dans une autre partie du nuage familial il y avait la tristesse de sa mère. Il la tenait pour acquise. Elle se cachait dans son ton éteint, sa nervosité, sa façon de s'interrompre au cours d'une tâche et de regarder ailleurs, en proie à une rêverie ou à un souvenir. Et dans ses brusques accès d'agacement envers lui. Elle s'en excusait toujours avec des mots gentils. Sa tristesse les rapprochait. Tous les trois ou quatre mois, le capitaine Baines partait deux semaines d'affilée en manœuvres dans le désert avec son unité. Le plan était de se préparer pour le jour où les Égyptiens, avec le soutien des Russes, attaqueraient la Libye par l'est. Les chars Centurion dont l'atelier du capitaine assurait la maintenance devaient répéter leurs stratégies défensives. Roland, au courant de ces préparatifs guerriers, montait le soir dans le lit de sa mère non seulement pour recevoir du réconfort mais pour en prodiguer, par sa seule présence. Il se montrait protecteur alors même qu'il avait besoin d'elle.

Mais il avait également besoin de son père. La prudence et le souci d'ordre d'un militaire tournèrent à l'obsession chez le capitaine Baines dans son grand âge. À la quarantaine, en revanche, il avait le goût de l'aventure. Quand des musiciens itinérants passaient près de la maison, il sortait s'asseoir sur le sable avec eux et s'emparait de leur *zukra* – une sorte de cornemuse –, accompagnant le groupe. Jamais ses collègues de l'armée n'auraient posé la bouche là où un Arabe avait mis la sienne. Les excursions en voiture seul avec son fils de neuf ans entraient sans doute dans son programme pour lui inculquer qualités et savoir-faire masculins. Ils allaient sur un terrain d'entraînement où Roland apprenait à grimper à la corde et à se hisser une main après l'autre en haut d'un filet. Au stand de tir du Kilomètre 11, couché près de son père, il regardait à travers la mire d'un .303 – un Mark 1 n° 4, lui avait-on enseigné – les cibles au loin sur un banc de sable. Il appuyait sur la détente et c'était son père qui encaissait le recul dans l'épaule. Le bruit, le danger, le risque mortel étaient source de jubilation. Le capitaine s'était arrangé pour que Roland fasse avec un sergent un tour aux commandes d'un char dans les dunes escarpées du terrain d'entraînement. Il l'initiait au Morse et rapporta chez eux deux claviers et cent mètres de fil électrique. Il l'emmena sur l'esplanade de la caserne Azizia pour qu'il puisse couvrir de longues distances en patin à roulettes. Le capitaine Baines avait une vision virile de la natation. Il apprit à son fils à plonger, à retenir sa respiration sous l'eau trente secondes et à nager le crawl – la brasse, c'était pour les filles. À la plage ils avaient inventé ensemble un jeu qu'ils appelaient « le record ». Debout dans la mer jusqu'à la poitrine, le capitaine comptait lentement pendant que Roland se tenait en équilibre sur ses épaules rendues glissantes par la crème capillaire Brylcreem. Lorsqu'ils avaient mis fin à ce jeu, peu avant de prendre l'avion pour Londres, le record était de trente-deux secondes.

Quand Roland mentionna qu'il aimerait trouver un scorpion, le capitaine et lui s'aventurèrent dans la brousse à l'ouest de Tripoli. Lors de ce genre d'expéditions, son père demandait : « Trois huitièmes ? » et Roland s'écriait : « Zéro virgule trois cent soixante-quinze ! » Ou bien le capitaine disait : « Vingt miles ? » et Roland faisait mentalement la conversion – diviser par cinq, multiplier par huit – pour donner la réponse en kilomètres. Son père le rodait pour l'examen 11-plus, en fin d'école primaire, avec des questions dont il croyait qu'elles tomberaient forcément. Aucune ne tomba.

« Capitale de l'Allemagne de l'Ouest ?

— Bonn !

— Nom du Premier ministre ?

— M. Macmillan ! »

Ils s'arrêtèrent au bord de la route déserte qui menait vers la Tunisie. Ils marchèrent dix minutes sur l'immense étendue caillouteuse couverte de cactus nains. Roland ne fut pas surpris de voir sous la première pierre retournée par son père un grand scorpion jaune. Sa queue et son dard étaient dressés. Il les attendait. Le capitaine le poussa imprudemment dans un pot à confiture avec son pouce. Pendant une semaine Roland le nourrit de lucanes, mais le scorpion restait recroquevillé. Rosalind disait qu'elle n'arrivait pas à dormir avec lui dans la maison. Robert l'emporta à l'atelier et le rapporta flottant dans un pot de formol, hermétiquement fermé. Des années durant, Roland imagina le fantôme du scorpion s'approchant de lui pour assouvir sa vengeance. Son plan était de piquer ses pieds nus pendant qu'il se brossait les dents le soir. Roland ne pouvait le faire reculer qu'en baissant ostensiblement les yeux vers lui et en chuchotant : « Pardon. »

Sa grande aventure initiatique était intervenue plus tôt, quand il avait huit ans. Son père y avait joué un rôle central, en tant que distante figure héroïque. Contrairement à son habitude, Rosalind était absente. Pour la première fois certains développements de l'actualité internationale firent intrusion dans le petit monde de Roland. Il en avait une compréhension minimale. Il apprendrait dans son prochain établissement scolaire que les querelles des dieux grecs avaient de graves conséquences pour les simples mortels.

Dans tout le Moyen-Orient, le nationalisme arabe représentait une force politique montante ayant pour ennemi immédiat les puissances coloniales européennes, passées ou présentes. Le nouvel État juif d'Israël, établi sur des terres que les Palestiniens considéraient comme les leurs, agissait comme un aiguillon. Quand Nasser, le président égyptien, nationalisa le canal de Suez géré par les Britanniques, il devint un héros de la cause nationaliste. On supposait que les sentiments antibritanniques gagneraient la Libye voisine. Dès que la Grande-Bretagne et la France alliées à Israël attaquèrent l'Égypte pour reprendre le contrôle du canal, il y eut des manifestations pro-Nasser à Tripoli. La foule brandissait aussi des banderoles contre le roi Idris, trop bien disposé envers les intérêts européens et américains. Londres et Washington décidèrent de mettre en sûreté toutes les familles britanniques et américaines jusqu'à ce qu'elles puissent être évacuées.

Que pouvait savoir Roland de tout cela ? Seulement ce que lui avait dit son père : les Arabes étaient en colère. Pas le temps de demander pourquoi. Tous les enfants et leurs mères devaient rejoindre immédiatement le camp militaire le plus proche pour y trouver protection. Le hasard voulut, au moment où éclata la crise de Suez, que Rosalind fût en Angleterre chez Susan. Il y avait « au pays » des problèmes dont Roland ignorait tout. Tout comme il ignorait qui était venu dans la villa blanche, pendant qu'il était à l'école, emplir un sac de voyage avec ses vêtements. Certainement pas le capitaine, trop occupé en tant qu'officier chargé de l'évacuation.

Le car qui ramena Roland de son école primaire située dans la caserne Azizia ne s'arrêta pas ce jour-là près de l'allée conduisant à la villa à travers le verger de grenadiers.

Il continua sur un kilomètre et demi pour atteindre Gurji. Des nids de mitrailleuses entourés de sacs de sable protégeaient le poste de garde, et des blindés légers étaient garés au bord de la route. À l'entrée du car dans le camp, des soldats en armes saluèrent de la main et se mirent au garde-à-vous.

Les tentes de l'armée prévues pour vingt hommes étaient toutes identiques, mais il allait de soi que les enfants d'officiers et ceux des militaires moins gradés seraient hébergés séparément. Les épouses se regroupèrent pour installer une cuisine, une salle à manger et une buanderie improvisées. Rien de spectaculaire ne se produisit durant la semaine suivante. Les Arabes en colère et armés jusqu'aux dents n'attaquèrent pas la base pour massacrer les enfants britanniques et leurs mères. Le camp était d'une taille raisonnable, personne n'avait le droit d'en sortir et Roland n'avait jamais été plus heureux. Avec deux de ses camarades ils se sentaient partout chez eux. L'odeur d'huile de moteur sur le sable chaud et fin leur devint familière. Ils exploraient les ateliers de maintenance, parlaient avec les commandants de chars, jouaient au foot sur un terrain sans pelouse mais aux dimensions réglementaires. Ils escaladaient les miradors pour rejoindre les équipes de mitrailleurs. Soit la discipline se relâchait, soit la perspective d'une attaque s'était envolée. Les officiers et les soldats de garde – tous jeunes – étaient sympathiques. Un lieutenant avait emmené Roland faire à toute vitesse le tour de la base sur sa moto 500 cc. Celui-ci se promenait parfois de son côté, content d'être seul. Les mamans femmes de militaires qui surveillaient les repas, baignaient l'un après l'autre dix-huit enfants dans une grande baignoire métallique et imposaient l'heure du coucher, étaient joyeuses et efficaces. Roland bénéficiait d'une sollicitude particulière à cause de l'absence de sa mère. Or l'attention maternelle était justement ce dont il ne voulait pas.

Les récriminations et requêtes étaient adressées au capitaine Baines et à ses hommes. Le capitaine faisait parfois une descente dans les tentes des familles pour régler un problème, son revolver de service à la ceinture. Il n'avait pas le temps de parler à son fils. Rien de grave. Roland était trop jeune pour s'expliquer son euphorie durant ces quelques jours. La rupture de la routine, la surexcitation liée au danger se mêlaient à un sentiment exagéré de sécurité, aux heures de jeu sans surveillance avec ses copains, ainsi qu'à une série d'absences libératrices : plus besoin de plisser les yeux pour voir le tableau noir de l'école d'Azizia, disparition de l'attention inquiète et de la tristesse de sa mère, et de l'autorité de fer de son père. Le capitaine ne lui enduisait plus avec vigueur les cheveux de crème Brylcreem et ne lui faisait plus de raie d'un geste sec avec l'extrémité de son peigne le matin avant l'école ; sa mère ne s'énervait plus à cause des éraflures sur ses chaussures. Par-dessus tout il était délivré de ces problèmes familiaux dont on ne parlait pas et de leur pression sur lui, aussi diffuse et mystérieuse que la force de gravité.

Les familles quittèrent le camp tard un soir pour se rendre à l'aéroport RAF Idris sous bonne escorte militaire, véhicules blindés compris. Roland était fier de voir son père diriger les opérations, revolver à la ceinture comme toujours, donnant des ordres aux soldats, déposant sains et saufs les mères et les enfants au pied de la passerelle du bimoteur à hélices en partance pour Londres. Mais il n'eut pas l'occasion de lui dire au revoir.

Cet épisode, avant-goût d'une liberté irréelle, avait duré huit jours. Il l'accompagna à l'internat, contribua à son instabilité et au flou de ses ambitions entre vingt et trente ans, et renforça ses réticences à chercher un emploi normal. Cela devint un handicap : quoi qu'il fasse, il était poursuivi par l'idée qu'ailleurs existait une plus grande liberté, une vie émancipée presque à sa portée, laquelle lui serait refusée s'il acceptait tout engagement définitif. Il rata ainsi beaucoup d'occasions et s'infligea des périodes d'ennui prolongé. Il attendait que l'existence s'ouvre comme un rideau, qu'une main se tende pour l'aider à franchir le seuil d'un paradis retrouvé. Alors son but, les plaisirs de l'amitié, de la convivialité, et le frisson de l'inattendu, serait atteint. Faute d'avoir compris ou défini ces attentes avant qu'elles ne se dissipent plus tard dans la vie, il resta sensible à leur attrait. Il ignorait ce que – dans le monde réel – il attendait. Dans l'idéal, c'était de revivre ces huit jours passés dans l'enceinte des ateliers de la 10e division blindée au camp de Gurji à l'automne 1956.

En Angleterre, Roland et sa mère logèrent six mois chez un maçon d'Ash, le village natal de Rosalind. Roland fréquenta la même école qu'elle au début des années 1920, où Henry et Susan étaient allés en leur temps. À Pâques de l'année suivante, Rosalind et Roland retournèrent en Libye, dans un nouveau lotissement près de la côte. La séparation avait peut-être fait du bien à ses parents, car la vie était plus simple, sa mère se détendait et le capitaine commençait à apprécier ses expéditions avec son fils.

En juin 1959 un collège fut choisi et une visite prévue pour le mois de septembre, quelques jours avant la rentrée. Roland apprit qu'il aurait des leçons de piano. Le capitaine jouait pour sa part de l'harmonica en s'inspirant habilement des chanteurs de charme. Il avait un faible pour les chansons de la Première Guerre mondiale. « It's a Long Way to Tipperary », « Take Me Back to Dear Old Blighty », « Pack up Your Troubles in Your Old Kit Bag ». Il y avait aussi des mélodies écossaises, de vieux classiques de Harry Lauder qu'il interprétait avec talent. « A Wee Deoch an' Doris », « Stop Your Tickling, Jock ! » et « I Belong to Glasgow ». Son plus grand plaisir dans l'existence était de boire une bière avec ses collègues, de jouer ou de chanter pour eux et de les inciter à se joindre à lui. Son principal regret était de n'avoir jamais appris le piano, de n'en avoir jamais eu l'occasion. Roland devait bénéficier de ce dont il avait été privé. Le type qui savait jouer du piano serait toujours populaire, disait-il souvent à son fils. Dès qu'il entonnait une vieille chanson à succès, tout le monde faisait cercle autour de lui et reprenait en chœur.

Les leçons de piano furent organisées avec le directeur adjoint, qui répondit aimablement par courrier que tout était en ordre et que Mlle Cornell, récemment diplômée du Royal College of Music, serait le professeur particulier de Roland. L'établissement attachait beaucoup d'importance à la musique et lui-même espérait que Roland participerait à l'opéra choisi pour le prochain semestre, *La Flûte enchantée.*

Quelques semaines avant que la famille ne quitte la Libye pour l'Angleterre, le capitaine prit une autre initiative audacieuse. Il s'arrangea pour faire livrer chez eux par un trois-tonnes de l'armée d'énormes cageots. Un caporal et un soldat les transportèrent dans le jardinet derrière la maison. Le père et le fils les clouèrent ensemble pour construire une « base ». Roland rampait à l'intérieur de son labyrinthe et s'y livrait à des expériences de chimie avec des mélanges improbables de produits ménagers – sauce Worcestershire, lessive en poudre, sel, vinaigre – et de roses trémières, de géraniums ou de feuilles de palmiers-dattiers. Aucun n'explosa comme il l'aurait espéré.

*

Ils y étaient donc. Chacun à sa façon, ils avaient compris. Le manoir de style palladien à l'autre extrémité du terrain de cricket marquait la fin de leur famille triangulaire. Ses rythmes quotidiens et ses courants souterrains de sentiments et de conflits cachés s'étaient intensifiés dans le décor d'un lointain avant-poste, l'une de ces dépouilles de guerre oubliées. Personne n'ayant rien à dire sur une fin proche, ils se remirent à marcher en silence. Roland lâcha enfin la main de sa mère. Son père désigna quelque chose et ils regardèrent docilement. Un tracteur muni d'une remorque apportait des poteaux de rugby sur la pelouse. Quatre hommes installaient à l'aide de cordes une structure en forme de H. Les arbres les leur avaient dissimulés jusqu'alors. Les guichets du terrain de cricket n'étaient pas montés et aucun score ne figurait sur le tableau d'affichage. La fin de l'été. L'allée décrivait une longue courbe qui les mena au-delà des écuries et du château d'eau. Ils entrevirent derrière le bâtiment principal une balustrade, un tapis de fougères descendant en pente vers un bois, puis la berge et à nouveau cette ample rivière bleue, large route droite qui suivait son cours vers un méandre au loin. Vers Harwich, déclara le capitaine.

Roland ignorait si c'était son idée à lui ou quelque chose qu'on lui avait dit : rien n'est jamais comme on l'imagine. Il en mesurait pleinement la vérité sidérante. L'échelle, l'espace, la majesté, et tout ce vert – comment, depuis leur petite maison de Giorgimpopoli, ou à son pupitre face au tableau flou de la salle de classe d'Azizia, ou devant la mer paisible et la chaleur insouciante de Piccolo Capri, aurait-il pu savoir ce qui l'attendait ? Il était à présent trop impressionné pour éprouver de l'angoisse. Il marchait entre ses parents vers le somptueux édifice comme dans un paysage de rêve. Ils entrèrent par une porte latérale. À l'intérieur il faisait frais, presque froid. Un étroit vestibule avant le hall d'entrée abritait une cabine téléphonique et un extincteur. L'escalier était raide et de taille modeste. Autant de détails rassurants. Ils se retrouvèrent dans une grande salle de réception avec un haut plafond bruissant d'échos et trois portes sombres en bois ciré, toutes fermées. La famille s'attarda l'air hésitant au centre de la pièce. Le capitaine cherchait à nouveau la lettre contenant les indications quand la secrétaire surgit devant eux. Après les présentations – elle s'appelait Mme Manning – la visite commença. La secrétaire posa d'une voix enjouée quelques questions à Roland qui répondit poliment et elle annonça qu'il serait le plus jeune de sa promotion. Dès lors il écouta à peine et elle ne l'interrogea plus – un soulagement. Elle s'adressait au capitaine. Ce fut lui qui la questionna pendant que Roland et sa mère marchaient derrière, tels deux futurs élèves. Mais chacun évitait le regard de l'autre. Roland saisit toutefois les allusions de leur guide aux « garçons ». Après le déjeuner, quand ils n'avaient pas rugby, les garçons mettaient leur bleu de travail. Cela ne présageait rien de bon. Elle dit plusieurs fois à quel point tout était étonnamment calme et bien rangé en leur absence. Mais en réalité ils lui manquaient. Les vieilles angoisses de Roland revinrent. Ces garçons sauraient des choses qu'il ignorait, ils se connaissaient déjà, ils seraient plus grands, plus forts, plus âgés. Ils le détesteraient.

Ils sortirent par une autre porte latérale et passèrent sous un araucaria. Mme Manning désigna une statue de la Diane chasseresse, avec ce qui ressemblait à une gazelle près d'elle. Ils ne s'approchèrent pas autant qu'il l'aurait aimé. Ils restèrent en haut d'un escalier à regarder une grille qui, expliqua-t-elle longuement, comportait un monogramme en fer forgé. Roland contemplait l'immense rivière et se laissait porter par ses pensées. S'ils avaient été chez eux en Libye, ils se seraient préparés pour la plage. Palmes et masque de plongée à l'odeur particulière en pleine chaleur, maillots et draps de bain. Il y aurait des grains de sable de la veille dans les palmes et le masque. Ses amis l'attendraient. Le soir, sa mère appliquerait une lotion rose à la calamine sur ses épaules et son nez qui pelaient à cause des coups de soleil.

Ils atteignaient un bâtiment moderne peu élevé. À l'intérieur, à l'étage, ils inspectèrent les dortoirs. La preuve la plus évidente jusque-là de l'existence des garçons. Des rangées de lits métalliques superposés, des couvertures grises, des relents de désinfectant, des placards au bois éraflé que Mme Manning appelait « armoires », et dans les salles d'eau des lavabos massifs alignés sous de petits miroirs. Rien à voir avec le château de Versailles.

Plus tard, un thé et une tranche de cake au secrétariat. Les leçons de piano de Roland furent payées d'avance. Le capitaine signa quelques formulaires et, après avoir salué Mme Manning, ils reprirent à pied l'allée en sens inverse, attendirent brièvement sous l'immense arbre le bus pour le centre d'Ipswich, puis se rendirent dans le magasin étouffant du vendeur d'uniformes, où les murs lambrissés de chêne absorbaient l'air en totalité, ou presque. Il fallut beaucoup de temps pour constituer le trousseau. Le capitaine Baines alla au pub. Roland revêtit la veste rêche en tweed Harris avec des pièces de cuir aux coudes et un liséré de cuir aux poignets. Sa première veste. La deuxième était un blazer bleu. À plat dans un carton, le bleu de travail. Inutile de l'essayer, dit le vendeur. Le seul article qui plaisait à Roland était une ceinture élastique bleu et jaune avec une boucle en forme de serpent. Dans le train Ipswich-Londres qui les ramenait vers le logement de Susan à Richmond, entourés des sacs contenant le nécessaire, ses parents lui demandèrent de différentes façons s'il aimait bien cette école ou tel de ses aspects. Il n'aimait ni ne détestait Berners Hall. L'établissement existait simplement, écrasant, et représentait déjà son avenir. Il répondit que oui, il l'aimait bien, et leur expression soulagée lui fit plaisir.

Cinq jours après son onzième anniversaire ils l'emmenèrent dans une rue près de la gare de Waterloo où plusieurs cars attendaient. L'un d'eux était réservé aux nouveaux élèves. Ce furent des adieux gênés. Son père lui donna une tape dans le dos, sa mère hésita avant de se contenter d'une étreinte furtive à laquelle il se prêta gauchement, redoutant ce que pourraient penser les autres garçons. Peu après, il fut témoin de nombreuses démonstrations d'affection larmoyantes et bruyantes, mais il était trop tard pour revenir sur ses pas. Dans le car il y eut un premier quart d'heure difficile, ses parents sur le trottoir lui souriant, agitant discrètement la main et lui adressant des encouragements inaudibles à travers la vitre alors que le garçon assis à côté de lui avait envie de parler. Quand le car s'ébranla enfin, ses parents s'éloignèrent à pied. Son père enlaçait sa mère dont les épaules tremblaient violemment.

Le voisin de Roland lui tendit la main et déclara : « Je m'appelle Keith Pitman et je veux être spécialiste en esthétique dentaire. »

Roland avait échangé des poignées de main avec beaucoup d'adultes, principalement des collègues de son père, mais il ne s'était jamais livré à ce rituel avec quelqu'un de son âge. Il serra la main de Keith et dit : « Roland Baines. »

Il avait déjà remarqué que ce garçon aimable n'était pas plus grand que lui.

De prime abord, le choc ne vint pas de la séparation d'avec ses parents, désormais à plus de trois mille kilomètres de distance. L'impact immédiat fut sur la nature du temps. Ce serait arrivé de toute façon. Elle devait arriver, cette transition vers le temps et les obligations des adultes. Auparavant, il s'était épanoui dans une brume d'événements à peine visibles, indifférent à la chronologie, flottant, au pire trébuchant, d'heure en heure, de jour en jour et de semaine en semaine. Les anniversaires et Noël étaient les seuls vrais repères. On recevait le temps en partage. Chez lui ses parents en avaient surveillé le cours, à l'école tout se passait dans une salle de classe, les changements de routine occasionnels étant orchestrés par les professeurs qui vous escortaient et vous tenaient même par la main.

La transition fut brutale. Les nouveaux petits élèves devaient vite apprendre à vivre l'œil sur la pendule, à en être les serviteurs, à anticiper ses exigences et à payer le prix en cas d'échec : une réprimande d'un professeur irritable, une retenue ou, en dernier ressort, la menace d'une fessée à coups de chausson. Apprendre quand se lever et faire son lit, être prêt pour le petit déjeuner, puis pour la prière en commun, puis pour la première heure de cours ; quand réunir à l'avance tout ce dont on avait besoin pour cinq cours ; comment consulter son emploi du temps ou chercher sur certains panneaux d'affichage son nom sur une liste ; comment changer ponctuellement de salle de classe toutes les quarante-cinq minutes et ne pas être en retard pour le déjeuner après la cinquième heure de cours ; quels jours il y avait éducation physique, où ranger et récupérer ses affaires de sport et quand les donner à laver ; les après-midi sans sport, quand aller en cours en fin de journée, quand y retourner le samedi matin ; à quelle heure commençait l'étude et combien de temps on avait pour apprendre ses leçons par cœur et finir ses travaux écrits ; quand se doucher, quand monter au dortoir pour être couché un quart d'heure avant l'extinction des feux ; quels étaient les jours de lessive et à quelle heure il fallait se mettre en rang pour donner ses vêtements sales à la lingère – tantôt les chaussettes et les caleçons, tantôt les chemises, les pantalons et les serviettes ; quand changer ses draps de sorte que celui du dessus devienne celui du dessous et que le drap propre devienne celui du dessus ; quand se mettre en rang pour la vérification des poux, l'inspection des ongles, la distribution de l'argent de poche, et pour faire ses achats à l'ouverture de la boutique de l'internat.

Vos affaires conspiraient tyranniquement avec les horaires. Elles pouvaient vous filer entre les doigts. On pouvait oublier ou perdre beaucoup de choses en début de journée : l'emploi du temps lui-même, un manuel scolaire, les devoirs de la veille au soir, d'autres cahiers d'exercices, les questionnaires dactylographiés et les cartes de géographie, un stylo ne fuyant pas, sa bouteille d'encre, son crayon, sa règle, son rapporteur, son compas, sa règle à calcul. Si on rangeait tout dans une trousse, on risquait de la perdre elle aussi et d'avoir encore plus d'ennuis. L'éducation physique était un problème à part, terrifiant. Deux fois par semaine on trimballait de salle en salle son sac de sport. Le professeur, M. Evans, un Gallois brutal, punissait tout retard ou inaptitude avec une cruauté tant mentale que physique. Dès la première semaine il lui enfonça profondément l'ongle de son pouce dans l'oreille pour ne pas s'être assis correctement en tailleur sur le terrain de rugby. La douleur s'intensifiant, Roland s'empressa de trouver la bonne position sur l'herbe. En Libye seuls les Libyens s'asseyaient à même le sol, qui était caillouteux, dur et brûlant. Au gymnase, où le professeur régnait en maître, les gros, les faibles et les maladroits étaient des victimes toutes désignées. Après ce premier épisode Roland ne se fit plus remarquer.

Le temps, qui avait été une sphère sans limites où il évoluait librement dans toutes les directions, devint du jour au lendemain une étroite piste à sens unique qu'il parcourut avec ses nouveaux amis d'un cours à l'autre, d'une semaine à l'autre, jusqu'à ce qu'elle prenne une réalité incontestée. Les garçons, dont il avait redouté la présence, étaient aussi déroutés que lui mais sympathiques. Il aimait la chaleur de l'accent cockney. Ils restaient en groupe, certains pleuraient la nuit, d'autres mouillaient leur lit, la plupart affichaient une bonne humeur indéfectible. Personne n'était tourné en ridicule. Une fois les lumières éteintes, ils racontaient des histoires de fantômes, exposaient leurs théories sur le monde ou parlaient en fanfaronnant de pères dont certains, apprit plus tard Roland, étaient inexistants. Lui-même s'entendit dans l'obscurité tenter en vain d'évoquer l'évacuation de Suez. Mais le récit de l'accident fut une réussite. Un homme volant dans les airs vers une mort certaine, une femme en sang rendue aveugle, les sirènes, la police, le bras ensanglanté de son père. Un autre soir, il répéta son récit à la demande générale. Il y gagna une réputation, élément qui n'avait jamais fait partie de son existence. Il pensa qu'il devenait quelqu'un d'autre, une personne que ses parents ne reconnaîtraient peut-être pas.

Après déjeuner, trois après-midi par semaine, les élèves de la classe d'âge de Roland enfilaient leur bleu de travail – une opération simple – et on les envoyait jouer sans surveillance dans les bois et le long de l'estuaire. Ces romans pour la jeunesse de la série des Bennett qui l'avaient fait rêver dans la Libye désertique devenaient enfin réalité. C'était le magazine *Boy's Own* mis en application : ils construisaient des campements, grimpaient aux arbres, fabriquaient des arcs et des flèches, et ils creusèrent un tunnel non étayé sous lequel ils rampaient en bravant le danger. À seize heures ils étaient de retour en classe. Les mains qui tenaient les stylos-plumes gardaient parfois les traces de la boue noire de l'estuaire ou des taches d'herbe. Si deux heures de maths ou d'histoire suivaient, il fallait lutter contre le sommeil. Mais si on était vendredi, où le dernier cours était celui d'anglais, le professeur leur faisait de sa voix nasillarde et haut perchée la lecture captivante d'un nouvel épisode de *L'Homme des vallées perdues*, un roman-western. Elle occupa presque un semestre.

Roland mit plusieurs semaines à comprendre que la majorité des enseignants n'étaient ni cruels ni hostiles. Ils donnaient seulement cette impression dans leur toge noire. Pour la plupart, ils étaient aimables et certains l'appelaient par son nom, même s'ils s'en tenaient à son patronyme. Nombre d'entre eux étaient marqués par leurs états de service pendant la guerre. Bien qu'elle ait pris fin quatorze ans plus tôt – la vie entière de Roland plus un quart ou presque –, cette guerre mondiale demeurait une présence, une ombre mais aussi une lumière, source de vertu et de sens, exactement comme elle l'avait été en Libye, dans la villa de Giorgimpopoli et les ateliers de Gurji en bordure du désert. Le fusil Lee-Enfield .303 sur la détente duquel on lui avait permis d'appuyer venait de la 7e division blindée, connue sous le nom de Rats du Désert, et il avait sûrement tué des Allemands et des Italiens. Dans ce Suffolk rural, Berners Hall et ses terres avaient été réquisitionnés en 1939 pour l'armée et plus tard pour la marine. Les monuments d'époque étaient les baraquements en lisière des bois qui descendaient vers l'estuaire. Ils servaient désormais à l'enseignement du latin et des maths. En coupant à travers ces mêmes bois on atteignait la « rampe » bétonnée de Berners sur laquelle les bateaux étaient portés ou remorqués jusqu'à la rivière Orwell. À proximité se trouvait un ponton de bois construit pendant la guerre par des ingénieurs militaires. De ce ponton, le 6 août 1944, mille soldats envoyés en renfort avaient entamé sur des barges de débarquement la descente de la rivière, et la longue traversée vers les plages de Normandie et la libération de l'Europe. La guerre était encore présente dans l'inscription au pochoir sur le mur de brique devant l'infirmerie : *Centre de décontamination.* Elle était encore présente dans beaucoup de salles de classe, où la discipline n'était pas imposée mais incarnée par d'anciens combattants qui avaient en leur temps reçu des ordres pour une grande cause. L'obéissance allait de soi. Repos !

Le terrible secret de Roland fut découvert au bout de quinze jours. On avait envoyé les nouveaux élèves par groupes à l'infirmerie et ils patientaient debout en caleçon, entassés dans la salle d'attente, jusqu'à ce qu'on les appelle. Roland se présenta devant la redoutable sœur Hammond. On disait qu'elle « ne s'en laissait pas conter ». Sans un mot de bienvenue elle lui ordonna de monter sur la balance. Puis il fut mesuré, ses articulations, ses os et ses oreilles étant inspectés pour détecter toute anomalie. Sous son regard horrifié, la sœur lui examina brusquement les testicules. Enfin, elle lui mit un bandeau sur l'œil et, le prenant par les épaules, le fit pivoter et aller jusqu'à une ligne sur le sol, face à un tableau avec des lettres de taille décroissante accroché au mur. Dans sa quasi-nudité il allait être percé à jour. Son cœur battait à tout rompre. Plisser les paupières ne servait à rien, son œil droit ne valait pas mieux que le gauche et il se trompait à chaque tentative pour deviner une lettre. Il ne pouvait pas lire au-delà de la deuxième ligne. Imperturbable, sœur Hammond nota quelque chose et appela l'élève suivant.

Dix jours après sa visite à l'opticien d'Ipswich on vint le chercher en classe pour lui remettre une enveloppe en papier kraft. Le matin était doux et automnal, le ciel sans nuage. Roland s'arrêta devant un grand chêne pour faire un test avant de retourner en cours. Il s'assura d'abord qu'il n'y avait personne à proximité. Il retira l'étui de l'enveloppe, l'ouvrit en forçant sur les ressorts du couvercle et sortit l'étrange objet. Dans ses mains on aurait dit un être vivant, repoussant. Il en écarta les branches, l'approcha de son visage et leva les yeux. Une révélation. Il poussa un cri de joie. L'imposante silhouette du chêne bondit comme à travers un miroir d'*Alice au pays des mer-*

veilles. Soudain chaque feuille distincte parmi les milliers qui recouvraient l'arbre contribuait à une éclatante singularité de couleurs, de formes et de reflets agités par la brise, chacune d'elles apportait une nuance subtile de rouge, d'orangé, d'or, de jaune pâle et de vert persistant sur le bleu intense du ciel. Ce chêne, comme les dizaines d'arbres autour de lui, s'était emparé d'une portion de l'arc-en-ciel. Ce gigantesque être complexe était doué de *conscience.* Il se donnait en spectacle pour Roland, faisait son numéro, jouissait de sa propre existence.

Quand Roland chaussa timidement ses lunettes en classe pour évaluer les risques de ridicule et de honte, personne ne réagit. Chez lui pendant les vacances de Noël, avec la ligne d'horizon de la Méditerranée à nouveau tranchante comme une lame, ses parents s'en tinrent à quelques commentaires évasifs en passant. Il remarqua qu'autour de lui des douzaines de gens portaient des lunettes. Depuis deux ans il s'inquiétait pour rien et avait tout faux. Ce n'était pas seulement le monde matériel qu'il avait découvert avec netteté. Il se voyait lui-même pour la première fois. Il était une personne singulière – plus que cela, une personne à part.

Il n'était pas seul à le penser. De retour à l'internat un mois plus tard, un professeur l'envoya pendant un cours porter une lettre à la secrétaire. Mme Manning n'était pas là. S'approchant de son bureau il aperçut son propre nom, à l'envers dans un classeur ouvert. Il contourna le bureau pour jeter un coup d'œil. Dans une case avec les initiales « QI » il vit un nombre, 137, qui ne signifiait rien pour lui. Dessous il lut : « Roland est un garçon attachant… » Des pas retentirent dans le couloir et il s'éloigna rapidement pour retourner en classe. Attachant ? Il croyait connaître le sens de cet adjectif, mais on ne pouvait être attachant que *pour quelqu'un*. Quand il eut un moment de liberté dans l'après-midi il alla consulter un dictionnaire à la bibliothèque. En l'ouvrant il sentit son estomac se nouer. Il allait lire le verdict d'un adulte sur celui ou ce qu'il était. *Qui inspire la sympathie, touche la sensibilité. Dont on se sent proche.* Il fixa cette définition, sa perplexité se confirmant. De qui était-il censé être proche ? Quelqu'un qu'il avait oublié ou qu'il n'avait pas encore rencontré ? Il ne le découvrit jamais mais garda une tendresse particulière pour ce mot qui détenait le secret de son moi.

Au cours de sa deuxième semaine, il était allé à sa première leçon de piano dans l'aile réservée à la musique, près de l'infirmerie. Durant les dix jours précédents, sa vie avait consisté en une suite d'événements insolites. Celui-ci n'en était qu'un de plus, et assis dans la salle d'attente les jambes ballantes il n'éprouvait donc rien. C'était nouveau, mais tout était nouveau. Pas de notes de piano. Seulement des murmures. Un garçon plus âgé sortit de la salle de musique, referma la porte derrière lui et partit. Il y eut un silence, puis quelqu'un faisant des gammes dans une pièce plus loin. Ailleurs, un ouvrier sifflotait.

La porte s'ouvrit enfin et un bras apparut, bracelet au poignet, pour lui faire signe d'entrer. La petite salle était imprégnée du parfum de Mlle Cornell. Elle s'assit sur le banc en tournant le dos au piano et il resta debout devant elle pendant qu'elle le regardait de la tête aux pieds. Elle portait une jupe noire et un chemisier en soie crème boutonné jusqu'en haut. Son rouge à lèvres sombre donnait à ses lèvres la forme d'un arc bandé. Il lui trouva l'air sévère et ressentit une première touche d'anxiété.

« Montre-moi tes mains », dit-elle.

Il obéit, les paumes vers le bas. Elle tendit la main vers lui pour palper et examiner ses doigts et ses ongles. Fait inhabituel pour quelqu'un de son âge, il avait toujours les ongles courts et propres. L'exemple de son père militaire.

« Retourne-les. »

À la vue de ses paumes elle eut un léger mouvement de recul. Puis elle le regarda droit dans les yeux plusieurs secondes avant de reprendre la parole. Il soutint son regard, non par insolence mais parce qu'il avait peur et n'osait détourner les yeux.

« Elles sont dégoûtantes, déclara-t-elle. Va les laver. Et vite. »

Il ignorait où étaient les lavabos mais poussa une porte sur laquelle rien n'était indiqué et tomba sur les toilettes. La savonnette fendillée était sale et humide. Mlle Cornell envoyait là d'autres élèves. Pas de serviette, donc il s'essuya les mains sur sa culotte courte. L'eau qui coulait du robinet lui avait donné envie de faire pipi et cela prit du temps. Avec la sensation superstitieuse que la professeure le surveillait, il se relava les mains, les essuya encore une fois au même endroit.

Quand il revint, elle demanda : « Où étais-tu passé ? »

Il ne répondit pas. Il lui montra ses mains propres.

Elle désigna sa culotte courte. Son vernis à ongles était de la même couleur que ses lèvres. « Tu t'es mouillé, Roland ? Es-tu un bébé ?

— Non, mademoiselle.

— Alors commençons. Viens ici. »

Il s'assit près d'elle sur le banc, elle lui indiqua le do médian et lui dit de poser dessus son pouce droit. Elle lui montra sur la partition devant lui à quoi ressemblait cette note. Et celle-ci était une noire. Il y en avait quatre dans cette mesure et il allait les jouer, en donnant une valeur égale à chacune. Il restait troublé par la question humiliante qu'elle lui avait posée et le fait qu'elle l'ait appelé par son prénom. Il ne l'avait pas entendu depuis qu'il avait dit au revoir à ses parents. Ici il était Baines. Quand il avait déplié une paire de chaussettes propres ce matin-là, un bonbon emballé était tombé, un de ses caramels préférés mis là par sa mère à son intention. Il était à présent dans sa poche. Une vague de nostalgie le submergea et il la refoula aussitôt en jouant les quatre noires. La troisième résonna bien plus fort que les deux premières et la quatrième fut à peine audible.

« Recommence. »

Pour se maîtriser, son truc était d'éviter de penser à toutes les attentions que ses parents, sa mère surtout, lui avaient prodiguées. Mais il avait conscience du bonbon dans sa poche.

« Je croyais que tu n'étais pas un bébé. » D'un geste elle tira d'une boîte sur le couvercle un mouchoir en papier et le lui mit dans la main. Il redoutait qu'elle l'appelle encore par son prénom, ait une parole de réconfort ou lui tapote l'épaule.

Quand il se fut mouché, elle lui prit le mouchoir et le jeta dans une corbeille en papier près d'elle. Cela aurait pu l'anéantir si elle n'avait pas ajouté en se retournant vers lui : « On voudrait sa maman, n'est-ce pas ? »

Ce sarcasme fut une délivrance. « Non, mademoiselle.

— Bon. Reprenons. »

À la fin elle lui donna un cahier d'exercices avec des portées. Pour la prochaine fois il devait apprendre à reconnaître et à écrire les blanches, les noires, les croches et les doubles croches. La semaine suivante il devrait savoir les jouer en frappant dans ses mains, et elle allait lui montrer comment. Il s'était remis debout devant elle comme au début de la leçon. Même assise, elle était plus grande que lui. Lorsqu'elle frappa dans ses mains pour marquer une série de doubles croches, son parfum ressortit. Quand elle eut terminé il pensa qu'il pouvait partir et tourna les talons. Mais de l'index elle lui fit signe de rester.

« Approche. »

Il avança d'un pas.

« Regarde dans quel état tu es. Les chaussettes en bas des chevilles. » Elle se pencha en avant sur le banc et les lui remonta.

« Tu iras voir l'infirmière pour qu'elle mette un pansement sur ce genou.

— Oui, mademoiselle.

— Et ta chemise… » Elle l'attira vers elle, défit la boucle en forme de serpent de sa ceinture et le premier bouton de sa culotte courte dans laquelle elle rentra la chemise, devant et derrière. Elle avait le visage tout près du sien lorsqu'elle lui redressa sa cravate et il ne put s'empêcher de baisser les yeux. Son souffle aussi semblait parfumé. Ses mouvements étaient vifs et efficaces. Ils n'allaient pas réveiller sa nostalgie, pas même cette touche finale par laquelle elle écarta du bout des doigts les cheveux qui lui tombaient dans les yeux.

« Voilà qui est mieux. Et maintenant on dit quoi ? »

Il chercha désespérément une réponse.

« On dit : "Merci, mademoiselle Cornell."

— Merci, mademoiselle Cornell. »

Ce fut ainsi que tout commença – dans la crainte, qu'il ne pouvait que constater, à laquelle s'ajoutait un autre élément qu'il ne parvenait pas à identifier. Pour sa deuxième leçon il se présenta devant elle les mains propres, ou plus propres, mais les vêtements tout aussi en désordre qu'auparavant, même s'il n'avait pas pire apparence que les autres garçons de sa classe. Il avait oublié le pansement pour son genou. Cette fois elle le rendit présentable avant le début de la leçon. Quand elle lui déboutonna sa culotte courte pour rentrer sa chemise à l'intérieur, elle effleura du dos de la main sa braguette. Mais le geste était fortuit. Il avait fait son travail dans le cahier d'exercices et battit correctement les notes en frappant dans ses mains. Il s'était bien préparé, non par zèle ou par désir de lui faire plaisir, mais parce qu'il la craignait.

Il n'osa jamais sécher sa leçon, ni arriver en retard, ni désobéir si elle l'envoyait se laver les mains alors qu'elles étaient déjà propres. Il n'eut pas l'idée de demander aux autres élèves qui faisaient du piano avec elle comment elle les traitait. Sa Mlle Cornell appartenait à un monde privé sans rapport avec ses amis ou l'école. Avec lui elle se montrait toujours moins maternelle et tendre que distante, parfois méprisante. Depuis le début, en faisant acte d'autorité sur son apparence, surtout quand elle lui déboutonnait sa culotte courte, elle s'était donné tous les droits, avait pris le contrôle, mentalement et physiquement, encore qu'après les deux premiers épisodes elle ne l'ait plus touché de manière déplacée. Au fil des semaines, elle tissait un lien avec lui et il n'y pouvait rien. C'était un établissement scolaire, elle était sa professeure et il devait lui obéir. Elle pouvait l'humilier et lui faire venir les larmes aux yeux. Quand il ratait un exercice et se risquait à dire qu'il n'y arrivait pas, elle le traitait de petite fille incapable. Elle avait chez elle une robe rose à smocks appartenant à sa nièce et l'apporterait pour la prochaine leçon, lui confisquerait ses vêtements et la lui ferait porter en classe.

Toute cette semaine-là il vécut dans la terreur à la pensée de la robe rose. La nuit il ne trouvait pas le sommeil. Il envisagea de s'enfuir, mais il devrait alors affronter son père, et n'avait nulle part où se réfugier. Il n'avait pas d'argent pour prendre le train et le bus jusque chez sa sœur. Il n'avait pas le courage de se noyer dans la rivière Orwell. Quand vint enfin la leçon tant redoutée il n'y eut pas d'allusion à la robe rose ni de preuve de son existence. La menace ne se répéta pas. Mlle Cornell n'avait peut-être même pas de nièce.

Huit mois passèrent et il put jouer la version simplifiée du prélude. Après le pinçon, le coup de règle, la main sur sa cuisse, puis ce baiser, il prenait désormais ses leçons dans un autre bâtiment avec M. Clare, le professeur responsable des cours de musique. Bienveillant et compétent, celui-ci montait et dirigeait *La Flûte enchantée* en vue de la représentation qui serait donnée à l'école. Roland aidait pour le changement des décors, qu'il avait contribué à peindre. Il n'avait pas reçu à temps la carte promise par Mlle Cornell, raison pour laquelle, se disait-il, il n'était pas allé déjeuner chez elle à vélo lors de la demi-journée de congé, même s'il n'avait pas oublié ses indications limpides permettant de trouver sa maison. Il se sentait encore soulagé d'avoir tourné la page. Quand sa carte était arrivée deux jours plus tard avec son message qui tenait en deux mots – *N'oublie pas* – il crut pouvoir l'ignorer.

Il se trompait. Miriam Cornell apparaissait de plus en plus fréquemment dans des rêveries émoustillantes. Celles-ci étaient crues et marquantes mais il ne pouvait y avoir aucune conclusion, aucune jouissance. Son jeune corps imberbe à la voix de soprano et au doux regard d'enfant n'était pas encore prêt. Dans un premier temps elle ne fut qu'une parmi quelques autres – des jeunes filles au sortir de l'adolescence, avenantes, ravissantes dans leur nudité, leur visage rappelant les photos des catalogues de vêtements de sa mère. Mais, lorsqu'il eut treize ans, Mlle Cornell les avait toutes éliminées. Elle restait seule en scène dans le théâtre de ses rêveries pour surveiller de son regard indifférent son premier orgasme. Il était trois heures du matin. Il sortit du lit et traversa le dortoir pour aller aux toilettes examiner ce qu'elle avait produit au creux de sa paume.

Il croyait la choisir, mais il fut bientôt évident qu'aucune jouissance n'était possible sans elle. C'était elle qui l'avait choisi. Lors de drames silencieux elle l'attirait à lui dans la salle de musique. Souvent, à titre d'entrée en matière, le baiser était recréé, plus profond, plus avide. Elle lui déboutonnait entièrement sa culotte courte. Puis ils se retrouvaient ailleurs, nus tous les deux. Elle lui montrait comment faire. Il n'avait jamais eu le choix. Il ne voulait pas avoir le choix. Elle était calme et déterminée, voire méprisante. Puis, au moment opportun, elle lui lançait un regard insistant où se lisait de la tendresse, voire de l'admiration.

Elle s'était insinuée au plus profond non seulement de sa psyché mais de son corps biologique. Il n'y avait pas d'orgasme sans elle. Elle était le spectre sans lequel il ne pouvait vivre.

Un jour le professeur d'anglais, M. Clayton, entra dans la salle de classe et annonça : « Les garçons, je veux vous parler de la masturbation. »

Gênés, ils se figèrent. Entendre ce mot dans la bouche d'un enseignant était atroce.

« Ce que j'ai à dire tient en trois mots. » M. Clayton s'interrompit pour ménager le suspense. « Faites-vous plaisir. »

Roland se fit plaisir. Au cours d'un interminable dimanche il crut exorciser le fantôme de Miriam Cornell en l'invoquant six fois en six heures. Pure complaisance, et il savait qu'elle reviendrait. Pendant une journée il fut délivré, puis il eut à nouveau envie d'elle. Il devait accepter qu'elle occupe désormais une région propre aux fantasmes et au désir et c'était là qu'il voulait qu'elle soit, prisonnière de ses pensées comme la licorne apprivoisée derrière sa clôture circulaire – le professeur de dessin avait montré à leur classe une reproduction de la célèbre tapisserie. La licorne ne devait jamais se libérer de sa chaîne, jamais quitter son minuscule enclos. Changeant de salle entre deux cours il apercevait parfois Miriam Cornell au loin et veillait à ce qu'ils ne se croisent pas. Pendant ses longues promenades à vélo sur la péninsule, il prenait soin d'éviter son village. Il n'irait jamais la voir même si elle tombait gravement malade et lui envoyait de son lit de mort un message implorant. Elle était trop dangereuse. Il n'irait jamais la voir même si la fin du monde approchait.

3

Un nuage de déni recouvrait l'Europe. Une chaîne de télévision ouest-allemande se persuada que les miasmes radioactifs ne contamineraient pas l'Occident mais seulement l'empire soviétique, comme pour assouvir une vengeance. Le porte-parole d'un ministère est-allemand évoqua un complot américain pour détruire les centrales électriques du peuple. Le gouvernement français semblait croire que le nuage s'arrêterait pile à la frontière franco-allemande, qu'il n'avait pas le droit de franchir. Les autorités britanniques annoncèrent qu'il n'y avait aucun risque possible pour le public, alors même qu'elles fermaient quatre mille exploitations agricoles, interdisaient la vente de quatre millions et demi de moutons, saisissaient des tonnes de fromage et déversaient un océan de lait dans les égouts. Moscou, dans sa réticence à reconnaître une erreur, laissa ses nourrissons et ses enfants boire du lait irradié. Mais bientôt l'intérêt personnel prévalut. Il n'y avait pas le choix. Il fallait répondre à l'urgence et cela ne pouvait se faire en secret.

Roland se joignit à cette fuite dans l'irrationnel. Le soir, pendant que Lawrence dormait, il entreprit de fixer des feuilles de plastique aux fenêtres avec du ruban adhésif pour rendre la maison étanche. Mais le nuage n'avait pas atteint Londres. On trouvait du césium 137 dans les prairies galloises, le nord-ouest de l'Angleterre et les Highlands en Écosse, et il continuait sa route. Le ruban adhésif n'adhérant que sur des huisseries dépoussiérées, la tâche s'éternisait. L'escabeau était branlant et pas assez haut. Il tanguait dangereusement quand Roland se mettait sur la pointe des pieds pour essuyer le rebord supérieur d'un châssis avec un chiffon humide noir de crasse. Un jour, il n'évita de tomber à la renverse qu'en se rattrapant de justesse à une tringle à rideaux. Il savait que son projet était dément. Daphné l'avait dit et tentait de le dissuader. Les autres ne se barricadaient pas chez eux. Il faisait doux, un manque de ventilation serait malsain et inutile. Il n'y avait pas de poussière radioactive. C'était de la folie. Il le savait. Lui-même menant une vie de fou, il pouvait faire ce qui lui chantait. S'interrompre maintenant équivaudrait à concéder qu'il avait tort depuis le début. Et puis, au nom d'un respect de l'ordre hérité de son père, on devait toujours finir ce qu'on avait commencé. Il aurait trouvé déprimant dans son état présent de décoller aujourd'hui pour les mettre à la poubelle toutes les feuilles de plastique posées la veille. Finalement, il était revigorant de ne pas croire tout ce que racontaient les autorités. Si elles disaient que le nuage était parti vers le nord-ouest alors il devait stagner au sud-est. Si elles isolaient tant de moutons en pleine santé, alors méfiance. Il serait un guerrier solitaire. Il se nourrissait de boîtes de conserve et vérifiait les dates sur les couvercles. Rien de postérieur à la fin avril. Lawrence s'y mit lui aussi, faisant ses premières tentatives de passage à une alimentation solide. Son lait en poudre était mélangé à la meilleure eau de source pré-Tchernobyl. Ensemble ils survivraient.

Pas très sain, de feindre d'avoir perdu la tête. Vu de l'extérieur il était assez crédible, s'occupant du bébé et jouant avec lui, rapportant davantage d'eau en bouteille, expédiant les corvées, bavardant au téléphone avec des amis. Alors qu'une fois de plus il appelait Daphné – il s'était beaucoup reposé sur elle durant les semaines qui avaient suivi la disparition d'Alissa –, il tomba sur Peter. Il lui exposa sa théorie selon laquelle le désastre de Tchernobyl marquerait le début de la fin pour l'armement nucléaire. Imagine que l'OTAN ait lancé une arme tactique en Ukraine pour stopper l'avance de chars russes… tu vois à quel point on a tous souffert, contaminés de Dublin à l'Oural, de la Finlande à la Lombardie. Ces retombées. Un arsenal nucléaire était militairement inutile. Roland avait haussé le ton, encore un signe du fait qu'il n'était pas lui-même. Peter Mount, qui travaillait alors pour le réseau électrique du pays et s'y connaissait en matière de distribution du courant, réfléchit quelques instants et répondit que leur inutilité n'avait jamais empêché les guerres.

Quelques années plus tôt il avait fait visiter à Roland son lieu de travail, le centre de contrôle du réseau. Les abords rappelaient une base de l'armée, avec clôtures sécurisées, doubles barrières à ouverture et fermeture électroniques, et deux vigiles impassibles prenant leur temps pour chercher le nom de Roland sur une liste. La salle de commande semblait être une piètre imitation de celles de la NASA à Houston : techniciens silencieux derrière leurs consoles, rangées de cadrans et d'appareils de mesure, écran large sur un mur. Là, l'enjeu essentiel était que l'offre réponde à la demande.

La visite avait été ennuyeuse. Roland, peu intéressé par la gestion de l'électricité, s'efforçait de rester attentif. Il n'était pas enthousiaste comme Peter à la perspective que les ordinateurs soient un jour aux manettes. L'unique moment mémorable avait eu lieu en début de soirée. Des téléviseurs fixés en hauteur dans la salle diffusaient *Coronation Street*, un feuilleton populaire. Quelqu'un s'égosillait au téléphone en français avec l'accent anglais. À l'approche de la pause publicitaire, une voix égrena dans les haut-parleurs un compte à rebours, de dix jusqu'à l'instant où des millions d'usagers se lèveraient de leur canapé pour brancher leur bouilloire et se faire du thé. Zéro ! Deux mains abaissèrent énergiquement un lourd levier noir. Le long de câbles sous la Manche les mégawatts se déversèrent à la vitesse de la lumière, achetés aux Français peu compréhensifs – qu'était *Coronation Street* ? Quel intérêt de se servir d'une bouilloire électrique ? Certes c'était moins rudimentaire qu'abaisser un levier. Mais Roland devait si souvent raconter cet épisode qu'il croyait lui-même à son récit.

L'après-midi ressemblait à un voyage scolaire. À la fin ils s'étaient retrouvés dans une cantine éclairée par des tubes au néon. Peter, quelques collègues et Roland étaient assis autour d'une table en formica encore humide après un coup d'éponge zélé. La conversation s'orientait vers la privatisation de la distribution de l'électricité. Ça devait arriver, tel était le consensus. Beaucoup d'argent à gagner. Mais ce sujet n'intéressait pas davantage Roland. Tout en ayant l'air d'écouter avec attention il se remémorait une visite scolaire à l'usine Harris Bacon d'Ipswich quand il avait onze ans, peu de temps après son déjeuner manqué chez Miriam Cornell.

L'idée était de voir ce que devenaient les cochons qu'il avait nourris au Club des jeunes agriculteurs. Quel supplice à cinq heures et demie du matin ! Deux lourds seaux de pâtée préparée par les cuisines de l'école – des bouts de viande flottant dans de la bouillie –, qu'il fallait transporter avec Hans Solish, un camarade, jusqu'à la porcherie. Pas si facile à leur âge, dans la brume automnale d'avant l'aube, d'allumer du feu sous une gigantesque marmite en fonte et d'y transvaser la pâtée pour la faire chauffer. Pendant ce temps-là, l'odeur montait à la tête des cochons. Les deux garçons recevaient des coups de groin dans les jambes en hissant les seaux de pâtée chaude à l'intérieur de la porcherie. Le plus difficile était de verser la pâtée dans les auges sans être jeté à terre.

Plus tard, à Ipswich, dans l'usine fabriquant le bacon, comme ensuite sur le lieu de travail de Peter, il s'était assis avec d'autres autour d'une table en formica de la cantine. L'enfant qu'il était, traumatisé, refusa toute nourriture ou boisson. Le soda à l'orange dans des gobelets en carton sentait les tripes de porc. Il avait vu l'abattage et le sang comme dans un cauchemar. Les victimes poussant des cris aigus alors qu'on les faisait sortir en troupeau d'une bétaillère, dévalant affolées un pan incliné en béton vers des hommes en tablier et bottes de caoutchouc debout dans plusieurs centimètres de sang, pistolet d'abattage à la main, l'éclat des couteaux égorgeant les bêtes, les carcasses enchaînées et pendues par les pattes approchant de portes imposantes qui s'ouvraient sur un jet de flammes blanches, puis tournoyant dans l'eau bouillante entre des rouleaux brosseurs à dents d'acier, la plainte stridente des scies circulaires, les monceaux de têtes à la bouche et aux yeux ouverts, les cuves basculantes d'abats luisants entraînés dans des tuyaux de descente jusqu'aux broyeurs rugissants qui produisaient de la nourriture pour chiens.

L'électricité était une activité plus propre. Mais chacune avait laissé sa marque. Après avoir quitté en car l'usine Harris Bacon, Roland ne mangea pas de viande pendant trois ans. Peu pratique dans un internat en 1959. Le directeur adjoint envoya une lettre à ses parents pour se plaindre. Le capitaine, qui n'avait jamais entendu parler de quelqu'un se refusant à consommer de la viande, détesta le ton déplaisant de la lettre et prit le parti de son fils. Il fallait fournir à celui-ci des aliments de remplacement.

Dès que Roland prenait comme à présent une bouilloire électrique, il voyait deux mains, réelles ou imaginaires, abaisser un levier au nom de l'équilibre entre l'offre et la demande, et de la fée électricité. La vie quotidienne dans une grande ville, du thé aux ambulances en passant par les œufs au bacon, reposait sur des systèmes, des savoirs, des traditions, des réseaux, des efforts et des bénéfices cachés.

Cela incluait les services postaux qui avaient distribué la cinquième carte d'Alissa. Elle était posée, image vers le haut, sur la table de la cuisine près des tulipes. Il était vingt-trois heures. Il avait étanchéifié la dernière fenêtre et bricolé une protection autour de la porte de derrière donnant sur le jardin. La radio murmurait les dernières nouvelles : les agriculteurs protestaient contre les mesures imposées à leurs troupeaux. Roland buvait du thé parce qu'il avait renoncé à l'alcool. La décision avait été instantanée et facile, due en partie à un coup de fil de l'inspecteur Browne. Une libération. Pour marquer le coup il avait vidé une bouteille et demie de whisky écossais dans l'évier de la cuisine.

L'inspecteur lui avait dit que le nom d'Alissa figurait, le jour de sa disparition, sur la liste des passagers piétons du ferry Douvres-Calais de 17 h 15. Elle avait passé la nuit à Calais à l'hôtel des Tilleuls, non loin de la gare. Deux ou trois fois Roland et elle y étaient descendus ensemble, s'étaient assis pour boire un verre dans une petite cour poussiéreuse où deux tilleuls se disputaient la lumière. Ils aimaient ces établissements peu chers et sans prétention aux parquets qui craquaient, aux meubles bon marché, à la douche branlante avec un antique rideau de plastique rigidifié par le savon. Au rez-de-chaussée, un menu fixe à trente-quatre francs. Divers souvenirs se télescopaient. Un serveur de haute taille dont les cheveux argentés encadraient les joues creuses s'arrêtait à chaque table avec une soupière en argent. Il y avait de la dignité dans sa façon de la présenter. Poireaux-pommes de terre. Ensuite, un filet de poisson grillé, une unique pomme de terre bouillie d'un jaune cireux, un demi-citron sur le côté, un bol blanc contenant de la salade verte, un litre de vin rouge dans une bouteille sans étiquette. Fruit ou fromage. C'était l'année précédant leur mariage. Ils avaient fait l'amour à l'étage sur un lit étroit qui grinçait. Une erreur de la part d'Alissa d'y être retournée sans lui. Dans un accès de nostalgie il eut un sentiment de désertion. L'hôtel prenait pour lui le rôle de l'amant et réveillait sa jalousie. Mais elle n'y était peut-être pas seule.

Le système centralisé, napoléonien et paranoïaque, d'enregistrement des clients dans les hôtels français était encore en vigueur. Les deux nuits suivantes, selon Browne, Alissa les avait passées à Paris, à l'hôtel La Louisiane, rue de Seine, dans le *sixième**. Roland et elle le connaissaient bien. Une trahison minable de plus. Après Paris elle était descendue une nuit à l'hôtel Terminus à Strasbourg. Celui-là, il le lui laissait, quel qu'il fût. Sur Munich, rien. L'Allemagne de l'Ouest s'intéressait moins à ses visiteurs que la France.

La voix de Browne semblait lointaine. En bruit de fond, des murmures, une machine à écrire et, à plusieurs reprises, le miaulement d'un chat.

« Votre femme se promène en Europe. De son plein gré. On n'a aucune raison de la croire en danger. Impossible d'aller plus loin dans l'immédiat. »

Et aucune raison pour Roland de mentionner le dernier message d'Alissa. C'était son affaire, ce qui aurait dû être le cas depuis le début. Il quêta des excuses : « Vous ne pensez plus que j'ai écrit ces cartes postales moi-même. Ni que je l'ai assassinée.

— Pas en l'état actuel des choses.

— Toute ma gratitude, inspecteur. Allez-vous me rendre ce que vous avez emporté ?

— Quelqu'un le déposera chez vous.

— Les photos que vous avez prises de mon carnet.

— Oui.

— Et les négatifs. »

L'inspecteur avait une voix lasse. « On fera ce qu'on pourra, monsieur Baines. » Il raccrocha.

Roland serrait son mug de thé tiède entre ses mains sales. À la pendule sur le mur il était 23 h 05. Trop tard pour appeler Daphné et parler de la dernière carte d'Alissa. Lawrence se réveillerait avant minuit. Mieux valait se doucher tout de suite. Mais il ne bougea pas. Il prit la carte postale et scruta de nouveau la photo colorisée d'une prairie vallonnée avec les Alpes bavaroises à l'arrière-plan. Des fleurs sauvages, des moutons en train de paître. Pas si loin du lieu de naissance d'Alissa. Par un curieux effet du hasard, au journal du soir un éleveur des collines galloises expliquait que les citadins ne pouvaient comprendre les liens d'affection entre des gens comme sa femme et lui et leurs moutons, leurs agneaux. Or leurs animaux, les agneaux en tout cas, étaient destinés à finir dans une version quelconque de l'usine d'Ipswich. Douce condamnation. Éliminé par ceux qui vous aimaient. Par celle qui assure vous aimer encore. *Cher Roland, être séparée de vous deux = souffrance physique. Je suis sincère. Une plaie profonde. Mais je sais que la matrnté m'aurait fait sombrer. Dire qu'on parlait d'en avoir un 2e ! Mieux vaut souffrir maintenant qu'une souffrance/un chaos/une amertume durables plus tard. Pour moi la seule issue + le chemin à suivre sont évidents. Aujourd'hui des gens de Murnau ont eu la gentillesse de me laisser passer 1 h dans la chbre de mon enfce. Je pars bientôt vers le nord et mes parents. S'il te plaît n'appelle pas là-bas. Pardon mon amour. A.*

Dans la course à la souffrance elle visait la première place. Les abréviations le contrariaient encore après plusieurs lectures. En bas de la carte il restait plus de deux centimètres le long du bord dentelé. Assez de place pour écrire « maternité » en entier. Dans la petite ville de Murnau, depuis la fenêtre de sa chambre d'enfant mansardée, elle avait regardé au-delà des toits orangés en direction du lac Staffelsee, contemplé ses trente-huit ans d'existence et cette rupture soudaine, cette fuite devant le poids de la vie quotidienne, le miracle regrettable de la naissance de Lawrence, la réalité ordinaire d'un mari sans génie. Mais son « chemin » ? Ce n'était pas son genre de vocabulaire. Elle ne croyait pas à la prédestination, à ce que sous-entendait le fait de suivre un chemin. Elle n'était pas croyante, même de manière diffuse. Elle était ou avait été une professeure bien organisée de langue et de littérature allemandes qui faisait l'éloge de Leibniz, des frères Humboldt et de Goethe. Il la revoyait un an plus tôt, se remettant d'une grippe, assise au lit et plongée dans la lecture d'une biographie de Voltaire en allemand. Elle était par nature d'un scepticisme bienveillant. Il excluait toute adhésion à une secte New Age. Aucun gourou ne tolérerait son goût pour la taquinerie. Si elle avait passé une heure dans la chambre qu'elle partageait autrefois avec le nounours râpé reposant désormais dans le petit lit de Lawrence, alors son chemin était un retour vers le passé.

Et si elle voyageait vers le nord pour voir ses parents cela confirmerait cette opinion. La relation était difficile. Il y avait de fréquents orages. Séparés la moitié de l'année, ils se portaient sur les nerfs dès qu'ils se voyaient. Même s'ils étaient proches, ou parce qu'ils l'étaient. La dernière fois qu'Alissa, enceinte de quatre mois, et lui s'étaient rendus à Liebenau remontait à avril 1985. Ils venaient annoncer l'heureuse nouvelle à ses parents. Une dispute avait éclaté dans la cuisine après le dîner, brève mais violente. Jane et sa fille unique faisaient la vaisselle. Le désaccord portait à l'évidence sur le rangement des assiettes propres dans un placard. Dans la pièce voisine, Heinrich et Roland buvaient un cognac. Au sein de cette famille les hommes étaient exclus des tâches ménagères. Alors que le ton montait en allemand pour finir par exploser en anglais, la langue maternelle, le beau-père de Roland lui avait lancé un regard, assorti d'un haussement d'épaules fataliste et d'une grimace.

La véritable pomme de discorde était apparue au petit déjeuner. Quatre mois ? Pourquoi Jane était-elle l'une des dernières informées, longtemps après tous leurs amis londoniens ? Comment Alissa avait-elle osé se marier sans inviter ses parents ? Était-ce ainsi qu'elle traitait ceux qui l'avaient aimée et s'étaient occupés d'elle ?

Alissa aurait pu répondre à sa mère que l'enfant qu'elle portait avait été conçu dans la chambre à l'étage. Au lieu de quoi elle s'était instantanément mise en colère. Qu'est-ce que ça changeait ? Pourquoi sa mère ne se réjouissait-elle pas d'avoir un gendre merveilleux et d'être bientôt grand-mère ? Pourquoi ne tenait-elle aucun compte de la distance parcourue par sa fille et Roland pour venir annoncer la nouvelle en personne ? Alissa devait reprendre ses cours dès le lundi matin. Elle avait détaillé leur itinéraire en martelant les syllabes. Curieux hasard, c'était en partie le même que pour se rendre à l'ancien internat de Roland. De Londres à Harwich (près d'Ipswich), puis Hoek van Holland, puis Hanovre, et enfin ici ! Fatigant et cher. Elle s'attendait à être bien accueillie. Elle aurait dû se méfier ! Roland était suffisamment à l'aise en allemand pour suivre l'échange mais pas pour faire la remarque apaisante qu'il aurait fallu. Heinrich s'en était chargé, s'exclamant : « *Genug !* » Ça suffit ! Alissa avait quitté la table et était sortie dans le jardin pour se calmer. Le lendemain matin le petit déjeuner fut pris en silence.

Si elle était à présent dans l'élégante maison en brique et en bois trônant sur deux mille mètres carrés de terrain, elle devait poursuivre un objectif précis. Si jamais elle révélait à ses parents qu'elle avait abandonné mari et enfant la dispute serait hors normes.

*

Jane Farmer était née à Haywards Heath en 1920, fille de deux professeurs de langues vivantes. Après le lycée où elle excellait en français et en allemand, elle avait suivi une formation de secrétaire – la question de faire des études universitaires ne s'était « jamais posée ». Elle était capable de taper quatre-vingt-dix mots à la minute. Au début de la guerre elle travaillait dans un pool de dactylos au ministère de l'Information et partageait à Holborn un minuscule appartement sans chauffage avec une ancienne camarade de classe. Sous l'influence de sa colocataire, qui aurait dans les années soixante des responsabilités au Courtauld Institute, elle s'était mise à lire les poètes et les romanciers contemporains. Ensemble elles allaient à des lectures de poésie et animèrent un club de lecture pendant près de deux ans. Jane écrivait des nouvelles et des poèmes, tous refusés par les petites revues qui paraissaient encore pendant la guerre. Elle occupait toujours divers emplois de secrétaire et de dactylo dans les ministères et avait des aventures avec des hommes aux mêmes ambitions littéraires qu'elle. Aucun d'eux ne perça jamais.

En 1943 elle répondit à une petite annonce pour un poste de dactylo à temps partiel au siège d'*Horizon*, la revue de Cyril Connolly. Elle y faisait quatre heures par semaine. Elle raconta plus tard à son gendre qu'elle était installée dans un recoin invisible et se voyait confier la correspondance la plus ennuyeuse. Elle n'avait pas la beauté ni les relations et l'aisance en société de la plupart des jeunes femmes qui défilaient dans les bureaux. Assez logiquement, Connolly la remarquait à peine, mais elle croisait parfois des dieux de la littérature. Elle vit, ou crut voir, George Orwell, Aldous Huxley et une femme qui aurait très bien pu être Virginia Woolf. Or, comme le savait

Roland, Woolf était morte depuis deux ans et Huxley vivait en Californie. Il y eut toutefois une éblouissante créature bien née, exactement de son âge, qui se prit d'amitié pour elle et lui offrit même deux ou trois robes qu'elle ne portait plus. C'était Clarissa Spencer-Churchill, nièce de Winston. Elle épousa plus tard Anthony Eden avant qu'il ne devienne Premier ministre. En 1956 elle déclara, phrase devenue célèbre, qu'à certains moments elle avait l'impression que le canal de Suez traversait son salon. Clarissa faisait son chemin. Jane se souvenait aussi de l'amabilité de Sonia Brownell, qui épouserait Orwell. Elle confia à Jane la recension de deux ouvrages, mais ne publia jamais les articles.

Venant deux après-midi par semaine après son travail au ministère du Travail, Jane avait un statut marginal au sein de la rédaction d'*Horizon*. Mais ce poste produisit peu à peu son effet. La guerre terminée, les ambitions littéraires de Jane s'étaient précisées. Elle voulait voyager à travers l'Europe et « ramener des reportages ». Elle avait un jour entendu Stephen Spender parler de la Rose blanche, un groupe de courageux étudiants antinazis basé à l'université de Munich. Ce mouvement intellectuel non violent diffusait clandestinement des tracts énumérant et dénonçant les crimes du régime, dont l'élimination massive des juifs. Début février 1943 ses principaux membres furent arrêtés par la Gestapo lors d'une rafle, jugés par un « tribunal populaire » et décapités. Au printemps 1946, Jane réussit à retenir cinq minutes l'attention de Connolly. Elle proposa de se rendre à Munich pour retrouver les survivants du mouvement et recueillir leurs récits. Ils représentaient sûrement ce que l'Allemagne avait de meilleur et incarnaient son avenir.

Lors du lancement d'*Horizon* à la fin de 1939, l'éditeur portait sur la guerre le point de vue d'un esthète. Le plus grand défi n'était pas de céder à la folie du moment mais de se tenir à l'écart et de continuer à défendre les meilleures traditions littéraires et critiques du monde civilisé. La guerre progressant, Connolly s'était convaincu de l'importance d'un réel engagement et d'un travail de reportage, de préférence sur la ligne de front, où qu'elle soit. Il accueillit avec bienveillance l'idée de Jane, l'encouragea et lui offrit pour ses frais vingt livres sur le budget de la revue. C'était généreux. Il avait en tête un projet supplémentaire. Lorsqu'elle aurait fini à Munich, il voulait qu'elle « fasse un saut » de l'autre côté des Alpes jusqu'en Lombardie et envoie un reportage sur la nourriture et les vins locaux. Le régime alimentaire des Britanniques, une honte depuis toujours, avait été rendu plus lamentable encore par la guerre. Il était temps de penser aux traditions culinaires ensoleillées de l'Europe du Sud. Avant même la fin de la guerre il était allé à Paris séjourner à l'ambassade britannique ouverte depuis peu et en apprécier les mets. Il voulait maintenant entendre parler de cuisine à la ferme, de *spiedo bresciano,* d'*osso bucco,* de *polenta e uccelli* et des vins de Brescia. Il tendit à Jane le billet de vingt livres pris dans la boîte métallique contenant l'argent des dépenses courantes. L'accréditation qui transformerait l'existence de Jane et serait à l'origine de celle d'Alissa fut accordée en quelques minutes avant le départ précipité de Cyril Connolly pour un déjeuner au Savoy avec Nancy Cunard.

Jane Farmer, vingt-six ans, quitta l'Angleterre au début du mois de septembre 1946 avec la somme de cent vingt-cinq livres, pour moitié en dollars américains, habilement répartie sur sa personne et dans ses bagages. Connolly signa une lettre à en-tête attestant qu'elle était l'« envoyée spéciale en Europe » d'*Horizon*. Durant l'été 1984, lors de sa première visite à Liebenau, Roland s'était assis au jardin avec Jane. Ils avaient parlé littérature plus tôt dans la journée et elle avait posé sur la table une vieille boîte en carton. Elle lui montra la lettre à en-tête jaunie avec la signature de l'éditeur. Connolly et Sonia Brownell avaient fait des efforts. Peut-être éprouvaient-ils de la sympathie pour la petite secrétaire que certains appelaient « Farmer Jane » – Jane la fermière. Par l'intermédiaire d'un ex-agent du MI6, ami de Malcolm Muggeridge, Brownell lui fournit trois noms et les adresses à Munich de sources possibles sur la Rose blanche. Grâce aux relations de Connolly, Jane avait également deux lettres de recommandation pour des officiers de l'armée britannique pouvant l'aider si elle rencontrait des difficultés en traversant la France. Et une aubaine l'attendait. Nancy Cunard, toujours prête à soutenir un mouvement de résistance, fit don de trente livres. De son côté Arthur Koestler chargea quelqu'un de remettre cinq livres à Jane. Quelques écrivains d'*Horizon* apportèrent leur contribution en billets de dix shillings. La plupart déposèrent une demi-couronne ou une pièce de deux shillings dans la boîte au nom de la Rose blanche qui trônait au siège de la revue. Jane avait pour sa part hérité de cinquante livres à la mort d'un oncle. Elle se demanda si les cinq livres données par Sonia ne venaient pas d'Orwell.

En cette soirée d'été dans le jardin de Liebenau, après avoir montré à Roland la lettre de Connolly, Jane sortit du carton ses sept carnets. Elle essaya d'exprimer son sentiment de libération durant le voyage de Londres à Munich via Paris et Stuttgart – l'épisode le plus palpitant de son existence. Elle n'était plus une petite fille obéissante ni une humble employée socialement et intellectuellement inférieure reléguée dans un coin au bureau, et pas encore une épouse dévouée. Pour la première fois de sa vie elle avait fait un choix déterminant, et pris l'initiative d'une mission aventureuse. Elle ne dépendait de personne. Elle s'en remettait à son intelligence, elle allait devenir écrivaine.

Après trois semaines en France elle eut la surprise de réussir à se faire inviter à dîner dans un mess d'officiers près de Soissons. Elle convainquit un sergent gallois réticent de lui laisser le volant de son camion pour les cinquante derniers kilomètres jusqu'à la frontière allemande. Elle repoussa les avances de divers hommes, militaires et civils. Un lieutenant américain avec qui elle avait eu une brève liaison la conduisit des environs de Stuttgart à Munich dans sa jeep. Son français et son allemand appris au lycée s'améliorèrent vite. « Je devenais moi-même ! confia-t-elle à Roland. Et puis je me suis perdue. »

Ses carnets étaient un secret. Heinrich ignorait leur existence. Mais Roland pouvait les montrer à Alissa s'il le voulait. Jane le laissa seul au jardin pendant qu'elle allait préparer le dîner. La première page du premier carnet lui apprit dans une jolie écriture appliquée que le 4 septembre 1946 elle avait voyagé en troisième classe dans le Golden Arrow remis en circulation de Londres à Douvres, puis dans la Flèche d'Or de Calais à Paris. Si elle avait remarqué les autres passagers ou contemplé derrière la vitre les plaines de la Picardie libérée, elle ne l'avait pas noté. Elle commença ses reportages à Paris. « Tour à tour chic et misérable. Intacte contre toute attente. Les magasins sont vides. » Elle travaillait son style journalistique en décrivant son minuscule hôtel du Quartier latin et son *propriétaire**, une bagarre devant une boulangerie, l'un des premiers couples de touristes américains fraîchement accueilli dans un *tabac** par des gens du cru. Elle fut témoin d'une dispute dans un bar entre un officier de la marine britannique parlant bien français et « une sorte d'intellectuel parisien ».

> Résumé de leurs positions respectives. L'officier, un peu soûl : « Ne me racontez pas que la France avait choisi son camp pendant la guerre. Vos hommes ont combattu et tué nos soldats en Syrie, en Irak et en Afrique du Nord. Votre flotte a refusé de quitter Mers-el-Kébir pour rejoindre la nôtre à Portsmouth, si bien qu'on a été obligés de l'attaquer. Maintenant on apprend qu'ici à Paris vos gendarmes ont emmené à pied 3000 enfants français gare de l'Est vers les camps de la mort. Il se trouve que ces enfants étaient juifs. » L'intellectuel aux cheveux grisonnants, un peu soûl lui aussi : « Parlez moins fort, *m'sieur**. Quelqu'un pourrait vous tuer pour ce genre de sentiments. Votre version est partiale. Cette flotte serait restée loyale à la France. Plus tard, quand les Allemands ont tenté de prendre nos navires à Toulon, nous les avons coulés avant. Mon beau-frère a été torturé à mort par la Gestapo. Les Allemands ont assassiné presque tous les habitants d'un village près de ma ville natale. Les Français Libres étaient à vos côtés et se sont battus courageusement. Des milliers de nos compatriotes ont perdu la vie à la Libération sous les obus de vos bateaux de guerre. La Résistance incarnait le véritable esprit de la France. » À ces mots tous les clients du bar s'écrièrent : « *Vive la France !** » Je continuai à écrire comme si je n'avais rien entendu.

Jane avait permis à Roland de garder ses carnets jusqu'au lendemain. Il les avait lus après dîner, et plus tard le même soir, au lit à côté de lui, Alissa avait commencé le premier, tandis qu'il lisait le récit d'une « très amusante » soirée en compagnie d'officiers britanniques à Soissons, dans « une belle maison avec un parc et un lac ». L'assurance et la précision de sa prose impressionnèrent Roland. Et plus encore le don de Jane pour les descriptions pittoresques et osées. La page et demie consacrée à sa liaison avec Bernard Schiff, le lieutenant américain, fut une surprise. Jane Farmer n'avait jamais rencontré d'amant si généreux, si « merveilleusement attentif au plaisir d'une femme », un réel contraste avec les Anglais qu'elle avait connus jusqu'alors et leur « va-et-vient grossier ». Conscient de la présence de ses beaux-parents de l'autre côté de la cloison il lut tout bas à Alissa l'évocation des caresses bucco-génitales échangées avec Schiff. Alissa répondit, tout bas elle aussi : « Elle a dû oublier. Elle serait mortifiée à l'idée que je lise ça. »

Deux jours plus tard ils avaient fini la lecture des carnets de Munich. Avant le déjeuner ils traversèrent Liebenau à pied et longèrent les berges de la Große Aue jusqu'au château. Alissa, très agitée, était à la fois surexcitée et perplexe à cause de ce qu'elle venait de lire, voire choquée. Pourquoi sa mère n'avait-elle jamais mentionné ces carnets ? Pourquoi les avoir donnés à Roland, et pas à elle ? Jane devrait les publier. Mais elle n'oserait pas. Heinrich ne le permettrait jamais. Dans cette famille, la Rose blanche était sa propriété, même s'il y avait d'autres survivants. Une poignée d'universitaires, d'historiens, de journalistes étaient venus l'interviewer. Il n'avait pas joué un rôle central et ne prétendait pas le contraire. On lui avait demandé des conseils pour une adaptation cinématographique. Le résultat l'avait déçu. Il ne reflétait pas la réalité. « Les Scholl, Hans et Sophie, ils n'étaient pas comme ça, ils n'avaient pas cette apparence ! » Il l'affirmait tout en concédant les avoir à peine connus. Les articles de journaux, les essais des universitaires, les livres qui commençaient à être publiés ne lui plaisaient pas davantage. « Ces gens n'étaient pas là, ils ne peuvent pas savoir. Ce climat de peur ! Maintenant c'est de l'histoire ancienne, ça n'a plus de réalité. Ce ne sont plus que des mots. Ils ne comprennent pas à quel point on était jeunes. Ils ne peuvent se rendre compte de la pureté de nos sentiments. Les journalistes d'aujourd'hui sont des athées. Ils ne veulent pas voir la force de notre foi religieuse. »

Rien, dans aucun de ces récits, ne trouvait grâce à ses yeux. Ce n'était pas une question d'exactitude. Il vivait mal le fait que cette expérience vécue ne soit plus qu'une idée, une vague notion dans l'esprit d'inconnus. Rien ne pouvait correspondre à ses souvenirs. Même si les carnets de sa femme avaient pu tout ressusciter, ils auraient menacé sa place dans l'histoire – c'était le point de vue d'Alissa, et Roland pensait qu'elle avait raison. Heinrich était un homme énergique aux idées d'un autre âge. Jane en femme indépendante se baladant en France et en Allemagne et couchant avec des étrangers ! Publier les carnets, même à compte d'auteur, était impensable. Jane n'irait jamais contre ce qu'il souhaitait. L'unique concession qu'elle s'autorisa fut de laisser sa fille et Roland faire en secret une photocopie qu'ils emporteraient à Londres. Une forme de publication. La veille de leur départ ils se rendirent dans une boutique de reprographie de Nienburg et passèrent l'après-midi à photocopier sur une machine lente et défectueuse. Ils dissimulèrent les cinq cent quatre-vingt-dix pages dans un sac de supermarché. Alors qu'ils revenaient à pied le long de la rivière, Alissa parla de son père à Roland. C'était un septuagénaire courtois, conservateur, aux opinions tranchées. Ses souvenirs et sa vision du mouvement de la Rose blanche étaient bien arrêtés. Il ne voudrait jamais de complications. Quant aux caresses bucco-génitales, à la pensée que son père – un protestant rigide et pratiquant – découvre près de quarante ans plus tard l'existence du fougueux lieutenant, Alissa eut un tel fou rire qu'elle dut s'adosser contre un tronc d'arbre.

Roland les revoyait encore flâner dans le village de Liebenau lorsqu'il prit la carte postale d'Alissa sur la table de la cuisine et monta se doucher. Oui, en cet été 1984 elle semblait d'une humeur étrangement fluctuante après avoir lu les carnets de sa mère. Roland et elle en avaient longuement discuté, puis avaient peu à peu laissé tomber le sujet. Durant l'hiver ils avaient emménagé dans la maison de Clapham, le bébé était en route, Daphné et Peter attendaient leur troisième, et les deux familles en effervescence se voyaient beaucoup – la vie quotidienne emportait tout sur son passage. La photocopie à moitié oubliée et enveloppée dans du papier journal avait été rangée dans un tiroir de leur chambre.

Roland marqua une pause au pied de l'escalier. Aucun bruit en provenance de la chambre de Lawrence pour l'instant. Dans la sienne il jeta ses vêtements au fond du panier à linge. Radioactifs à cause de la poussière de Tchernobyl. Il n'était pas loin d'y croire. Debout dans la baignoire sous la tête de douche accrochée tant bien que mal au mur non carrelé, il tenta de se purger du passé. Mais les souvenirs avaient une demi-vie prolongée. Alors qu'Alissa et lui retraversaient Liebenau en accélérant le pas afin d'être à l'heure pour dîner, il s'était demandé si ces carnets permettraient à sa femme de voir sa mère autrement, de l'admirer davantage, d'être moins querelleuse. Ce fut le contraire. Pendant cette dernière journée, elles furent toutes les deux impossibles. Tel un vieux couple acrimonieux ayant depuis longtemps raté l'occasion de se séparer. À soixante-quatre ans Jane traitait sa fille comme une rivale qu'il fallait remettre à sa place. Ils étaient à peine de retour que dans la cuisine Alissa reprochait à sa mère l'horaire du dîner. À table elles eurent une violente dispute au sujet de la CDU et de l'*Erziehungsgeld* de Helmut Kohl, sa proposition de loi sur l'allocation de garde d'enfant. Un coup de poing de Heinrich sur la table y mit fin. Plus tard, au jardin, elles se chamaillèrent sur la chronologie des événements lors de vacances en famille dans un village de pêcheurs de Hindeloopen aux Pays-Bas. Alors qu'il se couchait près d'Alissa ce soir-là, Roland demanda, comme plusieurs fois auparavant : « Mais qu'est-ce qui ne va pas entre vous deux ?

— On est comme ça. Je suis impatiente de rentrer chez nous. »

Durant la nuit il se réveilla et la trouva en larmes. C'était inhabituel. Elle refusa de lui dire à cause de quoi. Elle s'endormit sur son épaule pendant qu'allongé sur le dos, les yeux grands ouverts, il pensait au choc éprouvé par la jeune Jane Farmer à son arrivée à Munich.

*

Le lieutenant Schiff l'avait pourtant mise en garde. Elle avait suivi l'évolution de la guerre mais les reportages sur les soixante-dix bombardements subis par la ville lui avaient échappé. Elle était descendue de la jeep à un carrefour près des vestiges de la gare centrale. Munich était en ruine. Jane se sentait « personnellement responsable ». Un sentiment ridicule, selon Roland. Le spectacle, écrivit-elle, était aussi épouvantable qu'à Berlin. « Bien pire que le Blitz à Londres. » Elle avait « longuement » embrassé Bernard Schiff pour lui dire adieu, sans faire comme s'ils devaient rester en contact. Marié, père de trois enfants et originaire du Minnesota, il lui avait montré les photos d'une famille heureuse. Il partit au volant de sa jeep, elle prit sa valise et se mit en route avec un guide Baedeker des années 1920 dans sa main libre. Elle s'arrêta à l'ombre pour déplier un plan de la ville. Impossible de savoir où elle était en l'absence de panneaux indicateurs. Autour d'elle un paysage de désolation, en cette journée trop douce pour la saison. La poussière de ciment soulevée par les rares voitures – surtout des véhicules militaires américains – restait en suspens dans l'air. À proximité les bâtiments n'avaient plus de toit. Les fenêtres étaient « de grands trous, vaguement rectangulaires ». Seize mois après la fin de la guerre les décombres étaient rassemblés en « montagnes bien alignées ». Elle eut la surprise de voir un vieux tramway passer sans bruit, bondé. Comme il y avait pas mal de monde dans la rue, elle replia son plan et s'en remit à son allemand datant du lycée. Son accent ne provoquait aucune hostilité chez les passants. Ils n'étaient pas non plus particulièrement chaleureux. Au bout d'une heure et après quelques fausses indications ou directions mal comprises elle trouva une pension de famille dans Giselastraße, près de l'université, non loin du Jardin anglais.

Elle s'émerveillait, comme en traversant la France, qu'il y ait des hôtels et des gens pour changer les draps et faire la cuisine avec ce qu'on pouvait trouver. Si vite après une guerre totale. Ailleurs la nourriture était rare. Sur les bas-côtés, on ne s'étonnait plus de voir des tanks calcinés. Partout, les immondices de la guerre. Dans un village français l'aile noircie d'un avion de chasse gisait en travers de la chaussée. Pour des raisons qu'elle ne put découvrir, personne ne voulait la déplacer. Sur les routes et dans les gares encore debout se pressaient des personnes déplacées, des survivants juifs, des soldats démobilisés, d'anciens prisonniers de guerre, des réfugiés de la zone sous contrôle soviétique. Des dizaines de milliers de gens s'entassaient dans des camps spécialement prévus. Partout, « l'absence d'un toit, la crasse, la faim, le chagrin, l'amertume ».

Munich était aux deux tiers détruite. Mais là où aucune bombe n'était tombée il restait des poches de vie normale et innocente. Sa minuscule chambre au troisième était poussiéreuse et sentait le moisi, mais le lit était recouvert d'une couette rebondie, un article de literie exotique pour les Britanniques de l'époque. Debout à la fenêtre, tournant les yeux dans ce qu'elle pensait être la direction de la rivière, elle s'était « presque persuadée que cette folie n'avait jamais eu lieu ». Lorsqu'elle descendit de sa chambre, elle entendit quelqu'un taper énergiquement à la machine derrière des portes closes. Une forte odeur de tabac flottait dans la cage d'escalier.

Le lendemain matin elle couvrit à pied la courte distance la séparant du bâtiment principal de l'université dans Ludwigstraße. On la dirigea vers le premier étage. Elle suivit un long couloir à colonnade encombré d'étudiants. Là aussi une normalité inattendue. Elle s'arrêta devant les bureaux de l'administration pour réviser le vocabulaire allemand qu'elle avait noté. À l'intérieur, une salle rectangulaire avec de hautes fenêtres où travaillaient une douzaine de secrétaires et de documentalistes. Ne voyant pas de comptoir pour l'accueil, elle s'adressa d'une voix forte à l'ensemble de la pièce dans son allemand scolaire. Tout le monde se retourna pour la dévisager.

« *Entschuldigung. Guten Morgen !* » Elle écrivait un article sur le mouvement de la Rose blanche pour une célèbre revue londonienne. Accepterait-on de lui fournir le nom de quelques personnes qu'elle pourrait contacter ? Elle s'attendait à une réponse peu amène. Les six principaux membres, Hans et Sophie Scholl, trois amis proches et un professeur avaient été condamnés à mort et guillotinés. D'autres exécutions avaient suivi. Quand la nouvelle de leur mort s'était répandue, deux mille étudiants s'étaient rassemblés pour crier leur approbation. Traîtres ! Sales communistes ! Et maintenant ? Trop tôt, trop de honte peut-être pour obtenir autre chose qu'un silence gêné. Au lieu de quoi il y eut un murmure chaleureux. Deux dactylos se levèrent et vinrent vers elle en souriant.

Trois ans plus tôt, elles auraient pu se sentir obligées de cracher à la mention de la Rose blanche. Avec la nouvelle législation, l'université de Munich souhaitait s'identifier au mouvement, s'enorgueillir de ce courage et de cette clairvoyance. Aucun autre haut lieu du savoir en Allemagne n'avait produit de tels martyrs. Les Scholl, Alex Schmorell, Willi Graf, Christoph Probst, le professeur Kurt Huber appartenaient à la ville de Munich. Ils avaient opposé à la violence d'État et à la force écrasante du pouvoir en place une résistance purement intellectuelle. « Ces gosses étaient si jeunes, si courageux. » Qui irait dissuader une université, jusqu'au plus humble de ses fonctionnaires, de se revendiquer de telles figures comme symbole d'un retour à son véritable objectif ? La liberté de pensée ! « Cette université, écrivit Jane, était autrefois celle de Max Weber et de Thomas Mann – et elle l'est redevenue. »

La première dactylo à s'approcher fut une dame un peu ronde d'une soixantaine d'années avec des lunettes qui lui faisaient les yeux globuleux d'« une sympathique grenouille ». Elle prit Jane par le coude et l'entraîna vers une armoire métallique. Elle en sortit une mince liasse de documents ronéotypés.

« *Hier ist alles, was Sie wissen müssen.* » Voici tout ce que vous devez savoir.

On avait fait passer des exemplaires des six tracts originaux de la Rose blanche, chacun long d'à peine deux pages, via la Suisse et la Suède, jusqu'à Londres. Ils y avaient été reproduits en nombre et lâchés par millions sur l'Allemagne par la Royal Air Force. Jane se sentit ridicule en découvrant son ignorance. Elle avait cru que ces tracts étaient des documents rares, réunis et détruits par la Gestapo voilà longtemps. Malcolm Muggeridge ou son contact devaient connaître la vérité. Au siège de la revue *Horizon* tout le monde devait être au courant et supposer qu'elle-même l'était aussi.

D'autres secrétaires de l'université notaient des noms et des adresses. Il y eut de légers désaccords. Elle entendit des exclamations comme « Elle n'habite plus là ! » et « C'est un menteur. Il n'était pas impliqué. » Le nom d'une sœur, Inge Scholl, fut mentionné. Elle devait se trouver dans la maison de la famille à Ulm. Quelqu'un assura que non, elle était à Munich. Le bruit courait qu'elle écrivait un livre sur le mouvement. Elle avait été déportée et était encore en convalescence. Elle n'aurait peut-être pas envie de parler. D'autres dirent que si. Mais il n'y avait aucune colère dans ces échanges. Selon Jane, l'enthousiasme et la fierté dominaient.

Elle passa une heure dans ces bureaux. Elle redoutait qu'un supérieur, un surveillant n'entre et ne fasse à tous un sermon à cause d'elle. Mais il était déjà dans la pièce : « un personnage hirsute dans un costume deux fois trop grand pour lui ». Ce fut lui qui expliqua la chronologie des tracts – les quatre premiers avaient été réalisés durant l'été et l'automne 1942 et diffusés clandestinement à Munich et dans les villes alentour. Les deux derniers avaient été rédigés au début de l'année suivante, après le retour de Hans Scholl, de Probst et de Graf du front, où ils faisaient leur service comme infirmiers militaires. Le sixième n'avait vu le jour qu'environ vingt-quatre heures avant l'arrestation du groupe par la Gestapo. Le surveillant dit à Jane qu'elle remarquerait la différence entre le numéro cinq et le numéro six.

Elle remercia et prit congé en promettant d'envoyer une photocopie de son article. Dans Ludwigstraße l'impatience l'emporta. Elle s'arrêta au coin d'une rue, sortit les feuilles agrafées par deux et lut le premier titre : « Tract de la Rose blanche ». Son allemand était suffisant pour lui permettre de comprendre la première phrase sans dictionnaire : « Rien n'est plus déshonorant pour une nation civilisée que de se laisser "gouverner" sans résistance par une clique irresponsable qui s'abandonne à des instincts dépravés. »

Elle consacra une demi-page de son carnet à la réaction provoquée par la lecture de ces mots. Roland supposait qu'au moment où elle s'était mise à écrire elle avait lu les six tracts.

« Rien n'est plus déshonorant pour une nation civilisée… » J'avais l'impression de lire l'œuvre d'un vénérable auteur de l'Antiquité traduite du latin… le ton si solennel de ce préambule écrit par un étudiant, âgé d'une vingtaine d'années au plus, avec une passion pour la liberté de pensée et la certitude qu'une précieuse tradition artistique, philosophique et religieuse était menacée d'annihilation. J'en eus le frisson, une sorte de vertige… c'était comme tomber amoureuse… Hans Scholl, sa sœur Sophie et leurs amis, presque seuls au sein de cette nation, élevaient leurs voix frêles contre une tyrannie, non pas au nom de la politique mais de la civilisation même. Ils étaient morts à présent. Morts depuis trois ans et je les pleurai dans un coin de Ludwigstraße. J'aurais tellement voulu faire leur connaissance, être avec eux en cet instant. Je regagnai l'hôtel à pied emplie de tristesse, comme une amoureuse endeuillée.

Elle ne quitta sa chambre qu'après avoir relu et annoté les tracts. Quelle prise de risque, quel courage d'avoir qualifié le IIIe Reich de « prison spirituelle… un appareil d'État à la botte de criminels et d'ivrognes », et ajouté : « chaque parole prononcée par Hitler est un mensonge… Sa bouche est la porte nauséabonde de l'enfer ». Le tout accompagné de références si érudites. Goethe, Schiller, Aristote, Lao-Tseu. Elle avait la sensation de « recevoir une leçon de culture générale ». Elle comprenait combien la fréquentation de tels écrivains pouvait accroître et enrichir l'amour de la liberté. Elle se surprit à éprouver « de la colère, voire du ressentiment » envers ses parents qui, sans trop réfléchir et parce qu'elle était une fille, ne lui avaient jamais offert comme à son frère le privilège de faire des études supérieures. Celui-ci était encore à l'armée, capitaine dans la Royal Artillery. Il s'était distingué à la guerre. Elle prit alors la décision, assise sur le lit de sa petite chambre d'où elle voyait une partie du Jardin anglais, de s'inscrire à l'université dès son retour, sitôt son reportage remis. En philosophie ou en littérature. De préférence les deux. Ce serait son modeste acte de… de quoi au juste ? De résistance, d'hommage. Elle le devait à la Rose blanche. Elle recopia quelques passages des tracts. Sur ce gouvernement aux « crimes les plus méprisables – des crimes qui enfreignent tous les principes de l'humanité… N'oubliez jamais que tout citoyen mérite le régime qu'il accepte de subir… actuellement nous subissons la dictature du mal ». Et cet autre, tiré d'Aristote : « Le despote est sans cesse disposé à fomenter des guerres. » À la toute fin du premier tract, après deux vers inspirants du *Réveil d'Épiménide* de Goethe, un simple appel plein d'espoir qui l'emplit d'une profonde émotion : « S'il vous plaît, faites autant de copies de ce tract que possible et diffusez-les. »

« … depuis l'invasion de la Pologne trois cent mille juifs ont été massacrés là-bas de la manière la plus bestiale ». Hans Scholl et ses compagnons aspiraient passionnément à sortir les Allemands de leur inaction, de leur apathie « face à ces crimes abominables, des crimes qui avilissent la race humaine… la stupeur inepte des Allemands encourage ces criminels fascistes ». S'ils ne passaient pas à l'action, nul ne serait épargné, parce que chacun « est coupable, coupable, coupable ». À la fin du quatrième tract : « Nous ne nous tairons pas. Nous sommes votre mauvaise conscience. La Rose blanche ne vous laissera pas tranquilles. » Mais il y avait de l'espoir, car il n'était pas trop tard : « maintenant que nous avons vu clair en eux, ce doit être le premier et l'unique devoir, le devoir sacré de chaque Allemand de détruire ces monstres ». Face à un pouvoir d'État absolu et brutal, il ne restait que la « résistance passive ». Un sabotage discret dans les usines, les laboratoires, les universités et tous les domaines de l'art. « Ne faites pas de dons lors d'appels à la charité publique... Ne contribuez pas aux collectes de métaux, de textiles et autres. »

Dans les deux derniers tracts le ton devenait plus militant. Les titres étaient désormais « Tracts de la Résistance », et « Compagnons de la Résistance ! » Le cinquième tract affirmait que, grâce au réarmement des États-Unis, la fin de la guerre approchait. Il était temps pour les Allemands de se dissocier du national-socialisme. Mais Hitler « conduisait l'Allemagne dans l'abîme. Hitler ne peut gagner la guerre, il ne peut que la prolonger... Le châtiment se rapproche ». « Exact, mais un peu trop tôt », nota sobrement Jane dans son carnet.

L'opposition incarnée par la Rose blanche semblait n'avoir aucun projet politique pour l'avenir. Soudain dans le tout dernier tract, le plus court de tous, Jane lut : « Seulement par une large coopération entre les nations de l'Europe pourra-t-on ouvrir la voie de la reconstruction... L'Allemagne de demain devra être un État fédéral. »

Sophie Scholl avait été surprise en train de distribuer ce sixième tract dans le bâtiment de l'université visité par Jane ce jour-là. Un concierge l'avait vue glisser les liasses dans un soupirail de l'entrée principale. Il l'avait dénoncée et ç'avait été la fin. À l'époque les forces allemandes étaient repoussées à Stalingrad. C'était un massacre à une échelle inimaginable. On y vit à juste titre le tournant de la guerre. « Trois cent trente mille Allemands ont été inutilement et de manière irresponsable conduits vers la mort et la destruction, suivant le plan brillant d'un simple troufion de la Première Guerre mondiale. Führer, tous nos remerciements. » Dans les derniers paragraphes du tract, un appel désespéré à la jeunesse allemande pour qu'elle se soulève, au nom des « valeurs intellectuelles et spirituelles… de la liberté de pensée… de l'exigence morale ». La jeunesse allemande doit « détruire ses oppresseurs… et instaurer une Europe de l'esprit… Les morts de Stalingrad nous supplient d'agir ». Puis la dernière phrase, vibrante : « Notre peuple est prêt à se lever contre la subjugation de l'Europe par le national-socialisme, dans une redécouverte extatique de la liberté et de l'honneur. » Ainsi se concluait le tract, dans l'enthousiasme et l'espoir. S'ensuivirent, après les arrestations, un simulacre de procès au jugement rendu d'avance, et la première exécution. Trois jeunes gens bouillonnants de bonté et de courage, la tête tranchée. Sophie Scholl, la plus jeune, avait vingt et un ans.

Jane resta une demi-heure allongée sur son lit, en proie à un mélange d'épuisement et d'exaltation. Il fit place, écrivit-elle, à « une séance complaisante d'autocritique ». Que sa vie lui semblait à présent étriquée et inconsistante ! Une masse de semaines informe s'était accumulée derrière elle. Comme dans un état second, elle avait passé la guerre à taper des lettres administratives. Durant toutes ses années d'existence, son action la plus osée avait été de fumer une cigarette en cachette à quatorze ans, dans un bosquet de rhododendrons derrière le terrain de sport du lycée. La chance lui avait permis de survivre au Blitz, mais ce n'était pas un exploit. Elle avait enduré cette épreuve comme tout le monde. Jamais elle n'avait tenu tête à quiconque ni risqué sa vie pour une idée, un principe. Et maintenant ? Elle ne répondit pas à sa propre question. « La faim l'emporta. Je n'avais rien mangé de la journée. »

L'hôtel ne servait pas de repas ce soir-là. Elle fit le tour du quartier de l'université en quête d'un endroit bon marché où dîner. « Je me sentais différente, sur le point de devenir quelqu'un d'autre. Je commençais une nouvelle vie. » Elle avait fini par trouver une boutique vendant « une saucisse dégoûtante sur du pain rassis. Mais la moutarde sauva la situation ».

Pour l'heure, la réponse à son « Et maintenant ? » était de passer en revue les contacts de la Rose blanche figurant sur sa liste, d'écrire son reportage, puis de partir pour la Lombardie. Dans Munich en ruine, son existence lui semblait « assez géniale ». Elle s'attribuait le rôle d'un membre honoraire du mouvement. Elle poursuivrait le travail entrepris, aiderait à bâtir la nouvelle Europe dont le groupe avait rêvé. Même une modeste contribution compterait, comme d'améliorer la cuisine anglaise « en décrivant l'art de préparer l'*osso bucco* ! » nota-t-elle avec espièglerie. Un quart de siècle plus tard, quand elle apprit que son pays avait enfin rejoint le projet européen, elle fut ravie de ce lien avec un épisode de sa jeunesse. Dans l'immédiat, à Munich, elle consacra les dix jours suivants à tenter de reconstituer sérieusement l'histoire de la Rose blanche.

Sa première erreur fut de considérer les contacts du MI6 comme une source d'information privilégiée. Elle traversa et retraversa la ville à pied avec son Baedeker pour faire trois fois chou blanc. L'immeuble du début du siècle où elle se rendit en premier était une ruine. Ensuite ce fut la modeste maison d'une rue étroite de Schwabing, habitée par une famille italienne qui déclara ne rien savoir. La maison de la troisième adresse, toujours à Schwabing, était intacte mais semblait inoccupée depuis des lustres. Dans le chaos de la guerre, puis de l'après-guerre, personne ne restait longtemps au même endroit. Jane eut plus de chance avec les pistes données à l'université, même si de nombreux blancs subsistaient. Sa première réussite fut d'obtenir une heure avec une amie d'Else Gebel, ancienne prisonnière politique désormais chargée de répertorier les personnes arrêtées par la Gestapo. Gebel avait passé du temps avec Sophie Scholl durant ces ultimes journées et même partagé quatre nuits en cellule avec elle. C'était un témoignage de seconde main mais Jane eut confiance en cette femme vive et intelligente, du nom de Stefanie Rude. Else Gebel projetait d'écrire sa propre version des faits, qui serait peut-être incluse dans le livre qu'Inge Scholl préparait. Stefanie avait la certitude que cette dernière serait heureuse que Gebel s'entretienne avec Jane.

Sophie Scholl avait confié à Else s'être toujours doutée que, si elle se faisait prendre à distribuer des tracts ou à peindre « Liberté ! » sur les murs de Munich, elle le paierait de sa vie. Après sa première nuit complète d'interrogatoire elle avait regagné sa cellule calme et détendue. Quand on lui avait donné l'occasion de dire qu'elle s'était trompée sur le national-socialisme elle avait refusé. C'étaient ses geôliers qui se trompaient. Mais lorsqu'elle apprit que Christoph Probst venait d'être arrêté, ses défenses cédèrent. Il était père de trois jeunes enfants. Plus tard elle se ressaisit, soutenue par sa foi en sa religion et en la cause qu'elle défendait. Elle était persuadée que l'invasion des Alliés aurait bientôt lieu et que la guerre serait finie quelques semaines plus tard. Elle restait convaincue que le national-socialisme était le mal incarné et répétait que si Hans, son frère, devait mourir, alors elle aussi. Elle était restée sereine pendant les délibérations du tribunal populaire. Après sa condamnation elle fut conduite à la prison de Stadelheim où son frère et Probst avaient été emmenés eux aussi. Hans et Sophie Scholl purent passer un moment avec leurs parents avant leur exécution.

Tout ce que Jane entendit au cours de cet entretien et des suivants devait entrer dans la légende. La Rose blanche devint un incontournable des salles de classe, des mauvais poèmes, des bons sentiments et de la sanctification facile, des films mélodramatiques et des albums édifiants pour la jeunesse, d'innombrables bourses d'étude et d'une avalanche de thèses de doctorat. C'était l'histoire qu'il fallait à l'Allemagne d'après-guerre comme récit fondateur du nouvel État fédéral. Elle devint un conte emblématique repris jusqu'à l'usure, invoqué avec tant d'emphase par les responsables officiels que, des années plus tard, elle susciterait un certain cynisme, voire pire. Hans Scholl n'avait-il pas été un temps chef de groupe au sein de la Jeunesse hitlérienne ? Le vénéré professeur Huber, musicologue, n'était-il pas antisémite, et son influence n'apparaissait-elle pas dans le deuxième tract à travers cette curieuse formulation : « sans tenir compte de la position que nous pouvons avoir envers la question juive » ? Des fractions de la gauche allemande accusèrent Huber, un conservateur bon teint, d'être « antibolchevique », exactement comme les nazis. D'autres se demandèrent ce qu'avaient apporté ces jeunes innocents chrétiens. Seule la puissance militaire des États-Unis et de la Russie soviétique pouvait vaincre le nazisme.

Mais pour Jane, lire l'histoire de cette résistance solitaire alors que le pays était en ruine, que la moitié de la population mourait de faim et que les Allemands se réveillaient à peine du cauchemar auquel ils avaient collectivement, ou presque, contribué, serait une inspiration, une révélation, le début de la rédemption. Et voilà qu'elle-même était au bon endroit au bon moment, prête à écrire et à publier le premier reportage crédible.

En une semaine, elle parla à une douzaine de personnes proches de son sujet à des degrés divers. Elle eut la chance d'obtenir une demi-heure avec Falk Harnack qui visitait justement Munich. Ancien directeur du Théâtre national de Weimar, il était en contact avec les éléments dispersés et isolés de la résistance allemande. Il avait organisé une rencontre entre Hans Scholl et un groupe de dissidents berlinois. La date fixée se révéla être celle de l'exécution de Scholl. De la bouche de différentes sources, Jane entendit le récit d'une célèbre cérémonie officielle à l'université de Munich où un apparatchik du parti national-socialiste, le gauleiter Paul Giesler, avait pris la parole devant les étudiants assemblés, dont des mutilés de guerre. Fidèles à leur politique de résistance passive, les Scholl n'étaient pas venus. Au cours d'un discours grossier et agressif, Giesler avait enjoint aux étudiantes de faire des enfants pour la patrie. C'était leur devoir patriotique. À celles qui n'étaient pas « assez séduisantes pour trouver un partenaire » il avait promis de confier à ses adjoints le soin de s'occuper d'elles. Les étudiants avaient noyé ses paroles sous des huées, des coups de talon sur le sol et des sifflets allant crescendo, et avaient commencé à quitter la salle – un mouvement de protestation sans précédent contre le Parti. La Rose blanche n'était finalement pas seule. Jane rencontra Katharina Schüddekopf et plus tard, trop brièvement, Gisela Schertling, la petite amie de Hans Scholl – les éléments les plus proches du noyau central du groupe qu'elle put côtoyer. Katharina lui montra des photos des Scholl, de Graf et de Probst. Comme Gisela Schertling, elle avait fait de la prison à cause de ses activités dissidentes.

Jane avait à présent largement assez de documentation sur les six membres clés du mouvement, dont le professeur Huber. La veille au soir de ses deux derniers entretiens, elle écrivit le paragraphe d'introduction à son article pour *Horizon.* Le lendemain matin elle repartit une fois de plus vers Schwabing, cette fois pour voir Heinrich Eberhardt, un étudiant en dernière année de droit à l'université de Munich. Il avait été le peintre enthousiaste des graffitis *À bas Hitler !* et *Liberté* sur les murs de Munich, et il s'était rendu à Stuttgart et dans d'autres villes pour diffuser les quatrième, cinquième et sixième tracts. Auparavant, blessé au pied par une balle de gros calibre pendant son service militaire en France, on lui avait accordé le statut de non-combattant et un congé de longue durée pour études. Il avait rencontré divers membres du groupe, mais il n'avait jamais été un de leurs intimes. Il connaissait un jeune avocat, Leo Samberger, qui avait assisté au procès Scholl-Probst partagé entre l'horreur et la honte. Jane pensait qu'il pourrait se révéler intéressant.

Elle était arrivée à dix heures précises. Fait inhabituel pour un étudiant, la chambre en rez-de-chaussée de Heinrich était spacieuse, correctement meublée et lumineuse, grâce à une porte vitrée ouvrant sur un petit jardin. Quand il la salua, Jane fut parcourue par un frisson, comme si elle le reconnaissait. Comme si toutes ses recherches l'avaient préparée à ce moment. Une autre façon de dire qu'elles avaient quelque peu altéré et émoussé son jugement. Ce grand jeune homme à la voix douce et à la légère claudication qui échangeait une poignée de main avec elle et lui indiquait un fauteuil était l'incarnation de Scholl, Probst, Schmorell et Graf réunis. Comme eux sur les photos, il avait une pipe à la main, éteinte pour l'instant. Elle vit chez lui l'énergie et la beauté de Hans, le regard avenant et honnête de Christoph, le tact d'Alex, la profondeur rêveuse de Willi et la même masse de cheveux bruns coiffés en arrière. L'impression sur Jane fut immédiate : Heinrich était la Rose blanche. Même en ce moment de trouble elle eut conscience de son étrange état, d'égarement peut-être, mais cela n'y changeait rien. Elle était sous le charme. Ses mains tremblaient un peu lorsqu'elle s'assit dans le fauteuil et sortit son carnet de son sac. Avec une gravité qui, pensa-t-elle, dissimulait sans doute une part de taquinerie, il la complimenta sur son allemand. Quand il se leva pour traverser la pièce et lui préparer une petite tasse de très mauvais café, elle vit son bureau encombré de manuels de droit ouverts, et dans un cadre une photo d'un couple, ses parents sans doute. Pas trace d'une petite amie. Elle prit son café en veillant à ne pas laisser s'entrechoquer la tasse et la soucoupe. Elle répondit à ses questions polies sur son voyage depuis l'Angleterre, sur la situation à Paris, à Londres, sur le rationnement. Elle cherchait désespérément à faire bonne impression.

Après cette entrée en matière elle orienta leur échange vers le procès. Qu'avait appris Heinrich de son ami Samberger ? La conversation portait à présent sur la résistance et il semblait plus enclin à parler des autres groupes que de celui de la Rose blanche dont il avait fait partie. Il était pour sa part originaire de Hambourg, ville qui s'honorait de sa tradition d'hostilité à Hitler. Hans Scholl y avait établi des contacts avec un réseau extrémiste qu'intéressaient les sabotages pratiqués par la résistance française.

Ses membres avaient tenté de se procurer de la nitroglycérine. Il y avait aussi les cellules de Fribourg et de Bonn. Stuttgart était un cas à part. Et enfin le groupe de Berlin, sous l'influence directe de la Rose blanche. Heinrich parlait d'une voix calme et grave qui plaisait à Jane. Mais elle s'impatientait à cette évocation des autres groupes opposés au national-socialisme en Allemagne. Ils lui compliquaient la tâche. Elle ne pouvait rendre compte en cinq mille mots de tous les mouvements dissidents isolés, surtout ceux qui s'étaient formés après Stalingrad et les bombardements incessants des villes de Rhénanie. Seule la Rose blanche lui importait. C'était son sujet. Pourquoi Heinrich l'en éloignait-il ? Devant ses questions insistantes il finit par lui dire tout ce qu'il avait appris de son ami et d'autres sources.

Sa voix se fit plus grave et à peine audible. Jane se pencha en avant pour mieux entendre. Dans son carnet elle consigna une mosaïque de rumeurs ayant circulé en prison et au tribunal, certaines de seconde main, d'une écriture atypique en pattes de mouche. La force de ses émotions avait pu la faire trembler. Tout le monde, même les gardiens de prison, même Robert Mohr, le responsable de la Gestapo chargé des interrogatoires, avait été impressionné par la dignité et la sérénité des accusés. L'acceptation de sa mort imminente par Sophie Scholl l'avait stupéfié. Les lettres d'adieu que l'on avait conseillé à Hans, à Sophie et à Christophe d'écrire ne furent jamais distribuées. Les autorités les archivèrent. Au tribunal les parents des Scholl ne furent appelés qu'à la toute fin. La mère s'était évanouie, puis ressaisie. Le juge Freisler avait la réputation d'être une brute. À ses yeux les trois amis étaient déjà morts avant le début du procès. Une fois la condamnation prononcée,

Sophie refusa d'en prendre acte selon la coutume. Hans essaya de plaider la cause de Christoph qui avait trois enfants, dont un nouveau-né. Mais Freisler l'interrompit.

Pour leur exécution, les condamnés furent transférés à la prison de Stadelheim dans les faubourgs de Munich. Les gardiens assouplirent les règles et autorisèrent les Scholl à voir leurs parents. L'épouse de Probst était encore à l'hôpital, affaiblie par une infection après son accouchement. Sophie semblait très belle. Elle mangea la petite douceur apportée par sa mère et que Hans avait refusée. Elle fut emmenée la première et mourut sans un murmure. Quand ce fut le tour de Hans, juste avant qu'il ne pose la tête sur le billot, il cria quelque chose sur la liberté – les récits varient.

Heinrich marqua une pause. Il s'était sans doute aperçu que Jane avait les larmes aux yeux. Pour la réconforter il lui parla d'une autre rumeur selon laquelle le juge Freisler avait été tué lors d'un bombardement.

Puis vint le petit geste de sympathie qui devait changer leur vie. Heinrich se pencha au-dessus de la table et posa la main sur celle de Jane. Après plusieurs secondes, elle réagit en retournant sa main et referma les doigts sur les siens. Elle les serra fort. Ce qui s'ensuivit n'est pas décrit mais Jane nota qu'elle avait quitté la chambre de Heinrich vers vingt et une heures ce soir-là. Onze heures plus tard. Le lendemain matin elle envoya un mot à un collègue de Kurt Huber pour s'excuser de ne pas être venue à ce qui devait être son ultime entretien.

Elle n'était pas une journaliste professionnelle. Son sujet, dont elle était déjà trop proche durant ses recherches, la submergeait à présent, elle s'y perdait. Peu lui importait d'être tombée sous le charme de Heinrich ou de la Rose blanche. En proie à cet afflux d'émotions, elle n'aurait pu dire la différence. Il lui fallait les deux. Les larmes qui avaient amené Heinrich à poser la main sur la sienne lui étaient venues à la pensée qu'il aurait facilement pu être le condamné conduit à la guillotine. Et la même beauté, la même intelligence, la même gentillesse, le même courage auraient été décapités.

Une semaine plus tard elle avait quitté sa pension de famille pour s'installer dans la chambre de Heinrich à Schwabing. Certaines soirées d'automne étaient fraîches mais il faisait plus chaud chez lui que dans tous les logements qu'elle avait connus à Londres. Sa vie changeait à une telle vitesse ! Jamais elle ne s'était sentie aussi impétueuse. Jour et nuit, ils étaient inséparables. Heinrich laissait de côté ses révisions pour ses examens de droit. Jane n'avait plus le temps d'écrire. Elle s'en souciait peu, car lorsqu'ils parcouraient la ville, elle restait sur la piste de la Rose blanche. Heinrich désigna l'appartement de Hans Scholl puis la maison appartenant à Carl Muth, où le groupe et divers amis se rencontraient souvent. C'était là que Heinrich avait fait la connaissance de Willi Graf et des Scholl.

Ensemble, Jane et lui se rendirent à la prison de Stadelheim et au cimetière de Perlacher à proximité, mais ils ne trouvèrent pas les tombes. Ils cherchaient peut-être au mauvais endroit. À moins qu'à l'instigation du gauleiter Giesler les autorités n'aient pas souhaité encourager la vénération des martyrs.

Un soir, peu après l'installation de Jane chez lui, Heinrich sortit son bien le plus précieux. Il se trouvait sous une pile de livres, enveloppé entre deux cartons dans des rideaux mités. Heinrich l'avait dissimulé jusqu'à la fin de la guerre. C'était une édition originale du *Blaue Reiter*

Almanac de 1912, sorte de manifeste du Cavalier Bleu, un groupe de peintres expressionnistes actifs à Munich et dans sa région durant les quelques années précédant la Première Guerre mondiale. Ils avaient été condamnés par les nationaux-socialistes qui les traitaient de « dégénérés », et leurs œuvres furent volées et vendues, détruites, ou mises aux oubliettes. Bientôt, selon Heinrich, quand les tableaux de Kandinsky, Marc, Münter, Werefkin, Macke et tant d'autres réapparaîtraient sur les murs des musées, cette publication vaudrait beaucoup d'argent. C'était le cadeau offert pour son vingtième anniversaire par un oncle aisé qui aimait l'art moderniste et avait perdu presque toute sa collection. Dès lors, le Cavalier Bleu devint pour Jane et Heinrich un projet commun cher à leur cœur. De la rose au cavalier, du blanc au bleu, de la guerre à la paix, un mouvement passionné succédait dans la joie à un autre. Heinrich possédait un recueil de tableaux datant de la fin des années vingt et, même si presque toutes les illustrations étaient en noir et blanc, Jane se mit à partager son goût pour ce qui lui était décrit comme des « couleurs non figuratives ».

Par une journée de la mi-octobre d'une douceur inhabituelle ils prirent la route sur une antique moto qu'on leur avait prêtée et rejoignirent la petite ville de Murnau à soixante kilomètres au sud de Munich. À titre d'hommage. Vassily Kandinsky et Gabriele Münter, alors amants, y étaient venus en 1911 et avaient été enchantés. Ils avaient loué une maison qui joua un rôle central pour les peintres du Cavalier Bleu. Ils présentaient la ville et la campagne environnante comme un puissant stimulus pour leur art. Jane et Heinrich étaient tout aussi enchantés en flânant dans les rues étroites. Peut-être voyaient-ils les couleurs automnales des arbres et des prairies autour d'eux avec les yeux de Gabriele Münter. Ils avaient entendu dire qu'elle avait toujours une maison à Murnau. Beaucoup plus tard ils apprirent que, comme Heinrich, mais à bien plus grande échelle, elle avait mis à l'abri du gouvernement national-socialiste nombre d'œuvres du Cavalier Bleu, dont plusieurs tableaux de Kandinsky. Ce fut ainsi qu'en janvier 1947, Jane étant enceinte et leur mariage ayant eu lieu dans l'intimité le même mois, l'idée enthousiasmante de s'installer à Murnau prit forme. Eux aussi louèrent une maison, et y emménagèrent au printemps.

Alors qu'ils déballaient leurs cartons dans ce chalet à trois étages, Jane se faisait à l'idée qu'elle n'écrirait jamais son article sur la Rose blanche. Elle était amoureuse, visiblement enceinte, et engagée dans une nouvelle vie. Heinrich avait trouvé du travail dans le cabinet d'un avocat en droit rural et agricole. Elle-même s'employait à préparer la maison pour l'arrivée du bébé. Avec un grand sentiment de culpabilité et après plusieurs brouillons, elle envoya une lettre de justification au siège de la revue *Horizon*. Connolly s'était montré si généreux avec elle qu'elle se sentait incapable de lui écrire directement. Elle adressa donc la lettre à Sonia Brownell, expliquant que la situation dans Munich détruite où l'on mourait de faim l'avait empêchée de découvrir grand-chose sur la Rose blanche. Elle pouvait difficilement avouer s'y être mariée. Pour raisons de santé, écrivit-elle, elle n'avait pas pu se rendre en Lombardie. Elle entreprenait de rembourser, dans les temps, tout l'argent qu'elle avait reçu. Une fois sa lettre postée elle se sentit mieux. Elle eut le cœur serré lors de la parution, plus tard la même année, du livre d'Inge Scholl. Jane aurait pu la devancer. Mais elle savait que cet ouvrage sur Hans et Sophie Scholl était bien meilleur, plus personnel, plus empreint d'émotion, plus nécessaire que ce à quoi elle aurait pu arriver. Et pourtant le regret la poursuivit toute son existence. Peu à peu Heinrich se recroquevilla et se rigidifia intérieurement – il n'était pas et n'avait jamais prétendu être un Scholl, un Probst ou un Graf. Il devint un avocat de province, protestant pratiquant, un homme aux opinions fermement ancrées, membre actif de la CDU locale.

Jane s'accomplit en tant que femme au foyer. Bientôt tous ses agréables voisins à Murnau s'entendirent pour reconnaître que son allemand, son accent bavarois chantant étaient presque parfaits. Contrairement à son frère, elle n'alla jamais à l'université, ne devint jamais une écrivaine publiée, ne fit jamais « un saut » de l'autre côté des Alpes pour partager le secret du meilleur *osso bucco* avec les Anglais peu gastronomes. Ce fut seulement quand Heinrich et elle se furent installés dans le nord du pays en 1955 qu'elle finit par accepter de se retrouver avec une existence protégée et une vie de couple monotone. L'oncle qui avait offert le *Blaue Reiter Almanac* avait légué à Heinrich une maison à Liebenau, près de Nienburg. Jane aurait préféré rester à Murnau, mais pour Heinrich la perspective de vivre sans loyer à payer était irrésistible. Une fois là-bas, ils ne déménagèrent jamais. Pour des raisons médicales jamais explicitées, Jane n'eut pas d'autre enfant. Heinrich avait obtenu à Munich en 1951 son diplôme d'avocat et devint associé dans un cabinet de Nienburg. Jane remarquait à peine sa soumission croissante aux souhaits de son mari. De son côté, celui-ci n'avait pas conscience de son autoritarisme, du fait qu'il s'attendait à être servi chez lui. Ceux qui connaissaient bien Jane observaient chez elle en certaines occasions une pointe d'agressivité, voire d'aigreur, de désillusion. Bien des années plus tard, au dîner, décrivant à son gendre le voyage qu'elle n'avait jamais fait dans les fermes du nord de l'Italie, elle s'exclama avec un peu d'autodérision : « Dire que j'aurais pu être Elizabeth David ! »

Mais c'était dans un avenir lointain. À en croire la dernière page de son ultime carnet, elle nageait dans le bonheur en ce magnifique été 1947. Elle décorait et aménageait à son idée les pièces de la nouvelle maison, disposait des pots d'herbes aromatiques près de la porte de la cuisine, en plus du potager et du carré de fleurs au fond du jardin, et chaque week-end elle nageait dans les eaux calmes du Staffelsee avec son jeune et beau mari, Heinrich Eberhardt, l'un des rares Allemands, quelques centaines sur des millions, à avoir résisté à la tyrannie nazie.

Parfois le couple apercevait Gabriele Münter au loin dans la rue. En une seule occasion, après une discussion véhémente, ils finirent par l'approcher. Elle se tenait devant une boucherie. Ils la remercièrent pour sa peinture, qui non seulement leur avait apporté un plaisir énorme mais les avait conduits jusqu'à cette belle ville de Murnau. Elle ne répondit pas grand-chose avant de s'éloigner mais ils virent dans son sourire aimable une forme de bénédiction. Durant ces mois ensoleillés Jane était moins troublée par l'abandon de ses projets qu'elle ne le serait plus tard. Elle se sentait « plus joyeuse que quiconque ne méritait de l'être » dans un pays dévasté et appauvri par une guerre désastreuse, et d'autres joies suivraient sûrement. Le carnet se terminait sur cette note euphorique. En octobre de la même année naquit Alissa.

*

Roland fut tiré en sursaut de ses réflexions par un unique pleur perçant dans l'obscurité. Ce n'était pas celui, ordinaire, d'un bébé qui se réveillait et avait besoin de réconfort. Roland savait son fils capable d'identification projective à cette période de sa vie, mais ce miaulement sonnait comme un cri de désespoir. Quel effet cela devait faire, de passer brusquement du profond sommeil d'un nourrisson à la réalité traumatisante et singulière de l'existence. Ne rien connaître du monde, disposer de si peu pour le découvrir. Dans ce son dont l'intensité décroissait, une solitude absolue. Un cri humain. Roland se leva à la seconde, ses propres pensées occultées, comme si lui aussi sortait du néant en se réveillant. Avec une serviette-éponge pour tout vêtement, il sortit un biberon de lait du chauffe-biberon. Lorsqu'il prit Lawrence dans ses bras les cris du bébé s'étaient transformés en sanglots, en hoquets d'abord trop violents pour qu'il puisse boire. Enfin, il se mit à téter avidement. Une fois que Roland l'eut changé et remis sous sa couverture le bébé s'était presque rendormi.

Ce fut un plaisir de s'installer dans le petit fauteuil près du lit de Lawrence. Cette visite nocturne pouvait être un arrangement mutuel – lui-même étant apaisé de regarder son fils dormir sur le dos, les bras levés, les mains atteignant à peine le haut de sa tête. Un cerveau gros et gras et sa protection osseuse étaient si encombrants pour démarrer dans l'existence. Un organe si lourd qu'il empêcherait Lawrence de tenir assis pendant ses six premiers mois. Plus tard il trouverait peut-être d'autres moyens d'être un fardeau. Pour l'heure cette tête bombée presque chauve faisait du bébé un génie aux yeux de son père. Était-il possible de trouver le bonheur en étant un génie ? Einstein ne s'en était pas mal sorti, jouant du violon, faisant de la voile, adorant la célébrité, trouvant purement et simplement la joie dans sa théorie de la relativité générale. Mais au prix d'un divorce, d'une bataille pour la garde des enfants, d'aventures amoureuses éprouvantes, d'accès de paranoïa à l'idée que David Gilbert lui vole la vedette, de l'incapacité à faire la paix avec le quantum, avec les brillants jeunes gens qui lui devaient tout. Valait-il mieux être stupide, un citoyen moyen ? Personne ne croyait ça. Les gens stupides avaient leurs propres itinéraires vers le malheur. Quant à se satisfaire de sa médiocrité, Roland était un bon contre-exemple. Pendant sa scolarité il figurait en général dans le dernier tiers de la classe ou des listes d'examens, avec en fin de semestre des appréciations comme « satisfaisant » et « pourrait mieux faire ». À quinze ans son esprit aurait pu connaître une renaissance mais à l'époque Roland appartenait à Miriam Cornell. Ses prouesses intellectuelles se limitaient au piano et ne pouvaient se traduire dans les résultats scolaires. Depuis lors aucun savoir-faire vendable, aucune réussite, sans même la possibilité de se dire poursuivi par la malchance. Dans son quartier du sud de Londres, dans sa maison exiguë et mal tenue qu'il avait isolée du monde extérieur au point que Lawrence et lui pouvaient à peine respirer, vivant d'allocations versées par l'État, il était très précisément et complaisamment malheureux. Que représentait un nuage radioactif de la taille d'un continent comparé à la disparition de sa femme ? Quant à l'indispensable plaisir éphémère de la sexualité entre deux partenaires aimants, il en était plus loin désormais que depuis son seizième anniversaire.

Lorsqu'il se réveilla il était deux heures et demie à sa montre. Deux heures de sommeil et il grelottait. La serviette-éponge avait glissé au bas de ses chevilles. Lawrence n'avait pas changé de position – ses bras étaient encore levés en un geste d'abandon et de confiance. Roland retourna dans sa chambre et prit une deuxième douche. Puis il se recoucha, propre, calme, presque nu, inutilement lucide à trois heures du matin. Il ne pouvait plus accuser l'alcool et n'était pas d'humeur à lire. Il voulait se parler d'homme à homme. Réorganise ta vie ! Tu ne peux pas continuer à louvoyer. Accepte qu'elle ne reviendra pas. D'accord. Alors quoi ? Alors… Dès qu'il atteignait ce stade, sur son avenir planait tel un brouillard le combat quotidien contre la fatigue de la parentalité. Il ne pouvait y avoir aucun projet concevable, aucun élan, puisqu'il ne pouvait que rester les pieds sur terre, que continuer, aider Lawrence à continuer, continuer à s'occuper de lui, à jouer avec lui et à recevoir les allocations de l'État, sans oublier le ménage, la cuisine, les courses. Le lot commun étroitement contraint des mères célibataires était le sien.

Mais il avait un poème à l'esprit, inspiré d'une expression entendue en quittant un magasin : *il l'a bien cherché.* Bon titre. Et peut-être que oui. Donc ce serait une affaire personnelle, un démon qu'il espérait tuer en le décrivant ? Mais à quoi servait la poésie alors qu'il avait besoin d'argent ? Comme pour railler ses ambitions littéraires, Oliver Morgan, un vieil ami de l'époque où il s'intéressait au jazz, l'avait appelé deux semaines plus tôt avec une proposition. Morgan se décrivait lui-même comme un représentant du nouvel esprit d'entreprise thatchérien. Il n'était plus joueur de saxo. À la place, il créait des sociétés, les faisait prospérer, disait-il, puis les vendait. À ce qu'en savaient ses propres amis, il n'avait jamais gagné d'argent. Au mieux, il rentrait dans ses fonds. Son nouveau projet était une entreprise de cartes d'anniversaire. Le marché, expliqua-t-il à Roland, était saturé par de la camelote, des photos et des slogans mièvres. Kitsch. Des vers de mirliton. Achetées pour l'essentiel par les classes populaires. Des fumeurs obèses, d'après Morgan. Peu d'instruction, mauvais goût, pas le sou. Or il existait une importante minorité négligée de jeunes cadres cultivés, plus « un certain type d'enseignants » d'une cinquantaine d'années. Des reproductions soignées de miniatures érotiques indiennes ou de tableaux de la Renaissance conviendraient parfaitement en couverture. Sur du vélin couleur crème. À l'intérieur, Morgan voulait des poèmes d'anniversaire haut de gamme et branchés. Distanciés pour le vieillissement, décalés pour la naissance, le mariage et la mort. Quelques obscénités ne nuiraient pas. Acheteurs et destinataires seraient flattés par ces références culturelles au sens large. Roland était l'homme de la situation – père au foyer, du temps devant lui, des connaissances en poésie. Les six premiers mois il serait payé principalement en actions, donc rien à déclarer au fisc.

Roland, rendu irritable par le manque de sommeil, avait raccroché, rappelant vingt minutes plus tard pour s'excuser, et leur amitié était restée intacte. Mais il se sentait toujours insulté. Morgan ne comprenait pas qu'il était un poète sérieux, avec plus d'une demi-douzaine de poèmes publiés dans de hauts lieux de la culture. Il s'agissait uniquement de revues universitaires avec un tirage dérisoire. Mais *Grand Street* pouvait suivre. Sur son bureau à moins de deux mètres de lui se trouvaient ses derniers textes révisés. Il attendait un retour.

Réchauffé par sa douche il s'était étendu de tout son long sur le jeté de lit orange et violet en coton indien sous le mince faisceau de la lampe qui laissait dans l'ombre l'encombrement de la pièce. Ces dernières années le gouvernement avait enseigné même à ses opposants que se voir riche n'avait rien de honteux. Roland essaya de se voir vivant dans le luxe. Dans une maison quatre fois grande comme celle-ci, avec une femme tendre qui ne vous quittait pas, la gloire littéraire, deux ou trois enfants souriants et une employée de maison comme celle de Peter et Daphné qui faisait un saut deux fois par semaine.

« Faire un saut », l'expression de Connolly reprise par sa belle-mère s'appliquerait à jamais à tous les voyages n'ayant pas vu le jour. Comme dans : il a fait un saut à Liebenau et convaincu son Alissa de rentrer. Il prit sa carte postale sur la table de chevet et l'étudia à nouveau. Ce pouvait être la même prairie vallonnée que celle dans laquelle Gabriele Münter avait peint ses collègues du Cavalier Bleu, Alexej von Jawlensky et Marianne von Werefkin, alanguis dans l'herbe. Étrangement sans visage. Aucun mouton en vue. Un tableau qu'elle avait peut-être caché dans sa maison de Murnau avec bon nombre de ceux de Kandinsky. Ils avaient survécu à quelques fouilles des nazis. Leur découverte aurait pu l'envoyer en camp de concentration. Roland aurait-il eu son courage ? C'était un autre sujet. Il chassa cette pensée et retourna la carte pour la relire. La maternité avec deux voyelles manquantes ne le dérangeait plus. Le sens était clair. Elle aurait fait sombrer Alissa et celle-ci avait dû fuir pour « se retrouver ». Telle était la thèse de Daphné. La maternité risquait de faire également sombrer Roland. Lorsque Alissa avait écrit cette carte elle se dirigeait vers Liebenau. *S'il te plaît n'appelle pas là-bas.*

Sauf dans le cas d'une visite très brève, elle était à présent avec ses parents. Elle lui avait évité la corvée d'appeler. C'était toujours Jane, et non Heinrich, qui décrochait. Roland aurait été obligé de dire la vérité ou de lui mentir en ignorant ce qu'elle savait déjà.

Il n'avait rien révélé à ses propres parents. Son père avait prolongé ses liens avec l'armée britannique en tant qu'officier de réserve dirigeant un atelier de maintenance de blindés légers en Allemagne. Ces dix années supplémentaires terminées, Robert et Rosalind s'étaient installés dans une petite maison moderne près d'Aldershot, non loin du village natal de Rosalind et du lieu de leur première rencontre près d'un poste de garde en 1945, alors que Rosalind secondait un chauffeur routier. À peine deux mois après leur retour « au pays » ils avaient eu un accident de la circulation. Le commandant Baines, tournant à droite pour emprunter une route à quatre voies très fréquentée qui longeait la crête du Hog's Back, une colline locale, avait regardé du mauvais côté et empiété sur la voie où arrivait une voiture rapide. Celle-ci avait fait une embardée et il n'y avait pas eu de collision frontale. Personne n'avait été blessé mais Robert et Rosalind étaient traumatisés – un état de choc qui avait duré plusieurs semaines. Elle, en particulier, restait étourdie, nerveuse, insomniaque. Ses mains et ses bras étaient couverts de rougeurs, elle avait des aphtes dans la bouche. Ce n'était pas le moment de leur parler d'Alissa.

Il en était au stade – courant entre la trentaine et la quarantaine – où vos propres parents entamaient un lent déclin. Jusqu'alors ils avaient toujours assumé ce qu'ils étaient, ce qu'ils faisaient. Désormais, des bribes de leur existence s'envolaient peu à peu, ou volaient en éclats comme le rétroviseur brisé de la voiture du commandant. Puis de plus gros fragments se détachaient et devaient être ramassés ou rattrapés au vol par leurs enfants. C'était un lent processus. Dix ans plus tard il en discuterait encore avec des amis autour de la table de sa cuisine. Susan, sa sœur diligente au grand cœur, avait fait l'essentiel et de loin. Lui-même s'était occupé des constats pour les compagnies d'assurances après l'accident. Et avant cela d'une demande de prêt bancaire, d'un problème d'évacuation des eaux dans la nouvelle maison, du réglage des stations sur une radio neuve, puis de quelque chose qui ne voulait pas s'ouvrir, ou démarrer – rien de très grave pour l'instant. Suivant la suggestion d'Alissa, il leur avait acheté une sorte de pince pour enlever le couvercle des bocaux ou des flacons. Il avait fait une démonstration sur un pot de chou rouge mariné dans le vinaigre. Dans leur nouvelle cuisine ses parents s'étaient approchés pour suivre les opérations. Ç'avait été un moment significatif. Ils perdaient prise sur le réel. Dans les années 1980, la génération de la guerre commençait à décliner. Il faudrait sans doute quarante ans, voire plus, pour que ses derniers survivants disparaissent. En 2020 un centenaire pourrait encore se souvenir d'avoir combattu pendant toute la durée de la guerre. En tant que membre de l'infanterie légère des Highlands, le soldat Baines avait assisté au massacre de civils et de militaires lors de la retraite sur les routes bondées menant aux plages de Dunkerque. Il avait reçu trois balles de mitraillette allemande dans les jambes. Un fermier français prénommé Roland l'avait soigné et conduit sur une plage de Dunkerque. De retour en Angleterre, après un long voyage en train jusqu'à Liverpool, Robert avait passé des mois à l'hôpital d'Alder Hey, dans le même service que celui où son père s'était retrouvé avec de multiples fractures à un pied, après s'être battu dans le même régiment durant la Première Guerre mondiale. Robert avait perdu son frère en Norvège en 1941, Rosalind son premier mari à l'entrée de Nijmegen quatre mois après le Débarquement en Normandie. D'une balle dans le ventre. Luimême avait perdu un frère, prisonnier de guerre des Japonais, enterré en Birmanie.

Il était assez courant pour Roland Baines et les hommes de sa classe d'âge, au moment où ils devenaient adultes en Angleterre, de s'interroger sur ces dangers qu'ils n'avaient jamais eu à affronter. En offrant au jeune Roland son quart de litre de lait quotidien, l'État avait garanti à ses os un taux de calcium suffisant. Il lui avait enseigné gratuitement le latin et la physique, et même l'allemand. Personne n'allait en prison pour cause de modernisme ou de couleurs non figuratives. Sa génération avait également eu plus de chance que la suivante. Ses semblables se prélassaient sur les genoux maternels de l'Histoire, nichés dans un repli du temps, mangeant leur pain blanc. L'Histoire et la chance avaient souri à Roland. Or voilà qu'il se retrouvait sans le sou à une époque où l'État-providence était devenu une mégère. Sans le sou, et dépendant de ce qui restait de ce pain blanc : les miettes.

Mais avec deux heures de sommeil, dans la chaleur de sa chambre, les jambes allongées sur le coton du jeté de lit, l'esprit en éveil, une humeur rebelle le gagnait. Il pouvait être libre. Ou feindre de l'être. Il pouvait descendre sur-le-champ au rez-de-chaussée, enfreindre sa nouvelle règle de vie et se servir un verre, chercher au fond d'un tiroir de la cuisine une réserve d'herbe dans du film plastique laissée par quelqu'un six mois plus tôt. Elle était sans doute encore là. Se rouler un joint et, debout au jardin en pleine nuit, quitter son existence ordinaire pour se rappeler, comme il le faisait quand il avait une vingtaine d'années, qu'il était un organisme insignifiant sur un gigantesque rocher tournoyant d'ouest en est à mille six cents kilomètres par heure dans le vide sidéral parmi les étoiles lointaines et indifférentes. Et porter un toast à cette réalité. À la chance absolue d'en avoir conscience. Elle le faisait jubiler autrefois. Elle le pouvait peut-être encore. Oui, il pourrait faire tout cela. Il l'avait déjà fait dans les années 1970 avec son vieil ami Joe Coppinger, un géologue devenu thérapeute. Dans les Rocheuses, les Alpes, les montagnes de Slovénie, sur le Causse du Larzac. Vu d'ici, franchir autrefois Checkpoint Charlie pour entrer dans Berlin-Est avec des livres et des disques plus ou moins interdits ressemblait aussi à la liberté. Il pourrait bel et bien sortir dans son jardin, rendre hommage à ses libertés du passé, et lever son verre. Mais il ne le fit pas. Alcool et cannabis à quatre heures du matin, alors que Lawrence se réveillerait avant six heures et qu'il faudrait commencer la journée ? Ce n'était pourtant pas la raison. Même si le bébé n'existait pas, Roland ne bougerait pas. Qu'est-ce qui le retenait ? Il y avait désormais un facteur supplémentaire. Il avait peur. Non pas de l'immensité de l'espace. De quelque chose de plus proche. Cela lui rappelait ce qu'il avait voulu éluder. Le courage. Un concept démodé. Avait-il du courage ?

Dans les Mémoires d'Inge Scholl sur la Rose blanche, tels que résumés par Jane, on avait autorisé Herr et Frau Scholl à aller passer un moment avec leurs enfants à la prison de Stadelheim pour faire leurs adieux avant l'exécution. À cause des pénuries en temps de guerre, la petite douceur qu'ils apportaient avec eux était sans doute un ersatz insipide de chocolat. Hans avait refusé d'y toucher. Sophie l'avait accepté avec joie, disant à ses parents qu'elle n'avait pas déjeuné et avait faim. Elle devait penser que cela les réconforterait quelque peu de la voir manger leur cadeau, juste avant qu'elle ne soit emmenée. Aurait-il lui-même eu assez de courage, quelques instants avant sa décapitation, de croquer dans une barre d'ersatz de chocolat pour rassurer ses parents ?

Il se leva. Il serait intéressant de relire le résumé fait par Jane du récit d'Inge Scholl. Christoph Probst était-il présent avec la famille Scholl lors de ces ultimes minutes ? Sa femme avait accouché quatre semaines auparavant mais elle était trop faible pour quitter son lit d'hôpital. N'avait-il pas de famille proche pour lui dire adieu ? Roland ouvrit le tiroir où Alissa rangeait ses pulls. De leurs piles bien alignées flotta de nouveau jusqu'à lui le parfum fleuri de son eau de toilette, un souffle de tendresse. Ils avaient enveloppé les six cents pages dans un vieux *Frankfurter Allgemeine Zeitung*. Roland ne mit donc que quelques secondes à constater la disparition de l'exemplaire photocopié. Très bien. Elle avait le droit de le prendre, il était à elle. Il s'était déjà rendu compte qu'elle avait emporté les brouillons de ses deux romans plusieurs fois refusés. Sa valise devait être lourde.

Il retourna se coucher. Dans ses souvenirs Hans et Sophie Scholl avaient été conduits l'un après l'autre devant leurs parents. Hans avait eu ses quelques minutes puis était venu le tour de Sophie. Ils avaient parlé à leurs parents derrière une vitre. La famille voulait peut-être que l'on se souvienne de Sophie ainsi mais c'était sans doute vrai – Inge Scholl écrivit que sa sœur était entrée fièrement, détendue, belle, la peau rosée, les lèvres naturellement rouges.

Roland avait également retenu qu'ensuite les trois accusés avaient eu le droit de passer quelques minutes ensemble. Ils s'étaient blottis les uns contre les autres. Christoph Probst, privé de sa femme et de ses enfants, du bébé qu'il ne verrait jamais, avait au moins pu étreindre ses deux amis. Sophie avait été conduite à la guillotine la première. Cette tragédie se jouait sur une scène construite par des hommes qu'habitait un rêve barbare et maléfique. Leur sauvagerie était devenue la norme absolue. Face à cela se serait-il, lui, Roland, montré à la hauteur du courage de Hans et Sophie ? Il pensait que non. Pas aujourd'hui. Le départ d'Alissa l'avait affaibli et la catastrophe de Tchernobyl l'emplissait d'appréhension.

Il ferma les yeux. En lisière du pays, au nord et à l'ouest où la douceur des paysages calcaires cédait la place au granit, sur les hauteurs et dans les prairies, à l'intérieur de chaque brin d'herbe, des cellules de la plante, dans les profondeurs du quantum, les particules d'isotopes empoisonnés tournaient sur leur orbite. Une étrange matière ne devant rien à la nature. Il se représenta dans toute l'Ukraine les milliers d'animaux d'élevage et domestiques jetés dans des fosses communes creusées par des bulldozers, ou sur des brasiers géants, et le lait contaminé se déversant des canalisations dans les rivières. On parlait maintenant d'enfants à naître qui pourraient mourir de leurs malformations, de ces Ukrainiens et de ces Russes intrépides qui connaissaient une mort horrible en luttant contre un nouveau type d'incendie, de la tendance pathologique au mensonge du système soviétique. Il n'avait rien de ce qu'il fallait, ni l'audace ni l'enthousiasme de la jeunesse, pour descendre au jardin, rester seul sous les cieux au cœur de la nuit et porter un toast aux étoiles. Pas au moment où des événements causés par l'homme échappaient au contrôle de celui-ci. Les Grecs avaient eu raison d'inventer leurs dieux sous la forme de membres querelleurs, imprévisibles et vengeurs d'une élite céleste. S'il pouvait croire à de tels dieux trop humains, c'étaient eux qu'il faudrait redouter.

4

Au cours de la troisième semaine après la disparition d'Alissa, Roland entreprit de mettre de l'ordre sur les étagères autour de la table près de l'entrée de la cuisine. Les livres sont difficiles à ranger. On a du mal à les jeter. Ils résistent. Roland avait prévu un carton pour ceux destinés aux associations caritatives. Une heure plus tard il contenait deux guides de voyage périmés, dans une édition de poche. Entre les pages de certains ouvrages étaient glissés des bouts de papier ou des lettres qu'il éprouvait le besoin de relire avant de les replacer sur les étagères. D'autres étaient agrémentés de dédicaces enthousiastes. Beaucoup étaient trop familiers pour qu'on les manipule sans avoir envie de les rouvrir – à la première page ou au hasard – et d'y goûter à nouveau. Une poignée d'entre eux étaient des éditions originales récentes qui demandaient à être ouvertes et admirées. Il n'était pas collectionneur – il s'agissait de cadeaux ou d'achats occasionnels.

Il avança un peu pendant que Lawrence faisait tardivement sa seconde sieste de la matinée. Le soir même il reprit sa tâche après dîner. Le deuxième livre qu'il tira d'une pile nouvellement constituée provenait de la bibliothèque de

Berners Hall. À l'intérieur, les cachets du London County Council et le tampon du bibliothécaire, en date du 2 juin 1963. Jamais ouvert jusqu'alors, il avait survécu à plusieurs déménagements et à un an de stockage. Joseph Conrad, *Jeunesse et autres nouvelles*. J.M. Dent & Sons, édition bon marché, réimpression de 1933, sept shillings et six pence. Les pages étaient grossièrement coupées. Il avait encore sa jaquette souple blanc crème, vert foncé et rouge, avec ce qui faisait l'effet d'une gravure représentant des palmiers, un trois-mâts passant devant une pointe rocheuse, et des montagnes au loin. Une évocation de l'Orient et des Tropiques, dont la découverte à venir enthousiasmait le jeune homme de l'histoire. Roland se félicita d'avoir encore ce recueil. Un passager clandestin de son existence. Il avait adoré « Jeunesse » à quatorze ans, âge auquel il avait rarement envie de lire quoi que ce soit. Il ne gardait aucun souvenir de l'intrigue.

Tenant à deux mains le livre comme en prière, ouvert à la première page, il s'installa sur la chaise de cuisine la plus proche et ne bougea pas durant une heure. Alors qu'il s'absorbait dans sa lecture, un papier plié s'en échappa et il le mit de côté. Le narrateur et quatre autres sont assis autour d'une table en acajou ciré où se reflètent une bouteille de bordeaux et leurs verres. Rien n'est dit du décor. Ils pourraient aussi bien se trouver dans le carré d'un bateau que dans un club privé londonien. La table est lisse comme une mer d'huile. Les cinq hommes sont d'origines sociales différentes mais partagent « le même lien fort avec la mer ». Tous ont fait leurs débuts dans la marine marchande. C'est Marlow, l'alter ego de Conrad, qui va raconter l'histoire, et c'est sa première apparition. Il deviendra célèbre comme narrateur d'« Au cœur des ténèbres », la nouvelle suivante du recueil.

« Jeunesse » est une nouvelle à part, car ainsi que l'explique Conrad dans sa « Note de l'auteur », c'est « une prouesse de la mémoire ». Marlow y relate le voyage qu'il fit à vingt ans en tant que commandant en second d'un navire vétuste, le *Judea,* qui devait transporter une cargaison de charbon d'un port du nord de l'Angleterre jusqu'à Bangkok. C'est une histoire faite de contretemps et de mésaventures. Quittant les eaux de la Tamise, le bateau essuie une tempête au large de Yarmouth et met seize jours pour atteindre la rivière Tyne. Une fois la cargaison à bord, le *Judea* est accidentellement éperonné par un navire à vapeur. Quelques jours plus tard, une nouvelle tempête se lève à la hauteur du cap Lizard. Nul ne décrit mieux une tempête en mer que Conrad. Le *Judea* prend l'eau, l'équipage pompe des heures durant mais il faut rallier Falmouth. Commence une longue attente pour les réparations. Les mois se succèdent, rien ne se passe. Sur place le *Judea* et son équipage deviennent un sujet de plaisanterie. Le jeune Marlow obtient un congé, se rend à Londres, revient avec les œuvres complètes de Byron. Les réparations enfin terminées, le *Judea* reprend la mer. Le vieux rafiot file laborieusement trois nœuds vers les Tropiques. Dans l'océan Indien la cargaison de charbon commence à se consumer. Au fil des jours, la fumée et les gaz toxiques envahissent le bateau. Après des journées passées à combattre le feu, et une colossale explosion, le capitaine et l'équipage abandonnent le *Judea* en perdition et s'éloignent à bord de trois chaloupes. Marlow se trouve dans la plus petite avec deux matelots expérimentés. En fait, c'est son premier poste de commandement. Ils rament pendant des heures vers le nord et accostent dans le port d'un village de Java.

Sur cette table bien cirée il devait y avoir plus d'une bouteille de bordeaux. Marlow interrompt régulièrement son récit pour dire : « Faites passer la bouteille. » L'intérêt de la nouvelle et de son titre est qu'à tout moment, même catastrophique, le jeune homme, Marlow ou Conrad, garde son enthousiasme. Les Tropiques et l'Orient mythique l'attendent, et malgré le danger, les épreuves physiques ou l'ennui, tout est une aventure. Le démon de la jeunesse le soutient. La curiosité, la résilience, un appétit dévorant d'expériences. « Ah ! La jeunesse ! » est le refrain de la nouvelle.

Les derniers mots sont dus non à Marlow mais à un premier narrateur qui l'avait présenté. Lorsque Marlow conclut, ce narrateur rapporte : « Nous approuvâmes tous de la tête autour de la table bien cirée qui telle une étendue immobile d'eau brune reflétait nos visages tannés, ridés ; des visages marqués par le labeur, la duplicité, la réussite, l'amour ; nos yeux las... cherchant avec angoisse quelque chose hors de cette vie, qui malgré les attentes qu'elle suscite est déjà derrière nous. »

Roland relut deux fois cette dernière demi-page. Elle le troublait. Marlow dit très tôt que ce voyage avait eu lieu vingt-deux ans auparavant, quand lui-même était âgé de vingt ans. Cela signifie que lorsqu'il raconte son histoire à ses amis, eux aussi avec un visage tanné, ridé, marqué par le labeur, et des yeux las, Marlow a quarante-deux ans. Déjà vieux ? Roland avait trente-sept ans. La vieillesse et ses regrets, la jeunesse envolée et ses attentes bannies : à quelques pas. Il revint à la « Note de l'auteur ». Oui, « Jeunesse » était le « récit d'une expérience, mais cette expérience dans sa réalité, dans son intériorité et dans ses couleurs extérieures, commence et finit avec moi ».

Qu'avait-il, lui, Roland, qui finirait avec lui ? À cette pensée sa main effleura sur la table le carré de papier qui se trouvait à l'intérieur du livre. C'était une vieille coupure de presse, déchirée par endroits le long des plis. Tirée d'un exemplaire du *Times* en date du vendredi 2 juin 1961, elle avait pour titre : « Un collège sans conditions restrictives d'accès ». Avant de la lire, il s'interrogea sur la date. Le livre de la bibliothèque avait été tamponné pour la dernière fois deux ans plus tard, en 1963, bien avant que Roland ne quitte définitivement l'établissement. Cette coupure avait dû être mise dedans par quelqu'un d'autre et sa présence lui avait échappé.

C'était un article bien intentionné mais assez terne sur le dixième anniversaire de l'école de Roland, laquelle était « injustement considérée par beaucoup comme l'Eton du pauvre ». En fait il s'agissait d'un lycée avec internat, géré par le London County Council, sans aucune des « traditions contraignantes de nombreuses écoles privées », ni aucun des « élèves à problèmes de certains établissements spécialisés », avec un « magnifique parc descendant en pente douce vers une rivière », une école ouverte à tous ceux ayant réussi l'examen 11-plus, « une communauté d'élèves de différents milieux, du fils de diplomate à celui d'un simple soldat... nombre d'entre eux feront des études universitaires... frais de scolarité généreusement échelonnés... la plupart des parents ne paient rien ». Il y avait beaucoup d'activités, d'exploits nautiques, un Club des jeunes agriculteurs, des opéras montés sur place et une « atmosphère sympathique ». Le plus remarquable était « l'apparente aisance des élèves ».

Tout était vrai, ou pas faux. À vingt ans Marlow naviguait depuis six ans. Il avait grimpé en haut du mât de misaine sur une mer déchaînée, ferlant les voiles, criant des ordres à des hommes ayant plus de deux fois son âge, assez fort pour couvrir le bruit du vent. En comparaison Roland n'avait à son actif que cinq ans d'internat parmi des élèves à l'apparente aisance. Il avait barré un voilier ou fait partie de l'équipage, accroupi sous la bôme, tirant sur une corde attachée à l'angle d'un foc pendant qu'un garçon plus âgé du nom de Young lui hurlait dessus deux heures durant. À l'époque on pensait qu'un capitaine de bateau devait se comporter ainsi. Aux yeux de Marlow ce genre de cabotage sur une rivière n'était « qu'un des amusements de la vie ». Son existence en mer était « la vie même ». Roland avait chaviré une fois sur la rivière Orwell, d'un bleu ravissant vue de loin, égout à ciel ouvert vue de près. Une vue de loin : c'était l'essence de l'article du *Times*. Et de près, alors ? Quelle « intériorité » ? Il ne le savait pas vraiment, et cela le hantait.

S'il n'avait pas renoncé à l'alcool, ce serait l'occasion de se servir un whisky et de contempler la marche des années. Marlow se présentait comme étant bien plus qu'à mi-parcours. Roland n'était pas loin derrière. Entre trente et quarante ans vous pouviez commencer à vous demander quel genre de personne vous étiez. Finie la longue entrée turbulente dans l'âge adulte. Tout comme le fait de se trouver des excuses en invoquant ses origines. De mauvais parents ? Un manque d'amour ? Trop d'amour ? Assez, plus d'excuses. Vous aviez les mêmes amis depuis une dizaine d'années ou plus. Vous pouviez voir votre reflet dans leurs yeux. Vous aviez pu ou dû avoir plusieurs histoires d'amour. Vous deviez avoir utilement passé du temps seul. Vous aviez une certaine expérience de la vie sociale et des relations humaines. Les responsabilités devaient se multiplier, vous aidant à vous définir. La parentalité apportait sûrement un éclairage. Le personnage aux traits tirés debout devant vous n'était pas Marlow. C'était vous-même à quarante ans. Vous aviez déjà dû voir sur votre corps les premiers signes de mortalité. Pas de temps à perdre. Vous pouviez désormais vous forger un moi, dans l'isolement et la solitude, pour affronter votre propre jugement. Et pourtant vous tromper complètement. Il vous faudrait peut-être attendre encore vingt ans – et même là vous risquiez de faire fausse route.

Quel espoir alors pour un élève de quatorze ans, vivant au sein d'une époque, d'une civilisation et d'une communauté qui n'encourageaient pas l'introspection ou ne savaient même pas ce que c'était ? Dans un dortoir partagé avec neuf autres élèves, les occasions d'exprimer des sentiments complexes – vos doutes, vos fragiles espérances, votre crainte de la sexualité – étaient rares. Quant au désir physique, il était noyé sous les vantardises, les railleries et des blagues extrêmement drôles ou totalement énigmatiques. En tout cas, il était obligatoire de rire. Derrière cette sociabilité anxieuse il y avait pour tous la conscience d'un nouveau et somptueux terrain d'aventures qui s'ouvrait devant eux. Avant la puberté, son existence était cachée et ne les avait jamais troublés. Soudain l'idée d'un rapport sexuel s'élevait devant eux tel un massif montagneux, magnifique, dangereux, irrésistible. Mais encore loin. Lorsqu'ils discutaient et riaient dans le noir une fois les lumières éteintes, une folle impatience flottait dans l'air, un désir ridicule pour quelque chose d'inconnu. La satisfaction de ce désir viendrait, ils en étaient foutrement sûrs, mais ils la voulaient maintenant. Dans un internat de garçons en pleine campagne, les chances étaient minces. Comment pouvaient-ils savoir à quoi « ça » ressemblait vraiment, et qu'en faire, alors que leurs seules sources d'information étaient des anecdotes et des blagues improbables ? Un soir, l'un d'eux avait dit dans l'obscurité, durant une accalmie : « Et si on mourait avant d'avoir connu ça ? » Le silence s'était fait dans le dortoir tandis qu'ils envisageaient cette éventualité. Puis Roland avait lancé : « Il y a toujours l'au-delà. » Et ils avaient tous éclaté de rire.

Un autre soir, alors que ses camarades et lui étaient encore des « nouveaux », onze ans environ, des élèves plus âgés les avaient invités dans leur dortoir. Ils n'avaient qu'un an de plus mais semblaient former une tribu supérieure, plus avisée, plus forte et vaguement menaçante. L'invitation avait été présentée comme un secret. Roland et les autres première année ne savaient trop à quoi s'attendre. Deux grands gaillards, à la musculature précoce, se tenaient côte à côte dans l'allée entre les lits superposés. Une foule d'élèves, tous en pyjama, les entourait. Beaucoup étaient juchés sur les lits du haut. L'odeur de transpiration rappelait celle de l'oignon cru. C'était longtemps après l'extinction des feux. Dans les souvenirs de Roland, le dortoir était inondé par le clair de lune. Il n'en était peut-être rien. Ils avaient peut-être des torches électriques. Les deux grands types avaient enlevé leur pantalon de pyjama. Roland n'avait encore jamais vu de toison pubienne ni le pénis en érection d'un adolescent. Au cri tenant lieu de signal les deux garçons se mirent à se masturber frénétiquement, leurs poings devenant flous dans ce mouvement de pompe. Des acclamations et des encouragements les accompagnaient. Le même vacarme qu'au moment du but lors d'un match important. Un mélange d'hilarité et d'admiration. La plupart des élèves présents n'étaient pas sexuellement assez mûrs pour participer à un tel concours.

Il dura moins de deux minutes. Le gagnant était celui qui avait éjaculé le premier, peut-être le plus loin, ce point provoquant une contestation immédiate. Les concurrents semblaient avoir franchi ensemble la ligne d'arrivée. Leurs deux petites flaques laiteuses paraissaient à égale distance sur le lino. Mais auraient-elles été visibles à la seule lumière du clair de lune ? Les deux compétiteurs se désintéressaient déjà de la victoire. L'un d'eux entreprit de raconter une blague salace que Roland ne comprit pas. Les voix et les rires finirent par faire venir un surveillant qui les envoya tous se recoucher.

Roland était-il stupéfait, amusé, horrifié ? Il n'y avait pas de réponse possible, ni d'histoire d'intériorité comme celle décrite par Conrad. Son esprit, les variations d'humeur quotidiennes de son jeune moi étaient impénétrables à cette distance. Il ne réfléchissait jamais à ses états d'âme. Une chose en remplaçait une autre. Cours, jeux, leçons de piano, étude, amitiés fluctuantes, bagarres, files d'attente, extinction des feux. À Berners Hall il vivait mentalement tel un chien enchaîné à un présent constant.

Il y avait toutefois une exception cruciale. Devenu trentenaire, Roland s'en souvenait en détail. L'intériorité était préservée dans la fosse océanique recelant ses pensées de jeune garçon. Au dortoir, quand les conversations faisaient place au silence et à l'endormissement, il se retirait dans ce lieu privé. La professeure de piano, qui ne lui donnait plus de leçons, ignorait qu'elle menait une double vie. Il y avait d'abord la femme réelle, Mlle Cornell. Il l'apercevait de temps à autre lorsqu'il se trouvait près de l'infirmerie, des écuries ou des salles de musique. Elle était seule, allant vers sa petite voiture rouge ou bien la quittant, après ou avant une leçon. Il ne la croisait jamais vraiment, il y veillait. Il aurait détesté le genre d'échange qui les attendait si elle l'avait interpellé pour s'enquérir de ce qu'il « devenait ». Pire, si elle était passée sans s'arrêter, refusant de lui parler. Pire encore, si elle ne l'avait pas reconnu.

Et puis il y avait la femme de ses rêveries nocturnes qui faisait ce qu'il lui demandait : le dépouiller de sa volonté pour obtenir de lui ce qu'elle souhaitait.

Ce sont principalement les couleurs extérieures qui restent de l'enfance. Par un doux après-midi de septembre, alors qu'il était à Berners Hall depuis deux semaines, il avait traversé la péninsule à vélo avec un groupe d'élèves pour se baigner dans la rivière Stour, aussi ample et soumise aux marées que la rivière Orwell, mais plus propre. Il avait suivi ses camarades plus âgés sur un sentier longeant un pré jusqu'à une plage limoneuse couverte de petits galets. Il avait nagé plus loin que les autres, affichant son crawl puissant appris durant ses années à Tripoli. Mais la marée descendante l'entraînait loin du rivage dans des eaux profondes et froides. Il avait des crampes dans les jambes. Il ne pouvait plus nager, à peine faire la planche. Il criait et gesticulait, et un garçon plus grand que lui, surnommé Rock par une étrange coïncidence, l'avait rejoint à la nage et ramené sur la plage. De sa peur, de son humiliation, de sa gratitude, de sa joie d'être en vie : nulle trace. Ils avaient dû remonter sur leurs vélos et regagner l'école à temps pour la marée de la routine : cours à seize heures, puis dîner, puis étude.

Périodiquement il y avait une crise, un grave méfait qui unissait l'établissement dans un sentiment de culpabilité collective. Il s'agissait en général d'un vol. Le transistor d'un élève, la batte de cricket d'un autre. Un jour, des dessous féminins disparurent d'un fil à linge près des logements du personnel. Tous les élèves étaient convoqués dans le grand hall. Le directeur, un personnage aussi chaleureux que gauche, amateur de rugby et ayant la réputation d'appeler sa femme George, montait sur l'estrade pour dire aux trois cent cinquante élèves qu'ils resteraient tous assis tant que le coupable ne se dénoncerait pas, même s'ils devaient se passer de repas. Ça n'avait jamais marché, surtout pour l'affaire des dessous volés. À l'annonce de la convocation les plus âgés savaient qu'il fallait prévoir un livre ou un échiquier.

Il n'y avait pas que les vols qui unissaient l'école dans ces moments-là. Chaque printemps avait lieu un voyage scolaire à la base aérienne américaine de Lakenheath, qui disposait d'une flotte de gigantesques B52 armés de missiles nucléaires, pour dissuader l'Union soviétique d'attaquer, ou la détruire. Roland y était allé dans le car de l'école avec ses camarades. Ils avaient fait la queue pendant une heure pour s'asseoir chacun son tour trente secondes sur le siège d'un pilote de chasse. Les bombardiers avaient fait un passage au loin dans un bruit de tonnerre. L'argent de poche des élèves ne leur avait pas permis de s'offrir des travers de porc grillés ou un steak-frites avec un gobelet de Coca de la taille d'un pot de fleurs. Mais ils les avaient dévorés des yeux.

Le soir même ils furent tous convoqués dans le grand hall. Le directeur fit un discours accusateur. Le commandant de la base lui avait téléphoné pour attirer son attention sur le fait que certains d'entre eux, identifiés grâce à leur blazer orné de l'écusson et de la devise de l'école, *Nisi dominus vanum* – « Sans le Seigneur tout est vain » –, avaient été vus à leur descente du car arborant le badge noir et blanc de la CND, la Campaign for Nuclear Disarmement. Ce badge, déclara le directeur, représentait une insulte à l'hospitalité, une grossière impolitesse envers nos hôtes américains. Les coupables devaient se faire connaître. D'ici là tout le monde resterait assis en silence.

Les plus jeunes élèves des premiers rangs au pied de l'estrade, la tête à la hauteur des gros souliers du directeur, ignoraient la signification du sigle. Il incarnait tout ce qui pouvait être honteux, voire satanique, compte tenu de la gravité de l'enjeu. À la surprise générale il y eut un mouvement au fond de la salle et une demi-douzaine d'élèves parmi les plus âgés se levèrent. Les autres se retournèrent sur leur chaise. Le grand hall s'emplit d'un brouhaha lorsque les coupables furent identifiés – l'établissement était d'une taille assez modeste pour que tous les élèves se connaissent par leur nom. En file indienne ils montèrent sur l'estrade et firent face au directeur côte à côte. Immobile, mâchoires serrées, celui-ci les fixait avec mépris. Les murmures s'intensifièrent à mesure que l'auditoire prenait conscience de la situation : les élèves en question portaient encore le badge interdit sur le revers de leur blazer ! Un membre du groupe, un héros de sixième année faisant partie des quinze premiers protestataires, se mit à lire une déclaration préparée à l'avance. L'auditoire se tut. La bombe était une menace pour l'humanité, pour la vie sur terre, une abomination morale, un gaspillage tragique de nos ressources. Le directeur l'interrompit alors qu'il s'apprêtait à descendre de l'estrade. Il voulait tous les voir immédiatement dans son bureau.

La soirée se serait conclue par un bel exemple de résistance et de force morale si le groupe avait refusé les coups de canne dans le bureau du directeur. C'étaient tous des garçons bien bâtis. Mais il s'écoulerait trois ans avant que l'esprit de rébellion des années soixante n'atteigne les berges bourbeuses de la rivière Orwell. En avril 1962 l'honneur voulait que l'on accepte les coups d'un air dégagé et sans émettre un son.

Les élèves les plus jeunes étaient encouragés à écrire chez eux une fois par semaine. C'était toujours la mère de Roland qui répondait. Si elle avait été conservée, cette correspondance aurait pu donner un aperçu de l'état d'esprit de Roland en 1959. Or en ménagère ordonnée Rosalind avait pour habitude de déchirer une lettre dès qu'elle y avait répondu. Ce n'était sans doute pas une grande perte, car il avait du mal à rédiger des comptes rendus pour ses parents. Sa vie, sa routine et son décor étaient si éloignés des leurs, et la campagne du Suffolk si radicalement différente de l'Afrique du Nord qu'il n'avait pas le début d'une idée, ni les termes en lesquels exprimer la nature de sa nouvelle existence, du bruit, des bagarres, de la drôlerie, de l'inconfort physique, de l'impossibilité d'être seul, de l'obligation d'être à l'heure au bon endroit avec les affaires qu'il fallait. Dans ses souvenirs, il écrivait des phrases comme : « On a battu Wymondham 13 à 7. Hier on a eu des œufs et des frites qui étaient très bons. » Les lettres maternelles avaient encore moins de contenu. Son problème à elle était plus grave. Un autre de ses enfants avait été envoyé loin d'elle sans qu'elle proteste. Elle espérait que le voyage scolaire lui avait plu. Elle espérait que son équipe gagnerait également le match suivant. Elle se réjouissait qu'il ne pleuve pas.

Bien des années plus tard Roland entendit la fille d'un ami, âgée de quatre ans, déclarer à son père : « Je suis malheureuse. » Simple, honnête, évident et nécessaire. Aucune phrase de ce genre n'avait été prononcée par Roland enfant. Il ne s'était pas davantage formulé cette pensée à lui-même avant son adolescence. Dans sa vie d'adulte il disait parfois à des amis avoir sombré à son arrivée à l'internat dans une légère dépression qui avait duré jusqu'à ce qu'il ait seize ans, sans avoir toutefois pleuré la nuit parce que sa famille lui manquait. Mais était-ce vrai ? Il pouvait tout aussi bien prétendre n'avoir jamais été si libre ni si heureux. À onze ans il parcourait la campagne comme si elle lui appartenait. Avec Hans Solish, son meilleur ami, ils étaient tombés, à un peu plus d'un kilomètre de l'école, sur un bois touffu interdit d'accès. Ils avaient ignoré les pancartes *Propriété privée* et escaladé la grille. Au fond d'une vallée ils avaient vu, dans une pinède en contrebas, un lac immense. De sa surface ensoleillée et ridée par le vent un poisson avait jailli hors de l'eau. Sans doute une truite. C'était une invitation. Ils avaient dévalé le sous-bois jusqu'au bord du lac pour construire une cabane branlante. Dédaignant le chemin qui longeait la rive, les deux explorateurs s'étaient convaincus d'avoir découvert ce lac et décidé d'un commun accord de taire son existence. Ils y étaient retournés plus d'une fois.

En quel autre lieu aurait-il pu se sentir aussi libre ? Pas en Libye où, il le comprenait rétrospectivement, il appartenait à une pâle élite autour de laquelle le ressentiment montait. Les garçons et filles blancs ne parcouraient pas la campagne sans surveillance. La plage où ils allaient chaque jour était interdite aux Libyens. Ils ignoraient qu'un bâtiment devant lequel ils passaient dans le car scolaire était la fameuse prison Abu Salim. Quelques années plus tard le roi Idris serait renversé lors d'un coup d'État et un dictateur, le colonel Kadhafi, prendrait sa place. Il ferait exécuter des milliers de dissidents libyens à Abu Salim.

Marlow, servant de doublure à son créateur et revenant vingt ans en arrière, se connaissait bien lui-même – son intériorité, ses couleurs extérieures. Pour Roland le trentenaire, l'élève de Berners Hall était un inconnu. La mémoire avait sauvegardé certains éléments, mais les états d'âme, tels des flocons de neige par une journée trop douce, disparaissaient avant de toucher le sol. Seuls la professeure de piano et tous ses sentiments pour elle demeuraient. Un jour qu'il rejoignait une salle de classe avec des camarades, il l'avait aperçue au loin, à une centaine de mètres de lui. Dans un manteau bleu vif elle était debout près de l'arbre où il avait testé ses nouvelles lunettes. Elle sembla remarquer sa présence et lever le bras. Peut-être faisait-elle signe à quelqu'un de l'autre côté de la pelouse. Il avait incliné la tête vers un camarade, faisant semblant d'écouter attentivement ce qu'il disait. Ce moment intérieur avait été capturé et conservé pour la vie ; alors qu'il tournait le dos à Miriam Cornell, il avait pris conscience que son cœur battait à tout rompre.

*

La vie dans son école, comme dans la plupart, reposait sur une hiérarchie de privilèges aux gradations infinitésimales, parcimonieusement accordés au fil des ans. Cela faisait des élèves les plus âgés les gardiens de l'ordre établi, jaloux des droits qu'ils avaient si patiemment acquis. Pourquoi concéder de nouvelles faveurs aux plus jeunes, alors qu'eux-mêmes avaient supporté des privations pour mériter les avantages dus à la maturité ? Il s'agissait d'un processus long et difficile. Les plus jeunes, en première et deuxième années, étaient aussi les plus pauvres et n'avaient rien du tout. Les troisième année avaient droit au pantalon et à une cravate à rayures en diagonale plutôt qu'horizontales. Les quatrième année avaient leur salle commune réservée. Les cinquième année échangeaient leurs chemises grises contre des blanches en nylon qu'ils pouvaient laver sous la douche et mettre à sécher sur des cintres en plastique. Et ils avaient une cravate bleu foncé. L'extinction des feux reculait d'un quart d'heure à chaque passage dans l'année supérieure. Au début, ils partageaient un dortoir pour trente élèves. Cinq ans après ils n'étaient plus que six par dortoir. Les sixième année pouvaient porter les blousons et les imperméables de leur choix, même si aucune couleur vive n'était tolérée. Ils recevaient également chaque semaine deux kilos de cheddar pour douze, plusieurs pains de mie, un grille-pain et du café soluble afin de pouvoir s'offrir une collation entre les repas. Ils allaient se coucher à l'heure qui leur plaisait. Les « préfets » – surveillants de dernière année – se trouvaient au sommet de la hiérarchie. Ils avaient l'autorisation de traverser la pelouse pour prendre des raccourcis et de crier dès qu'un élève au bas de l'échelle osait faire de même.

Comme n'importe quel ordre social, celui-ci paraissait à tous, sauf aux esprits révolutionnaires, en phase avec le réel. Roland ne le remit pas en question quand, à la rentrée de septembre 1962, il prit avec dix autres camarades possession de la salle commune des quatrième année. Après trois ans de scolarité ils gravissaient le premier échelon significatif de l'échelle. Comme ses amis, il avait en quelque sorte obtenu sa naturalisation. Et acquis cette apparente aisance qui faisait la réputation de l'école, avec la pointe de grossièreté nuancée que l'on attendait d'un élève de quatrième année. Il perdait l'accent du Hampshire rural de sa mère. S'y mêlaient désormais une dose de cockney, une autre plus discrète de BBC, et un troisième élément difficile à définir. Technocratique, peut-être. De l'assurance. Il le reconnut des années plus tard chez certains musiciens de jazz. Rien d'aristocratique, sans admiration ni mépris pour les aristocrates.

Ses notes restaient moyennes ou médiocres. Deux ou trois enseignants commençaient à le croire plus intelligent qu'il n'y paraissait. Il avait besoin de stimulation. Après trois ans avec M. Clare à raison de deux heures par semaine il était un pianiste prometteur. Il franchissait peu à peu les différents grades en musique. Après avoir décroché de justesse le grade 7, il entendit son professeur lui dire qu'il était « presque précoce » pour un élève de quatorze ans. Deux fois il avait accompagné les cantiques au piano le dimanche quand Neil Noake, de loin le meilleur pianiste de l'école, s'était enrhumé. Chez ses pairs il passait pour être juste au-dessus de la moyenne. Sa médiocrité en éducation physique et dans les disciplines générales l'empêchait d'être mieux considéré. Mais il lâchait parfois une remarque spirituelle qui faisait le tour de l'établissement. Et il avait moins d'acné que la plupart.

La salle commune des quatrième année disposait d'une table, de onze chaises en bois, de quelques casiers et d'un panneau d'affichage. Un privilège supplémentaire auquel ils ne s'attendaient pas fit son apparition chaque jour après le déjeuner : un journal, tantôt le *Daily Express*, tantôt le *Daily Telegraph*. Des exemplaires abandonnés en salle des professeurs. Un jour, il vit à son entrée dans la pièce un camarade assis une jambe repliée sur l'autre et tenant à bout de bras un quotidien ouvert, et prit conscience qu'ils étaient enfin adultes. La politique les barbait, comme ils aimaient à se l'avouer. Leur groupe était attiré par les faits divers, raison pour laquelle ils préféraient le *Daily Express.* Une femme prenant feu à cause de son sèche-cheveux. Un fou armé d'un couteau abattu par un agriculteur qui s'était retrouvé en prison, à l'écœurement général. Un bordel découvert à deux pas du Parlement de Westminster. Un gardien de zoo avalé par un python. La vie adulte.

À l'époque, la morale occupait une large place dans la sphère publique, et par conséquent l'hypocrisie aussi. L'heure était aux révélations croustillantes. Les scandales devinrent partie intégrante de leur éducation sexuelle. L'affaire Profumo éclaterait un an plus tard. Même le *Daily Telegraph* accompagnait ses articles de photos de jeunes femmes souriantes aux cheveux crêpés et aux cils aussi épais et noirs que des barreaux de prison.

Fin octobre la politique suscita un intérêt soudain dans la salle commune des quatrième année. Contrairement à l'habitude, leurs quotidiens arrivèrent ensemble sur la table après le déjeuner. Les deux étaient froissés, écornés, l'encre des caractères diluée par de nombreuses mains, et les deux publiaient la même photo en première page. Pour des élèves qui avaient récemment visité en plein jour Lakenheath, la base de l'US Air Force toute proche, et touché l'acier froid d'une tête de missile avec la vénération de certains pour une sainte relique, les dernières nouvelles étaient captivantes. Malgré l'absence de détails émoustillants, elles exerçaient un attrait inattendu. Agents doubles, avions espions, caméras cachées, trahisons, bombes, les deux hommes les plus puissants de la planète prêts à s'affronter, et l'éventualité d'une guerre. La photo aurait pu venir du coffre-fort à trois molettes d'un cerveau du renseignement. On y voyait des collines, des champs de forme carrée, des terrains boisés avec les saignées blanches de pistes et de clairières. D'étroites étiquettes rectangulaires donnaient des indications utiles : *vingt réservoirs cylindriques* ; *camions porte-missiles* ; *cinq rampes de lancement* ; *probablement douze missiles sol-air*. Faisant patrouiller à des hauteurs impossibles leurs avions de reconnaissance U2, équipés de fascinantes caméras panoramiques, les Américains avaient révélé au monde la présence de missiles nucléaires russes à Cuba, à cent quarante-cinq kilomètres seulement des côtes de la Floride. Intolérable, chacun en convenait. Un pistolet contre la tempe de l'Occident. Il faudrait bombarder ces sites avant qu'ils ne deviennent opérationnels, puis envahir l'île.

Que risquaient de faire les Russes ? Alors que dans leur salle commune les quatrième année affichaient sincèrement une inquiétude digne des adultes devant ce nouvel état de choses, les mots « tête thermonucléaire » éveillaient pour eux, tel un amoncellement de nuages d'orage au soleil couchant, la vision d'un chamboulement radical et enthousiasmant, promesse d'une liberté suprême grâce à laquelle tout – l'école, la routine, les règles, même les parents – volerait en éclats, faisant du monde table rase. Ils savaient qu'ils survivraient et parlaient de sac à dos, de bouteilles d'eau, de canifs, de cartes routières. Une aventure sans limites était à portée de main. Roland, alors membre du club photo, savait comment développer une pellicule et faire des tirages. Il avait travaillé des heures dans la chambre noire sur de multiples versions d'une vue de la rive opposée de l'estuaire, avec des chênes et des fougères, six centimètres par neuf, plutôt réussie, si ce n'était cette énervante traînée marron au centre qu'il n'avait pu éliminer. On l'écouta avec respect lorsqu'il examina les dernières photos des avions U2 publiées le lendemain. Il y avait de nouvelles légendes : *équipement érecteur-lanceur* ; *zone sous tente.* Quelqu'un lui passa une loupe. Il se pencha pour regarder de plus près. Quand il découvrit l'entrée d'un tunnel qui avait échappé aux analystes de la CIA, on le crut. Un par un, tous regardèrent eux aussi et virent le tunnel. D'autres avaient leurs propres théories sur ce qu'il faudrait faire, et ce qui arriverait forcément ensuite.

Les cours avaient lieu comme si de rien n'était. Aucun enseignant n'évoquait cette crise et les élèves n'en étaient pas surpris. L'école et le monde réel étaient des royaumes distincts. James Hern, le professeur responsable de leur année, sévère mais gentil en privé, ne mentionnait pas lors de ses annonces de la soirée une éventuelle approche de la fin du monde. Mme Maldey, la lingère passablement exploitée, ne disait mot de la crise des missiles cubains quand les élèves lui remettaient leurs chaussettes, sous-vêtements et serviettes sales, or elle s'agaçait souvent de tout ce qui pouvait menacer sa routine complexe. Roland n'aborda pas le sujet dans sa lettre suivante à ses parents. Ce n'était pas pour éviter d'inquiéter sa mère, sûrement mise au courant par le capitaine. Le président Kennedy avait instauré un « blocus » de Cuba ; les navires russes avec leur cargaison de têtes nucléaires se dirigeaient vers une flottille de guerre américaine. Si Khrouchtchev ne rappelait pas ses bateaux ils seraient coulés, et la Troisième Guerre mondiale pourrait commencer. Cela rimerait à quoi, après le récit de la plantation de pins avec le Club des jeunes agriculteurs dans les terres marécageuses derrière l'école ? Leurs lettres se croisaient et celles de sa mère étaient aussi candides que les siennes. Les élèves n'avaient pas droit à la télévision – elle était réservée aux sixième année et seulement certains jours. Personne n'écoutait la radio, il était difficile d'avoir des informations sérieuses par ce biais. Radio Luxembourg diffusait quelques nouvelles fraîches, mais pour l'essentiel le drame des missiles de Cuba se jouait exclusivement dans leurs deux quotidiens.

Le premier accès de surexcitation puérile retombait. Le silence officiel de l'école angoissait Roland. Il en souffrait surtout quand il était seul. Une flânerie maussade parmi les chênes et les fougères au-delà des murs d'enceinte n'y fit rien. Une heure durant il resta assis au pied de la statue de la Diane chasseresse, regardant vers la rivière. Il risquait de ne jamais revoir ses parents ni sa sœur Susan. Ni de mieux connaître son frère Henry. Un jour, après l'extinction des feux, ses camarades et lui discutaient de la crise comme ils le faisaient chaque soir. La porte s'ouvrit et leur préfet entra. Il ne leur demanda pas de se taire. Au contraire, il se joignit à la conversation. Ils se mirent à lui poser des questions, auxquelles il répondit avec gravité, comme s'il revenait de la salle de crise de la Maison-Blanche. Il se prétendit bien informé et ils crurent tout ce qu'il disait, flattés de l'avoir à leur disposition. Il faisait déjà partie intégrante du monde des adultes, et leur ouvrait la voie. Trois ans plus tôt il était comme eux. Ils ne le voyaient pas, entendaient seulement sa voix basse et posée à proximité de la porte, cette voix typique de l'école, ce vague accent cockney teinté d'une assurance livresque ou scientifique. Il leur révéla quelque chose de sidérant, à quoi ils auraient dû penser eux-mêmes. En cas de guerre nucléaire totale, déclara-t-il, l'une des principales cibles en Angleterre pour les Russes serait la base aérienne de Lakenheath, à soixante-quinze kilomètres de là. Cela signifiait que l'école serait instantanément anéantie, le Suffolk transformé en désert, et tous ses habitants pulvérisés – tel était le terme. *Pulvérisés.* Plusieurs élèves répétèrent de leur lit ce mot comme en écho.

Le surveillant parti, la discussion reprit dans le dortoir. Quelqu'un dit avoir vu une photo de Hiroshima après la bombe. Tout ce qui restait d'une femme était son ombre irradiée sur un mur. Elle avait bien été pulvérisée. La conversation devint décousue et se perdit dans la nuit à mesure que le sommeil les gagnait. Roland resta éveillé. Ce mot l'empêchait de dormir. Ensuite venait la mort. C'était logique. M. Corner, le professeur de biologie, avait expliqué en classe peu de temps auparavant que leur corps était composé à 93 % d'eau. Calcinés dans un éclair blanc, les 7 % restants s'élevaient en une volute pareille à la fumée de cigarette, dispersés par le vent. Ou emportés par l'ouragan de la déflagration nucléaire. Pas question de partir vers le nord avec ses meilleurs amis et un sac à dos empli de rations de survie, de fuir comme les citoyens de Daniel Defoe quittant Londres l'année de la peste. De toute façon Roland n'avait pas cru à cette expédition de survie. Mais elle lui avait évité de s'attarder sur ce qui pourrait vraiment se produire.

Jamais il n'avait envisagé sa propre mort. Il était certain que les associations habituelles – l'obscurité, le froid, le silence, la décomposition – n'étaient pas pertinentes. Tout cela pouvait être perçu et compris. La mort se situait au-delà des ténèbres, du néant même. Comme tous ses camarades il dédaignait la vie éternelle. Ils assistaient au service religieux obligatoire du dimanche soir en n'ayant que mépris pour les austères pasteurs invités et leurs suppliques enjôleuses à l'adresse d'un dieu inexistant. Ils mettaient un point d'honneur à ne jamais faire de réponses au célébrant, fermer les yeux, baisser la tête, dire « amen » ou chanter les cantiques, même s'ils se levaient pour ouvrir au hasard leur livre de chants par un réflexe résiduel de courtoisie. À quatorze ans ils se révoltaient déjà avec une truculence splendide. La grossièreté en paroles ou en pensée était libératrice. Ils réagissaient par la satire, la parodie, la moquerie, autant de détournements de l'autorité et des lieux communs. Entre eux ils se montraient caustiques, sans pitié, malgré leur loyauté les uns envers les autres. Tout cela, et eux tous, bientôt pulvérisé. Il ne voyait pas comment les Russes pourraient reculer alors que le monde entier les observait. Les deux camps, tout en affirmant défendre la paix, se retrouveraient en guerre par orgueil, pour sauver leur honneur. Un minuscule accrochage, un navire coulé à la place d'un autre, provoquerait une conflagration démentielle. La Première Guerre mondiale avait commencé ainsi, ces élèves le savaient. Ils avaient écrit des dissertations sur le sujet. Chaque pays avait prétendu ne pas vouloir la guerre, et l'avait ensuite faite avec une férocité dont le monde entier parlait encore avec perplexité. Cette fois il ne resterait personne pour tenter de comprendre.

Et que deviendrait alors ce premier rapport sexuel, ce magnifique et dangereux massif montagneux ? Parti en fumée avec le reste. En attendant le sommeil il se souvint de la question d'un camarade : « Et si on mourait avant d'avoir connu ça ? » *Ça.*

Le lendemain, le samedi 27 octobre, marquait le milieu du semestre. Pas de cours ni de sport ce samedi-là, c'était tout. La classe reprendrait le lundi. Les parents de certains élèves londoniens viendraient leur rendre visite. Un sixième année ayant un exemplaire du *Guardian* permit à Roland de le lire. Dans les Caraïbes les Américains avaient laissé passer un tanker russe se dirigeant vers Cuba. On supposait qu'il ne contenait que du pétrole. Les navires russes transportant des missiles audacieusement fixés sur leur pont étaient de plus en plus rares. Mais des sous-marins russes avaient été repérés dans cette zone et de nouvelles photos de reconnaissance prouvaient que le travail continuait sur les sites cubains. Les missiles étaient prêts à servir. Les forces militaires américaines accroissaient leur présence en Floride, à Key West. Selon toute vraisemblance le plan était d'envahir Cuba et de détruire les sites en question. Un homme politique français aurait dit que le monde était « au bord » d'une guerre nucléaire. Il serait bientôt trop tard pour faire machine arrière.

Pour fêter ce prétendu congé, les cuisines avaient fait des œufs au plat. Parce que certains élèves détestaient ça ou parce qu'ils flottaient dans la graisse, Roland put en manger quatre. Après le petit déjeuner il se mit en quête de l'assistant de leur professeur responsable, que ses camarades et lui estimaient car ils lui prêtaient une douzaine de petites amies, une arme et des missions secrètes. Il est vrai qu'il conduisait une Triumph Herald décapotable, sentait le tabac par tous les pores de sa peau et s'appelait Bond. Paul Bond. Il vivait tout près, à Pin Mill, avec sa femme et ses trois enfants. Une permission pour une promenade à vélo fut accordée à Roland. M. Bond, relativement nouveau dans l'établissement, avait du mal à se plier au règlement. Il oublia de stipuler une heure de retour et ne se soucia pas de noter dans le registre l'heure de départ.

Le vieux vélo de course rouillé de Roland, avec vingt et une vitesses et une petite fuite au pneu avant qu'il n'avait jamais pris la peine de réparer, se trouvait sur une terrasse derrière les cuisines. En le regonflant, il fut pris d'une vague nausée. Quand il se pencha pour rentrer son jean dans ses chaussettes, son haleine avait une odeur soufrée. L'un des œufs n'était pas frais. Peut-être tous. La journée était presque douce, sans un nuage. Assez limpide pour voir arriver des missiles de l'est. Il descendit à toute allure la pente en direction de l'église, retenant son souffle pour échapper aux relents de lisier de la porcherie. Il tourna à gauche vers Shotley après avoir franchi les grilles de l'école. Au-delà du village de Chelmondiston il chercha des yeux son raccourci, un chemin de ferme sur sa droite pour couper à travers champs en terrain plat, dépasser Crouch House, longer Warren Lane vers l'étang aux canards et le château d'Erwarton. Chaque élève de l'école savait qu'Anne Boleyn y avait été heureuse quand elle y séjournait, enfant, et que le futur roi Henry venait lui faire la cour. Avant d'être décapitée à la Tour de Londres sur les ordres de celui-ci, elle avait demandé que son cœur soit enterré dans l'église d'Erwarton. Il était censé reposer dans une petite boîte en forme de cœur, sous l'orgue.

Devant le château, Roland descendit de son vélo et l'appuya contre l'antique loge du gardien, traversa la route et marcha de long en large. La maison de Miriam Cornell n'était qu'à quelques minutes. Il ne se sentait pas prêt. L'important était de ne pas arriver en sueur et hors d'haleine. Il avait si souvent pensé à Erwarton, fût-ce pour l'éviter, qu'il lui semblait y avoir passé son enfance lui aussi. Il contemplait l'étang en se demandant pourquoi il n'y avait pas de canards quand il entendit une voix derrière lui.

« Hé là. Vous. »

Près de la loge, un homme en veste de tweed chiné de couleur ocre avec une casquette à la Sherlock Holmes était campé sur ses deux jambes, les bras croisés.

« Oui ?

— Ce vélo est à vous ? »

Roland acquiesça de la tête.

« Comment osez-vous l'appuyer contre ce magnifique bâtiment ?

— Désolé, monsieur. »

Les mots avaient jailli spontanément. Une habitude prise à l'école. Il ralentit donc le pas pour retraverser la route en affichant un certain aplomb et un air impassible. Il avait quatorze ans et mieux valait ne pas lui marcher sur les pieds. L'homme aussi était jeune. Chétif et pâle, il avait des yeux exorbités. Roland s'arrêta devant lui.

« Vous disiez ?

— Votre vélo.

— Et alors ? »

L'homme sourit. « Bon, d'accord. Vous avez sans doute raison. »

Désarmé, Roland s'apprêtait à capituler et à coucher son vélo dans l'herbe mais l'inconnu lui donna une claque sur l'épaule et, brandissant l'index, lança : « Vous voyez cette petite maison tout là-bas sur la droite ?

— Oui.

— La dernière personne à mourir de la peste en Angleterre a vécu là. En 1919. Incroyable, non ?

— Je n'en savais rien », répondit Roland. Il soupçonnait

l'homme d'avoir un trouble mental quelconque. « Mais il faut que j'y aille.

— Formidable ! »

Quelques minutes plus tard il dépassa l'église, puis les maisons éparses du village, et atteignit peu après la maisonnette de Miriam Cornell. Il la reconnut à la voiture rouge garée sur l'herbe. Derrière un portillon blanc, un sentier en brique menait au détour d'une courbe à la porte d'entrée. Il adossa son vélo contre la voiture, sortit de ses chaussettes le bas de son pantalon et hésita. Il se sentait observé, même si aucun mouvement n'était visible derrière les deux fenêtres du rez-de-chaussée. Contrairement aux maisons qui l'entouraient, celle-ci n'avait pas de rideaux en tulle. Il aurait préféré que Miriam Cornell sorte et vienne à sa rencontre. Le salue et engage la conversation. Au bout d'une minute il poussa le portillon et s'approcha lentement de la porte. Les plates-bandes le long du sentier avaient l'air mal en point après un été oublié. Elle n'avait pas encore déterré les plantes mourantes. Il fut surpris de voir de vieux pots de fleurs renversés et des papiers de bonbons piétinés parmi les feuilles mortes. Elle lui avait toujours paru impeccable et bien organisée, mais il ne savait rien d'elle. Il faisait une erreur et devait tourner les talons avant qu'elle ne l'aperçoive. Non, il était déterminé à épouser son destin. Sa main soulevait déjà le lourd heurtoir et le laissa retomber une première fois. Puis une deuxième. Il entendit un bruit sourd de pas précipités descendant l'escalier. Puis le son d'un loquet que l'on tirait. Elle ouvrit si vite et si grand la porte qu'il fut intimidé et baissa les yeux. Ses pieds nus aux ongles vernis couleur pourpre furent la première chose qu'il remarqua.

« C'est vous. » Elle avait parlé d'un ton neutre, sans

hésitation ni surprise. Il releva la tête, ils échangèrent un regard, et dans la confusion du moment il se demanda s'il n'avait pas frappé à la mauvaise porte. Assurément, elle l'avait reconnu. Mais elle semblait changée. Ses cheveux n'étaient pas attachés et lui recouvraient presque les épaules. Elle portait un tee-shirt vert pâle sous un ample cardigan, et un jean qui laissait voir ses chevilles. Sa tenue du week-end. Il avait préparé quelque chose à dire, une entrée en matière, mais il avait tout oublié.

« Presque trois heures de retard. Le déjeuner a refroidi. »

Il répondit du tac au tac. « J'ai eu plusieurs heures de colle. »

Elle sourit et il rougit, incapable de cacher sa fierté d'avoir le sens de la repartie. Cette phrase avait jailli de nulle part.

« Eh bien entre. »

Il passa près d'elle pour pénétrer dans un étroit couloir, avec un escalier raide devant lui et une porte à droite, une porte à gauche.

« À gauche. »

Il vit d'abord le piano, un demi-queue coincé dans un angle mais qui occupait malgré tout une bonne partie de la pièce. Des partitions en piles sur deux chaises, deux petits canapés qui se faisaient face de part et d'autre d'une table basse, également couverte de piles de livres. Les quotidiens du jour étaient sur le sol. Au-delà, une porte de communication avec une minuscule cuisine donnant sur un jardin entouré d'un muret.

« Assis », dit-elle, comme à un chien. Une blague, bien sûr. Installée en face de lui, elle le dévisageait avec insistance, l'air vaguement amusée par sa présence. Que voyait-elle ?

Au cours des années suivantes, il se posa souvent la question. Un adolescent de quatorze ans, d'une taille moyenne pour son âge, mince mais assez musclé, aux cheveux brun foncé, longs pour l'époque, influence lointaine de John Mayall et d'Eric Clapton. Lors d'un bref séjour chez sa sœur, Roland avait accompagné son cousin Barry au Ricky Tick Club, près de la gare routière de Guildford, pour écouter les Rolling Stones. C'était là qu'il avait finalisé son apparence, impressionné par le jean noir de Brian Jones. Quels autres changements Miriam avait-elle pu noter ? Sa voix venait de muer. Un long visage solennel, des lèvres charnues qui tremblaient parfois, comme s'il refoulait certaines pensées, des yeux brun-vert derrière les lunettes de la Sécurité sociale dont il avait enlevé la monture en plastique longtemps avant que John Lennon n'ait eu la même idée. Veste de tweed Harris gris avec des pièces aux coudes sur une chemise hawaïenne à motif de palmiers. Un pantalon cigarette en flanelle grise qui était le plus proche équivalent autorisé à Berners Hall d'un jean noir moulant. Ses chaussures pointues apportaient une touche médiévale. Son eau de Cologne avait des senteurs citronnées. Pas trace d'acné sur son visage ce jour-là. Il y avait chez lui quelque chose de vaguement malsain. La minceur ondoyante du serpent.

Tandis qu'il s'affalait gauchement sur le canapé, Miriam Cornell s'était assise bien droite et s'inclina soudain vers lui. Sa voix était douce et bienveillante. Peut-être le prenait-elle en pitié. « Bon, Roland. Parle-moi de toi. »

C'était l'une de ces requêtes typiques des adultes, ennuyeuses et auxquelles on ne pouvait pas répondre. Elle ne l'avait appelé qu'une fois par son prénom. Lorsqu'il se redressa poliment pour s'asseoir comme elle, seules ses leçons de piano avec M. Clare lui vinrent à l'esprit. Il expliqua qu'il bénéficiait gratuitement d'une heure et demie supplémentaire par semaine. Récemment, ajouta-t-il, il apprenait…

Elle l'interrompit tout en repliant sa jambe droite sous son genou gauche. Elle avait le dos plus droit que le sien ne l'avait jamais été. « J'ai entendu dire que tu avais décroché le grade 7.

— Oui.

— D'après Merlin Clare tu déchiffres bien les partitions.

— Je ne sais pas.

— Et tu as fait tout ce chemin à vélo pour jouer en duo avec moi. »

Il rougit de nouveau, cette fois à cause de ce qu'il prit pour une allusion sexuelle. Il commençait à bander. Il posa la main sur ses genoux au cas où cela se verrait. Mais elle s'était levée d'un bond et se dirigeait vers le piano.

« J'ai juste ce qu'il nous faut. Mozart. »

Elle était déjà au piano alors qu'il restait sur le canapé, paralysé par la gêne. Il allait mal jouer et être humilié. Et renvoyé.

« Prêt ?

— Je n'en ai pas trop envie.

— Rien que le premier mouvement. Ça ne te fera pas de mal. »

Il ne voyait pas d'issue. Il se leva lentement, se faufila derrière elle pour s'installer à sa gauche. Il perçut au passage la tiédeur émanant de sa nuque. En s'asseyant, il prit conscience de la présence d'une pendule sur le manteau de la cheminée, aussi sonore qu'un métronome. À cause du tic-tac, garder la mesure dans un duo serait un défi. Sans parler des battements de son cœur. Elle posa la partition devant eux. Ré majeur. Un morceau de Mozart à quatre mains. Un jour, peut-être six mois plus tôt, il en avait joué un tout entier avec Neil Noake. Soudain elle changea d'avis.

« Prends ma place. Ce sera plus amusant pour toi. »

Elle se leva, s'écarta, et il se déplaça vers la droite sur le banc. Lorsqu'elle se rassit elle déclara de cette même voix aimable : « On ne va pas y aller trop vite. »

Le corps légèrement incliné, levant les mains au-dessus du clavier avant de les laisser retomber, elle joua les premières notes et ils continuèrent à ce qui était pour Roland une allure impossible. Comme dévaler en luge la pente gelée d'une montagne. Il était en retard d'une fraction de seconde sur elle dans l'impressionnante ouverture, si bien que le piano, un Steinway, produisait des sons dignes d'un bastringue. Sous l'effet du trac Roland laissa échapper un rire étouffé pareil à un reniflement. Il rattrapa son retard et puis, trop zélé, se retrouva légèrement en avance sur elle. Il chancelait au bord de la falaise. L'expressivité, la dynamique du morceau le dépassaient – il ne pouvait faire mieux que jouer les notes correctes dans l'ordre où elles slalomaient sur la page. À certains moments le résultat était presque agréable à l'oreille. Alors qu'ils tanguaient ensemble dans un long crescendo vibrant elle s'écria : « Bravo ! » Quel tintamarre ils faisaient dans la minuscule pièce ! Quand ils atteignirent la fin du mouvement elle tourna brusquement la page. « Impossible de s'arrêter maintenant ! »

Il ne s'en sortait pas mal, suivant de son mieux la mélodie chantante tandis qu'elle jouait une discrète basse d'Alberti qui le guidait. Elle se rapprocha de lui, se penchant à droite lorsqu'ils s'élevèrent ensemble vers un registre plus aigu. Il se détendit un peu au moment où elle faillit s'empêtrer dans une série de notes, une petite farce de l'espiègle Mozart. Mais ce nouveau mouvement sembla durer des heures et à la fin les points noirs de la barre de reprise furent une punition, une peine de prison redoublée. La pression devenait insupportable. Ses yeux le piquaient. Le mouvement sombra finalement dans l'accord final, que Roland prolongea un temps de trop.

Elle se leva immédiatement. De soulagement à la pensée qu'ils ne joueraient pas l'*allegro molto* il se sentait au bord des larmes. Mais elle n'avait rien dit et il eut l'impression de l'avoir déçue. Elle était juste derrière lui. Elle posa les mains sur ses épaules, se pencha et lui chuchota à l'oreille : « Tout va bien se passer. »

Il n'était pas sûr de comprendre ce que cela signifiait. Elle traversa la pièce et alla dans la cuisine. À la vue de ses pieds blancs et nus, au léger bruit de frottement de ses pas sur les dalles, il eut un vertige. Deux minutes plus tard elle revint avec des verres de jus d'orange, de vraies oranges pressées, un goût nouveau. Il était alors debout près de la table basse, indécis, se demandant s'il n'était pas censé partir à présent. Ça ne l'aurait pas contrarié. Ils burent en silence. Puis elle posa son verre et fit quelque chose qui lui coupa les jambes. Il dut se retenir à l'accoudoir d'un canapé. Elle s'approcha de la porte d'entrée, s'agenouilla et enfonça le lourd loquet dans le sol de pierre. Puis elle revint et le prit par la main.

« Eh bien viens. »

Elle l'emmena au pied de l'escalier où elle marqua une

pause et le regarda attentivement. Elle avait les yeux brillants.

« Tu as peur ? »

Il mentit. « Non. » Sa voix était pâteuse. Il avait besoin de tousser mais n'osait pas, craignant de passer pour faible ou stupide ou malade. De peur de se réveiller de ce rêve. La cage d'escalier était étroite. Il se cramponna à sa main lorsqu'elle le devança et l'entraîna. Devant eux sur le palier, une salle de bains et, comme au rez-de-chaussée, une porte à droite et une à gauche. Elle le conduisit vers celle de droite. La pièce le fascina. C'était la pagaille. Le lit n'était pas fait. En tas sur le sol près d'un panier à linge, ses dessous de divers tons pastel. Ce spectacle le toucha. Quand il avait frappé elle devait être en train d'organiser sa lessive pour la semaine comme le font les gens le samedi matin.

« Enlève tes chaussures et tes chaussettes. »

Un genou à terre devant elle, il s'exécuta. Il n'aimait pas le pli profond qui s'était formé sur l'empeigne de ses chaussures ni leur bout pointu qui se redressait. Il les poussa sous une chaise.

Elle s'adressa à lui d'un ton raisonnable. « Tu es circoncis, Roland ?

— Oui, enfin, non.

— Quoi qu'il en soit, va dans la salle de bains et lave-toi bien. »

C'était une remarque de bon sens et il débanda à cause de cela. La salle de bains était minuscule, avec un tapis rose, une baignoire étroite, une cabine de douche aux parois de verre légèrement bancales et, sur des barres chromées, d'épaisses serviettes-éponges blanches qui lui rappelèrent celles de chez lui. Sur une étagère au-dessus du lavabo, un flacon arrondi avec le nom de son parfum : eau de rose. Conscient que ce n'était pas la première fois qu'elle l'envoyait se laver, il fut rigoureux dans ses préparatifs. Lui déplaire d'une façon ou d'une autre était ce qu'il redoutait le plus. Se rhabillant il jeta un coup d'œil par une lucarne en verre cathédrale sous la corniche. Au-delà des prés il apercevait la rivière Stour à marée descendante, ses bancs de vase émergeant des eaux argentées comme les bosses dorsales de monstres aquatiques, ses joncs de mer, ses vols de mouettes qui tournoyaient. Un voilier à deux mâts quittait l'estuaire avec la marée. Quoi qu'il pût se passer dans cette maisonnette le monde continuerait de tourner. Jusqu'au moment où il s'arrêterait. Peut-être avant la fin de l'heure.

À son retour elle avait rangé la chambre et recouvert le lit. « Il faudra le faire à chaque fois. »

Cette allusion à un avenir possible le fit bander à nouveau. Elle l'invita à s'asseoir près d'elle sur le lit. Puis elle posa la main sur son genou.

« Te soucies-tu de contraception ? »

Il ne répondit pas. Il n'y avait pas pensé et ignorait presque tout sur le sujet.

« Il se pourrait que je sois la première femme de la péninsule de Shotley à prendre la pilule. »

Cela aussi le dépassait. Il ne put que s'en remettre à la vérité, à ce qui était le plus évident pour lui en cet instant. Il se tourna vers elle : « J'aime bien être ici avec vous. » Lorsqu'il les prononça, ces mots lui parurent puérils. Mais elle sourit, attira son visage vers elle et ils s'embrassèrent. Pas très longtemps ni très profondément. Il l'imita. Les lèvres, puis, furtivement, le bout de la langue, puis encore les lèvres. Elle s'adossa contre les oreillers et dit : « Déshabille-toi pour moi. J'ai envie de te voir. »

Il se leva et enleva sa chemise hawaïenne par la tête. Le vieux parquet de chêne grinça sous son poids quand, en équilibre sur un pied, il retira son pantalon. Ajusté par sa mère pour être à la mode, le bas eut du mal à glisser sur ses talons. Il était bien bâti, pensait-il, et n'eut pas honte de se présenter ainsi devant Miriam Cornell.

Mais elle déclara impérieusement : « La suite. »

Il baissa son caleçon et l'enleva.

« C'est mieux. Bravo, Roland. Baisse les yeux et regarde-toi. »

Elle avait raison. Jamais il n'avait éprouvé un tel désir. Même si elle l'impressionnait, il lui faisait confiance et voulait bien faire ce qu'elle lui demanderait. Tout ce temps passé avec elle en pensée et, avant cela, toutes ces leçons de piano troublantes n'étaient qu'une répétition de ce qui allait se produire. Tout n'était qu'une seule et unique leçon. Grâce à Miriam Cornell il serait prêt à affronter la mort, heureux d'être pulvérisé. Il la dévisageait, plein d'espoir. Que voyait-il ?

Ce souvenir ne le quitterait jamais. Le lit, pour deux personnes selon les critères de l'époque, faisait environ un mètre cinquante de large. Avec deux jeux de deux oreillers. Elle était assise contre l'un d'eux, genoux repliés. Pendant qu'il se déshabillait elle avait enlevé son gilet et son jean. Sa culotte, comme son tee-shirt, était verte. En coton, pas en soie. Ce tee-shirt était assez grand pour un homme robuste et peut-être aurait-il dû s'inquiéter de l'existence d'un rival éventuel. Dans son état d'excitation il trouva voluptueux les plis du tissu, un coton pelucheux. Ses yeux aussi étaient verts. Il avait un temps cru y lire de la cruauté. Leur couleur évoquait à présent l'audace. Elle pouvait faire tout ce qu'elle voulait. Ses jambes nues gardaient un peu du hâle de l'été. Son visage rond, qui avait auparavant l'immobilité d'un masque, était à présent doux et avenant. La lumière qui filtrait par la petite fenêtre de la chambre soulignait le modelé de ses pommettes. Pas de rouge à lèvres en ce samedi matin. Les cheveux qu'elle coiffait en chignon pour donner ses leçons étaient très fins et quelques mèches se soulevaient quand elle bougeait la tête. Elle l'observait avec cet air patient et ironique bien à elle. Quelque chose chez lui l'amusait. Elle retira son tee-shirt et le laissa tomber sur le sol.

« Il est temps que tu apprennes à dégrafer un soutien-gorge. »

Il se mit à genoux près d'elle sur le lit. Malgré ses doigts tremblants, cela s'avéra assez facile de sortir les crochets de leurs œillets. Elle repoussa draps et couvertures. Elle soutenait son regard, comme pour l'empêcher de fixer ses seins.

« Allons-y, dit-elle. Viens ici. »

Elle était couchée sur le dos, un bras étendu. Elle voulait qu'il y pose la tête. De sa main libre elle remonta les couvertures, se mit sur le côté et l'attira vers elle. Il était mal à l'aise. On aurait dit l'étreinte d'une mère et d'un jeune enfant. Il avait le sentiment qu'il devrait se trouver en position plus dominante. Il ne comptait pas se laisser dorloter. Vraiment ? Se blottir ainsi était soudain source d'une félicité totale et inattendue. Il n'eut pas le choix. Elle lui rapprochait le visage de ses seins, il ne voyait plus qu'eux et referma ses lèvres sur un mamelon. Dans un frisson elle murmura : « Oh mon Dieu. » Il releva la tête pour reprendre son souffle. Face à face ils s'embrassaient.

Elle guida ses doigts entre ses jambes et lui montra, puis éloigna sa main. Les yeux clos, elle chuchota : « Non, doucement, plus lentement. »

Subitement elle repoussa de nouveau les couvertures et roula sur elle-même pour venir s'asseoir sur lui – et ce fut un accomplissement. Tellement simple. Comme faire disparaître par magie un nœud sur une corde. Il restait étendu, s'abandonnant à cet émerveillement sensuel, cherchant les mains de Miriam, incapable de prononcer une parole. Il ne s'était sans doute écoulé que quelques minutes. Il eut l'impression qu'on lui avait révélé un pli caché dans l'espace, muni d'une serrure, d'un fermoir, et qu'en les faisant sauter il déchirait le quotidien illusoire, découvrant ce qui était là depuis toujours. Leurs rôles respectifs, professeure, élève, l'ordre complaisamment imposé par l'école, les emplois du temps, les vélos, les voitures, les vêtements, même les mots – une diversion pour priver chacun de *ça*. C'était soit risible soit tragique, que les gens puissent continuer chaque jour à vaquer normalement à leurs activités alors qu'ils en connaissaient l'existence. Même le directeur, qui avait un fils et une fille, devait la connaître. Même la reine. Chaque adulte la connaissait. Quelle pure façade ! Quel faux-semblant !

Elle ouvrit les yeux et, le contemplant avec un regard songeur, elle déclara : « Il manque quelque chose. »

Sa voix à lui vint d'au-delà des murs de la maison.

« Oui ?

— Tu n'as pas dit une seule fois mon prénom.

— Miriam.

— Dis-le trois fois. »

Il obéit.

Une pause. Elle se pencha vers lui : « Dis-moi quelque chose. Avec mon prénom. »

Il n'hésita pas. C'était une lettre d'amour, entièrement sincère. « Chère Miriam, j'aime votre prénom. Et je vous aime vous, Miriam. » Alors qu'il le répétait, elle se cambra, poussa un cri, un beau cri diminuant peu à peu. C'en fut trop pour lui, il la suivit de près, avec à peine un temps de retard.

*

Il la rejoignit au rez-de-chaussée dix minutes plus tard. Les idées claires, le pas léger, il descendit les marches deux à deux. On n'était pas encore à l'heure d'hiver et le soleil était assez haut dans le ciel. Il n'était même pas treize heures trente. Ce serait délicieux de remonter à vélo, de prendre un autre itinéraire pour regagner l'école, celui par Harkstead, de passer à toute vitesse près de la pinède où se cachait le lac secret. Seul, pour profiter de ce trésor que nul ne pouvait lui enlever, pour le déguster, le passer au crible, le revivre. Pour prendre la mesure de celui qu'il était devenu. Il pourrait rallonger la promenade, emprunter les chemins de terre jusqu'à Freston. Une perspective agréable. D'abord, un au revoir. Quand il arriva dans le salon elle se baissait pour ramasser les journaux. Il n'était pas trop jeune pour percevoir un changement d'humeur. Ses gestes étaient rapides, nerveux. Elle s'était refait un chignon. Elle se redressa, lui jeta un coup d'œil et comprit.

« Oh non, il n'en est pas question.

— De quoi ? »

Elle vint vers lui. « Absolument pas.

— Je ne vois pas ce que vous voulez dire… », commença-t-il, mais elle couvrit sa voix.

« Tu as eu ce que tu venais chercher et tu t'en vas. C'est ça ?

— Non. Honnêtement. J'ai envie de rester.

— Tu dis la vérité ?

— Oui !

— Oui, mademoiselle. »

Il la dévisagea pour voir si elle se moquait de lui. Impossible de le savoir.

« Oui, mademoiselle.

— Bien. Tu as déjà épluché une pomme de terre ? »

Il fit oui de la tête, n'osant pas avouer que non.

Elle l'emmena dans la cuisine. Dans un saladier en inox près de l'évier, cinq grosses pommes de terre sales. Elle donna à Roland un éplucheur et une passoire. « Tu t'es lavé les mains ? »

Il s'efforça de répondre sèchement. « Oui.

— Oui, mademoiselle.

— Je pensais que vous souhaitiez que je vous appelle Miriam. »

Elle lui lança ostensiblement un regard de commisération et reprit : « Quand elles seront épluchées et rincées, coupe-les en quatre et mets-les dans cette marmite. »

Elle enfila des espèces de sabots, alla dans le jardin derrière la maison et se mit au travail. Il se sentit pris au piège, dérouté, et en même temps immensément redevable envers elle. Bien sûr que ç'aurait été mal, et terriblement impoli de s'en aller. Et de toute façon, il n'aurait su comment lui tenir tête. Elle lui avait toujours fait peur. Il n'avait pas oublié combien elle pouvait se montrer cruelle. Désormais c'était plus compliqué, et c'était sa faute. Il redoutait de se heurter à une loi fondamentale de l'univers : une telle extase compromettrait forcément sa liberté. Tel était le prix à payer.

La première pomme de terre demanda du temps. Comme la gravure sur bois, pour laquelle il n'avait jamais été doué. À la quatrième il crut avoir pris le coup. Le tout était de ne pas s'arrêter aux détails. Il coupa en quatre et rinça ses cinq pommes de terre, les mit dans la marmite d'eau. Il alla jusqu'à la porte aux vitres en verre dépoli pour voir ce qu'elle devenait. La lumière était dorée. Miriam traversait la pelouse, traînant une table en fer forgé vers un abri de jardin. Une dizaine de centimètres à la fois, entre deux pauses. Avec des gestes vifs, voire furieux. Une terrible crainte l'effleura à l'idée que quelque chose n'aille pas chez elle. Elle l'aperçut et lui fit signe de sortir.

Quand il l'eut rejointe, elle lâcha : « Ne te contente pas de regarder. Cette table est sacrément lourde. »

Ensemble ils rangèrent la table dans l'abri de jardin. Elle lui mit alors un râteau dans les mains et lui dit de balayer les feuilles, puis d'en recouvrir le compost au fond du jardin. Pendant qu'il ratissait les feuilles des bouleaux du voisin, elle s'activait près des plates-bandes avec son sécateur. Une heure passa. Il jetait les dernières feuilles sur le compost. À l'autre extrémité de la pelouse il distinguait une portion de la rivière, un flux léger aux tons orangés. Il pourrait enjamber la clôture peu élevée, aller dans le pré, contourner la maison, récupérer son vélo et partir. Pour ne jamais revenir. Il se soucierait à peine de l'approche de la fin du monde. Il pourrait faire tout cela. Or c'était simple : il ne le pouvait pas. Son envie impérieuse de partir le surprenait autant que son incapacité à le faire. Par courtoisie il se devait de donner un coup de main, de rester déjeuner.

Il avait faim, le gigot d'agneau qu'il avait vu dans la cuisine serait bien supérieur à n'importe quel repas de l'école. Quelques minutes plus tard Miriam l'aida, ou lui facilita les choses en le priant de ratisser aussi le jardin de devant. Il n'avait pas le choix. Lorsqu'il tourna les talons pour obéir, elle le rattrapa par le col de sa chemise et l'embrassa sur la joue.

Elle rentra préparer le déjeuner. Avec une brouette et un râteau, il longea un passage sur le côté et se mit au travail devant la maison. Ce fut plus difficile. Les feuilles s'étaient accumulées entre et derrière les rosiers pleins d'épines bordant les plates-bandes. La traverse du râteau était trop large. Il devait se mettre à quatre pattes et ramasser les feuilles à la main. Il fit un tas avec les pots de fleurs vides, les papiers de bonbons et autres détritus apportés par le vent. Juste derrière le portillon se trouvaient la voiture de Miriam et son vélo. Il essayait de ne pas le regarder. C'était sans doute la faim qui le rendait irritable. Ainsi que le caractère fastidieux de la tâche.

Quand il eut enfin terminé et rangé brouette et râteau dans l'abri de jardin, il retourna à l'intérieur. Miriam arrosait le gigot de jus de cuisson.

« Pas encore prêt », dit-elle, puis elle le vit. « Regarde dans quel état tu es. Ton pantalon est répugnant. » Elle prit sa main dans les siennes. « Tu es tout égratigné. Mon pauvre chéri. Déchausse-toi. À la douche ! »

Il se laissa conduire à l'étage. Il avait bel et bien le dos des mains en sang à cause des épines. Il se sentit presque héroïque d'être l'objet de tant d'attentions. Dans la chambre il se déshabilla devant elle.

Son ton était chaleureux. « Regarde-toi. Tu bandes

encore. » Elle le prit dans ses bras et le caressa tandis qu'ils s'embrassaient.

La douche ne fut pas une expérience agréable. Seul un filet d'eau s'écoulait et, à un quart de millimètre près avec le robinet, on était glacé ou ébouillanté. Lorsqu'il regagna la chambre, une serviette autour de la taille, tous ses vêtements avaient disparu. Il entendit Miriam monter l'escalier.

Avant qu'il n'ait eu le temps de poser la question, elle déclara : « Ils sont dans la machine à laver. Tu ne peux pas rentrer à l'école couvert de boue. » Elle lui tendit un pull gris et un pantalon fuseau beige à elle. « Ne t'inquiète pas. Je ne vais pas te prêter une de mes culottes. »

Pull et pantalon lui allaient à peu près, même si le haut de ce dernier était taillé pour une femme. Il y avait un petit élastique bizarre à glisser sous chaque talon. Il le laissa traîner. En descendant l'escalier derrière elle, la pensée qu'ils étaient tous les deux pieds nus lui plut. Pour ce déjeuner très tardif elle prit un verre de vin blanc, qu'elle assura préférer boire à température ambiante. Il ne connaissait rien aux vins mais approuva de la tête d'un air entendu. Elle lui servit une limonade faite maison. Au début, ils mangèrent en silence et il était tendu, commençant à comprendre à quelle rapidité son humeur changeait. Être sans ses vêtements l'inquiétait aussi. La machine à laver tournait, produisant de petits sons plaintifs. Mais très vite il ne s'en soucia plus car il avait devant lui une assiette de gigot rôti, rosé, voire saignant par endroits, ce qui était nouveau pour lui. Plus sept morceaux de pommes de terre au four et beaucoup de chou-fleur ruisselant de beurre. Il accepta la proposition d'une deuxième assiette de viande, puis d'une troisième, soit un total de quinze morceaux de pommes de terre et l'essentiel du chou-fleur. Il aurait aimé se saisir de la saucière à moitié pleine et en boire le contenu roux qui serait sûrement jeté. Mais il connaissait les bonnes manières.

Enfin elle aborda le sujet, le seul réellement digne d'intérêt. Parce que c'était la cause de sa visite, il l'avait automatiquement cru enterré.

« Je suppose que tu ne lis pas les journaux.

— Si, répliqua-t-il. Je sais ce qui se passe.

— Et tu en penses quoi ? »

Il réfléchit attentivement. Il avait le ventre plein, et il était devenu quelqu'un d'autre, un homme en fait, de sorte qu'à ce moment-là rien d'autre ne comptait vraiment. Toutefois il répondit : « On risque d'être tous morts demain. Ou ce soir. »

Elle écarta son assiette et croisa les bras. « Ah bon ? Tu n'as pas l'air d'avoir trop peur. »

Sa propre indifférence lui pesait. Il s'obligea à se souvenir de ses sentiments de la veille et de ceux de la soirée précédente. « Je suis terrifié. » Et puis, soudain conscient de l'aura conférée par sa nouvelle maturité, il lui retourna la question, d'une manière inconcevable chez un jeune garçon. « Et vous, qu'en pensez-vous ?

— Je pense que Kennedy et toute l'Amérique se conduisent comme des enfants gâtés. Stupides et irresponsables. Et que les Russes sont des menteurs et des brutes. Tu as bien raison d'avoir peur. »

Roland n'en revenait pas. Il n'avait jamais entendu une parole contre les Américains. Leur président apparaissait comme une figure divine dans tout ce qu'il avait lu. « Mais ce sont les Russes qui ont installé leurs missiles…

— Oui, oui. Et les Américains ont les leurs en Turquie

le long de la frontière avec l'Union soviétique. Ils ont toujours dit que l'équilibre des forces stratégiques était le seul moyen d'assurer la sécurité du monde. Les deux camps devraient faire marche arrière. Au lieu de quoi ils jouent en mer à des jeux ridicules et dangereux. Des jeux de petits garçons ! »

Sa passion le stupéfia. Elle avait le rouge aux joues. Son cœur à lui battait à tout rompre. Jamais il ne s'était senti si adulte. « Alors que va-t-il se passer ?

— Soit un imbécile quelconque à la gâchette facile fait une erreur en mer et tout saute, exactement comme tu le crains. Soit ils trouvent l'accord qu'en vrais hommes d'État ils auraient dû trouver depuis dix jours au lieu de tous nous conduire vers l'abîme.

— Donc vous pensez qu'une guerre peut réellement éclater ?

— Ça se pourrait bien, oui. »

Il la fixa. Sa propre position, selon laquelle ils risquaient de tous mourir le soir même, était largement rhétorique. C'était ce que ses amis et les sixième année disaient à l'école. Il y avait un certain réconfort à entendre tout le monde le répéter. Mais l'entendre dans sa bouche à elle était un choc. Elle semblait au courant. Les journaux écrivaient la même chose, mais cela avait moins de poids. Ce n'étaient que des articles, une forme de divertissement. Il frissonna.

Elle posa la main sur son poignet, le retourna, chercha ses doigts et y entrelaça les siens. « Écoute, Roland. C'est très, très improbable. Ça peut paraître idiot, mais les deux parties ont trop à perdre. Tu comprends ?

— Oui.

— Tu sais ce que j'aimerais ? » Elle attendit sa réponse.

« Quoi donc ?

— T'emmener à l'étage avec moi. » Dans un murmure elle ajouta : « Pour te rassurer. »

Ils se levèrent donc, les doigts toujours entrelacés, et pour la troisième fois ce jour-là elle l'entraîna vers l'escalier. Dans la lumière déclinante de cette fin d'après-midi tout recommença une fois encore, et une fois encore il s'interrogea sur lui-même, sur son besoin de fuir plus tôt dans la journée, de régresser et de se contenter d'être un jeune garçon à vélo. Après, allongé la tête au creux du bras de Miriam, le visage à la hauteur de ses seins, il sentit peu à peu la somnolence le gagner. Il n'écoutait que d'une oreille ce qu'elle lui expliquait tranquillement.

« J'ai toujours su que tu viendrais… J'ai été très patiente mais je le savais… même si toi tu l'ignorais. Tu m'écoutes ? Bon. Parce que maintenant que tu es là il faut que tu le saches. J'ai attendu très longtemps. Tu ne dois en parler à personne. Pas à ton meilleur ami, pas de fanfaronnades, même si c'est tentant. C'est clair ?

— Oui. C'est clair. »

Quand il s'éveilla la nuit était tombée et Miriam avait disparu. L'air de la chambre était froid sur son nez et ses oreilles. Il était couché sur le dos dans ce lit moelleux. Du rez-de-chaussée lui parvint le bruit de la porte d'entrée s'ouvrant et se refermant, puis une sorte de cliquetis familier qu'il ne put identifier. Il s'abandonna une demi-heure à des rêveries décousues. Si ce n'était pas la fin du monde, celle du semestre viendrait, dans cinquante-quatre jours. Il irait en Allemagne passer les vacances de Noël avec ses parents, une perspective à la fois réconfortante et ennuyeuse. Il préférait penser aux différentes étapes du voyage, en train d'Ipswich à Manningtree, où la rivière Stour ne subissait plus l'influence des marées, avec un changement pour Harwich afin d'y prendre le bateau de nuit à destination de Hoek van Holland, et là, traverser les voies jusqu'au quai du train pour Hanovre dans lequel il grimperait – vérifiant à chaque étape que son passeport était toujours dans la poche intérieure du blazer de son école.

Il enfila rapidement les vêtements prêtés par Miriam et descendit. Son vélo appuyé contre le piano fut la première chose qu'il vit. Depuis la cuisine où elle finissait la vaisselle, Miriam s'adressa à lui.

« Ici c'est plus sûr. J'en ai parlé à Paul Bond. Tu savais que je donne des leçons à sa fille ? Tu peux sans problème rester pour la nuit. » Elle vint vers lui et lui embrassa le front.

Elle portait une robe bleue en velours uni avec des boutons d'un bleu plus sombre de haut en bas. Il aimait son parfum familier. Il lui sembla comprendre pour la première fois à quel point elle était belle.

« Je lui ai dit qu'on répétait un duo. Et c'est vrai. »

Il traversa la cuisine en poussant son vélo jusqu'au jardin où il l'adossa contre l'abri. La nuit était étoilée et l'hiver pointait. Déjà une gelée blanche se formait sur la pelouse qu'il avait ratissée. Elle crissa sous ses pas tandis qu'il s'éloignait de la cuisine éclairée pour voir le halo lumineux des bras de la Voie lactée. Une Troisième Guerre mondiale ne changerait rien pour l'univers.

Miriam l'appela sur le pas de la porte. « Roland, tu vas mourir de froid. Rentre. »

Il revint aussitôt vers elle. Ce soir-là ils rejouèrent le morceau de Mozart, et cette fois il lui donna plus d'expressivité et suivit les indications de tempo. Dans le mouvement lent il essaya d'imiter le legato lisse et continu de Miriam. Il se déchaîna pour l'*allegro con molto* et la maisonnette sembla trembler. Peu importait. Ils en rirent. À la fin elle le prit dans ses bras.

Le lendemain il fit la grasse matinée. Lorsqu'il descendit, même l'heure du déjeuner était passée. Dans la cuisine, Miriam préparait des œufs. Les pages de l'*Observer*, le journal du dimanche, étaient ouvertes en travers d'un fauteuil et sur le sol. Aucun changement, la crise continuait. La une était sans ambiguïté. « Kennedy : pas d'accord tant que les missiles de Cuba sont opérationnels ». Miriam lui donna un verre de jus d'orange et lui fit jouer un autre duo de Mozart avec elle, cette fois celui en *fa* majeur. Il le déchiffra du début à la fin. Ensuite elle lui dit : « Tu joues les notes pointées comme un musicien de jazz. » Un reproche, mais pour lui c'était un compliment.

Quand ils s'assirent enfin pour déjeuner et qu'elle alluma la radio pour suivre les informations, la situation avait évolué. La crise était finie. Ils écoutèrent la voix grave, empreinte d'autorité, annoncer la délivrance. Des lettres importantes avaient été échangées entre les dirigeants. Les navires russes faisaient demi-tour, Khrouchtchev ordonnerait que l'on retire les missiles de Cuba. De l'avis général, le président Kennedy avait sauvé le monde. Le Premier ministre Harold Macmillan l'avait appelé pour le féliciter.

C'était encore une journée sans nuage. Les derniers feux du soleil de l'après-midi, bien loin de l'équinoxe, embrasaient les vitres en verre dépoli de la porte de derrière, traversaient la cuisine jusqu'au petit salon et éclaboussaient leur table. En mangeant son omelette, Roland éprouva de nouveau le désir insidieux de s'en aller, de dévaler l'itinéraire qu'il avait en tête. Hors de question. Elle l'avait déjà prévenu en lui repassant ses vêtements que ce serait lui qui ferait la vaisselle. Elle avait gagné le droit de lui donner des ordres. Mais elle l'avait depuis le début.

« Quel soulagement, répétait-elle. Tu n'es donc pas heureux ? Tu n'en as pas l'air.

— Si, honnêtement. C'est incroyable. Quel soulagement. »

Mais elle lisait dans ses pensées. Quelque part sous une couche de bienséance se trouvait, à peine perceptible pour lui, la sensation d'avoir été trompé. Le monde continuerait sa course, Roland ne serait pas pulvérisé. Il aurait pu ne rien faire.

*

M. Clare, le professeur responsable de la musique, très occupé à monter *Mère Courage* dont il avait écrit le livret, lui apprit qu'à l'avenir il prendrait à nouveau ses leçons avec Mlle Cornell.

« Elle est au courant de tes progrès, de ta capacité à déchiffrer et du reste. Elle sera enchantée de te revoir. Elle t'accordera également une heure et demie de plus. Aux frais de l'école. J'ai trop de travail sur les bras. J'espère que tu le comprendras. Tu es un bon garçon. »

L'origine de cette initiative était évidente, même si Miriam Cornell n'en avait rien dit à Roland. Elle l'informa qu'ils joueraient en concert à Norwich la *Fantaisie en fa mineur* de Schubert et un autre duo de Mozart. Une semaine plus tard il vit une affiche. Elle annonçait le concert de Noël de l'école le 18 décembre. Sous le *Concerto brandebourgeois n°5* figurait Mozart et, plus bas, son nom à lui et celui de Miriam. *Sonate pour deux pianos en ré majeur*, K448.

« Tu aurais refusé si je t'en avais parlé. C'est moi la professeure, tu es mon élève et je souhaite que tu travailles en vue de ces concerts. Maintenant, assez. Viens ici. »

Ils étaient alors au lit. Il était six heures du matin. Il lui arrivait de s'éclipser du dortoir à cinq heures, de pédaler comme un fou dans le noir, le long des chemins boueux. Il avait réduit son temps de trajet à quinze minutes, puis à quatorze. La porte d'entrée de Miriam était entrebâillée, un rai de lumière jaune qui l'excitait. Il rentrait à toute allure après l'aube et se fondait sans se faire remarquer parmi les élèves prenant leur petit déjeuner à sept heures et demie. Si le jeune Marlow avait son mât de misaine en haute mer, Roland avait son vélo. Il se rendait à Erwarton dès qu'il avait un après-midi libre, et le week-end quand il ne participait pas à un match. Il emportait chez Miriam ses devoirs dans un sac plastique accroché à son guidon mais y touchait rarement une fois sur place. Le dimanche il déjeunait souvent avec elle. Il disait désormais à son professeur responsable où il allait : les leçons de piano et les répétitions étaient pour Miriam et lui un gage de respectabilité. Chaque fois qu'il repartait elle fixait précisément le jour et l'heure de son retour. Elle le surveillait de près. Il quittait souvent l'école à contrecœur lorsque novembre fit place à décembre, et que les arbres furent dépouillés de leurs feuilles par un vent qui soufflait prétendument de Sibérie sans être arrêté par le moindre relief. Roland passait moins de temps avec ses amis, annulait des séances dans la chambre noire. Chez les élèves de son année il avait la réputation d'être un pianiste zélé et donc barbant. Nul ne s'étonnait de ses absences. Il rendait ses devoirs en retard.

Sa dissertation sur *Sa Majesté des Mouches*, dont il avait prévu qu'elle ferait deux fois la longueur requise, s'avéra être un torchon médiocre, à peine trois pages d'une grosse écriture espacée. « C moins moins », au bic rouge, telle fut la sanction de M. Clayton, le professeur d'anglais inspiré. Et « Vous l'avez lu ? » son seul commentaire.

Difficile pour lui de s'arracher au chauffage central malodorant de son aile de l'internat, ainsi qu'au travail qu'il avait à faire. Difficile de se mettre en route sous une pluie battante. La maisonnette de Miriam n'avait qu'un poêle à charbon et deux petits radiateurs électriques. Pour ses trajets elle lui acheta un anorak et un bonnet de laine. Il en coupa le pompon avec son canif. Mais le problème n'était pas seulement le pouvoir qu'elle avait sur lui. Il était à lui-même son propre problème. Même avant de franchir les grilles de l'école pour s'engager sur la route de Shotley, il pédalait en bandant à moitié. Or il devait accepter de ne pas faire l'amour à chaque visite. Il n'osait exprimer sa déception. Il calcula qu'il avait de la chance une fois sur deux. Elle entretenait sa maison avec énergie et lui demandait de l'aider. Il arrivait qu'elle insiste pour prolonger une leçon de piano. Parfois elle se disait simplement contente qu'il soit là avec elle et pas ailleurs. Mais quand elle l'emmenait bel et bien à l'étage c'était une expérience au-delà des limites extrêmes de la joie. À l'école, au dortoir, une fois les lumières éteintes, il écoutait les fausses vantardises de ses camarades et savait qu'ils n'auraient jamais ce que lui avait alors. Il était amoureux, une femme magnifique l'aimait et lui enseignait comment aimer, comment la caresser, comment arriver lentement au plaisir. Elle le couvrait de compliments. Avec sa langue il était « le déchiffreur génial ». Il se découvrit une aversion pour les fellations. Il ne pouvait expliquer pourquoi cela le rendait nerveux. Elle disait ne pas s'en formaliser. Quand ils dormaient, elle le câlinait comme un enfant. Elle le traitait souvent comme s'il en était un, lui suggérant de se laver les mains, lui rappelant que faire ensuite.

Au début, quand il avait protesté, elle avait répondu : « Mais, Roland. Tu *es* un enfant. Et ne boude pas. Viens ici et embrasse-moi. »

Et il allait l'embrasser. C'était bien le problème : il ne pouvait lui résister, ni à son visage, ni à sa voix, ni à son corps, ni à sa manière d'être. Lui obéir était le prix à payer. Par ailleurs, elle avait raison de ses défenses, pouvait l'effrayer par une saute d'humeur. Un désaccord, et surtout la désobéissance, pouvait instantanément provoquer sa contrariété. Elle lui retirait cette tendresse qui faisait tout oublier.

Il débarqua un dimanche matin, et pendant une heure ils jouèrent en duo et répétèrent en vue du concert, de leur mieux sans avoir deux pianos. Dès qu'ils eurent fini elle alla dans la cuisine se faire un café – elle ne l'autorisait pas à en boire –, et quand elle revint il sortit quelque chose de son sac plastique pour le lui montrer. Il l'avait achetée neuve pour deux shillings : la partition de « Round Midnight » de Thelonious Monk. S'asseyant près de lui elle jeta un coup d'œil à la couverture et murmura : « C'est nul. Range-moi ça. »

Il avait pris un risque, mais devait défendre ce qu'il aimait. Il répliqua, pas très fort : « Non, c'est vraiment bon. »

Elle lui prit la partition des mains, la posa sur le pupitre et se mit au piano. Elle avait dans l'idée de massacrer le morceau et elle y parvint. Joué exactement comme sur la partition, il semblait pauvre, d'une simplicité de chanson enfantine. Elle s'interrompit :

« OK ?

— Mais ce n'est pas comme ça qu'on le joue. »

Parole dangereuse. Elle se leva, traversa la pièce avec sa tasse de café, rejoignit la cuisine et sortit dans le jardin, pendant qu'il lui jouait le morceau. C'était de la folie mais il avait envie de lui montrer qu'il avait déjà trouvé que faire du rythme syncopé et faussement maladroit de Monk. Il comprenait à présent qu'il avait eu raison de garder son secret pour lui. Il comptait créer un trio de jazz avec deux élèves plus âgés. Un bon batteur et un bon bassiste.

Il la regarda aller au fond du jardin et s'absorber dans la contemplation des prés en serrant sa tasse pour se réchauffer les mains. Il cessa de jouer et attendit. Aucun doute, il était allé trop loin.

De retour près du piano, elle lui dit : « Il est temps que tu t'en ailles. »

Une demi-heure plus tôt, elle avait fait allusion à la chambre. Lorsqu'il voulut protester, elle parla plus fort que lui. « Allez, va-t'en. Prends ton sac. » Elle était devant la porte d'entrée. Puis elle l'ouvrit. La situation s'était envenimée au point qu'il n'avait rien à perdre en montrant que lui aussi pouvait se mettre en colère. Il reprit la partition et son sac, saisit son anorak et passa en silence devant elle sans lui adresser un regard. Son pneu avant était à plat mais il n'allait pas le regonfler sous ses yeux. Il s'éloigna sur la route en poussant son vélo. Ils n'avaient pas convenu de sa prochaine visite.

Il endura une semaine de remords, d'incertitude et de manque. Il n'osait pas se présenter chez elle sans y avoir été invité et risquer un rejet définitif. Sa tentative de lettre d'excuse, jamais envoyée, sonnait faux. Il continuait à penser qu'elle avait tort au sujet de « Round Midnight ». Ne pourraient-ils s'entendre pour avoir des goûts différents ? Tout ce qu'il souhaitait, c'était qu'elle veuille à nouveau de lui. Il n'avait aucune idée de la façon dont il devait s'y prendre puisqu'il ne savait pas vraiment à propos de quoi s'excuser. Son seul crime avait été de lui reprocher de ne pas jouer ce morceau comme il le fallait. Il ne pouvait ravaler ses paroles. Et d'ailleurs il n'avait pas tort. Des notes de jazz sur une partition, ce n'était que la moitié de l'histoire, une trame sommaire. On ne pouvait pas les jouer comme une chaconne de Purcell.

Il s'attarda près de la petite cabine téléphonique sous l'escalier du bâtiment principal de l'école. Il serrait dans sa main un peu de monnaie pour un appel local. S'ils se parlaient, cela pouvait mal tourner, être la fin pour de bon. Il entra pourtant dans la cabine, mit ses pièces dans la fente, faillit composer le numéro, appuya sur la touche permettant de récupérer les pièces et sortit. Il traversa le parc, dépassa le mur d'enceinte, longea un sentier entre les fougères sèches aux tons rouille, jusqu'à la berge de l'estuaire où ses copains et lui jouaient naguère dans leurs bleus de travail. Là, sous un chêne aux branches nues, sur un petit promontoire herbeux avec en contrebas les premières mares bourbeuses du rivage, il s'offrit le luxe de pleurer de désespoir. Il n'y avait personne à proximité, il se laissa donc aller, sanglota, puis prit une profonde inspiration et cria son dépit. Il avait provoqué lui-même ce désastre. Il aurait pu ne rien dire sur Thelonious Monk. Rien ne l'obligeait à contredire Miriam. Un magnifique édifice à terre, un palais de sensualité, de musique, de bien-être. En ruine.

Il n'était plus question de sexe. C'était l'éloignement de sa famille sur lequel il n'avait jamais versé de larmes.

Et pourtant. Et pourtant cette semaine-là il récrivit sa dissertation sur *Sa Majesté des Mouches*, et moins de deux jours plus tard elle lui revint, lue par Neil Clayton. A plus. La meilleure note que Roland ait décrochée. *OK, tu t'es racheté. Allusion pertinente à* Malaise dans la civilisation. *Mais ne compte pas trop sur Freud. Il n'est pas fiable. Souviens-toi qu'au-delà de l'allégorie, Golding a été professeur, avec toute la journée d'horribles petits garçons face à lui.*

Le trio de jazz eut sa première répétition. Le batteur et le bassiste, personnages solitaires et réservés, n'étaient pas mécontents d'être dirigés par un élève ayant deux ans de moins qu'eux. Leurs premières tentatives furent approximatives. Le bassiste ne savait déchiffrer que les tablatures, la batterie était bien trop bruyante. Roland suggéra des balais pour la fois suivante. Lui-même tâtonnait avec leur blues tout simple à trois accords. Après, ils se dirent entre eux que c'était un bon début. Dans le froid, Roland fit un beau match de tennis contre son partenaire de double de l'été précédent et faillit gagner. Il passait à nouveau du temps avec ses amis. Ils se prélassaient contre les radiateurs à l'extérieur de la salle à manger – par convention, ces derniers étaient exclusivement réservés aux quatrième année. Roland se faisait gentiment traiter de stakhanoviste du piano qui se levait même avant le petit déjeuner pour répéter. Il leur avoua la vérité. Il avait une liaison passionnée avec une femme plus âgée. Ils éclatèrent tous de rire. Mais alors qu'il faisait cette blague révélatrice, il ressentit un pincement de désespoir. Toujours cette semaine-là, il se classa quatrième à un devoir de physique sur le coefficient de friction et obtint une bonne note à une traduction en classe, sans dictionnaire, du *Notaire du Havre* de Georges Duhamel. Tous ses devoirs de la semaine furent remis dans les temps.

Le samedi un élève tout menu, exceptionnellement propre sur lui et au nez pointu comme celui d'une souris s'approcha de lui avec un bout de papier plié. Un élève de Miriam, supposa-t-il. Le mot disait seulement : *Dimanche matin, 10 h.* Au désespoir succédèrent l'appréhension et l'espoir. Cet après-midi-là il joua un match en extérieur contre Norwich. Pendant quatre-vingts minutes, courant en tous sens sur un terrain trempé que dominait la cathédrale, il ne pensa pas à Miriam. L'équipe de Norwich était connue pour la générosité de ses thés d'après-match. Durant vingt minutes supplémentaires Miriam fut absente de ses pensées tandis qu'assis avec son équipe et l'équipe adverse il mangeait une douzaine de sandwichs. Le trajet de retour dans le car de l'école prit du temps. L'air maussade, il était installé seul à l'avant, indifférent aux habituels propos grivois. Il avait récemment entendu l'expression « chiffe molle », visiblement une insulte. Alors que le car roulait vers le sud et le Suffolk dans l'obscurité, il vit son reflet sur la vitre. Passant son index sur sa lèvre inférieure jusqu'à sa pomme d'Adam, il se trouva le menton fuyant et se demanda si son visage n'avait pas quelque chose de veule. Quelle gentillesse de la part de Miriam de ne l'avoir jamais mentionné. Il passa et repassa l'index sur son menton. Puis essaya de se voir de profil dans la vitre qui vibrait. Impossible. Les choses se présentaient mal. Mieux valait, peut-être, rester à l'écart. Il ne pouvait imaginer ce qui se passerait quand elle lui ouvrirait la porte. Il faudrait qu'ils reparlent de Monk. Il était prêt à capituler sur tout. Si elle connaissait l'existence de son trio et voulait qu'il abandonne, alors il le ferait.

Vers la fin du trajet il avait arrêté l'idée de lui faire un cadeau, un gage d'amour qui dirait tout sans qu'il eût à trouver les mots. En cours d'arts plastiques, il avait réalisé un pot en terre, le seul à ne pas s'être effrité dans le four. Il l'avait peint, un motif de cercles verts et bleus. En contrebas de son aile de l'internat se trouvait un lopin cultivé par Michael Boddy, son ami doué pour la peinture, qui faisait d'exquises aquarelles représentant ses plantes. Un petit spécimen ne lui ferait pas défaut. Mais un cadeau suffirait-il à atténuer l'effet du menton difforme de Roland ?

Il descendit le premier à l'arrêt du car devant le bâtiment principal. Une minute face à la glace des toilettes du dortoir avec un miroir à main qu'il avait emprunté rendit justice à son menton. À aucun autre moment de son existence un problème personnel urgent ne serait aussi facilement résolu. Il devait accepter le fait qu'il n'était pas dans son état normal.

Le lendemain matin après le petit déjeuner, il poussa son vélo jusqu'au lopin de Boddy et choisit la plus insignifiante des plantes sans fleur, à peine haute d'une dizaine de centimètres. Il y en avait beaucoup du même genre. Deux poignées de terre, et elle fut joliment mise en pot. Il la protégea à l'intérieur de son sac plastique avec de vieux papiers roulés en boules. Tournant à droite pour quitter la route principale, puis dépassant Chelmondiston pour rejoindre le chemin de terre, il prit conscience que, si elle ne voulait plus de lui, ce serait la dernière fois qu'il emprunterait cet itinéraire. Il ralentit, s'efforçant de voir ce paysage, ces prés sans relief, cet alignement de poteaux télégraphiques se détachant sur un ciel uniformément gris, comme dans ses souvenirs bien des années plus tard, quand il serait très âgé et aurait presque tout oublié.

Lorsqu'il eut fait glisser le sac de son guidon et jeté son vélo sur la pelouse devant la maison de Miriam, celle-ci avait ouvert la porte. Rien dans son expression n'aidait Roland à deviner son humeur. Avant qu'ils n'aient pu échanger un bonjour, il sortit son cadeau et le lui mit dans les mains. Elle le contempla plusieurs secondes.

« Mais, Roland. Qu'est-ce que ça signifie ? »

Sa question était sincère. « C'est un cadeau.

— As-tu toute ta tête ? Suis-je censée me languir de toi ? »

Il la dévisagea sans comprendre. « Je ne pense pas.

— Tu ne connais pas le poème de Keats, "Le pot de basilic" ? Isabella ? »

Il fit non de la tête.

Elle l'entraîna dans la maison. « Tu ferais mieux d'entrer parfaire ton éducation. »

Ça y était, c'était tout. Ils reprirent simplement où ils en étaient restés. Elle l'emmena au salon où il y avait du feu et la table mise pour le petit déjeuner – il avait toujours assez d'appétit pour un deuxième petit déjeuner. Elle lui expliqua le poème, lui parla de l'adaptation musicale de Frank Bridge. Elle assura en avoir une version quelque part, un morceau intéressant auquel ils pourraient jeter un coup d'œil ensemble. Tout en parlant elle écartait du bout des doigts les cheveux de Roland de ses yeux, telle une mère attentive. Mais elle lui caressa aussi les lèvres, posa la main sur sa taille et joua avec la boucle en forme de serpent de sa ceinture, même si elle ne la défit pas. Ils mangèrent des céréales et des œufs pochés, parlèrent des missiles que l'on retirait de Cuba et d'articles de journaux sur un tunnel qui serait peut-être construit sous la Manche entre l'Angleterre et la France. À l'étage, au lit, elle lui fit raconter sa semaine. Il lui parla du rugby, du match de tennis qu'il avait failli gagner, de ses devoirs de physique et de français, et de ce qu'avait dit M. Clayton de sa dissertation. Quand ils firent l'amour elle se montra si tendre et sa jouissance fut si grande qu'au moment crucial il ne put se retenir, laissant échapper un cri qui n'était pas si différent de ses pleurs de désespoir sur la berge de l'estuaire.

Après, alors qu'il était dans les bras de Miriam et fermait les yeux, elle lança : « J'ai quelque chose d'important à te dire. Tu m'écoutes ? »

Il acquiesça de la tête.

« Je t'aime. Je t'aime beaucoup. Tu m'appartiens, à moi et à personne d'autre. Tu es à moi et tu le resteras. Tu comprends ? Roland ?

— Je comprends. »

Au rez-de-chaussée, elle raconta être allée en voiture à Aldeburgh pour entendre Benjamin Britten donner une conférence sur les quatuors à cordes. Roland répondit que ce nom ne lui disait rien. Elle l'attira plus près d'elle et lui déposa un baiser sur le nez : « Nous avons beaucoup de travail à faire avec toi. »

Ça y était, et il devait en être ainsi. C'était ce que les lointains dieux belligérants, Khrouchtchev et Kennedy, avaient prévu pour lui. Il n'osa pas mettre en péril une réconciliation en évoquant la pomme de discorde entre Miriam et lui. Alors qu'elle l'étreignait si tendrement, ç'aurait été de la folie autodestructrice. Elle le bannirait à nouveau. Mais la question demeurait. Pourquoi l'avoir mis dehors, pourquoi avoir causé des souffrances inutiles et nié le plaisir qu'ils prenaient l'un avec l'autre, au nom de

« Round Midnight », voire du concept même de jazz ? Il était trop lâche pour l'affronter, trop soucieux de son propre intérêt. L'essentiel était qu'elle lui ait pardonné. Elle voulait bien de lui à nouveau et elle l'aimait. Elle avait été contrariée et en colère, et à présent elle ne l'était plus. Cela lui suffisait à elle, et donc à lui aussi. Il était trop jeune pour connaître la possessivité, pour comprendre que l'intérêt qu'il portait au jazz avait menacé de le soustraire à la sphère d'influence de Miriam. À quatorze ans, comment aurait-il pu savoir qu'à vingt-cinq ans, elle aussi était jeune ? L'intelligence de Miriam, son amour et sa connaissance de la musique comme de la littérature, sa vivacité et son charme quand elle le sentait tout à elle masquaient son désespoir.

En novembre et durant presque tout le mois de décembre il travailla avec elle en vue des concerts et de l'obtention du grade 8 au piano – un examen difficile, et il était jeune pour s'y présenter, avait-on dit, surtout quand il eut réussi avec distinction. Il jouait désormais toute sa partition dans les duos de Mozart et de Schubert avec ce que Miriam appelait « les trois D » : dextérité, délicatesse, diligence. Leur concert dans la salle des fêtes de Norwich eut lieu à la mi-décembre. Les spectateurs étaient nombreux et parurent à Roland extrêmement vieux et sévères. Mais lorsque les deux pianistes se levèrent de leur tabouret et restèrent debout devant les deux pianos à queue, des Steinway, les applaudissements pour le Mozart puis pour le Schubert le comblèrent. Miriam l'avait entraîné à faire une révérence. Jamais il n'aurait imaginé que de simples applaudissements pourraient lui procurer une sensation de plaisir si grisante. Deux jours plus tard elle lui montra une critique dans le quotidien local, l'*Eastern Daily Press.*

Un événement authentiquement remarquable, si ce n'est historique. Mlle Cornell a eu la générosité et la clairvoyance d'offrir le premier rôle à son élève. Les jeunes prodiges ne sont pas rares dans la musique classique, mais Roland Baines, quatorze ans, a fait sensation. Je serai fier d'avoir été le premier à lui promettre un grand avenir. Son enseignante et lui nous ont éblouis dans l'exaltante sonate K381 de Mozart. La *Fantaisie* de Schubert est en revanche un chef-d'œuvre, et comme tel bien plus exigeante. C'est l'une des ultimes compositions de Schubert et elle représente un sérieux défi pour tout interprète, quel que soit son âge. Le jeune Roland a non seulement joué sa partition avec une grande maîtrise technique, mais avec une maturité émotionnelle et une finesse à peine crédibles. Je prédis que d'ici dix ans le nom de Roland Baines résonnera dans toute la sphère classique et au-delà. Il est tout bonnement génial. L'auditoire en a eu conscience, il a adoré et applaudi debout. Cette ovation a dû s'entendre d'un bout à l'autre de Market Square.

Au concert de Noël de l'école cinq jours plus tard, Roland eut un moment de panique avant de monter sur scène. Une branche de ses lunettes s'était détachée et ces dernières ne tenaient plus sur son nez. Miriam garda son calme et les répara avec du scotch. Ils jouèrent le morceau mieux que jamais. Ensuite, M. Clare leur dirait avoir été sidéré par la beauté de leur interprétation et avoir eu la gorge nouée par l'émotion pendant le mouvement lent. À la fin, quand élève et professeure se levèrent de leurs pianos sous les acclamations et, main dans la main, saluèrent le public, le jeune garçon menu au profil de souris sortit des coulisses pour offrir à Miriam une rose rouge et à Roland une tablette de chocolat au lait. Ah ! La jeunesse !

DEUXIÈME PARTIE

5

Comment Berlin et la célèbre Alissa Eberhardt étaient-elles entrées dans sa vie ? De temps à autre, lorsqu'il se sentait d'humeur durablement introspective, Roland réfléchissait aux événements et accidents, personnels et mondiaux, minuscules et capitaux qui avaient façonné et déterminé son existence. Son cas n'avait rien de particulier – tous les destins se constituent de la sorte. Rien de tel qu'une guerre pour faire pénétrer de force les événements publics dans la vie privée. Si Hitler n'avait pas envahi la Pologne, déroutant ainsi la division écossaise du soldat Baines de sa mission en Égypte vers le nord de la France, puis vers Dunkerque et les graves blessures aux jambes du soldat, jamais celui-ci n'aurait été déclaré inapte au combat et posté à Aldershot, lieu de sa rencontre avec Rosalind, et Roland n'existerait pas. Si la jeune Jane Farmer avait fait un saut de l'autre côté des Alpes, comme le demandait Cyril Connolly dans sa tentative pour améliorer l'alimentation de la nation après guerre, Alissa n'existerait pas. Banal et merveilleux. Au début des années 1930, si le soldat Baines ne s'était pas mis à l'harmonica, peut-être aurait-il eu moins envie que son fils prenne des leçons de piano pour accroître sa popularité. Ensuite, si Khrouchtchev n'avait pas installé de missiles nucléaires à Cuba et si Kennedy n'avait pas ordonné un blocus naval de l'île, Roland ne serait pas allé à vélo chez Miriam Cornell à Erwarton ce fameux samedi matin, la licorne serait restée enchaînée dans son enclos, et Roland aurait été reçu aux examens lui donnant accès à l'université pour étudier la littérature et les langues. Il n'aurait pas été à la dérive pendant plus d'une décennie, parvenant finalement à chasser Miriam Cornell de ses pensées pour devenir à l'approche de la trentaine un autodidacte passionné. Il n'aurait pas pris de cours de conversation allemande en 1977 à l'institut Goethe de South Kensington avec Alissa Eberhardt. Et Lawrence n'existerait pas.

Roland arriva en retard à son premier cours et la conversation avait déjà commencé. Le groupe comptait cinq autres membres, deux femmes, trois hommes. Ils étaient assis face à elle en demi-cercle sur des chaises pliantes. Elle avait brièvement salué Roland de la tête alors qu'il prenait place. Il avait gardé assez de souvenirs de son allemand de lycée pour s'être inscrit à un cours de niveau intermédiaire inférieur. L'enseignante parlait un anglais parfait. Presque sans accent. Sa méthode était précise, exigeante, avec une pointe d'impatience. Elle veillait à ce que chacun prenne la parole à son tour. Tendue, énergique, elle était d'une pâleur inhabituelle, avec des yeux très sombres non maquillés. Elle avait la curieuse manie de regarder à droite et vers le haut dès qu'elle réfléchissait. Son attitude avait quelque chose de dangereux et d'indiscipliné, décréta Roland. Immédiatement, il se sentit en compétition avec les trois hommes. La conversation portait sur les enfants en vacances. Soudain ses yeux au regard intense et plein d'attente se posèrent sur lui. Il avait écouté distraitement, mais comprit qu'il était censé dire quelque chose comme : « C'est mon tour. »

« *Ich bin dran*, proposa-t-il.

— *Sehr gut. Aber…* », elle jeta un coup d'œil à sa liste de noms, « … Roland, et pour les nouveaux jouets ? »

Ce détail lui avait échappé. Il hésita. Son cœur avait joyeusement bondi au « très bien » de l'enseignante. Il était venu pour apprendre mais voulait afficher ce qu'il savait. Désireux de l'impressionner, de se montrer au-dessus du lot, il procéda avec prudence.

« *Ich bin… an die Reihe mit dem neue Spielzeug.* »

Elle le reprit patiemment, en articulant bien comme pour un simple d'esprit : « *Ich bin an* der *Reihe mit dem* neuen *Spielzeug.*

— Ah. Bien sûr.

— *Genau.*

— *Genau.* »

Elle poursuivit. Les jouets étaient ennuyeux, la journée ensoleillée, les enfants avaient faim, ils aimaient les fruits. Ils aimaient aussi se baigner, surtout sous la pluie. Lorsqu'elle redonna la parole à Roland il fit trois fautes grossières dans la même phrase. Elle les corrigea sèchement et le cours se termina.

Deux semaines plus tard, à la fin du troisième cours, quelqu'un lui demanda dans un allemand approximatif d'en dire un peu plus sur elle. Roland écouta attentivement. Elle parlait lentement à leur intention. Ils apprirent qu'elle avait vingt-neuf ans, qu'elle était née en Bavière d'une mère anglaise et d'un père allemand. Mais elle avait grandi dans le nord du pays, non loin de Hanovre. Elle venait de passer son master de lettres au King's College de

Londres. Elle aimait la randonnée, le cinéma et la cuisine – et autre chose qu'il ne saisit pas. Elle se marierait au printemps suivant. Son fiancé était trompettiste. Le groupe, Roland excepté, approuva dans un murmure. Puis l'une des femmes voulut connaître sa principale ambition. Ils venaient de s'entraîner à prononcer ce mot. *Der Ehrgeiz.* Mlle Eberhardt répondit sans hésitation qu'elle avait pour ambition de devenir la plus grande romancière de sa génération. Elle accompagna cette phrase d'un sourire ironique.

Ses perspectives de mariage simplifiaient les choses. Roland pouvait se concentrer sur sa fascination pour elle et rien d'autre. De plus, il était heureux depuis six mois avec Diana, une étudiante en médecine qui commençait son internat à l'hôpital St Thomas, et dont la famille venait de la Grenade. Un seul inconvénient, ses semaines de soixante heures, parfois plus. Mais elle était adorable, spirituelle, chantait en s'accompagnant à la guitare, voulait se spécialiser en chirurgie de l'œil – et disait qu'elle l'aimait. À certains moments il partageait ses sentiments. Mais elle allait plus loin. Elle insistait pour qu'ils se marient. Ses parents, enseignants tous les deux, également. Ils lui réservaient le meilleur accueil, promettaient de lui montrer un jour l'île magnifique qu'ils avaient quittée. Ils l'invitaient à des fêtes antillaises dans leur maison près de l'Oval Cricket Ground. Les frères et sœurs de Diana, plus jeunes qu'elle, étaient aussi en faveur de ce mariage et le faisaient savoir. Roland souriait, acquiesçait de la tête et entamait l'inévitable désengagement. Encore des « si », donc. Si le colonel Nasser n'avait pas nationalisé le canal de Suez, et si les élites britanniques n'avaient pas été aveuglées par leurs rêves d'empire et déterminées à se réapproprier leur raccourci vers l'Extrême-Orient, alors Roland n'aurait jamais passé une semaine captivante à jouer à la guerre dans un camp militaire. Même si sa frénésie de voyages avait pris fin, l'attrait d'une liberté impossible et le goût de l'aventure lui gâchaient encore le présent où se logent la plupart des satisfactions de l'existence. Il s'agissait d'un état d'esprit. Sa vraie vie, une vie sans limites, était ailleurs. À la fin de son adolescence, puis de vingt ans à presque trente, il avait banni Miriam de ses souvenirs et s'était pris de passion pour le rock. Il avait un temps joué du synthétiseur pour Peter Mount et son groupe. Il enchaînait les petits boulots en Angleterre et les voyages avec ses amis, les trips à la mescaline ou au LSD en altitude – dans les Rocheuses et la chaîne des Cascades, sur la côte Dalmate, dans le désert au sud de Kandahar, dans les Alpes ou la Serra de Tramuntana, ou à Big Sur. Il perdait son temps dans des lieux superbes, s'attardant joyeusement aux portes du paradis face aux couleurs flamboyantes du monde, regrettant toujours le coucher du soleil et la nécessité de rentrer, cette expulsion de l'Éden vers le jour d'après et ses soucis ordinaires.

Malgré toutes ses randonnées idéalistes sur des crêtes spectaculaires, il n'était toujours pas libre. Naomi, une amie qui travaillait dans une librairie et l'avait emmené écouter Robert Lowell à la Poetry Society, accueillit sa décision de mettre fin à leur liaison avec désarroi, puis amertume. Froidement, elle lui dit ses quatre vérités. Il y avait une blessure chez lui, une faille. « Tu n'as jamais pu me dire ce que c'était, mais je sais au moins une chose. Tu seras toujours insatisfait. »

Il voyait ses activités dans le monde réel – ses emplois free-lance en série, ses amis, ses loisirs, son autoéducation

– comme autant de distractions. Il évitait le salariat pour être disponible. Il fallait qu'il reste libre – afin de ne pas l'être. Le seul bonheur, but et paradis digne de ce nom était sexuel. Un rêve irréalisable l'entraînait d'une relation à l'autre. Si ce rêve était une fois devenu réalité, il pouvait, il devait le redevenir. Roland savait qu'au mieux la vie était riche et plurielle, que les obligations étaient inévitables, qu'il était *forcément* impossible de ne vivre que dans et pour une extase protectrice. La nécessité de se le rappeler prouvait son égarement. Mais ce qu'il savait être vrai, il s'attendait aussi à le voir démenti. Il ne pouvait s'en empêcher. C'était une basse continue, un fond sonore, la rengaine de la déception. Diana le décevait, Naomi aussi, et d'autres encore. Son tourment venait de sa conscience d'être excentrique. Voire fou, aussi splendidement fou que Robert Lowell, dont les poèmes finissaient par l'obséder. Plus tard, la parentalité, sa double hélice d'amour et de labeur, aurait dû être une délivrance. Dans le monde réel, il était *forcément* délivré. Des années d'engagement en tant que père l'attendaient, c'était évident. Il n'y avait sans doute plus d'espoir à présent. Or il ne pouvait rayer l'espoir de ses pensées. Ce qu'il avait eu à une époque, il devait l'avoir à nouveau.

Une mosaïque de souvenirs contribuait à la vision semifictive qu'il convoquait souvent : lui, dévalant les petites routes glaciales du Suffolk, slalomant entre les flaques des chemins de terre, dérapant et faisant des embardées dans les virages serrés, jetant son vélo sur la pelouse, longeant le court sentier du jardin en sept pas, frappant à la porte comme s'il battait la mesure – noire, triolet, noire, noire – car Miriam ne lui avait jamais confié une clé. Les contours précis de sa silhouette dans la lumière jaune de la minuscule entrée, la maisonnette lui soufflant sa chaleur au visage. Toujours au cœur de l'hiver, toujours le week-end. Ils ne s'étreignaient pas. Elle le précédait dans l'escalier étroit et raide, l'entraînant vers l'annihilation, la sienne, et celle de Miriam. Puis encore, et après dîner, encore.

À l'école tout allait bien, il jouait au rugby, participait à des cross, faisait l'imbécile avec ses amis, déchiffrait de nouveaux morceaux. Mais certaines tâches – apprendre par cœur, écouter en cours, rédiger le début d'une dissertation, et surtout lire un livre au programme – l'incitaient à rêvasser, à revivre leur dernière rencontre, à fantasmer la suivante. Au milieu d'un paragraphe il bandait à en avoir mal, ce qui le déconcentrait. Tombant sur un mot inconnu, en français ou en allemand, il prenait son dictionnaire. Cinq minutes plus tard il l'avait toujours à la main, sans l'avoir ouvert. À la fin de sa scolarité, il n'avait pas lu plus d'une douzaine de pages des *Trois Aveugles de Compiègne* ou d'*Aus dem Leben eines Taugenichts – Scènes de la vie d'un propre à rien*, titre approprié – et il en était resté aux deux premiers livres du *Paradis perdu*. Il lui fallait parfois une soirée entière pour mémoriser dix mots nouveaux d'allemand. Le plus souvent, il n'essayait même pas. Il recevait des mises en garde de ses enseignants. Neil Clayton, le professeur d'anglais, son plus fervent soutien, l'avait convoqué trois fois en un semestre pour lui rappeler qu'il était intelligent, que les examens approchaient et qu'il ne passerait pas en sixième année s'il ne réussissait pas dans cinq matières au moins.

Roland avait-il des regrets à l'époque, et aurait-il préféré n'avoir jamais pris de leçons de piano, n'avoir jamais entendu parler d'Erwarton ? La question ne l'effleurait pas. C'était son exceptionnelle nouvelle vie. Elle le flattait, il se sentait privilégié et en était fier. Là où ses amis devaient se contenter de rêves et de blagues, il prenait son envol, traversait l'horizon visible puis, au-delà, un autre horizon, invisible, et le suivant. Il croyait avoir accédé à un état de transcendance qu'aucun d'eux ne connaîtrait jamais. Le travail scolaire, il pourrait s'en occuper plus tard. Il croyait être amoureux. Il faisait à Miriam de petits cadeaux : quelques fleurs choisies dans un arrangement floral du grand hall, sa barre chocolatée préférée venant de la boutique de l'internat. Quelque chose de reptilien, d'obsessionnel et d'insatiable, venait de se réveiller chez lui. Si on lui avait dit qu'il était accro au sexe comme d'autres l'étaient à la drogue, il l'aurait volontiers admis. S'il avait une addiction, alors il devait être adulte.

Bien des années plus tard, devenu capable de parler de son adolescence et de son entrée dans l'âge adulte, il faisait une randonnée sur les hauteurs d'un fjord norvégien reculé avec Joe Coppinger, qui travaillait alors dans une association caritative pour l'accès à l'eau potable. Ils marchaient côte à côte sur une ligne de crête, chacun avec un verre de vin à la main selon un agréable rituel établi depuis longtemps.

« Si j'étais venu te demander conseil, à l'époque de ta pratique clinique, tu m'aurais dit quoi ?

— Quelque chose du style : "Tu as envie de faire l'amour nuit et jour ? Comme nous tous. Impossible. C'est le prix à payer pour que l'ordre règne dans les rues. Freud savait ça. Alors grandis un peu !" »

Exact, et ils avaient éclaté de rire. Mais adolescent, Roland avait déjà lu *Malaise dans la civilisation.* Ça ne l'avait pas aidé.

S'il était abîmé par son passé, cela n'apparaissait que de

manière oblique. Il ne suivait pas les femmes dans la rue, ne leur faisait pas de propositions inconvenantes, n'avait pas la main baladeuse avec elles dans le métro – toutes choses grotesquement courantes durant les années 1970. Il n'allait pas dans une fête pour baiser. Fait inhabituel en ce temps-là, il était fidèle pendant chacune de ses liaisons en série. Il nourrissait le rêve d'une monogamie démente, d'un total dévouement mutuel, de la poursuite commune du sublime sur les plans sexuel et émotionnel. Le décor fantasmé de ce rêve semblait emprunté ou convenu : un hôtel à Paris, Madrid ou Rome. Jamais une maisonnette près d'un estuaire du Suffolk au cœur de l'hiver. Le plein été, une circulation automobile paresseuse au-dehors et, filtrant par les volets mi-clos, des rais de lumière d'un blanc éclatant sur le sol carrelé. Également sur le sol, draps et couvertures. Après, la sueur, la fraîcheur de la douche, les appels à la réception pour demander de l'eau avec des glaçons, une collation, du vin. Comme intermèdes, quelques flâneries le long du fleuve, un repas au restaurant pendant que quelqu'un changeait les draps, faisait le ménage, remplaçait les fleurs et les recharges de café. Puis recommencer. Qui était censé payer tout cela ? Ne fallait-il pas aller travailler ? Peu importait. Un rêve de long week-end assez conventionnel. Chez lui l'élément de magie, ou de ridicule, était de vouloir qu'il dure éternellement. Sans fin, ni envie qu'il y en eût une. Enfermés, en proie au désir, mêlant leurs identités, pris au piège de la félicité. Jamais ils ne se lassent, rien ne change dans leur existence monastique, c'est toujours le mois d'août dans la ville à moitié déserte, où ils n'ont que cela : eux deux.

Les premiers jours de chacune de ses liaisons faisaient resurgir la promesse fantomatique d'une telle vie. Le portail du monastère s'entrouvrait de quelques centimètres. Mais très vite, son attitude à lui, son désir devenaient fatigants. Elle l'avait sans doute vue chez d'autres hommes, cette insistance banale pour qu'ils passent plus de temps ensemble qu'elle n'en avait envie. Ses démons à lui ne le lâchaient pas et pour finir il fallait choisir entre deux directions. À moins de suivre les deux à la fois. Elle prendrait ses distances avec lui, surprise, agacée, étouffant peut-être, ou bien lui continuerait sa route, déçu une fois de plus, puis gagné par un remords croissant qu'il tentait de dissimuler.

Le cours d'Alissa Eberhardt à l'institut Goethe comprenait douze séances. Après la dernière il était prêt à se réinscrire mais elle avait disparu. Sans un au revoir, ni au groupe, ni à lui. Il ne la reverrait pas avant quatre ans.

*

Il s'était également inscrit au centre City Lit, encouragé par Daphné à se lancer dans un plan de formation sur cinq ans. Elle avait aidé à son élaboration. Littérature anglaise, philosophie, histoire contemporaine et grammaire française. Lorsqu'il avait pris ses premiers cours à l'institut Goethe, il jouait du piano depuis six mois dans le salon de thé d'un petit hôtel du centre de Londres – de la « musique d'ambiance », comme disait l'assistant du directeur, de vieilles mélodies à succès interprétées en sourdine pour ne pas déranger les conversations paisibles devant un thé Earl Grey et des club-sandwichs. Les horaires lui convenaient – beaucoup de temps libre pour ses listes de lectures. Deux fois une heure et demie, en fin d'après-midi et en début de soirée, sept jours sur sept. Assez bien payé. Au milieu des années 1970, malgré la situation politique troublée, ou à cause d'elle, on pouvait vivre pour pas cher à Londres. Et s'il jouait langoureusement « Misty », quelqu'un venait parfois déposer un billet d'une livre sur le piano. Une Américaine qui l'avait fait ajouta qu'il ressemblait à Clint Eastwood.

Il avait déjà été photographe. Bientôt il quitterait l'hôtel pour devenir, pensait-il, entraîneur en chef d'une chaîne d'écoles de tennis courageusement ouvertes à tous les enfants sans distinction de religion. Le voyage en Irlande du Nord n'avait mené nulle part, d'autres projets à Londres non plus. Il s'était retrouvé moniteur de tennis sur les courts publics de Regent's Park. Ses élèves étaient pour la plupart des adultes débutants. Une importante minorité d'entre eux supportait mal de courir derrière la balle. Réussir à la faire passer deux fois de suite au-dessus du filet était déjà une prouesse. Certains avaient plus de quatre-vingts ans et venaient apprendre quelque chose de nouveau. Vingt heures en leur présence par semaine. Éreintant, de rester aimable et de prodiguer des encouragements toute la journée.

Au bout de deux ans il quitta les courts de tennis. D'après son carnet, il avait lu trois cent trente-huit livres, en prenant des notes. Plus qu'il n'en aurait terminé à l'université. De Platon à Max Weber en passant par David Hume, décrivait-il au début à Daphné. Elle l'avait invité à un dîner fait maison pour fêter sa « magnifique » dissertation sur John Locke. Ce fut une soirée mémorable. Peter, à une réunion de parents d'élèves ce soir-là, était rentré ivre et avait accusé Roland d'essayer de lui prendre Daphné. Pas totalement faux.

Désormais, Roland décrivait autrement ses progrès. De

Robert Herrick à Elizabeth Bishop en passant par George Crabbe. De l'ascension de Sun Yat-sen au pont aérien de Berlin. Il était temps de ranger chaussures de sport et survêtement. Il pouvait lire pendant une heure et demie d'affilée sans retomber dans ses rêveries. La maturité. Il était crédible, son déguisement était en place. Le temps avait fait son œuvre. Il était prêt à devenir un intellectuel, ou du moins un journaliste. Mais c'était difficile. Personne n'avait entendu parler de lui, personne ne lui commanderait d'articles. Enfin, par l'intermédiaire du fils d'un élève rencontré sur les courts, il fut chargé par *Time Out*, l'hebdomadaire recensant les spectacles londoniens, de rendre compte d'une production marginale – du sang, des corps nus, beaucoup de cris. Ce n'était qu'un entrefilet, cent vingt mots flagorneurs qui lui valurent d'autres recensions. Mais en deux mois il se lassa des bus de nuit déserts pour rentrer chez lui depuis Morden ou Ponders End. Il rédigea pour un hebdomadaire d'extrême gauche un bref portrait de la cheffe de l'opposition. Il reçut une lettre polie déclinant un entretien, envoyée par son cabinet mais signée de sa main. Dans son papier empreint de scepticisme, il notait toutefois en conclusion que si Margaret Thatcher devenait Première ministre, ce qu'il commençait à considérer comme inévitable, cela pourrait, éventuellement, faire avancer la cause des femmes. Au moins avait-il fini par se faire remarquer. Des lettres de lectrices indignées occupèrent toute une page de l'édition suivante. C'est une femme, disaient-elles en substance, mais pas notre sœur.

Il était membre du parti travailliste depuis 1970. Lentement, à la suite d'une série de coïncidences, son engagement s'était compliqué. Depuis juin de la même année, 1979, il fréquentait Mireille Lavaud, une journaliste française vivant à Camden. Son père diplomate était en poste à Berlin depuis peu. Mireille voulait lui rendre visite, ainsi qu'à sa belle-mère et à sa jeune demi-sœur, dans leur nouvel appartement et proposait à Roland de l'accompagner. Il hésitait. Les fêlures habituelles n'étaient pas encore apparues, mais Mireille et lui ne se connaissaient que depuis deux mois. Les réticences de Roland l'amusèrent.

« Je ne compte pas te "présenter", si c'est ce que tu penses. On ne séjournera pas chez eux – l'appartement n'est pas assez grand. *Un p'tit dîner, c'est tout !** J'ai des amis à Berlin-Est. Tu disais que tu voulais améliorer ton allemand, *oui ou non**?

— *Ja.* »

Ils louèrent des vélos sur lesquels ils longèrent le Mur pendant deux jours, puis les barrières du périmètre de sécurité isolant Berlin-Ouest de l'Allemagne de l'Est. Vivre à Berlin-Ouest exemptait les jeunes Allemands de service militaire. Les marginaux – poètes, peintres, écrivains, réalisateurs de cinéma et musiciens en herbe, et plus généralement les tenants de la contre-culture – affluaient. La ville semblait déserte, au milieu de nulle part. Loin du centre, on trouvait pour un loyer modique des appartements bourgeois avec de hauts plafonds. Les Américains, souvent mal vus, garantissaient la sécurité et la liberté du secteur occidental face aux ambitions expansionnistes de l'Union soviétique. Mieux valait ignorer le Mur, une honte pour tant d'artistes de gauche. Deux décennies en avaient fait une réalité négligeable. Mireille, qui avait étudié un an à l'Université libre après sa licence, gardait quelques amis à Berlin. Elle emmena Roland les voir. Les soirées étaient propices aux discussions, en allemand, français et anglais, et animées – concerts impromptus dans la salle de séjour, parfois une lecture de poésie.

Un après-midi ils se rendirent à pied depuis leur hôtel près de Friedrichstraße jusqu'à Checkpoint Charlie où ils s'insérèrent dans la file d'attente. Mireille disposait de laissez-passer réservés aux diplomates et à leur famille, mais rien à faire. Il leur fallut une heure et demie pour arriver de l'autre côté. Quand elle montra au garde le sac de café qu'elle apportait, il haussa les épaules. Ils prirent un taxi pour traverser Pankow aux rues calmes et délabrées et se retrouver au pied d'un ensemble d'immeubles de huit étages. Florian et Ruth Heise, des amis de Mireille, vivaient au septième. Le petit appartement était envahi de gens qui les attendaient autour de deux tables en formica poussées l'une contre l'autre. Des acclamations saluèrent l'entrée des Occidentaux. L'air était enfumé. Une demi-douzaine d'enfants entraient et sortaient de la pièce en courant. Plusieurs personnes se levèrent pour offrir leur chaise aux visiteurs. Florian alla à la fenêtre jeter un coup d'œil dans la rue en contrebas pour voir si Mireille et Roland n'avaient pas été suivis. De nouvelles acclamations s'élevèrent quand Mireille sortit son café colombien en grains. Ruth entama un tour de table pour faire les présentations. Stefanie, Heinrich, Christine, Philipp… L'allemand de Roland était moins bon que son français. Il aurait du mal. Il fut soulagé d'être présenté à Dave, de Dundee.

La conversation reprit. On avait demandé à Dave de résumer la situation dans son pays. Philipp joua les interprètes.

« Comme je le disais… en Grande-Bretagne on atteint un stade critique. Chômage de masse, inflation, racisme, et un nouveau gouvernement ouvertement antisocialiste…

— *Gute Idee* », lâcha quelqu'un. Il y eut des rires étouffés.

Dave poursuivit : « Les habitants du Royaume-Uni s'organisent. Ils bougent. Ils regardent de votre côté.

— Merci bien. Pas du mien, répliqua Florian en anglais.

— Sérieusement. Je sais que vous avez vos propres problèmes. Mais objectivement, la RDA est le seul État socialiste au monde vraiment viable. »

Le silence se fit.

Dave ajouta : « Réfléchissez. La vie quotidienne peut vous rendre aveugles à vos réussites. »

Les Berlinois de l'Est, qui avaient tous moins de quarante ans, étaient trop polis pour dire ce qu'ils pensaient. Plus tard, Roland apprit que, trois mois auparavant, une voisine de leur immeuble avait été blessée par balle à une jambe lors d'une tentative d'évasion mal organisée. Elle était dans un hôpital pénitentiaire.

Ce fut Ruth, leur hôtesse, qui sauva la situation. Elle prit la parole en anglais avec un fort accent allemand. « Vous savez ce qu'on dit : faites confiance aux Allemands pour créer le seul État socialiste viable. » Philipp traduisit.

Il y eut des soupirs. La blague avait beaucoup servi. Mais elle détourna l'attention des exhortations de Dave. À moins que… Peut-être à titre de reproche, quelqu'un sortit deux feuillets ronéotypés. Une traduction en allemand, diffusée clandestinement, d'un poème d'Edvard Kocbek, écrivain slovène persécuté par les autorités soviétiques. La première partie évoquait l'alunissage d'Apollo 11, la seconde le souvenir de Jan Palach, l'étudiant qui s'était immolé par le feu sur la place Wenceslas, en 1969, pour protester contre l'invasion soviétique de la Tchécoslovaquie. *Une fusée en feu du nom de Palach / A donné la mesure de l'Histoire / De bas en haut. / Même les lunettes noires ont lu / Le message enfumé.* Tandis que le poème était lu et traduit, Roland observait Dave. Il avait le visage sérieux et convaincu d'un type bien. À la fin, il dit doucement : « Les lunettes noires ? »

Gêné pour lui, Roland s'empressa de répondre : « Celles portées par les agents de la police secrète.

— D'accord, je comprends. »

Roland n'en était pas certain et l'évita le reste de la soirée.

Le moment important survint pendant que Mireille était en grande conversation avec Ruth, quand Florian emmena Roland dans leur chambre. Les enfants se construisaient une tente avec la literie. Après les avoir chassés de la pièce, Florian sortit une valise bon marché rangée sous le lit, qu'il déverrouilla pour montrer sa collection de vinyles. Dylan, le Velvet Underground, les Stones, Grateful Dead, Jefferson Airplane. Roland les passa en revue. Pas si différents des siens. Il demanda ce qui arriverait si les autorités les trouvaient.

« Dans un premier temps, peut-être pas grand-chose. Ils les emporteraient, les vendraient. En revanche ça pourrait figurer dans mon dossier. Ils s'intéresseraient davantage à moi. Pourraient s'en servir contre moi plus tard. Mais on ne les écoute pas fort. » Puis il ajouta d'un air lugubre : « C'est toujours un chrétien évangélique ?

— Dylan ? Il n'en est pas encore sorti. »

Florian, à genoux, remettait la valise à l'abri. « Dans une autre malle, je les ai tous sauf le dernier. Celui avec Mark Knopfler.

— *Slow Train Coming.*

— C'est ça. Et tous les albums du Velvet Underground sauf le troisième. »

Lorsque Florian se releva, enlevant la poussière de ses mains, Roland dit sans réfléchir : « Fais-moi une liste. »

Le jeune Allemand le regarda fixement. « Tu vas revenir ?

— Ça se pourrait. »

Deux mois plus tard, après un café à l'Adler, il patientait dans la file d'attente de Checkpoint Charlie pour retourner à Berlin-Est. Dans son sac de voyage, deux trente-trois-tours prêts pour l'inspection. *Slow Train Coming* et le troisième album du Velvet Underground, sous un déguisement. Les pochettes étaient authentiques et d'occasion – Barshaï dirigeant les symphonies de Chostakovitch – mais Roland n'avait pu décoller les étiquettes des vinyles neufs. À la place, il les avait barbouillées et vieillies. Également dans son sac, une édition de poche de *La Ferme des animaux*, en anglais et avec une fausse couverture, celle des *Temps difficiles* de Dickens. Tant de précautions n'étaient pas nécessaires. Il avait posé la question autour de lui. Successivement, deux journalistes connaissant Berlin lui avaient assuré qu'il était assez facile de faire entrer des livres et des disques. Au pire, ils seraient confisqués, ou bien on renverrait Roland en lui demandant de revenir sans. Mieux valait ne pas emporter de livres en allemand, lui avait-on dit. Ses fausses pochettes de trente-trois-tours ne servaient à rien.

Il aurait dû se détendre alors que la file d'attente progressait lentement. Mais une vision lui revenait au rythme des battements de son cœur. À Londres, le soir avant son départ, Mireille était venue chez lui et ils s'étaient disputés. Il commençait à penser qu'elle avait raison. Il n'y avait que quatre personnes devant lui. Mais il ne quittait pas la file.

Il avait préparé le dîner pour deux. Avant de se mettre à table, il lui avait montré le livre et les disques interdits.

« Orwell ? De la folie ! S'ils te laissent passer ce sera pour te suivre jusque là-bas.

— Je serai à pied. Je vérifierai sans arrêt.

— Tu as leur adresse ?

— Je la connais par cœur. »

Elle avait sorti l'un des disques. La poussière qu'il avait saupoudrée sur les sillons ne l'impressionna pas.

« Sept morceaux sur chaque face ! Tu crois que ça ressemble à une symphonie de Chostakovitch ?

— Ça suffit. Mangeons.

— Que vas-tu dire ? Que la RDA a besoin de découvrir Chostakovitch ?

— Mireille, j'ai parlé à des gens qui ont traversé plusieurs dizaines de fois la frontière avec des livres.

— Moi aussi j'ai vécu là-bas. Ils peuvent t'arrêter.

— Je m'en moque. »

Il était irritable, mais elle maîtrisait supérieurement la fureur à la française. Si seulement elle n'avait pas eu un anglais si précis. En s'avançant pour se présenter devant le garde-frontière il entendait encore sa voix.

« Tu fais courir un risque à mes amis.

— Absurde.

— Ils pourraient perdre leur emploi.

— Assieds-toi. J'ai fait un ragoût.

— Tout ça uniquement pour pouvoir te sentir vertueux. Et dire à tout le monde que toi tu *fais* quelque chose. » Elle s'était levée d'un bond, sortait de la pièce, de l'appartement, le rouge aux joues, splendide. « *Quelle connerie !** »

Le garde prit son passeport ouvert. Il avait à peu près l'âge de Roland, de Florian et de Ruth, une trentaine d'années. Son uniforme semblait trop petit et de piètre qualité, un faux-semblant, comme l'air sévère exigé par sa fonction. Un membre du chœur d'un opéra médiocre en costume moderne. Roland attendit et l'observa. Visage long et pâle, avec un grain de beauté sur une pommette, des lèvres minces et délicates. Il s'interrogea sur l'abîme, le mur entre lui et cet homme qui, sous un autre régime, aurait pu être un partenaire de tennis, un voisin, un lointain cousin. Ils étaient séparés par un immense réseau invisible – aux origines presque tombées dans l'oubli – fait d'inventions et de croyances, de défaites militaires, de périodes d'occupation et d'accidents de l'histoire. Son passeport lui fut restitué. Il y eut un mouvement de tête en direction de son sac de voyage. Roland l'ouvrit. Maintenant qu'il était là il ne ressentait pas grand-chose. Ce qui pouvait arriver le laissait froid. Détention et privation de sommeil à Hohenschönhausen, la prison de la Stasi. D'après la rumeur on y pratiquait le supplice chinois de l'eau. Et il y avait une cellule circulaire aux murs recouverts de caoutchouc noir et maintenue dans une obscurité totale à des fins de désorientation. *Je m'en moque.* Le garde souleva les deux albums, les remit, prit *Les Temps difficiles* et quelques chaussettes enroulées l'une dans l'autre, laissa retomber le tout dans le sac, sortit une bouteille de valpolicella et la reposa doucement. Puis il fit signe à Roland de passer. Celui-ci, refermant son sac, résista par sens de l'honneur à l'envie de le remercier. Ensuite, trop tard, il le regretta.

Donc, si Mireille avait raison, on le filait. Il n'y croyait pas, mais ne pouvait se débarrasser de sa voix. Elle le poursuivit le long des petites rues tranquilles, à chaque demi-tour maladroit où il péchait par excès de dramatisation. S'il redouta un temps d'avoir confondu deux rues et de s'être perdu, il y avait toujours par intermittence sur sa gauche le Mur blafard sans inscriptions. Enfin, il se retrouva dans Unter den Linden et prit un taxi pour Pankow.

L'accueil fut d'autant plus festif que Florian et Ruth ne l'attendaient pas. Des voisins passèrent, apportant avec eux les ingrédients d'un dîner à la fortune du pot. Ils burent le vin offert par Roland et pas seulement, écoutèrent plusieurs fois l'album du Velvet Underground en montant sans complexe le volume. « Tellement différent, celui-là, répétait Florian. Et tellement proche ! » Jusque tard dans la soirée l'assemblée voulut entendre et réentendre Moe Tucker chanter « After Hours ». « C'est si beau quand elle chante faux », dit quelqu'un. Finalement, tout le monde étant ivre, ils reprirent en chœur « Pale Blue Eyes » : *If I could make the world as pure...* Ils avaient déjà retenu les paroles. Bras dessus bras dessous, ils entonnèrent à pleine gorge le refrain – *linger on... your pale blue eyes* – et le transformèrent en une ode à la joie.

Au total il fit neuf voyages en quinze mois entre 80 et 81. Mireille s'était trompée, il n'y eut jamais aucun danger. Ses missions n'avaient pas le sérieux ni le panache de celles de la Jan Hus Educational Foundation en Tchécoslovaquie. Il se contentait de faire les courses pour ses nouveaux amis. Lors du deuxième voyage, enhardi, il emporta les disques des symphonies de Chostakovitch à l'intérieur des pochettes des nouveaux albums de Florian. Celui-ci était impatient de les glisser dans leurs véritables pochettes. Ensuite il s'en tint à des livres – la liste habituelle. Aucune traduction en allemand. *Le Zéro et l'Infini*, *La Pensée captive*, *Brisure à senestre* et, plusieurs fois, *1984*. Il restait souvent plus d'une nuit et dormait sur le canapé en plastique noir. Il s'était lié d'amitié avec les enfants, Hanna, cinq ans, et sa sœur Charlotte, sept ans. Elles se faisaient une joie de corriger son allemand. C'étaient des petites filles joueuses qui aimaient se confier. Il adorait que, lui recouvrant l'oreille de la main, elles lui chuchotent d'une voix rugissante *ein erstaunliches Geheimnis* – un secret incroyable. Assises côte à côte sur le canapé, elles se donnaient mutuellement des cours de langues vivantes. Il leur rapportait de Londres des livres illustrés captivants, non didactiques.

Leur mère enseignait les mathématiques dans un *Gymnasium.* Florian était petit fonctionnaire dans un ministère chargé de la planification agricole. Il avait perdu toute chance de promotion pour avoir joué, du temps où il était étudiant de deuxième année en médecine, dans une pièce issue du théâtre de l'absurde et qui avait fait du bruit. L'après-midi, Marie, l'*oma* des fillettes, allait les chercher à l'école et s'occupait d'elles dans l'appartement jusqu'au retour d'un de leurs parents. À l'occasion, quand Marie avait un rendez-vous à l'hôpital, c'était Roland qui la remplaçait. Le reste du temps, il se promenait dans la ville, fréquentait les musées, faisait des achats pour le dîner ou bien, resté seul dans l'appartement, il lisait ou relisait les livres qu'il avait apportés. Ruth lui apprit qu'une femme de leur connaissance rendait illégalement service à la communauté en traduisant rapidement de l'anglais vers l'allemand des textes ensuite diffusés sous le manteau. Elle écrivait à la main. D'autres dactylographiaient ses traductions. Une machine à écrire était cachée quelque part, hors des appartements des gens concernés. Avant de le faire circuler, Florian laissa un jour Roland jeter un coup d'œil à un exemplaire ronéotypé, maculé de traces de doigts, de *La Ferme des animaux* d'Orwell.

C'était l'autre monde de Roland, aussi différent de son existence londonienne qu'une planète lointaine. Il trouvait la vie de Ruth et de Florian difficile à décrire. Des tracas financiers, de nombreuses contraintes, de la méfiance plus que de la peur, mais un foyer chaleureux, et un sens exalté de l'amitié et de la loyauté. Dès que tu avais des enfants, lui expliquait Ruth, tu étais prisonnier du système. Un écart des parents, une critique irréfléchie, et les enfants risquaient de se voir interdire l'accès à l'université ou à une carrière digne de ce nom. Une de leurs amies, mère célibataire, avait fait des demandes de visa répétées – n'écoutant aucune mise en garde. Résultat : l'État avait menacé de lui retirer son fils, un adolescent timide de treize ans, pour le placer à l'Assistance publique, institution réputée pour sa brutalité. Cette mère n'avait jamais refait de demande de visa. Ruth et Florian se tenaient donc « à carreau ». Oui, il y avait la musique et les livres, mais c'était un risque tolérable et nécessaire. Ruth veillait, disait-elle, à ce que son mari ait les cheveux coupés court, malgré ses protestations. Un look vaguement hippie – celui d'un « dissident normal », selon les termes officiels – pouvait attirer l'attention. Si le rapport d'un informateur laissait entendre que Florian avait « un mode de vie asocial », appartenait à « un groupe négativiste » ou était en proie à « l'égocentrisme », les ennuis commenceraient. Il en avait eu suffisamment. Il avait mis longtemps à se résoudre au fait qu'il ne deviendrait jamais médecin.

Les soirées avec le cercle de Mireille à Berlin-Ouest finissaient par sembler frivoles. On ne demandait jamais à quiconque de rendre compte de la « situation » dans son pays. Ça aurait cassé l'ambiance. Les bourgeois bohèmes de Berlin-Ouest se déclaraient opprimés par le système, mais celui-là leur offrait la liberté de penser, dire et écrire ce qu'ils voulaient, d'écouter leurs musiques préférées, de créer toute forme de poème. Eux auraient parlé de « tolérance répressive ». Lors des réunions chez Florian et Ruth au septième étage d'un immeuble miteux, le système était un ennemi actif. Évaluer sa puissance, discuter des moyens de survivre en son sein sans devenir fou ni se laisser broyer était monnaie courante dans leurs conversations passionnées, profondes, sincères. Et drôles. Il fallait combattre les hypocrisies de l'État, et ses intrusions monstrueuses, par l'humour le plus noir. Que les choses soient pires ailleurs, dans certains pays du pacte de Varsovie, était une consolation ironique.

Chaque retour de Berlin suscitait d'âpres confrontations à Londres. Roland se disputait trop souvent avec ses amis et l'aile gauche du parti travailliste. Il était dans une position gênante. Membre actif, il avait distribué des tracts et fait du porte-à-porte pour Harold Wilson en 70 et en 74, emprunté une voiture afin d'emmener les personnes âgées et invalides voter pour James Callaghan au printemps 79. Cette fois, à peine rentré de Berlin, il alla aux réunions locales du parti. Au cours d'une discussion il évoqua les atteintes grossières à la liberté d'expression en RDA et, par ouï-dire, les violations des droits de l'homme dans tout l'empire soviétique. Il rappela à l'auditoire présent le « traitement » psychiatrique infligé aux dissidents russes. Il se fit huer et siffler. « Et le Viêtnam ! » lui criat-on. Il y eut plusieurs soirées de débats acharnés. Un couple qu'il connaissait depuis des années vint dîner chez lui. Il habitait Brixton à l'époque. Mari et femme étaient restés membres du parti communiste britannique par fidélité au passé. Après deux heures de dispute sur l'invasion de la Tchécoslovaquie (ils insistaient sur le fait que la classe ouvrière tchécoslovaque avait « supplié » les forces soviétiques d'intervenir), il leur demanda avec lassitude de partir. En fait, il les jeta dehors. Ils laissèrent derrière eux une bouteille de vin hongrois non débouchée, du Bull's Blood, et l'idée de le boire lui fut insupportable.

Les amis n'appartenant à aucun parti n'étaient pas plus compréhensifs. Mais comment les atrocités commises au Viêtnam peuvent-elles rendre le communisme soviétique plus sympathique ? répétait-il. La réponse était claire. Dans le monde bipolaire de la Guerre froide, le communisme était un moindre mal. L'attaquer signifiait soutenir les sinistres projets du capitalisme et de l'impérialisme américains. « Casser les oreilles » de tout le monde avec les atteintes aux droits de l'homme à Budapest et à Varsovie, rappeler les procès à grand spectacle à Moscou ou la famine imposée aux Ukrainiens signifiait qu'il se « rangeait » dans le camp des infréquentables de la politique, avec la CIA et, en fin de compte, avec les fascistes.

« Tu glisses à droite, lui dit un ami. Ça doit être l'âge. »

Roland trouva un temps refuge dans un petit groupe d'« intellectuels de la classe moyenne » au sein du parti travailliste, qui soutenait l'opposition démocratique en Europe de l'Est. Il écrivit deux articles pour leur revue, *Labour Focus*, assista aux conférences de l'historien E.P. Thompson et adhéra à l'European Nuclear Disarmament. Ce mouvement faisait campagne contre le projet des deux superpuissances d'installer un nombre limité d'armes nucléaires en Europe, à l'Est et à l'Ouest. L'Europe était censée devenir le théâtre d'une guerre nucléaire par procuration.

Un après-midi Roland reçut un coup de fil de Mireille et tout bascula. Ils n'étaient alors plus amants mais restaient proches. Elle parla d'une voix éteinte. Son père avait appelé de Berlin pour la prévenir. Un mois et demi plus tôt, des agents de la Stasi s'étaient rendus sur le lieu de travail de Florian et l'avaient arrêté à son bureau. Un collègue du ministère de l'Agriculture s'était plaint d'une remarque de sa part. Quatre jours plus tard ils avaient emmené Ruth. Sous les yeux terrifiés des deux petites filles, ils avaient fouillé et saccagé l'appartement. Ils n'avaient rien trouvé de compromettant, bien qu'ils aient emporté la collection de disques. Hanna et Charlotte avaient été confiées à leur grand-mère, Marie. Elle avait tenté en vain de découvrir où Florian et Ruth étaient détenus. Elle n'osait pousser trop loin ses recherches. Mais maintenant – la voix de Mireille se brisa et Roland dut patienter – les fillettes avaient peut-être été transférées à l'Institut pour la protection de la jeunesse de Ludwigsfelde. Un tribunal aurait jugé les parents « incapables d'élever leurs enfants pour en faire des citoyens responsables ». Hanna et Charlotte devaient être placées en foyer d'accueil. Pire, elles risquaient d'être séparées. M. Lavaud, le père de Mireille, s'était dit un peu sceptique et allait se renseigner.

Roland se débrouilla pour aller à Berlin le lendemain. C'était cela ou rester à se morfondre chez lui. En partant pour Heathrow il s'arrêta à sa banque et plaida sa cause afin d'obtenir un modeste découvert. À Berlin il prit le bus et traversa la frontière à Checkpoint Charlie. Cette fois, le garde qui inspecta son sac était le tortionnaire de ses amis. Il le détesta. Quand il appuya sur le bouton de sonnette familier de l'appartement de Pankow, une jeune femme très maquillée et tenant un bébé sur sa hanche lui ouvrit. Elle fut aimable mais assura ne pas connaître de Heise. Derrière elle, il aperçut les meubles de Ruth et de Florian.

Leurs vies avaient été vidées de leur contenu, leurs biens attribués à d'autres.

Il fallait dix minutes pour aller à pied chez Marie, un immeuble de six étages datant d'avant la guerre. Personne ne vint lui ouvrir. En redescendant l'escalier, il croisa une voisine qui montait. Elle lui apprit que Marie était à l'hôpital, mais qu'elle ignorait lequel.

Il n'avait pas envie de quitter ce quartier, de renoncer à retrouver cette famille. Il n'eut pas le choix. La pénombre et le silence étouffants de Berlin-Est envahissaient peu à peu les immeubles autour de lui. Il prit un bus vers le centre et descendit sur un coup de tête à Prenzlauer Berg. Il bouillait intérieurement, avait son col de chemise trempé, se fichait de ce qui pouvait lui arriver, d'où la vitesse à laquelle il fit à pied les vingt minutes de trajet jusqu'au ministère de la Sécurité d'État dans Normannenstraße. Sans surprise, il se fit refouler par les gardes armés à la porte.

De retour à Berlin-Ouest il mangea dans la rue : saucisse, concombre mariné et pommes de terre dans une barquette en carton. Inutile d'appeler M. Lavaud pour en savoir plus. Mireille avait dit que son père était à Paris pour la semaine. Après quelques hésitations, Roland prit la chambre la moins chère possible, à son hôtel habituel près de Friedrichstraße. Grande comme un placard à balais, avec un haut plafond et un œil-de-bœuf en guise de fenêtre. Il ne dormit pas plus d'une heure cette nuit-là. Il gémissait au souvenir de la gentillesse et de l'inventivité de Hanna et de Charlotte, désormais si vulnérables, si désorientées et isolées, arrachées à leur monde clos et affectueux, abandonnées à un régime incompréhensible. Il gémissait à la pensée de leurs parents, chacun dans sa cellule, torturés par le désespoir et l'inquiétude pour leurs filles et pour eux-mêmes. Il se dégoûtait. Les livres et les disques qu'il avait apportés avaient dû faciliter la tâche de l'État. Sa tentative complaisante pour se sentir vertueux... Mireille avait raison. Il aurait dû l'écouter. Et s'efforcer d'échapper à ses propres démons. Quant à sa démarche absurde plus tôt dans la journée : un déplacement pour rien. Pensait-il qu'Erich Mielke, le redouté ministre de la Sécurité de l'État, le recevrait dans son bureau, téléphonerait à la prison et à l'orphelinat, et réunirait cette famille pour les beaux yeux d'un certain Herr Baines, Occidental insignifiant qui essayait de se racheter ?

Il retourna pourtant dans Normannenstraße le lendemain matin. Cette fois d'autres gardes le congédièrent avec une explication laconique. Il n'avait ni lettre ni rendez-vous, et n'était pas citoyen allemand. Il alla sur la place au coin de la rue pour ne plus voir ce bâtiment. Il avait besoin de réfléchir. Il lui restait un dernier projet absurde : se rendre à l'Institut pour la protection de la jeunesse. Or il avait appris à son hôtel ce matin-là que Ludwigsfelde n'était pas comme il le pensait un district de Berlin, mais une ville distincte plus au sud. Il lui faudrait un visa pour y aller. Il avait épuisé toutes ses options. Il retourna à Checkpoint Charlie, mangea un sandwich au Café Adler, puis prit un bus pour l'aéroport.

De retour chez lui, il écrivit plusieurs lettres. Il devait s'empêcher de sombrer. Il avait perdu le sommeil. Le matin il restait assis au bord de son lit, hébété, à moitié vêtu, ne pensant à rien. Ou du moins essayant. Il ne voyait plus Mireille. Elle le tenait sûrement pour responsable, même si elle ne l'avait accusé de rien. Il envoya ses lettres sur le cas de la famille Heise à Amnesty International, au ministre des Affaires étrangères, à l'ambassadeur de Grande-Bretagne à Berlin-Est, à la Croix-Rouge internationale. Il en écrivit même une destinée personnellement à Erich Mielke, implorant la clémence pour cette famille. N'hésitant pas à mentir, il évoqua les fréquentes déclarations d'amour de Florian et de Ruth pour leur pays et pour le Parti. Il décrivit dans un article qu'il soumit au *New Statesman* le sort réservé aux Heise. Là comme ailleurs, l'article fut refusé. Le *Daily Telegraph* le publia finalement dans un format réduit. Roland rendit sa carte du parti travailliste. Il évitait les amis avec lesquels il s'était disputé. Il se sentait même incapable d'affronter les gens de la revue *Labour Focus*. Un soir où il tentait de s'abrutir devant la télévision, il eut la malchance de tomber sur un documentaire de la BBC visant à prouver que la RDA était désormais devant la Grande-Bretagne pour la qualité de vie. Aucune allusion aux deux cent mille prisonniers politiques – selon une estimation d'Amnesty International.

Mireille le rappela un mois plus tard avec du nouveau. Son père avait un contact au ministère de la Justice qui lui avait communiqué quelques informations. Ce n'étaient que des bribes, précisa-t-elle. Le seul crime de Florian avait été d'écrire pour une publication interdite. Son intérêt passé pour le théâtre de l'absurde avait joué en sa défaveur. Quant à Ruth, son crime à elle était de n'avoir pas dénoncé son mari, alors qu'elle avait lu l'article en question. La bonne nouvelle, peut-être, était qu'il ne traitait pas de politique, ne contenait aucune critique contre le Parti. Il portait sur Andy Warhol et la scène musicale new-yorkaise. Mais officiellement on ne savait rien du sort des fillettes.

Florian n'avait donc pas été arrêté pour la possession de certains trente-trois-tours ou de certains livres. Au téléphone, Roland cacha son soulagement. Deux semaines plus tard Mireille le rappela, folle de joie d'apporter d'autres bonnes nouvelles. La peine de prison n'était que de deux mois, ils étaient déjà sortis, et ils avaient retrouvé Hanna et Charlotte ! Elles n'avaient pas été placées. Quand leur grand-mère avait été hospitalisée, une tante les avait accueillies dans la ville voisine de Rüdersdorf. Après tout, avait dit le père de Mireille, on n'était ni en Tchécoslovaquie ni en Pologne. Menacer les dissidents de leur retirer leurs enfants était une pratique courante en RDA, mais ces derniers temps la menace n'était jamais mise à exécution. À l'autre bout du fil Mireille avait fondu en larmes. Roland, la gorge nouée, était incapable de parler. Quand ils eurent tous deux retrouvé leur calme, Mireille lui raconta la suite. Les Heise n'avaient plus le droit d'habiter Berlin ou ses environs. Ils étaient assignés à résidence dans la ville de Schwedt au nord-est du pays, près de la frontière polonaise, le plus loin possible de l'Occident dépravé.

« "Chouette" ? »

Elle lui épela le nom.

Il était interdit à Ruth d'enseigner. Elle faisait des ménages. Florian travaillait dans une usine de pâte à papier. Ils devaient rencontrer chaque mois un responsable local du Parti pour lui rendre compte de leurs activités. Mais..., se répétaient Mireille et Roland, au moins étaient-ils sortis de prison. M. Lavaud était allé deux ans plus tôt dans la ville en question, lorsqu'un car plein de touristes français était tombé dans le fleuve. Schwedt était une poubelle à ciel ouvert. Un gigantesque complexe de raffinage du pétrole extrait en Russie, des usines de pâte à papier, un air pollué, des *Plattenbau* – immeubles d'habitation en panneaux préfabriqués. Mais… au moins Florian et Ruth seraient-ils avec leurs filles. Ils pourraient les aimer et les protéger. Hanna et Charlotte n'auraient pas droit à des études supérieures. Mais ce n'était pas le plus important. Les Heise seraient ensemble. La Stasi locale et les informateurs du voisinage les auraient à l'œil. Mais la famille était réunie.

Avant de raccrocher, ayant épuisé tous les sujets, Mireille et Roland s'accordèrent sur un point : l'État restait le geôlier de la famille. Ce qui n'était pas une bonne chose. Mais c'était un moindre mal. Après, Roland consulta son encyclopédie en quatre volumes. Aucune entrée au nom de Schwedt. Il trouva la ville dans son atlas et fixa le minuscule cercle noir jusqu'à ce qu'il se brouille sous ses yeux. En vingt-cinq minutes de conversation, pensa-t-il, Mireille et lui avaient fait le tour de la morale dominante en République démocratique allemande à travers l'itinéraire d'une seule famille. De la catastrophe à la simple désolation. *Schwedt.*

Ce changement d'humeur fut responsable d'une décision mineure qui transformerait sa vie et marquerait le début d'une autre. Le lendemain matin, pour se remonter le moral – il buvait un café à Brixton dans son « studio », nouveau mot en vogue pour dire une « chambre » –, il concentra ses réflexions sur les deux petites filles. Délivrées de l'enfer. Dans l'immédiat, elles se sentiraient en sécurité. Elles s'inquiéteraient moins que leurs parents de la petitesse de leur nouveau logis, de la laideur de leur cadre de vie. Si les autorités l'y autorisaient, leur grand-mère leur rendrait peut-être visite. Lui-même pourrait éventuellement leur envoyer quelques albums pour la jeunesse en couleur. Charlotte et Hanna pouvaient à nouveau profiter l'une de l'autre. Les blessures pouvaient commencer à cicatriser. Il leva les yeux et vit par hasard devant lui sur la table le magazine *Time Out* ouvert, avec une publicité d'une demi-page pour un concert. Bob Dylan à Earl's Court. S'y rendre, décida-t-il, serait un hommage aux parents de Hanna et Charlotte. Un acte symbolique de solidarité. Comme s'il emmenait Florian et Ruth avec lui. Et il n'avait pas vu Dylan sur scène depuis le concert de l'île de Wight en 69.

Il passa une matinée entière à Leicester Square dans une file d'attente devant la boutique d'un revendeur de billets et il eut la chance d'en obtenir deux. Des amis lui avaient dit un an plus tôt, lors de la mise en vente des billets, que des gens avaient passé la nuit dans un duvet sur le trottoir devant Chappell's à Bond Street. La fanfare de l'Armée du salut donnant son concert du dimanche les avait réveillés.

Il proposa à Mick Silver, un vieux copain critique de rock, photographe et fan de Dylan, de l'accompagner. En cette soirée de la fin juin 1981, ils n'auraient pu être physiquement plus loin de la scène. Suivant la suggestion de Mick, ils avaient acheté des jumelles. Avant le début du concert, Roland découvrit deux rangées d'adeptes du mouvement évangélique Jesus Army assis devant lui. Encore une armée. Il n'était pas venu pour entendre parler de Jésus et les choses se présentaient mal : Dylan ouvrit le concert par la chanson « Gotta Serve Somebody ». Et toi, tu sers qui ? Et moi ? se demandait Roland. Les adeptes opinaient du chef en cadence. Ce fut pire avec le titre suivant, « I Believe in You ». Et puis tout s'améliora brusquement. Dylan reprit de vieilles chansons, joyeuses, amères, certaines avec des intonations nasillardes, blessées et sarcastiques. « Like a Rolling Stone », « Maggie's Farm ». Il s'emparait des anciennes lignes mélodiques, autrefois belles, les malmenait jusqu'à ce qu'il ne reste que les progressions harmoniques. Il voulait être là où personne ne l'attendait. Les chrétiens évangéliques n'opinaient plus du chef. Mick aussi était immobile, les yeux fermés, attentif. Les premières mesures de « Simple Twist of Fate » allèrent droit au cœur de Roland, l'entraînant dans une rêverie – encore la famille Heise, Florian cette fois, privé de son cercle d'amateurs de littérature et de musique, de son inoffensive collection de disques sous son lit, de ses rêves d'évasion, de sa vision romantique de New York – le tout voué à être enterré sous une vie de labeur. *A simple twist of fate,* un simple coup du sort, que d'être né en RDA. Si seulement Florian avait pu être téléporté à ce concert, rien que pour une heure.

Après les applaudissements prolongés du troisième rappel, après que tout espoir d'un quatrième se fut envolé, Roland et Mick quittèrent lentement la salle de spectacle dans une longue file de gens radieux. Dehors, la foule commençait à se disperser, et ils marchèrent à une allure normale vers le métro. Mick évoquait le concert de juin 78, comparant les guitares de Billy Cross et de Fred Tackett. Soudain une silhouette surgit devant eux. Il leur fallut quelques instants pour comprendre à qui ils avaient affaire. Une vingtaine d'années, filiforme, le visage rose vif, un blouson de cuir. Peut-être voulait-il de l'argent. Il renversa la tête en arrière, comme pour faire une déclaration, et Mick reçut un coup de boule en plein visage. Brusquement et sans un bruit. Alors qu'il chancelait, Roland le retint par le coude. L'homme jeta un coup d'œil sur sa gauche, sans doute pour vérifier que son geste avait été vu par des copains. Puis il disparut en courant dans la foule. Roland aida Mick à s'asseoir par terre, et ils restèrent ainsi tandis que Mick palpait son visage. Des gens faisaient cercle autour d'eux.

« Vous avez perdu connaissance ? »

La réponse fut à peine audible. « Une fraction de seconde.

— Allons aux urgences.

— Non. »

Ils entendirent une voix de femme. « J'ai tout vu. Le malheureux. C'était épouvantable. »

Cet accent allemand hésitant, Roland le connaissait. Dans sa confusion, il pensa à Ruth téléportée elle aussi devant lui. Il leva les yeux et aperçut le visage parmi une demi-douzaine d'autres qui scrutaient celui de Mick avec inquiétude. Il mit un moment à retrouver la mémoire. La professeure de conversation allemande de l'institut Goethe. Impossible de se souvenir de son nom. Cela faisait quatre ans, après tout. Mais elle se souvenait du sien.

« Monsieur Baines ! »

Les passants bien intentionnés avaient repris leur chemin. Mick était grand, fort, et stoïque. En quelques minutes il fut sur pied et murmura : « Je n'avais pas trop besoin de ça. » Il était sûr de ne pas avoir le nez cassé. Quand Roland lui demanda le nom du Premier ministre il répondit aussitôt : « Spencer Perceval. »

Celui qui avait été assassiné en 1812. Mick n'avait donc pas perdu son sens de l'humour. Roland le présenta à l'Allemande, qui donna charitablement son nom. Pendant qu'ils allaient vers le métro, Alissa leur présenta à son tour Karl, son ami suédois. Elle expliqua qu'elle travaillait comme assistante d'enseignement à Holland Park School. Les élèves étaient formidables. Mais le quartier connaissait

« chaque jour une nouvelle émeute. On n'a pas ça en Allemagne. Ni même d'émeutes joyeuses ».

« Et votre roman ? »

Elle fut ravie. « Il devient de plus en plus long. Mais ça avance ! »

Karl, près de deux mètres, catogan blond, bronzage cuivré, était moniteur de voile à Stockholm. Roland apprit à Alissa qu'il était journaliste free-lance. Il ne précisa pas qu'il envisageait une nouvelle vie comme poète. En pareille compagnie, moniteur de tennis aurait fait meilleure impression. À la station ils découvrirent qu'ils se dirigeaient vers des quais différents. Alissa et lui échangèrent machinalement leurs numéros de téléphone et leurs adresses dans le hall près des distributeurs de tickets. Curieusement, elle l'embrassa sur les deux joues en guise d'au revoir. Alors qu'ils regardaient le couple s'éloigner, Mick déclara qu'il ne donnait pas cher des chances de Roland contre le Suédois.

Bien vu. Durant quelques semaines elle occupa de temps à autre ses pensées. Ce pâle visage rond, ces yeux immenses qui lui avaient paru cette fois d'un noir presque violet, ce corps tendu qui semblait lutter pour contenir une irrépressible impatience. Ou de la malice. Le fiancé trompettiste avait été remplacé par le moniteur de voile. Et sûrement par d'autres. Roland se remémora combien il avait été fasciné. Ensuite, jusqu'à ce que cette rencontre à Earl's Court finisse par s'estomper, Alissa lui traversa parfois l'esprit, et puis il l'oublia entièrement.

*

Deux années s'écoulèrent, la guerre des Malouines fut menée et gagnée ; quelque part, à l'insu de la plupart des gens, les fondations d'internet furent posées ; Mme Thatcher et son parti obtinrent une majorité de cent quarante-quatre sièges au Parlement. Roland eut trente-cinq ans. L'un de ses poèmes fut publié dans la *Wisconsin Review*, et il gagnait correctement sa vie en écrivant des articles pour les magazines gratuits des compagnies aériennes. Il poursuivait patiemment sa vie de monogame en série. Intérieurement il faisait toujours une fixation sur une autre vie dont il savait qu'elle ne serait jamais la sienne.

Quand, finalement, une version de cette vie se présenta, rien ne fut exigé de lui, aucun stratagème, aucun effort. La déesse du bonheur fit un geste de la main, la porte du monastère s'ouvrit tout grand. La sonnette de son chez-lui à Brixton tinta un samedi en fin de matinée – on était début septembre et il faisait chaud. Il avait mis une cassette du J. Geils Band très fort. Il venait de ranger pendant une heure sa grande chambre avec salle de bains située au deuxième étage. Il descendit pieds nus, et c'était elle, dans la lumière éblouissante du soleil, souriante. Jean moulant, tee-shirt blanc, sandales. Elle avait un sac de courses en toile à la main.

Cette fois il ne lui fallut que deux ou trois secondes.

« Alissa !

— Je passais. J'ai encore votre adresse, alors… »

Il lui tint la porte, elle monta, il lui fit un café. Elle était allée acheter à manger au marché de Brixton.

« Pas très germanique.

— En fait, je suis longtemps restée devant un plat de pieds de porc. Très allemand. J'étais tentée. »

Une demi-heure durant ils parlèrent de leur travail, de leur situation. Ils comparèrent leur loyer. Il n'oublia pas de la questionner sur son roman. Toujours en chantier.

Toujours plus long. Deux jours auparavant un deuxième poème avait été accepté par la *Dundee Review.* Il garda cette nouvelle pour lui, mais se sentait encore ragaillardi.

Pendant un silence il demanda : « Dites-moi vraiment. Pourquoi avoir fait tout ce chemin depuis Kentish Town ?

— Quand je suis tombée sur vous l'an dernier…

— L'année d'avant.

— Vous avez raison… J'ai eu l'impression que vous vous intéressiez à moi. »

Leurs regards se croisèrent, elle inclina légèrement la tête et esquissa un sourire. La balle était dans le camp de Roland.

« Vous étiez avec votre marin.

— Oui. Ça n'a pas… Une triste histoire.

— Désolé. Quand est-ce que…

— Il y a trois mois. Peu importe. Me voici. » Elle se mit à rire. « Et moi je m'intéresse à *vous.* »

Il se tut tandis qu'il croisait à nouveau son regard. Il toussota. « Ça fait, hum, plaisir de vous entendre dire ça.

— Ça vous excite ?

— Oui.

— Moi aussi. Mais d'abord… » Elle fouilla dans son sac et sortit une bouteille de vin.

Il se leva pour aller chercher des verres et lui tendit un tire-bouchon. « Vous aviez tout prévu.

— Bien sûr. Et j'ai de quoi préparer un repas. Pour après. »

Après. Jamais un mot anodin n'avait été si chargé de sens.

« Et si je n'avais pas été là ?

— Je serais rentrée déjeuner seule chez moi.

— Dieu merci, j'étais là.

— *Gott sei Dank* », dit-elle, levant son verre pour trinquer.

Ce fut ainsi que tout commença, chez lui, chez elle, jour après jour, aube après aube agitée, un délire fait de répétitions et de renouveau, d'appétits, d'obsessions, d'épuisement. Était-ce de l'amour ? Ils y croyaient à peine au début. Être aussi stupidement accro l'un à l'autre, ça ne pouvait pas durer, pensaient-ils avant de finir par se l'avouer. Jusqu'à ce que ça se termine, il leur en fallait toujours plus. Pourquoi s'en priver quand bientôt surviendrait le lent déclin, ou bien une explosion, une scène cataclysmique qui ferait tout voler en éclats ? Parfois ils battaient en retraite, sonnés, presque écœurés à la vue et au contact de l'autre, en proie à un besoin désespéré d'être seuls, ailleurs, en plein air. Cela pouvait durer quelques heures. Il y avait aussi ces éléments trop ternes et importuns pour que Roland les incorpore à ses fantasmes : travail, obligations envers autrui, tâches administratives mineures. Tous vite laissés de côté.

Il était retourné à Brixton un après-midi pour remplir une valise en prévision de son emménagement à Kentish Town. Alissa avait un deux-pièces, lui un studio. Il se regardait faire avec émerveillement. L'un des ingrédients de son rêve devenait réalité : réunir chaussettes et chemises, un sac à linge et deux ou trois livres qu'il ne lirait sans doute pas. Un acte de lâcher-prise érotique. Il chérissait cette sensation de n'avoir pas le choix. Il envoyait tout promener. Délicieux. Il ferma sa porte à clé et couvrit en courant les cinq ou six cents mètres jusqu'à la station de métro. C'était de la folie. Même les mots « Victoria Line » avaient une charge érotique. Ça ne pouvait pas durer.

Chaque fois qu'il revenait chez lui pour finir un article ou récupérer quelque chose, la pièce entière et son contenu l'accusaient de désertion. Il encaissait. Même son remords le réjouissait. La chaise au design scandinave trouvée dans une brocante et réparée par ses soins, les photos encadrées d'enfants des rues dans le Glasgow des années 1930 qu'il s'était offertes, le lecteur stéréo de cassettes qu'il avait transporté depuis Tottenham Court Road : tout cela avait été sa vie. Indépendante et intacte. Le retour de l'addiction la lui avait volée. Il n'y pouvait rien. Ce n'était pas l'indifférence qui l'aguerrissait. C'était la jouissance compulsive.

Les semaines devinrent un mois, puis plusieurs, et tout continuait. Ils ne voyaient plus leurs amis, mangeaient dans des gargotes, se secouaient de temps à autre pour nettoyer à fond l'appartement d'Alissa au premier étage dans Lady Margaret Road. Ensemble ils complétaient en partie le puzzle de leurs origines familiales. Il entendit pour la première fois parler de son village, Liebenau, de la Rose blanche et du rôle qu'y avait joué son père. Elle s'intéressa à l'histoire de la famille Heise – il n'avait toujours pas de nouvelles d'eux. Mireille non plus. Il fut surpris du peu que savait Alissa sur l'Allemagne de l'Est, et de son peu d'envie d'en apprendre davantage. Les Heise étaient pour elle des gens poursuivis par la malchance, un cas atypique. Il avait entendu d'autres versions de ce point de vue pendant sa période berlinoise : à la différence de la République fédérale, la RDA avait éliminé les nazis de la vie publique, offrait un certain bien-être matériel à ses citoyens, avait de solides idéaux de justice sociale et un bilan environnemental correct. Contrairement à l'Occident.

Leurs conversations, même celle-là, étaient plutôt des intermèdes que des voyages en soi. La fragilité persistante du lien émotionnel entre eux contribuait au caractère excitant de la relation. Ils jubilaient d'être des inconnus l'un pour l'autre ou, comme cela se produisit peu à peu, de faire semblant. Mais le monde de l'autre côté des fenêtres à guillotine exerçait sa pression. Il refusait de les laisser perdre davantage de temps au lit. (Roland détestait ce dernier, avec sa tête de lit en pin orangé et son matelas dur et tout mince.) Les vacances scolaires d'été prirent fin et Alissa dut se lever tôt le matin en semaine pour être à Haverstock School à 8 h 15. Leurs week-ends étaient idylliques. Il eut à son tour des obligations, une promotion éphémère, le remplacement d'un titulaire malade – quelques voyages tous frais payés par Air France et British Airways vers la République dominicaine, Lyon et Trondheim pour écrire des articles complaisants. Leurs retrouvailles étaient tout aussi idylliques. Mais ils commençaient à laisser entrer un peu d'air. Ils se présentèrent mutuellement certains de leurs amis. Ils allèrent au cinéma. Leurs conversations devinrent plus approfondies. Elle lui dit que son allemand s'améliorait. Ils séjournèrent dans un hôtel de la côte du Northumberland, même s'ils mirent à peine le nez dehors. Finalement, une fois rentrés à Londres, ils eurent une scène, pas cataclysmique mais assez intense et violente. Elle compensa tout ce qu'ils avaient évité. Roland fut stupéfait par le déchaînement de colère d'Alissa et son énergie à le contredire. Elle argumentait pied à pied. Comme de bien entendu, leur dispute portait sur la RDA. Il tenta de lui dire ce qu'il savait de la Stasi, des intrusions du Parti dans la vie privée, et ce que cela signifiait, de n'avoir pas le droit de voyager, de lire tel ou tel ouvrage, d'écouter un certain type de musique, ajoutant que ceux qui osaient critiquer le Parti risquaient de se voir retirer leurs enfants et de ne plus pouvoir exercer leur profession. Elle lui rappela l'existence du *Berufsverbot,* la loi ouest-allemande qui interdisait l'accès à la fonction publique, enseignement compris, aux extrémistes critiquant l'État comme aux terroristes. Elle parla du racisme aux États-Unis et du soutien de ce pays aux dictateurs fascistes, de l'immense arsenal militaire de l'OTAN, du chômage, de la pauvreté et de la pollution des fleuves dans tout l'Occident. Il lui reprocha d'avoir changé de sujet. Elle répondit qu'il n'écoutait pas. Il rappela qu'il était question des droits de l'homme. Elle dit que la pauvreté était une atteinte aux droits de l'homme. Ils criaient presque. Fou de rage, il partit passer l'après-midi chez lui. Leur réconciliation le soir même fut joyeuse.

Il leur fallut huit mois pour se rendre à l'évidence et concéder qu'ils étaient amoureux. Peu après ils prirent des vacances, une randonnée pédestre dans le delta du Danube, et firent l'amour en plein air – trois fois en un seul après-midi, derrière une grange, sur une jetée dissimulée parmi les roseaux, dans une chênaie. Pour fêter le premier anniversaire du fameux matin où Alissa était venue à Brixton et l'avait, selon Roland, « allumé avant d'en faire son déjeuner », ils prirent à Euston Station le train de nuit pour Fort William et continuèrent vers le nord dans une voiture de location. Ils dénichèrent à la sortie de Lochinver un hôtel inconfortable mais isolé au bout d'un chemin, avec la magnifique montagne de Suilven à l'arrière-plan. Ils s'abritèrent dans leur chambre glaciale des bourrasques de septembre et de la pluie qui tombait presque à l'horizontale. Alors qu'ils étaient allongés sur le couvre-lit rose en chenille de coton, il lut à Alissa plusieurs poèmes de Norman MacCaig célébrant le paysage, et la montagne qu'ils distinguaient à peine. La tempête fit rage jusqu'en début de soirée. Autant se déshabiller et se blottir sous les couvertures. Ce fut là, au milieu de leurs ébats, qu'ils décidèrent de se marier. Une autre belle page d'un très ancien scénario : lier son sort à celui d'Alissa, sans retour, un engagement si impressionnant qu'il en était presque douloureux. Ils finirent par se rhabiller pour descendre affronter le propriétaire de l'hôtel, un homme taciturne, et lui demander une bouteille de champagne dans un seau à glace. Repartir avec une demi-bouteille de vin blanc à température ambiante, peu importait. Il faisait bien assez froid. Ils récurèrent deux gobelets de la salle de bains et, assis à la fenêtre, regardèrent la tempête s'éloigner. À près de vingt et une heures il faisait aussi clair qu'à midi. Ils sortirent avec la bouteille et les gobelets, longèrent un sentier jusqu'à un ruisseau, s'installèrent sur un rocher et trinquèrent une fois de plus à leur amour.

Ils décrétèrent qu'ils s'étaient sûrement aimés au premier coup d'œil sans vouloir le reconnaître. Quelle brillante idée avait eue Alissa de débarquer avec un sac de courses alors qu'ils ne s'étaient pas vus depuis deux ans, et encore, brièvement. Quelle clairvoyance de sa part à lui de la faire aussitôt entrer, sans poser de questions. Cela en disait long sur eux et leur avenir, le plaisir spontané qu'ils avaient pris ensemble dès cette première visite.

Le début du cheminement qui donnerait une existence publique à leur amour datait de ce même été, où Alissa avait emmené Roland à Liebenau et où Jane lui avait montré ses carnets. Il se poursuivit à l'automne quand Roland emmena Alissa pour la présenter à ses parents dans leur maison jumelle toute neuve près d'Aldershot. Pendant que Rosalind surveillait assidûment l'un de ses fameux rôtis, le commandant, dont trois pintes de bière blonde avaient déjà délié la langue, raconta son expérience de Dunkerque à l'intention de la visiteuse allemande. Ses anecdotes étaient bien rodées et vaguement comiques. Alissa écoutait avec un sourire figé, se demandant si on ne l'accusait pas des péchés de la génération de son père. Roland tenta de parler au sien de la Rose blanche et du rôle joué par Heinrich Eberhardt. Mais le commandant, un peu sourd, était de trop bonne humeur pour prêter attention, surtout à de nouvelles informations. Il avait envie de parler et de faire boire tout le monde. Plusieurs fois il insista pour qu'Alissa vide son deuxième verre de vin blanc et en accepte un troisième. Elle refusa d'un geste poli. Rosalind se levait régulièrement du canapé à motif floral avec des froncements de sourcils et un soupir pour vérifier la cuisson de la viande, préparer la sauce, le Yorkshire pudding, les pommes de terre au four et les trois légumes, faire chauffer les assiettes et la saucière, découper le rôti avant de le servir. Roland voyait resurgir les anciennes tensions qui avaient marqué sa vie avec eux. À cette minute même, elles l'atteignaient encore, avaient encore le pouvoir de ressusciter la sensation d'étouffement devenue insupportable durant ses années d'adolescence. Son envie soudaine de sortir au jardin, de voir le ciel nocturne, d'appeler un taxi pour aller à la gare et partir. Il avait suivi sa mère dans la cuisine. Le mal qu'elle se donnait pour ce repas n'était que la face visible de sa peur. Le commandant, rendu euphorique par la nouvelle du mariage de son fils, avait pris de l'avance sur sa consommation habituelle d'alcool. Rosalind était trop loyale pour évoquer le sujet. Les choses risquaient de dégénérer. Au mieux, il faudrait calmer le jeu. La situation pouvait devenir gênante – devant une inconnue appelée à faire partie de la famille. D'après la sœur de Roland, leur mère aurait dû s'en aller vingt-cinq ans plus tôt, quand Roland était entré à l'internat. « Tu n'y as pas été heureux, mais au moins tu étais en sécurité, lui avait un jour dit Susan. À Tripoli il la battait, mais elle refusait de le quitter. »

Lorsque Roland demanda à sa mère si elle avait besoin d'aide, elle dit aussitôt : « Retourne là-bas et reste avec ton père. »

La table du déjeuner, où le couvert avait été mis avec les plus belles assiettes et les verres à long pied vert, se trouvait à une extrémité du salon, face au passe-plat. Ce fut l'image de sa mère que, plus tard, il ne pourrait jamais oublier : elle, courbée dans la cuisine pour que son visage inquiet s'encadre dans ce passe-plat alors qu'elle tendait les assiettes. Alissa, jouant le rôle d'une belle-fille, les prenait et les disposait sur la table. Le commandant se leva pour finir sa quatrième pinte et ouvrir la bouteille de vin. Le repas commença dans un silence presque total. Hormis le tintement des cuillers de service sur les plats, les mercis discrets, le glouglou du vin versé dans les verres. Roland aborda un sujet qu'il savait anodin. Il interrogea sa mère sur son petit jardin derrière la maison. Elle avait acheté de nouveaux rosiers au printemps. Que devenaient-ils ? Elle allait répondre mais son mari la devança. Il expliqua à Alissa qu'au jardin il était chargé de l'entretien de la pelouse. Il lui avait fallu une nouvelle tondeuse. Roland surprit le regard d'impuissance de sa mère. Le commandant Baines avait vu une annonce pour une tondeuse d'occasion. L'adresse était à quelques rues de là. C'était une dame qui venait de perdre son époux, sergent dans un régiment de transmissions. La tondeuse était trop lourde pour qu'elle la déplace elle-même. Elle en voulait quinze livres. Elle avait montré au commandant l'abri de jardin où elle était rangée.

Celui-ci s'adressa soudain à Roland. Seul un homme pouvait comprendre la suite de son récit. « Elle attendait dehors. Alors je me suis mis à genoux, fils, j'ai trouvé le collier de serrage du tuyau d'alimentation et je lui ai donné deux ou trois tours. Puis j'ai essayé de faire démarrer la tondeuse. Bien sûr, il n'y avait pas moyen. La dame m'observait. J'ai refait quelques tentatives. Examiné le moteur, réessayé. J'ai annoncé à cette dame que sa tondeuse avait besoin de réparations. Lui en ai offert cinq livres. Elle a dit : "Oh, je suppose qu'elle n'a pas servi depuis un certain temps. Elle est à vous." Je l'ai rapportée ici, presque neuve. Elle tourne comme une horloge. Cinq livres ! »

Un silence lui répondit. Roland était incapable de regarder dans la direction d'Alissa. Il posa son couteau et sa fourchette, prit sa serviette sur ses genoux pour y sécher ses mains moites. « Que les choses soient claires.

— Comment ? » lança son père.

Roland haussa le ton. « Comprends-moi bien. Tu as triché. Tu as roulé cette femme qui venait de perdre son mari. La veuve d'un soldat en activité, si toutefois ça change quelque chose. Et tu es fier de toi, tu… »

Il sentit une légère pression sur son avant-bras. « S'il te plaît », murmura Rosalind.

Il comprit. Une dispute s'ensuivrait, et quand Alissa et lui seraient partis, elle en subirait les conséquences.

« Ne t'en fais pas, fils. » Son père avait pris la voix qu'il réservait aux histoires drôles. « Aujourd'hui ça se passe comme ça. Chacun pour soi. Pas vrai, ma poule ? » Il s'efforçait de rajouter quelques gouttes dans le verre de son épouse, l'emplissant à ras bord jusqu'à ce qu'il déborde. Elle ne réagit pas.

Après dîner il sortit son harmonica et joua ses chansons en l'honneur d'Alissa. « I Belong to Glasgow ». « Bye Bye Blackbird ». Les chansons qui avaient valu à Roland ses leçons de piano. Personne n'était d'humeur à chanter en chœur. Rosalind alla dans la cuisine faire la vaisselle. Alissa la suivit. L'harmonica réintégra son étui. Un silence pesant s'était installé entre le père et le fils. De temps à autre, entre deux rasades de sa bière d'après dîner, le commandant répétait : « Ne t'en fais pas, fils. » Il voulait faire oublier toute cette affaire.

Dans le train qui les ramenait à Londres le lendemain, Roland restait muet.

Alissa prit sa main dans les siennes. « Tu le détestes ? »

Ce fut sa seule question. « Je n'en sais rien, répondit-il. Je n'en sais vraiment rien. »

Après un moment et un nouveau silence, elle ajouta : « Ne le déteste pas. Ça te rendra malheureux. »

*

En janvier de la nouvelle année, 1985, ils longeaient à pied la rivière Aue sur un sentier qui avait disparu sous une vingtaine de centimètres de neige compacte. Le soleil bas de l'hiver n'avait pas réussi à s'élever au-dessus des aulnes qui bordaient la rive et déclinait déjà. Tout était immobile, étincelant à cause du froid. Des stalactites ornaient les trop nombreuses poubelles placées à intervalles réguliers, les clôtures et les gouttières des maisons à proximité. C'était le lieu de promenade préféré à Liebenau. Ils croisèrent de jeunes enfants que l'on tirait sur une sorte de trône recouvert d'une peau de mouton et fixé à une luge ; ils esquivèrent les boules de neige d'une bataille entre deux groupes de petites filles avec des couettes. La neige avait commencé à fondre en milieu de journée, et à quinze heures elle gelait et crissait sous les pieds. Ils parlaient de leurs parents – encore. Quel autre sujet y avait-il, puisque dès la première journée complète de leur visite, Alissa s'était chamaillée puis disputée en anglais avec sa mère sous les yeux de Roland, tout comme le commandant Baines s'était lui-même trahi sous les yeux d'Alissa lors de ce dîner de novembre.

« Elle est jalouse de moi. Elle a eu Londres pendant la guerre puis le mariage et l'éducation d'un enfant. Moi j'ai eu le miracle économique allemand, deux universités, la pilule, les années soixante. Tu l'as entendue. Enseigner n'est pas assez bien pour moi. Quand tu n'étais pas là, elle a dit que le mariage m'annihilerait.

— Espérons qu'on s'annihilera ensemble. »

Ils s'interrompirent et elle l'embrassa. « As-tu jamais cessé de penser au sexe ?

— Oui, je m'en souviens bien. Juste avant mon neuvième anniversaire, je suis tombé d'un…

— *Genug !* »

Mais l'accueil dans l'impeccable maison Eberhardt avait été chaleureux. À peine avaient-ils posé leurs valises qu'ils s'étaient retrouvés avec une flûte de *Sekt*, le mousseux allemand, à la main. Roland en savait désormais un peu plus sur la revue *Horizon* de Cyril Connolly et passa une heure agréable à échanger avec Jane sur la scène littéraire des années 1940. Pour s'y préparer, il avait lu Elizabeth Bowen, Denton Welch et Keith Douglas. Quand il lui dit combien il admirait ses carnets, qu'il avait relus deux fois intégralement au cours de l'été précédent, elle sembla n'avoir pas envie de les évoquer. Jusqu'alors, il avait passé le plus clair de son temps avec Heinrich, essayant d'égaler son nombre de bières accompagnées d'un petit verre de schnaps. Pour pouvoir discuter sans être entendues, les deux femmes sortaient faire de courtes promenades autour du pâté de maisons dans ce quartier résidentiel et revenaient muettes, les joues en feu. Même au troisième schnaps, il n'était pas facile de tirer du père d'Alissa quoi que ce fût sur la Rose blanche. Deux semaines plus tôt, il avait parlé une heure et demie sans notes devant une caméra. Il existait un regain d'intérêt pour les témoignages rédempteurs des « bons » Allemands pendant la guerre. C'était à qui les retrouverait tous avant leur mort.

Il parlait lentement par égard pour son invité. « Je me sens gêné, Roland. J'étais un marginal au sein du mouvement. Je l'avais rejoint tardivement. Non, non. C'est pire. J'ai honte. Il y en avait d'autres, voyez-vous. Des héros dans les usines. Celles qui fabriquaient l'armement, les camions, les chars. De modestes actes de sabotage. Des grenades qui n'explosaient pas, des segments de pistons qui se fissuraient, des boulons impossibles à serrer. De petites choses, qui pouvaient vous valoir d'être torturé et abattu. Des milliers de héros, des dizaines de milliers. On n'a pas leurs noms. Disparus sans laisser de trace. Sans entrer dans l'histoire. J'ai tenté de le dire à ces gens de la télévision, mais ils n'écoutaient pas. Ils ne veulent entendre parler que de la Rose blanche. »

La manière d'être et les convictions de Heinrich étaient éloignées de celles de Roland, mais celui-ci s'attachait à cet homme âgé qui portait une cravate en toutes circonstances et s'asseyait le dos raide et droit même dans les fauteuils les plus moelleux. Membre actif de la CDU, prédicateur laïc à l'église locale, il avait également consacré sa vie à défendre les agriculteurs des campagnes environnantes lorsqu'ils tombaient sous le coup de la loi. Il approuvait pleinement Ronald Reagan et croyait que l'Allemagne avait besoin d'une personnalité comme Mme Thatcher. Et pourtant il trouvait que le rock était une bonne chose pour ce qu'il appelait avec emphase la « poursuite du bonheur en général ». Les hommes aux cheveux longs et les hippies ne le dérangeaient pas dès lors qu'ils ne nuisaient pas à autrui, et d'après lui on devait laisser les homosexuels, hommes et femmes, vivre leur vie comme ils l'entendaient.

Il avait bon cœur, pensait Roland. Aussi, quand Heinrich parla de rédemption nationale par le biais d'une histoire des sabotages antinazis, son futur beau-fils ne lui dit pas le fond de sa pensée – à savoir que rien, même des centaines de mouvements comme la Rose blanche, même un million de saboteurs, même un trillion de boulons mal usinés ne pourraient racheter la barbarie industrialisée du IIIe Reich ni les dizaines de millions de citoyens qui étaient au courant et avaient fermé les yeux. Selon Roland, le seul projet de rédemption possible était de savoir tout ce qui s'était passé et pourquoi. Et cela pourrait prendre un siècle. Mais il ne le dit pas. Il n'en avait même pas envie. Il était l'invité de Heinrich, s'enivrant au chaud près d'un feu de bois trois soirs de suite, pendant que quelque part dans le froid sa future femme bataillait avec sa mère.

À présent, sur les berges de la rivière, Alissa déclara : « J'ai réfléchi à la tondeuse de ton père. »

Elle ne changeait pas de sujet. Sa mère à elle, son père à lui, son père à elle, sa mère à lui. À environ trente-cinq ans, ne devaient-ils pas avoir dépassé ce stade ? Au contraire. Grâce à leur maturité récente, ils avaient de nouvelles intuitions.

« Inconsciemment, reprit-elle, il racontait cette histoire pouvant lui nuire parce qu'il voulait que tu lui pardonnes. »

Ils firent une halte. Il posa les mains sur ses épaules et la regarda droit dans les yeux – du noir le plus profond dans cette luminosité ambiante. « Tu es une âme généreuse. Une autre idée m'est venue à ce sujet. Pendant mes dix premières années, à Singapour, en Angleterre entre deux affectations, puis à Tripoli, j'ai connu une demi-douzaine d'écoles primaires et autant de maisons dans différents pays, avec le même décor fourni par l'armée, depuis les canapés et les rideaux jusqu'aux couverts et aux tapis. Puis l'internat, qui n'était pas un chez-soi. Ensuite j'ai quitté tôt le système scolaire et enchaîné des dizaines d'emplois. Je n'ai pas de racines. Dans notre famille il n'y avait ni croyances, ni principes, ni idées auxquelles accorder de la valeur. Parce que mon père n'en avait aucune. Des exercices militaires, des ordres, des règlements au lieu d'une morale. Je m'en rends maintenant compte. Et parce qu'elle avait peur de lui, Rosalind n'en avait pas non plus, ou ne la montrait pas. Il fait horreur à ma sœur Susan, elle déteste son beau-père. Mon frère Henry aussi. Ils refusent d'en parler et ne montrent jamais leur haine. J'ai dû être marqué par tout ça. »

Ils s'écartèrent du sentier pour laisser passer une femme tenant plusieurs chiens en laisse. Ils traversèrent la pelouse enneigée jusqu'à un taillis, mais il était entouré d'une clôture et ils ne voyaient entre les arbres aucun moyen d'y pénétrer. Ils regagnèrent le sentier.

« Il faut qu'on pardonne à nos pères sinon on deviendra fous, répondit Alissa. Mais il faut d'abord se souvenir de ce qu'ils ont fait. » Elle s'était immobilisée pour dire cela.

« On n'a pas beaucoup avancé. Il y avait des familles juives dans les villages alentour, maintenant il n'y en a plus. Leurs fantômes rôdent dans les rues. On vit parmi eux en faisant comme s'ils n'existaient pas. Tout le monde préfère penser au téléviseur à changer. »

Quatre kilomètres les séparaient encore de la maison des Eberhardt. Mû par l'intensité de son amour et de sa confiance, Roland entreprit de raconter à Alissa ce qu'il pensait ne jamais dire à quiconque. Tandis qu'ils marchaient dans la neige, que le froid rendait leurs pieds insensibles, il lui décrivit la période avec Miriam Cornell. Le désir qui l'habitait, ses obsessions, et le fait qu'à l'époque c'était pour lui toute sa vie. Il lui fallut près d'une heure pour décrire cette liaison, si c'en était bien une, et son internat, la maisonnette, les deux rivières. L'étrange dénouement. Le fait que Miriam ait pu avoir un comportement dépravé, méprisable, ne lui avait jamais traversé l'esprit. Pas même durant les années qui suivirent. Il n'avait aucun critère de jugement, aucune échelle de valeurs. Aucune unité de mesure. Quand il eut fini, ils se turent quelque temps.

Ils s'arrêtèrent devant le portillon en bois du jardin des Eberhardt. « Essaie de ne pas te disputer avec elle ce soir, dit Roland. Peu importe ce qu'elle pense. De toute façon c'est toi qui décideras de ce que tu veux. »

Elle le prit par la main. « C'est si facile de pardonner aux parents des autres. »

Sa main non gantée fut un réconfort. La vaste pelouse enneigée, lisse et pure, virait au jaune orangé à la lumière de cette fin d'après-midi. Ils s'embrassèrent et s'étreignirent, mais ils avaient du mal à rentrer. Ils auraient voulu faire l'amour mais ce n'était pas facile dans la chambre d'amis. Au bout d'un moment, songeuse, elle reprit la parole : « Quatorze ans… et tu as toujours envie, encore et encore. »

Il attendit.

« Cette professeure de piano… » Elle s'interrompit avant de conclure : « Elle t'a reprogrammé le cerveau. »

Précisément parce que c'était si peu drôle, si accablant, ils se mirent à rire en traversant le jardin, quittant l'allée pour faire un détour dans la neige immaculée. Ils riaient encore en tapant des pieds dans le vestibule pour se débarrasser de la neige et en s'avançant dans la chaleur et la bonne odeur de cire du couloir.

*

Deux mois plus tard, peu après leur mariage, Roland et Alissa franchirent l'étape finale vers une existence publique en acquérant à Clapham Old Town la maison édouardienne à deux étages, très décatie, que Daphné leur avait trouvée. Un an auparavant, Peter et elle avaient acheté dans le même quartier. Peu de temps après leur emménagement, Alissa annonça à Roland une nouvelle stupéfiante. Il n'y avait pourtant aucune raison d'être surpris. Ils comptèrent les semaines écoulées. Ils n'avaient fait l'amour qu'une seule fois pendant leur visite de cinq jours à Liebenau. Le silence à l'intérieur et autour de la maison, le lit qui grinçait au moindre mouvement, les quintes de toux de Heinrich qui traversaient la cloison : c'était trop, même pour Roland. Il s'agissait donc sûrement de la nuit après leur promenade le long de la rivière. En septembre de la même année, 1985, à l'hôpital St Thomas à Londres, Alissa donna naissance à Lawrence Heinrich Baines.

6

L'inspecteur Browne avait du mal à trouver des excuses. Officiellement, il était passé pour restituer à Roland ses affaires : cartes postales et pull d'Alissa, photos du carnet de Roland, négatifs. Avec trois ans de retard, après plusieurs coups de fil, lettres de réclamation et vaines menaces de poursuites en justice, Browne arrivait sans rien. Les affaires en question étaient toujours au commissariat, au fond d'un bac métallique, imaginait Roland, dans une sorte de bureau des objets trouvés. Le policier aux mains vides fournissait laborieusement une explication alambiquée. Il semblait résolu, pensait Roland, à incarner le stéréotype du flic un peu limité.

« Quand vous êtes dans la police depuis aussi longtemps que moi…

— Où sont mes…

— … vous découvrez que rien ne va plus lentement que…

— Où sont mes affaires ? » répéta Roland. Il était plus riche qu'il ne l'avait été de sa vie et se sentait d'humeur combative. Peu importait que la cuisine où l'inspecteur et lui étaient assis n'ait pas changé. Mêmes étagères pleines à craquer, même cerf-volant n'ayant jamais volé et blanc de poussière en haut d'un placard, même table jonchée des incompressibles détritus de la vie quotidienne. Il était en fonds. Sa chemise de coton vert pomme sortait de l'emballage. Il envisageait d'acheter une voiture. Il allait plutôt bien et il avait le droit pour lui. Ses affaires auraient dû lui être retournées. Douglas Browne et lui étaient plus âgés que le Marlow de Conrad. Ils étaient des contemporains, des égaux. Quand il parlait à Browne, il ne parlait pas à l'État.

Ils étaient installés de part et d'autre de la table comme la fois précédente, face à face. Cette fois-ci l'inspecteur était en uniforme. Il allait, dit-il, aux obsèques d'un collègue. Sa casquette à visière était posée sur son genou. Toujours ce même air de chien battu. Ses mains massives aux phalanges noires de poils étaient jointes devant lui, manière de présenter les excuses qu'il avait tant de mal à formuler. Il semblait n'avoir pas vieilli et il n'avait pas été promu.

Il revint maladroitement sur le sujet. « Tout est en lieu sûr.

— Mais où ?

— Il y a ces jeunes gars, vous voyez…

— Nom de Dieu !

— … des gosses, en vérité. Tout juste recrutés, cherchant à se faire bien voir, trop zélés.

— Si vous refusez de me répondre, autant vous en aller. »

Browne écarta ses mains l'une de l'autre. Innocent, rien à cacher. « Il faut que vous le sachiez. J'ai pris votre parti.

— Je n'ai pas de parti. »

Le visage du policier s'éclaira. « Ah. J'ai peur que si.

— Dites-moi juste où sont mes affaires. J'irai les chercher moi-même.

— Très bien. Elles sont quelque part sur une table ou dans un bureau des services du procureur général. »

La surprise dans le petit rire de Roland n'était pas feinte. « On me soupçonne ?

— Un de ces jeunes…

— Mais vous aviez retrouvé la trace de ma femme sur un ferry et dans toute une série d'hôtels.

— Il aurait pu s'agir d'une complice à vous, voyageant avec son passeport.

— Alors là, grands dieux ! »

Browne ne semblait pas si limité, et Roland, un peu ébranlé, se méfia encore plus, surtout quand l'inspecteur se pencha en avant et baissa la voix.

« Je ne reprends pas leurs arguments à mon compte. Je suis de votre côté. Vous n'avez pas de nouvelles d'elle depuis, trois ans, c'est ça ?

— Quand elle est allée voir ses parents. Un véritable règlement de comptes, d'après eux. Mais qui est ma complice ? Pourquoi en aurais-je une ? C'est tout bonnement stupide.

— Exactement ce que j'ai dit. En substance. Un de ces nouveaux venus trouve votre dossier sous une pile. De toute façon ça n'aurait jamais dû atterrir chez le procureur général. Il s'emballe, apporte le dossier à son chef, qui guette lui aussi une promotion. Et puis…

— "S'emballe" ? » L'indignation de Roland fit sonner les voyelles comme des vocalises.

« Le problème, c'est votre carnet. » Browne sortait son bloc-notes de la poche de sa veste. Ce geste réveilla son talkie-walkie : un grésillement, et une lointaine voix féminine. Répartissant les agents entre divers lieux où quelque chose n'allait pas. Browne coupa le son.

« C'est ça qui les a tous mis en effervescence. Voyons voir… » Il tourna quelques pages, toussota, lut à voix haute du ton neutre qui a la préférence des policiers. Comme s'il récitait une liste. « Hum, *Quand j'y mis fin elle n'opposa aucune résistance*… hum… *le meurtre planait partout sur le monde*… *Même enterrée*… voyons, hum, *la terre de sa tombe dans les cheveux*… *Elle ne veut pas s'en aller*… *alors que j'ai besoin de calme*… Ah oui, et cette dernière phrase… *Elle doit rester morte.* »

Ça n'appelait même pas d'objection. Voilà ce qui se passait quand des imbéciles lisaient votre carnet. Le menton dans les mains, Roland fixa la table, le journal qu'il lisait avant l'arrivée de Browne désormais à l'envers. Des gens ordinaires, des familles entières qui traversaient la frontière hongroise par une brèche dans les barbelés, séparés en deux comme les eaux de la mer Rouge, et poursuivaient leur route en Autriche jusqu'à Vienne. Des manifestations antisoviétiques en Pologne, en Allemagne de l'Est, en Tchécoslovaquie. Des millions de personnes décidées à obtenir davantage d'espaces de liberté. Or ici la pièce rapetissait.

« C'est eux qui m'ont renvoyé vers vous. L'idée n'est pas de moi. Il y a des choses qu'ils veulent savoir, tout simplement.

— Oui ?

— Le, hum, l'emplacement de cette tombe.

— Oh je vous en prie.

— D'accord.

— Ce n'était pas de ma femme qu'il était question.

— D'une autre femme que vous auriez enterrée ? » L'inspecteur avait un vague sourire.

« Ce n'est pas drôle. Il s'agissait d'une ancienne liaison. Je la croyais morte et enterrée. Elle revenait me hanter. C'est tout. »

Browne écrivait. « Il y a combien de temps ?

— Entre 1962 et 1964.

— Le nom ?

— Je l'ai oublié.

— Vous n'êtes plus en contact avec elle.

— Non. »

L'inspecteur écrivait toujours pendant que Roland attendait. Penser à elle et à son nom sans le prononcer, mentionner ces années, leur nombre fini, cela produisait son effet. Il n'était pas contrarié, mais ses pensées se brouillaient un peu. *Quand j'y mis fin.* Trop de choses en une simple demi-phrase. Dans vingt-cinq minutes il irait à pied chercher Lawrence à l'école maternelle. Une délivrance, un retour à la routine ordinaire de sa journée. Il commençait à se reprocher d'avoir surréagi devant le policier, de s'être emporté. Inutile. C'était une farce. La muraille de son innocence l'entourait. Le policier moyen chargé d'assurer la loi et l'ordre était depuis longtemps entré dans la littérature sous les traits du Dogberry de Shakespeare. Cette visite deviendrait un conte exquis, imaginé et narré par lui-même, comme il l'avait déjà fait. Quelque part en Allemagne de l'Ouest, entre Hambourg, Düsseldorf, Munich et Berlin-Ouest, Alissa poursuivait la quête implacable de sa nouvelle vie. La tombe contenant sa dépouille n'existait pas. Pourquoi se dire tout cela, d'ailleurs ?

Browne referma son bloc-notes d'un geste sec. « Vous

savez quoi ? » Il semblait lui réserver une surprise. « Allons faire un tour à l'étage. »

Roland se leva avec un haussement d'épaules. Au pied de l'escalier, il fit signe à l'inspecteur de monter le premier.

Quand ils furent ensemble sur le petit palier du premier étage, il demanda : « Vous êtes toujours avec cette dame ?

— Non. Je suis retourné vivre avec ma femme et mes fils. Jamais été mieux.

— Content de l'apprendre. »

Tandis que Browne jetait un coup d'œil à la chambre de Lawrence, au lit d'enfant et à la couette avec la locomotive de *Thomas et ses amis*, Roland se demanda pourquoi cette réponse le déprimait soudain. Non par jalousie. Plutôt à cause du train-train quotidien, des efforts exigés par la vie privée, de la nécessité de maintenir le cap. Pour quoi faire ?

Ils allèrent dans la chambre principale. Browne désigna de la tête le bureau face à la fenêtre. « Vous avez un de ces trucs-là.

— Un traitement de texte.

— Il faut du temps pour s'y mettre. »

Roland approuva. « Parfois j'ai envie de le jeter contre le mur.

— Je peux ? » En même temps qu'il posait la question, Browne ouvrait un tiroir de la commode à motifs de feuilles de chêne et de glands, celui du haut, et découvrait les dessous d'Alissa.

« La voici, dit Roland. La lingerie de ma complice. »

Browne referma le tiroir. « Vous pensez qu'elle reviendra ?

— Non. »

Ils redescendirent et l'inspecteur se prépara à partir.

« Le sergent a dû vous en toucher un mot. Les Allemands nous ont recontactés. Ça leur a pris dix-huit mois. Ils se sont entretenus avec son père. Rien. Aucune trace. Si jamais elle a traversé la frontière à Helmstedt pour aller à Berlin, c'était avec un autre passeport. Banques, fisc, agences de location de voitures : rien.

— Un haut lieu de la contre-culture, précisa Roland. Facile de disparaître. »

Jane avait donc caché à Heinrich la visite d'Alissa. Il ouvrit la porte d'entrée. La rue était devenue un itinéraire de délestage prisé. Le robinier, qui se plaisait dans les gaz d'échappement, faisait plus de six mètres de haut. Roland parla plus fort pour couvrir le bruit de la circulation. « Vous allez leur dire quoi ? »

Browne remettait sa casquette avec soin, la réajustant plusieurs fois. « Que vous avez épousé un esprit libre qui a foutu le camp. »

Il fit quelques pas avant de s'arrêter pour regarder pardessus son épaule. Dehors, il s'était redressé de toute sa hauteur et se tenait comme au garde-à-vous : l'uniforme, surtout cette casquette à visière avec son ruban à carreaux noirs et blancs, ressemblait à un costume d'opérette. Il fallait le porter avec un air de défi.

« Pas sûr qu'ils me croient », lança-t-il.

*

Roland réfléchit à tout cela en marchant vers l'école maternelle. La répartition des rôles entre bons et mauvais flics n'était pas qu'un cliché cinématographique. Browne n'avait aucune raison de le protéger des services du procureur. À cet instant précis, Roland aurait aimé avoir quelqu'un à qui parler. Quelqu'un de sérieux. Pour évoquer l'affaire des pages de son carnet, il faudrait mentionner Miriam Cornell. Tout dire. De ses amis, seule Daphné conviendrait, mais il n'était pas prêt à lui révéler cette histoire. Il n'en reparlerait jamais à quiconque. En outre, Daphné donnerait des conseils pratiques, justement ce dont il ne voulait pas.

Le père et le fils rentrèrent main dans la main. Roland tenait une boîte à sandwichs ornée de la locomotive de *Thomas et ses amis,* et ne contenant qu'un trognon de pomme. Lors de ces trajets Lawrence gardait parfois le silence. Là, il fit un récit mesuré de sa journée. Il avait joué avec sa copine Amanda. Ils s'étaient servis à tour de rôle d'un arrosoir. Gerald avait pleuré pendant la sieste. Un gros chien blanc avec des taches noires était entré et Lawrence l'avait caressé. Il n'avait pas eu peur comme Bisharo. Une aide-éducatrice l'avait appelé Lennie par erreur et tout le monde avait ri. À la fin, après un silence, Lawrence demanda : « Et toi papa, aujourd'hui tu as fait quoi ? »

Roland, encore parent débutant, encore papa-gâteau, s'émerveillait souvent de la simple existence de son fils, de sa capacité à courir, à penser, à parler avec une intonation chantante et en articulant chaque mot, de sa peau et de ses cheveux plus beaux que dans les rêves de l'industrie cosmétique. Une nouvelle intelligence jaillie de l'union de deux cellules gagnait quotidiennement en complexité, réservant toujours plus de surprises. Il avait les yeux clairs et bordés de cils épais. Cet amour inconditionnel, ce sens de l'humour, ces étreintes, ces confidences, ces larmes, ces accès de rage, ces réveils à cinq heures du matin : tout cela le surprenait encore. Alors qu'ils attendaient pour traverser, le petit garçon s'agrippait à l'index de son père.

Roland lui répondit : « J'ai écrit quatre poèmes. » Il en avait trouvé quatre et les avait mis par écrit.

« C'est beaucoup.

— Tu crois ?

— Oui, je crois.

— Quand je suis rentré après t'avoir déposé je me suis fait une tasse de café…

— Dégoûtant ! » Son nouveau mot.

« Délicieux ! Puis j'ai écrit un poème, puis un autre…

— Puis un autre et encore un autre. Pourquoi tu t'es arrêté ?

— J'étais à court d'idées. »

Concept obscur, pour un jeune enfant. Et ce n'était pas totalement vrai. Il avait fait une pause pour lire le journal et la visite de Browne l'avait interrompu. Lawrence, lui, n'était jamais à court d'idées. Elles lui venaient à jet continu. Il ne savait même pas que c'étaient des idées. Roland supposait qu'elles s'écoulaient ou jaillissaient comme une extension de son moi.

Lawrence ralentit le pas à l'approche d'une maison de la presse. « Et si on achetait une sucette ?

— S'il te plaît.

— S'il te plaît. »

Il gâtait son fils comme lui-même avait été gâté à une époque. Mais pas tous les jours. La sucette était en forme de fusée aux couleurs d'un arc-en-ciel. La lécher exigeait toute l'attention de Lawrence et il ne dit plus un mot jusqu'à ce qu'ils soient chez eux. Arrivé devant la porte d'entrée, il avait les mains, les poignets et le visage barbouillés de violet, de rouge et de jaune. Il montra à son père le bâtonnet mis à nu.

« Tiens. Ça peut servir.

— Oui. Mais à quoi ?

— Compter les fourmis.

— Parfait. »

S'il n'avait pas de copain venu jouer avec lui, la routine était simple et immuable. Ils goûtaient ensemble, puis Lawrence avait droit à sa dose journalière de télé, quarante minutes maximum, pendant que Roland retournait à son bureau. Il préparait le dîner – avec l'aide consciencieuse de Lawrence, ce qui prenait du temps. Après avoir dîné, ils jouaient. Lawrence avait besoin de se coucher tôt. Entre dix-neuf heures et dix-neuf heures trente il pouvait craquer. Il avait de longues journées. Si on le laissait veiller, l'irritabilité, de violentes sautes d'humeur, des colères incontrôlables prenaient le dessus. Le pire, c'était quand il se laissait épisodiquement submerger par un chagrin désarmant, qu'il sanglotait désespérément comme s'il pleurait la mort de quelqu'un. Quoi qu'il en soit, cela perturbait les rituels du brossage des dents, de l'histoire du coucher, de la conversation du soir. Roland avait appris de ses nombreuses erreurs que le respect des horaires était capital.

L'histoire du coucher pouvait représenter un défi, du moins pour l'adulte la lisant à voix haute. Les illustrations étaient réussies, parfois même magnifiques. Lawrence passait beaucoup de temps à les contempler. Mais le texte... Des comptines prévisibles, de petites fables sans ambition dissimulant à peine leur contribution à l'apprentissage des chiffres. Aucune jubilation langagière, aucun talent mis au service d'une imagination prête à s'envoler. Une poignée d'auteurs paraissaient monopoliser le marché des moins de cinq ans. Certains gagnaient des millions. Nombre de ces livres, selon Roland, avaient dû être écrits en dix minutes au plus. Un soir, il lut à Lawrence *Minette et le hibou*, le poème d'Edward Lear. Ce fut une révélation. Aussitôt Lawrence voulut le réentendre. Encore et encore. Il avait raison. C'était de la poésie de l'absurde au sens le plus pur. Une belle aventure impossible. Pas la moindre condescendance, pas d'apprentissage éhonté des chiffres ni de répétitions monotones. Il la réclama chaque soir pendant près d'un an. Il aimait en crier le refrain à la fin de chacune des trois strophes. « *Que tu es une belle Minette, / Minette, / Minette ! / Que tu es une belle Minette !* » Il était fasciné par la rime intérieure que Roland lui avait montrée dans le troisième vers de chaque strophe. Ils se demandèrent ensemble ce qu'était une cuichette. Ou un arbre bong. Au supermarché local, Roland achetait de la pâte de coing qu'ils mangeaient en tranches. Lawrence connaissait le poème par cœur.

Après un sandwich à la banane il était assis à même le sol, les yeux rivés à l'écran où une jeune femme décrivait d'une voix patiente et mélodieuse la journée d'un grutier. « Il est sept heures. Avec son sac à dos contenant sa thermos de thé et ses sandwichs, Jim grimpe à l'échelle, de plus en plus haut vers sa petite cabine dans le ciel. » Debout dans l'embrasure de la porte, Roland regardait. Les angles et les plans tanguaient un peu. Il compatit au sort du cameraman qui montait derrière Jim à trente mètres de haut, sur des échelles métalliques en zigzag rendues glissantes par la gelée matinale. Lawrence était impassible. Le documentaire avait pour lui le même degré de réalité que les dessins animés dans lesquels des personnages dégringolaient d'une falaise et atterrissaient sur la tête sains et saufs.

Dans sa chambre à l'étage, Roland s'assit au bureau qui l'avait rendu riche. Relativement riche. Riche pour un poète. Or il n'était plus poète mais pilleur d'anthologies, parfois auteur de vers de pacotille. Oliver Morgan, le créateur d'Epithalamium Cards, avait gravi les échelons de l'entrepreneuriat pour devenir, à la stupéfaction de ses amis, un jeune héros de la civilisation des start-up. Une multinationale de la carte de vœux lui avait proposé de le racheter mais pour l'heure il se cramponnait à son indépendance de chef d'entreprise, réfléchissant à sa prochaine initiative, laissant croître sa société. Comme le cameraman sujet au vertige, Roland s'était hissé tant bien que mal en haut de l'échelle sur les talons de son patron, produisant depuis des mois de mauvais poèmes de circonstance : anniversaires en tous genres, mariages, départs en retraite, cures de désintoxication, entrées à l'hôpital, sorties de la maternité. Son premier acte créatif avait été de trouver le nom de la société de Morgan. Au début, des promesses lui tinrent lieu de salaire, 1 % d'intéressement aux bénéfices et 0,5 % de droits d'auteur sur chaque carte. Elles coûtaient environ deux livres. Trois ans plus tard, ces cartes en vélin crème et aux illustrations de bon goût étaient partout. Il s'en était vendu deux millions dans ce que Morgan appelait le domaine anglophone.

Vingt-six mois après il avait été payé en une fois : vingt-quatre mille livres. Un électeur de centre gauche comme lui aurait dû se sentir mal à l'aise de bénéficier grâce à Mme Thatcher d'un taux d'imposition maximal de 40 %. Contre 83 % du temps des travaillistes. Plus gênante était l'atteinte à sa fierté. Son intégrité de poète était en ruine. Depuis que *Grand Street* lui avait retourné sans commentaire les poèmes révisés qu'il avait soumis, il n'écrivait plus.

Encore un échec professionnel à ajouter à la liste. Daphné se désolait pour lui. Il avait au moins pu lui annoncer qu'il n'était plus une charge pour l'État. Ce qu'il ne pouvait avouer à quiconque était son impression de légèreté. Avoir de l'argent ? Pourquoi ne lui avait-on pas dit que c'était quelque chose de physique ? Il le sentait dans ses bras et jambes. Dans le cou et les épaules surtout. Son emprunt payé, son fils dans des vêtements flambant neufs, deux semaines avec lui sur une île grecque méconnue que l'on atteignait en trois heures de traversée à bord d'une vedette sur une mer d'un bleu céruléen.

Un seul homme ne pouvait toutefois rédiger qu'un nombre limité de vers de mirliton. Oliver Morgan avait donné à Roland son accord pour faire une razzia sur les textes de la littérature mondiale tombés dans le domaine public qui évoquaient les tournants de la vie. Sa part des bénéfices était maintenue. Il avait commis quelques erreurs. L'une d'elles était d'avoir fait figurer « Le second chant de la femme de chambre » de Yeats (*Sa canne au pommeau arrondi / Molle comme un ver*) sur une carte d'anniversaire pour octogénaires. Les avocats des héritiers écrivirent à Morgan pour rappeler que le poème était protégé par des droits d'auteur jusqu'en 2010. Une date de science-fiction. Alors que Yeats, un monument, était mort depuis si longtemps. Vingt-cinq mille cartes furent envoyées au pilon.

Sur le sol au pied de son bureau étaient empilées des anthologies de poésie iranienne, arabe, indienne, africaine et japonaise. Il y en avait d'autres au rez-de-chaussée. Sur le plateau, un mot de Carol, une femme attentionnée, accomplie et séduisante, sa cinquième maîtresse depuis le départ d'Alissa. *Compte tenu des circonstances je suis d'avis qu'on en reste là. Et toi ? Sans rancune. Au contraire, avec toute mon affection, Carol.* Elle avait raison, les circonstances étaient contraignantes. Parent isolé elle aussi, elle avait des jumelles de deux ans. Elle vivait à une dizaine de kilomètres de là, à Tufnell Park, au nord de la Tamise, ce qui était loin dans une ville si peuplée. À mi-parcours environ de leurs neuf mois ensemble – elle avait raison, c'était fini entre eux –, ils avaient envisagé de vendre tous les deux pour s'installer sous le même toit avec leurs familles respectives. Ils étaient allés jusque-là. Mais le chamboulement, les efforts et l'engagement requis par ce projet étaient trop considérables. Une fois qu'ils s'étaient rendus à l'évidence, la relation ne pouvait que s'étioler. Et puis autre chose le retenait, qu'il ne pouvait lui confier : l'éventualité du retour d'Alissa. Il ne s'attendait pas à la revoir. Mais si jamais elle revenait il voulait avoir le choix. Autrement dit, il l'attendait encore.

Au rez-de-chaussée la télévision diffusait un dessin animé à l'accompagnement musical assourdissant. Dans vingt-cinq minutes il descendrait faire frire du poisson pané. Il écrivit à Carol, un mot aussi amical et bref que le sien, pour exprimer son accord. À peine l'avait-il mis dans une enveloppe qu'il eut un moment de doute. Par cette réponse succincte il se privait peut-être de toute une existence heureuse. Les existences… Pendant plusieurs semaines l'idée l'avait tenté : offrir une bonne mère à Lawrence, qui aimait bien Carol. Il se serait vite attaché à elle. Ainsi qu'aux jumelles espiègles dont il ne ferait donc jamais la connaissance. Quant à lui, il perdait une partenaire de confiance, aimante, drôle, généreuse, cultivée et belle, doublée d'une productrice de programmes télévisés extrêmement compétente. Son mari adoré était mort dans un accident d'avion et elle avait dû se battre pour maintenir sa famille et sa vie professionnelle à flot. Il n'avait pas osé franchir le pas. Elle non plus. Sans doute avait-elle perçu chez lui un parfum d'échec. Ses divers métiers, le départ de sa femme, pour de bonnes raisons peut-être. Avant de fermer l'enveloppe, il relut le mot de Carol. *Avec toute mon affection.* Il crut cette fois déceler de la tristesse dans sa requête paisible. Et toi ? Elle restait ouverte à des efforts de persuasion. Il inscrivit l'adresse, colla un timbre et cacheta l'enveloppe. Si c'était une erreur, il n'en connaîtrait jamais toute la portée ridicule. À poster le lendemain. Ou pas.

Comme il l'avait compris en survolant un livre sur le sujet, et comme le lui disaient ses amis, il était important de ne pas clore pour Lawrence le sujet de sa mère. Elle était souvent dans ses pensées, parfois des jours durant, puis plus rien les semaines suivantes. Il aimait passer en revue des photos d'elle. Dans un premier temps ses questions étaient à la portée de Roland, même si répondre avec ses mots d'adulte semblait impossible.

« Ma maman fait quoi en ce moment ?

— Aujourd'hui il fait très chaud. Elle doit être en train de se baigner. »

Un an plus tôt, quand Lawrence commençait à s'exprimer en formant des phrases complètes, il se satisfaisait de telles réponses. Mais depuis peu il voulait des précisions. Dans une piscine ou à la mer ? Si c'était une piscine, ce devait être celle où il avait l'habitude d'aller, puisqu'il n'en connaissait pas d'autres. Elle doit y être maintenant. On y va ? Si c'était à la mer, ils pouvaient prendre le train. Ses questions mettaient généralement son père sur la défensive.

« Où est-elle partie ?

— Faire un long voyage.

— Quand revient-elle ?

— Pas avant longtemps.

— Pourquoi elle ne m'a pas envoyé de cadeau d'anniversaire ?

— Je te l'ai déjà dit, mon chéri. Elle m'a suggéré de te trouver un hamster et c'est ce que j'ai fait. »

Vers la fin octobre, cette année-là, Lawrence vint le voir au lit à quatre heures du matin et demanda : « Est-ce qu'elle est partie parce que j'étais vilain ? »

Entendant cela, Roland, encore ensommeillé mais conscient de ses émotions, sentit les larmes lui monter aux yeux. Il avait lui aussi besoin de parler à quelqu'un. « Elle t'aime et ne pense jamais, jamais, que tu es vilain », dit-il. Le petit garçon s'endormit. Roland resta éveillé. Le fait que la moitié des enfants de l'école étaient élevés par des parents isolés l'aidait. Lawrence avait lui-même fait observer d'un ton détaché que s'il n'avait pas de maman, Lorraine n'avait pas de papa, ni Bisharo, et Hazeem non plus. Mais il verrait bientôt ce que ces réponses avaient d'évasif. D'autres questions viendraient. Si Alissa avait parlé à Roland d'un hamster, pourquoi ne pouvait-elle pas lui parler à lui, Lawrence ? Maintenir Alissa vivante dans les pensées de son fils pouvait être une forme de cruauté involontaire. Mais s'il l'avait d'emblée fait disparaître dans un accident d'avion, et qu'elle était réapparue ensuite, alors que faire ?

Il s'arrangea pour passer une soirée avec Daphné. Ce fut facile. Gerald, le plus jeune des trois enfants des Mount, un garçonnet fougueux avec des taches de rousseur, était avec Amanda l'un des meilleurs amis de Lawrence. Ils fréquentaient la même école maternelle, allaient dormir l'un chez l'autre, avaient passé ensemble des vacances en famille dans une immense ferme des Cévennes trouvée par Peter Mount, loin de la mer et donc peu chère.

Roland et Lawrence arrivèrent à dix-huit heures pour que les garçons aient le temps de jouer avant de se coucher. Une jeune Norvégienne au pair fit dîner les quatre enfants. Peter était sorti et les rejoindrait plus tard. Selon Daphné, il avait une proposition amusante à faire à Roland. Elle le conduisit dans le petit salon en façade d'où, effet d'une mesure vieux jeu, les enfants, leurs jeux et leurs jouets étaient bannis. Roland commençait à en comprendre l'intérêt.

Chaque fois qu'il venait en visite chez les Mount, dont la maison n'était guère plus spacieuse que la sienne, il remarquait une amélioration, une évolution vers plus de confort, et même vers une certaine opulence. Un réfrigérateur aussi grand que lui, des parquets de chêne, des canapés bergères, un téléviseur plus imposant et trônant sur un magnétoscope sophistiqué, des portes autrefois décapées et cirées pour être dans l'air du temps désormais peintes en blanc mat. Un dessin de Vanessa Bell était accroché au-dessus de la cheminée. Daphné avait longtemps travaillé pour les services municipaux chargés du logement social. La politique populaire de mise en vente des appartements et maisons à loyer modéré l'écœurait. Après avoir tenté des années durant de stopper le processus, en vain, elle avait donné sa démission. Elle avait monté une association de droit au logement et se rendait utile, pour un salaire deux fois supérieur, en dénichant des lieux de vie décents à l'intention des plus démunis. Peter avait lui aussi démissionné de son poste. Après douze ans au sein du Central Electricity Generating Board, la compagnie nationale, il appartenait à un consortium qui en préparait la privatisation. Avec l'apport de capitaux américains et néerlandais. L'Electricity Act avait été voté cette année-là. Peter disposait d'informations sur la rédaction de la loi, les calculs économiques, l'organisme de régulation, la protection des consommateurs, la part réservée aux actionnaires. Comme Roland, Daphné détestait le gouvernement Thatcher qui lui faisait parfois horreur mais, comme lui, elle prospérait grâce à ses mesures. Ensemble ils discutaient souvent de cette contradiction, sans jamais trouver de solution. Ils avaient voté pour le parti travailliste et ses hausses d'impôts, mais leur camp avait perdu. Ils avaient la conscience tranquille. La position de Peter était la plus cohérente. Il votait depuis le début pour Mme Thatcher.

Daphné emplit deux verres de riesling. Principal soutien de Roland durant les mois qui avaient suivi le départ d'Alissa, elle l'avait conseillé alors qu'il se débattait avec l'effrayante succession des maladies infantiles. Elle avait également été très présente dans ses pensées – et le restait. Ronde mais pas trop, grande et forte, elle avait une longue chevelure blonde coiffée comme dans les années 1960, avec une raie au milieu. Malgré son teint rose qui lui donnait l'apparence d'une paysanne, c'était une enfant de la ville, de plusieurs villes. Fille unique d'un père médecin et d'une mère enseignante, Daphné était de tous les amis de Roland celle qui avait eu la famille la plus stable. Elle avait hérité de la passion de ses parents pour le service public. Dotée d'une inépuisable énergie, c'était une organisatrice née pour les fêtes, les enfants, les amis. Elle gardait longtemps un souvenir précis des gens. Elle possédait un vaste réseau dans une zone à mi-chemin entre le monde universitaire et celui de la politique. C'était elle qui avait présenté son mari à Stephen Littlechild, étoile montante chez les fournisseurs d'électricité. Et si on perdait son passeport dans un village du Burkina Faso, c'était à elle que l'on adressait un télégramme. Sans connaître personnellement le ministre des Affaires étrangères, elle trouverait quelqu'un pouvant aider. Proche d'Alissa, elle n'avait aucune nouvelle d'elle et n'en revenait pas.

Roland se demandait parfois si elle n'en savait pas plus sur cette disparition qu'elle ne le prétendait. Mais elle s'y entendait pour donner des conseils sur des sujets difficiles. Le mois précédent, elle lui avait dit qu'il était temps de « se ressaisir ». Il avait touché l'argent d'Epithalamium. Lawrence n'était pas seul à avoir besoin de vêtements neufs. Roland vivait encore comme un étudiant, avait-elle déclaré, un étudiant déprimé. Qu'Alissa revienne ou non, secoue-toi. Passe à autre chose. Elle lui avait conseillé de s'installer avec Carol. Si nécessaire, de l'épouser. Elle l'avait eue plusieurs fois à dîner chez elle et l'appréciait. Elles avaient discuté de la gouvernance des chaînes télévisées, des moyens de faire bouger les lignes dans l'intérêt du public, pas seulement en termes de rentabilité. Daphné avait mis Carol en contact avec certains de ses amis qui étaient l'avenir de la télévision et cherchaient à créer une société de production dans Charlotte Street. L'esprit d'entreprise s'était emparé du centre gauche.

Roland et Daphné abordaient à présent leurs sujets habituels. Les dernières nouvelles du syndicat Solidarność en Pologne. L'autorisation donnée aux Allemands de l'Est de traverser la Tchécoslovaquie pour se rendre en Allemagne de l'Ouest. Roland évoqua des souvenirs de sa période berlinoise à la fin des années 1970. Les travaillistes devançaient de neuf points les conservateurs, le chancelier de l'Échiquier avait démissionné, la naissance d'un nouveau parti au nom accrocheur de « libéraux démocrates » était annoncée. L'un des « Quatre de Guildford » récemment libéré avait fait un discours magnifique. Roland raconta la visite du policier. Il n'était plus d'humeur à le faire sur le mode comique et resta vague sur le fameux texte de son carnet.

« Je ne m'inquiéterais pas pour cette histoire de procureur général », murmura Daphné.

La conversation passait d'un sujet à l'autre. Daphné décrivit son week-end avec les enfants dans la région des Chilterns pour voir une amie et son équipe lâcher une douzaine de gros rapaces, des milans royaux, dans leur nouvel environnement.

Ils firent une pause. Elle leur servit un deuxième verre. Il n'était même pas dix-neuf heures. Ils entendirent un enfant pleurer quelque part dans la maison. Roland allait se lever mais elle l'arrêta.

« Si c'est grave, ils savent où on est. »

Il mentionna alors la question plaintive de Lawrence à quatre heures du matin. Sa mère était-elle partie parce qu'il était vilain ? « Je fais comme si elle était encore présente. Quand il regarde des photos d'elle, il lui parle. Je le protège avec des mensonges. Quatre ans à peine, et déjà ses questions deviennent plus difficiles.

— Il est généralement joyeux. »

Ce n'était pas une interrogation, mais Roland acquiesça de la tête. Alors qu'il était venu chercher des conseils, il n'avait plus envie de les entendre. Lawrence n'était pas le problème. Le problème, c'était lui, Roland. Il savait combien cela pouvait être agréable, de prodiguer des conseils avisés. Les recevoir pouvait sembler étouffant quand on était passé à autre chose. À quoi, exactement ? À un retour de vingt-sept ans en arrière, à l'essentiel. La disparition d'Alissa lui avait ouvert la voie vers le passé. Comme si des arbres avaient été abattus pour dégager la vue. En de rares moments pareils à celui-ci, il distinguait l'origine – un point lumineux bien visible – de ce qui le troublait, lui, mais aussi ceux qui l'approchaient. La professeure de piano revenue le hanter durant cette toute première nuit lui occupait souvent l'esprit. Était-il temps de retrouver Miriam Cornell et de l'affronter ? Une pensée soudaine et dérangeante mais il ne laissa rien paraître.

Daphné fixait un angle de la pièce où la guitare dont Peter ne jouait plus était posée sur son support. Il avait autrefois été le leader du Peter Mount Posse. Entre ses petits boulots et ses voyages – sa décennie perdue –, Roland jouait pour le groupe de l'orgue Hammond et du piano électrique dans le style de Billy Preston. Il avait été amené par le bassiste, un ancien copain de l'internat qui faisait partie de l'éphémère trio de jazz. Ainsi Roland avait-il rencontré Peter et, par son intermédiaire, Daphné. Le groupe n'avait jamais enregistré de disque, mais son rock rythmé très influencé par Gregg et Duane Allman trouvait une audience chez les étudiants. Puis en 1976 le punk les avait balayés sur son passage. Peter s'était fait couper les cheveux, avait acheté un costume chez Burton et accepté un emploi de vendeur d'électroménager dans une salle d'exposition du Central Electricity Generating Board. Vite promu, il avait acquis de l'expérience en province avant d'être nommé au siège de la compagnie et y faire carrière.

Daphné reprit enfin la parole : « S'il revient à la charge, je pense que tu devrais lui expliquer ce qu'il en est.

— C'est-à-dire ?

— Que c'est un mystère. Un mystère que vous pouvez partager. Un jour, quand il était petit, elle est partie. Tu ignores pourquoi. Tu es aussi perplexe que lui. Tu aimerais beaucoup avoir de ses nouvelles toi aussi. Il est capable de s'adapter. Le principal c'est qu'il ne se reproche rien.

— Je le crois convaincu qu'elle va revenir.

— Il a peut-être raison. »

Roland la dévisagea. Savait-elle quelque chose ? Mais ses yeux bleu pâle soutinrent son regard et il décréta que non.

Elle haussa les épaules. « Ou peut-être pas. Tu peux le lui dire. Vous êtes dans le même bateau. Côte à côte. Tu n'en sais tout bonnement rien. »

Ils eurent une soirée bruyante et conviviale, mettant les enfants au lit et leur faisant la lecture à tour de rôle. Ils préparèrent le dîner ensemble et burent encore du vin, assis à la table de la cuisine. Presque comme dans la ferme des montagnes cévenoles, la chaleur du soir en moins. Audehors, une épaisse brume automnale tomba soudain. Daphné poussa un peu le chauffage. Dans la minuscule cuisine chaude et odorante régnait une atmosphère de plus en plus festive. En souvenir du bon vieux temps ils écoutèrent le premier album des Balham Alligators. Qui en Grande-Bretagne jouait mieux du violon cajun que Robin McKidd ? Ils montèrent le son pour « Little Liza Jane » et Peter entra pendant la chanson avec une bouteille de champagne et sa grande nouvelle, la fameuse proposition à laquelle Daphné avait fait allusion. Ils avaient un investisseur américain pour leur projet de société de distribution d'électricité. Celui-ci voulait que le consortium se réunisse. Il possédait un jet privé et serait bientôt en Europe – sans trop savoir où dans l'immédiat. Peut-être à Malmö ou à Genève, ou ailleurs. La semaine suivante sans doute. Il ferait venir en jet Peter et ses collègues à l'endroit où il se trouverait. D'où la fameuse proposition : il restait une place. Roland pourrait faire le voyage avec eux, se distraire durant leurs réunions, les rejoindre le soir pour dîner. Lawrence pourrait passer les trois nuits chez les Mount. Daphné serait là, et Tiril, la jeune fille au pair, pourrait emmener les enfants à l'école et aller les chercher. Gerald serait fou de joie. Tellement simple ! Ça te fera du bien, insistèrent Daphné et Peter. Dis oui !

Il dit oui.

Pendant le dîner ils discutèrent de Mikhaïl Gorbatchev. Il était d'une naïveté ridicule s'il croyait pouvoir, avec sa glasnost et sa perestroïka, libéraliser un tant soit peu cette vieille tyrannie usée tout en gardant la maîtrise du Parti. Tel était le point de vue de Peter. À moins que, selon Roland et Daphné, il ne soit un génie et un saint qui comprenait, avant ses collègues, que toute l'expérience communiste, son empire imposé par la violence, son recours instinctif au meurtre et à des mensonges peu crédibles, n'était qu'un échec grotesque auquel il fallait mettre fin. Le champagne leur faisait hausser le ton. Ils se disputaient comme des chiffonniers. Se liguant avec Daphné contre Peter, Roland songea qu'il ne serait jamais aussi près d'avoir une liaison avec elle. Contre toute attente, un cognac les ramena en fin de soirée à de meilleurs sentiments. Ensemble ils rangèrent la cuisine en mettant à fond « Life in the Bus Lane » des Balham Alligators. Une version à la fois galloise, écossaise et anglaise d'une chanson cajun, elle-même une forme hybride créée par les Français exilés à plus de trois mille kilomètres au sud de leur Acadie natale, dans les profondeurs de la Louisiane. Le monde était agréablement diffus.

Peter rappela à Roland qu'à leur époque les Peter Mount Posse avaient un titre aux sonorités cajun. Pour Roland, elles étaient plutôt zydeco. Ils s'entendirent pour lui trouver une double influence. Quelle importance ? Le bruit courait que la fin de l'apartheid était en vue, que la démocratie fleurissait partout en Amérique du Sud, que la Chine s'ouvrait au reste du monde, et qu'à présent l'énorme navire impérial soviétique prenait l'eau de toutes parts. Alors qu'ils allaient quitter la cuisine, Roland conclut avec emphase qu'au début du nouveau millénaire, onze ans plus tard seulement, l'humanité aurait atteint un degré supérieur de maturité et de bonheur. Une note optimiste pour terminer, à laquelle ils trinquèrent.

Il avait été décidé que Roland rentrerait chez lui avec Lawrence. Le petit garçon ne se réveilla pas quand son père le souleva du lit dans la chambre de Gerald, l'enveloppa dans une couverture et descendit au rez-de-chaussée en le portant dans ses bras. Les trois parents se dirent au revoir dans le jardin en miniature devant la maison des Mount, où le brouillard teinté d'orangé par un lampadaire s'enroulait autour de leurs épaules. Le trajet à pied dans des rues silencieuses fut rapide. Les quelque vingt kilos de Lawrence ne pesaient rien dans les bras de Roland. Tandis qu'il longeait les rues à grands pas entre les voitures en stationnement et les modestes maisons jumelles de style édouardien, la perspective d'une pause de trois jours, l'absurdité et le romanesque d'un voyage en jet privé le rendaient euphorique, malgré une pointe de remords sous l'effet de l'alcool à l'idée de laisser Lawrence. Pour l'heure, Miriam Cornell ne le préoccupait pas. Il s'occuperait de tout ça plus tard. Dans l'immédiat, l'évasion ! Il se réjouissait de ce concentré d'énergie dans ses jambes, de la sensation de l'air glacial dans ses poumons. N'était-ce pas ainsi qu'il se sentait, ou aurait voulu se sentir la plupart du temps, voilà quinze ou vingt ans, à l'adolescence et à une vingtaine d'années : le pied léger, curieux de la suite ? Quoi qu'ait pu dire le Marlow de Conrad, la jeunesse de Roland ne l'avait pas encore déserté.

*

L'année précédente, à la fin du mois d'août, Roland et Lawrence s'étaient rendus en Allemagne. Il s'agissait pour partie d'une obligation familiale, d'une réponse à la pression exercée par Jane au téléphone. Heinrich et elle n'avaient toujours pas fait la connaissance de leur unique petit-fils, et Lawrence méritait de voir sa famille le plus possible. Roland s'était facilement laissé convaincre. Il voulait avoir de source sûre un écho de la visite d'Alissa en 1986, de ce règlement de comptes, de sa dernière apparition connue. Il ne partait pas à sa recherche, se disait-il. Il voulait simplement savoir.

Un vaste anticyclone stagnait au-dessus de l'Europe. Londres était déjà une fournaise : un bon moment pour prendre de brèves vacances avant la fin de l'été. Jane avait proposé de payer les billets d'avion. Chaque étape du voyage enchanta le petit garçon. À presque trois ans, il eut droit lors du vol depuis Gatwick à son propre siège, près du hublot. Il apprécia le train de Hanovre à Nienburg et garda pendant les soixante-cinq minutes le nez collé à la vitre. Le taxi pour Liebenau le fascina, surtout le compteur au tic-tac sonore, et le chauffeur dans son épais blouson de cuir malgré la chaleur, aux petits soins pour lui. Ce fut au cours d'un échange de routine avec cet homme que Roland découvrit à quel point son allemand s'était rouillé. Il hésitait sur le genre des noms communs. Marmonnait pour masquer ses erreurs sur l'accusatif des articles définis. Les préfixes se détachaient de leurs verbes pour atterrir au mauvais endroit. L'ordre des mots, qu'il croyait avoir maîtrisé, paraissait désormais hérissé de règles épineuses : le temps précède la manière qui précède le lieu. Il était obligé de réfléchir avant chaque phrase qu'il prononçait. Pas facile pour parler de la pluie et du beau temps. À l'arrivée dans le village il en conclut que l'allemand, comme Alissa, appartenait à un passé en friche.

Heinrich Eberhardt, le bourgeois flegmatique, s'avéra être un grand-père idéal. Lorsque Roland et Lawrence franchirent le portillon de bois niché dans la haie et se retrouvèrent sur l'immense pelouse, à présent grillée par le soleil, Heinrich, debout avec un tuyau d'arrosage à la main, remplissait la piscine gonflable en forme de dinosaure qu'il venait d'acheter. Lawrence s'élança droit vers lui et exigea d'être déshabillé. Sans lui dire bonjour, murmurant seulement « *So...* », son grand-père s'agenouilla et s'attaqua aux velcros de ses chaussures. Sa tâche accomplie il se releva, et les bras croisés, tout sourire, il regarda son petit-fils grimper dans la piscine pour danser et s'ébrouer dans les quelques centimètres d'eau tiède, faisant sciemment son intéressant. Son plaisir à être nu, déclara plus tard Heinrich, prouvait son hérédité allemande.

Tout alla de mieux en mieux. À l'intérieur, après que Jane eut tenté de serrer Lawrence dans ses bras et lui eut donné du jus de pomme bien frais, Heinrich et lui se mirent à jouer au jeu qui les occuperait les cinq jours suivants. Il s'assit sur les genoux de son grand-père pour lui enseigner l'anglais. En échange, Heinrich lui enseignerait l'allemand. Déjà, le petit garçon avait appris à demander : « *Opa, was ist das ?* » Heinrich fixait l'objet, faisait mine de réfléchir, puis répondait lentement d'une voix grave et posée : « *Ein Stuhl.* » Lawrence répétait après lui, approchait son visage de celui de Heinrich et disait : « Une chaise. » Heinrich répétait à son tour. Il prétendait ne pas connaître un mot d'anglais, ce qui était plus ou moins vrai.

Lawrence mit plus de temps à devenir ami avec sa grand-mère. Il s'était montré timide avec elle, se dégageant de son étreinte quand elle lui avait souhaité la bienvenue, et il avait refusé de la remercier pour le jus de pomme. Dès qu'elle lui adressait la parole, il se réfugiait derrière les jambes de Roland. Peut-être se méfiait-il de cette femme dont le visage lui rappelait, même vaguement, celui d'une autre sur les photos qu'il avait vues chez lui. Elle eut le bon sens, le tact de rester en retrait. Une demi-heure plus tard, lorsqu'ils furent installés au jardin à l'ombre d'un saule, il s'approcha prudemment d'elle et posa la main sur son genou. Dans l'esprit du jeu initié par Lawrence, elle désigna d'abord Heinrich, puis elle-même et articula lentement : « *Das ist Opa. Ich bin Oma.* »

Il comprit. Debout devant eux, encore nu et pointant l'index vers lui puis vers ses grands-parents, il déclara dans un allemand que Roland trouva parfait : « *Ich bin Lawrence. Das ist Opa, das ist Oma.* » Les applaudissements et rires immédiats le ravirent et le revigorèrent tellement qu'il courut faire des cabrioles sur la pelouse. Il sauta dans la piscine gonflable, poussant des cris et s'éclaboussant, soucieux, comme le savait son père, de retenir leur attention et de recevoir plus de compliments, plus d'approbation.

« Ce qu'il est beau », dit Jane.

Cette remarque innocente leur rappela ce qui s'était

brisé, ce qui manquait. Assis en silence, ils observèrent Lawrence quelque temps, jusqu'à ce que Heinrich se lève de son fauteuil en osier avec un grognement et annonce qu'il allait chercher deux ou trois bières. Plus tard, après son dîner, Lawrence laissa Oma l'emmener pour lui faire prendre un bain à l'étage et lui raconter une histoire avant le coucher. Heinrich était dans la minuscule pièce qui lui servait de bureau. Roland restait au jardin avec un gin-tonic. Le soleil se couchait mais il faisait vingt-six degrés, d'après le thermomètre cloué au tronc du saule. Il avait toujours trouvé oppressants cette maison et ce jardin impeccables. Presque comme ceux de ses propres parents. Entretenus de manière trop obsessionnelle, avec trop de choses toujours à la même place. Mais à cette minute la propreté, l'ordre et les surfaces bien cirées des pièces des deux maisons lui firent l'effet d'une délivrance. Les grands-parents de Liebenau, comme ceux d'Ash, ne demandaient qu'à l'aider avec Lawrence. Il se cala dans son fauteuil de jardin. Il était pieds nus. Ce vaste continent compliqué était en surchauffe. Les stridulations des grillons, le contact de l'herbe roussie sous ses pieds et les senteurs de la terre encore chaude lui plaisaient. Le grand verre était lourd et glacé entre ses mains. Quand il le posa, le tintement des glaçons lui sembla familier. Il ferma les yeux et s'abandonna à une rêverie paresseuse. Son fils et lui viendraient s'installer ici, ils émigreraient comme dans la chaleur du sud de l'Espagne, occuperaient le studio au-dessus du garage près de la maison et il travaillerait son allemand, enseignerait l'anglais dans un lycée local, mènerait une vie rangée dans un cadre familial chaleureux, et quand Lawrence serait plus grand il irait pêcher avec lui sur les berges de l'Aue, une rivière regorgeant de perches communes, et ils remonteraient la Weser en bateau, laisseraient l'Angleterre derrière eux, du moins sa version personnelle de ce pays, ils seraient libres, déchargés de tout souci… il prendrait la place d'Alissa, deviendrait un Allemand, un bon Allemand.

Quand il s'éveilla le soleil était couché. Assise en face de lui, Jane souriait. Sur la table devant elle étaient disposés deux photophores.

« Vous êtes épuisé.

— Sans doute le gin. Et la chaleur. »

Il alla chercher deux verres d'eau à l'intérieur.

À son retour elle lui apprit que Heinrich était à un conseil presbytéral. Il fallait collecter des fonds pour refaire la toiture de l'église. Roland et elle eurent donc la première de leurs trois conversations en cinq jours. Dans ses souvenirs les trois devinrent indissociables. En guise de prélude, comme pour reprendre leur souffle, ils restèrent immobiles, buvant de l'eau en silence. L'air du soir était calme et encore tiède. Les grillons interrompirent leur tintamarre, puis recommencèrent. De plus loin leur parvint un cri aigu et répété. Des grenouilles mélancoliques au bord de la rivière. Jane et Roland se regardèrent et détournèrent les yeux. La douce lumière des photophores éclairait à peine leurs visages. Dans le passé, elle l'avait encouragé à parler allemand. Elle corrigeait ses erreurs sans lui donner l'impression qu'il était stupide. Au bout de quelques minutes, il dit : « *Erzähl mir, was passiert ist.* » Expliquez-moi ce qui s'est passé. En prononçant ces mots, il eut un doute. N'était-ce pas *mich* plutôt que *mir* ?

Elle comprit et répondit sans hésitation. « Bien sûr, nous pensions qu'elle était à Londres avec vous, donc ce fut un choc quand elle a appelé d'une cabine téléphonique un après-midi. Et de Murnau, en plus. Elle a annoncé qu'elle venait nous voir et ne resterait qu'une nuit. Je lui ai demandé si le bébé était avec elle. Quand elle a dit que non, j'ai su que quelque chose n'allait pas. J'aurais peut-être dû vous appeler. Au lieu de quoi je l'ai attendue. Deux jours plus tard elle a débarqué. Une minuscule valise, et elle-même totalement différente. Les cheveux coupés court comme ceux d'un garçon et colorés au henné. Presque orange. Un jean noir, des bottes noires avec des clous argentés, un blouson de cuir noir moulant. Dès qu'elle est descendue du taxi j'ai pensé que ça risquait de mal tourner. Elle avait toujours adoré les jupes et les robes. Elle portait une petite casquette, un peu comme celle de Lénine, légèrement de travers. Ridicule ! Et sa pâleur ! J'ai cru que c'était du fond de teint. Mais non, une fois à l'intérieur, j'ai vu qu'elle était à bout de forces. Les prunelles pas plus grosses que des têtes d'épingle. Ce n'est pas un effet de certaines drogues ?

— Je n'en sais rien », dit Roland. Son rythme cardiaque s'était accéléré. Il n'avait pas envie qu'un malheur lui soit arrivé. Même deux ans plus tôt.

« Il était quinze heures. J'ai proposé de lui faire un sandwich. Elle ne voulait qu'un verre d'eau. Je l'ai informée que son père rentrerait dans deux heures et qu'il mourait d'envie de la revoir. Une phrase idiote. Mais il était vraiment malade d'inquiétude. Elle a répondu qu'elle ne voulait parler qu'à moi. Nous sommes allées à l'étage dans la chambre d'amis. Elle a fermé la porte. Au cas où on serait interrompues, a-t-elle précisé. J'étais assise sur une chaise, elle au bord du lit, face à moi. Je me sentais très tendue et, quand elle s'en est aperçue, ça l'a calmée. Puis ç'a été mon procès. Elle s'était rendue dans notre ancienne maison, ce chalet à Murnau. Les occupants lui avaient permis de jeter un coup d'œil à sa chambre d'autrefois. Ils l'avaient laissée seule. Elle m'a avoué s'être assise à même le sol et s'être mise à pleurer le plus silencieusement possible. Elle ne voulait pas que le couple monte voir si elle allait bien. Or elle n'allait pas bien. Elle me l'a répété plus d'une fois. "Je n'allais pas bien, *Mutti*. Je n'allais pas bien alors et je ne vais toujours pas bien. Rien n'est jamais allé bien." Je restais assise là, pétrifiée. Un acte d'accusation accablant se préparait. Je ne pouvais qu'attendre. Puis c'est sorti. Le genre de phrase dont on sait aussitôt qu'elle a été préparée, peaufinée, travaillée et retravaillée durant des nuits d'insomnie ou des heures de thérapie. Elle était en thérapie ?

— Non.

— Elle a repris : "*Mutti*, j'ai grandi dans l'ombre glaciale de ta déception. Toute mon enfance était centrée autour de ton sentiment d'échec. De ton amertume. Tu n'étais pas devenue écrivaine. Oh quel malheur ! Tu n'étais pas devenue écrivaine. À la place tu avais eu la maternité. Tu ne détestais pas. Tu t'en accommodais. Mais cette vie par défaut, tu la supportais à peine. Tu penses qu'une enfant ne remarque rien ? Tu ne voulais certainement pas d'un autre bébé, n'est-ce pas ? Et l'homme que tu croyais avoir épousé s'est révélé être quelqu'un d'autre. Encore une déception et tu ne pouvais pas le lui pardonner. Tu étais destinée à quelque chose de mieux et ça ne s'est pas produit. Ça t'a rendue aigrie, égoïste, méfiante devant le succès d'autrui." Elle s'est tue un moment, et je suis restée assise à attendre. Elle avait les larmes aux yeux. Puis elle a ajouté que durant toute son enfance et son adolescence elle ne m'avait jamais vue heureuse, vraiment heureuse.

Selon elle, je ne me laissais jamais aller. Je n'avais jamais profité de notre vie ensemble. J'en étais incapable parce que je pensais avoir été trahie par l'existence. C'est le mot qu'elle a employé. *Betrogen.* J'étais incapable de me laisser aller, d'être joyeuse et d'aimer la vie que j'avais avec ma fille. Et parce qu'elle-même m'aimait, parce qu'elle était si proche, elle non plus ne s'était jamais autorisée à être heureuse. Ç'aurait été une seconde trahison. Au lieu de quoi elle m'emboîtait le pas, m'imitait, devenait moi. Elle aussi était aigrie dans l'existence. Impossible de trouver un éditeur pour ses deux livres. Elle aussi avait échoué à devenir écrivaine. Elle aussi… »

Jane s'arrêta et se frotta le front avec son index. « J'ignore si j'ai le droit de vous en parler.

— Allez-y.

— Très bien. Elle aussi s'était trompée en se mariant. Elle vous prenait pour quelqu'un de génial et de bohème. Votre talent de pianiste la séduisait. Elle pensait que vous étiez un esprit libre. De la même façon que j'avais pensé que Heinrich était un héros de la résistance et continuerait à l'être. Vous l'aviez trompée sur la marchandise. "C'est un dilettante, *Mutti,* il ne se tient à rien. Il y a dans son passé des problèmes qu'il ne veut même pas affronter. Il n'arrive à rien. Et moi non plus. Ensemble on sombrait. Puis il y a eu le bébé et on a sombré plus vite. Aucun de nous n'arriverait jamais à rien. C'est toi qui me l'as appris, un bébé n'est qu'un pis-aller. Et encore. Mais on parlait quand même d'en avoir un autre parce qu'un enfant unique est la chose la plus triste au monde. N'est-ce pas, *Mutti*?" À ce moment-là, elle s'est levée, donc moi aussi. Elle a déclaré : "Voici ce que je suis venue t'annoncer, *Mutti.* Essaie de le prendre comme une bonne nouvelle. Je ne vais pas sombrer. Je quitte Roland. Et le bébé. Non, ne dis rien. Tu crois que ce n'est pas douloureux ? Mais il faut que je le fasse maintenant, avant que ça ne devienne impossible. C'est aussi toi que je quitte. Je refuse de t'emboîter le pas." Là elle criait presque. "Je ne vais pas sombrer ! Je vais me sauver la vie. Et du même coup je sauverai peut-être la tienne !" Alors j'ai répondu quelque chose d'idiot. Je n'aurais rien pu dire de moins utile pour elle en cet instant. Par souci d'être gentille et maternelle, je suppose. Les mots sont sortis sans que je puisse les retenir. J'ai dit, ou commencé à dire, quelque chose comme : "Ma chérie, tu as bien conscience que beaucoup de jeunes mères dépriment pendant les premiers mois après la naissance d'un bébé." Elle a levé les bras au ciel, vous savez, en signe de capitulation, ou pour me faire taire. Elle était affreusement calme. "Arrête. S'il te plaît, arrête." Elle s'est approchée de moi. J'ai même pensé qu'elle allait peut-être me frapper. Très posément, elle a ajouté : "Tu n'as absolument rien compris." Elle essayait de passer devant moi pour atteindre la porte. J'ai tenté de m'excuser. Une erreur. Elle était sortie de la pièce et dévalait l'escalier. Je l'ai suivie, mais je descends lentement, et quand je suis arrivée en bas elle était déjà dehors, elle traversait la pelouse. Je l'ai entrevue par la fenêtre. Elle avait sa valise à la main. Je suis sortie et l'ai appelée, mais elle ne m'aura pas entendue puisqu'elle a claqué le portillon derrière elle. J'ai couru jusqu'au trottoir. Impossible de voir de quel côté elle était partie. Je l'ai appelée un nombre incalculable de fois. En vain. »

À nouveau, Jane et Roland restèrent assis quelque temps en silence. Il essayait de ne pas s'attarder sur les insultes d'Alissa. Un dilettante. N'arrive à rien. Il laissa d'autres détails affluer. Les cheveux courts colorés au henné. Ça, il pouvait l'imaginer. Il s'apprêtait à questionner sa belle-mère sur la police allemande quand ils entendirent Lawrence pousser un cri. Sa chambre surplombait le jardin et sa fenêtre était ouverte. Roland fonça vers la maison. La soirée serait fichue si Lawrence se réveillait dans une chambre inconnue et s'affolait. Mais lorsque Roland arriva à son chevet le petit garçon s'était rendormi. Il s'assit quelques minutes auprès de lui. Une fois qu'il eut rejoint Jane il avait oublié sa question.

Elle en avait une à lui poser. « Ne me dites rien que vous n'ayez pas envie de me dire, mais Alissa avait-elle raison ? Y a-t-il quelque chose dans votre passé ?

— Rien de particulier. Les ennuis habituels. Personne n'a des parents parfaits. » Puis, préférant reprendre le fil de la conversation, il demanda : « C'est là, dans vos carnets. Vous étiez en colère. Il n'y avait pas du vrai dans son argumentation ?

— Une once de vérité. Peut-être une once et demie. C'est ma faute, j'ai réellement raté quelque chose. Mais Alissa avait tout. Du point de vue de la génération qui a vécu la guerre. Ma fille a eu toutes les chances. L'histoire a été généreuse avec elle. Le gouvernement aussi. De bonnes écoles, des leçons gratuites de danse et de musique. Chaque année tout s'améliorait légèrement. Comparé à ce qui avait précédé, la tolérance régnait. Et son père et moi étions en adoration devant elle. » Elle s'interrompit, puis, comme pour clarifier : « *Votre* génération.

— À votre avis, à quoi pensait-elle en disant qu'elle vous sauverait peut-être la vie ? »

Avant de prendre la parole, elle l'observa longuement. Son beau visage était devenu impérieux avec l'âge. Dans la pénombre, ce regard assuré, ce nez droit et fin, ces pommettes saillantes lui donnaient l'air d'une femme puissante à la tête d'une grande entreprise, d'un pays important.

« *Ich habe nicht die geringste Ahnung* », répondit-elle. Je n'en ai pas la moindre idée.

*

Tout en allant et venant dans le salon VIP il réfléchissait à cette conversation – à ces trois conversations au jardin. Il avait toutes les raisons d'y réfléchir, et tout le temps nécessaire. Peu à peu, voyager en jet privé avait perdu tout aspect romanesque. Le trajet de Londres à l'aéroport de Bristol avait pris quatre heures à cause d'un accident sur l'autoroute. Dans leur luxueux autocar ils s'étaient rassurés en se disant que leur jet les attendrait. Il n'était pas là. Ils furent accueillis par une jeune femme inquiète vêtue d'une jupe droite et d'un chemisier blanc amidonné. Elle prit leurs passeports et les informa que leur vol pour Malmö avait deux heures supplémentaires de retard. Le salon réservé se trouvait dans un local temporaire entouré d'un grillage, tout au bout de l'aéroport, près d'un parking de longue durée. Roland, Peter Mount et ses collègues y étaient seuls. Il y avait un distributeur d'eau chaude avec des gobelets, des sachets de thé et une unique bouteille de lait. Pas de café, rien à manger. Le terminal et ses brasseries étaient de l'autre côté des pistes à plus de trois kilomètres. Quatre jeux de chaises métalliques étaient disposés autour de tables basses en plastique. Peter et ses amis du consortium apprécièrent de pouvoir s'asseoir ensemble pour affiner leur projet. Roland s'installa un peu plus loin. Il n'avait à lire qu'un roman pris sur une étagère en quittant la maison, *La Cousine Bette*, dans une traduction anglaise. Il suivait de loin la conversation à la table voisine : Peter monopolisait la parole. C'était devenu une habitude chez lui de couvrir la voix d'autrui et de hausser le ton dès qu'il redoutait d'être interrompu. Il organisait l'emploi du temps de l'équipe, alors que les partenaires étaient normalement sur un pied d'égalité. Un rappel de l'époque du Peter Mount Posse où, guitariste et leader du groupe à vingt-deux ans, Peter exultait de pouvoir donner des ordres à tout le monde, des techniciens aux musiciens en passant par les directeurs de salle.

Une heure et demie plus tard la jeune femme revint. Ils ne découvrirent jamais où elle se repliait. Leur avion avait fait un détour pour aller chercher à Lyon son propriétaire, James Tarrant III. Deux heures s'écoulèrent. Aux dernières nouvelles M. Tarrant avait retrouvé son jet. Il l'avait pris pour aller non pas à Malmö mais à Berlin. L'appareil y ferait le plein de carburant et viendrait les chercher à leur tour. Malgré d'innombrables difficultés, des chambres d'hôtel avaient été réservées dans cette ville et leur hôte les y attendrait. Le message transmis en fin d'après-midi ne fut pas une surprise. L'aéroport berlinois de Tegel était saturé à cause de la densité inhabituelle du trafic aérien. Leur jet privé viendrait les chercher à neuf heures le lendemain matin. Un véhicule était en route pour les emmener au Grand Hotel de Bristol.

C'était logique. Tout le monde voulait être à Berlin. Toute personne ayant son propre jet s'y rendait. Ainsi que toute personne ayant un billet d'avion. Chaque chaîne de télévision de la planète envoyait ses reporters, ses logisticiens, ses équipes de cameramen. Les ministères des Affaires étrangères dépêchaient des diplomates. Des avions militaires encombraient le ciel et avaient la priorité. Roland venait de lire cent pages de *La Cousine Bette* et ne pouvait pas en lire une de plus. Il voulait des informations. Il n'y avait aucun journal dans ce salon, aucun téléviseur, aucune radio. La réunion de Peter et de ses collègues avait pris fin depuis longtemps. Au bout d'une heure un bus arriva. En cherchant un siège, Roland entendit quelqu'un dire : « J'aurais pu raconter à mes petits-enfants que j'étais à Berlin deux jours après la chute du Mur. Maintenant il faut ajouter un jour de plus ! »

Ce fut un groupe bruyant qui arriva à la réception de l'hôtel. La perspective d'avoir accès à de la nourriture et à des boissons mettait l'équipe de Peter d'excellente humeur. Lorsqu'ils s'étaient rencontrés, la possibilité de s'enrichir considérablement en quelques années leur avait donné un regain d'énergie. Roland s'excusa et alla dans sa chambre. Il voulait parler à Lawrence avant l'heure du coucher. La jeune fille au pair décrocha. Lawrence et les enfants Mount dînaient. Toute conversation téléphonique avec son fils tenait généralement de l'interview.

« C'était comment, à l'école aujourd'hui ?

— Les araignées ne mordent pas.

— Bien sûr qu'elles ne mordent pas. Tu as joué avec Gerald ?

— On mange une glace. »

De cet échange décousu Roland déduisit que Lawrence avait bon moral, que son père ne lui manquait pas. Il crut entendre le combiné tomber sur le sol. Il y eut des rires, un enfant plus âgé chantait. « Mon papa peut avaler des épées », cria Lawrence. Puis quelqu'un récupéra le combiné et la communication fut coupée.

En dînant d'un repas servi dans sa chambre, Roland regarda des reportages télévisés en direct de Berlin puis les analyses en studio. Checkpoint Charlie concentrait symboliquement l'attention. À Washington, le président Reagan triomphait. Mme Thatcher, à peine rentrée de l'ONU où elle avait fait son grand discours sur le réchauffement climatique, se montrait plus circonspecte. Un porte-parole dit qu'il la croyait troublée par la perspective de la résurgence d'une Allemagne réunifiée.

Le lendemain matin, image de réussite et d'un luxe relatif, leur avion attendait près du salon VIP. À bord, les sièges, quoique petits et rapprochés, étaient faits du cuir le plus souple. À cause de retards et de perturbations dans l'approvisionnement, il n'y avait rien à manger. À l'aéroport berlinois de Tegel, un bus vint au pied de la passerelle de l'appareil. Alors qu'ils s'y installaient, un responsable de la sécurité vérifia d'un coup d'œil leurs passeports. Roland remarqua que les autres, abrutis par la gueule de bois après une soirée dans les pubs de Bristol, avaient des valises assez volumineuses pour contenir des chemises, chaussures et costumes de rechange. Lui-même voyageait avec un petit sac à dos : sous-vêtements, un pull supplémentaire, deux chemises chaudes. Il était en jean, chaussé comme pour une randonnée. Si l'hôtel était cossu, on ne le laisserait peut-être pas entrer. Daphné avait raison, il vivait comme un étudiant.

Alors qu'ils se dirigeaient dans les embouteillages vers le centre-ville, il décida de ne pas descendre tout de suite à l'hôtel. Peter et ses collègues devaient déjeuner avec M. Tarrant avant un après-midi de présentations. Roland demanda qu'on le dépose près de Potsdamer Straße, d'où il marcherait vers l'est en suivant la foule. Près de neuf ans avaient passé. Quelle chance d'être là plutôt qu'à Malmö ! Il éprouva un sentiment immédiat de familiarité, malgré l'optimisme ambiant et le fait que tout paraisse neuf. Venant en sens inverse, un flot continu de Berlinois de l'Est. Des groupes de jeunes gens arborant l'écharpe de leur club de foot, des couples âgés, des familles avec des enfants, et des bébés dans leur poussette. Roland supposa qu'ils s'étaient égarés à partir de Checkpoint Charlie et cherchaient les magasins bien éclairés du Kurfürstendamm, avec leurs cent marks allemands offerts en « cadeau de bienvenue » par la république fédérale. Ils étaient accueillis aux cris de « *Willkommen !* » et même étreints. Les reportages télévisés de la veille au soir insistaient sur le fait que les « *Ossis* » étaient facilement identifiables à leurs vêtements bon marché, à leurs blousons en jean mal coupés. Or Roland ne voyait pas cela. Ce qu'ils avaient en commun, c'était un certain ahurissement, une certaine hésitation dans le regard. Ils redoutaient que ça ne dure pas. Bientôt on les rappellerait vers l'Est pour une forme de règlement de comptes. Inconcevable que les autorités puissent être si soudainement dépouillées de leur emprise sur la vie privée d'autrui.

En marchant, Roland se disait qu'il scrutait la foule dans l'espoir d'y voir la famille Heise, et qu'il ne cherchait pas Alissa. La division de l'Allemagne avait moins de signification pour elle que pour lui. Même si elle avait fait le voyage, la possibilité de la repérer parmi des dizaines de milliers de gens était infime. Et il ne souhaitait pas la voir. Potsdamer Straße s'incurvait doucement vers l'est jusqu'au Mur. Plus loin, un vaste terrain vague avec des bouleaux et des lampadaires épars était envahi par une foule imposante. Roland dépassa un groupe de policiers de

Berlin-Ouest à l'air sidéré, des fleurs à la boutonnière de leur veste verte. Il s'approcha du belvédère où l'on amenait souvent les hauts dignitaires pour qu'ils contemplent au-delà du no man's land le secteur est de la ville. Tant de gens et d'équipes de tournage s'y pressaient à présent qu'il semblait prêt à s'écrouler. Alors que Roland s'enfonçait dans la foule, une formidable acclamation s'éleva. Une grue, dont la silhouette se détachait sur le ciel pâle et nu, commençait à hisser une portion de mur en forme de L, d'à peine un mètre de large. Elle oscilla quelque temps dans le vide, blanche d'un côté, recouverte de graffitis colorés de l'autre, et tourna lentement sur elle-même comme pour illustrer la folle collusion de deux univers. Puis, sous les applaudissements, le fragment fut déposé sur la friche, où d'autres avaient été placés verticalement – sortes de menhirs, de monuments de Stonehenge à la mémoire d'une civilisation en voie de disparition.

Roland s'enfonçait toujours plus dans la foule et se sentit bientôt porté par elle. Il ne pouvait s'empêcher de continuer à scruter les visages, poussé vers une brèche d'une dizaine de mètres dans le Mur. Les plus jeunes et les plus sportifs l'avaient escaladée, ou y avaient été hissés, et ils restaient assis à califourchon sur le sommet sinueux en béton. Un alignement de jambes long de deux cents mètres. Une silhouette solitaire qui ressemblait vaguement à Buster Keaton eut la témérité de se lever, surplombant la brèche. L'homme pivota vers l'est, et leva les deux bras pour faire le signe de la paix. Peu probable que de l'autre côté quiconque ait pu le voir.

Roland s'était imaginé qu'il resterait d'un côté, pour assister à la ruée vers l'ouest de joyeux Berlinois de l'Est. Au lieu de quoi il était entraîné par une foule triomphante qui s'écoulait vers l'est jusqu'à la gigantesque prairie sablonneuse du no man's land. Il finit par s'abandonner au moment qu'il vivait. Une partie de l'histoire de cette ville et de ce monde divisés était aussi la sienne. Lors de ses traversées vers l'est dans les années 1970, jamais il n'aurait pu imaginer une scène pareille, d'une telle force et d'un tel poids symbolique – à la portée de foules bienveillantes. Eux – lui – faisaient l'histoire. Se trouver là, sur cette étendue interdite et militarisée était aussi extraordinaire que de fouler le sol de la Lune. Chacun le ressentait. La versatilité des foules laissait depuis toujours Roland sceptique mais là il avait l'impression de se fondre dans la joie ambiante. Les accords sinistres qui avaient clos la Seconde Guerre mondiale prenaient fin. Une Allemagne pacifiste serait réunifiée. L'empire russe se délitait sans qu'aucune goutte de sang ne soit versée. Une nouvelle Europe devait émerger. La Russie suivrait la Hongrie, la Pologne et les autres sur la voie de la démocratie. Elle prendrait peut-être même la tête du mouvement. Il n'était pas si surréaliste d'imaginer aller un jour en voiture de Calais au détroit de Béring sans jamais montrer son passeport. La menace nucléaire de la Guerre froide n'existait plus. Le désarmement à grande échelle pouvait commencer. Les livres d'histoire se refermeraient là-dessus : une masse de gens enthousiastes fêtant un tournant pour la civilisation européenne. Le nouveau siècle serait fondamentalement différent, fondamentalement meilleur et plus sage. Roland avait eu raison de le dire à Daphné et à Peter la semaine précédente.

Ses réflexions le conduisaient vers un fait évident, et facilement oublié : le Mur était en réalité deux murs parallèles séparés par le Couloir de la Mort. On traversait le Mur grâce à ce large corridor grillagé de part et d'autre.

L'endroit avait été débarrassé de ses mines et de ses explosifs. À travers le grillage, Roland apercevait les gardes-frontières est-allemands, les VoPos, debout en groupes, la plupart à peine sortis de l'adolescence. Quelques jours plus tôt, ils avaient ordre de tirer à vue sur toute personne s'aventurant dans cette zone. Désormais ils avaient l'air penaud. Roland remarqua qu'ils portaient leur revolver au creux des reins. À cinquante mètres de là une multitude de lapins broutaient l'herbe. Leur âge d'or touchait à sa fin. Un jour prochain, des promoteurs s'empareraient de leur territoire.

Pour des raisons de sécurité on demanda à chacun, dans un mégaphone depuis la partie ouest, de se disperser autant que possible. Bon enfant, la foule obéit aussitôt. Roland scrutait à nouveau les visages. Florian et Ruth avaient-ils pu arriver jusque-là avec leurs filles ? Quitter Schwedt en si peu de temps aurait sûrement été impossible. Mais il aurait voulu qu'ils soient là. Ils le méritaient. Pendant cinq minutes d'affilée, à l'écart du flot de gens traversant cette friche couverte d'herbe et de fleurs de l'été précédent, il oublia où il se trouvait pour ne regarder que les visages.

Le plaisir d'être dans une zone jusque-là interdite s'estompait. Après vingt minutes debout à s'émerveiller et à prendre des photos, la majeure partie de la foule qui avait déferlé avec jubilation par la brèche dans le Mur commençait à refluer vers l'ouest. Roland suivit le mouvement. On avait froid si on ne bougeait pas. Comme les autres il avait fait l'expérience enthousiasmante d'être parmi les premiers témoins d'une transition historique significative, et il avait envie de la revivre quelque part le long de l'ancienne frontière. Le reste de la soirée, ou presque, se passa dans une errance inlassable en quête de nouvelles preuves ou d'un nouvel épisode de cet événement marquant. Roland se déplaçait toujours au sein de cette foule infatigable, à contre-courant du flot de gens venant d'en face voir ce que lui-même avait déjà vu. Mais il ne pouvait s'empêcher de chercher Alissa.

Repassant par la brèche dans le Mur, il fut accueilli par des acclamations et des applaudissements. De nouveaux venus les prenaient, lui et ceux qui l'entouraient, pour des Berlinois de l'Est traversant vers la liberté. Un vieillard voûté lui glissa un paquet de chewing-gums dans la main. Inutile d'essayer de le rendre. En cette journée, la conscience historique était à son comble. En 1945 un GI ou un soldat britannique avaient dû lancer le même genre de friandises à un homme depuis la tourelle d'un char ou le volant d'un trois-tonnes. Une équipe de tournage arrivée depuis peu lui demanda avec un mélodieux accent gallois s'il parlait anglais. Il acquiesça de la tête.

« Quelle fantastique journée ! Quel effet ça vous fait ?

— Un effet fantastique.

— Vous venez de traverser le no man's land, le fameux Couloir de la Mort. Vous arrivez d'où ?

— De Londres.

— Nom de dieu ! Coupez ! » Le reporter sourit aimablement. « Désolé, vieux. Ne m'en voulez pas. »

Ils échangèrent une poignée de main et Roland partit vers le nord, longeant le Mur à sa droite. Avec des milliers d'autres il voulait voir ce qui se passait à la porte de Brandebourg. À son arrivée le jour déclinait. La foule était bien plus imposante, et là le Mur, masquant le bas de la porte monumentale, restait intact. Debout au sommet, une rangée de VoPos était sous les projecteurs des équipes de télévision. Ils avaient quelque chose de comique, songea Roland. Comme si une représentation théâtrale allait commencer. En bas, à l'écart, leur commandant fumait nerveusement, faisant les cent pas. La foule se rapprochait du Mur et semblait prête à en déposséder les gardes. Mais quand quelqu'un leur jeta une canette de bière, une clameur s'éleva : « *Keine Gewalt !* » Pas de violence ! Roland s'avança lui aussi. Les soldats paraissaient aussi tendus que leur commandant. Ils n'étaient que trente face à des milliers de gens pouvant facilement les submerger. Puis il y eut des huées, des sifflets et quelques applaudissements laborieux. Durant quelques minutes personne dans la partie de la foule où se trouvait Roland ne vit ce qui se passait. Prisonnier d'un mouvement soudain de flux et de reflux parcourant les corps serrés les uns contre les autres, il fut entraîné sur le côté et les choses devinrent claires. Une rangée de policiers de Berlin-Ouest s'était déployée au pied du Mur, face à la foule, protégeant les VoPos. Quelque part en haut de la chaîne de commandement il devait y avoir une profonde inquiétude. Un incident pouvait dégénérer. Pendant des années on avait prédit qu'une Troisième Guerre mondiale pourrait éclater à cause d'une confrontation accidentelle devant le Mur. Les autorités communistes pouvaient tenter de restaurer le statu quo. La place Tian'anmen était dans tous les esprits. Des souvenirs de la catastrophe de Hillsborough en avril troublaient Roland. Des dizaines de spectateurs avaient péri écrasés sous le poids des corps. Il suffisait qu'une personne trébuche. Il devait s'éloigner.

Il tourna le dos au déploiement de force et entreprit de se frayer un chemin vers l'arrière, puis sur le côté. Pas facile. La pression exercée par les corps était constante, curieusement en direction de l'est. Dans cette bousculade, son sac à dos gênait les autres mais il n'y avait pas de place pour l'enlever. Jouant des coudes et marmonnant « *Entschuldigung* », il mit une heure à se libérer. Il se retrouva à proximité de son point d'entrée, côté sud, et il était logique qu'il reparte par où il était venu. Il avait besoin de se soulager et il y avait des arbres sur sa route.

À son retour dans le quartier de Potsdamer Straße il découvrit que l'obscurité n'avait pas dispersé la foule. Les gens avaient escaladé les bouleaux et s'y cramponnaient dans la pénombre, telles d'énormes chauves-souris. Pourquoi être revenu là ? Parce qu'il la cherchait, et sans se contenter de simples coups d'œil aux passants ; il la cherchait activement. Il s'était convaincu que c'était impossible et qu'elle n'était pas là. Il s'appuya contre un pilier du belvédère tandis que des inconnus passaient près de lui en le bousculant. Les projecteurs de la télévision éclairaient suffisamment la foule. Il se sentait stupide, indécis, sans la moindre idée de ce qu'il voulait ou de ce qu'il lui dirait si elle apparaissait. Faudrait-il l'appeler par son prénom, poser la main sur son bras ? Cela ne ressemblait pas à de l'amour. Il n'était pas en état de récriminer. Il voulait simplement la *voir.* Absurde. Elle était chez elle quelque part, suivant tout à la télévision. Mais non, impossible de la chasser de ses pensées.

Au bout d'une demi-heure, il crut avoir vu toutes les versions du visage humain, toutes les variations sur un thème limité. Yeux, nez, bouche, cheveux, couleurs. Et pourtant ils continuaient à défiler, chaque changement infinitésimal provoquant une énorme différence. Savait-il ce qu'il cherchait ? Des cheveux courts qui auraient repoussé, encore colorés au henné ? Peu importait. Sa présence lui suffirait pour la reconnaître.

Enfin il capitula et se remit en chemin. Il longea bientôt le Mur, dans Niederkirchner Straße. Il déchiffra un graffiti à la peinture blanche : *Sie kamen, sie sahen, sie haben ein bisschen eingekauft.* Ils sont venus, ils ont vu, ils ont fait un peu de shopping. Dans le Berlin historique, on devait se souvenir de César. Roland ralentit l'allure près des vestiges du siège en ruine de la Gestapo. Il ne restait rien au-dessus du sol. Il s'arrêta pour regarder à ses pieds. Le carrelage blanc d'une rangée de cellules étincelait dans la semi-obscurité. Là, des juifs, des communistes, des homosexuels et d'innombrables anonymes avaient vécu leurs dernières heures dans l'agonie et la terreur. Le passé, ce passé moderne, était un poids, un fardeau de décombres amoncelés, de chagrin oublié. Mais sur lui ce poids était léger. Il ne pesait presque rien. Une chance inouïe, que d'être né en 1948 dans le paisible Hampshire plutôt qu'en Ukraine ou en Pologne en 1928, de ne pas avoir été traîné sur les marches d'une synagogue en 1941 et amené là. Sa propre cellule carrelée de blanc – une leçon de piano, une histoire d'amour prématurée, des études ratées, une femme disparue – était une suite luxueuse en comparaison. Si sa vie jusqu'alors était un échec, comme il le pensait souvent, c'était en tenant compte des largesses de l'histoire.

Il arriva à Checkpoint Charlie dans un meilleur état d'esprit. Les marées contraires de la jubilation et de ses vaines recherches l'avaient conduit à une forme de calme et de neutralité. Il pouvait cesser de scruter des visages. La télévision montrait les scènes qu'il avait sous les yeux – les acclamations, les foules qui applaudissaient pour saluer les passants, et les Trabant aux passagers euphoriques vous aspergeant de mousseux par la vitre, les patientes files d'attente pour retirer les cent marks du cadeau de bienvenue. Lui aussi avait autrefois fait la queue aux mêmes endroits pendant de longues heures mornes. Il fallait ajouter l'agacement des équipes de tournage qui essayaient de fixer ce moment génial sans avoir d'autres équipes dans le champ.

Ému par ce qu'il voyait, il se joignit aux applaudissements, mais ne resta qu'un quart d'heure. Le Café Adler était tout près, et il avait soif et froid.

Il y était souvent venu durant sa période berlinoise. L'établissement, dans le style de la vieille Europe de l'Est, était spacieux, avec de hauts plafonds et l'air confiant de l'ancienneté. Les serveurs étaient de vrais serveurs, formés depuis leur naissance ou presque, pas des acteurs en herbe ou des étudiants. Ce soir-là la salle était bondée, et envahie de manteaux et d'écharpes entassés sur les chaises. Plus de place ailleurs. Dans le brouhaha des conversations passionnées, l'air chaud était rendu moite par le souffle des clients surexcités. Ses lunettes s'embuèrent instantanément. Sans rien pour les essuyer, il attendit près de la porte que la buée s'en aille. Le vacarme des voix enflammées et un vague sentiment, pas désagréable, d'exclusion lui rappelèrent certaines fêtes où il ne connaissait personne. Mais là ce n'était pas le cas. Tandis que ses verres séchaient il la vit, à une trentaine de mètres peut-être, assise devant une petite table ronde. Dessus, deux cafés. Elle était en grande conversation avec un homme d'à peu près son âge. Roland s'approcha lentement d'eux. Tournée vers son compagnon, elle écoutait attentivement. Roland n'était qu'à quelques mètres et elle ne l'avait pas encore aperçu.

7

Il le savait illusoire, ce silence qui tomba sur la foule du Café Adler alors qu'il se faufilait entre les tables. Personne ne remarquait sa présence et tous continuaient à bavarder. Mais l'illusion était tenace, une forme de narcissisme, ou de paranoïa, son proche parent. L'échange ou la confrontation à venir seraient déterminants, pour lui, et peut-être, du moins l'espérait-il, pour Alissa. Quand il s'arrêta devant sa table le vacarme du restaurant sembla soudain reprendre vie comme une radio au volume brusquement poussé à fond. Un temps fort de l'histoire du monde se devait d'être assourdissant. Depuis quelques instants Roland observait Alissa et son ami à leur insu, et il avait tiré des conclusions. Mais il ne savait toujours pas ce qu'il voulait. Exiger une explication, satisfaire sa curiosité, porter des accusations, exhiber ses blessures ? Rien de tout cela. Pas même proposer une séparation formelle raisonnable ? Ses besoins étaient vagues. Plutôt une envie d'elle qui perdurait, un désir qui incluait l'érotisme mais allait au-delà. Avec quelque chose d'enfantin, d'innocent, de féroce. Sans doute de l'amour. Durant les quelques secondes avant qu'elle ne le voie il eut la sensation que peu de choses avaient fondamentalement changé entre eux. Il avait le droit d'être là. Elle était sa femme, après tout, même s'il avait abandonné tout espoir qu'elle revienne. Il avait le droit de l'approcher même sans savoir ce qu'il voulait. C'était son droit le plus strict de ne rien vouloir.

Elle présentait bien – comme toujours, voire mieux. Pas trace du cuir clouté ni des cheveux courts colorés au henné qui avaient tant surpris sa mère trois ans auparavant. Le menton et la joue délicatement appuyés contre sa paume, elle était encore tournée vers son ami, en pleine conversation. Elle portait un gros pull ample dont les manches formaient des plis au coude, un jean moulant, des bottines de randonnée rouge sombre. Ses cheveux mi-longs étaient parfaitement coupés. Elle avait de l'argent. Eh bien lui aussi. Mais il était vêtu comme un étudiant autostoppeur, sac à dos compris. Entre elle et son compagnon, entre les tasses de café, était posé un gros livre de poche, couverture contre la table. L'homme attablé avec elle, un faux blond, était svelte, avec un signe de la paix doré en miniature dans le lobe de l'oreille gauche. Il fut le premier à lever les yeux. Il se tut et posa la main sur le poignet d'Alissa. Mais ne l'y laissa pas, nota Roland. La culpabilité de l'amant. Elle ne bougea pas, se contenta d'un coup d'œil sur le côté puis vers le haut, et alors seulement elle tourna la tête sans hâte pour l'aligner sur son regard et fixer Roland. Il fut frappé par la façon dont ses épaules semblèrent retomber lorsqu'elle laissa échapper un bref soupir. Il eut l'impression d'une déception chez elle. Roland Baines, au moment précis où elle avait le moins besoin de lui. Il pensa que sa propre expression était d'une neutralité chaleureuse quand il la salua d'un petit signe de tête. Mais sur son visage à elle il ne vit pas même l'esquisse d'un sourire. Il lut sur ses lèvres la phrase qu'elle murmura : « *Das ist mein Mann.* »

Son ami s'en sortit mieux qu'elle. Il se leva aussitôt et tendit la main à Roland. « Rüdiger.

— Roland. »

Rüdiger avança un siège, Roland s'assit.

« Difficile d'avoir un serveur aujourd'hui. Je peux aller vous chercher quelque chose ? »

Il se montrait agréablement courtois. Roland demanda un café long. C'était inévitable, évident, et pourtant il n'en revenait pas d'être assis en face de sa femme. Tandis que Rüdiger entreprenait de traverser la salle, Roland regretta qu'il le laisse seul avec elle. Il y avait tellement à dire que rien ne lui vint à l'esprit. Elle se concentrait sur un point derrière son épaule, évitant son regard. La familiarité soudaine de sa présence l'anéantit. Différentes émotions se succédèrent : colère, chagrin, amour, puis à nouveau la colère. Il devait les refouler mais n'était pas sûr d'y parvenir.

Il la connaissait suffisamment. Elle ne s'abaisserait pas à parler la première. Il trouva médiocre à ses propres oreilles ce qu'il finit par dire : « Quels événements incroyables. » La fin de la Guerre froide remplaçait pour eux la pluie et le beau temps.

« Oui. Je suis venue aussi vite que j'ai pu. »

Il s'apprêtait à demander d'où mais elle ajouta sur sa lancée : « Comment va Larry ? »

Il ne perçut pas la tristesse cachée derrière cette apparente légèreté et n'entendit qu'une question dérisoire. La violence de ses propres sentiments le stupéfia. Dire qu'ils l'habitaient en permanence et il en avait à peine conscience. Il se cala contre le dossier de son fauteuil pour accroître la distance entre elle et lui. Il était déterminé à garder un ton posé, imperturbable, mais il avait la voix rauque.

« Tu te soucies vraiment de Lawrence ? »

Ils se regardaient l'un l'autre – droit dans les yeux. Ils en savaient trop. Avec une surprise naïve, il vit les larmes monter, pupilles, iris, l'œil gauche puis le droit, et rouler sur ses joues. Tant de larmes. Dans un sanglot elle porta les mains à son visage alors même que le serveur, un homme âgé, courbé par une scoliose comme un pénitent, arrivait avec trois cafés sur un plateau. Juste derrière lui, Rüdiger l'aida à disposer les tasses, paya l'addition et, toujours debout, leur demanda à tous les deux : « Je suis désolé. Voulez-vous que je vous laisse ? »

Roland et Alissa étaient déjà perdus, après seulement cinq minutes. De nouveau, il ne voulait pas rester seul avec elle. Avoir quelqu'un avec eux, même l'amant d'Alissa, leur imposerait certaines limites.

Parlant fort pour couvrir le tintamarre, il répondit : « *Bitte bleib.* » Restez, s'il vous plaît.

Rüdiger se rassit. Les deux hommes burent leur café sans un mot. Alissa se ressaisissait lentement. Roland avait d'avance la nausée en pensant au moment où son rival la prendrait par l'épaule ou lui chuchoterait un mot de réconfort à l'oreille. Mais Rüdiger fixait quelque chose droit devant lui, serrant sa tasse de café pour se réchauffer les mains. Alissa se leva brusquement et dit qu'elle allait aux toilettes. Gênant, là aussi, de se retrouver seul avec le compagnon. Roland regretta d'être venu à l'Adler. Il se sentait incapable, maladroit, ridicule. Rüdiger, apparemment à l'aise, ou du moins patient, se détendit dans son fauteuil. Après avoir bu son café, il avait sorti de sa veste un mince livre de poche et se plongea dans sa lecture. Roland jeta un coup d'œil à la couverture. Heinrich Heine. Des poèmes choisis. Un vers lui revint, comme récité par quelqu'un d'autre. C'était un classique connu de chaque écolier allemand, au même titre que les jonquilles de Wordsworth ou la maman et le papa de Larkin. Peu importait. Les mots jaillirent spontanément. « *Ich weiß nicht, was soll es bedeuten…* » Je ne sais pas ce que signifie…

Rüdiger leva la tête et sourit. « *Dass ich so traurig bin…* » Une telle tristesse chez moi…

Roland enchaîna avec le troisième vers : « *Ein Märchen…* » Mais il eut aussitôt, inopinément, une boule dans la gorge et ne put continuer. Ridicule. Il ne voulait pas que l'autre homme s'en aperçoive. Tristesse et exaspération, apitoiement sur soi, fatigue, il ne le saurait jamais. C'était Jane Farmer qui lui avait montré ce poème. Il gardait peut-être la nostalgie de l'époque où ils formaient une famille.

Rüdiger se pencha en avant. « Vous aimez donc Heine. »

Roland prit une profonde inspiration et retrouva sa voix. « Le peu que je connais.

— J'ai quelque chose à vous dire, Roland. Pour clarifier les choses.

— Oui ?

— Au cas où vous vous feriez des idées. Je ne suis pas l'ami intime d'Alissa. Son amant, ou quel que soit le mot. Je suis son, hum, *scheiße*, son *Verleger* ?

— Éditeur ?

— *Lektor*, en fait, relecteur. Pour Lucretius Books, à Munich. » Devant l'air perplexe de Roland il ajouta : « Elle ne vous a pas annoncé la nouvelle ? Je suppose que non. Donc… » Il eut un geste évasif de la main.

« Donc ?

— Alors c'est à elle de vous le dire. La voici. »

Ils la regardèrent approcher. Roland connaissait cette démarche. Alissa serait pressée et voudrait partir. Lui aussi. Il était fatigué de cette clameur festive, de l'haleine, des corps et des manteaux de tous ces gens qui l'entouraient, heure après heure. Il redoutait également une nouvelle confrontation. Deux minutes lui suffisaient.

« J'aimerais sortir d'ici », déclara-t-elle en arrivant.

Rüdiger se leva immédiatement. Ils se mirent à l'écart et eurent un bref échange. Livré quelques instants à lui-même, Roland s'imagina dans un endroit frais et sans arbres, l'Écosse, Uist, Muck, une côte rocheuse, des eaux bleu outremer. Seul. Il prit son sac à dos. Alissa et Rüdiger s'étreignirent brièvement, et en s'éloignant ce dernier salua amicalement Roland de la main.

Alissa se retourna et reprit la parole : « Il faut que je te dise quelque chose. Mais pas ici. »

Il la suivit dehors. Des gens déferlaient vers eux depuis le poste-frontière désormais ouvert. Beaucoup d'entre eux, les cent marks du cadeau de bienvenue en poche, étaient impatients de faire du tourisme. Par dizaines, par centaines, des enfants surexcités sautaient de joie sur les trottoirs. Alissa se dirigeait à contre-courant vers Kochstraße pour pénétrer dans ce qu'il faudrait apprendre à appeler le vieux Berlin-Est. Roland marchait à quelques pas derrière elle. Ni l'un ni l'autre ne supportait l'idée d'une nouvelle tentative pour parler en chemin de tout et de rien. Ils longèrent une rue plus étroite apparemment sans nom. Alissa s'immobilisa alors qu'une pluie fine se mettait à tomber. Leur conversation se tiendrait là, sous un platane. Puis elle aperçut une impasse de l'autre côté de la rue.

Ils s'y engagèrent. D'environ trois mètres de large, elle était en partie pavée, mais la boue et les herbes jaunies de l'été précédent avaient pris le dessus. Un rectangle de lumière tombait d'une fenêtre au-dessus d'eux, en lisière duquel ils restèrent, presque dans son halo. Enfin le silence. Elle s'adossa contre le mur. Lui aussi, contre le mur d'en face – et il attendit. Ils ne sentaient pas la pluie froide sur leur tête nue. Ce n'était pas le style d'Alissa de faire un sermon, Roland le savait. Au bout d'un moment, il dit doucement : « Donc, tu veux me parler de quelque chose. »

Il l'avait bel et bien dit, même s'il préférait ne rien entendre, s'attendant à un flot, à un torrent d'accusations. Alors qu'il était la victime. Mais il n'avait pas envie de se plaindre ni de se défendre. Il était dans un état d'engourdissement bienvenu. D'indifférence irréelle. Il risquait de le regretter plus tard. Mais quelles que soient les paroles prononcées en ce lieu, rien ne changerait. Elle poursuivrait sa quête implacable. Et il rentrerait chez lui. Son existence reprendrait comme avant. Lawrence était relativement heureux, depuis longtemps habitué à vivre avec un seul parent. Le monde était sur le point de devenir meilleur. Roland se souvint de son accès d'optimisme dans le no man's land et le revécut en pensée. Trois heures seulement avaient passé. Déjà on s'attendait à ce que les pays satellites de l'Union soviétique se tournent vers l'Occident, qu'ils soient sur les rangs pour intégrer la Communauté économique européenne, l'OTAN. Mais quel besoin y avait-il de l'OTAN ? Tout lui semblait clair : la Russie, une démocratie libérale, en train d'éclore comme une fleur au printemps. Des négociations pour la limitation des armes nucléaires en vue de leur extinction. Puis, coulant comme de source, une marée de liquidités et de bonnes intentions pour résoudre tous les problèmes sociaux. Amélioration du bien-être de la population, rénovation des écoles, des hôpitaux, des villes. Disparition des tyrannies sur tout le continent sud-américain, sauvetage et préservation de la forêt amazonienne – que l'on fasse table rase de la pauvreté plutôt que des arbres ! Pour des millions de gens, du temps à consacrer à la musique, à la danse, aux arts, à faire la fête. À l'ONU, Mme Thatcher venait d'en apporter la preuve : à droite de l'échiquier politique on avait fini par prendre conscience du changement climatique et par croire à la nécessité d'agir pendant qu'il était encore temps. Là-dessus tout le monde pouvait s'entendre, et pour Lawrence, pour ses enfants et leurs propres enfants, tout irait bien. Berlin, Roland s'en rendait compte, l'avait soutenu durant les années 1970 et remettait en perspective pour lui ce jour-là les souffrances et indignités mineures de sa vie privée. Maintenant qu'il l'avait vue, Alissa reprenait taille humaine, redevenait une personne parmi d'autres qui se battait pour donner un sens à sa vie, quelqu'un d'aussi vulnérable que lui. Il pouvait partir à présent, prendre le métro jusqu'à Uhlandstraße, retrouver son hôtel et, au bar, trinquer avec Peter et ses copains du consortium à l'avenir. Ils étaient peut-être arrivés à un accord. Mais il se sentait une dette envers Alissa. Et elle, elle lui devait quoi ?

Toujours adossée au mur en béton sale de l'impasse, elle gardait le silence. La petite pluie continuait à tomber. Elle fit glisser de son épaule son sac de toile et le posa entre ses pieds.

« Allez, Alissa. Parle, ou je m'en vais.

— OK. » Elle chercha une cigarette dans son sac, l'alluma et tira une longue bouffée. C'était nouveau.

« Depuis trois ans je m'imagine te disant ça. C'est toujours venu facilement, un flot continu. Mais là… bon. Quand Larry a eu environ trois mois, j'ai fait une découverte importante. C'était sans doute évident pour toute personne me connaissant bien. Pour moi ç'a été une révélation. On était allés promener le bébé à Battersea Park un après-midi. Quand on est rentrés il dormait. Tu avais envie de faire l'amour. Moi pas. On a eu une sorte de dispute. Tu t'en souviens ? »

Il fit oui de la tête, avant de s'apercevoir qu'en réalité il ne s'en souvenait pas. Mais il avait donné le change.

« Je suis montée à l'étage et me suis couchée, trop fatiguée même pour dormir. C'est alors que j'ai eu cette révélation : je menais la même vie que ma mère, je suivais exactement ses traces. Quelques ambitions littéraires, puis l'amour, puis le mariage, puis un bébé, toutes les anciennes ambitions mortes dans l'œuf ou aux oubliettes, et devant moi un avenir prévisible. Et l'amertume. Ça m'a horrifiée, que son amertume puisse devenir mon héritage. Je sentais son existence me tirer en arrière, me faire sombrer avec elle. Des pensées impossibles à chasser. Je revoyais sans cesse ses carnets. Ce récit dans lequel elle avait failli devenir écrivaine et avait échoué, et le fait que j'aie grandi avec son échec. Au fil des semaines suivantes j'ai pris conscience que j'allais partir. Alors même qu'on parlait d'avoir un autre enfant, j'affinais mon projet. J'étais deux personnes à la fois. Il fallait que je fasse quelque chose de ma vie, quelque chose de plus qu'un bébé. J'allais réussir là où elle n'avait pas pu ou pas voulu. Malgré tout mon amour pour Larry. Et pour toi. Au début j'ai pensé que je devais tout t'expliquer. Mais tu aurais protesté, tu m'aurais dissuadée.

Je me sentais si coupable, tu n'aurais pas eu beaucoup de mal… »

Les paroles s'éteignirent sur ses lèvres, elle contemplait ses pieds. L'accusait-elle de n'avoir pas su la convaincre de rester ? Il se débattait à nouveau avec la confusion qui régnait dans son esprit. Ah, le grand marché de la réalisation de soi, dont l'ennemi mortel était le bébé vagissant égoïstement, de mèche avec le mari et ses requêtes absurdes. Lui aussi avait des ambitions mortes dans l'œuf, avait fait sa part des nuits et des jours avec le nouveau-né. Mais ni elle ni lui n'étaient dans cette impasse pour se livrer à une scène postconjugale. Son équanimité, réelle ou apparente, l'emporta encore, de justesse. « Continue, dit-il.

— Je t'ai déjà perdu. Je le vois. Ça ne vaut pas la peine. »

Elle le connaissait bien. « Je t'écoute », répondit-il.

Après un silence elle reprit : « J'ai peut-être eu tort. Je pensais qu'il fallait trancher dans le vif. C'était cruel et j'en suis désolée. Vraiment désolée… Déjà, ton besoin de faire l'amour chaque jour avait toujours posé problème. Mais le bébé… avec ses besoins à lui, il m'annihilait. Face à vous deux… je n'étais rien. Je n'avais rien. Ni pensées, ni personnalité, ni souhait sauf celui de dormir. Je sombrais. Il fallait que je m'en sorte. Le matin de mon départ… où je suis allée à pied prendre le métro, c'était… mais je ne vais pas raconter ça. Tu es un bon père, Larry était tout petit et je savais qu'il irait bien. Et toi aussi, tôt ou tard. Moi je n'allais pas bien mais j'avais choisi et j'ai fait ce que je devais faire. Ça. »

Elle fouillait dans son sac de toile, sortait le livre qu'il avait vu au café. Elle fit deux ou trois pas vers lui et le lui tendit.

« Ce sont les épreuves reliées de l'édition anglaise. Le livre paraîtra là-bas en même temps qu'ici. Dans six semaines. »

Il le glissa dans son sac à dos et se prépara à partir. « Merci.

— C'est tout ce que tu as à dire ? »

Il fit oui de la tête.

« Comprends-tu de près ou de loin à quel point dans l'histoire il a toujours été difficile pour les femmes de créer, d'être artistes, chercheuses, d'écrire ou de peindre ? Ma propre histoire ne signifie donc rien pour toi ? »

Il hocha la tête et s'éloigna. Un homme adulte qui boudait ? Pathétique. Il changea d'avis et revint vers elle. « Je vais te raconter ton histoire. Tu voulais être amoureuse, tu voulais te marier, tu voulais un bébé, et tu as trouvé tout ça sur ton chemin. Et puis tu as eu envie d'autre chose. »

Il se remettait à pleuvoir, plus fort. Il tourna les talons mais elle le retint par la manche. « Avant que tu ne t'en ailles. Dis-moi quelque chose sur Larry. S'il te plaît. N'importe quoi.

— C'est exactement comme tu le disais. Il va bien.

— Tu me punis.

— Viens le voir. Quand tu veux. Il serait fou de joie. Installe-toi chez nous, ou chez Daphné et Peter. Je suis sincère. » Il eut soudain envie de la prendre par la main. Au lieu de quoi il répéta : « Je suis sincère, Alissa.

— Tu sais que c'est impossible. »

Il la regarda et attendit.

« Je viens de commencer un nouveau... livre. Si je revoyais Larry, tout serait terminé. »

Jamais il n'avait connu un tel mélange de sentiments intenses et contradictoires, dont l'un était la tristesse, car il se doutait qu'ils ne se reverraient pas. La colère en était un autre. Un haussement d'épaules ne pouvait exprimer plus mal un tel trouble intérieur, mais ce fut tout ce dont il était capable. Il demeura immobile un moment pour s'assurer qu'il ne pouvait rien lui donner de plus, ou qu'elle n'avait rien de plus à lui dire. Mais ils restèrent muets, il n'y avait rien, et il se mit en route sous la pluie.

*

Il n'était pas d'humeur à affronter le manque d'espace et la foule du métro, alors il refranchit à pied le poste-frontière, emprunta un itinéraire compliqué en direction du Tiergarten, puis tourna vers l'ouest pour rejoindre son hôtel. Le concierge confirma que ses amis anglais étaient sortis. Tout se passait à l'est. Assis une heure durant sur un haut tabouret du bar, il sirota une bière en se remémorant cette longue journée qui avait commencé dans un local temporaire au bout des pistes de l'aéroport de Bristol. Il était en forme et se réjouissait, s'enorgueillissait même d'avoir vu les brèches dans le Mur et la foule s'y presser pour traverser. Il se disait qu'il se sentait mieux d'avoir revu Alissa. Comme s'il était guéri d'une longue maladie, identifiée ou comprise une fois soignée seulement. Comme un bruit de fond qui cesse soudainement. Il croyait n'être plus amoureux. Parmi les choses qu'elle lui avait confiées il retenait surtout que sous la pression des besoins de Lawrence et des siens à lui, elle avait eu la sensation de sombrer. Oui, ses désirs… Mais. Mais les siens à elle aussi étaient vifs et pressants à l'époque, et il y avait d'autres besoins auxquels il avait tenté de répondre. Il l'avait aidée pour ses deux livres en anglais, avait tapé deux versions du second, fait mille suggestions dont elle avait accepté la plupart, avait participé à la réécriture du premier. Il s'était débattu avec sa prose ingrate, avec le rythme saccadé de ses phrases sans verbe, les motivations obscures de son héroïne. Ils avaient partagé la pression des besoins de Lawrence, qui les absorbait totalement. Pour tous les trois c'était une expérience nouvelle, tous les trois avaient leurs besoins. Mais il était temps de dépasser l'indignation de cette voix intérieure. C'était fini. Il conclut au bar qu'il avait tué un fantôme. Alissa avait expliqué pourquoi elle avait disparu. Ses amies si critiques, Daphné comprise, seraient intéressées par ces explications. Et désormais il était libre. Il apprendrait peut-être à admirer de loin sa dévotion à l'écriture. À peine cette pensée l'eut-elle effleuré qu'il sentit l'amertume revenir. Il avait encore du chemin à faire.

Il monta dans sa chambre, une suite bien plus somptueuse que ce à quoi il était habitué. M. Tarrant était trop aimable. Assis au bord du lit, Roland mangea tous les chocolats, kiwis, physalis et cacahuètes salées mis à disposition, et but un litre d'eau gazeuse. Puis il resta longtemps sous la douche, mit un tee-shirt propre et s'allongea sur le lit. Après quelques hésitations, il sortit le livre d'Alissa et le soupesa. Il était lourd. Il regarda le titre sur la couverture blanche, *Le Voyage* – un peu plat, pensa-t-il –, et vit sous un jour nouveau le nom de l'auteure en grandes capitales : Alissa J. Eberhardt. Il jeta un coup d'œil à la fin. Sept cent vingt-cinq pages. Et la dédicace ? S'imaginait-il être nommé ? Elle dédiait le livre à ses parents. Bien. Il tourna la page. Elle l'avait traduit elle-même. Il tourna une autre page et lut le premier paragraphe. Il s'arrêta, le relut, et poussa un grognement plaintif. Il lut cinq pages de plus, s'interrompit, revint en arrière et les relut – nouveau grognement. Il recommença depuis le début et continua jusqu'à la fin d'un chapitre, soixante-cinq pages. Il s'était écoulé une heure et demie. Il lâcha le livre et se rallongea, fixant le plafond. C'était pour cela qu'elle l'avait quitté. Pour prendre un nouveau départ. Voir le monde comme pour la première fois. Ces derniers temps il se savait bon juge. Il se produisait quelque chose dans son corps. Un fourmillement, la sensation de s'élever. D'emblée, après un seul chapitre, il voyait le problème – pour lui.

L'intrigue se déroulait en 1940 lors du Blitz, le bombardement aérien de Londres. Les premiers paragraphes relatent la chute d'une bombe d'environ deux cent cinquante kilos sur le toit d'une maison jumelle à l'est de la ville. Une famille entière ayant trop tardé à fuir vers un abri est tuée. Après coup, parmi les pompiers, les ambulances, les voisins, Catherine, une jeune femme, observe la scène. Elle fait demi-tour et regagne à pied son logement. Elle travaille dans le pool de dactylos d'un ministère. Elle fait aussi quelques heures de secrétariat dans les bureaux d'une revue littéraire. Nul ne s'intéresse vraiment à elle. Elle observe et écoute divers écrivains de passage. Beaucoup portent le poids de la célébrité. Ce sont des génies, autoproclamés ou, pour la plupart, reconnus comme tels. La jeune secrétaire tient son journal et nourrit ses propres ambitions. Le Londres où elle vit est poussiéreux, sombre, épouvantable. La nourriture est infecte, sa petite chambre à Bethnal Green glaciale. Ses parents et son frère lui manquent. Elle a une brève liaison avec un homme qu'elle soupçonne d'être un délinquant. Leurs ébats amoureux, décrits avec précision, sont étrangement joyeux.

Ce début aurait dû être déprimant pour le lecteur, or rien de tel, et là était le problème pour Roland. Il le percevait à chaque ligne : tout ce qu'il avait pensé et ressenti jusqu'alors s'écroulait. La prose était magnifique, limpide, souple, le ton empreint d'autorité et d'intelligence dès les premières phrases. Le regard semblait à la fois d'une impitoyable exactitude et plein de compassion. Dans certaines des scènes les plus crues il y avait un sens presque comique de l'impuissance et du courage des humains. D'autres paragraphes reposaient sur les limites du point de vue de Catherine pour fournir une conscience historique au sens large : poids du destin, catastrophe, espoir, incertitude. Une invasion a été évitée durant l'été au cours d'une formidable bataille aérienne. Mais la menace rôde encore dans les ombres crépusculaires lorsque Catherine se hâte de rentrer du ministère pour préparer son maigre dîner. Ce monde avait naguère été évoqué par Elizabeth Bowen, mais là l'écriture semblait plus raffinée, plus consciente de ses effets, ce qui était éblouissant. S'il y avait une influence, une inspiration dissimulée dans les plis de cette prose, c'était celle de Nabokov. À ce point-là. Il ne voyait pas la moindre parenté entre ces pages et les deux précédents romans d'Alissa. La démarche nombriliste et distanciée de ces derniers avait été abandonnée au profit d'un réalisme personnel, social, historique.

Il lut jusqu'à quatre heures du matin, s'arrêtant à la fin d'un chapitre page 187. Elle avait trouvé un nouveau souffle. Le roman s'ouvrait sur une promesse de grandeur. Roland savait à présent qu'elle serait tenue. À plusieurs égards. Alissa avait peut-être entrepris d'écrire l'histoire de sa mère à partir des carnets de celle-ci. Mais elle était allée bien au-delà. En 1946, Catherine fait la connaissance d'un lieutenant américain dans la France libérée et, ayant besoin de son aide, couche avec lui deux nuits de suite. Les réflexions qui s'ensuivent, celles de la narratrice plutôt que de l'héroïne, représentent un morceau de bravoure sur le compromis et l'obligation morale. Il y avait beaucoup de ces digressions – sur la façon dont la langue, que ce soit l'allemand, l'anglais, le français ou l'arabe, transforme la perception, et dont la culture transforme la langue. Un autre morceau de bravoure, une scène comique au bord d'un lac près de Strasbourg, fit rire Roland malgré lui, y compris quand il le relut. Plus tard, Catherine rencontre une jeune Française publiquement humiliée à la Libération. S'ensuit un développement prolongé sur la nature du châtiment. Elle a une liaison avec un Algérien musulman qui s'est battu pour la France libre. Leur amour tourne à la farce au terme d'une série de malentendus. Dans une prison militaire de Munich elle a une longue conversation avec un officier supérieur de la Gestapo qui attend son procès à Nuremberg. Il lui parle en toute liberté. Il n'a rien à perdre, croyant à tort qu'il sera pendu. D'où une méditation sur la nature de la cruauté et les pouvoirs de l'imagination. La description de Munich en ruine a une puissance hallucinatoire. Au prix d'un éloignement de la source originale, Catherine semble avoir une chance de traverser les Alpes jusqu'en Lombardie, et ce sera un voyage périlleux. Elle y perdra un nouvel ami sûr. Dès le chapitre cinq il est fait allusion au mouvement de la Rose blanche et au rôle qu'il jouera pour elle à l'avenir. Catherine avait quelque chose de Jane Farmer, mais aussi d'Alissa. En aucun des hommes qu'elle croisait en chemin Roland ne s'était reconnu. Un soulagement, même s'il restait par vanité à l'affût de cette possibilité.

Il se leva et alla dans la salle de bains se brosser les dents. Puis resta debout à la fenêtre, contemplant une petite rue déserte en contrebas. Encore longtemps à attendre avant que ne pointe l'aube de novembre. À sa grande surprise, il vit une famille, les parents et trois enfants, sûrement venus de l'Est, longer lentement le trottoir. Des bruits de pas comme dans un rêve. Ç'aurait été tellement plus facile si Alissa avait déserté mari et fils pour écrire un roman médiocre. Il aurait alors pu donner libre cours à son mépris. Mais cela… Il revit leur malheureuse petite maison de Clapham Old Town, deux pièces en haut, trois en bas, prenant l'eau, humide, encombrée de livres, de documents, de parties inutilisables d'ustensiles qui attendaient en vain d'être réparés et réassemblés, de vêtements et de chaussures pouvant être portés mais qui ne le seraient jamais, de rallonges pour des appareils perdus ou abandonnés, d'ampoules et de piles électriques, de transistors peut-être encore en état de marche – mais qui prendrait quelques minutes pour vérifier ? On ne pouvait rien jeter. Deux adultes, un bébé, des nuits écourtées, des excréments et du lait, du linge en tas, la petite table de travail de la chambre qu'ils se partageaient, ou à défaut celle de la cuisine jonchée de ses immuables détritus. Ouvre les yeux. Y aurait-elle écrit, aurait-elle pu y écrire *Le Voyage* ? Cette prose lapidaire, ces digressions de haut vol offertes au fantôme de George Eliot qu'admire Catherine, cette conscience subtile et douloureusement sensible de l'héroïne, ce regard toujours là, aux aguets, la générosité et la tolérance de ce récit qui organise sciemment, comme au ralenti sous les yeux du lecteur, son immense masse de matériaux. Non, impossible, personne n'aurait pu concevoir un livre d'une telle ambition et d'une telle virtuosité dans une maison pareille. À moins d'y être seul. Ou à moins qu'il n'ait, au contraire, été de son devoir d'écrire en tout lieu, en toute situation, maternité comprise, là où l'avaient conduite ses propres décisions d'adulte. Mais c'était irréalisable. Il connaissait le célèbre vers d'Auden. Il devait lui pardonner de bien écrire. Tout aussi insupportable que de ne pas lui pardonner. N'avait-elle pas été intéressée et froide en les privant de son amour ? Or à présent, dans les pages de ces épreuves reliées elle offrait la chaleur d'une créativité sans limites. Un parangon de vertu humaniste ! Quelle trahison… Permise uniquement dans la fiction.

À ses risques et périls, cela se résumait ainsi : il aimait déjà son roman et il l'aimait elle pour l'avoir écrit. Ces réflexions apaisées au bar de l'hôtel ne tenaient plus. Aucun fantôme n'avait été tué et il faudrait qu'il écrive à Alissa. Oublie tout ce qu'il y a eu entre nous. C'est sans doute, non, c'est *réellement* un chef-d'œuvre. Il se devait de le lui dire, avant quiconque. Mais il ne le ferait pas. Il ne lui avait pas demandé son adresse – excuse minable ! C'était son orgueil ridicule qui l'en empêchait.

*

Peu avant cinq heures du matin, un samedi de la mi-février, Lawrence apporta deux peluches sur le lit de son père et, impatient de commencer sa journée, assis bien droit dans la chambre glaciale, se mit à dérouler le flot de ses pensées, tantôt en parlant tantôt en chantonnant : événements récents, fragments d'histoires, comptines, et une énumération de noms propres, le générique complet de sa vie affairée, qui incluait ses copains, ses enseignantes, quatre grands-parents, les amis de Roland, certaines peluches, Daphné, le chien du voisin, papa et maman.

Allongé, Roland écoutait sans enthousiasme, attendant, espérant que l'énergie de son fils s'épuise. Inutile d'exiger. Au bout d'une demi-heure celui-ci se calma et, puisqu'il n'y avait pas d'école, ils dormirent bien au-delà de sept heures et demie. Au petit déjeuner, assis sur les genoux de son père, Lawrence manipulait une vis à écrou en plastique qui l'avait fasciné toute la semaine. Il tournait la vis dans l'écrou jusqu'à obtenir un déclic gratifiant. Il dévissait l'écrou, le retournait pour le visser vers le haut – et obtenir un déclic différent. Ce qui suscitait son intérêt, c'était qu'il y ait deux façons de s'y prendre. Roland ouvrait une lettre de son ancien internat. La secrétaire répondait à sa requête datant d'un mois plus tôt. La lettre était parfaitement tapée. Effet du traitement de texte. Presque tous ceux qu'il connaissait en avaient un à présent, mais s'en plaignaient comme lui, ainsi que de l'« interface » de l'imprimante et de la nécessité d'apprendre des consignes en langage codé. Les gens, Roland compris, incitaient les retardataires à s'équiper. Ça leur ferait gagner du temps, disaient-ils. Ensuite ils étaient les premiers à déplorer les heures et les travaux perdus, les accès de rage. Peut-être aurait-il mieux valu résister. Il se demandait parfois s'il n'allait pas ressortir sa vieille machine à écrire portable. Elle était dans son étui, quelque part sous une pile de livres.

La secrétaire de Berners Hall avait consulté les archives et regrettait de ne pouvoir apporter beaucoup d'aide. Mlle Cornell avait quitté l'établissement en 1965, vingt-cinq ans auparavant. L'adresse où faire suivre le courrier était à Erwarton. L'intendant actuel, qui avait habité le village toute sa vie, pensait que Mlle Cornell s'était installée en Irlande mais n'était pas sûr de la date. Elle n'avait laissé sa nouvelle adresse à aucun voisin. La secrétaire concluait en se demandant si Roland était au courant que Berners Hall fermerait définitivement en juillet.

Leur samedi fut comme beaucoup d'autres. Ménage rituel, auquel Lawrence apportait volontiers sa contribution symbolique. Traversée au pas de course du parc de Clapham Common, déjeuner au Windmill Pub avec des amis ayant des enfants de l'âge de Lawrence. Dans l'après-midi, spectacle au théâtre de marionnettes de Brixton, goûter chez Ahmed, le nouveau meilleur copain de Lawrence, puis retour à la maison. Dîner, bain, une partie de bataille très disputée, quelques histoires, coucher.

Ce soir-là Roland recopia pour Epithalamium Cards la traduction de deux poèmes arabes louant le vin et l'amour. Il se doutait, devant l'attitude évasive, ces derniers temps, d'Oliver Morgan, que l'entreprise ne durerait pas ou était sur le point d'évoluer. Ce serait très bien. Il s'en lassait. Il relut la lettre de la secrétaire. Elle lui avait occupé l'esprit toute la journée. À la vue de l'en-tête familier, une tête de loup de profil au-dessus de la citation latine, il sentit avec surprise son estomac se nouer. Berners Hall. Cinq ans de sa vie. Toutes ces routines, ce désir inassouvi, l'éloignement de ses amis, la façon dont il l'avait fuie. Il était étrangement perturbé à la vue de son nom en noir sur blanc, comme dans un livre, et de celui d'Erwarton. Elle était partie pour l'Irlande, sans lui. Il se leva du bureau de sa chambre, alla discrètement voir Lawrence et descendit s'affaler dans un fauteuil. Oui, il ressentait les répercussions de ces désirs anciens. Ce désespoir. Il ne l'avait pas vue depuis vingt-six ans et voilà qu'il était rattrapé par une sensation de vide, de perte. Il s'y abandonna. Pourquoi pas ? Elle était inoffensive. Comme son indignation. Miriam Cornell l'avait laissé derrière elle. Où était-elle en Irlande, pourquoi, faisant quoi, et avec qui ? Un autre élève peut-être.

En 1964 il avait passé les vacances d'été chez sa sœur et le premier mari de celle-ci près de Farnborough. Roland cherchait un emploi – pas facile en Allemagne où son père, désormais commandant, avait été affecté. Il était dans sa chambre quand il avait ouvert, les doigts tremblants, l'enveloppe en papier kraft contenant ses résultats à l'examen des O Levels. Assis sur le lit il fixait la liste, dans l'espoir d'avoir mal lu au moins une des lettres tenant lieu de notes. Onze matières, et *il n'avait même pas obtenu la moyenne à une seule.* Cette mince feuille imprimée, avec « F » devant chaque matière, représentait un choc. Même en anglais. Tout le monde disait qu'il fallait être débile pour échouer en anglais. Même en musique. Il n'avait pas pris la peine d'apprendre le type de morceau qu'il fallait. Pas de sixième année pour lui, donc, pas d'A Levels en anglais, en français et en allemand, pas d'études universitaires. Il avait toujours pensé pouvoir décrocher une demi-douzaine d'O Levels grâce à son intelligence. Onze « F » tapés à la machine, comme sur un télégramme arrivé pour l'informer onze fois qu'il avait Failli, qu'il était un Fainéant et un Fou. Il avait presque seize ans. Les examinateurs n'avaient pas été impressionnés par sa précocité sexuelle.

Ce même été il travailla comme ouvrier saisonnier pour un paysagiste. Il percevait la moitié du salaire d'un adulte. Il détesta cet emploi. Le patron, celui qu'ils appelaient « le vieux », lui faisait peur. À présent cette sorte de vie pouvait devenir la sienne. Avec des résultats pareils on ne l'accepterait pas en sixième année à Berners Hall. La plupart des élèves totalisaient neuf ou dix O Levels. Il était éliminé.

Heureusement pour lui, ses parents avaient tous deux

quitté l'école à quatorze ans et ne mesureraient pas l'étendue du désastre. Son père avait menti sur son âge pour pouvoir s'engager dans l'armée dès dix-sept ans. Il croyait dur comme fer à la nécessité de commencer en bas de l'échelle. Rosalind était passée directement de l'école à un poste de femme de chambre. Dans leur famille personne n'était censé continuer ses études après seize ans. Personne ne l'avait jamais fait. Il était le seul à avoir honte. Il ne pouvait même pas en parler à sa sœur. Susan se serait montrée enjouée et rassurante, une mine de conseils pratiques. Il n'aurait pu en parler qu'à un garçon ayant obtenu d'encore moins bons résultats. Or c'était impossible. Il savait ce qui lui restait à faire, et il en était malade d'avance parce qu'il savait ce qu'elle dirait. La cabine téléphonique se trouvait à moins d'un kilomètre. Il appela en PCV comme d'habitude. Dès qu'elle décrocha il lui apprit ses résultats.

« Ils ne te reprendront pas, répondit-elle simplement.

— Non.

— Alors tu vas faire quoi ?

— Je n'en sais rien.

— Tu n'as aucun projet ?

— Non.

— Dans ce cas tu ferais mieux de venir vivre avec moi. »

Il sentit ses jambes se dérober sous lui. Il s'appuya contre la paroi de la cabine. Le sang cognait si fort à ses tempes qu'il avait mal à la tête. Si quelqu'un avait frappé sur le verre dépoli de la porte et lui avait offert les onze « A » de la réussite, il aurait été obligé de refuser.

« Il faudrait que je trouve un emploi.

— Non, pas la peine. Contente-toi de venir. Je m'occuperai de toi. Tout ira bien. »

Il se tut, comme s'il réfléchissait. Mais elle connaissait déjà sa réponse.

Le lendemain il retourna creuser des rigoles d'irrigation avec deux hommes plus âgés, entre quarante et cinquante ans. Ils travaillaient sur une parcelle herbeuse sous une trajectoire d'approche du terrain d'aviation de Farnborough. Toute la journée des avions de chasse et de lourds appareils de transport de troupes les survolaient dans un vrombissement ou un grondement de tonnerre. Trop près. Au début il baissait d'instinct la tête. Impossible de ne pas s'arrêter de creuser pour les regarder. Mais ils prirent ensuite sur eux parce que M. Heron, « le vieux », s'était mis en colère. En des termes aussi assourdissants que les avions de chasse il leur avait rappelé qu'ils n'étaient pas payés pour observer le trafic aérien.

Le mois précédent, tous les journaux avaient publié les dernières photos de la Lune envoyées par une sonde spatiale américaine. Mille fois meilleures que n'importe quelle image vue dans un télescope. La netteté de ces clichés de cratères et de leurs ombres l'avait enthousiasmé. Chacun des hommes impliqués dans cette aventure devait avoir bien plus de qualifications qu'il n'en aurait jamais. Comme les pilotes qui lâchaient des bombes sur le Nord-Viêtnam. Même certains Beatles, qui poursuivaient leur tournée triomphale aux États-Unis, avaient fait les Beaux-Arts. Mick Jagger avait étudié à la London School of Economics. Roland se complut tout le week-end dans des prévisions apocalyptiques, en sachant qu'il se mentait à lui-même. La réalité était d'une simplicité confondante. Il n'avait pas le choix. Il venait d'être condamné à une vie de jouissance érotique.

Le lundi après le travail, une autre lettre l'attendait,

manuscrite, postée à Ipswich. De bonnes nouvelles. M. Clayton, le professeur d'anglais, écrivait pour lui expliquer qu'il était intervenu auprès du directeur. Dans un premier temps cela n'avait rien donné. Puis le professeur de physique, M. Bramley, s'était joint à lui. Ensuite, M. Clare avait dit au directeur, lequel n'avait pas d'oreille, que Baines était un pianiste « d'exception » et il lui avait montré la coupure de presse du quotidien de Norwich. À contrecœur, leur supérieur avait décidé de faire un geste. Tous s'étaient accordés à reconnaître que Baines était un garçon brillant dont les résultats à l'examen ne reflétaient pas le potentiel. Roland avait finalement l'autorisation de passer en sixième année au mois de septembre. « Tu vas devoir travailler dur, écrivait Clayton. Tu serais fichtrement idiot de ne pas le faire. Peter Bramley, Merlin Clare et moi prenons des risques en plaidant ta cause. Ne t'avise pas de nous décevoir. J'ai écrit à tes parents pour leur dire que nous t'attendions. Ne t'inquiète pas. J'ai supposé que tu ne les avais pas informés de tes résultats. »

Roland emporta la lettre à l'étage, se déchaussa et s'allongea sur le lit. Deux ans plus tôt, pendant dix minutes seulement, il avait impressionné le professeur de physique. Jamais depuis. Il était allé le voir après un cours. Sa question était sincère. S'il nouait un bout de ficelle à l'extrémité d'une règle de trente centimètres et tirait doucement, mais pas assez pour éviter le frottement entre la règle et la table sur laquelle elle était posée, alors quelque chose devait se produire entre l'extrémité de la règle où était nouée la ficelle et l'autre extrémité. Une force ou une tension quelconque devait se propager d'avant en arrière. Et s'il tirait un peu plus fort, la règle commencerait à bouger, en totalité, les deux extrémités en même temps. Donc une sorte d'information devait se transmettre instantanément sur toute la longueur de la règle. Or M. Bramley avait dit à leur classe que rien ne pouvait dépasser la vitesse de la lumière.

Il était alors trop intéressé par l'intelligence de sa question pour se souvenir de l'explication donnée par son professeur de physique. Deux ans plus tard, Roland regrettait d'avoir ouvert la bouche. Quant à M. Clayton, qu'avait-il donc fait pour l'impressionner ? Ce devait être sa dissertation sur *Sa Majesté des Mouches*. Toujours allongé, les yeux fixés sur une dalle de polystyrène du plafond, il accepta le fait qu'il s'était encore menti à lui-même. Ses résultats d'examen catastrophiques lui avaient promis une grande aventure. Une magnifique rupture dans la routine, une sortie en beauté, une libération, un camp de Gurji pendant la crise de Suez. À présent, sans sa permission, l'aventure avait été annulée et on lui imposait le poids des attentes, du devoir et de l'ennuyeux travail scolaire. Il avait imaginé une explication simple pour ses parents. Il s'apprêtait à leur dire qu'il ne voulait plus poursuivre ses études. Il voulait vivre sa vie. Son père aurait compris et sa mère n'avait pas voix au chapitre. Après une lettre adressée personnellement par son professeur ils seraient fiers qu'il reste à Berners Hall, et insisteraient naturellement en ce sens.

Quand il annonça la nouvelle à Miriam au téléphone elle en voulut à tout le monde. Il s'attendait à cette réaction. Elle joua également de la séduction.

« Ce Clayton est un imbécile. Je le connais. Il se mêle toujours des affaires des autres. Ça ne le regarde pas.

— Je sais.

— Tu es assez grand pour décider par toi-même.

— Je viendrai quand même vous voir. Ce sera exactement comme avant.

— Je veux que tu sois tout le temps là.

— Oui.

— Je veux que tu quittes cette école. Je veux t'avoir dans mon lit. »

Il prit appui contre la porte de la cabine. La tête lui tournait. Il avait du mal à respirer dans cet espace exigu.

« Toute la nuit, tu comprends ? Et le matin. Qu'on se réveille ensemble chaque matin. Tu imagines ?

— Oui. » Il avait répondu tout bas et elle n'entendit pas. Il répéta ce mot, ce délicieux assentiment fatidique. À la nuit, au matin.

« Donc tu vas quitter cette école.

— D'accord. Je le ferai… mais je ne peux pas. Écoutez, je vais y réfléchir.

— Rappelle-moi dans une heure. »

Ces échanges se répétèrent plus d'une fois. Quand il l'écoutait il était prêt à obéir. Il avait presque seize ans et il était libre de choisir. Elle avait raison. Il fallait qu'il soit avec elle. Toute la nuit, chaque nuit. Le reste était secondaire. Quand il sortait de la cabine téléphonique il retrouvait le monde réel, avec des gens réels et ce qu'ils faisaient pour lui et attendaient de lui. Il avait déjà écrit une lettre de remerciements à son professeur d'anglais. Il avait confirmé à ses parents qu'il resterait à Berners Hall pour préparer ses A Levels en anglais, en français et en allemand. Encore deux ans. Mais Miriam était aussi le monde réel et elle était la seule à lui parler véritablement.

Il lui fallut bien du courage pour lui demander, lors d'une conversation : « Mais je ferai quoi toute la journée pendant que tu donneras tes leçons ? »

Elle n'hésita pas. « Tu resteras en pyjama et tu m'attendras. Je mettrai tes vêtements sous clé dans l'abri de jardin. »

Ils se mirent à rire tous les deux. Il savait qu'elle le taquinait. Qu'en réalité, elle s'attendait à ce qu'il retourne à Berners Hall. Mais l'idée de rester en pyjama toute la journée avec un seul but dans l'existence l'attirait fortement. Ils finirent par trouver un compromis. Il la rejoindrait bien avant la rentrée et alors…

« Nous verrons, mon chéri », conclut-elle doucement au bout du fil.

Plutôt que d'affronter M. Heron, Roland ne retourna pas travailler, sacrifiant une semaine de salaire. Il avait économisé soixante livres en billets d'une livre, une épaisse liasse dans sa poche arrière fermée par un bouton, tandis qu'il suivait un porteur avec sa malle et vérifiait qu'elle avait bien été chargée dans le fourgon à bagages du train d'Ipswich en gare de Liverpool Street. Miriam l'attendait sur le quai. Ils se saluèrent sans presque se toucher ou se parler. C'était pour plus tard. En silence ils traînèrent sa malle sur la passerelle. Lorsque Roland présenta son billet à tarif réduit au contrôleur en sortant, il se réjouit que celui-ci refuse de croire qu'il avait moins de seize ans. Il s'y attendait et montra son passeport.

« Vous voyez, intervint Miriam. Ce n'est pas un resquilleur. Vous devriez vous excuser. »

L'homme, pas si vieux, mais de petite taille et tout ratatiné, lui répondit posément : « Je ne fais que mon travail, madame. »

La main sur son bras, elle lui dit avec fougue : « Je le sais. Je le *sais.* » En traversant le hall lugubre, Roland et elle eurent un fou rire. Il admira la façon dont elle avait garé sa voiture juste devant la sortie, à moitié sur le trottoir, sous un panneau d'interdiction de stationner. Pour lui. L'euphorie de la liberté l'assaillit soudain, en pleine poitrine. Bien sûr qu'il n'allait pas retourner à Berners Hall. Quelle folie inconsidérée ce serait ! Ils s'efforcèrent de coincer sa malle sur la banquette arrière. La portière ne voulait pas se fermer. Miriam prit une ficelle dans son sac à main et la lui tendit. Il attacha ensemble les poignées de la malle et celle de la portière, faisant un nœud plat par sécurité. Il se sentait non seulement libéré mais compétent, surtout lorsqu'il s'assit à côté d'elle et qu'ils s'embrassèrent longuement sans se soucier des dizaines de voyageurs qui sortaient de la gare. S'embrasser dans une voiture ! Grisé, il avait l'impression d'être dans un film, à Paris et non à Ipswich. Il devrait se mettre à fumer, malgré – à sa honte – sa répulsion pour le tabac. Ils ne s'étaient pas vus depuis cinq semaines. Même dans ses fantasmes où elle tenait la plus grande place, il avait tant oublié. La chaleur, le contact de son corps, et maintenant celui de sa main sur sa nuque, et de sa langue. C'était la première approche, le début de la longue glissade vers la jouissance, ici même dans sa voiture. Cela n'arrivait jamais dans les films de Truffaut. Sagement, délicatement, il s'écarta d'elle. D'un geste souple elle mit le contact et passa la première, puis descendit du trottoir pour s'insérer dans la circulation. Elle se maîtrisait tellement mieux que lui. Il lui fallait apprendre à se calmer.

Mais dix minutes plus tard, quand ils tournèrent pour suivre la route étroite près du hangar à bateaux et longer l'estuaire, un mélange de surexcitation et d'appréhension l'agita quelques instants. C'était l'itinéraire familier qu'il avait emprunté pour la première fois avec ses parents dans le bus 202 par une journée aussi chaude que celle-ci. Face à l'immense étendue bleue de la rivière et du ciel il rapetissait, redevenait cet enfant dérouté. Il n'y avait rien dans ce paysage qui n'évoquât sa destination et son avenir immédiat. Berners Hall. Les chênes sur la rive opposée étaient ceux de son école. Tout comme les poteaux télégraphiques aux fils lâches, le vert pastel incomparable de l'herbe sur les bas-côtés, la tiédeur de l'air où flottaient les senteurs salines et bourbeuses de l'estuaire. Une odeur propre à cette école. Tout cela faisait partie de Berners Hall, et lui aussi.

« On ne t'entend plus », dit Miriam. Ils passaient devant le château d'eau du carrefour de Freston. Encore un rappel de son école.

« Le spleen de la rentrée. »

Elle mit la main sur son genou. « On va s'en occuper. »

Ils transportèrent la malle le long de l'allée du jardin jusque dans la maison, et la posèrent au salon. Sur le couvercle son nom au pochoir annonçait son retour la tête haute.

Debout près de lui, elle l'embrassa doucement, défit la fermeture éclair de son jean, le caressa en parlant. « Elle ne peut pas rester là, n'est-ce pas ?

— Non.

— On va la mettre directement dans l'abri de jardin. »

Cela le fit rire.

Elle pivota sur elle-même et saisit une poignée.

« Soulève de ton côté. »

Ils traversèrent la cuisine avec la malle et l'emportèrent dans le jardin. Ils la posèrent le temps que Miriam déverrouille le cadenas de la porte de l'abri. Pendant qu'il attendait, il lui semblait être à des centaines de pieds sous une eau bourbeuse, privé de lumière et de sons, le désir exerçant sur lui une pression de plusieurs tonnes. Il ferait tout ce qu'elle demanderait. Ils poussèrent la tondeuse à l'écart et hissèrent la malle verticalement parmi les bêches, les houes et les râteaux. Quand Miriam eut refermé le verrou, elle embrassa de nouveau Roland et tira sur sa chemise. « De toute façon tu vas l'enlever. Montons. »

Tout près l'un de l'autre au centre de la modeste pelouse, ils se regardaient droit dans les yeux. Un petit arbre projetait sur eux son ombre morcelée. Les yeux de Miriam paraissaient exorbités, avec de minuscules taches de couleur qu'il n'avait encore jamais vues, des fragments de jaune, d'orange et de bleu, pas plus gros que des têtes d'épingle autour de ses pupilles. Il se demanda, pensée fugitive, perfide, si elle n'était pas bel et bien folle, comme certains élèves le disaient. Elle était complètement folle et gardait ce secret pour elle. Même si cette idée l'effrayait, il frissonnait de plaisir à la perspective qu'elle soit cinglée, incontrôlable, et qu'il doive la suivre, s'enfoncer avec elle dans quelque paradis infernal. C'était son aventure, son voyage. La plupart des gens auraient trop peur de se lancer. D'autres voulaient des partenaires ternes mais fiables. Il mit la main sous sa jupe et lorsqu'il l'effleura du bout de son index comme elle le lui avait appris, elle murmura sur une seule note une longue phrase dont il ne comprit pas l'essentiel. « Prends » fut tout ce qu'il entendit. Il se serait senti ridicule de lui demander de répéter.

Ils allèrent à l'intérieur. Roland la tenait par la main et la conduisit à l'étage. La chambre était parfaitement en ordre pour une journée d'été. Les fenêtres ouvertes laissaient entrer le soleil de la fin de l'après-midi. La marée haute montait jusqu'à la rivière Stour. Les couvertures repliées avec soin au bout du lit laissaient voir le drap propre et bien repassé. Roland déshabilla Miriam là où elle était, sur le tapis d'un jaune passé, la guida vers le lit, lui écarta les jambes et accomplit avec sa langue ce qu'ils appelaient entre eux le prélude n° 1. Puis il disparut dans la salle de bains pour se laver. La petite pièce rose mansardée était elle aussi en plein soleil. En retirant sa chemise il se vit dans le miroir. Ces semaines à creuser des tranchées pour M. Heron avaient profité à son torse. Il se trouva superbe. La lumière intense venant de côté accroissait l'effet. Il fallait que cela s'inscrive dans sa mémoire, pensa-t-il, ce bien-être, ce bel et discret enchaînement de chacun de ses actes comme au son d'un orchestre. La musique d'*Exodus* d'Otto Preminger. Et ce somptueux sentiment d'anticipation. L'avant-bras levé il fit saillir son biceps et se retourna pour apercevoir dans le miroir les muscles de son dos. Du calme. Elle l'appela avec impatience depuis la chambre.

Ils firent l'amour pendant ce qui leur sembla être une heure mais c'était difficile à dire. Plus tard, la tête au creux de son bras, elle murmura : « Je t'aime… »

Les yeux de Roland se fermaient. Il acquiesça dans un grognement. Émettre un son si viril lui fit plaisir. Ils s'assoupirent vingt minutes. Le bain qu'elle lui faisait couler l'éveilla. Il y resta longtemps, admirant la transfiguration de sa pâleur par la riche lumière du couchant, cette promotion au rang des surhommes à peau dorée dont on ne pourrait jamais mesurer les capacités avec de simples notes scolaires.

Il se rendit nu dans la chambre et découvrit que ses vêtements et ses chaussures avaient disparu. Elle avait refait le lit. Près de l'oreiller de son côté était plié un pyjama en coton jaune. Il le déplia. Un liséré bleu pâle bordait poignets et revers. Ce n'était pas une plaisanterie de sa part. Elle était géniale – et folle. Il enfila le pyjama. Bien qu'un peu ample il lui allait, même si le pantalon laissait ridiculement voir qu'il bandait. Pour se distraire il s'approcha de la fenêtre et contempla la rivière, un flot d'or en fusion.

En bas, elle préparait une salade de crevettes. Elle posa son couteau et recula d'un pas pour admirer Roland. « Splendide. Je t'en ai acheté deux autres. Un bleu et un blanc.

— Grands dieux, lâcha-t-il. Tu étais vraiment sérieuse. » Il vint l'embrasser. Elle souleva sa jupe. Elle ne portait pas de culotte. Tout était prévu. Ils baisèrent debout contre le plan de travail branlant de la cuisine. C'était ce verbe interdit qui convenait, pas « faire l'amour », se dit-il d'emblée. Ils ne parlaient pas, il n'y avait aucune tendresse. Ils se dépensaient, comme pour se donner en spectacle devant une présence invisible. Les tasses, soucoupes et petites cuillers fantaisie tintaient comiquement dans l'évier en inox et ils tentaient de faire la sourde oreille. Peu importait : tout fut fini en dix minutes.

Il se sentait à présent comme un dieu. Elle lui demanda d'ouvrir une bouteille de vin. Il ne l'avait jamais fait mais il sut comment s'y prendre. Alors qu'il emplissait le premier verre, elle l'arrêta.

« Pas à ras bord, petit. À moitié. Jamais plus des deux tiers. »

Elle vida une partie du premier verre dans le second et le lui donna. « À ta nouvelle vie », lança-t-elle. Ils trinquèrent.

Avant le dîner ils jouèrent un duo, un morceau de Mozart qu'ils connaissaient bien. Il n'avait pas travaillé depuis des semaines. Là où il se trouvait il n'y avait pas de piano. Mais il se débrouilla tant bien que mal, improvisant et survolant les notes. Il était un dieu après tout, un dieu ailé. Ils dînèrent dehors sur une table en bois bancale. Elle lui emplit à nouveau son verre pendant qu'il lui racontait son été. Deux semaines de séjour dans le quartier des officiers et de leurs familles sur une immense et morne base militaire près de la petite ville de Fallingbostel. Le capitaine, désormais commandant, dirigeait un atelier de maintenance de chars. Il siégeait également en cour martiale qui jugeait les soldats indisciplinés ou délinquants. La mère de Roland l'avait couvert d'attentions, lui apportant son petit déjeuner au lit et servant du rôti chaque soir. Son père buvait trop au dîner et, après la bonne humeur du début, devenait irascible.

Dans la journée il n'y avait rien à faire – « Sauf penser à toi », ajouta Roland. C'était un euphémisme. Il était censé lire les livres au programme pour l'année à venir – *Mansfield Park*, *Les Faux-Monnayeurs*, *La Mort à Venise* – mais il n'arrivait pas à se concentrer. Il ne pensait qu'à Miriam. Durant les longs après-midi de juillet les titres mêmes, le poids d'un livre dans sa main lui donnaient envie de dormir, ce qu'il faisait. Certains soirs il allait au cinéma de la base, l'AKC, avec sa mère. Lorsqu'ils rentraient à pied, bras dessus bras dessous, elle lui parlait de son père, du fait qu'il tenait à Roland « comme à la prunelle de ses yeux ». Un soir, elle lui confia que le commandant la frappait parfois quand il avait bu. Roland ne lui avoua pas qu'il l'avait déjà appris par Susan. Il avait toujours eu du mal à imaginer cela. Rosalind, à peine plus d'un mètre cinquante-cinq, était menue, alors qu'à près de cinquante ans le commandant semblait toujours aussi fort. Il aurait pu la tuer d'un coup de poing. Susan avait tenté de la convaincre de quitter son mari le jour où Roland entrerait à l'internat. Longeant l'estuaire dans ce bus étouffant, assis à l'étage avec ses parents, il ne se doutait de rien. Mais son souvenir de ce trajet s'en trouvait altéré.

Il en était à son troisième verre et sa langue se déliait. Il ne se souciait plus d'être en pyjama. Le fin coton convenait à la douceur d'une soirée de la fin août. Il expliqua à Miriam que ce qu'il avait vu pendant son séjour en Allemagne s'était produit trois fois, à quelques variations près. Le dîner était fini. Il aidait sa mère à emporter la vaisselle dans la cuisine. Son père entrait, donnait une bonne tape à Rosalind sur l'épaule et la complimentait sur le repas. Une première fois, puis une deuxième. C'était une vraie claque, à peine dissimulée derrière une marque d'affection.

« Robert, je préférerais que tu ne fasses pas ça. » C'était courageux de sa part, d'en dire si long.

« *Ach,* Rosie. Je rends seulement hommage à ta cuisine. N'est-ce pas, fils ? »

Et il recommençait, la frappant si fort sur l'épaule qu'elle chancelait.

Ce n'était pas de l'affection mais un semblant, juste assez, une provocation qui empêchait de savoir que répondre.

« Je te l'ai si souvent demandé. Tu sais que ça fait mal. »

Il s'énervait alors. « C'est tout ce que je récolte pour ma gentillesse, nom de Dieu ? »

En pareille humeur il était sujet à un mélange de bouderie et de rage. Ce genre d'échange l'incitait à passer du vin à la bière suivie d'un alcool fort. Rosalind restait dans la cuisine, rangeait, puis montait directement se coucher, pendant que Roland s'attardait dans la salle de séjour avec son père qui, conscient de l'atmosphère de gêne, déclarait, comme toujours quand il voulait tourner la page et entraîner Roland avec lui : « Ne t'en fais pas, fils. Ne t'en fais pas. »

Ce soir-là, alors qu'ils allaient se coucher, Miriam remit à Roland une trousse de toilette de secours avec une brosse à dents et un rasoir.

« Je veux que tu sois nu au lit. Les pyjamas sont pour la journée. »

Ce fut aussi exquis qu'elle l'avait promis, de dormir dans les bras l'un de l'autre. Ils firent l'amour avant de se lever. Elle partait le matin même en voiture pour la journée, à Aldeburgh où elle donnait un cours d'été de piano. Lui avait pour tâche, précisa-t-elle avant de rejoindre sa voiture, d'être prêt à son retour. En quittant la maison elle ajouta : « J'emporte la clé de l'abri de jardin donc ne retourne pas tout pour la retrouver. »

Il portait le pyjama blanc. Il se mit un moment au piano pour tenter d'interpréter quelques standards de jazz. Cette musique qu'elle détestait. Puis il improvisa en toute liberté et parvint assez vite à jouer une mélodie qui lui plaisait bien. Il trouva du papier à musique, prit des notes et testa durant le reste de la matinée différentes grilles d'accords jusqu'à ce qu'il soit satisfait et transcrive intégralement la nouvelle mouture. Il découvrait quelque chose le concernant. À moins que cela ne concerne le sexe ? Aussitôt après avoir fait l'amour à Miriam, ses pensées s'ouvraient sur le monde extérieur, loin d'elle, vers d'ambitieux projets impliquant des versions plus intrépides de lui-même. Ses idées étaient d'une clarté limpide. Puis lentement, en une heure ou deux, le champ de ses préoccupations se rétrécissait et ses pensées se tournaient à nouveau vers elle, vers une délicieuse acceptation, qui devenait vite un appétit égoïste. Il ne voulait qu'elle. Tout le reste était absurde. Il vivait à ce rythme, vers l'intérieur, vers l'extérieur, comme une respiration.

Aussi, pendant le petit déjeuner et après le départ de Miriam, avait-il très bien compris qu'ils se livraient à un jeu sexuel, avec ses affaires mises sous clé, et il l'adorait d'avoir fait ça. C'était ludique et bête. Et ce serait mortifiant, si quelqu'un qu'il connaissait le découvrait. Son retour à Berners Hall, une semaine plus tard seulement, était inévitable. Le compte à rebours était fixé par d'autres. La saison des tournois de rugby commençait et il s'attendait à ce qu'on lui demande d'être le capitaine du second pack, voire du premier. Depuis le départ de Neil Noake, si doué, Roland était de loin le meilleur pianiste de l'école et l'on compterait sur lui pour accompagner les cantiques lors de la prière du dimanche soir. Le jour de la rentrée, il avait rendez-vous avec M. Clayton pour recevoir des encouragements. Le professeur de physique voulait aussi le voir. Dans l'abri de jardin, au fond de sa malle, se trouvaient les livres qu'il devrait lire. Non seulement les romans auxquels il n'avait pas touché, mais *Tout pour l'amour* de Dryden, *Phèdre* de Racine, un recueil de poèmes de Goethe. Il avait remarqué un tisonnier en acier près de la cheminée. Il serait sûrement assez facile de forcer le morillon du cadenas de l'abri. Et puis la mélodie qu'il composait était intéressante, avec des inflexions mélancoliques et chantantes. Il fallait des paroles. Les Beatles pourraient interpréter la chanson. Il deviendrait riche.

Il sortit. Encore une journée chaude. S'il avait vécu sous les tropiques, voilà comment il aurait été vêtu. Une bribe rassurante d'un poème de D.H. Lawrence lui revint. En troisième année, ils avaient dû écrire une dissertation dessus. *Et moi en pyjama à cause de la chaleur.* Il était près de l'abri de jardin, cherchant un moyen d'insérer le tisonnier sous le morillon et de faire levier. C'était moins évident que prévu. Le métal était profondément vissé dans le vieux bois dur. Roland cherchait encore quand il entendit la voisine d'à côté, la très loquace Mme Martin, ouvrir sa porte de derrière. Certainement sur le point d'étendre son linge, et très certainement impatiente de bavarder avec lui. Elle ne l'avait pas vu depuis des semaines. Que faisait-il en pyjama avec ce tisonnier à la main ? Il s'empressa de regagner la maison. Alors le processus s'inversa, de l'extérieur vers l'intérieur, et Miriam, son corps, sa possessivité démente apparurent à Roland, quoique d'une façon limitée, pour l'instant.

De l'étage, il voyait bien Mme Martin. Elle installait une chaise longue à l'ombre de son prunier Victoria. Dans l'herbe près d'elle, deux magazines. Il se retourna vers le lit, avec sa courtepointe bien tendue et, au pied, le troisième pyjama en cas de besoin, le bleu à liséré vert. Pas question de sortir par la porte de devant. Des gens passaient de temps à autre. Il était enfermé dans cette maison et soudain il eut Miriam, à une soixantaine de kilomètres et ne rentrant pas avant six ou sept heures, devant lui, sa voix, son visage, tout. Et tout ce qui n'était pas elle s'éloignait. La marée, sa marée à lui, refluait. Il ne pouvait entrer dans l'abri de jardin, mais quelle importance ? De toute façon il ne lirait pas ces livres. Manque de concentration. Il n'avait pour tous vêtements que des pyjamas. Son argent était dans son jean, sous clé comme sa malle. Le monde qui comprenait les professeurs, le rugby, les Beatles et toute la littérature européenne était inaccessible et il s'en fichait. Il n'y pouvait rien. Ce qu'il voulait viendrait à lui, mais si lentement. Il devait attendre.

Il se réinstalla au piano. Sa petite mélodie compliquée avait rétréci. Elle était plate, d'une banalité gênante. Impossible de l'améliorer alors que toute la zone autour de son entrejambe lui faisait mal – une douleur presque agréable – et qu'il bâillait sans cesse. Il n'était même pas capable de jouer jusqu'au bout la plus facile des *Inventions à deux voix.* Il capitula et alla regarder le contenu du réfrigérateur dans la cuisine. Si seulement il avait eu faim cela l'aurait occupé un temps. Il se força malgré tout à manger. Un désastre, sa tentative de faire des œufs au plat. Il remit à plus tard le soin de nettoyer la pièce. Au salon il inspecta la bibliothèque de Miriam. Biographies de compositeurs, traités sur la théorie de la musique, guides de Venise, Florence, Taormina et Istanbul, épais romans du dix-neuvième siècle, et beaucoup de poètes, trop de poètes. Il faillit prendre un livre, n'importe lequel, puis il n'en eut plus envie. Le monde débordait d'efforts inutiles. Par ailleurs, il était censé lire Dryden.

Il se demanda si la maison de Miriam était l'une des rares du pays à ne pas avoir la télévision. Il ne trouva qu'un petit transistor rose avec le nom Perdio inscrit en lettres argentées sur le devant. Trop tôt dans la journée pour Radio Luxembourg, et à Berners Hall personne dans le coup ne mettait de toute façon cette station. Elle ne diffusait que les nouveautés des grandes compagnies de disques qui sponsorisaient les émissions. La station des têtes pensantes était Radio Caroline, qui émettait depuis un bateau ancré pas si loin, au large de l'endroit où les rivières Orwell et Stour se jetaient dans la mer du Nord, juste au-delà de la limite des trois milles. Les DJ étaient des transfuges, des rebelles, et les autorités s'affolaient : une fraction de la jeunesse échappait à leur contrôle. Roland écouta un moment, utilement distrait, une émission entière consacrée aux Hollies. Il était couché sur le canapé, radio contre l'oreille car la pile faiblissait. Les mélodies harmonisées à trois voix dans la musique pop l'intéressaient. S'il en avait l'énergie il pourrait composer quelque chose. Il pourrait retourner tout de suite au piano. Mais il ne bougea pas, et Cliff Richard vint ensuite. À Berners, aucun élève sensé ne supportait de lui autre chose que « Move It ». Il éteignit la radio et se laissa gagner par un demi-sommeil.

L'après-midi passa dans une brume de chaleur. Quand il remonta à l'étage, Mme Martin n'en était encore qu'à son premier magazine. Près d'elle à présent, une table basse et une théière. De retour dans la cuisine, il mangea un cube de cheddar d'une demi-livre. Pas besoin de pain. Il dut chasser une mouche bourdonnante. Pour finir, il l'écrasa contre une fenêtre entre les plis du papier qui enveloppait le fromage. Il se remit au piano, tenta d'improviser et fut vite agacé par ses limites. Sa formation classique était un fardeau. De retour sur le canapé, il se dit que ce serait l'affaire d'une ou deux minutes de s'offrir un orgasme – de *se faire jouir* fut l'expression qui lui vint – pour se libérer de ses pensées. Mais il attendait Miriam, il ne voulait pas être libre. À moins qu'il n'ait droit aux deux ? En guise de réponse, il remonta se regarder dans le miroir de la salle de bains. Qui était-il ? Le capitaine du second pack de rugby ? Un débile abject en pyjama prisonnier d'une maison ? Aucune idée.

L'ennui d'un adolescent de quinze ans peut avoir le raffinement de la technique du filigrane d'or portugais, de la toile sphérique de l'araignée de Karijini. La minutie, l'adresse, l'immobilité, comme ces broderies qui donnaient, chez Jane Austen, l'impression aux femmes de travailler, alors que rien d'autre n'était permis. Lentement, avec soin, il nettoya le désordre laissé par ses œufs au plat. La pendule murale de la cuisine s'était arrêtée en même temps que son existence. Il planait au-dessus d'elle, de cette vie, étendu sur le canapé où il ne lui restait plus que son désir pour Miriam. Et lorsqu'à dix-huit heures trente il entendit sa voiture, la vit remonter l'allée du jardin, et qu'elle entra comme si de rien n'était après sa journée occupée et l'étreignit, le temps derrière lui se réduisit à un point de fuite vers l'amnésie. Quand elle demanda en montant l'escalier avec lui s'il avait été malheureux, il répondit : « Non, non, j'étais très bien. Parfaitement bien. »

Les trois jours passèrent comme les heures du premier, une habile torture qui ne laissait aucune trace. Dans un état de profonde excitation il l'embrassait le matin pour lui dire au revoir, et redécouvrait l'exquise douleur de l'attendre toute la journée. La vague de chaleur fit place aux vents froids de l'est, puis à une pluie continue. Miriam lavait et repassait ses pyjamas. Le premier jour elle alla à Bury St Edmunds pour la première du spectacle choral d'un vieil ami. Les deux autres jours elle donna ses cours d'été. Le soir ils faisaient l'amour dès son retour et dînaient de ce qu'elle préparait.

Trois jours avant le seizième anniversaire de Roland était prévu un dîner de fête, car elle devait travailler tard le jour même, avait-elle prévenu. Elle revint plus tôt que d'habitude. Il s'attarda dans le bain après leurs retrouvailles pendant qu'elle s'affairait dans la cuisine. Il devait rester à l'étage jusqu'à ce qu'elle soit prête à l'appeler. Il enfila un pyjama bien repassé, encore le blanc, et assis sur le lit il attendit son appel. Il avait les idées agréablement claires. Les cours reprendraient bientôt. Il projetait d'aller le soir dans la bibliothèque des sixième année et de rattraper son retard sur les ouvrages au programme pendant la première semaine du semestre. Il lisait vite et prendrait des notes. M. Clayton leur avait appris à « désosser » un livre. Tout ce qu'il fallait, décréta Roland, c'était de la concentration.

Elle l'appela doucement au pied de l'escalier, comme si elle posait une question, et il descendit. Il y avait une nappe, deux bougies allumées, du champagne dans un seau à glace, et la viande préférée de Roland, du gigot d'agneau. À table ils trinquèrent. Elle portait une robe rouge décolletée et, par jeu, avait mis dans ses cheveux une rose, rouge elle aussi, une des dernières de l'été. Il ne lui dit pas qu'il n'avait jamais bu de champagne. C'était pareil à de la limonade, en plus piquant. Elle lui tendit son cadeau, une épaisse enveloppe en papier kraft ornée d'un ruban blanc. Elle leva de nouveau son verre et lui aussi.

« Avant d'ouvrir, souviens-toi bien. Tu m'appartiendras toujours. »

Il acquiesça de la tête et but longuement.

« À petites gorgées. Ce n'est pas un soda. »

Le cadeau était une liasse de documents retenus par un trombone. Sur le dessus, deux billets pour Édimbourg par le train express, en première classe. Le surlendemain. Il la regarda d'un air interrogateur.

« Continue », dit-elle tout bas.

La feuille suivante était une lettre confirmant la réservation d'une suite au Royal Terrace Hotel. Ils y seraient la veille au soir de son anniversaire.

« Fantastique », murmura-t-il. La page suivante le

perturba. Il lut trop vite, reconnut une sorte de formulaire officiel déjà rempli. Avec un symbole héraldique bleu comme en-tête. Il vit son nom en capitales, et le sien à elle. Puis l'adresse d'un bureau d'état civil.

« *Mariage ?* » C'était d'une absurdité si complète qu'il se mit à rire.

« N'est-ce pas que c'est enthousiasmant, mon chéri. » Elle lui emplit à nouveau son verre, l'observant intensément, avec un demi-sourire suave. Elle avait les yeux écarquillés et brillants.

L'absurdité s'estompa. Ce fut soudain la peur sous la forme d'une sensation de culbute. Il allait lui falloir de la force et il n'était pas sûr d'en avoir. Ou de vouloir en avoir. Mais il lui en fallait. Une heure plus tôt ils faisaient l'amour. Dans le bain il avait siffloté sa chanson pour les Beatles et trouvé comment l'améliorer, de meilleurs accords lui étaient venus à l'esprit. Le monde au-delà de Miriam, le domaine des livres « désossés ». Or il était à présent en lisière, dérivant vers son domaine à elle. À dix-neuf heures trente, après tout, il était en pyjama. Il jeta un nouveau coup d'œil au formulaire. Une vie entière à ne faire que l'amour. Cela lui demanda un effort colossal, mais il se souvint qu'il lui restait quelques fragments de lucidité, un sens plus vaste du réel. Être son *mari*, endosser la condition de… ses parents ! De la démence. Il fallait qu'il résiste pour ne pas commencer à se convaincre que la démence était une aventure intrépide. À moins qu'elle ne le soit. Au prix d'un nouvel effort, ce fut finalement le capitaine du second pack de rugby qui prit la parole. Il chercha ses mots mais c'étaient ceux du capitaine.

« Mais on n'en a… on n'en a même pas parlé. »

Elle souriait toujours. « De quoi allons-nous parler ?

— De ce qu'on veut vraiment tous les deux. »

Elle secouait la tête. Son assurance l'effrayait. Il se trompait sans doute. « On n'a pas ce genre de relation, Roland. »

Elle attendit, et en l'absence de réponse déclara : « Je sais ce qui vaut le mieux pour toi. Et j'ai pris cette décision. »

Il se sentit perdre pied. Il ne voulait pas sembler ingrat ni gâcher la soirée. Était-ce possible, de gaspiller sa vie par politesse ? Il fallait qu'il réagisse vite, tout de suite : « Je ne veux pas.

— Quoi ?

— C'est trop tôt.

— Trop tôt pour quoi ?

— Je ne vais avoir que *seize ans.*

— Voilà pourquoi on va en Écosse. Là-bas c'est légal.

— Je ne veux pas. Je ne peux pas. »

Elle recula sa chaise, vint de son côté de la table et le domina de toute sa hauteur. Il sentait ses seins près de son visage. « Je pense que tu vas faire ce que je te dis. »

Il reconnut la voix de la première leçon de piano. Mais ce pouvait être un jeu auquel ils jouaient. S'il acquiesçait, même à peine, ils seraient bientôt à l'étage, et combien il en avait envie, tout en sachant que cela pourrait le détruire ! Dès qu'ils seraient ensemble sur ce lit il dirait oui à tout. Après, quand il aurait repris ses esprits, il le regretterait et ce serait trop tard. Il devait tenir bon. L'essentiel était de ne pas rester assis près d'elle debout. Si près d'elle, il ne pouvait réfléchir, comme elle le savait bien. Gênant, de se lever sans la toucher. Il traversa la pièce afin que le canapé, où il avait passé plusieurs jours allongé, soit entre eux. Il pourrait le protéger.

Elle ne le quittait pas des yeux. « Pour toi, Roland, tout ce qu'il y a eu entre nous c'était quoi ?

— De l'amour.

— Et l'amour ça veut dire quoi ? Ça conduit à quoi ? »

Il croyait encore être obligé de répondre chaque fois qu'elle lui posait une question.

« Ça ne conduit nulle part. » Il eut une idée géniale, une citation dont il se souvenait à moitié. « C'est une *Ding an sich*, une chose en soi. »

Elle sourit tristement et le reprit avec un hochement de tête.

« Non, mon chéri. C'est un engagement, l'un envers l'autre, et envers l'avenir, un engagement à vie. Voilà ce que c'est que l'amour.

— Pas nécessairement. » C'était faible et il était trop tard pour retenir ces mots.

Elle s'avançait vers lui, souriant encore un peu. Il n'avait pas la place de reculer. Elle s'approcha : « Viens ici. On ne devrait pas se disputer. J'ai envie de t'embrasser. »

Il fit un pas vers elle et ils s'embrassèrent. Elle le caressait en même temps à travers le fin coton blanc. Elle avait dû le sentir bander aussitôt contre sa main. Il se dégagea, l'écarta brusquement et alla se planter près de la table. Le gigot auquel ils n'avaient pas touché refroidissait.

Elle pointa l'index vers Roland. « Regarde-toi. Ça dit quoi ?

— Ça dit que je t'aime et que je ne veux pas me marier. » Il se félicita de sa réponse.

Ils se turent. L'expression de Miriam n'avait pas changé mais il savait d'expérience qu'il allait se passer quelque chose et qu'il ferait mieux d'être prêt. Comme toujours, elle le surprit. Sur un fauteuil elle saisit le cartable qu'elle emportait à Aldeburgh et se pencha pour fouiller parmi ses partitions. Quand elle se redressa il vit qu'elle était écarlate. À sa grande horreur il vit aussi qu'elle avait les larmes aux yeux. Mais sa voix était nette et posée.

« Très bien. Dommage. Tu passeras le reste de ton existence à chercher ce que tu as eu ici. C'est une prédiction, pas une malédiction. Parce que je ne te le souhaite pas. L'amour ne tient qu'au hasard et à la chance. Il se trouve que tu as rencontré à onze ans la personne qu'il te fallait. Tu étais beaucoup trop jeune pour le savoir, mais moi je le savais. J'aurais attendu plus longtemps, mais tu as débarqué et ce que tu voulais était évident. J'aurais dû te mettre dehors mais je te désirais autant que tu me désirais. J'avais des projets pour nous. Ils t'auraient enchanté. Maintenant tu recules et j'en suis désolée. Alors va-t'en. Prends tes affaires, pars et ne reviens jamais. »

Elle lança la clé de l'abri de jardin à ses pieds. Quand il voulut protester elle parla plus fort que lui, mais sans crier. « Tu m'entends ? Va-t'en ! »

Tandis qu'elle l'accusait, aussi longtemps qu'il y avait eu de la colère dans sa voix, tout désir l'avait heureusement déserté. Il ramassa la clé et, mû par un vague souci de décence ou de gratitude, récupéra sur la table son cadeau d'anniversaire, l'enveloppe et les documents. Sans regarder dans sa direction il tourna les talons et traversa la cuisine. Dehors il faisait encore juste assez clair et il pleuvait. Il marcha pieds nus sur la pelouse spongieuse jusqu'à la porte de l'abri. Il eut besoin de ses deux mains pour déverrouiller le cadenas. Sa malle n'était pas fermée à clé. Les vêtements qu'il portait à son arrivée se trouvaient sur le dessus. Il s'habilla en hâte à l'entrée de l'abri. L'argent, sa précieuse liasse, était encore dans sa poche arrière. Il roula les pyjamas en boule et les jeta sur la pelouse. À titre de mot d'adieu. Ils seraient trempés le lendemain matin. Elle s'en voudrait quand il lui faudrait les rapporter dans la maison, hors de la vue de Mme Martin. Il mit l'enveloppe dans la malle, ferma celle-ci, la souleva d'un côté et la traîna en travers de la pelouse, contourna la maison, franchit la pelouse de devant et le portillon. Il savait pour l'avoir envoyée par British Road Services que cette malle pesait environ vingt-cinq kilos, un poids qu'il aurait pu porter, mais elle était trop volumineuse, trop encombrante. Il se mit en route vers le pub, le long d'un bas-côté herbeux sur lequel elle glissa facilement. Près du parking du pub se trouvait une cabine téléphonique mais il n'avait pas de monnaie, seulement des billets d'une livre. Il entra dans le pub, commanda un demi de bière brune. La fumée des cigarettes, les miasmes des poumons d'autrui rendaient étouffant l'air moite et il ressortit avec joie.

Le village de Holbrook avait un taxi indépendant et, après avoir appelé le chauffeur, Roland attendit en bordure du trottoir avec sa malle. La pluie tombait toujours mais ne le dérangeait pas – il était resté à l'intérieur trop longtemps. De temps à autre il regardait au bout de la route vers la maisonnette. Il éprouvait les premières pointes de regret. Si elle était venue le chercher et s'était montrée persuasive, peut-être aurait-il couru le risque de rentrer avec elle. Mais le mauvais temps incitait apparemment chacun à rester chez soi ce soir-là, et dix minutes plus tard son taxi arriva.

Il demanda au chauffeur de le conduire à la gare d'Ipswich. En l'aidant à hisser la malle sur la banquette arrière il n'avait aucun projet, aucune idée de sa destination. Mais lorsqu'ils dépassèrent le château d'eau de Freston en descendant la colline et longèrent l'estuaire dans la pénombre, la solution lui traversa l'esprit. Emplir de vêtements de rechange et de livres un sac de sport, déposer la malle à la consigne et prendre une chambre au Station Hotel. Il paraissait assez vétuste et bon marché. Il s'y terrerait pour lire les livres du programme et arriverait le jour de la rentrée fin prêt pour la sixième année. Ce plan tomba à l'eau alors que debout sur le trottoir il regardait son taxi s'éloigner. Un train pour Londres venait d'entrer en gare, les voyageurs se pressaient autour de lui, la circulation était inhabituellement dense, la musique stridente d'une chanson pop s'élevait quelque part. Il puisa de la force dans cette animation. Il avait retrouvé le monde réel. Ce qu'il devait faire était évident. La dernière fois qu'elle l'avait jeté dehors, elle l'avait à nouveau accueilli quelques jours plus tard. Un mot rapide, une convocation sans explication, apportée par ce jeune garçon qui ressemblait à une souris et s'appelait en prime Thomas Meek – le « doux » Thomas. Le lendemain, sur son vélo, Roland pédalait frénétiquement vers la maison de Miriam, arrivant à l'heure pour déjeuner. Cela se reproduirait, elle reviendrait le chercher. Il ne pourrait jamais lui résister. Il n'y avait qu'un moyen d'être libre.

Il fallait agir vite, avant de changer d'avis. Un adolescent sympathique de son âge l'aida à transporter la malle jusqu'au guichet. Il exprima fièrement sa requête : un billet adulte, plein tarif, aller simple. Un porteur chargea la malle sur un chariot pour l'emporter dans le fourgon à bagages. Roland lui donna deux shillings et six pence de pourboire. Sans doute trop, mais c'était sa nouvelle vie, celle dans laquelle il tenait les rênes. Avant le départ de son train il eut le temps de s'acheter un journal. En roulant vers

Londres il lut un article sur les préparatifs de l'inauguration du Forth Road Bridge d'Édimbourg, la ville à laquelle il venait d'échapper. Il arriva trop tard à Londres pour prendre une correspondance. L'hôtel qu'il trouva près de la gare de Liverpool Street était encore plus minable que celui d'Ipswich. Il n'avait encore jamais pris une chambre dans un hôtel. Le sentiment qu'il éprouva lui confirma qu'il faisait ce qu'il fallait. Le lendemain matin, avant de traverser la ville en taxi pour rejoindre Waterloo Station, il téléphona à sa sœur.

Elle l'attendait sur le quai de la gare de Farnborough. Sa voiture étant de la même marque que celle de Miriam, il sut comment y faire entrer sa malle. Susan ne fut pas surprise de son changement de projet. Il lui expliqua que comme elle et leur frère Henry, comme leurs parents et leurs grands-parents, il avait bénéficié de la durée de scolarité minimale imposée par les autorités. Il en avait assez des salles de classe et des emplois du temps. Elle s'arrêta devant l'ancien lieu de travail de Roland et attendit pendant qu'il parcourait les quelques centaines de mètres le séparant de l'endroit où M. Heron surveillait ses ouvriers qui creusaient. À voir la boue sur ses chaussures et sa veste, et la sueur sur son visage, il manquait clairement de main-d'œuvre. Le « vieux » semblait avoir rapetissé. Roland, sans se démonter, réclama les journées de salaire qu'il lui devait et – au lieu de demander – lui proposa de revenir. Quand M. Heron acquiesça de la tête, Roland posa ses conditions. Il pouvait travailler plus vite et plus dur que des hommes de quarante ans fumant cigarette sur cigarette. Il fallait le payer autant qu'un adulte sinon il irait ailleurs. Tournant les talons, M. Heron accepta avec un haussement d'épaules.

Après avoir transporté la malle depuis la voiture et l'avoir hissée jusqu'à la chambre de Roland à l'étage, Susan et lui burent une tasse de thé et s'entendirent sur la somme de quatre livres par semaine qu'il verserait pour le gîte et la table. Durant le week-end le temps se mit au beau et il aida sa sœur au jardin. Pendant qu'elle faisait brûler des feuilles, Roland regagna la maison pour sortir ses livres. Camus, Goethe, Racine, Austen, Mann et les autres. Il les lâcha un à un dans les flammes. Il aurait trouvé satisfaisant de croire que *Tout pour l'amour* s'était consumé plus vite que le reste. Mais tout brûla avec une égale férocité. Il écrivit à ses parents pour les informer de sa décision, leur assurant qu'il gagnait bien sa vie. Au cours de la semaine suivante, des lettres inquiètes arrivèrent de son école, de M. Clayton et de M. Bramley. Le lendemain il y en eut une de M. Clare, qui l'incitait à revenir et à poursuivre ses « leçons d'une importance vitale avec Mlle Cornell. Vous avez un talent stupéfiant. Vous pouvez le cultiver ici – gratuitement ! ». Il les ignora toutes. Il était déjà occupé à faire des heures supplémentaires payées une heure et demie, et il avait rencontré Francesca, une agréable et ravissante Italienne, dans un pub d'Aldershot.

8

Au milieu de l'année 1995, Roland manquait d'argent, même s'il n'était pas franchement démuni. Alissa lui faisait suivre les allocations familiales qui l'avaient aidée à vivre pendant l'écriture du *Voyage.* Ces 7,25 livres hebdomadaires, obtenues de haute lutte par les femmes, étaient versées directement par le gouvernement à toutes les mères de famille, riches ou pauvres, et transitaient désormais par la banque londonienne d'Alissa puis par sa banque allemande avant d'arriver sur le compte de Roland à Londres. Alissa ajoutait la somme raisonnable de deux cent cinquante livres par mois à titre de pension alimentaire pour Lawrence. Dans un message transmis par l'intermédiaire de Rüdiger elle se disait prête à envoyer davantage si Roland le souhaitait. Il ne le souhaitait pas. Il y avait assez pour la nourriture et les boissons, presque assez pour les vêtements et les voyages scolaires. Les réparations, les vacances à l'étranger, une voiture, les cadeaux imprévus et l'accordeur de piano étaient rayés de la liste. Son découvert approchait les quatre mille livres. Il se sentait incapable de retourner dans le dédale des services sociaux et de rejoindre d'autres malheureux patientant sur des bancs de métal vissés dans le sol.

Lawrence et lui avaient bien vécu deux années durant, le reste avait servi à payer les impôts au nouveau taux réduit. Leur foyer survivait grâce au cumul par Roland de certaines de ses anciennes carrières free-lance. Il écrivait quelques articles, donnait sept heures de cours de tennis par semaine, jouait de la musique d'ambiance dans un petit hôtel haut de gamme de Mayfair. Comment pouvait-il être pauvre alors que Lawrence et lui vivaient avec un revenu juste au-dessus de la moyenne nationale ? Parce que, avait-il lu, la pauvreté était non pas un absolu mais une notion relative, et que ses amis, diplômés pour la plupart, avaient réussi dans les professions libérales et les sciences, à la télévision et dans la presse. Un couple prêchant l'avènement du numérique avait ouvert un cybercafé à Fitzrovia. Leur affaire prospérait.

Deux mots intéressants que Roland aimait bien, et qui étaient pour lui source de consolation, revenaient dans les conversations. « Capital humain ». Comment pouvait-il se plaindre alors qu'il allait bientôt se marier ? Qu'il avait un enfant attachant et fascinant, des amis, la musique, les livres, et la santé ; que son fils ne risquait pas d'attraper la variole ou la polio, ni de se faire tirer dessus par des snipers embusqués sur les hauteurs de Sarajevo ? Mais il aurait préféré le capital humain plus le capital, et si sa vie était sûre, elle l'était un peu trop. Il quittait rarement Londres ces derniers temps. Regardez ce que faisaient d'autres membres de sa génération. Il n'était pas sorti de chez lui pour protester publiquement contre le siège de Sarajevo et ses atrocités, comme la courageuse Susan Sontag, qui avait monté *En attendant Godot* au National Theatre.

Daphné et lui avaient décidé d'unir leurs deux foyers. Les quatre enfants étaient enthousiastes. Peter, installé à

Bournemouth dans un appartement délabré du front de mer avec sa nouvelle compagne, ne se formalisait pas de ce que Roland vive avec la femme qu'il avait quittée. Roland le soupçonnait d'avoir parfois frappé Daphné, mais elle refusait d'en parler. Il s'avérait que Peter et elle, hostiles aux conventions dans leur jeunesse, n'étaient pas mariés. Quoi qu'il ait pu se passer, l'acrimonie de la séparation était pour l'essentiel derrière eux. Roland et Alissa avaient évité cet écueil. Il avait signé les documents préparés, aux frais d'Alissa, par des avocats allemands et anglais. Leur projet, à Daphné et lui, était clair. Trouver une grande maison avec jardin où Lawrence, son copain Gerald et les deux filles, Greta et Nancy, se sentiraient heureux et libres. Roland comptait sur le génie de l'organisation de Daphné. Longtemps simples confidents, ils étaient devenus amants. La relation avait merveilleusement commencé, et après quelques faux pas tout allait bien à nouveau. Ou pas si mal. Roland comprenait enfin qu'il n'y avait pas de libération ailleurs qu'au-delà des sacs de sable protégeant le camp de Gurgi, et qu'après l'orgasme le plus jouissif qu'il ait connu, un autre encore meilleur ne l'attendait pas forcément.

Il aurait cinquante ans dans un peu plus de trois ans. Ses clients au tennis étaient majoritairement de bons joueurs d'une trentaine d'années qui voulaient « cogner ». Après une longue session sur le court il ressentait des douleurs diffuses aux hanches et un fourmillement dans le coude droit. Il avait fait vérifier son cœur : quelques battements désordonnés, mais rien de grave. Suivant la suggestion de son médecin il avait laissé une caméra voyager dans son colon à la recherche de polypes – aucun pour le moment. Un examen humiliant mais l'un des analgésiques, le fentanyl, lui avait procuré des sensations du bon vieux temps. Se préoccuper pour la première fois de sa vie, de sa santé et de son inévitable détérioration ajoutait à sa certitude qu'il était temps de réorganiser son existence. Trop tard pour Sarajevo. L'avenir qu'il avait en tête était solide, sûr, amical, ordonné, et après beaucoup de retards et de dénis il s'en accommodait.

Plusieurs mois s'étaient écoulés depuis que Daphné et lui avaient monté leur projet dans l'euphorie. Mais elle avait des semaines de cinquante heures et trois enfants à élever. Souvent ses jeunes filles au pair ne restaient pas. Le marché de l'immobilier s'était lamentablement contracté. Son association de recherche de logements croulait sous les demandes de maisons londoniennes à louer pour un prix abordable. Les heures de travail de Roland se répartissaient sur la journée, et à quinze heures trente il devait être à la porte de l'école. En six mois, ils avaient visité onze maisons, toutes des taudis ou hors de prix, ou les deux. Dans l'immédiat, ils en habitaient deux petites à Clapham.

Epithalamium Cards n'avait pas coulé – la société avait été vendue à un conglomérat pour une somme jamais révélée à Roland. L'argent qui lui était dû arrivait, répétait Oliver Morgan depuis quatre ans. Il restait certains problèmes juridiques et financiers à régler. Roland n'avait pas à s'inquiéter : sa part prenait sans cesse de la valeur. Les poèmes d'anniversaire et de condoléances qu'il avait recyclés étaient désormais vendus partout par une compagnie qu'on disait plus importante que Hallmark. Longtemps auparavant, il avait lu à Berners Hall quelques pages d'un livre au programme, *Le Notaire du Havre*, un roman de Georges Duhamel – assez pour s'en faire une idée. Une famille sans le sou attendait de recevoir un généreux héritage. La fortune était en permanence sur le point d'arriver.

Leurs espoirs déçus détruisaient lentement ces pauvres gens. L'argent ne vint jamais. Ou peut-être que si. Roland n'avait pas lu assez de pages pour le découvrir. C'était un récit édifiant.

Il pouvait passer des semaines sans que le sujet lui effleure l'esprit. Il était trop occupé et se considérait comme plus résilient que cette famille du Havre. Mais parfois, quand il s'éveillait avant l'aube, son cerveau d'insomniaque broyant du noir cherchait une cause. Et il réentendait la voix rassurante de Morgan lors d'une conversation récente. *Un peu de patience, Roland. Fais-moi confiance.* Allongé sur le dos dans l'obscurité, il se faisait des films – écrits et réalisés par quelqu'un d'autre. Il n'était pour rien dans le recrutement de malfrats de l'East End et le kidnapping d'Oliver Morgan au volant de sa voiture. Emmené vers une usine désaffectée d'Ipswich qui fabriquait autrefois du bacon, celui-ci, avec quelques cadres supérieurs de Krazikards Inc., y était bientôt pendu nu par les chevilles aux chaînes d'un convoyeur aérien et transporté vers les portes d'acier d'une fournaise géante. À leur approche ces portes coulissaient, et un jet rugissant de flammes blanches s'élevait à plus de six mètres. Les hommes enchaînés se débattaient dans le vide en poussant des cris de cochons pour implorer la pitié. Apparemment, Oliver entrerait le premier. Le moment pour Roland d'intervenir, d'arrêter le convoyeur aérien. Il parlait à l'oreille d'Oliver, toujours pendu la tête en bas. Il y avait certaines conditions. La facilité et la rapidité avec lesquelles il toucherait l'argent. Mais il eut soudain trop chaud sous les draps et son cœur battant à tout rompre l'empêcha de se rendormir.

C'était durant ces premiers jours où les deux vieux amis étaient devenus amants que Daphné avait exposé sa théorie de l'organisation domestique. Le centre de la maison moderne n'était plus la salle de séjour, le salon, ou le bureau du paterfamilias, mais la cuisine, dont le cœur était la table. C'était là que les enfants apprenaient les bonnes manières, y compris les règles tacites de la conversation et de la conduite en société, là qu'ils assimileraient pour toujours le caractère vital du rythme et du rituel des repas, et prendraient conscience de leurs devoirs en aidant à débarrasser la table. C'était là qu'on ouvrait le courrier, que les amis s'attablaient pour bavarder autour d'un verre pendant que leurs hôtes préparaient le dîner. Et, avait-elle souligné, c'était aussi là, autour de sa table à lui, qu'ils s'entassaient d'un seul côté à cause de ce monceau de bric-à-brac qui prenait toute la place. Dessous se cachait une jolie table ancienne en pin. Qu'il la débarrasse et l'effet se ferait sentir sur la maison entière. Il y consacra un week-end. Il mit l'essentiel du bric-à-brac à la poubelle, répartit le reste ailleurs dans la maison. Daphné avait tort, il n'y eut aucun effet sur les autres pièces, mais l'apparence de la cuisine s'en trouva radicalement améliorée. Avec la foi d'un nouveau converti, Roland s'appliqua à maintenir sa table dégagée. Elle devint une sorte d'âtre. Même Lawrence s'en aperçut.

Autour de cette table, divers amis se retrouvèrent au cours de l'année 1995. On pouvait s'y asseoir à dix en se serrant. Si Daphné ne travaillait pas trop tard, elle les rejoignait à vingt et une heures trente. Ses filles occupaient la chambre d'amis de Roland, et Gerald partageait celle de Lawrence. Les compétences et ambitions culinaires de Roland étaient limitées. Un seul plat : côtelettes d'agneau, pommes de terre au four, salade. Pour nourrir dix personnes, il comptait quarante côtelettes. Elles ne creusaient pas beaucoup son découvert. Les invités se chargeaient du vin. Ils formaient un groupe mouvant, mal défini. Beaucoup travaillaient dans les services publics – des enseignants, des fonctionnaires, un généraliste. Joe Coppinger venait avec Sofia, médecin, qu'il était sur le point d'épouser. Il y avait aussi un luthier, un libraire indépendant, un entrepreneur de maçonnerie et un joueur de bridge professionnel. La moyenne d'âge était d'environ quarante-cinq ans. La plupart avaient des enfants ; aucun n'était riche, même s'ils gagnaient tous plus d'argent que Roland. La majorité d'entre eux avaient un emprunt à rembourser, beaucoup en étaient à leur deuxième mariage, avec des familles recomposées et des gardes alternées. Presque tous avaient fait leurs études aux frais de l'État. On comptait une bonne part de couples binationaux ou mixtes. Les deux enseignants étaient des Antillais de la troisième génération. Le joueur de bridge avait des ascendants japonais. De temps à autre, des Américains, des Français et des Allemands de passage se joignaient à eux. Mireille et Carol, deux ex-compagnes de Roland, étaient accompagnées de leurs maris respectifs, l'un d'eux originaire du Brésil. Roland en avait rencontré certains sur un court de tennis. À ces réunions se mêlaient des habitués d'autres maisons où la nourriture était plus sophistiquée. Chaque fois, environ une moitié des convives se connaissaient déjà.

Tous étaient encore assez jeunes pour que le vieillissement soit un sujet de plaisanterie. Ils n'en revenaient toujours pas de se découvrir plus âgés qu'un commissaire de police, que leur médecin, que le professeur principal de leurs enfants – et même que le chef de l'opposition, désormais. D'où un sujet qui prenait de l'importance : comment s'occuper des vieux parents. Ces enfants adultes étaient à un tournant de la vie où leurs pères et mères commençaient forcément à décliner. Perte de mobilité, absences momentanées comme sur les ondes courtes d'une radio, le petit ruisseau des maux quotidiens qui alimentaient une grande rivière : vaste question, mais pas entièrement sans drôlerie. Ils pouvaient encore sourire des quiproquos surgissant lorsqu'un parent égaré venait vivre avec une famille débordée dont la maison était trop petite, les enfants trop bruyants et l'emploi du temps hebdomadaire trop complexe, et que le dîner de la famille était donné aux chats pendant que tout le monde était sorti.

La conversation portait aussi bien sur la logistique que sur le sentiment de culpabilité et la tristesse de faire quitter à un parent sa propre maison pour une maison de retraite. Une amie disait détester sa mère presque autant que celle-ci la détestait. Mais elle avait éprouvé un choc quand elle avait dû « la mettre ailleurs ». Le sujet était la mortalité, et ne connaissait donc pas de limites. Ils voyaient approcher leur cinquantième anniversaire et savaient qu'ils parlaient aussi de leur déclin futur. Certains envisageaient déjà des opérations du genou et de la cataracte, ou bien ne retrouvaient plus un nom familier. Il y avait égoïstement de bonnes raisons de se montrer gentil avec les anciens.

Cela mis à part, l'optimisme régnait, même si vingt-cinq ans plus tard on aurait du mal à s'en souvenir. Politiquement, la position majoritaire tendait vers le centre gauche. Pas de révolutionnaires parmi eux. Ils étaient quelque peu affligés de leur unanimisme. La plupart des prédictions faites la nuit de la chute du Mur s'étaient réalisées. L'Allemagne était réunifiée, l'Union soviétique avait disparu. Déjà, huit nations de son empire allaient rejoindre l'Union européenne. Deux ou trois autres suivraient peut-être. Les dépenses militaires diminuaient, même si les armes nucléaires demeuraient. Dans les milieux intellectuels, le consensus était que les démocraties n'envahissaient jamais d'autres pays – un propos repris autour de la table. Après des siècles de guerre, de ruines et de tortures, l'Europe avait trouvé une paix durable. Les dictatures de l'Espagne et du Portugal étaient tombées d'abord, dans les années 1970, puis les autres, ouvrant la voie à la tolérance et à la prospérité future. Il y avait un démocrate à la Maison-Blanche. Bill Clinton menait à bien une réforme salutaire de la Sécurité sociale. Le budget de son administration était excédentaire – bon signe pour un second mandat.

De récentes élections partielles laissaient présager que son collègue britannique, le nouveau chef du parti travailliste Tony Blair, l'emporterait sur le gouvernement désuni et fatigué de John Major, le Premier ministre conservateur en difficulté. Autour de la table de Roland, certains étaient en contact avec divers groupes travaillistes qui élaboraient un programme politique. Les conservateurs étaient au pouvoir depuis seize ans. Les travaillistes devaient redevenir éligibles. Chez Roland et dans d'autres maisons, différents convives disséquaient la « troisième voie » et l'accueillaient favorablement. Il fallait remplacer l'égalité, toujours inaccessible et incompatible avec la liberté, par la justice sociale – l'égalité des chances. L'ancienne ambition du parti travailliste de nationaliser les principales industries, que nul ne prenait plus au sérieux, serait mise au rebut. La Banque d'Angleterre devait devenir indépendante et apolitique. « Durs avec les délinquants, durs avec les causes de la délinquance » : aucun électeur, de gauche ou de droite, ne pourrait objecter à cela. L'éducation et la santé auraient une place centrale. Les droits de l'homme seraient inscrits dans la législation britannique. Et un salaire minimum. Et l'école maternelle gratuite pour tous les enfants dès quatre ans. L'énergie créative d'un capitalisme bien régulé permettrait de lancer et de financer ces projets. Le droit de dissolution du Parlement serait encadré. Il y aurait la paix en Irlande du Nord. Une assemblée au pays de Galles. Un Parlement écossais. La formation continue tout au long de la vie. Un réseau national d'enseignement par internet. Le droit de parcourir librement la campagne. La ratification de la charte sociale européenne. Une loi garantissant la liberté de l'information. Le tout dans un avenir plausible. Les soirées se prolongeaient, l'humeur était au beau fixe. À deux heures du matin une amie déclara un jour en partant : « Ce n'est pas seulement rationnel. Ça donne une telle impression de *propreté.* »

De temps à autre l'unanimité se fissurait. Sous l'influence du sociologue Anthony Giddens, une faction insistait sur le fait que le commerce, le marché, ne pourraient jamais promouvoir la justice sociale tant que le monde de la finance ne serait pas assaini et n'assumerait pas ses responsabilités envers la société. Pour certains, c'était une utopie. Pour d'autres, du pinaillage. Un soir avant le dîner, assis à un bout de la table pour surveiller la cuisson des côtelettes d'agneau, Roland resta en dehors du débat. Après une nuit blanche, il avait eu du mal à faire les courses, le ménage et la cuisine. C'était un soulagement de rester assis, en dehors des courants contraires de la conversation. En début de journée il avait lu l'« Ode à Psyché », un poème de Keats naguère ardemment conseillé par sa belle-mère. Malgré sa fatigue, ces vers l'avaient laissé avec un sentiment de tranquillité intérieure.

Autour de la table les sujets se résumaient à un seul : les objectifs. Tout le monde était d'accord. Un groupe de travail sur le programme politique venait de remettre ses conclusions. Si le parti travailliste arrivait au pouvoir, il faudrait rendre les services publics efficaces et humains en leur fixant des enjeux clairement définis. La peur de l'échec améliorerait les performances. Atteindre les objectifs redonnerait le moral. On agirait dans l'intérêt général. Devaient être accrus en priorité : le dépistage des cancers du sein, l'apprentissage, le nombre de visiteurs issus des minorités ethniques dans les parcs nationaux, celui des étudiants issus de milieux défavorisés à l'université, le niveau d'alphabétisation à sept ans, dix ans et quatorze ans, le taux de résolution des délits, les poursuites judiciaires et la prison pour les violeurs, le retour des chômeurs à l'emploi. Devaient être réduits en priorité : le nombre de sans-abri, de suicides et de cas de schizophrénie, la pollution de l'air, le temps d'attente aux urgences, l'isolement des vieillards, le taux de mortalité en bas âge et de pauvreté chez les enfants, le nombre d'élèves par classe, les violences aux personnes, les accidents de la circulation. Des ambitions claires. Dans un souci de transparence, réussites et échecs seraient soumis au jugement de l'opinion publique.

Roland se laissait porter par ses pensées – avec la sensation de prendre de la hauteur – et entra dans un état de détachement bienheureux. Il inspecta la table du regard. Ces hommes et ces femmes étaient des gens bien, sérieux. Intelligents, travailleurs, soucieux de justice sociale. S'ils avaient des privilèges, ils étaient déterminés à les partager. Sous l'effet de son humeur, le monde lui semblait empli de personnes comme eux. Tout allait bien. Il se revit à peu près au même âge que Lawrence, regardant deux ambulances emmener les victimes d'un accident et dissimulant ses larmes de joie devant une révélation : la bonté foncière des gens, la bonne organisation et la bienveillance des choses. Son père avait agi héroïquement. À présent comme alors, c'était évident. Chaque problème avait une solution. Même dans le climat meurtrier des Balkans, même en Irlande du Nord. Roland se laissa porter encore plus loin. Il accédait à un nouvel état, irréel et sentimental. « Spongieux » était le mot. Comme si quelqu'un avait ajouté une substance psychotrope dans son verre. Alors que le ton montait autour de lui, il dérivait toujours, jusqu'à atteindre un troisième état – impossible à expliquer – dans lequel il tirait plaisir du simple fait d'exister. Quelle chance, de simplement *être*, d'avoir un esprit, et pas seulement un actif qui figurait à la colonne « crédit » des livres de comptes du capital humain. Il se souvint d'un fragment de l'« Ode à Psyché » : *l'entrelacs treillagé d'un cerveau au travail.* C'était le privilège de n'importe qui et le patrimoine de Roland – désargenté mais avec un cerveau au travail. Un cerveau spongieux. Aussi complexe qu'un rosier grimpant sur un treillis.

Au même instant il se ressaisit, remplit son verre et se joignit à la conversation, dont le niveau était, hélas, tombé assez bas. Les roses ont des épines. Le sport cruel du moment était de se réjouir des malheurs du Premier ministre John Major, un honnête homme pris au piège entre, d'un côté, une secte de députés de droite fanatiques ayant le projet dément d'une sortie de l'Union européenne, et de l'autre, l'implication de ministres de chaque faction du parti dans une série d'affaires colportées avec délectation, alors même

– soulignait la presse – que le Premier ministre avait rappelé à la nation les mérites des chastes valeurs familiales.

*

Des mois plus tard, par un samedi après-midi de septembre, trois jours après son dixième anniversaire, Lawrence était assis à la même table débarrassée de son bric-à-brac, disposant devant lui des pages de journaux, des ciseaux, de la colle et le scrapbook au format A4 qu'il avait demandé comme cadeau. Daphné travaillait. Ses enfants, à Bournemouth avec leur père, faisaient la connaissance d'Angela, vingt-quatre ans. Roland était en face de Lawrence. Ils passaient moins de temps seuls ensemble, désormais. Selon son humeur il lui arrivait de ne voir en étudiant le visage de son fils que celui d'Alissa, et de sentir se réveiller un amour ancien, ou son souvenir fantomatique. Il se rappelait presque comment c'était de l'aimer. Cette pâleur, ces grands yeux sombres, ce nez droit et cette habitude de détourner le regard avant de parler. Ensuite seulement il y avait, issu du don de chaque parent pendant cette nuit furtive à Liebenau, tout ce qui appartenait en propre à Lawrence. Une tête trop volumineuse pour ses frêles épaules – elle oscillait plus qu'elle n'opinait quand il exprimait son accord avec force. Sa lèvre supérieure avait la forme classique de l'arc de Cupidon. Un jour, disait Daphné, quelqu'un mourrait de plaisir en embrassant ce garçon. Mais cette tête… déjà si emplie de pensées, muettes pour trop d'entre elles. C'était un soulagement, une joie quand Lawrence s'approchait de lui, le prenait par la main et lui confiait une idée née d'une longue contemplation, d'une longue réflexion.

Cinq ans auparavant, ils avaient tous deux séjourné avec des amis dans la maison de campagne de ces derniers. Leur fille Shirley avait cinq ans, comme Lawrence. Il y avait aussi quelques enfants plus âgés. On avait encouragé les deux plus jeunes à jouer ensemble. Les adultes leur répétaient qu'ils étaient faits l'un pour l'autre. Lors d'une promenade en carriole tirée par un poney, assis côte à côte près du cocher, ils avaient tenu les rênes tour à tour. Le soir, ils avaient partagé la baignoire, puis la même chambre. Peu après trois heures du matin, Roland avait été réveillé par une petite tape sur l'épaule. Lawrence était debout à côté de lui, sa silhouette en ombre chinoise sur le mur éclairé par la lune.

« Tu ne peux pas dormir, mon chéri ?

— Non.

— Qu'y a-t-il ? »

La tête de Lawrence s'était inclinée avec gravité et il avait parlé au plancher. « Je ne pense pas que Shirley est la fille de ma vie.

— Aucun problème. Tu n'es pas obligé de l'*épouser.* »

Un silence. « Ah. D'accord. »

Quand Roland remit son fils au lit, celui-ci dormait déjà.

Le lendemain soir, debout ensemble dans le jardin, adultes et enfants avaient regardé la lune se lever derrière une rangée de chênes et de frênes. Alors qu'elle apparaissait timidement au-dessus des plus hautes branches, Lawrence, pour engager la conversation, avait tiré leur hôte par le bras et prononcé solennellement cette phrase qui entra dans la légende familiale :

« Tu sais, dans mon pays aussi on a une lune. »

Son dixième anniversaire, dont il s'était réjoui d'avance chaque jour pendant des mois, avait pour lui une signification profonde. Un nombre à deux chiffres, enfin, mais ce n'était pas que cela. Presque comme l'entrée dans l'âge adulte. Il y avait partout dans la cuisine ses cadeaux de jeune garçon. De la part de Daphné et de sa famille, des rollers et une crosse de hockey de rue. Mais aussi, à sa demande, une introduction aux mathématiques pour grands débutants, une vraie encyclopédie en deux volumes et le scrapbook. Quelque temps auparavant, en réponse à de nouvelles questions de Lawrence sur sa mère, Roland lui avait montré un dossier contenant les coupures de presse envoyées par Rüdiger au fil des ans. Peut-être une erreur. Mais son fils avait éprouvé une immense fierté. Il avait contemplé longuement les photos. La célébrité de sa mère l'émerveillait.

« Elle est aussi célèbre que… qu'Oasis ?

— Non. Les écrivains sont moins célèbres que ça. Mais célèbres quand même, et plus importants.

— D'après *toi.*

— D'après moi. Mais tu as raison. Beaucoup de gens ne seraient pas d'accord. »

La lourde tête oscilla de droite à gauche tandis qu'il réfléchissait. « Je pense que c'est toi qui as raison. "Plus importants." » Puis cette question familière : « Pourquoi elle ne vient pas me voir ?

— Tu pourrais lui écrire. Je ne sais pas où elle vit mais je connais quelqu'un qui le sait.

— Je crois qu'Oma sait où elle est.

— Possible. »

Sa lettre, écrite après l'école plusieurs soirs durant, était longue de dix pages recouvertes des pleins et déliés de son écriture exubérante. Il décrivait son école, ses amis, sa maison, sa chambre et ses dernières vacances, sur la côte du Suffolk. À la fin il lui disait qu'il l'aimait et ajoutait, en précisant que c'était un secret intime, qu'il aimait aussi les maths. Roland savait que Jane ne ferait pas suivre la lettre. Il indiqua « Personnel » sur l'enveloppe et l'envoya à Rüdiger avec un mot d'explication. Deux mois s'écoulèrent : rien. Roland ne fut pas surpris. Depuis leur rencontre à Berlin, il avait écrit trois fois à Alissa pour l'inciter à entrer en contact avec Lawrence, sans recevoir de réponse. Il avait abordé le sujet avec Rüdiger lors de son passage à Londres. Ils s'étaient rencontrés au bar de son hôtel près de Green Park. L'éditeur avait dit qu'il compatissait, il comprenait, mais qu'essayer d'intervenir dans la vie privée de son auteure n'entrait pas dans ses attributions professionnelles. « Elle ne veut pas en parler. »

Lawrence ne s'était pas découragé. Il comptait réaliser *Le Livre d'Alissa Eberhardt* – tel était désormais le titre en lettres dorées. Il expliqua que les articles seraient dans l'ordre chronologique, ceux en anglais suivis de ceux en allemand. Il aligna les ciseaux, le pot de colle, un stylo-feutre et un chiffon humide. Il inspecta le dossier jusqu'à ce qu'il retrouve une critique en anglais du *Voyage*. Une seule colonne, qu'il découpa et colla sur la première page. Avec soin.

Il avait raison concernant sa grand-mère. Depuis la publication de ce premier roman, Alissa et sa mère s'étaient réconciliées. Jane avait pour consigne de ne pas donner l'adresse de sa fille à Roland. Cela le contrariait et, lors d'une visite, une fois Lawrence couché, ils s'étaient disputés. Il lui avait dit qu'elle devait à son petit-fils de le mettre en contact avec sa mère. Jane lui avait répliqué qu'il ne comprenait pas la complexité des choses. Des familles, de la littérature. Avait-il réellement lu *Le Voyage* ? Il ne s'était pas abaissé à répondre. Elle était persuadée qu'il enviait trop le succès d'Alissa pour prendre la peine de lire son extraordinaire livre. Quelle mesquinerie de la part de Roland. Après ils étaient restés en froid, jusqu'à ne plus du tout se parler ni s'écrire. Il avait trouvé logique de ne pas être invité aux obsèques de Heinrich. Par esprit de vengeance le gendre serait venu avec Lawrence pour mettre Alissa dans l'embarras.

Il en discutait avec Daphné. Son point de vue ne variait pas. « Elle pourrait être le nouveau Shakespeare que ça me serait égal. Elle devrait écrire à son fils. » Et deux soirs plus tôt : « Elle a besoin d'un bon coup de pied aux fesses. » Une femme savonnant la planche d'une autre ? Non, bien plus que cela. Mais il y avait une symétrie dans ces mouvements d'humeur. Depuis peu, il se faisait un plaisir de qualifier Peter de « connard ».

Daphné avait peut-être raison quant au besoin métaphorique d'Alissa de recevoir un coup de pied aux fesses, mais ça ne l'aidait pas, lui répétait-il. Son animosité envers son ex-femme était reléguée en son for intérieur où elle le disputait à l'admiration pour son œuvre. Le problème prioritaire était Lawrence. Sa conscience de la situation avait progressé et pouvait se résumer ainsi : sa mère était vivante et connue, pas si loin de lui dans cette Allemagne familière, et elle ne souhaitait pas faire sa connaissance. Comment procéder ? Roland avait sans doute eu tort de lui montrer ces articles. Ils formaient une pile haute d'une quinzaine de centimètres. Chaque fois que Rüdiger envoyait les dernières coupures de presse sur Alissa Eberhardt, Roland les parcourait et les mettait dans le dossier. Lui aussi était intrigué par sa célébrité.

Pendant que Lawrence, penché sur ses ciseaux, s'appliquait à découper, Roland prit dans la pile une feuille aux bords jaunis par cinq années. Cette longue recension par un critique estimé du *Frankfurter Allgemeine Zeitung* avait donné le ton pour l'accueil dithyrambique reçu par *Le Voyage* en Allemagne, en Autriche et en Suisse. Rüdiger avait joint une traduction. Roland sauta le résumé détaillé de l'intrigue et relut les paragraphes de conclusion.

Enfin émerge au sein de la génération de l'après-guerre – et de la guerre – une cheffe de file à la voix faisant autorité. Épargnée par l'expérimentalisme aride, l'égocentrisme et l'anomie existentielle de notre culture littéraire subventionnée, elle fait irruption devant nous : une écrivaine consciente de ses responsabilités envers le lecteur et qui reste pourtant totalement maîtresse d'une prose exquise et d'une imagination des plus ambitieuses et des plus osées. Seul le titre de son roman échappe à son éblouissante inventivité.

Alissa Eberhardt n'a pas peur de notre passé récent, ni de l'histoire en général, ni d'une intrigue captivante, d'une caractérisation méthodique et poussée des personnages, de l'amour et de la triste fin de l'amour, de profondes et savantes spéculations morales qui renvoient parfois avec respect à *La Montagne magique* et même à la magie de Montaigne. Des ruines de Munich et de la pègre de Milan en temps de guerre au désert spirituel du miracle économique de l'après-guerre dans une obscure petite ville de la Hesse, il n'est apparemment rien qu'elle ne puisse évoquer.

D'une envergure tolstoïenne, avec un goût nabokovien de la phrase parfaite, le roman d'Eberhardt offre sans nous faire la leçon une conclusion féministe d'une force tranquille. Même dans l'échec, son héroïne exalte en nous ce qu'elle éclaire. Il ne reste qu'à énoncer une évidence : ce roman est un chef-d'œuvre.

Ein Meisterwerk, nabokovien, lauréat des prix Kleist et Hölderlin, et Roland l'avait vu le premier, il avait eu raison, même concernant le titre. Il aurait dû écrire cette lettre. S'il l'avait fait, Alissa se préparerait peut-être à passer Noël avec son fils, qui brandissait fièrement *Le Livre d'Alissa Eberhardt* pour montrer la première page à son père.

« Génial. Joliment présenté. Et la page suivante ?

— Un article en allemand.

— Voici l'un des premiers. Jette un coup d'œil. »

Lawrence s'attaqua à la page du *Frankfurter Allgemeine Zeitung*. Essayer de lire les traductions ne l'intéressait pas. Il voulait disposer les articles de façon à éclaircir dans son propre livre le mystère entourant sa mère. Roland en regardait un qui était paru dans un magazine anglais. Une grande photo couleur montrait Alissa dans une robe d'été blanche et cintrée qui rappelait la mode des années 1940, lunettes noires remontées au-dessus du front. Elle avait les cheveux coupés en un carré sans frange et glissés derrière les oreilles. Elle était adossée contre une balustrade en pierre. À l'arrière-plan, une vue panoramique sur des conifères et le lointain ruban d'une rivière. Son sourire avait l'air forcé. Dix interviews par jour. Elle prenait en horreur sa propre voix, ses opinions trop souvent répétées. Elle n'était jamais venue à Londres pour la publication. La couverture assurée par les pages littérature des journaux l'en avait dispensée. L'article, vieux de six mois, légendait longuement la photo dans un style haletant.

Comme l'impressionnante Doris Lessing avant elle, la séduisante Alissa Eberhardt a fait le genre de grand saut effrayant dont beaucoup de femmes se contentent de rêver. Elle a abandonné mari et enfant pour fuir dans la forêt bavaroise – voir ci-dessus – où elle a vécu de feuilles et de baies (je plaisante !) en écrivant *Le Voyage*, son célèbre premier roman. Qualifiée de génie par le monde littéraire, elle n'a jamais regardé en arrière. Son dernier roman en date, *Les Coureurs blessés*, est notre Livre du Mois. Méfie-toi, Doris !

Roland décréta que son fils ne verrait pas cet article. L'histoire désormais bien connue s'arrêtait là. Alissa ne donnait jamais de détails, ne nommait jamais la famille qu'elle avait abandonnée, ne parlait jamais de ce grand saut effrayant et de son caractère radical. Avec de l'énergie, la presse britannique aurait facilement pu remonter jusqu'à Roland. Quelle chance : ceux qu'on laissait derrière soi ne présentaient aucun intérêt. Jusque-là, trois romans et un recueil de nouvelles. Chaque fois qu'il lisait Alissa, il cherchait un personnage incarnant certains aspects de lui-même. Il s'était préparé à éprouver de l'indignation s'il le trouvait. Le type d'homme avec lequel l'héroïne pourrait vivre des mois torrides entre quatre murs. Le pianiste, joueur de tennis, poète. Même le poète raté, l'homme sexuellement insatiable, l'éternel insatisfait sans emploi stable et dont une femme raisonnable pouvait se lasser. Le mari et père de famille quitté par un personnage féminin. Au lieu de quoi il trouva, entre autres, deux versions de Karl, le géant suédois à catogan, le moniteur de voile.

En cinq brèves années, les livres et les prix s'étaient accumulés en Allemagne et dans le monde entier. Alissa avait récrit et fait paraître l'un des romans tapés par Roland et refusé par les éditeurs londoniens. Elle publia un recueil de nouvelles sur dix histoires d'amour reliées entre elles. De manière subtile, parfois désopilante, elle y évoquait les exigences contradictoires de ses héroïnes brillamment intelligentes. Il aurait pu y avoir sa place. L'héroïne de son roman sur Londres travaillait un temps à l'institut Goethe. Mais l'étudiant dont elle tombait amoureuse n'était pas Roland. Il n'était même pas dans son cours. Un autre personnage vivait bien près du marché de Brixton, mais pas dans son ancien logement. Le style Eberhardt, ostensiblement réaliste, rendait compte d'un monde connu et perçu collectivement. Il n'y avait rien de matériel ou d'émotionnel qu'elle ne pût dépeindre avec netteté. Et pourtant rien n'était dépeint de leur vie à deux, malgré toute son intensité – les rendez-vous amoureux chez Alissa dans Lady Margaret Road, la charge émotionnelle des visites à Liebenau et les promenades au bord de la rivière, les ébats en plein air dans le delta du Danube, la petite maison qu'ils avaient partagée et, surtout, leur enfant – rien, même déguisé ou déplacé. De leur expérience commune, sa propre disparition comprise, elle avait fait table rase dans sa création. Roland avait été effacé. Et Lawrence aussi – pas d'enfants dans ses romans. La rupture de 1986 était totale. Il s'était préparé à éprouver de l'indignation. Elle lui venait d'une autre direction.

En lisant les portraits d'Alissa dans la presse il cherchait des preuves de l'existence d'éventuels amants, mais elle ne parlait jamais de sa vie privée. « Question suivante », répondait-elle calmement, même si on lui demandait de façon anodine dans quelle partie de l'Allemagne elle vivait. Une photo prise impromptu pour un magazine la montrait au restaurant en joyeuse compagnie. Personne autour de la table ne ressemblait à un amant possible. La presse allemande n'était pas aussi obstinément intrusive que les journaux britanniques. Mais parce qu'Alissa ne se déplaçait pas et n'appartenait à aucun cercle littéraire, parce qu'on ne lui connaissait aucune liaison, qu'elle n'était vue dans aucun restaurant couru ni à aucun cocktail d'inauguration et avait presque quarante-huit ans, elle n'était pas une proie de choix pour les rubriques mondaines. Quelques journalistes britanniques triés sur le volet se rendaient à Munich pour la rencontrer dans le bureau de son éditeur. C'étaient pour la plupart des passionnés de littérature, respectueux, voire intimidés.

À mesure que les années s'empilaient derrière Alissa et lui, le temps qu'ils avaient passé ensemble rétrécissait, d'après le calendrier du moins. Trois ans seulement, de 83 à 86. Mais la portée émotionnelle allait au-delà et Lawrence en était l'incarnation. Il y avait aussi eu l'institut Goethe en 1977, et quatre ans plus tard cette rencontre à la sortie du concert de Dylan, où Mick Silver s'était fait casser la figure. Puis Berlin, l'Adler, l'impasse sous la pluie. Cette portée s'accrut quand il lui écrivit au sujet de Lawrence sans recevoir de réponse, et s'accrut encore quand il admira en silence son dernier livre en date et releva de nouveau son absence. Dès qu'il la voyait en photo, un mince fil le reliait à un passé lointain. Dix-huit ans après, il lui trouvait un visage inchangé, à cette femme qui avait un jour exprimé ses ambitions littéraires dans un allemand assez lent et simple pour être compris des élèves de son cours.

Un ami antimonarchiste, renversé et tué par une moto dix ans plus tôt, lui avait un jour dit que, par leur omniprésence médiatique, certains jeunes membres de la famille royale envahissaient constamment sa vie privée.

« Arrête de lire des articles sur eux, avait répliqué Roland. Je ne le fais jamais et ils ne me dérangent pas. »

Il comprenait à présent ce qu'avait voulu dire cet ami. De temps à autre Alissa le dérangeait. Il ne pouvait s'empêcher de lire chacun de ses livres à leur parution. Et de parcourir les coupures de presse envoyées par Rüdiger. Elle ne le laissait pas tranquille, refusait d'arrêter de bien écrire, tout en ignorant son existence dans ses romans. Après tant d'années, il ne le prenait pas trop mal, mais si son visage sous un éclairage flatteur dans des magazines réputés avait peu à peu disparu de sa vue, ça l'aurait aidé. Or même dans ce cas, le visage d'Alissa demeurerait, non seulement dans les yeux de leur fils et dans son habitude de les détourner avant de parler, mais dans son sérieux dévorant. C'était surtout cela que Lawrence et sa mère partageaient.

*

Deux ans plus tard les deux maisonnées de Clapham n'étaient toujours pas sous le même toit. Le projet de mariage, sans être abandonné, s'éloignait. Ils étaient occupés, le prix des maisons augmentait en fonction des quartiers, et en un sens il était moins périlleux d'avoir deux lieux de vie à un kilomètre et demi de distance. Les enfants de Daphné passaient un week-end sur deux avec leur père. D'où un déséquilibre, car Daphné appréciait ses quatre jours de solitude par mois. Très bien. Roland avait depuis longtemps l'habitude de rester seul avec Lawrence et c'était un plaisir pour lui. Les deux familles allaient dormir l'une chez l'autre. Chaque parent faisait du baby-sitting pour l'autre. C'était parfois chaotique mais son fils et les trois enfants de Daphné s'entendaient bien, et autant garder ce mode de vie que de prendre une grande décision sur laquelle il serait infernal de revenir – jamais ils n'avaient osé se l'avouer. Certaines histoires d'amour pourrissent doucement et confortablement. Lentement, comme un fruit au réfrigérateur. La leur pouvait appartenir à cette catégorie, pensait Roland, sans en être sûr. Leur sexualité, de plus en plus sporadique, restait intense. Ils se parlaient volontiers, en profondeur quand c'était possible. La politique les rapprochait et l'enthousiasme gagnait à l'approche des élections législatives. Ainsi vivaient-ils tous les six, tous « parties prenantes », comme disaient les économistes du nouveau parti libéral, d'une organisation agréablement floue, trop stable ou trop intéressante pour être facile à démanteler. L'inertie était une force à part entière.

Au printemps 1997 il y eut un décès dans la famille de Roland. Autrefois, personne ne traversait l'enfance sans affronter un défunt. Mais dans l'Occident prospère, après le carnage de masse des deux guerres mondiales, vivre sans la mort était devenu le privilège et le point faible d'une génération protégée. Exprimant haut et fort son appétit de sexe, de consommation et de bien d'autres choses, celle-ci supportait mal la perspective de son extinction. Pour Roland, interdire à Lawrence, onze ans, de l'accompagner semblait approprié. Il se rendit seul à sa première rencontre avec un cadavre.

Il arriva en avance par le train. Pour mettre de l'ordre dans ses pensées, il traversa la ville depuis la gare en faisant plusieurs détours. Aldershot donnait l'impression d'avoir été vandalisée la veille au soir par des ivrognes. Des soldats ou des civils. Dans le centre, près du marché, trottoirs et caniveaux étaient jonchés de tessons de bouteilles, éclaboussés de sang, ou de ketchup, dilué par la pluie. C'était à peu près là que son frère Henry, alors âgé de dix-huit ans, était tombé sur leur mère en 1954 et qu'elle ne l'avait pas reconnu. Ce vieux mystère, la raison pour laquelle Rosalind s'était séparée de Henry et de Susan en 1941, ne serait jamais éclairci. Elle insistait sur le fait qu'elle n'avait pas de quoi les élever mais sans convaincre personne. Elle n'était alors pas plus pauvre qu'avant la guerre. La question restait depuis si longtemps sans réponse qu'ils avaient cessé d'y penser.

Roland se retrouva près du magasin Woolworths où, à trois ans, il était intimidé par un colosse rouge sombre derrière les portes à double battant – une balance parlante. À proximité, il avait un jour perdu sa mère en suivant distraitement la jupe d'une autre femme. À pois multicolores sur fond blanc, comme celle de Rosalind. Quand il avait vu un visage inconnu baisser les yeux vers lui, il était resté muet d'horreur. Il avait pleuré en retrouvant sa mère. Dans ses souvenirs, son chagrin avait le parfum chimique des bonbons acidulés d'un présentoir tout proche. Des bonbons en forme de poire.

Il traversa la rue à l'angle du Woolworths et passa devant deux imposants cinémas côte à côte. Dans l'un d'eux il avait assisté à deux séances consécutives de *Sous le ciel bleu de Hawaï* avec Elvis Presley. Il avait treize ans. Il devait être en vacances, entre deux semestres à Berners Hall. Ses parents avaient quitté Tripoli et attendaient la prochaine affectation. Après Singapour et la Libye, ce serait bientôt l'Allemagne – leur vie d'exil et, pour Rosalind, de mal du pays refoulé. Comme s'ils fuyaient quelque chose. Durant ce long après-midi au cinéma ABC, Roland ne pouvait se résoudre à quitter les plages ensoleillées et les séduisantes amies d'Elvis pour retrouver la grisaille du dehors. Son père, venu le chercher sans prévenir, était furieux de devoir attendre dans le hall. Il avait fini par entrer dans la salle avec une ouvreuse, dont la torche électrique trouva Roland au premier rang. Le père et le fils étaient rentrés à pied en silence sous la pluie chez Susan qui les hébergeait.

Roland suivit en partie le même itinéraire, coupant à travers un parking désert et se dirigeant vers un quartier lugubre de la ville, où les soldats mariés et leur famille étaient autrefois encasernés dans des maisons mitoyennes à deux étages de la fin de l'ère victorienne, exiguës, sans chauffage, humides. Susan y avait vécu avec son premier mari et leurs deux enfants encore bébés. Roland y avait séjourné de temps à autre. Au Parlement, on considérait Scott Moncrieff Place comme un taudis. Des bâtisses glaciales en brique noircie par la suie entouraient un talus herbeux au pied duquel les femmes étendaient leur lessive. Elles avaient été rasées à la fin des années 1960 où tout ce qui rappelait l'ère victorienne était considéré comme une abomination. Or ces casernes étaient solides. Il aurait mieux valu les rénover, les immeubles construits à l'économie pour les remplacer étant bons pour la démolition à leur tour.

Roland rejoignit le centre-ville par des rues détournées, puis gravit une colline vers le Cambridge Military Hospital où il était né. Un bel édifice victorien avec un beffroi célèbre dans la région, dont les cloches étaient un trophée datant de la guerre de Crimée. Fermé deux ans auparavant et destiné, disait-on, à devenir un immeuble résidentiel. Ses fenêtres aveugles à cause de la crasse lui donnaient l'air d'une épave abandonnée. Quelque part à l'intérieur, en un lieu seulement séparé de lui par une mince paroi temporelle, Roland avait été brandi la tête en bas, nu, ensanglanté et, selon la coutume de l'époque, accueilli en ce monde par une bonne tape sur les fesses. Il fit un large détour, atterrit derrière le stade de l'Aldershot Football

Club avec son horloge fleurie qui donnait encore l'heure. Il traversa la route et ralentit à l'approche de l'établissement Bromley & Carter au sein d'une rangée de commerces. Son père l'attendait. Pas de fureur contenue, cette fois, ni d'ouvreuse avec une torche électrique. Il passa son chemin, puis, une centaine de mètres plus loin, revint sur ses pas, hésita, et sonna.

Il avait reçu la nouvelle tôt un matin, alors qu'il était au travail sur un court de tennis de Portman Square. Son client et adversaire, un trentenaire, s'efforçait de retrouver sa condition après une fracture de la jambe lors d'une chute à ski. C'était un joueur sec et nerveux de niveau régional, au coup droit cinglant. Roland avait un set et trois jeux de retard et tentait de faire croire que cela faisait partie de sa méthode d'enseignement. L'encouragement par la victoire. Il lui incombait d'accroître la longueur et l'intérêt des échanges mais cela l'obligeait à courir plus que d'habitude. Quand son portable Nokia tout neuf avait sonné sur le banc, il s'était excusé d'un geste de la main en se félicitant de cet appel. Entendant la voix atone de sa sœur, il avait compris. Pendant l'heure suivante il s'était senti gagné par une indifférence totale – utile lors d'un match disputé. Il avait remporté le set et s'était laissé battre au troisième.

Lawrence portait à son grand-père un amour simple. Le commandant était un ogre aux traits anguleux qui produisait des grondements aussi comiques qu'effrayants, jouait de l'harmonica ou tirait d'une cornemuse miniature un drôle de son plaintif. À mesure que son petit-fils grandissait, l'ogre distribuait généreusement ses pièces d'une livre et veillait à ce que l'impeccable maison du lotissement moderne près d'Aldershot ait des stocks de limonade et de chocolat. L'ogre était devenu atypique après l'acquisition d'une bonbonne d'oxygène qu'il gardait près de lui, reliée à son nez par un tuyau émettant un doux sifflement. Depuis sa petite enfance, Lawrence s'intéressait à une figurine grotesque rapportée d'Allemagne par le commandant. Elle trônait sur un appui de fenêtre. Un diablotin chauve et voûté au long nez crochu, appuyé sur une canne. Le commandant avait coutume de présenter la figurine à Lawrence dès qu'il arrivait. Même à cinq ans, il la manipulait avec délicatesse. Prenant lentement conscience que ce monstre ne pouvait lui faire aucun mal, il s'y était attaché. Ce qui inspirait la peur pouvait être contenu, voire aimé. Le diablotin pouvait être un grand-père de substitution.

Ce soir-là les deux familles dînaient ensemble chez Roland. Quand il était rentré de ses cours de l'après-midi les enfants faisaient leurs devoirs sur la table de la cuisine pendant que Daphné préparait le repas. Les filles, Greta et Nancy, étaient à une extrémité, Gerald et Lawrence à l'autre. Entre deux clients, Roland avait appelé Daphné pour lui apprendre la nouvelle. Il devait à présent trouver le moment opportun pour informer Lawrence. La perte de son grand-père Heinrich avait été déroutante et abstraite. Assister aux obsèques à Liebenau l'aurait sans doute aidé. Pour son grand-père Robert, c'était une autre histoire.

Après l'appel à Daphné, Roland s'était acquitté de celui à Rosalind, le plus difficile. Sa voix était lointaine et il avait dû lui demander de rapprocher le combiné. Le commandant s'était écroulé contre elle, la coinçant contre le plan de travail de la cuisine. Du sang jaillissait de sa bouche. Alors qu'elle tentait de se dégager de ce poids sur elle, la tête du commandant avait basculé en avant et violemment heurté le plan de travail. « Je l'ai tué », répétait-elle faiblement. Pour la rassurer, il avait feint d'avoir des connaissances médicales. « Sors-toi cette idée de la tête. Si du sang coulait de sa bouche, il était déjà mort.

— Redis-moi ça. Je veux le réentendre. »

Il s'était assis parmi les enfants silencieux, touché de voir leurs têtes penchées studieusement sur leurs cahiers. Dans un quart d'heure ils recommenceraient à faire du bruit tous les quatre. Il avait les pieds en feu, les genoux et le bras droit endoloris. Daphné lui avait apporté une tasse de thé. En s'éloignant, elle avait posé la main sur son épaule. Les sons provenant de la cuisine où elle préparait un hachis parmentier étaient apaisants. La table restait débarrassée de tout bric-à-brac. La voilà, cette félicité tranquille de la vie domestique, ordonnée, rassurante, aimante. Certains de ses amis l'évoquaient quand ils l'incitaient à épouser Daphné. Souvent, comme en cet instant, il en voyait l'intérêt – du thé sans avoir à le demander, les informations en sourdine du transistor de la cuisine (évoquant une prochaine interdiction des armes chimiques), les enfants devant leurs devoirs, le parfum de leurs cheveux propres. Il pourrait lâcher prise, s'immerger dans cette chaleur. Pour souffrir et sombrer ? Des indices plus marquants de problèmes entre Daphné et lui étaient apparus récemment. Non, il s'agissait d'un problème au singulier, le sien. Il ne pouvait s'en empêcher. Elle lui avait dit, d'une voix pincée, que si, il le pouvait et le devait.

Il avait jeté un coup d'œil au travail de Lawrence. Encore des maths. Le livre réclamé comme cadeau d'anniversaire portait ses fruits. Il avait acquis une compréhension des équations différentielles, d*y* sur d*x*, qui lui permettait de distancer son père. Quand Greta lui demandait, comme Roland en avait eu envie, à quoi servaient ces calculs, il répondait après un temps de réflexion : « Ils montrent que les choses changent et que tu peux aller tout à l'intérieur du changement.

— De quel changement ?

— Il y a la vitesse, et puis c'est comme si tu te… *repliais*, et il y a une accélération. » Il ne pouvait en expliquer davantage mais il savait résoudre ces équations. Il en avait une compréhension immédiate, presque sensuelle. Son professeur pensait qu'il devait faire un stage d'été de mathématiques pour surdoués de moins de douze ans. Roland, adepte des vacances, était sceptique. Assez d'école ! Il y avait aussi l'aspect financier. Il ne voulait pas solliciter Alissa. Daphné avait proposé de payer. La question restait en suspens.

En se douchant, il avait décidé d'apprendre la nouvelle à Lawrence au dîner dans un cadre familial bienveillant. Gerald, Greta et Nancy avaient perdu leur grand-mère dix-huit mois plus tôt. Ils comprendraient. Et Daphné avait beaucoup d'affection pour Lawrence. Comment lui, Roland, pouvait-il se refuser à unir leurs deux vies ? Trop difficile d'y réfléchir maintenant. Il s'était habillé, était descendu. À la fin du dîner il avait annoncé aux enfants qu'il allait leur donner une très triste nouvelle. Il l'avait fait en s'adressant à son fils. La lourde tête de Lawrence était immobile, ses yeux sombres fixés sur son père, et Roland, le messager, s'était senti en position d'accusé.

« C'est arrivé comment ? demanda calmement Lawrence.

— Tante Susie me l'a raconté. Ils venaient de déjeuner. Grand-maman débarrassait la table. Grand-papa la suivait, un compotier dans les mains…

— Celui avec les oranges ?

— Oui. Au moment où il entrait dans la cuisine il s'est

écroulé sur le sol. Tu sais que ses poumons ne marchaient pas très bien, alors son cœur devait pomper plus fort pour envoyer l'oxygène dans son corps. Son vieux cœur était épuisé. » La voix de Roland lui faisait soudain défaut. Un éclat de tristesse s'était détaché de cette version édulcorée par ses soins. Elle lui semblait artificielle, plus proche de l'art du conteur et de ce mot *cœur* chargé d'émotion que de la réalité d'une mort pénible.

Lawrence, les yeux toujours fixés sur lui, attendait la suite, mais Roland n'arrivait pas à parler. Nancy avait posé la main sur le bras de Lawrence. Greta et elle prononçaient quelques paroles compatissantes. Elles étaient plus démonstratives que leur frère, assis avec raideur, et que Roland et son fils. D'un geste explicite de l'index, Daphné avait fait taire ses filles. La tablée, subitement silencieuse, s'attendait à ce que Roland reprenne la parole.

Lawrence avait peut-être vu les yeux brillants de son père. Ce serait l'enfant qui consolerait l'adulte. Pour l'encourager il dit avec douceur : « Ils avaient mangé quoi, au déjeuner ?

— Du poulet, des pommes de terre… » Et des petits pois, allait-il ajouter. Le côté pathétique de la question avait donné envie de rire à Roland. Il avait bruyamment toussoté, s'était levé et avait traversé la pièce pour s'approcher de la fenêtre et regarder la rue, le temps de se ressaisir. Heureusement, les deux filles ne pouvaient se retenir. Elles avaient quitté leurs chaises, produisant des sons apitoyés. Leurs étreintes et leurs paroles de commisération faisaient utilement écran. Même Gerald se joignait à elles.

« C'est vraiment pas de chance, Lawrence. »

Cela avait fait glousser ses sœurs, puis Daphné et Lawrence. Tout le monde riait autour de Roland. Quel soulagement. Les muscles de sa gorge se détendaient et voilà que resurgissait un sentiment qu'il n'avait pu chasser plus tôt dans l'après-midi. Il lui était venu alors qu'il regagnait Clapham sur la Northern Line, debout dans la rame à l'heure de pointe, son sac de tennis en bandoulière. Et à nouveau en traversant rapidement Old Town à pied et en longeant Rectory Grove. Une pensée terriblement inconvenante. Une libération. Le ciel s'était agrandi au-dessus de lui. Tu n'es plus le fils de ton père. Tu es le seul père désormais. Nul homme devant toi sur le chemin menant à ta propre tombe. Cesse de faire semblant – l'euphorie est aussi appropriée que le chagrin. Mais Roland avait beau être novice devant la mort, il se méfiait de ces premières réactions. Elles étaient sûrement la preuve d'une confusion passagère, et s'estomperaient. Le dos tourné, observant le lent défilé des véhicules, il avait passé en revue les termes de l'alternative. Ou bien vous enterrez vos parents, ou bien ils vous enterrent et vous pleurent plus que vous ne pourrez jamais le faire pour eux. Il n'y a pas de plus grande souffrance que de perdre un enfant. Alors estimez-vous heureux, ton père et toi.

*

Une mince adolescente en tailleur-pantalon noir moulant ouvrit la porte de l'entreprise de pompes funèbres et le salua poliment de la tête lorsqu'il entra. Elle semblait avoir pour consigne de ne rien dire, à moins qu'elle n'ait un handicap quelconque. Alors qu'elle lui indiquait une chaise dans une petite salle d'attente rouge, Roland s'entendit la remercier avec trop d'empressement. Elle fit un geste apaisant des deux mains et disparut derrière un rideau de velours rouge. On avait eu le bon goût de laisser la pièce sans magazines. Dans un cadre sur le mur, la photo d'une rivière trop étroite et au cours trop rapide pour être le Styx. Elle ressemblait plutôt à l'East Dart où, adolescent, il avait pêché illégalement une grosse truite avec un ver au bout d'un hameçon – méthode choquante pour tout pêcheur de truite digne de ce nom, apprit-il plus tard. Il avait vidé sa prise, l'avait fait griller sur un feu de camp et partagée avec Francesca, l'Italienne rencontrée au bar du pub Crimea Inn d'Aldershot. Ils avaient passé un excellent week-end, selon lui, dormant dans le parc du Dartmoor sous une tente qu'on leur avait prêtée, alors qu'il aurait dû rester à Berners Hall pour préparer son examen d'entrée à l'université. Mais à leur retour elle lui avait écrit qu'elle ne voulait plus le revoir. Un mystère qu'il n'avait jamais pu éclaircir.

Il prit conscience d'un son diffus venant d'un trou dans le plafond au-dessus de lui, un long accord murmuré par un synthétiseur, sur fond de vagues qui se brisaient au loin. Au bout d'une minute l'accord évolua légèrement. De la musique New Age. Roland se trouvait dans l'ancienne salle de séjour d'une maison modeste, entre un magasin de cycles et une pharmacie, au sein d'une rangée de bâtisses de l'époque edwardienne. La table basse en pin qui touchait presque son genou avait été badigeonnée d'une épaisse couche de vernis sombre où étaient emprisonnés de minuscules bulles et le poil noir d'une brosse, ou peut-être un cheveu – une rénovation artisanale. Toutes les chaises étaient dépareillées. Cette salle d'attente meublée de bric et de broc émut Roland. Bromley & Carter faisaient de leur mieux avec peu d'argent. Ils étaient confrontés au même problème insoluble que les concepteurs de tombeaux majestueux, comme celui de Napoléon aux Invalides où Roland avait naguère fait la queue avec Alissa : le défunt était là, puis ne le serait plus – et ne reviendrait pas. Quartzite rouge poli ou improvisation de fortune, qu'est-ce que ça changeait ?

Il se sentait angoissé, comme si la mort de son père n'avait pas encore eu lieu. Un dénouement en suspens, comme pour le chat de Schrödinger. Seule la présence du fils en tant que témoin devant le cadavre pouvait faire s'effondrer la fonction d'onde et tuer le père. Il se revit assis dans une pièce semblable avec sa mère, attendant d'être appelé dans le cabinet du médecin. À huit ans il souffrait de problèmes respiratoires auxquels étaient associés les mots « sinus » et « végétations », tels un deuxième et un troisième prénom. Rosalind n'en connaissait pas la signification et employait indifféremment l'un pour l'autre. Une rivalité acharnée se jouait entre elle et lui devant l'ORL. Malade de peur, Roland écoutait sa mère exagérer ses symptômes. Il surmontait sa timidité pour intervenir et convaincre le spécialiste qu'il n'y avait rien de grave. Avoir un peu de mal à respirer, ce n'était rien pour lui. Sur des étagères basses étaient alignés des bols blancs à bordure bleu sombre où bientôt reposerait peut-être un organe défaillant arraché à son corps. Il avait entendu appeler ces bols des « haricots ». Il voulait bien dire n'importe quoi et tout nier en bloc, pour dissuader le médecin de plonger la main dans son placard mural contenant les seringues, les scalpels et les pinces. Personne ne lui avait expliqué que l'intervention qu'il subirait sans doute se déroulerait plus tard, ailleurs et sous anesthésie.

Ce qui l'attendait aujourd'hui serait sans anesthésie. Quant à sa mère, elle l'accompagnerait le lendemain. Le rideau s'ouvrit et le père de l'adolescente vint vers lui, le bras tendu. Roland se leva pour lui serrer la main et l'écouta présenter avec tact ses condoléances. La ressemblance de M. Bromley avec sa fille était comique. Ils avaient le même petit nez au-dessus d'une mâchoire saillante. Mais alors que sa pâleur à elle lui donnait le charme rétro d'une punkette, celle de son père évoquait une maladie de peau. Il avait besoin de prendre l'air plus souvent.

Roland le suivit le long d'un étroit couloir jusqu'à une pièce plus vaste au fond de la maison. L'apaisante musique New Age y était plus audible. Le corps était allongé dans le cercueil que Rosalind avait passé beaucoup de temps à choisir. Costume noir, chemise blanche, cravate et chaussures noires, lesquelles laissaient voir des chaussettes grises. La doublure de satin capitonnée et gansée avait quelque chose du travestissement. Le commandant aurait détesté. Mais une erreur gênante avait été commise. Ce n'était pas lui. Disparue, la petite moustache drue qu'il s'était laissé pousser pendant la guerre quand il avait été promu sergent-major et que, n'étant plus apte au combat après Dunkerque, il formait des recrues sur les terrains d'entraînement de Blandford et d'Aldershot. La bouche distendue par un sourire, pareille à la fente d'une boîte aux lettres, déformait le visage entier. Le froncement de sourcils qu'elle créait faisait au défunt un front songeur qui n'avait jamais été le sien. Déconcerté, Roland se tourna vers M. Bromley.

L'entrepreneur de pompes funèbres le devança calmement. « C'est bien votre père, le commandant Robert Baines. Il avait vraisemblablement la bouche grande ouverte au moment de son décès. Les muscles ne s'étaient bien sûr pas rétractés.

— Je vois.

— Désolé. Maintenant vous aimeriez sans doute rester quelque temps seul.

— Cela vous ennuierait d'arrêter cette musique ? »

Avec un sourire compatissant, M. Bromley approcha une chaise et quitta la pièce. Roland resta debout. Il tendit la main pour toucher la poitrine de son père. De l'acajou glacial sous le fin coton de la chemise. Au fond, un cadavre n'avait rien de si surprenant ou horrible. Simplement une absence banale. À quoi d'autre avait-il pu s'attendre ? Tellement facile et tentant, de croire en l'âme, en un élément qui se serait envolé. Il contempla l'intérieur du cercueil, ces yeux clos, cherchant non pas quelque vérité ultime sur le visage méconnaissable du commandant, mais un sentiment qui lui serait propre, à lui, Roland, une tristesse appropriée. Or il ne ressentait rien, ni chagrin, ni libération, ni accusations rageuses, ni même de l'insensibilité. Il n'avait qu'une idée, s'en aller. Comme lors d'une visite à l'hôpital, quand la conversation retombe. Ce qui le retenait, c'était ce que pourrait penser M. Bromley d'un homme incapable de consacrer quelques minutes à la dépouille de son père. Mais il était cet homme-là. Du genre à s'inspirer du vague souvenir d'une vingtaine de films et à se pencher au-dessus du cercueil pour un dernier baiser. À ceci près que ce serait le premier. Le front était plus froid que la poitrine. Lorsque Roland se redressa, le goût du parfum demeura sur ses lèvres. Il s'essuya la bouche avec le dos de sa main et partit.

Les obsèques, quatre jours plus tard, furent un triste épisode sauvé par une erreur comique. C'était le lendemain des élections législatives, la confirmation de l'écrasante victoire du nouveau parti travailliste. Une majorité de cent soixante-dix-neuf sièges – dépassant de loin toutes les attentes. La longue mainmise de la droite sur le pouvoir s'achevait. Le gouvernement de John Major avait fini fatigué, divisé, empoisonné par des scandales triviaux. Blair et ses ministres étaient jeunes, ils avaient mille idées nouvelles, leur assurance était sans limites. Ils secoueraient la vieille gauche et s'entendraient avec le monde de l'entreprise. Ils prêteraient attention aux préoccupations des électeurs ordinaires – le nombre d'élèves par classe, les hôpitaux et la délinquance, surtout chez les jeunes. Sympathisants et militants arboraient fièrement la liste des cinq engagements du parti. Le changement était aussi culturel. Il avait déjà été décidé qu'être un ministre ouvertement gay ne serait plus une cause de scandale et de déshonneur. Tony Blair avait rendu visite à la reine et se trouvait à Downing Street où il faisait son premier discours en tant que Premier ministre. Des cheveux en abondance, des dents parfaites, une démarche énergique : il fut accueilli comme une rock star. La foule agitant des drapeaux le long de Whitehall était immense, il régnait une euphorie intense.

Pris par les ultimes préparatifs pour les obsèques, qui avaient lieu à dix-sept heures, Roland suivit les événements de Londres avec un certain détachement. Il était chez sa mère, appelait M. Bromley, discutait de détails vestimentaires avec un joueur de cornemuse cockney spécialisé dans ce qu'il appelait les cérémonies familiales. Susan pensait qu'il n'y avait pas assez de sandwichs, de bière et de thé. On commanda des friands, des cakes, des gâteaux secs enrobés de chocolat, des chips, de la limonade et du cidre. Entre deux courses Roland apercevait quelques images sur le téléviseur du séjour. De vieux réflexes d'adhérent du parti travailliste le rendaient méfiant envers ceux qui agitaient des drapeaux anglais. Il n'en sortait jamais rien de bon. Il aurait pu tenter de trouver un lien entre la fin d'un gouvernement conservateur et celle de son père. Mais ça ne collait pas. Le commandant était resté dans l'âme un membre de la classe ouvrière de Glasgow. Plus d'une fois, il avait raconté qu'adolescent, il lui arrivait de chercher du travail dans les chantiers navals le long de la Clyde. Tôt le matin, un contremaître s'adressait à travers les grilles aux hommes rassemblés. Six emplois à prendre. C'était à qui, parmi les ouvriers présents, accepterait le salaire le plus bas. Les emplois allaient aux moins-disants. Ça laissait des traces. Robert Baines, contrairement à ses collègues du mess des officiers, avait toujours défendu l'utilité d'un syndicat. Il avait suivi avec dédain la tentative de prise de contrôle du parti travailliste par l'extrême gauche. Le but était de se faire élire. « D'abord prendre le pouvoir. Et ensuite s'il le faut, à gauche toute ! »

Pour aider sa mère, Roland disposait des sandwichs sur des assiettes et les recouvrait de torchons propres. Derrière eux, les haut-parleurs médiocres du téléviseur diffusaient les acclamations stridentes de la foule. Quant à Rosalind, s'occuper lui mettait du baume au cœur. Entrée dans un état de normalité exacerbée, elle donnait des consignes sous la forme de suggestions timides. Mais elle avait vieilli et se tassait, elle dormait mal, et sous ses yeux la peau était profondément ridée, comme une coque de noix. Les invités aux obsèques venaient tous de son côté de la famille, plus quelques voisins présents par respect pour elle. Ils avaient rarement parlé au commandant et lui-même ne se souvenait jamais de leur nom. Personne n'était venu d'Écosse. Pour la première fois de sa vie, Roland, inspectant l'assemblée du regard et ne trouvant pas grand monde à son goût, prit conscience d'une simple réalité. Son père n'avait pas d'amis. Ses collègues militaires, ses copains de bar au mess des sous-officiers et officiers : le hasard des circonstances. Ils ne faisaient plus partie de sa vie depuis des années. Son image commençait seulement à se préciser. L'histoire de la tondeuse n'était qu'un élément parmi d'autres. Un homme isolé ; trop autoritaire, aux opinions trop tranchées et un peu trop sourd pour l'amitié, pour être de bonne compagnie au pub du quartier ; supportant mal des idées différentes des siennes ; une intelligence vive, mais privée d'un but par le manque d'études ; aucun centre d'intérêt hormis la lecture de son quotidien ; une dévotion à l'ordre et à la ponctualité militaires devenue obsessionnelle avec l'âge et masquant un ennui profond ; le tout rendu tolérable, du moins pour lui, par la boisson.

Mais il accueillait chaleureusement Roland à chacune de ses rares visites. Toujours prêt à veiller tard le soir devant une bière, à parler politique, à raconter des anecdotes. S'il ne les avait pas répétées si souvent, Roland les aurait oubliées. Cet accueil chaleureux le devint plus encore à mesure que le commandant vieillissait. Gros fumeur depuis l'âge de quatorze ans, il avait eu un avant-goût de la fragilité et de la maladie à l'approche de ses soixante-dix ans. Il dépendit vite de la bonbonne d'oxygène près de son fauteuil. Alors même qu'il se savait mourant et lâché par ses poumons, il voulait tenir bon, rester jovial et ne pas se plaindre. Que fallait-il faire des souvenirs d'aventures avec lui dans le désert pour chercher un scorpion, des séances de tir avec un .303, des conseils pour apprendre à nager, à plonger, à grimper à la corde, à garder l'équilibre sur ces larges épaules glissantes en comptant lentement ? Quelle place dans la mémoire du fils pour la fierté que lui inspirait le courageux capitaine, arme de service à la ceinture, allant et venant sur le sable taché d'huile de vidange du camp de Gurji ? Quelle place pour les heures passées à pêcher avec lui sur les bords de la Weser ? Plusieurs fois un même après-midi, il démêlait patiemment la ligne de Roland qui se prenait dans les ronces. Il lui avait aussi appris à jouer au billard dans le mess des officiers et dans une salle lambrissée d'un château allemand, était toujours partant pour l'emmener manger un steak-frites, lui réparer ses jouets, l'aider à construire des cabanes. Et qui d'autre dans la famille chanterait, ou sortirait un harmonica si volontiers ? Pour trouver des gens animant spontanément une soirée par leurs chants, il fallait aller en Écosse, au pays de Galles ou en Irlande. Robert Baines fascinait son petit-fils avec ses grognements et sa cornemuse ridicules. Il avait maculé ses mains de sang en aidant le motard blessé.

Il s'était levé une nuit, à plus de trois heures du matin, pour faire soixante-cinq kilomètres en voiture jusqu'à l'entrée de l'autoroute où Roland, âgé de dix-huit ans, avait été déposé par un automobiliste l'ayant pris en stop. Et il avait salué son fils avec bonne humeur. Il était toujours prêt à glisser un billet de cinq livres dans la main de Roland adolescent. Lui avait donné sa première leçon de conduite, en lui rappelant qu'au volant il était en possession d'une arme d'acier de trois quarts de tonne. C'était sans doute Robert qui avait appris à Roland à être un père. Dans ce cas, il y avait des choses à désapprendre. L'homme qui vouait à son fils enfant un amour si féroce, si possessif, si effrayant, était aussi celui qui frappait Rosalind, qui escroquait une veuve et s'en vantait, qui monopolisait l'attention lors des réunions familiales et souvent sous l'effet de la boisson, qui se répétait sans pitié, qui avait fait quelque chose d'inavouable lui valant la haine de Susan. Dans tout ce qu'était son père, Roland se sentait impliqué. Il y avait tant de choses qu'il préférerait mettre de côté et oublier. Le démêlage de la ligne de sa canne à pêche ne s'achèverait jamais.

Le projet de Roland et de sa sœur était le suivant : un joueur de cornemuse écossais en kilt orné du *sporran* traditionnel devait s'approcher lentement des invités depuis un bosquet d'arbres du crématorium d'Aldershot en interprétant « Will Ye No Come Back Again », et tandis qu'il continuerait à jouer le cercueil se dirigerait vers le four. Le joueur de cornemuse avait dit qu'il connaissait seulement « Amazing Grace ».

La cérémonie toute simple, sans cantiques ni sermon, conformément aux volontés du défunt, se déroula plutôt bien, avec un discours sobre de la maîtresse de cérémonie recommandée par l'entrepreneur des pompes funèbres. Quand elle eut terminé, elle échangea un regard avec Susan, qui donna un coup de coude à Roland. Il sortit faire signe au cornemuseux de jouer sa complainte. Il était entendu que celui-ci attendrait près de quelques cyprès de Leyland derrière le parking, à une centaine de mètres. Or une brume inattendue pour la saison était tombée et Roland ne voyait pas l'homme. Il fit quelques pas dans sa direction, mais au même instant la cornemuse retentit et Roland retourna à l'intérieur. Les invités écoutèrent « Amazing Grace » s'élever au loin, assez distinctement, puis devenir peu à peu inaudible. Le cornemuseux se dirigeait vers un autre bâtiment. La musique se tut complètement. Roland ressortit, mais la brume s'était épaissie et il n'y avait pas trace de l'homme. De retour devant les invités, il présenta ses excuses. Il expliqua que selon toute vraisemblance leur joueur de cornemuse divertissait les baigneurs de la piscine municipale d'Aldershot, au bout de la rue. Le commandant approuverait sûrement. Tout le monde se mit à rire, y compris Rosalind. Puis la maîtresse de cérémonie intervint et, levant le bras pour obtenir le silence, suggéra une minute de recueillement. À la fin de celle-ci, le commandant entama son dernier voyage, les pieds devant vers un rideau vert.

*

Deux semaines après la disparition de celui qui avait été pendant cinquante ans son mari, Rosalind vint séjourner à Londres. Les soirs où Daphné et ses enfants restaient pour la nuit, Roland se félicitait que sa mère voie qu'il faisait partie d'une famille joyeuse et animée. Greta et Nancy s'attachèrent aussitôt à elle. Toutes les trois étaient souvent blotties ensemble. Pour la première fois de leur vie, Roland et sa mère parlèrent longuement. Le commandant, même bien disposé, avait été une présence jalouse. Le passé était son domaine réservé. Il en fixait les termes et les limites. Il s'était mis en colère le jour où son fils lui avait demandé la date et les circonstances de sa rencontre avec Rosalind. Lorsque Roland posait la même question à sa mère, elle était loyale et évasive. La version officielle restait intacte. Après la guerre. En 1945.

Rosalind ne semblait pas être en deuil. Elle s'était occupée de son mari avec tendresse jusqu'à l'épuisement, avait passé en femme de militaire soumise un demi-siècle dans son univers à lui. Désormais, après un verre de xérès avant le dîner, elle riait facilement, s'animait, se livrait davantage. Roland ne l'avait encore jamais vue ainsi. Elle avait rencontré le sergent Robert Baines en 1941, raconta-t-elle à Roland et à Daphné quand les enfants furent couchés.

« Tu veux dire 1945, rectifia Roland.

— Non, 1941. » Elle n'avait pas l'air consciente de contredire la version habituelle. Les trajets en camion, avec le chauffeur surnommé le vieux Pop, étaient à destination non pas d'un entrepôt militaire d'Aldershot, mais d'un autre situé près des docks de Southampton. Le sergent à l'entrée était « une brute », il ne plaisantait pas avec les formalités, et il était « très bourru ». Mais il l'avait invitée à un bal au mess des sous-officiers. C'était délicat. Il lui faisait peur, de plus elle était mariée et mère de deux enfants. Elle avait refusé. Il l'avait réinvitée un mois plus tard. Cette fois elle avait cédé. Sa mère avait ressorti une vieille robe qu'elles mirent au goût du jour à elles deux. Même si le bal fut entrecoupé de silences gênés, Rosalind et Robert commencèrent à « sortir » ensemble, « mais pas davantage. Je n'aurais jamais fait une chose pareille, pas avec Jack soldat et au front ». La mère de Jack, connue de Roland sous le nom de « grand-maman Tate », avait eu vent de ce qu'elle considérait comme une liaison, et elle était furieuse. Elle écrivit à son fils pour l'informer de la conduite de son épouse. Après avoir participé à la campagne d'Afrique du Nord, il était stationné à Malte.

« Dès qu'il a reçu la lettre, Jack a pris un congé sans solde pour rentrer en Angleterre.

— Sans papiers, depuis Malte ? Impossible.

— Ou bien c'était pour raisons familiales. Je n'en sais rien. Quand il est arrivé à la maison il m'a déclaré : “Je veux rencontrer cet homme que tu vois.” Ils ont donc pris deux ou trois bières ensemble au Prince of Wales, en face de l'usine à gaz. »

Roland se souvenait de la cokerie. Les mères de famille y emmenaient leurs enfants pour qu'ils respirent les vapeurs de soufre, dans l'espoir de guérir leurs rhumes et leur toux.

Rosalind s'interrompit, puis s'adressa à Daphné. Une femme comme elle comprendrait. « Jack m'avait trompée pendant des années. C'était son tour. »

Il s'agissait donc bien d'une liaison, mais Roland ne dit rien. La rencontre, selon Rosalind, s'était « bien passée ». Difficile à croire. Jack avait pris part au Débarquement dans l'infanterie – en juin 1944 – et quelques mois plus tard, alors qu'il pénétrait dans un bois près de Nijmegen, des soldats allemands l'avaient encerclé et lui avaient tiré dessus, l'atteignant au ventre. Ils l'avaient laissé pour mort. Retrouvé par sa propre section, il avait été ramené en Angleterre et transféré à l'hôpital Alder Hey de Liverpool.

« Ses premiers mots quand je suis entrée dans la salle commune ont été : "Je t'ai fait mener une vie horrible, Rosie." »

Grâce à son laissez-passer, Rosalind avait pu rester quarante-huit heures. Dix jours après son départ, il était mort. Henry, huit ans, vivait déjà chez sa grand-maman Tate. Susan avait été envoyée à Londres dans une institution fondée à l'origine pour les filles de marins ayant péri en mer. Dans les années 1940, on y appliquait une discipline de fer. Susan était malheureuse, mais n'eut le droit de rentrer chez elle que pour se faire opérer d'un phlegmon à la gorge. D'après Rosalind, les deux enfants étaient restés loin d'elle « le temps que j'essaie de réorganiser ma vie ».

Un vieux mystère éclairci. Inutile de demander pourquoi grand-maman Tate la détestait. « Elle est morte d'un cancer, en hurlant de douleur. »

Rosalind hésita. Elle se perdait dans ses souvenirs. Ses cernes ridés comme une coque de noix étaient d'un brun sombre, presque noir, et ses yeux enfoncés dans leurs orbites avaient le regard égaré des vieillards. Ce qu'elle ajouta révéla une facette de sa personnalité que Roland ne connaissait pas. Un message d'une époque plus rude. Et formulé de manière peu familière.

« Dieu vous fait payer vos dettes de plus d'une façon, pas seulement en argent. »

Roland n'exprima pas sa surprise devant cette révision du passé et ne questionna pas non plus sa mère sur l'ancienne version. Il voulait qu'elle poursuive son récit. Durant son séjour à Clapham elle parla moins de Robert que de Jack. Avant la guerre, c'était toujours le gendarme du village qui le ramenait après des disparitions longues de plusieurs semaines, voire de plusieurs mois. En son absence elle se retrouvait sans ressources, vivant « aux frais de la paroisse » – et d'une maigre aide de l'État. Il était évident que Jack ne dormait pas sous les haies, ou bien pas tout seul. Et pourtant, il apparaissait désormais à son avantage dans les souvenirs de son ex-épouse, comme un personnage romantique, irresponsable et infidèle mais foncièrement intéressant. Il n'était plus un sujet tabou. Contrairement au second mari de Rosalind, il avait le goût de l'aventure, pas celui de la discipline et de l'ordre. Il avait combattu en Afrique du Nord et en Italie, en France, en Belgique et en Hollande, et avait péri pour son pays. Il s'était illustré et elle pouvait être fière de lui.

Avoir des relations sexuelles avec une femme dont le

mari était en service actif pendant une guerre aurait certainement valu à Robert Baines une démobilisation peu glorieuse. Dans un petit village comme Ash, Rosalind aurait été objet de honte et de dégoût. Voilà sans doute pourquoi elle avait quitté la maisonnette de ses parents pour une caserne d'Aldershot. Quand Roland lui posa la question, un autre soir, elle fut évasive, confuse, et en revint à l'ancienne version selon laquelle elle aurait rencontré Robert à la fin de la guerre. Roland n'insista pas. Plus tard il le regretta. Il comprenait à présent pourquoi Jack avait été un sujet tabou, cette tache secrète sur les états de service irréprochables du commandant, et pourquoi celui-ci avait choisi des affectations à l'étranger alors qu'il aurait pu revenir en Angleterre, à Aldershot ou dans les environs. Beaucoup de gens alentour devaient se souvenir que Rosalind Morley avait trompé son mari avec le sergent Robert Baines.

Lors d'une insomnie pendant le séjour de sa mère, Roland remania l'histoire de ses parents, pour en faire non pas celle de la honte et de la dissimulation, mais d'une grande passion. Deux jeunes gens, le beau sergent et la ravissante jeune maman tombant amoureux malgré eux, au mépris de toutes les conventions de l'époque. Dans leur insouciante naïveté, ils avaient fait souffrir deux enfants. Une histoire hantée par la mort d'un soldat, que Thomas Hardy aurait pu conter. Vers la fin de sa nuit sans sommeil, cette histoire parut triste et lugubre à Roland, et dans l'obscurité de sa chambre défilèrent, comme un montage, des nuages de fumée de cigarette, des flaques de bière sur des sols en béton, des soucis d'argent permanents, des existences ruinées par la guerre, ou contraintes par les règlements militaires, la classe sociale, l'étroitesse des espoirs d'une vie de femme.

Il emprunta la vieille Coccinelle de Daphné et reconduisit sa mère chez elle. Dans un premier temps elle se montra enjouée tandis qu'ils traversaient lentement le sud de Londres. Elle parlait enfin de Robert. Elle était d'humeur à lui pardonner et à faire son éloge. Il était très intelligent, aimait s'amuser, et ils avaient beaucoup ri, surtout dans leur jeunesse. Il avait travaillé dur pour réussir et lui était vraiment dévoué, elle n'avait « jamais manqué de rien ». Puis elle évoqua de nouveau la toute première fois où elle l'avait vu alors que Pop et elle arrêtaient leur camion devant le poste de garde. Le sergent Baines en était sorti et, droit comme un « i » et le regard noir, leur avait demandé leurs références et la liste de leurs denrées. Rosalind était morte de peur.

« C'était en quelle année ? dit Roland.

— Oh, après la guerre, mon fils. Sans doute en 1947. »

Il acquiesça de la tête et repassa la première puisque la circulation redémarrait. Sa mère perdait la mémoire. Dans la version habituelle, c'était en 1945. Robert et elle s'étaient mariés le 4 janvier 1947. Le sentiment de malaise qu'il avait éprouvé par intermittence pendant le séjour de Rosalind s'intensifiait. Il avait trop chaud. Il baissa la vitre de quelques centimètres et orienta la conversation vers des sujets anodins – les embouteillages, la météo, les enfants. Elle s'anima et lui confia qu'elle adorait Greta et Nancy. Elle trouvait Gerald un peu trop réservé. Elle avait passé beaucoup de temps avec les deux filles, comme avec Lawrence.

« Quand vas-tu te marier, mon fils ? »

Il se força à répondre avec gravité. « J'y pense très sérieusement.

— C'est ce que tu dis toujours. Ça te ferait du bien.

— Tu as sûrement raison. »

Il changea de sujet. Il savait que ça tombait sous le sens pour les autres. Daphné était chaleureuse, intelligente, attentionnée, remarquablement organisée. Toujours belle, alors qu'il avait l'air au bout du rouleau. Lawrence était pour ce mariage. Les enfants de Daphné étaient formidables. Il savait aussi ce qui le retenait. Il ne parvenait pas à se convaincre. Le problème pour lui n'était pas de se raisonner. Il venait de tout ce à quoi il n'arrivait pas à réfléchir dans l'immédiat.

Quand il s'arrêta devant sa maison, sa mère se voûta et se mit à pleurer en silence. Il posa la main sur son épaule et murmura les habituelles paroles réconfortantes. Elle se ressaisit un peu et se cala au fond de son siège, regardant droit devant elle. Elle avait encore sa ceinture de sécurité. Délicatement, il la lui enleva. Mais il ne voulait pas l'inciter à descendre de la voiture.

« Cinquante et un ans de mariage », lâcha-t-elle, comme si elle parlait toute seule.

Il mit plus de temps à faire le calcul qu'il n'aurait dû. Elle se trompait : mariée en 1947, donc cinquante ans. Quoi qu'il en soit, même après cinquante ans, bon ou mauvais, un mariage pouvait être cause de larmes. Achevant de se ressaisir, elle répéta le nombre d'années, le sien, d'un ton émerveillé. Trois fois dix-sept, leur aurait dit Lawrence. Il aimait faire ce genre d'observations.

« Le mien n'a pas duré deux ans. Je considérerais le tien comme un triomphe. »

Elle ne réagit pas. Ils étaient garés dans une impasse de

dix maisons mitoyennes, vingt ans d'âge, en brique rouge, avec sur le devant des pelouses à l'américaine, sans clôture mais minuscules. Il ne savait comment la laisser seule ici. Il revoyait le fauteuil de son père près de la fenêtre, rappel monotone de son absence.

« J'entre prendre une tasse de thé avec toi. »

Cette mention d'un projet immédiat aida sa mère à sortir de la voiture. À l'intérieur, elle redevint elle-même en reprenant possession de son royaume. Elle voulait qu'il emplisse de graines la mangeoire à oiseaux, tonde la pelouse derrière la maison, rapproche le téléviseur du mur. Rédigeant une liste de courses pour lui, elle retrouva sa bonne humeur. Le fauteuil vide n'était pas une menace. Quand Roland revint du village, sa mère avait préparé une collation pour accompagner le thé et disposait des delphiniums blancs et roses de son jardin dans un vase, près d'un cake au citron confectionné à partir d'un mélange tout prêt. Lorsqu'il déballa les provisions, il découvrit sur la plus haute clayette du réfrigérateur, à côté d'un morceau de fromage, une savonnette. Il la remit sur sa soucoupe près de l'évier. Sa mère s'appliquait à servir le thé. Il se pouvait qu'elle soit heureuse, seule ici pendant quelque temps. Bientôt, elle irait vivre avec Susan et son mari, Michael. La maison serait vendue. Quand il le lui rappela, elle répliqua : « Je n'ai pas vu Susan depuis deux ans. Elle ne me parle plus.

— Tu l'as vue la semaine dernière. »

Elle leva les yeux, stupéfaite, et s'efforça de concilier ce rectificatif et sa confabulation. « Oh, cette Susan-*là*.

— À quelle Susan pensais-tu ? »

Elle haussa les épaules. Ils bavardèrent joyeusement, après quoi elle l'emmena faire le tour du petit jardin carré derrière la maison pour lui montrer les plates-bandes en pleine floraison et les rosiers Pénélope autour de la terrasse. Lorsqu'elle le raccompagna jusqu'à la voiture, souriante, elle reprit son rôle maternel, lui demandant s'il avait assez d'argent pour rentrer. Il la rassura, mais elle avait préparé une pièce d'une livre qu'elle lui posa sur la paume et refusa de reprendre.

Au bout d'une quinzaine de kilomètres de route, il chercha un endroit où s'arrêter. Par distraction, il avait tourné trop tôt et roulait sur une petite route dans la mauvaise direction. Au fil des kilomètres, le sud de l'Angleterre ressemblait à une banlieue infinie entrecoupée de galeries commerciales. Magasins de pneus, brûleries de café, boutiques de vêtements pour bébés, salons de toilettage pour chiens, fast-foods, centres de remplacement de pots d'échappement infestaient une région dont le sol fertile et les pluies généreuses nourrissaient autrefois des forêts de chênes, de frênes et de merisiers géants. Quelques-uns survivaient, solitaires, dans les lotissements et sur les ronds-points, parmi les orties et les immondices en lisière des stations-service. La circulation et les aménagements pour la circulation dominaient le paysage. Chaque camionnette était conduite par un adolescent fou, de chaque pick-up s'échappait une puanteur bleutée. Chaque voiture était plus puissante que la sienne. Il atteignit la petite ville de Fleet. Traversant un pont, il aperçut un canal. Parfait. Il y aurait un chemin de halage.

Le canal de Basingstoke était magnifique, et Roland ravala ce qu'il venait de se dire. L'époque moderne n'était pas encore perdue. Il s'éloigna de la ville à pied et passa en revue ces petits événements qui avaient ponctué la visite de sa mère, pas les étourderies mineures mais les anomalies cognitives évidentes, les brefs épisodes délirants. *Elle ne me parle plus.* Une savonnette avait déjà été mise au réfrigérateur durant ce séjour à Londres. Plus tard, un couteau éplucheur. Le cerveau de sa mère n'était plus tout à fait opérationnel. L'entrelacs treillagé était en porte-à-faux avec le réel. Roland doutait qu'elle puisse vivre seule, même quelques semaines. Il sortit son portable. Encore une nouveauté, de pouvoir appeler sa sœur avec cet appareil compact sous un saule pleureur le long d'un canal désert. Après l'avoir écouté, elle reconnut qu'elle avait tiré la même conclusion. Elle comptait l'appeler pour envisager une IRM.

« Si c'est neurodégénératif, dit-il, ils ne pourront rien faire.

— On saura à quoi s'attendre. »

Ensuite, il continua à marcher. Un canal était un agencement de lacs étroits se succédant par paliers. Une invention géniale. Il n'y aurait jamais pensé. Ni à quoi que ce soit d'autre construit par l'homme. Un dimanche après-midi, un mois plus tôt, il avait emmené Lawrence se promener dans la campagne. Ils étaient dans les Chiltern, à une dizaine de kilomètres au nord de Henley, longeant un chemin près d'une ferme. Lawrence s'en était écarté pour jeter un coup d'œil à l'épave abandonnée d'une machine agricole. Il piétinait un épais tapis d'orties.

« Papa. Viens voir. »

Il voulait que Roland compte les dents rouillées d'une roue crénelée. Il y en avait quatorze. Puis Lawrence lui avait demandé de compter celles d'une roue plus grande qui formait un engrenage avec la première. Vingt-cinq.

« Tu vois ? Deux nombres relativement premiers. Ils sont copremiers !

— C'est-à-dire ?

— Un est le seul diviseur commun. De cette façon ces roues dentées s'usent au même rythme.

— Pourquoi ça ? »

Mais il n'avait pas suivi l'explication. Dans la gestion de sa vie, il était un imbécile. En mathématiques, un débile. Son QI avait dû diminuer de moitié, car c'était encore un de ces moments où il savait qu'il atteignait les limites de sa compréhension. Un plafond, un brouillard sur la montagne qu'il ne pouvait traverser. Son fils de onze ans était en terrain plus élevé, dans un espace limpide que lui-même ne connaîtrait jamais.

En marchant il songea que, l'éducation d'un enfant mise à part, le reste de son existence avait été et demeurait informe, et il ne voyait pas comment changer cela. L'argent ne pouvait le sauver. Il n'avait rien accompli. Qu'était devenue cette mélodie qu'il avait commencé à composer plus de trente ans auparavant et projetait d'envoyer aux Beatles ? Rien. Qu'avait-il réalisé depuis ? Rien, hormis avoir tapé un million de fois dans une balle de tennis, et avoir joué mille fois « Climb Every Mountain » au piano. Il rougissait maintenant à la lecture de ses vrais poèmes. Son père avait été emporté en un instant. Sa mère commençait à sombrer dans la démence. Il savait qu'une IRM le confirmerait. Ces deux destins en disaient long sur le sien. Il mesurait sa propre existence à leur aune. Il se souvenait assez bien de ses parents à l'âge qu'il avait à présent. Ensuite plus rien n'avait changé pour eux, le déclin physique et la maladie exceptés.

Comme il était facile de se laisser porter par une vie que l'on n'avait pas choisie, par des réactions successives aux événements. Jamais il n'avait pris de décision importante.

Sauf d'arrêter ses études. Non, c'était aussi par réaction. Il supposait s'être bricolé une sorte d'éducation, mais l'avait fait n'importe comment, en proie à la gêne et à la honte. Alors qu'Alissa… Il voyait la beauté du geste. Par une matinée venteuse et ensoleillée en milieu de semaine, elle avait radicalement transformé son existence lorsque, sa petite valise faite et laissant ses clés derrière elle, elle avait franchi la porte d'entrée, dévorée par une ambition pour laquelle elle était prête à souffrir et à faire souffrir. Les épreuves de son nouveau roman situé dans le Weimar de Goethe étaient déjà imprimées et en route vers lui, envoyées par Rüdiger. D'après la présentation de l'éditeur, un moment-clé du roman était la rencontre entre le poète et Napoléon. « Le pouvoir, la raison et le cœur infidèle ! » disait la phrase d'accroche.

À cet instant Roland rebroussa chemin le long du canal en direction de Fleet. Il entendait encore la question de sa mère. Épouser Daphné parce que tout le monde prétendait que c'était une bonne idée ne serait pas une rupture avec le passé mais une continuation. Comme ne pas l'épouser. Il n'y avait pas de troisième voie.

Deux heures plus tard, rentrant chez lui, il perçut une différence. Lawrence était chez Daphné, mais ce n'était pas ça. Il alla dans la cuisine. Mieux rangée que d'habitude. Ses soupçons s'accrurent quand il monta dans la chambre. Impeccable elle aussi. Il comprit quelques secondes avant d'en avoir la preuve. Ce n'était pas la première fois qu'une femme désertait sa chambre. Il ouvrit la penderie où Daphné laissait ses vêtements. Vide. Se retournant, il vit le mot sur son bureau. Il s'assit sur son lit pour le lire. Pas vraiment nécessaire. Il aurait pu l'écrire à sa place. Lui aussi aurait fait court : il était clair qu'ils n'iraient pas de l'avant ensemble. Avec la pression du travail, de la famille, des enfants à emmener en classe, etc., elle ne pouvait plus vivre entre deux maisons. Elle s'excusait d'avoir gardé le secret mais elle avait parlé avec Peter. Puisque Roland était réticent à s'engager, Peter et elle allaient refaire une tentative, non seulement pour les enfants mais pour être en paix avec leur conscience. Elle espérait que Roland resterait son meilleur ami. Lawrence devait continuer à venir jouer ou séjourner chaque fois qu'il en aurait envie. Elle était désolée que Roland doive lire cette lettre si tôt après les obsèques de son père mais Peter était passé la veille, sans prévenir. Elle ne voulait pas qu'il apprenne la nouvelle de la bouche de Lawrence. Elle concluait par « Je t'aime ».

En redescendant, il pensa que c'était la logique de son raisonnement qui le touchait au vif. Rien à dire contre, rien à contester. Pas même ses conversations secrètes avec Peter. Si elle les avait mentionnées, il l'aurait soupçonnée d'essayer de lui faire peur pour qu'il l'épouse. Aucun droit de se sentir trompé. Mais quelle logique y avait-il à vivre avec un homme ayant été violent avec elle ?

Il était près de la table de la cuisine. Une splendide surface en pin, éraflée par les ans mais dégagée d'une extrémité à l'autre. Cela ne durerait pas. Il prit une bière dans le réfrigérateur. Il n'allait pas céder au cliché et se soûler. Il s'assiérait pour réfléchir. Le nouveau gouvernement voulait que le pays apprenne à boire comme en Europe du Sud. De Collioure à Monte-Carlo, on sirotait, pensivement. Dehors, il faisait encore jour, encore chaud, mais il préférait être à l'intérieur. Donc tout était simple. La vie d'avant, Lawrence et lui dans cette petite maison. Quelques dîners à l'occasion pour ses amis et leurs amis. Avec ou sans Daphné. Il pouvait tenter de se convaincre que par son inaction cette décision était la sienne, pas celle de Daphné. La volonté de se réserver pour quelque chose – mais il ne voulait pas penser à ça.

Il se leva et se mit à faire les cent pas autour de la table. Bientôt, il appellerait Lawrence. Il irait le chercher à pied, mais ne se sentait pas encore prêt à affronter Daphné. Il s'arrêta près du piano. Sur le côté, à même le sol, quatre piles de partitions, surtout des arrangements d'anciens titres à succès, de classiques qui lui servaient pour son travail à l'hôtel. Au sommet d'une pile, quelques-uns avaient été regroupés voilà longtemps lors d'un accès de zèle organisationnel, autour du thème « Moon », la lune : « Fly Me to the Moon », « Moon River », « Moondance »... Une minute plus tard, accélérant ses recherches, il vit passer « What a Wonderful World », « Yesterday », « Autumn Leaves », et fit s'écrouler une pile. Ensuite, ses vieux livres de jazz. Jelly Roll Morton, Erroll Garner, Monk, Jarrett. Il continua. Un vœu pieux était devenu un besoin. Il en était aux trois quarts de la troisième pile quand il tomba sur une série de partitions de Schumann. La chance à l'état pur. Schubert, Brahms, n'importe qui, n'importe quoi ferait l'affaire. Il s'assit et ouvrit le recueil écorné des morceaux pour l'examen du grade 8. La page était couverte de doigtés notés au crayon par un adolescent de quinze ans. Ces derniers temps, il ne s'en souciait plus. La musique s'adaptait à l'endroit où ses doigts se trouvaient. Il se pencha avec un froncement de sourcils et tenta de suivre les consignes de son moi adolescent pour déchiffrer les premières mesures. Atrocement difficile. Pas de ligne mélodique. On disait que Schumann avait un siècle d'avance sur son temps. Certes, il y avait quelque chose d'atonal. Comme un bref morceau de Pierre Boulez qu'il jouait à une époque. Il recommença.

Il lui fallut un quart d'heure pour trouver tant bien que mal un sens à vingt secondes de musique. Agacé, il réessaya, puis s'interrompit subitement, se leva et sortit de la pièce. Il avait banni de sa vie ce genre de musique le jour où il avait quitté Miriam, au moment où il était monté dans le train de Londres en gare d'Ipswich pour ne jamais revenir.

TROISIÈME PARTIE

9

Le train de Lawrence venant de Paris devait arriver en gare de Waterloo à la mi-journée. Roland sortit par le portillon du jardin, dans l'espoir de voir son fils longer la rue avec son sac à dos surdimensionné. Il voulait l'observer tel qu'il avait lui-même été autrefois, durant les trois semaines de son premier voyage seul à l'étranger. Le voir comme entièrement distinct de lui, non comme un fils mais comme les autres le voyaient, un jeune adulte marchant à grands pas, l'air distrait et secret. En patientant, debout sous le robinier, Roland se remémora ses diverses escapades de jeunesse – vers le nord de l'Italie et vers la Grèce, de longs trajets en stop sur les autoroutes allemandes en direction du sud, la vente de son sang à Corinthe pour acheter à manger, la plonge dans les cuisines d'un hôtel d'Athènes et ses nuits à l'abri d'un auvent sur le toit de l'établissement. Pas vraiment l'insouciance. Il envoyait des cartes postales à ses anciens copains de Berners Hall, proclamant qu'il n'y avait pas plus heureux que lui. Alors qu'eux étaient coincés à l'université, il se voulait un esprit libre. Mais il n'y avait jamais tout à fait cru. Au lieu d'explorer la ville pendant ses heures de liberté dans l'après-midi, allongé sur son lit de camp sous l'auvent il s'était obligé à lire *Clarissa,* puis *La Coupe d'or.* Il avait détesté les deux, si mal assortis à la chaleur et au vacarme d'Athènes, mais il redoutait de prendre du retard dans ses lectures. Très vite il cesserait de s'en soucier et abandonnerait les livres pour des voyages financés par de petits boulots ennuyeux – sa décennie perdue. Lawrence ne connaissait ni ces diversions ni ces épreuves. Il avait une carte Interrail et une place en sixième année l'attendait dans un collège.

Au bout de quelques minutes, Roland retourna à l'intérieur finir de préparer le déjeuner. Une fois le repas prêt, il était plus de treize heures trente. Il vérifia son portable et s'assura que le fixe était bien raccroché. Il avait acheté à Lawrence un portable pour son voyage. En cas de perte, il y avait des cabines téléphoniques à la gare de Waterloo. À son bureau dans sa chambre il découvrit l'e-mail : *Me suis arrêté chez Sam. Rentrerai tard. x L.* Lawrence le savait, son père lisait rarement ses SMS. Roland s'efforça de ne pas se formaliser du style télégraphique. Ni de la sensation décevante d'être délaissé. Pour un parent c'était un rite de passage. Ils n'avaient rien prévu de précis pour le déjeuner. Le voilà pris en défaut, lui qui se croyait fier de l'indépendance de Lawrence, tout en tenant pour acquis que celui-ci n'aurait rien de plus pressé que de rentrer pour voir son père. À l'âge de son fils, lui-même n'était jamais pressé de rentrer. Et avait causé plus d'une déception en modifiant ses projets à la dernière minute. À son tour maintenant. Gardant son calme, il écrivit pour sauver la face : *Bienvenue à la maison ! À plus tard.* Il s'aperçut que c'était l'adresse e-mail de Sam. Sans doute depuis son ordinateur portable.

Il mangea seul, devant le quotidien de la veille calé contre une théière. Le scandale Enron. George W. Bush était profondément impliqué, mais se présentait comme le pourfendeur de la corruption dans les entreprises. Et comme un chef de guerre. Lawrence aurait dû appeler. Mais il ne fallait pas se plaindre. C'était le début de la transition, du lâcher-prise, bien que Roland n'ait jamais entendu quiconque parler de cette forme de détresse parentale. Vous pensez que votre enfant dépend de vous. Et puis dès qu'il commence à s'éloigner, vous découvrez que vous dépendez de lui vous aussi. Ça avait toujours marché dans les deux sens.

Les dirigeants d'Enron avaient vendu leurs actions avant la faillite du groupe. Et Bush les siennes. Le nom de Karl Rove fut mentionné. Celui de Donald Rumsfeld également.

Il y aurait d'autres moments comme celui-ci, d'autres manques d'égards, et Roland fermerait les yeux. Il n'avait aucune envie d'être objet ou source de remords. Et ne pouvait pas davantage risquer d'entrer en conflit. Lawrence traversait peut-être une période de vulnérabilité. Il revenait avec un récit que Roland avait besoin d'entendre. Autant garder pour lui ses sentiments gênants.

Il fut réveillé juste après une heure du matin par les pas de son fils dans l'escalier. Lourds et hésitants. Lawrence fit une pause avant d'atteindre le palier. Roland, allongé sur le dos, tendait l'oreille et guettait le bon moment pour se lever. Un interminable jet d'urine avec la porte de la salle de bains ouverte, puis l'eau jaillissant longuement dans le lavabo, un silence, et l'eau se remit à couler. Lawrence avait peut-être soif. Il fallait appuyer fermement sur la poignée des antiques toilettes pour déclencher la chasse d'eau. Mais là il y alla trop fort. Sauvagement. La poignée avait dû se détacher, car quelque chose de métallique se fracassa sur le sol carrelé. Roland attendit que son fils soit dans sa chambre, il laissa passer quelques minutes puis enfila son peignoir et alla voir. Le plafonnier était allumé. Lawrence était couché sur le côté, tout habillé. Au pied de la table de chevet, son sac à dos et un seau en plastique.

« Ça va ?

— Malade à crever.

— Bourré.

— Et défoncé.

— Bois un peu d'eau. »

Lawrence eut un haut-le-corps, d'exaspération sans doute. « Papa, tu ferais mieux de me laisser. Je veux juste rester là tranquille.

— Entendu.

— Jusqu'à ce que la pièce arrête de tourner.

— Je t'enlève tes chaussures.

— Non. »

Il le fit quand même. Pas facile, de lui retirer ses baskets. « Nom d'un chien. Tu pues des pieds.

— Ce serait pareil pour… » Mais le jeune homme n'eut pas la force de finir. Roland remonta sur lui la couverture, lui tapota l'épaule et le laissa.

Avant de s'endormir il lut trente pages de *L'Éducation sentimentale.* Le jeune Frédéric Moreau est tombé profondément amoureux d'une femme plus âgée, mariée. À la fin d'une soirée elle lui offre sa main pour prendre congé et, traversant peu après le Pont-Neuf à pied pour rentrer chez lui, il s'arrête, saisi dans son état de ravissement « par un de ces frissons de l'âme où il vous semble qu'on est transporté dans un monde supérieur ». Roland relut le passage. Le contact de sa main. Aucune possibilité, à ce stade, de coucher avec elle. Elle ignore probablement tout de ses sentiments. Selon la préface de l'édition de poche de Roland, Flaubert était lui-même tombé amoureux à quatorze ans d'une femme de vingt-six ans, mariée elle aussi. Elle avait fait partie de sa vie, par intermittence, durant près d'un demi-siècle. Quant à savoir si leur amour avait été consommé, les avis des universitaires divergeaient. Roland éteignit sa lampe et, quoique gagné par le sommeil, il fixa l'obscurité, cherchant à se rappeler son propre monde supérieur. Aucun bruit dans la chambre voisine. Avec *Madame** Cornell, avait-il fait un pas de plus que Flaubert et son Frédéric sur le Pont-Neuf, ou était-il resté loin derrière ? Il ne pensait pas que le simple contact d'une main eût pu le transporter jusqu'à une telle félicité. Mme Arnoux avait offert la sienne à ses autres invités, et quand était venu le tour de Frédéric il avait éprouvé « comme une pénétration à tous les atomes de sa peau ». Un état d'excitation enviable dont tous les enfants des années 1960 s'étaient privés dans leur impatience à découvrir le plaisir charnel. Il ferma les yeux. Il faudrait des conventions sociales très strictes, un déni généralisé et beaucoup de malheur pour connaître des sensations si intenses après une poignée de main de pure courtoisie. Alors que le sommeil l'emportait sur ses pensées la réponse s'imposa : il était resté très loin derrière.

Le père et le fils se virent peu le lendemain. Lawrence dormit toute la matinée et descendit prendre un café au moment où Roland partait pour Mayfair et sa séance de piano du vendredi après-midi à l'hôtel. Ils s'étreignirent brièvement avant le départ de Roland. Il avait sur lui une liste de titres qu'il devait montrer à l'un des directeurs – d'ordinaire une formalité. Après les attentats du 11-Septembre, il était recommandé d'arriver en avance pour franchir le portique de sécurité récemment installé à l'entrée réservée au personnel. Dans son précédent hôtel, le pianiste avait le droit d'entrer par la porte principale comme les clients. Roland s'inséra dans la file des serveurs et des agents d'entretien qui prenaient leur service pour la soirée. Le chef de la sécurité était le jovial Mohammed Ayub. Roland leva les bras pour se laisser fouiller.

« Aujourd'hui vous jouez "My Way" comme je vous l'ai demandé ? » lança Mo avec un fort accent de l'ouest du Yorkshire.

« Jamais entendu parler. Ça ressemble à quoi ? »

Mo se retourna à moitié et entonna un couplet d'une voix de baryton retentissante. Le modeste auditoire derrière lui, hilare, applaudit. Roland, le sourire aux lèvres, descendit au sous-sol se changer et enfiler sa veste de smoking. Le salon de thé où il jouait était moquetté et lambrissé. Le piano à queue se trouvait sur une estrade bordée de fougères et d'une rampe de cuivre. Au fil des ans, Roland avait fini par se plaire en ce lieu. Des senteurs de cire parfumée à la lavande flottaient dans l'air. Cette salle haute de plafond était un havre de paix, sous les appliques anciennes des tableaux classiques étaient accrochés aux murs, représentant des pur-sang et des chiens de compagnie. Au centre, des lis blancs entouraient une fontaine au son cristallin. On en diminua le débit quand Roland se mit au piano. Les sandwichs et gâteaux – il pouvait se servir quand il en restait après sa prestation – étaient excellents. À ses débuts il détestait ce salon de thé, sur tous les plans. Il y étouffait. Maintenant qu'il avait la cinquantaine, c'était pour lui un réconfort et un refuge hors du temps, où il n'avait ni obligations ni passé, contraste apaisant avec la maison de Clapham et son accumulation de tâches.

Et c'était là qu'il jouait sa musique d'agrément. Il montra sa liste à Mary Killy, la directrice présente ce jour-là. De petite taille, impeccable, dotée d'une conscience aiguë de son statut. Lors de leur première entrevue, elle l'avait prié de l'appeler « madame ». Il n'avait rien dit, mais ne l'avait jamais fait. Son nez pointu légèrement retroussé et aux narines ouvertes lui donnait un air interrogateur, bien intentionné, comme si elle était impatiente d'apprendre tout ce qu'elle pouvait sur ceux qu'elle rencontrait. Il avait fallu deux ans à Roland pour découvrir ses connaissances musicales. Troisième violon au Royal Opera House, elle avait abandonné sa carrière pour élever trois enfants. On la disait autoritaire mais il l'aimait bien.

Il commencerait par « Getting to Know You », dit-il, et enchaînerait avec d'autres airs de music-hall, pour terminer par « I'll Know », tiré de la comédie musicale *Guys and Dolls*.

« Parfait. » Elle désigna le bas de la liste. « Chopin ? Rien de trop tonitruant, s'il vous plaît.

— Juste un petit nocturne émouvant.

— C'est à vous dans quatre minutes. »

La salle commençait à se remplir, on servit le thé avec des gâteaux sur les dessertes, et Roland, accompagné par le murmure rassurant des voix âgées, se laissa porter par son répertoire sans limites. Du moment qu'il connaissait la mélodie, il pouvait improviser les arrangements – or il connaissait beaucoup de mélodies. Les autres directeurs ne remarquaient rien, alors que Mary protestait si les accords s'inspiraient trop du jazz. Sa liste lui était utile comme point de départ, mais souvent un titre en appelait un autre. Il pouvait rêvasser en jouant. Parfois il se demandait même s'il ne pourrait pas s'assoupir et continuer. Un point le troublait néanmoins autant qu'au premier jour. Il refusait que toute personne de son entourage, ou de son passé, vienne l'écouter. Il avait sa fierté. Aucun de ses amis n'était au courant de son avenir autrefois prometteur de pianiste classique, mais certains l'avaient connu pianiste de jazz. Quelques-uns se souvenaient peut-être de lui aux claviers avec le groupe Peter Mount Posse. Il ne parlait pas de cet emploi, sauf si on le questionnait, le présentant alors comme épisodique et barbant. Jamais il n'avait invité Alissa ni Daphné, ni personne d'autre. Et surtout pas Lawrence, qui de toute façon n'avait jamais manifesté le moindre intérêt pour le lieu de travail de son père. Il aurait détesté. Garder le secret accroissait chez Roland le sentiment que ce salon de thé était son sanctuaire.

Il arrivait à la fin d'« I'll Know ». Comme toutes ces mélodies, il l'avait jouée trop souvent pour l'aimer vraiment. Mais il se souvenait de la reprise de la comédie musicale vingt ans auparavant. Richard Eyre, le metteur en scène, avait choisi des arrangements avec des cuivres, inspirés du jazz – ce dont Mary ne voulait pas au salon de thé. Beaucoup de néons sur scène, et Ian Charleson, mort du sida depuis. L'année de la guerre des Malouines. Mais qui était avec Roland quand il avait vu le spectacle ? Avant Lawrence. Avant Alissa. Pas Diane, qui était médecin. Ni Naomi, la libraire. Il avait trente-quatre ans, était dans la fleur de l'âge. Sûrement pas Mireille. En jouant, il s'efforçait de se la représenter. Quelqu'un qu'il voyait alors, adorable, et elle avait disparu de sa mémoire, sans nom, sans visage. Peut-être même était-il amoureux, mais cet espace mental était inoccupé, un siège vide. À peu près au même moment, il avait dressé la liste de ceux qui étaient morts du sida autour de lui. Une hécatombe, mais plus personne ou presque n'en parlait désormais. C'était la honte des vivants, ce sentiment d'impuissance devant l'absence de traitement. Et plus personne ne parlait de la guerre des Malouines. Encore un sujet de gêne, pour d'autres raisons. Les années recouvraient tous ces morts comme d'un lourd couvercle. Presque tout ce qui arrive dans l'existence, on l'oublie. Il aurait dû tenir un journal. Eh bien, qu'il en tienne un. Le passé s'emplissait de blancs et le présent, le contact des touches, les parfums, les sons du moment sous ses doigts – « The Girl from Ipanema » – auraient bientôt disparu.

Ce jour-là un autre pianiste assurait la fin de la soirée, et Roland fut de retour chez lui à vingt heures. Lawrence l'attendait, l'air propre et rose après un long bain, et se sentant seulement un peu faible, dit-il. Ensemble ils traversèrent Old Town à pied pour aller au Standard Indian Restaurant, à l'autre extrémité de High Street. Lawrence parla de son voyage. Paris, Strasbourg, Munich, Florence, Venise. Dans l'immédiat, il évitait l'essentiel. La carte Interrail avait bien marché, il avait aimé la plupart de ces villes, la traversée des Alpes était incroyable, il avait croisé des copains de classe en chemin. Dans l'après-midi il avait appelé le plombier pour réparer les toilettes. Puis était allé prendre un thé chez Daphné. Elle lui avait confirmé son offre d'un petit boulot au sein de son association. Six mois. Gerald avait décidé qu'il voulait faire médecine. Il s'était trompé dans son inscription à l'examen des A Levels et allait devoir convaincre les professeurs des matières scientifiques de l'accepter. Greta rentrait de Thaïlande. Nancy détestait toujours Birmingham, la ville comme ses études.

Roland savait tout cela, mais écoutait quand même. Il était détendu et heureux de partager ce moment, de marcher lentement, de prendre des nouvelles de son fils et de sentir monter du trottoir ce qui restait de la chaleur de la journée. Il lui faudrait bientôt écouter le récit du séjour à Munich. Les excès de boisson de la veille au soir confirmaient ses soupçons. Il avait pourtant essayé de dissuader son fils de réaliser son projet.

Le Standard Indian était désert. Il résistait à la vague de modernisation qui s'abattait sur les restaurants indiens de Londres. Ici on s'en tenait au papier floqué sur les murs, aux chlorophytums mal en point et à un poster tout en largeur représentant un coucher de soleil rougeoyant. Ils s'installèrent à leur table habituelle, en angle près d'une fenêtre, et commandèrent des bières blondes et des *papadums.* Ils se taisaient, conscients du changement d'humeur. Les détails ne sortiraient pas tous d'un seul coup. Au cours de la semaine suivante, ils reviendraient tous les deux sur le récit de Lawrence. Roland était fermement décidé à tenir un journal et le compte rendu de son fils serait la première entrée.

« OK, finit-il par dire. Raconte. »

Avant même que Lawrence ne soit arrivé à destination, « Munich, c'était pourri ». Son train s'était arrêté un peu avant la gare et avait mis deux heures à repartir. Aucune annonce, aucune explication. Quand ils étaient entrés en gare, on avait laissé les voyageurs sur le quai pendant une demi-heure, puis la police les avait escortés à l'autre extrémité de la gare pour attendre avec un millier d'autres. Lawrence avait appris assez d'allemand au lycée et avec ses grands-parents pour comprendre ce qui se passait. Une alerte à la bombe, la troisième en un mois, sans doute lancée par un sympathisant d'al-Qaida. Mais cela n'expliquait pas pourquoi il fallait garder une telle foule à l'intérieur de la gare. L'apparente docilité des voyageurs allemands l'agaçait. Soudain, toujours sans explication, on les avait autorisés à partir. Il avait trouvé un hôtel pas cher, et dans l'après-midi, sur les conseils de Roland, était allé au musée Lenbachhaus voir les œuvres des artistes du Cavalier Bleu. Selon lui son père se trompait. Kandinsky était de loin supérieur, plus ambitieux et intéressant que Gabriele Münter.

Le lendemain, en fin de matinée, il avait rendu visite à Rüdiger dans son bureau. Il avait supposé qu'en le voyant en chair et en os l'éditeur ne pourrait pas refuser de lui donner l'adresse de sa mère. Assis de part et d'autre de la table de travail de Rüdiger, ils avaient bavardé quelque temps. Puis l'éditeur avait dû s'absenter pour régler un problème quelconque. Lawrence avait fait le tour du bureau. Près d'une pile de livres, sur un appui de fenêtre, trônait une corbeille emplie de courrier. D'instinct il avait passé les enveloppes en revue et elle était là, une lettre destinée à sa mère, avec son adresse dactylographiée. Il ne pouvait risquer d'être surpris en train de la recopier. Alors il l'avait mémorisée : la ville, la rue et le numéro. Rüdiger l'avait invité à déjeuner comme promis. Pendant le repas Lawrence lui avait demandé où vivait sa mère. L'éditeur avait répondu avec un hochement de tête que c'était une longue histoire. Et ces derniers temps, elle l'avait prié de ne plus jamais se mêler de sa vie privée ni d'essayer d'intervenir, ni même de mentionner sa famille devant elle ou de donner son adresse, sinon elle publierait son prochain livre ailleurs.

Le directeur de l'hôtel avait rendu service à Lawrence. La ville était en fait un village, à vingt kilomètres au sud de

Munich. Un bus partait de temps à autre d'une rue près de la gare. L'homme avait eu la gentillesse de téléphoner pour obtenir les horaires, et le lendemain à l'heure du déjeuner, Lawrence longeait à pied la rue de sa mère, cherchant sa maison. Ce village était « un endroit sans intérêt », coupé en deux par une route fréquentée et situé dans une plaine cultivée. La rue se trouvait à la sortie de l'agglomération, qui ressemblait plutôt à une banlieue. Les pavillons rappelaient vaguement les chalets d'une station de ski, mais « en plus petit et plus laid ». Ils étaient très espacés et l'absence d'arbres l'avait frappé. Pas le genre de lieu où choisirait de vivre une écrivaine célèbre. Il s'était retrouvé devant chez elle. Une maison comme les autres, trapue, avec une lourde charpente et des baies vitrées. L'intérieur avait l'air sombre. Sous son lourd toit en saillie, elle semblait « froncer les sourcils ». Ne se sentant pas prêt à s'approcher de la porte, il avait rebroussé chemin. Il frissonnait et avait mal au cœur. Un homme descendant de sa voiture le fixait. Lawrence avait sorti son portable et fait semblant de prendre un appel.

Cinq minutes plus tard il était de retour devant la maison, toujours grelottant. Il avait envisagé de repartir. Mais après ? Son bus pour Munich ne passerait que trois heures plus tard. Il avait posé la main sur la sonnette et l'avait aussitôt retirée. S'il appuyait, avait-il pensé, sa vie en serait changée à jamais. Puis, comme s'il se jetait à l'eau : « Je me suis simplement forcé. » Il avait entendu le tintement dans les profondeurs de la maison et espéré qu'elle était sortie. Des pas avaient retenti dans l'escalier. Trop tard, il avait vu une petite plaque émaillée avec des caractères gothiques, fixée à hauteur de sa taille. *Bitte benutzen Sie den Seiteneingang* – Entrez par la porte de service, s'il vous plaît. La bouche sèche, il avait reconnu le bruit d'une clé dans la serrure, puis celui d'un verrou que l'on tirait, et d'un deuxième. La porte ne s'était pas ouverte d'une façon habituelle. Avec un fort bruit de succion causé par le coupe-courants d'air en caoutchouc elle s'était rabattue vers l'intérieur, et il avait vu apparaître sa mère, « en furie ».

« *Was wollen Sie ?* » Que voulez-vous ? Le ton était agressif. Un cambrioleur, un adorateur, un livreur, peu lui importait. Elle allait le jeter dehors.

« *Ich bin…* »

Elle avait désigné la plaque émaillée vissée dans le mur. L'exaspération faisait trembler son index à l'ongle d'un rouge vermillon étincelant. « *Das Schild ! Können Sie nicht lesen ?* » La plaque ! Vous ne savez pas lire ?

« Je suis Lawrence. Ton fils. »

Un long silence. Maintenant tout peut arriver, avait-il songé. Elle ne s'était pas attendrie, ne l'avait pas pris spontanément dans ses bras – une possibilité qui l'avait effleuré. Il n'y aurait aucun moment shakespearien de réconciliation – on lui avait fait lire *Le Conte d'hiver* en classe. À moins que ce n'ait été *La Tempête* ?

Alissa s'était donné une tape sur le front : « Grands dieux ! »

Ils s'étaient regardés, cherchant une contenance. Mais Lawrence n'avait qu'un souvenir vague de cet instant. Il était trop tendu pour remarquer ou se rappeler grand-chose. À présent il croyait revoir « une sorte de châle » sur ses épaules. Elle avait une cigarette à la main, à demi fumée. Et portait peut-être un gilet et une jupe de velours côtelé, malgré la chaleur de la journée. Elle avait des rides profondes autour des yeux. Un air « plus ou moins négligé ».

« Elle était sans doute en train d'écrire, suggéra Roland. Rüdiger m'a raconté qu'elle est odieuse quand on l'interrompt.

— Bon, super. Mais c'était *moi.* Commandons. J'ai envie de quelque chose qui cale, un *vindaloo.* »

Pour sa part, Alissa – Roland essayait d'imaginer la scène – aurait vu un adolescent dégingandé au regard intense dans une tête immense au cuir chevelu quasiment rasé, une coupe qui lui agrandissait les oreilles de manière touchante.

Elle avait fini par ajouter d'une voix normale : « Ma question tient toujours. Que veux-tu ?

— Te voir.

— Comment as-tu trouvé cette adresse ? Par Rüdiger ?

— J'ai cherché sur internet.

— Pourquoi ne pas avoir écrit avant ? »

Un accès de colère avait tiré Lawrence d'affaire. « Tu ne réponds jamais.

— Cela t'aurait tenu lieu de réponse. »

Son inquiétude, son mal au cœur – ce qu'il appelait son trac – s'étaient dissipés. Il n'avait rien à perdre. « C'est quoi ton problème ? » avait-il demandé.

Elle commençait à répliquer, mais : « Je me suis permis de lui couper la parole, papa – et ça m'a fait un bien fou. » Il lui avait lancé : « Pourquoi tu es si agressive ? »

Elle avait réfléchi sérieusement. « Je ne t'invite pas à entrer. J'ai fait un choix il y a des années. Trop tard pour revenir en arrière, tu comprends ? Tu me trouves impolie. Non, c'est de la fermeté. Fourre-toi ça dans le crâne. » Elle parlait lentement. « Je ne veux pas de toi dans ma vie. »

Il tentait en vain de mettre des mots sur un nœud de pensées. Quelque chose comme : « Pourquoi tu n'es pas assez adulte pour écrire des livres *et* me voir ? D'autres écrivains ont des enfants. » Mais il se demandait également s'il voulait de cette femme voûtée et furieuse dans sa vie *à lui.* Il n'avait pas été si difficile de lui tourner le dos. Elle lui facilitait la tâche.

Et même doublement. Il s'était éloigné de quelques pas lorsqu'elle lui avait crié : « Tu es en chimiothérapie ? »

Perplexe, il s'était arrêté et retourné : « Non.

— Alors laisse-toi pousser les cheveux. » Elle était rentrée et avait voulu claquer la porte derrière elle mais celle-ci avait produit le même bruit de succion qu'en s'ouvrant.

Fin de l'histoire. Brutale et cohérente. Le père et le fils la méditèrent en sirotant leurs bières. « Et ensuite ? » dit Roland.

Lawrence avait marché lentement vers l'arrêt de bus, puis l'avait dépassé et était entré dans une *Gasthaus* du village pour boire une bière. Une seule bière. Après quoi il était retourné à l'arrêt de bus, s'était assis sur un banc et avait longtemps attendu. Sa rencontre avec sa mère avait duré à peine trois minutes.

Deux jours plus tard, quand ils revinrent sur cette scène, Lawrence confia qu'une fois sur le banc il s'était mis à pleurer. Il avait « réellement sangloté », pendant plusieurs minutes. À son grand soulagement il n'y avait aucun passant. Il sanglotait pour toutes ces années où sa mère lui avait manqué, toutes ces lettres qu'il avait écrites, tout ce temps consacré au scrapbook – et sans jamais avoir versé la moindre larme. Après, il se sentait calme et avait conclu qu'il était mieux sans elle. Elle était de toute évidence une personne horrible et aurait été une mère horrible.

Le lendemain, en début de soirée ils étaient assis au jardin autour de la table rouillée que Roland avait toujours eu l'intention de peindre. Au fond du jardin, le pommier mort depuis longtemps et qu'il n'avait pas abattu. Il s'était habitué à sa présence. Entre le père et le fils, deux bières et un bol de cacahuètes salées. Lawrence venait d'avouer d'un ton dégagé qu'il commençait à se demander s'il ne la détestait pas. Dans l'intérêt de son fils, Roland eut envie de la défendre. Nourrir du ressentiment alors qu'il n'en avait pas auparavant lui ferait du mal, expliqua-t-il. Il avait tenté de le dissuader d'aller la voir, qu'il ne l'oublie pas. Mais l'heure n'était pas à plaider la cause d'Alissa. Lawrence ne pouvait avoir une vision lucide de sa mère tant qu'il ne l'aurait pas lue, ce qu'il refusait et avait toujours refusé de faire. Très bien. Mieux valait ne pas découvrir trop tôt ses romans. Comment ses plaidoyers passionnés pour « une rationalité riche et vivante » pouvaient-ils parler à un jeune mathématicien dévoué à sa cause ? Quelqu'un qui en savait si peu sur la littérature et l'histoire, qui n'était pas encore tombé amoureux, n'avait pas été déçu en amour et n'avait, pour autant que Roland puisse en juger, aucune expérience sexuelle. Qui s'était construit en lisant *Rosie ou Le Goût du cidre*, *Le Vieil Homme et la Mer* et autres ouvrages que le lycée avait mis sur son chemin. Il avait toutefois lu davantage que son père à seize ans. Les livres venaient en leur temps.

Roland ajouta alors : « D'après la presse, elle vit en recluse, une recluse célèbre.

— Dans une maison merdique et un endroit merdique. Je n'arrive pas à croire qu'elle a du talent.

— Tu as des projets pour ce soir ? »

Lawrence retrouva sa bonne humeur. « J'ai rencontré quelqu'un dans le train de Paris.

— Ah bon ?

— Véronique. De Montpellier. Comment tu trouves ce tee-shirt ?

— Tu l'as déjà mis hier. Prends un des miens. »

Lawrence se leva. « Merci. Et toi tu fais quoi ?

— Je ne bouge pas. »

Après le départ de Lawrence, il monta dans sa chambre. Au fond d'un tiroir, parmi ses vieux carnets de poèmes prétentieux, un calepin relié en faux cuir, deux cent cinquante pages lignées et vierges, un cadeau de Noël, mais il avait oublié de qui. Il le descendit sur la table de la cuisine. Dernièrement, avant le retour de Lawrence, il était sorti presque tous les soirs – dîners chez des amis, deux soirées à jouer du piano à l'hôtel. Tel un gong frappé quelques minutes plus tôt et encore vibrant, sa tête était pleine de voix. Non seulement celle de Lawrence, mais un chœur de conversations mêlées, sonores et querelleuses, un tumulte d'analyses, de prédictions menaçantes, d'acclamations et de lamentations véhémentes. Sa vie lui échappait. Des événements vieux de trois semaines s'estompaient déjà ou étaient engloutis dans une nappe de brume. Il devait s'obliger à en retenir certains, au moins quelques-uns, sinon à quoi bon les avoir vécus ? Ce que lui et les gens qu'il avait vus récemment pensaient, ressentaient, lisaient, regardaient, ce dont ils parlaient. La vie privée et la vie publique. Rien sur ses propres échecs, ses plaintes et ses rêves. Rien sur la météo, sur l'hiver qui cédait enfin la place au printemps, sur la peur du vieillissement et de la mort, ni sur l'accélération du passage du temps ou les bénédictions et les maux perdus de l'enfance. Seulement les gens qu'il voyait et ce qu'ils disaient. Il s'obligerait à le faire, une demi-heure par jour au moins. L'esprit du temps. Il commencerait chaque année un nouveau carnet, que le précédent soit terminé ou non. Il en remplirait peut-être trois par an. Vingt années durant, trente avec beaucoup de chance. Quatre-vingt-dix volumes ! Un projet si grandiose et si simple.

Pendant une heure et demie il nota ce qui lui restait du récit de Lawrence. Un quart d'heure suffit à lui prouver qu'il avait raison. S'il avait attendu une semaine la moitié des détails auraient été perdus. Comme le tremblement de l'index à l'ongle rouge vermillon d'Alissa désignant la plaque émaillée. *Das Schild !* On ne pouvait plus rien pour le passé, mais on pouvait sauver le présent de l'oubli. Aux autres voix, maintenant. C'était plus difficile, un enchaînement d'opinions. Toujours les mêmes interlocuteurs.

Il revoyait à la table d'un dîner un convive empoigner la chemise d'un autre et secouer. Or cela ne s'était pas produit. Ni mercredi chez Daphné et Peter. Ni jeudi chez Hugh et Yvonne. Mais il comptait à présent couvrir l'essentiel de l'année écoulée. Retrouver ces opinions, ceux qui les avaient émises, dans quel cadre, ce que tous avaient bu, leur heure de départ, ivres et la voix éraillée. Mais une fois lancé, il ne voulut plus que les opinions, et ces voix dans une même pièce, parlant toutes à la fois.

Ce type du Guardian *avait raison. C'était couru d'avance. Une deuxième victoire écrasante. Allons, mon vieux ! C'est une reconnaissance fabuleuse. Toutes les raisons de fêter ça. Le Booker ? Une bande de médiocres frileux et opportunistes. Et punir en plus leurs coreligionnaires musulmans qui abandonnent leur foi ou en changent ? N'importe quoi, l'un des pires systèmes de pensée jamais inventés. Il a quoi à cacher, pour traîner les pieds à l'idée d'une loi sur la liberté de l'information ? C'est Thatcher en deux fois pire. Les inégalités se creusent. Au nord de Watford ils commencent à le haïr. Ce que tu peux te tromper, en fait ce n'est même pas que tu te trompes : Frayn, Hensher, Banville, Thubron, Jacobson, Self, voilà les vrais talents. Qu'ils aillent tous se faire foutre. Des hommes blancs aisés d'un certain âge. Ils ont fait leur temps. Et où sont les femmes ? Tu as vu* La Cité de Dieu *? On est partis avant la fin. Oui, une défaite électorale. Mais c'est une œuvre géniale. Ce premier plan, ce poulet en train de courir ! Il y a de la pureté et de la beauté dans l'islam. Sur une planète mondialisée, ça donne aux déshérités un sens à leur vie. Oh je t'en prie ! Le chômage est au plus bas, comme l'inflation et les taux d'intérêt. Le salaire minimum, la charte sociale. Ton maximalisme de gauche me donne envie de vomir. Je t'assure, quand les corps touchaient terre la tour vibrait. Les droits d'entrée à l'université : criminel. Déshérités ? Ben Laden est un foutu fils des fonds de pension ! Je n'en ai rien à cirer, tant que les soins de santé restent gratuits à l'arrivée. Avec Diana il faisait son devoir. Il n'y en a toujours eu que pour Bowles. Ce slogan de merde ! Blair truffe de gestionnaires le système de santé. Je vais te dire ce que c'est que la foi. Une croyance sans fondement et ces types dans les avions étaient des hommes de foi. Le Peter de Daphné est passé dans l'autre camp. Il a déjeuné avec Bill Cash. Le premier pas vers l'éclatement de l'union. On va perdre tous nos députés travaillistes écossais, et alors attention au nationalisme anglais. On sera dévorés vivants. Je suis à fond pour l'indépendance de l'Écosse. Des fascistes avec un vernis religieux. Donc c'est que tu dois détester les Écossais. Au lieu de Whitehall ils auront Bruxelles. Il a une rubrique satirique dans le* Telegraph. *On s'est soûlés et on a parlé de Shakespeare. Ce n'est pas une satire, mais des mensonges. Bruxelles, ça me va. Absolument hors de question qu'ils* *envahissent le pays. Ils savent que Saddam a des armes nucléaires. Tout ça vient de la superficialité, de la manipulation et de la paranoïa des médias. Moralement corrompus. Les électeurs dont tu prétends te soucier ne sont pas d'accord. Tu les prends sûrement pour des idiots. Tu te souviens de son discours de Chicago ? Cette guerre prétendument juste ? La voilà. Maintenant il lèche le cul de Bush. Allons Baines. Défends l'Écosse. Ce relativisme merdique qui gagne toute la gauche. Tu crois peut-être que les Irakiens aiment se faire torturer. Ces deux-là se préparent à faire quelque chose de vraiment catastrophique. Attends que le suprématisme blanc et l'islamisme non violent fassent cause commune… Appeler combattants de la liberté les auteurs du massacre de ces lycéennes musulmanes, il fallait y penser. Je le tiens de Goff : Frayn va gagner, et bon sang il le mérite. Alors ces petits gosses ont dit : oui, on a fait bouillir un bébé pour le déjeuner et on a enterré les os sous la pelouse. Les thérapeutes, les travailleurs sociaux et la cour y ont cru parce qu'ils le voulaient bien. La police a retourné la pelouse : rien. Mais ils l'ont quand même condamnée à quarante-trois ans. Je te dis que s'ils y vont, al-Qaida prendra le pouvoir en Irak. Tu as vu le billet de cinq cents euros ?*

Il fit une pause pour se préparer un sandwich, puis écrivit jusqu'à minuit. Cinquante et une petites pages couvertes d'une écriture serrée. Il fut réveillé à deux heures et demie du matin par sa vessie pleine. Avant, cela n'arrivait jamais. Se soulageant debout devant la cuvette, il se demanda s'il devait s'inquiéter que son jet soit si faible. Il pensait à Joyce, à Stephen et Bloom à la fin de leur journée, pissant côte à côte la nuit dans le jardin. « Ithaque. » Roland possédait naguère la trajectoire de Stephen, « plus haute, plus sibilante ». Désormais il avait celle de Bloom,

« plus longue, moins impétueuse ». Roland n'aimait pas trop son médecin. Il n'irait pas le voir.

Après, il resta devant la fenêtre de la salle de bains, logée sous le toit en terrasse d'une minuscule extension à l'arrière de la maison. Il regarda le jardin en contrebas. La nuit de juillet était fraîche, le ciel dégagé, et une lune décroissante éclairait de sa lumière crue la table autour de laquelle Lawrence et lui s'étaient assis des heures auparavant. Celle-ci paraissait étrangement d'un blanc éclatant et l'herbe en dessous toute noire. Les deux chaises étaient de part et d'autre de la table, comme ils les avaient laissées lorsqu'ils s'étaient levés séparément. La fidélité obstinée des objets, qui faisait que ces chaises restaient exactement là où Lawrence et lui les avaient mises sans réfléchir. Il frissonna. Il avait l'impression de voir ce qu'il n'était pas censé voir – ce qui était là en son absence, l'apparence qu'auraient les choses quand il serait mort. En montant se coucher, il alla jeter par habitude un coup d'œil dans la chambre de Lawrence. Pas rentré. Il pensa l'appeler, mais ne voulut pas faire intrusion. Lawrence aurait bientôt dix-sept ans et ça pouvait marcher avec Véronique. Il se mit au lit et dormit profondément, d'un sommeil sans rêves. Le lendemain matin, quelques minutes après neuf heures, il fut réveillé par le téléphone. Dans un premier temps, la voix lui sembla familière, celle de quelqu'un de son passé. Il était encore à moitié endormi, vulnérable à toute possibilité ayant l'apparence d'un rêve. Un policier lui demandait poliment s'il parlait bien à Roland Baines. *L'Éducation sentimentale* atterrit sur le sol lorsqu'il se redressa, le cœur battant, la paume déjà moite contre le combiné, pour écouter attentivement.

*

À l'approche de la trentaine, quand il avait décidé de reprendre ses études, Roland ne s'intéressait que vaguement à la science. Il s'accrochait, mais il trouvait qu'elle manquait d'humanité. La vie cachée des volcans, des feuilles de chêne ou des nébuleuses : très bien, mais ça ne l'attirait pas. Quand la science s'installait sur ce terrain vital où les gens réussissaient ou non à s'épanouir, seuls ou ensemble, où ils aimaient, haïssaient et prenaient des décisions, ce qu'elle avait à offrir était faible ou contesté. Elle proposait des truismes maquillés en révélations, des conclusions matérielles de ce qui était déjà connu, de ces manifestations du cerveau depuis longtemps analysées, comprises, dans l'univers parallèle de l'esprit. Les conflits intimes, par exemple. Étudiés et discutés dans la littérature depuis deux mille sept cents ans et une dispute conjugale entre Ulysse et Pénélope, lorsqu'il était rentré chez lui en boitant après vingt et un ans d'absence. Ithaque, encore. Intéressant, peut-être, de savoir que la fameuse ocytocine circulait, parmi beaucoup d'autres choses, dans les artères de Pénélope au moment de sa réconciliation avec Ulysse, mais qu'est-ce que cela nous disait de plus sur leur amour ?

Roland avait pourtant persévéré. Il avait lu des ouvrages scientifiques de vulgarisation, mû moins par la curiosité que par la crainte d'être distancé, de rester ignare à vie. En trente ans il avait assimilé une demi-douzaine de ces livres sur la mécanique quantique destinés au grand public. Rédigés en des termes optimistes et séduisants, ils promettaient d'enfin résoudre les énigmes relatives au temps, à l'espace, à la lumière, à la gravité et à la matière. Or il n'en savait pas davantage à présent qu'avant d'ouvrir le premier de ces livres. Que Richard Feynman, un physicien de renom, ait dit que personne ne comprenait la mécanique quantique le consolait.

Il se souvenait en partie de certains concepts, sans doute ses propres distorsions. La gravité affecte le cours du temps. Elle déforme aussi l'espace. Il n'y a pas de « substance » dans le monde, seulement des événements. Rien ne va plus vite que la lumière. Tout cela ne signifiait pas grand-chose et ne l'aidait pas trop. Mais il existait au moins une anecdote, une expérience célèbre sur la pensée, bien connue même de ceux qui n'avaient jamais entendu parler de mécanique quantique. Le chat de Schrödinger. Un chat dissimulé dans une boîte en acier est tué ou non par un dispositif activé de manière aléatoire. On ignore l'état du chat tant que la boîte n'est pas ouverte. D'après le compte rendu de Schrödinger, l'animal est à la fois vivant et mort jusqu'à ce moment-là. Dans le cas d'un dénouement heureux, lors de la révélation, une fonction d'onde s'effondre, le chat vivant bondit dans les bras de son propriétaire, tandis que son autre version continue à être morte dans un univers inaccessible au propriétaire ou à son chat. Par extension, le monde se divise à chaque instant concevable en une infinitude de possibilités invisibles.

La théorie des mondes multiples ne semblait pas plus improbable à Roland que celle d'Adam et Ève dans le jardin d'Éden. Toutes les deux étaient des histoires fascinantes et le chat lui venait souvent à l'esprit quand un problème en suspens allait être résolu. Le résultat des élections législatives, le sexe d'un bébé, le score d'un match de foot. Ce matin-là au lit, le chat prit pour lui la forme de son fils lorsque le téléphone sonna et qu'un policier lui parla. Lawrence était simultanément dans une cellule de dégrisement avec la gueule de bois et recouvert d'un drap sur une surface en acier brossé à la morgue. Deux états, réels tous les deux, dans un équilibre parfait, et Roland ne supportait pas la politesse du policier – celui-ci lui demandait de confirmer son adresse. Quoi qu'ait pu être une fonction d'onde, elle était sur le point de s'effondrer, et il pouvait s'en charger. La faire basculer.

« Où est-il ? De quoi me parlez-vous ?

— Et le code postal, si ça ne vous ennuie pas, monsieur.

— Nom de Dieu. Dites-moi juste la vérité.

— Je ne peux pas poursuivre sans que vous…

— Je suis à Clapham. À Old Town. » Il criait presque.

« Très bien, monsieur. Ça ira. Je suis Charles Moffat, inspecteur de police, et je vous appelle du commissariat de Brixton.

— Et ?

— Je travaille dans le service du commissaire Browne, récemment parti en retraite.

— Quoi ?

— Sa dernière visite chez vous remonte à quelques années, voyons… il y a longtemps. En 1989. Au sujet de la disparition de votre épouse. »

Émergeant de son état proche du rêve, se faisant à l'idée que son fils était encore vivant, Roland ne put qu'émettre un grognement. Il entendit Lawrence dans la salle de bains.

« Cette affaire a été résolue de manière satisfaisante.

— Oui.

— Je vous appelle dans l'espoir que vous accepterez

d'être interrogé sur une autre affaire découlant de vos entretiens avec le commissaire Browne.

— Laquelle ?

— Je préférerais qu'on en discute ensemble. Cet après-midi, ce serait possible ? »

À quatorze heures Roland était assis face à lui à la table de la cuisine, comme des années plus tôt face à Browne. Moffat était un type élancé à l'air intelligent. En fait, il avait la tête et le visage en forme d'ampoule électrique : front large, pommettes massives, menton menu. Ses grands yeux lui donnaient une expression permanente de surprise. Dans un lointain passé, peut-être, un ancêtre avec du sang chinois. Ils échangèrent des banalités pendant quelques minutes. Browne était le seul sujet qu'ils avaient en commun. Deux de ses trois fils marchaient sur les traces de leur père dans la police. Ils étaient en poste dans deux commissariats différents près d'Enfield.

« Des quartiers difficiles, déclara Moffat. Ils seront à bonne école. »

L'aîné des trois, engagé dans l'armée, était diplômé de l'école militaire de Sandhurst. Sur le point de rejoindre le Koweit au sein d'un détachement.

« Pour surveiller la frontière irakienne ? » demanda Roland.

Moffat sourit. « Tout le monde est très fier de lui. »

Après ces propos anodins, il poursuivit : « Mon domaine, ce sont les abus sexuels du passé. Il ne s'agit que d'une enquête préliminaire et vous n'êtes pas obligé de répondre à mes questions. Je serai bref. » Il ouvrit un dossier contenant les notes dactylographiées de Browne.

« En cherchant autre chose dans les fiches de Doug, un collègue est tombé sur un élément intéressant. Tout d'abord, pourriez-vous confirmer votre date de naissance ? »

Roland s'exécuta. Il tremblait d'appréhension, mais était certain que cela ne se voyait pas.

Moffat se mit à lire à voix haute : « *Quand j'y mis fin elle n'opposa aucune résistance…* etc., … *le meurtre planait partout sur le monde.*

— Ah oui.

— Des extraits d'un carnet à vous que Doug Browne avait photographié.

— En effet.

— Il y voyait à tort une allusion à votre épouse disparue. »

Roland acquiesça de la tête.

« En donnant des éclaircissements, vous avez dit qu'il était question d'une autre femme. Une liaison antérieure.

— Exact.

— Quel âge avait cette dame ?

— Sans doute entre vingt et trente ans.

— Ça vous ennuierait de me communiquer son nom ? »

Une image précise de Miriam Cornell lui revint. Ce fameux soir pluvieux où, en larmes, avec à la main la clé de l'abri de jardin qu'elle allait jeter par terre, elle l'avait mis dehors. Théoriquement, il existait un royaume dans lequel il l'avait épousée à Édimbourg et où il était encore vivant. Heureux ou malheureux en ménage. Divorcé peu après avec rancœur. Autant de dénouements possibles parmi tous les autres, pour elle et pour lui. Si on y croyait, alors on devait croire à toutes les religions et à toutes les pratiques sectaires au monde. Quelque part, invisibles, elles étaient toutes vraies. Comme tous les mensonges. « Quand j'entends parler du chat de Schrödinger, je sors mon revolver », avait un jour déclaré Stephen Hawking. Mais l'idée continuait à hanter Roland. Plus que cela, elle le séduisait. Tous ces itinéraires qui n'avaient pas été empruntés, encore présents et praticables. Par une déchirure dans le voile du réel il se voyait encore en pyjama, désormais quinquagénaire, menant une vie simple.

« Pourquoi devrais-je vous donner son nom ? dit-il.

— J'y viens. Et le meurtre en question fait allusion à quoi ?

— Au contexte du début de la liaison. À la crise des missiles de Cuba. Avant votre naissance. Tout le monde pensait qu'on risquait une guerre nucléaire. Un meurtre de masse.

— Octobre 1962. Vous veniez donc d'avoir quatorze ans quand cette liaison a commencé ?

— Oui. » Un frisson, désagréable, remonta le long de la colonne vertébrale de Roland, et il réprima une envie de s'étirer et de bâiller. Ni d'ennui ni de fatigue. Moffat l'observait, attendant la suite. Roland soutint son regard et attendit lui aussi.

Sa détermination à retrouver Miriam et à l'affronter avait connu des hauts et des bas, entre volonté et inaction. Surtout la seconde, ces dix dernières années. L'un de ses principaux efforts datait de 1989, après l'arrivée de la lettre de son école mentionnant le départ de Miriam pour l'Irlande. Il était allé au Royal College of Music. Une secrétaire lui avait apporté une aide utile. Elle avait confirmé à partir d'un registre que Miriam avait quitté l'établissement en 1959 avec d'excellentes notes. Il y était retourné un autre jour et avait été présenté à un vénérable professeur de piano et de solfège. Entendant le nom de Miriam celui-ci avait froncé les sourcils et répondu qu'il se souvenait vaguement d'elle. Très douée, certes, mais il n'avait plus jamais entendu parler d'elle. Cependant, avait-il ajouté, il la confondait peut-être avec quelqu'un d'autre.

Vers 1992 Roland avait fait une nouvelle tentative, traversant toute l'agglomération londonienne en métro pour rendre visite à une association nationale de professeurs de piano diplômés. Miriam ne figurait pas sur leur répertoire. Jusqu'au milieu des années 1990, difficile de se renseigner sur quoi ou qui que ce soit, et cela ne dérangeait personne à l'époque. Même si votre voisin déménageait à quatre rues de chez vous et vivait sans se cacher, vous pouviez avoir le plus grand mal à retrouver sa trace. Toute recherche informelle impliquait une lettre, un appel téléphonique, un déplacement ou une enquête fouillée, voire les quatre. En 1996 Roland était connecté à internet, mais malgré toutes les promesses mirifiques il n'y avait rien sur elle.

L'éducation d'un enfant, la nécessité de gagner sa vie et la fatigue faisaient également obstacle à tout travail de détective. Puis un autre élément s'était ajouté. À la fin des années 1990 il avait eu une phase Dickens. Et dévoré huit romans d'affilée. Il s'était pris de passion pour cette jubilation devant la diversité de l'humanité, pour cette indulgence de l'auteur envers ses semblables, dont lui-même se croyait à peine capable. Était-il trop tard pour se dépasser et devenir quelqu'un de meilleur ? Il avait ensuite lu deux biographies de Dickens. Un épisode l'avait marqué. À dix-huit ans, obscur chroniqueur juridique avec des ambitions littéraires, Dickens était tombé profondément amoureux de la très jolie Maria Beadnell. Elle venait d'avoir vingt ans. Au début, elle avait paru l'encourager mais, de retour après ses études à Paris, elle l'avait ignoré. Il n'avait aucun avenir et les parents de Maria n'avaient jamais approuvé cette relation. Des années plus tard, quand il fut devenu plus célèbre qu'aucun autre écrivain de son vivant, elle lui avait écrit. À ce stade de son existence Charles se lassait du couple qu'il formait avec Catherine. En trois ans tout serait fini entre eux. Il regrettait l'ardeur érotique éprouvée dans sa jeunesse. Maria Beadnell ranimait ses souvenirs d'une grande passion inaccomplie. Il ne pouvait la chasser de son esprit. Il lui avait répondu, se mettant à lui écrire ce qui ressemblait à des lettres d'amour. Très vite il s'était rendu compte qu'il n'avait jamais aimé personne d'autre. N'avoir pu conquérir son cœur dans sa jeunesse représentait le plus grave échec de sa vie. Il n'était peut-être pas trop tard.

Maria, désormais Mme Henry Winter, était venue prendre le thé chez Dickens à Regent's Park un après-midi où celui-ci savait que Catherine serait sortie. Au premier coup d'œil son rêve s'était évanoui. La dame était « extrêmement grosse ». Elle n'avait aucune conversation, aimait trop les potins. Celle en qui il voyait autrefois une femme capricieuse était carrément stupide. Et leur thé pour deux avait tourné au cauchemar poli. Après, il s'était appliqué à la maintenir hors de sa vie. Mais à quoi pouvait-il s'attendre ? Vingt-quatre années avaient passé. Cette histoire révélait ce à quoi Roland n'avait jamais réfléchi à fond. Voilà plus de quarante ans qu'il n'avait pas revu Miriam. Il redoutait ce qu'elle avait pu devenir. Il voulait qu'elle soit restée ce qu'elle avait été. Il ne voulait pas qu'une matrone de soixante-cinq ans, bouffie et sur le retour, ait pris sa place.

Le jeune policier finit par demander : « C'était quelqu'un que vous connaissiez déjà ? »

Roland considéra les implications de la question. « Vous voulez la poursuivre.

— Cette décision ne m'appartient pas. C'était une amie de votre famille ? Quelqu'un que vous aviez rencontré pendant les vacances ? »

Roland s'efforçait de se revoir à quatorze ans. La vogue des chaussures à bout pointu avait déferlé sur Berners Hall. Il avait supplié sa mère de lui en acheter une paire. Avec sa machine à coudre, elle avait transformé en pantalon-cigarette son pantalon d'uniforme en flanelle grise. Quand il était arrivé sur le pas de la porte de Miriam un samedi matin d'octobre, voici ce qu'elle avait dû voir : sa chemise hawaïenne déboutonnée presque jusqu'à la ceinture, son pantalon-cigarette éclaboussé de boue, ses chaussures éraflées dignes de celles d'un fou du roi. Et la démarche en canard d'un garçon conscient de ce qu'il avait désormais entre les jambes. Un garçon dans le vent. Débarquant à vélo, sans prévenir, impatient de jouir avant la fin du monde. Pour une femme entre vingt et trente ans il représentait un fantasme.

« J'ai besoin de réfléchir, dit-il.

— Monsieur Baines. Vous avez été victime d'abus. C'est une affaire criminelle.

— Vous devez avoir des dossiers plus urgents. Plus macabres.

— Y compris ceux du passé.

— Pourquoi je m'infligerais ça ?

— Au nom de la justice. Et de votre tranquillité d'esprit.

— Ce serait l'enfer.

— On fournit un soutien psychologique. Vous en avez sans doute conscience, le climat autour de ces affaires a totalement changé. Ce qui était ignoré ou classé ne l'est plus. La bonne nouvelle, c'est qu'on a maintenant des objectifs. Un nombre donné de poursuites par an.

— Ah oui. Les objectifs. » Il ne révélerait pas à Moffat l'enthousiasme qu'à une époque ils avaient suscité chez lui.

« Ça sert à quoi ? demanda-t-il.

— Si on est bons, et je crois qu'on l'est, nos crédits augmentent et on met plus de délinquants en prison.

— Jamais eu la tentation de trafiquer les preuves ? Pour atteindre les, euh… ? »

Moffat sourit. Il avait les dents d'un blanc artificiel. Mauvais choix chez le dentiste. Il aurait dû préférer le blanc écru, plus naturel, comme Roland deux mois plus tôt. Il était encore fier de sa nouvelle apparence, obtenue à prix réduit grâce à une ex-compagne devenue hygiéniste dentaire. Par esprit d'émulation, il sourit au policier en retour.

Celui-ci rangeait ses documents. « C'est ce que dit la presse. On a plus de dossiers solides qu'on ne peut en traiter. » Il s'interrompit, puis ajouta : « Quelque chose de tordu dans la psyché masculine.

— Clairement.

— Mais une femme qui s'en prend à un homme… On n'a que quelques affaires comme la vôtre.

— Pour celles-là aussi vous avez des objectifs ? »

Moffat se leva et lui tendit sa carte au-dessus de la table. « Vous verrez que j'ai inscrit un numéro de dossier. Si vous vous manifestez, ça aiderait les autres. Les hommes et les petits garçons. »

Roland le raccompagna à la porte. En quittant la maison, l'inspecteur lança : « J'aurais dû commencer par là : vous en gardez des séquelles ?

— Non, pas du tout », s'empressa de répondre Roland.

Une fois encore, Moffat attendit la suite mais, voyant qu'elle ne venait pas, il tourna les talons, prit négligemment congé d'un geste de la main et regagna sa voiture. Roland ferma la porte, s'y adossa et contempla le couloir, du pilastre de la rampe jusque dans la cuisine. Les séquelles, les voilà. Des dalles fêlées, descellées ou manquantes sur le sol carrelé. Le bois vermoulu sous la moquette élimée et tachée de l'escalier. Dans l'entrée les plinthes aussi étaient vermoulues. La tuyauterie était fatiguée, le chauffage central avait trente ans, les huisseries des fenêtres partaient en poussière par endroits. Il finissait par accepter le fait qu'il n'aurait jamais les moyens de déménager. Il fallait refaire la toiture. Le certificat de conformité de l'installation électrique datait d'avril 1953. Les plaques isolantes de certains plafonds contenaient de l'amiante. D'après un entrepreneur de maçonnerie, bien intentionné selon Roland, toute la maison avait besoin de « gros travaux ». Lawrence et lui vivaient relativement bien de ce que son emploi de pianiste rapportait chaque semaine et des rentrées d'argent occasionnelles de son activité journalistique. Il ne restait rien pour de gros travaux. Un jour il gagnerait encore moins. Une lettre de l'avocat d'Alissa l'avait prévenu que les versements qu'elle effectuait chaque mois cesseraient quand Lawrence aurait dix-huit ans. Elle lui enverrait ponctuellement des chèques par l'intermédiaire de Rüdiger pour financer les études de leur fils en Europe ou aux États-Unis. Logique.

L'état de la maison reflétait un ensemble de conséquences sur l'origine desquelles il préférait ne pas s'appesantir. Sa décennie perdue avait commencé à la fin de son séjour sur le toit d'un hôtel d'Athènes, quand il avait mis à la poubelle le roman de Henry James à moitié lu. De retour en Angleterre il avait joué pour le groupe de Peter Mount, avait travaillé principalement sur de petits chantiers, mais aussi dans une conserverie, comme maître-nageur d'une piscine, pour des particuliers dont il promenait les chiens, et dans un entrepôt de crème glacée. Ses emplois de pianiste d'ambiance dans un hôtel, de professeur de tennis et de critique pour un magazine de spectacles étaient arrivés plus tard. Parmi ses voyages, tantôt avec des copains, tantôt seul, plusieurs traversées des États-Unis en voiture, un séjour dans les grottes d'Ios, et une longue expédition par la route vers Kaboul puis Peshawar par le col de Khyber, avec des amis du Mississippi qui voulaient éviter d'être envoyés au Viêtnam. Ils avaient longuement fait étape dans la vallée de Swat. Lorsqu'il s'était trouvé à court d'argent et contraint de rentrer, il avait dormi chez les uns et les autres, sur un canapé ou à même le sol, et avait même vécu quelque temps dans un squat. Il y avait eu des filles intéressantes, des concerts de rock et de jazz, des festivals, des films – et le travail, dur ou ennuyeux, ou les deux à la fois. Dans les années 1970 on trouvait facilement des petits boulots.

C'était l'époque où les gens parlaient du « système ». Roland était contre, et pour lui la musique classique en faisait partie intégrante. Il se plaisait à dire à ses interlocuteurs que le piano tel que l'entendaient Bach ou Debussy était un vestige corrompu, une ruine du passé. Ses vingt ans étaient déjà loin. Il se persuadait qu'il avait sa liberté et s'amusait bien. Il parvenait à surmonter ses angoisses occasionnelles sur l'absence de but de son existence. Or elles enflaient, finissaient par crever et il ne pouvait plus leur résister. Il avait vingt-huit ans et menait une vie inutile. Il s'était inscrit à City Lit et à l'institut Goethe. Aux réunions du parti travailliste il se déclarait « centriste ». Ses études supérieures se prolongèrent dix ans par intermittence. Il ne se présentait à aucun examen officiel. La plupart des gens gaspillaient leur jeunesse, voire leur vie entière, dans des bureaux ou des usines et dans les pubs, et ils n'allaient jamais plus loin que les plages de l'Europe du Sud. Vivre dans l'insouciance, au jour le jour, et ne pas faire comme tout le monde en valait la peine. C'était l'intérêt d'être jeune. Dès qu'il se surprenait à penser ou à dire ce genre de choses, il savait que c'était lui-même qu'il avait besoin de convaincre.

Il restait adossé à la porte. Un soulagement, après le départ de Moffat, de cesser de faire comme s'il n'était pas ébranlé. Le choc, ce n'avait pas été d'apprendre quelque chose de nouveau. Il avait plus d'une fois accusé Miriam, et de plus d'une façon – mais seulement en son for intérieur. Le choc avait été d'entendre un fonctionnaire de l'État dire à voix haute : « C'est une affaire criminelle. » Pas « était », mais « est ». Un second ébranlement se présentait, sous la forme d'un défi. Était-il désormais prêt à agir ? Cette liaison était demeurée confortablement lovée sous le seuil de l'action, tel un serpent bien à l'ombre par une journée caniculaire. *Et moi en pyjama à cause de la chaleur.* C'était quelque chose entre lui et son passé, et dont il ne fallait jamais parler. Il n'y pensait pas comme à un secret. Ces deux années étaient simplement… quoi, au juste ? Ce qu'il avait un jour entendu une écrivaine appeler son « mobilier intérieur ». Ne pas déplacer, ni vendre. Il n'avait mentionné Miriam qu'une seule fois, devant Alissa, alors qu'ils marchaient dans la neige à Liebenau. Rien de cette confession, nulle ombre, nulle recréation habile, n'était apparu dans aucun roman de son ex-femme. Il aurait aimé la lui reprendre afin de la garder entièrement pour lui. Moffat lui demandait de voyager dans la direction opposée et de mettre ces journées à Erwarton à la disposition de la cour, de ses magistrats, de son président renfrogné, des galeries du public, de la presse. Au nom de la justice ? En fait, on voulait qu'il se venge. De sa Maria Beadnell à lui. Quarante ans plus tard, et non vingt-quatre. Il conclut qu'il avait besoin de l'aide de Lawrence.

Son fils travaillait à présent quarante-quatre heures par semaine pour l'association de Daphné, près d'Elephant & Castle. Il lui restait quelques semaines avant d'entrer dans son nouveau collège. Pour moins que le salaire minimum, il faisait le café et les courses, tapait quelques lettres simples, aidait à créer un site web. L'endroit avait fonctionné des années sans lui. Daphné, sa mère de substitution, leur rendait service, à Roland et à lui. Il acceptait sans se plaindre la routine, la sonnerie du réveil à sept heures trente, les trajets en métro sur la Northern Line. Il avait davantage de conscience professionnelle que son père au même âge, tout en ayant hérité de lui le même sens du droit au plaisir. Sitôt rentré du travail il partait d'habitude retrouver ses amis. Véronique, qui espérait devenir actrice, était serveuse à Covent Garden. Elle était désormais sa petite amie et il n'était plus puceau. Leur premier rapport sexuel, dans sa chambre à elle au sein d'un appartement en colocation près d'Earl's Court, avait été « chaotique ». Il ne voulait pas dire à son père ce qui n'avait pas marché. Mais le deuxième, dans le cimetière désert de St Anne's Church à Soho, avait été « sublime ». Roland imaginait mal que l'enclos de la célèbre église de Christopher Wren ait pu être désert, surtout aux petites heures de la nuit. Pas plus qu'il ne s'imaginait parlant à son propre père de ce genre de choses. Il se sentait flatté. Avoir franchi cette étape significative, pensait-il, aiderait peut-être Lawrence à mettre à distance l'épisode éprouvant avec sa mère. Il avait écouté avec un certain agacement le sermon de son père sur l'importance cruciale du consentement et de la contraception.

« Ne t'inquiète pas. Tu n'es pas encore grand-père. »

Roland ne réussit pas à lui parler avant la fin de la matinée du samedi. De nouveau assis autour de la table du jardin, ils buvaient un café. Il s'agissait de quelqu'un de son passé, dit Roland. Il aimerait reprendre contact avec elle. Lawrence accepterait-il d'essayer de retrouver sa trace sur internet ? Si c'était une ex-compagne ? Non, son ancienne professeure de piano. Il avait toujours eu envie de savoir ce qu'elle était devenue. Elle n'était peut-être même plus de ce monde. Il donna quelques détails, y compris sa date de naissance, le 5 mai 1938. Elle avait grandi près de Rye, étudié de 1956 à 1959 au Royal College of Music, puis enseigné à Berners Hall de 1959 à 1965, avant d'aller sans doute vivre en Irlande. Lawrence avait disparu dans la maison et quelques minutes plus tard il était de retour avec une feuille de papier à la main.

« Trop facile. Tu as de la chance. Toujours vivante et près d'ici. À Balham. Elle enseigne encore. Il y a même un numéro de téléphone. »

Lawrence posa la feuille sur la table mais Roland ne la prit pas de peur que sa main tremble.

Tout l'après-midi il fut distrait. Il trouva la rue sur son plan de la ville. Balham. À deux stations de métro. Il s'obligea à effectuer des tâches sans intérêt, tondit la pelouse avec la tondeuse manuelle, nettoya la cuisine, appela un électricien. Il fit les cent pas dehors quelques minutes, et rentra donner ce coup de fil. Puis il prit une douche.

Après dix-huit heures, alors qu'il buvait une bière au jardin, Lawrence vint lui dire au revoir avant d'aller en ville. Il devait retrouver Véronique quand elle aurait fini son service à la pizzeria. Mais il s'assit lourdement et lança un coup d'œil à son père, avec cet air de défi plein d'aplomb que Roland connaissait bien. Cela l'irritait parfois. Le message était: « Il faut que je te parle de quelque chose et ne fais pas semblant d'ignorer ce que c'est. »

« J'ai quelques minutes, alors, euh…

— Parfait. Va te chercher une bière.

— Non, merci. Écoute, il y a quelque chose… »

Roland attendit. Son cœur se contracta, une seule fois. Totalement anodin.

« Voilà. J'en ai marre des maths. Des études. Je crois que j'ai envie d'arrêter. » Il regarda son père encaisser.

Il avait obtenu une place convoitée dans un collège préparant aux A Levels les élèves voulant se spécialiser en mathématiques. Roland se tut trente secondes. Il comprenait le rôle joué par Véronique.

« Mais tu es brillant…

— Non, je me débrouille. Brillant comparé à toi, papa. C'est si j'allais dans ce collège que je verrais ce que c'est, des gens vraiment brillants.

— Tu n'en sais rien. » Roland tentait de réprimer l'impression que c'était lui, et non Lawrence, qui s'apprêtait à perdre sa place dans ce collège – encore une fois. Cette vie par procuration que mènent les parents.

« Je n'étais même pas le meilleur en classe. Ah Ting était toujours devant moi. Et sans faire d'efforts.

— D'après ton professeur, tu avais plus d'imagination. »

L'ascension de la Chine. Rien ne pouvait l'empêcher. Le commerce ouvrait les esprits et les sociétés. Avec les succès commerciaux, le Parti communiste chinois allait forcément décliner – au moins un dénouement positif, Roland en avait la certitude. « Il te faut peut-être une année sabbatique. Ils peuvent te garder ta place.

— Ce collège-là ne fait pas ça. »

Roland soupira. Il devait être prudent, mieux valait ne pas discuter. Contrer Lawrence accroîtrait sa résistance. « Très bien, reprit-il. Qu'as-tu envie de faire ? »

Telle était la question. Lawrence détourna le regard avant de répondre. « Je ne sais pas trop… » Il ne voulait pas l'avouer. C'était forcément un projet horrible.

« Allez. Crache le morceau.

— Je pense devenir acteur. »

Roland le dévisagea. Oui, c'était Véronique.

Lawrence baissa les yeux vers son ordinateur portable. « Faire la Royal Academy of Dramatic Art ou la Central School of Speech and Drama. Ou bien… Je ne sais pas. Peut-être à Montpellier. »

Surtout ne pas discuter. Mieux valait écouter jusqu'au bout. Mais Roland discuta. Il évita Montpellier dans l'immédiat. « Les jeunes qui entrent à la RADA sont fous de théâtre. Ils rêvent de monter sur les planches. Ça ne t'a jamais intéressé. Tu n'as joué dans aucune pièce de fin d'année. Tu ne lis aucun auteur de théâtre. Tu n'as jamais voulu m'accompagner à la moindre…

— En effet. C'était une erreur. Maintenant je m'y intéresse.

— Alors qu'est-ce que tu as…

— Rien pour le moment. Écoute, papa. Il n'est pas question de théâtre. Mais de télévision. »

L'essentiel était de ne pas élever la voix. Il l'éleva quand même, ouvrant les mains d'un geste théâtral pour exprimer sa stupéfaction. « Mais tu ne la regardes presque jamais.

— Je vais le faire. »

Roland plaqua sa paume contre son front. Il était meilleur comédien que son fils. « C'est l'été qui te monte à la tête. »

Lawrence sortit son portable et vérifia l'heure. Il se leva, fit le tour de la table, vint se placer derrière Roland et lui passa les bras autour du cou. Il embrassa la tête de son père.

« À plus tard.

— Promets-moi une seule chose. Tu as le temps. Ne va pas renoncer dès demain à ta place. C'est une décision pour toute la vie. Une grande décision. Il faut qu'on en parle.

— Mmh. »

Alors que Lawrence avait fait quelques pas vers la maison, il s'arrêta et se retourna. « Tu as contacté cette femme ?

— Bien sûr. Et merci pour ton aide. J'ai réservé un créneau pour une leçon de piano. »

*

Roland partit à pied par prudence. Non, pour se détendre. Il ne faisait plus confiance au métro. Il existait une infime minorité d'individus, crédules et cruels, qui croyaient que les pirates de l'air des attentats de New York se reposaient au paradis et qu'il fallait suivre leur exemple. Ici, au sein d'une population de soixante millions, il devait nécessairement s'en trouver quelques-uns. Choisis parmi les porteurs de pancartes *À mort Rushdie*, ou ceux qui avaient brûlé son roman, ou parmi leurs petits frères, leurs fils et leurs filles. C'était le premier chapitre, treize ans auparavant. Chapitre deux : les tours jumelles. Le suivant serait vraisemblablement une histoire de vengeance punitive, ou d'invasion militaire, non pas de l'Arabie saoudite d'où venaient les terroristes, mais de son voisin meurtrier au nord. Les deux tiers des Américains avaient la conviction que Saddam était responsable du massacre de New York. Le Premier ministre britannique était mû par une loyauté traditionnelle envers les États-Unis et par la réussite d'interventions militaires au Kosovo et en Sierra Leone. Le pays se préparait à la guerre.

Au début de l'année, les services d'urgence avaient paralysé le centre de Londres pour une répétition d'un attentat à la bombe dans le métro. De toute évidence l'endroit le plus vulnérable. Des espaces clos pouvant amplifier la puissance de l'explosion, des foules utilement denses, des secours difficiles dans les tunnels obstrués par le métal tordu et assombris par des fumées toxiques. Un raccourci pour le paradis. Roland y pensait souvent, trop souvent. Plus jamais le métro, telle était sa position actuelle, même s'il n'arrivait pas à convaincre Lawrence. On ne pouvait pas davantage se fier aux bus. Donc il se déplaçait à pied. D'Old Town à la sortie de Balham, en coupant par le parc, il y avait à peine plus de trois kilomètres.

Il croyait pouvoir mettre à profit ses quarante minutes de marche pour se préparer, se calmer. Que voulait-il en allant la voir ? Tenir la promesse qu'il se faisait depuis son entrée dans l'âge adulte, ou presque. La rencontrer, porter sur cet épisode de la fin de son enfance le regard d'un homme mûr et ne jamais la revoir. Simple. Or il appréhendait cette rencontre. Toute la matinée, bouche sèche malgré la quantité d'eau absorbée, diarrhée, bâillements constants. Il n'avait pas déjeuné. Et ses pensées refusaient de se fixer sur ce qui l'attendait dans l'immédiat. Elles se mêlaient à l'obsession nationale – autre motif d'appréhension. Il n'y avait qu'un sujet de conversation. Difficile de le chasser, même une demi-heure. La menace de la guerre, orchestrée par un gouvernement qu'il avait soutenu, au prix de quelques déceptions en chemin. Depuis Berlin, il vivait dans un halo d'optimisme sur le plan politique. L'année précédente de tels espoirs s'étaient éloignés quand les tours jumelles et leur cargaison humaine avaient été réduites en poussière. La réaction serait d'une violence irrationnelle. Il en redoutait aussi les conséquences. Elles enflaient dans ses pensées comme un noir cumulonimbus de désordres internationaux, d'une dangerosité et d'une puissance aggravées par des impondérables. Ce pourrait être un enfer. Comme la rencontre avec Miriam Cornell.

Il passa devant le Windmill Pub et s'arrêta dix minutes plus tard à l'entrée de la station de métro Clapham South. Il s'accouda à une rambarde noire près d'un amas de vélos avec leur antivol. Il avait besoin de se concentrer. Le dicton de son enfance restait valable : rien n'est jamais comme on l'imagine. Il devait donc imaginer Miriam et exclure le pire. Un appartement exigu et surchauffé au dernier étage, une odeur de renfermé, le manteau de la cheminée couvert de bibelots, des relents d'huile de cuisine, de crème de beauté et de talc. Et une certaine âcreté dans l'air. Due à la présence d'un petit chien ou de plusieurs chats. Un piano quelque part. Elle-même serait hideuse, barbouillée de rouge à lèvres, en surpoids. Il y aurait des cris, voire des hurlements, les siens à elle ou les siens à lui, ou les leurs à tous deux.

Il se força à continuer. Il n'était pas obligé d'y aller. Il pourrait envoyer quelques billets pour la leçon annulée, griffonner des excuses au-dessus de son faux nom. Mais il marchait toujours. Sinon il ne se le pardonnerait pas. Un précédent lui revint. Son tour d'Aldershot à pied pour retarder l'arrivée au salon funéraire où gisait son père. Or ce cadavre-ci serait bien vivant, exhumé du caveau le plus profond de sa mémoire par un policier zélé. *La terre de sa tombe dans les cheveux.* Bientôt Roland accompagnerait sa mère. Sa lucidité, sa personnalité se délitaient, mais elle tenait bon dans son monde de rêve, son no man's land, pas si malheureuse, rassurée par la certitude que sa maison de retraite de banlieue était un grand hôtel, parfois un paquebot de croisière. De temps à autre elle se croyait la propriétaire du paquebot. Cette fois Roland serait mieux préparé. Il resterait assis près de son cercueil ouvert, peut-être vêtu de noir, sans doute seul dans cette même pièce, les mains jointes sur les genoux. Ces derniers temps il pensait souvent à James Joyce. *Elle aussi serait bientôt une ombre… Un par un, ils devenaient tous des ombres.*

Le quartier dans lequel il arrivait était naguère sujet de plaisanteries, le dernier endroit de Londres où l'on voulait vivre, sa réputation faite par le sketch de Peter Sellers parodiant un récit de voyage : « Balham, gateway to the South » – Balham, porte du Sud. Le vent avait tourné, de jeunes cadres et leur argent rénovaient les lieux. Mais le vieux Balham donnait encore le ton dans la rue principale. Un Woolworths battant de l'aile, les habituelles boutiques de paris sportifs et d'associations caritatives, un magasin Poundland. L'énergie du passé était toujours là elle aussi.

Lui barrant le passage sur le trottoir, un bonimenteur faisait l'article pour des fruits et légumes et tenta de lui fourrer dans les mains un sac en papier kraft contenant des tomates.

Après avoir quitté la porte du Sud il traversa la route et tourna vers l'ouest dans une rue adjacente. Il avait mémorisé son plan. Trois cents mètres plus loin il se dirigea de nouveau vers le sud et tourna cette fois à droite. Toutes ces villas victoriennes avaient dû être converties en pensions de famille au début des années 1930. Elles redevenaient des maisons particulières. Échafaudages, camionnettes d'artisans maçons, hommes juchés sur des échelles pour rejointoyer le patrimoine immobilier de Londres. C'était la rue de Miriam Cornell. L'imposante demeure se trouvait tout au bout, en angle. Au téléphone, Miriam l'avait prié de ne pas venir en avance. Rien dans sa voix ne lui avait semblé familier. Sept minutes à attendre. Pas d'échafaudages à cette adresse, car le travail était déjà fait. Un jeune cerisier se dressait au centre d'un large rectangle de pelouse bien tondue. Sans doute du gazon artificiel. Roland passa son chemin pour ne pas être vu traînant dehors et entreprit de faire le tour du pâté de maisons.

L'élève qui le précédait, une femme d'une vingtaine d'années, partait lorsqu'il revint. Il ralentit l'allure pour la laisser s'éloigner, puis gravit les deux marches en granit jusqu'à la porte d'entrée. Une seule sonnette. Le généreux modèle d'origine en céramique aux fêlures grisâtres, entouré de cercles concentriques de cuivre terni. Roland appuya dessus d'un geste décidé, malgré un sentiment soudain de doute, une vague perplexité. La porte s'entrebâilla quelques secondes après, et Miriam Cornell apparut. Mais elle détourna aussitôt la tête, ouvrit grand la porte et le devança dans la maison, s'exclamant par-dessus son épaule : « Monsieur Monk. Merveilleux. Entrez donc ! » L'habitude d'un défilé quotidien d'élèves anonymes. Le couloir était long et spacieux, avec un sol carrelé aux couleurs vives, une version plus cossue que le sien. Un escalier aux marches en grès d'un blanc laiteux décrivait une ample courbe ascendante. Peut-être un intérieur edwardien. Il suivit Miriam au salon, deux pièces réunies selon la coutume en abattant une cloison. Les poutrelles d'acier avaient été dissimulées par un faux plafond orné en son centre d'une imposante moulure ovale de style Adam. Tant d'espace, de lumière et d'ordre. Il le voyait et le comprenait, car c'était ce qu'il avait rêveusement projeté de réaliser en miniature chez lui. Et il l'aurait fait si l'argent d'Epithalamium s'était matérialisé. Des parquets sombres à larges lattes, des murs blancs, aucun tableau, un seul fauteuil bergère, des portes-fenêtres donnant sur une dizaine d'ares de jardin fleuri. L'unique bibliothèque contenait des partitions. Au milieu, le piano à queue, un Fazioli de concert. Quelqu'un ayant de l'argent avait dû entrer dans sa vie.

Elle lui tournait le dos, remettant les partitions de la leçon précédente dans la bibliothèque. Elle était encore mince, et plus grande que dans ses souvenirs. Ses cheveux avaient blanchi, ils étaient attachés en une longue queue-de-cheval. Sans se retourner elle lui désigna le banc du piano. « S'il vous plaît asseyez-vous, monsieur Monk. Excusez-moi le temps que je range ces partitions. Jouez-moi quelque chose. Donnez-moi une idée de ce que vous faites. »

Cette fois il crut déceler une inflexion familière dans sa voix. Les sortilèges de la mémoire. Mais à n'en pas douter c'était elle. Il se dirigea vers le piano, régla la hauteur du banc et s'assit, surpris de la régularité des battements de son cœur. De tout ce qu'il avait imaginé, cette invitation à jouer était le seul élément qu'il ait correctement anticipé. Il n'avait pas choisi son nom d'emprunt au hasard. Plaçant les mains sur le clavier, il marqua une pause puis joua un accord en majeur. Instantanément, cette sensation : le jeu si soyeux des touches, le son si beau, si riche, si enveloppant – et amplifié par l'absence de tapis dans la pièce. Cette sensation et ces vibrations jusque dans le creux sous son sternum.

« Vous avez un prénom, monsieur Monk ? »

L'espièglerie dont il se souvenait.

« Theo.

— Eh bien allez-y, Theo. »

Il joua de mémoire « Round Midnight » comme dans l'enregistrement de 1947, un peu plus tendrement peut-être, avec un tempo méditatif. Après l'intro et les premières mesures elle surgit à sa gauche, trop près.

« Qu'est-ce que tu veux ? »

Il s'interrompit et se leva pour lui faire face. La voyant clairement, il reconnut le visage d'autrefois et crut comprendre le lien, la parenté entre celui de 1964 et celui de 2002. Comme s'il regardait un masque, peut-être formé du visage de la mère de Miriam et, caché derrière, de celui de Miriam elle-même, la vraie, qui faisait semblant de ne pas être là.

«Vous parler.

— Je ne veux pas de toi ici.

— Bien sûr que non. » Il l'avait dit avec compassion. Il n'allait pas partir tout de suite. Le changement le plus frappant, décida-t-il, était moins la rudesse due à l'âge que l'allongement de son visage, la perte de sa rondeur juvénile. Ses traits vaguement tirés vers le bas lui donnaient l'air impérieux. Une matrone romaine bien née. Les yeux, même leur teinte verte, même leurs cils, paraissaient familiers. Le nez gardait une trace de cette légère insuffisance qu'il avait adorée. Mais autour des lèvres minces, les rides tissaient leur toile. C'était une bouche sévère. Une vie entière passée à donner des consignes devant un clavier. Elle soutenait son regard, se livrant probablement au même genre de constat. La leçon des années. Rien de bon, mais elle les avait mieux traversées que lui. Sa soixantaine à elle contre sa cinquantaine à lui. Elle avait encore tous ses cheveux, contrairement à lui. Et la taille fine. Et le front lisse, alors que trois profondes rides parallèles creusaient le sien. Il avait en permanence le visage rose saumon à cause de toutes ces années sur des courts de tennis. En se rasant le matin, la vue de son nez massif aux pores dilatés le contrariait. Au moins avait-il des dents présentables. Et Miriam encore plus. Ni elle ni lui ne portait d'alliance. Elle avait un bracelet d'or au poignet. Lui une grosse montre Swatch en plastique. C'était cela : elle offrait – il devait se rendre à l'évidence – une apparence plus aisée, visiblement plus riche, plus soignée, plus à l'aise dans son monde que lui dans le sien. Mais elle ne l'intimidait pas. Balham, après tout ! S'il avait été plus compétent en ce domaine, il aurait dit que son chemisier blanc crème était en soie sauvage, que sa jupe portait le nom d'un grand couturier, Lanvin, Céline, Mugler, comme ses escarpins bleu pâle. Il prit conscience de son parfum. Plus d'eau de rose. Il y avait du progrès.

Elle le dévisageait dans un silence dubitatif depuis une trentaine de secondes, se demandant sans nul doute comment le mettre dehors. Elle pivota soudain sur elle-même et alla se poster près de la porte-fenêtre. Ses hauts talons résonnèrent sèchement dans la longue pièce.

« Bon. Roland. De quoi aimerais-tu discuter ? » Une patience feinte. Elle s'adressait à lui avec condescendance. Il n'appréciait ni qu'elle l'appelle par son prénom, ni qu'elle le tutoie.

« Parlons de vous.

— C'est-à-dire ?

— Vous le savez très bien.

— Continue.

— J'avais quatorze ans. »

Elle lui tourna de nouveau le dos et ouvrit la porte-fenêtre sur le jardin. Il crut qu'elle allait l'inviter à l'y accompagner. Il aurait résisté. Mais non, elle revint vers lui et déclara simplement : « Dis ce que tu as à dire et pars. »

Son manque d'indifférence encouragea Roland. Elle était aussi troublée que lui. Il avait quelques options, mais sans s'y arrêter il alla droit au but, une semi-vérité.

« Les flics s'intéressent à vous.

— Tu es allé les voir ? »

Il hocha la tête avant de répondre. « Ils savent quelque chose et c'est eux qui sont venus me voir.

— Et ?

— Ils n'ont pas encore votre nom. »

Elle resta imperturbable. « Je t'ai enseigné le piano il y a longtemps. Ça les intéressera ? »

Il s'éloigna de l'instrument et s'approcha du fauteuil. Il s'y serait bien assis mais ce n'était pas le moment. « Oh je vois, dit-il. Votre parole contre la mienne. »

Elle le fixait. Il crut se souvenir que c'était son expression avant leurs disputes. À moins qu'il ne l'ait inventé.

Elle répliqua avec commisération. « Pauvre petit. Tu ne t'en es jamais remis, non ?

— Et vous ? »

Elle se tut. Ils ne se quittaient pas des yeux. Malgré le flegme qu'elle affichait, il voyait aux ondulations de l'étoffe de son chemisier qu'elle respirait plus vite. « En fait, je crois qu'il serait temps que tu partes », finit-elle par répondre.

Il toussota bruyamment. Il avait peur. Un tremblement gênant agitait son genou droit. Il s'appuya au fauteuil. « Je vais rester encore un peu.

— C'est une intrusion. S'il te plaît ne m'oblige pas à appeler la police. »

Il entendait à peine sa propre voix. Il se força à hausser le ton.

« Appelez. J'ai votre numéro de dossier sur moi.

— Je m'en moque. Tu n'es qu'un pauvre type qui fait une fixation. »

Le téléphone était posé à même le sol près du piano, branché à une rallonge. Alors qu'elle se dirigeait vers l'appareil, il lâcha : « J'ai encore mon cadeau d'anniversaire. »

Elle le regarda sans comprendre, le combiné à la main.

« Un reçu pour deux réservations à notre nom dans le train d'Édimbourg, une lettre de l'hôtel en réponse à la vôtre, assurant que nous sommes attendus dans notre suite la veille de mon seizième anniversaire. Des documents pour notre mariage civil le lendemain. »

Il n'avait pas prévu d'en parler si tôt. Une fois lancé, il ne savait comment s'arrêter.

Rien de changé dans son expression à elle, mais elle avait reposé le combiné. Il se demanda si elle s'était fait injecter du Botox. Il avait toujours du mal à le détecter. Elle dit en articulant bien : « Tu es venu me faire chanter.

— Allez vous faire foutre. » Les mots avaient jailli tout seuls.

Elle eut un mouvement de recul. « Alors pourquoi es-tu là ?

— Il y a des choses que je veux savoir.

— Pour pouvoir “aller de l'avant”.

— Si vous refusez d'en parler maintenant, je les entendrai au tribunal. »

Debout près du piano, la main gauche posée dessus, elle caressait, tripotait de son index la touche la plus grave. Elle fut cinglante.

« Des aveux. Des excuses. Sous la menace.

— En quelque sorte.

— Enregistrés sur ton magnétophone miniature acheté spécialement.

— Je n'ai pas ça sur moi et je n'en ai pas besoin. » Mais il enleva sa veste, qu'il posa sur le fauteuil, pour le lui prouver. Les bras croisés, il attendit. Elle sortit par la porte-fenêtre et resta dehors, le dos tourné. Soupesant ses options. Or il n'y en avait que deux. Tant qu'elle ne pouvait le voir, Roland se baissa pour refermer la main sur son genou tremblotant et serrer fort. Sans effet. Les minuscules vibrations des muscles se répétaient à intervalles réguliers, comme celles d'un moteur électrique. Faire porter tout son poids sur l'autre pied le soulagea un peu. De nouveau il serra son genou droit, plus fort.

Puis se redressa brusquement lorsqu'elle se retourna vers lui et regagna la pièce. « Très bien. Parlons, dit-elle joyeusement. Descends avec moi dans la cuisine. Je vais nous préparer une boisson chaude. »

Une tentative pour reprendre l'avantage. Pour montrer sa cuisine sur mesure. Faire de lui un invité admiratif. Elle était chez elle, pas lui.

« Restons ici, répondit-il calmement.

— Alors au moins assieds-toi. » Elle s'apprêtait à s'installer sur le banc du piano.

« Restons debout. » Il mourait d'envie de s'asseoir. Il songea qu'à tout moment il pouvait perdre pied, seul un mince voile le retenait de partir au comble du désespoir, de s'effondrer dans une disposition autodestructrice qui annihilerait sa volonté de persévérer. Il n'y avait rien entre eux, aucune protection. Ce que chacun voyait ne suscitait que déception et désarroi face au reflet de son propre déclin. C'était le passé qui menaçait de l'anéantir.

« Je veux que vous me décriviez tout depuis le début, de votre point de vue : ce que vous ressentiez, ce que vous me vouliez, ce que vous croyiez faire. Je veux tout entendre. »

Elle fit quelques pas vers lui, laissant le banc du piano derrière elle. Bien qu'il ne lui ait pas vraiment offert le choix, cette docilité soudaine le surprit. Mais il avait toujours peur d'elle. Il ne voulait pas qu'elle s'approche davantage.

« Très bien. Ce jour d'octobre où tu as débarqué à ma...

— Je vous arrête. » Il joignit le geste à la parole. « Depuis le début. Ça ce n'est pas le début, vous le savez. Je vous parle des leçons de piano. Trois ans plus tôt. Et je veux que vous cessiez de me tutoyer. »

Elle parut s'affaisser un peu tout en contemplant un point sur le sol. Il crut la voir secouer la tête et s'attendait à une résistance. Impossible de parler à un inconnu de choses aussi intimes. Mais sa voix devint différente, non seulement plus sourde mais plus hésitante. Il ne put que s'étonner de ce changement subit de registre. Une transformation.

« D'accord. Je suppose que ça devait fatalement se produire. Et si c'est ce que vous voulez, je vais vous raconter. »

Les yeux encore baissés, elle reprit son souffle. Il patienta. Quand elle releva enfin la tête pour parler, elle évita son regard. « Je sortais d'une terrible période, vraiment terrible. Au Royal College of Music, j'avais eu une liaison avec un étudiant de ma promotion. Plus que ça. Nous étions amoureux, en tout cas moi je l'étais. Nous avons vécu deux ans ensemble. Mais durant ma dernière année de scolarité je me suis retrouvée enceinte. Une calamité, à l'époque. Par miracle nous sommes parvenus à réunir la somme pour financer un avortement pendant les vacances de Pâques. David, mon ami, avait dû vendre son violoncelle. Nos parents n'étaient au courant de rien. Les choses se sont mal passées, il y a eu toutes sortes de complications médicales, celui à qui je m'étais adressée n'était pas médecin. Je suis tombée malade, et notre relation n'a pas tenu. J'ai réussi mes examens. Je suis allée au siège du Comté pour un entretien et on m'a proposé ce poste à Berners Hall. Je croyais que m'éloigner était le mieux. Pour panser mes blessures. En revanche je détestais l'établissement. Merlin Clare, le professeur de musique responsable, était gentil, mais les autres enseignants… ces pauses-café le matin dans la salle des professeurs… À l'époque, une célibataire représentait une forme de menace en même temps qu'une tentation, une provocation. Quoi qu'il en soit, je me sentais isolée. Idem dans le village. Une jeune femme vivant seule. Du jamais-vu en 1959 dans le Suffolk rural. Je pense qu'on me prenait pour une sorcière.

— Et moi je suis censé vous prendre en pitié ? »

Elle réfléchit. « Ça vous aiderait peut-être de cesser de tout voir avec les yeux d'un enfant. »

Le silence s'installa. Ce dont Roland avait besoin, c'était précisément des yeux de l'enfant qu'il avait été. Il ne dit rien et elle finit par reprendre son récit.

« L'avortement m'avait beaucoup ébranlée. J'étais brisée à la fin de cette liaison. J'avais été si proche de David. Mes amis me manquaient, et comme professeure j'étais nulle, aussi bien en cours particulier que face à une classe de trente élèves. Et puis vous avez pris vos premières leçons. Vous étiez silencieux, timide, vulnérable, loin de chez vous. Ça a fait naître quelque chose en moi. J'ai tenté de me l'expliquer par un sentiment maternel frustré. Et par ma solitude. Ou, parce que les jeunes garçons peuvent être jolis, j'y ai vu de possibles sentiments lesbiens enfouis. J'avais envie de vous adopter. Vous étiez si réservé et malheureux. Mais c'était plus que tout cela réuni. Au fond je le savais, mais sans pouvoir me l'avouer. Par ailleurs je me suis très vite aperçue que vous étiez doué. Un jour en particulier. Je croyais alors assez bien vous connaître pour savoir que vous mentiez en disant avoir travaillé le premier prélude de Bach. Or je me trompais. Vous l'avez joué si magnifiquement, avec une telle expressivité, un toucher si émouvant. Des sonorités impossibles, venant d'un enfant ! J'ai dû détourner la tête parce que je redoutais de fondre en larmes. Puis, sans pouvoir me retenir, je vous ai embrassé. Sur la bouche. Puisque mes sentiments pour vous devenaient plus forts à chaque leçon, je ne pouvais lutter qu'en étant ou en faisant semblant d'être extrêmement sévère. Je me moquais de vous. Je vous ai même frappé, giflé.

— Vous vous êtes servie d'une règle.

— Il y a aussi eu cette autre fois. Avant ou après le prélude, je ne m'en souviens plus. J'ai eu tellement honte. Je vous ai caressé. Et j'ai alors failli m'évanouir. Je savais qu'il serait difficile de tout arrêter. Ça n'avait rien de maternel. Ou bien c'était tout à la fois, et autre chose encore.

— Avec un certain sadisme.

— Non, jamais. J'étais possédée. J'avais envie de vous. C'était de la folie. Un jeune garçon sexuellement immature. Ça n'avait aucun sens. Un petit élève débraillé parmi des dizaines d'autres. J'ai pensé donner ma démission, mais je n'y arrivais pas. Je n'avais tout simplement pas la force. J'étais incapable de partir. Mais je me suis organisée pour que vous preniez vos leçons avec Merlin Clare, tout en vous invitant à venir déjeuner chez moi. De la folie, une fois encore. Je l'ai mal pris quand vous n'êtes pas venu. Mais je savais aussi que c'était une chance pour moi. Je préfère ne pas penser à ce qui se serait produit. Je me suis convaincue de la nécessité de rester auprès de vous pour développer votre talent. C'était mon devoir d'enseignante. Vous alliez clairement devenir un formidable pianiste, d'un niveau bien supérieur au mien. C'était certainement le cas la dernière fois que je vous ai vu. Vous jouiez déjà la *Ballade n° 1* de Chopin. Stupéfiant. Ma volonté de redevenir votre professeure pouvait se justifier, mais je me leurrais. C'était vous que je voulais.

« Après vous avoir confié à Merlin Clare, je vous ai évité. Si je vous apercevais au loin… et j'avais tellement envie de vous voir, de simplement vous *voir*. Mais si je vous voyais venir vers moi, je m'éloignais. »

Ils avaient franchi un seuil avec ces souvenirs et Roland se sentit libre. Il l'interrompit, incapable de cacher sa colère. « Vous auriez dû quitter Berners Hall. Vous vous présentez comme la victime, la pauvre petite fille malheureuse en proie à des sentiments qui la dépassaient. Ce serait vous la victime, pas moi. Mais enfin ! C'était vous l'adulte. Vous aviez le choix. Et vous avez choisi de rester. »

Elle garda le silence, hochant légèrement la tête, méditant, approuvant peut-être. Mais quand elle continua, il trouva à son récit quelque chose de moite et de renfermé. Comme si elle n'avait jamais laissé entrer d'air, ne l'avait jamais exposé à personne d'autre.

« Vous avez dit vouloir mon point de vue, mes sentiments. C'est de cela que je parle. De mes sentiments. Pas des vôtres. Je vivais sur le fil. Je me disais que je devais suivre une thérapie quelconque, mais à Ipswich il n'y avait rien en ce temps-là. Et je ne m'imaginais pas avouer que j'étais sexuellement obsédée par un jeune garçon. Je n'osais pas employer le mot “amour”. Trop ridicule. Pire que ça. Dégoûtant. Et cruel, vous avez raison. Je ne pouvais même pas en parler à ma meilleure amie, Anna, alors qu'elle savait que j'avais un problème. C'était tout bonnement pathétique, risible. Criminel. Mais la nuit, seule dans cette maisonnette, je revenais encore et encore aux moments honteux où je vous avais caressé et embrassé. Ces souvenirs me comblaient, Roland. Le matin, en revanche…

— Ne m'appelez pas par mon prénom.

— Désolée. » Elle le dévisagea, attendant quelque chose de plus. Puis elle ajouta : « Lentement, lentement, les choses ont commencé à aller mieux. Il y a eu des rechutes et j'étais déprimée, mais en général j'étais sur la bonne voie. En convalescence. J'ai rencontré quelqu'un à Chelmondiston et on a failli devenir amants, même si ce n'est pas tout à fait allé jusque-là. Moins je vous voyais, plus forte je devenais. Je savais que vous seriez bientôt adolescent, un autre garçon. L'enfant qui m'obsédait disparaîtrait à jamais et je m'en remettrais. Dans le cas contraire je pouvais attendre plus longtemps s'il le fallait, jusqu'à ce que vous ayez dix-huit ou vingt ans – et alors on verrait. Je commençais à apprécier mon travail, j'étais mieux acceptée en salle des professeurs, j'aidais Merlin à monter *Le Freischütz*, et ensuite cet horrible opéra, *Les Habits neufs de l'empereur*.

« Deux années ont passé, puis tout a volé en éclats quand je vous ai vu par la fenêtre. Vous êtes entré par le portillon du jardin, vous avez jeté votre vélo par terre et vous êtes venu à grands pas jusqu'à ma porte. Vous aviez l'air de savoir ce que vous vouliez. Bien sûr, vous aviez changé physiquement, mais un seul regard m'a suffi. Mes sentiments étaient les mêmes. Je me suis sentie sombrer. » Elle s'interrompit. « Si seulement vous n'étiez pas venu ce jour-là… »

C'était à présent une colère froide qu'il ressentait. « Ma faute, n'est-ce pas, d'avoir débarqué comme ça ? Allons, mademoiselle Cornell. N'oubliez pas la chronologie s'il vous plaît. Ni les détails. Ni les responsabilités. Trois ans plus tôt vous aviez posé la main sur mon sexe. Vous, l'enseignante. »

Elle eut un nouveau mouvement de recul.

« Ça m'a fait de l'effet, vous comprenez ? De l'effet ! » s'écria-t-il.

Elle s'assit lourdement sur le banc du piano. « Croyez-moi… monsieur Baines. Je l'accepte. En totalité. Je vous ai fait du mal. Je le comprends. Mais je peux seulement raconter cette histoire telle qu'elle est dans mes souvenirs, telle que je l'ai vécue. Je sais que c'est ma responsabilité, et non la vôtre, si j'ai sombré. Vous avez raison. Je n'aurais pas dû dire “Si seulement vous n’étiez pas venu”. La *cause* de votre venue, c’étaient mes actes. Je le comprends. »

Le désespoir dans sa voix déplut soudain à Roland. Elle en faisait trop pour l’empêcher de révéler son nom à la police. Était-il cynique ? Il n’en savait rien. Peut-être que rien ne pouvait le satisfaire. « Alors continuez.

— Vous êtes entré. À ce moment-là, je me racontais encore que ce serait bien de voir où vous en étiez au piano. C’était ainsi que je procédais, pas à pas, essayant de me convaincre de choses auxquelles, *réellement*, je ne croyais pas. Comme si dans la pièce quelqu’un d’invisible nous observait et que je devais sauver les apparences. Nous avons donc joué en duo, un morceau de Mozart à quatre mains. Votre interprétation m’a sidérée. Vous aviez un toucher fantastique. Je pouvais à peine suivre et je me répétais qu’après je vous raccompagnerais à la porte, tout en sachant que je ne le ferais pas. Nous sommes allés à l’étage. Non, vous avez raison. Permettez-moi de le dire autrement. Je vous ai emmené à l’étage. Et la suite, eh bien vous la connaissez. »

De quelque part au loin leur parvenaient les cris aigus d’enfants en train de jouer. Et au-delà, plus sourd, le murmure de la circulation. Il enleva sa veste du fauteuil pour s’y asseoir.

« Poursuivez.

— Ce fut le commencement, un parmi tant d’autres. Mais avant tout je dois dire quelque chose. C’est l’horrible vérité. Jamais, durant le reste de mon existence, je n’ai connu…

— Je ne veux pas entendre parler du reste de votre existence.

— Laissez-moi simplement vous dire combien c’était

intense. Je suis devenue très possessive. Je savais que je vous éloignais de votre travail scolaire, de vos amis, du sport, de tout. Je m'en moquais. Je voulais vous éloigner de tout. Au début, une seule fois, j'ai cru que je pouvais me raisonner et rompre. Je ne vous ai pas vu pendant plusieurs jours. Mais j'étais trop faible. C'était sans espoir. Sans vous, sans… ça, j'étais physiquement malade. J'avais mal jusque dans les os. » Soudain, elle éclata de rire. « Il y avait une chanson qu'on entendait beaucoup. Impossible de l'empêcher de me trotter dans la tête. "Fever", chantée par Peggy Lee. Et aussi ce sonnet, l'un de ses meilleurs : "Mon amour est comme une fièvre"… »

Roland s'inquiéta vaguement de cette référence culturelle peu habituelle. Sans doute Shakespeare. Il l'interrompit sèchement. « Revenons au sujet.

— Je vous ai donc laissé revenir et tout a continué. Étonnamment, j'essayais encore de me rassurer grâce à ce même mensonge, ou à cette demi-vérité : je vous offrais des heures de cours de piano chaque semaine. En fait, vous faisiez des progrès incroyables. J'étais distancée. Nous avons donné ce concert à Norwich. Le temps passait à toute vitesse et je le voyais : une situation intolérable nous attendait, m'attendait moi. Tenu à l'écart de l'école, des révisions et du reste, vous risquiez de rater vos examens, Berners Hall ne vous reprendrait pas et je ne vous reverrais plus. Ou bien, si vous passiez de justesse en sixième année, vous prépareriez votre entrée à l'université ou ailleurs et vous vous éloigneriez de moi. Plus c'était évident, inévitable, plus je devenais excessive. Raison pour laquelle il y a eu ces deux semaines de l'été 1965.

— 1964.

— Vous êtes sûr ? Vous aviez bel et bien raté vos examens.

À cause de moi. Mais Neil Clayton, cette mouche du coche, s'en est mêlé et l'école vous a finalement repris. Je redoutais votre retour à Berners. Je savais que ce serait le début de la fin. Je ne le permettrais pas. D'où un nouveau commencement, un terrible commencement. Je vous ai enfermé chez moi. J'animais un stage d'été à Aldeburgh. Impossible de me concentrer sur mon travail. Ces aimables retraités s'étaient fixé pour objectif de reprendre le piano là où ils en étaient restés un demi-siècle plus tôt. Ils étaient déterminés à réussir leur examen pour le grade supérieur. Je les détestais. Je ne pensais qu'à vous qui m'attendiez chez moi.

« Puis le pire est arrivé. Ma pire idée. Vous pensiez au jour de la rentrée, vous parliez de rugby, de travailler plus dur et de revoir vos amis. Vos livres au programme étaient sous clé dans votre malle avec votre uniforme. J'étais dans un état d'esprit bizarre. Si je pouvais être heureuse, me disais-je, vous aussi vous le seriez. Égoïste et cruel aux yeux de n'importe qui mais pas aux miens. Je n'étais plus moi-même. Je n'avais qu'une idée, qu'une ambition : vous garder toujours auprès de moi. Je nourrissais l'illusion, pas totalement déraisonnable, de vous encourager à entrer au Royal College of Music. Et de partir pour Londres avec vous. Après trois ans d'aide pour lancer votre carrière de pianiste, je deviendrais votre agente. Toujours les mêmes mensonges que je me racontais à moi-même. C'était vous que je voulais. Voilà pourquoi j'ai conçu ce projet à Édimbourg. Une fois de plus, j'avais pu lui donner un semblant de rationalité. Vous ne trouveriez jamais quiconque vous comprenant si bien ou s'occupant de vous avec plus de dévouement. Ni vous ni moi ne trouverions ailleurs un plus grand épanouissement sexuel. Le mariage était à l'évidence l'étape suivante. Ç'avait toujours été le but ultime, et ce serait légal en Écosse. J'avais l'esprit tellement occupé par mes préparatifs que je ne m'attendais à aucune résistance de votre part. Je n'en avais pas l'habitude et j'ai été furieuse. Pourtant, au milieu de tout ça, j'élaborais un autre projet : vous laisser retourner à Berners, après quoi je reviendrais vers vous, je vous ramènerais à moi comme je l'avais déjà fait. Je vous retrouverais et nous continuerions comme avant. J'ai tenu quatre jours. Mais vous n'étiez pas à Berners le jour de la rentrée. Puis le secrétariat m'a appris que vous ne reviendriez jamais. J'étais désespérée. J'avais l'adresse de vos parents en Allemagne, mais je n'ai pas écrit. Ce fut mon unique acte de résistance réussi. »

Nouveau silence. Elle semblait attendre son jugement. Sa décision. Rien ne vint, et elle déclara : « J'ai quelque chose à ajouter, si vous pouvez l'entendre. Je ne sais pas si vous êtes allé dans une autre école ni ce que vous êtes devenu au fil des ans. Mais je sais que vous n'êtes pas devenu pianiste professionnel, concertiste. Je le sais parce que des années durant j'ai cherché, questionné à droite et à gauche dans l'espoir que le mal que j'avais fait puisse par miracle être atténué par votre succès. Mais il ne l'a jamais été. Il ne pouvait sans doute pas l'être. Et je regrette infiniment ce dont je vous ai privé, ce dont j'ai privé le monde de la musique, je regrette cette folie dans laquelle je vous ai entraîné. »

Il hocha la tête. Une immense lassitude s'emparait de lui. Ainsi qu'une sensation oppressante. Leur rencontre était souillée, biaisée par une histoire tue : la sienne. Il avait été ce jeune blanc-bec venu chercher une initiation sexuelle immédiate de peur que la fin du monde ne soit proche. Dans son minuscule cercle exclusivement masculin, elle était la seule femme à sa disposition. Séduisante, célibataire, portée sur l'érotisme. Arrivé très émoustillé, il avait été content et fier d'obtenir ce qu'il voulait. Quarante ans plus tard, il était venu accuser cette dame rangée, exiger sous la menace une séance d'autocritique. Tel un jeune garde rouge de la Révolution culturelle, sûr de son bon droit au sein d'une foule d'émeutiers, torturant un vénérable professeur chinois. Il était venu accrocher une pancarte autour du cou de Mlle Cornell. Mais non, tout cela était faux. L'autoaccusation et le remords coutumiers chez la victime. Il pensait en adulte. Ne pas oublier, c'était lui l'enfant, et elle l'adulte. Sa vie avait été altérée. Gâchée, diraient certains. Mais l'était-elle vraiment ? Mlle Cornell lui avait donné de la joie. Il était le laquais des orthodoxies ambiantes. Non, ce n'était pas cela non plus !

Le tumulte causé par le télescopage de ces réflexions contradictoires lui donnait la nausée. Il était incapable d'entendre une parole de plus d'elle et ses propres pensées lui étaient insupportables. Il se sentit les jambes lourdes en se levant du fauteuil. Lorsqu'il remit sa veste, Mlle Cornell se leva à son tour. C'était fini. Ils restèrent debout quelques instants, l'air hésitant, évitant le regard de l'autre.

Puis elle le raccompagna jusqu'à la porte d'entrée et l'ouvrit. « Une dernière chose, monsieur Baines, murmura-t-elle à toute vitesse. Elle m'est apparue clairement en votre présence, pendant que je décrivais ces événements. Ma décision est soudaine mais je sais que je ne changerai pas d'avis. Vous avez dit que si vous portiez plainte, vous entendriez mon récit au tribunal. Cela n'arrivera pas. J'en ai décidé ainsi pendant votre visite. En cas de poursuites contre moi, je plaiderai coupable. Pas besoin de procès.

Uniquement d'une condamnation. De toute façon vous avez les preuves et je ne peux rien contre elles. Mais il y a plus que cela. Mon mari est mort il y a sept ans. Nous nous sommes rencontrés trop tard pour avoir des enfants. Je n'ai ni frères ni sœurs, seulement quelques amis, d'anciens élèves et mes étudiants du Royal College of Music. Et mon orchestre de musiciens amateurs. Ce que j'essaie d'expliquer, c'est que je n'ai personne à ma charge. J'accepterai mon sort. Maintenant que je vous ai revu, je suis prête.

— Je m'en souviendrai », dit-il, avant de tourner les talons et de repartir à pied.

10

La progression de Roland Baines vers la soixantaine et au-delà prenait la forme d'un déclin prématuré. La plupart du temps il n'avait pas envie de sortir de chez lui. Il avait envie de lire – le soir quand il n'était pas de service à l'hôtel, tous les week-ends, au lit certains après-midi, la nuit par intermittence, au petit déjeuner devant un livre appuyé contre un pot de confiture. Il ne faisait pas de sport. Il avait pris huit kilos en quelques années, surtout autour de la taille. Il était moins solide sur ses jambes, comme partout ailleurs, poumons compris. Parfois il marquait une pause en montant l'escalier, convaincu de s'être arrêté pour réfléchir, se remémorer une phrase intéressante d'un roman, alors que c'était à cause de son souffle court et de ses douleurs dans les genoux. Mais sa tête restait solide. Huit ans après, son journal se portait bien et en était au tome quatorze. Il y recensait toutes ses lectures. Presque chaque semaine, il traversait le fleuve pour fouiner dans les librairies d'occasion ou assister à une lecture à la Poetry Society d'Earls Court ou au Southbank Centre, comme cela lui arrivait – quoique rarement – entre vingt et trente ans.

À l'époque, au milieu des années 1970, il se faisait une piètre opinion des écrivains britanniques. C'était une posture défensive et méprisante. Il les voyait dans les émissions culturelles de la télévision et lors d'apparitions publiques. Impossible de prendre au sérieux ces types en costume cravate ou veste de tweed qui gardaient chez eux leurs richelieus et leur gilet toute la journée, étaient membres de clubs comme le Garrick ou l'Athenaeum, habitaient une imposante villa du nord de Londres ou un manoir des Costwolds, s'exprimaient avec suffisance, comme on pouvait le faire après avoir pontifié toute sa vie au collège All Souls d'Oxford ; qui ne s'étaient jamais aventurés au-delà de leurs cinq sens en consommant une drogue autre que le tabac ou l'alcool, dont ils refusaient mordicus d'admettre qu'il s'agissait de substances psychoactives et addictives ; qui avaient, pour la plupart, fréquenté les deux mêmes vieilles universités où ils se connaissaient tous ; qui fumaient la pipe et rêvaient d'être anoblis. Trop d'écrivaines portaient un collier de perles et parlaient sur le ton énergique des présentatrices de radio pendant la guerre. Aucun, homme ou femme, ne prenait alors dans ses écrits selon lui le temps de s'émerveiller du mystère de la vie ou de redouter ce qui devait suivre. Ils se consacraient à des peintures superficielles de la société, à des tableaux sardoniques des différences de classe. Dans leurs contes sans envergure, la plus grande tragédie était une liaison orageuse ou un divorce. Seuls quelques-uns semblaient se soucier de la pauvreté, des armes nucléaires, de l'Holocauste, de l'avenir de l'humanité ou même du recul de la beauté des campagnes sous les assauts de l'agriculture moderne.

Quand il lisait bel et bien, il était plus à l'aise avec les morts. Il ne savait rien de leur biographie. Les morts vivaient en suspens au-dessus de l'espace et du temps, on ne pouvait se laisser troubler par les vêtements qu'ils portaient, l'endroit où ils habitaient ou la façon dont ils parlaient. En ces années-là, ses écrivains de prédilection étaient Kerouac, Hesse et Camus. Parmi les vivants, Lowell, Moorcock, Ballard et Burroughs. Ballard avait étudié au King's College de Cambridge, mais Roland le lui pardonnait, comme il lui aurait pardonné n'importe quoi d'autre. Il avait une vision romantique des écrivains. Ceux-ci devaient être, sinon des va-nu-pieds, des voyageurs sans bagages, sans attaches, libres, menant une vie vagabonde et marginale, contemplant l'abîme et disant au monde ce qui s'y trouvait. Ni des lords ni des dames emperlousées, à coup sûr.

Quelques décennies plus tard, il se montrait plus indulgent. Moins stupide. Une veste de tweed n'avait jamais empêché quiconque de bien écrire. Il croyait extrêmement difficile de réussir un très bon roman, et n'y parvenir qu'à moitié représentait déjà un exploit. Il déplorait que dans les journaux les responsables des pages littéraires chargent un romancier plutôt qu'un critique de recenser le travail d'un autre romancier. Il trouvait sinistre le spectacle offert par ces écrivains à la réputation mal assurée qui condamnaient l'œuvre d'un collègue pour se faire une place. Son moi ignorant de vingt-sept ans aurait ricané devant les auteurs nationaux qui avaient désormais sa préférence. Il lisait un à un tous ceux qui gravitaient autour des monuments du modernisme littéraire. Henry Green, Antonia White, Barbara Pym, Ford Madox Ford, Ivy Compton-Burnett, Patrick Hamilton. Certains lui avaient été conseillés longtemps auparavant par Jane Farmer, en souvenir de son passage à la revue *Horizon.* L'ex-belle-mère de Roland était morte malheureuse, de nouveau brouillée avec sa fille à cause de Mémoires écrits par Alissa – un récit impitoyable de son enfance à Murnau et à Liebenau. Il avait lu les romans peu connus d'Elizabeth Bowen et d'Olivia Manning en hommage à Jane, faute d'avoir pu assister à ses obsèques. Lawrence aussi avait été exclu. Cela valait mieux pour tout le monde, avait dit Alissa à Rüdiger, qui avait transmis le message à Roland.

À présent, en 2010, une semaine avant les élections législatives, il venait de renoncer à un après-midi de lecture pour aller distribuer des tracts dans le quartier de Lambeth. Il avait depuis longtemps quitté le parti travailliste mais glissait des professions de foi dans les boîtes à lettres, par fidélité au bon vieux temps, et parce qu'il avait promis de le faire. Il manquait d'optimisme et allait de maison en maison d'un pas las. On n'était pas encore en mai, il faisait trop chaud et il se sentait trop vieux pour cette tâche subalterne. Au siège local du parti, il n'avait vu aucun visage familier. Le nouveau parti travailliste était en bout de course, et son projet en panne. De bonnes choses avaient été accomplies et oubliées. L'Irak, les morts, les décisions irresponsables des Américains, les massacres sectaires avaient amené certains des meilleurs militants à rendre leur carte. Ces deux dernières années, on ne se préoccupait plus que de la crise financière. Les électeurs accusaient la dérégulation du secteur financier et la cupidité des banquiers, tout en votant de plus en plus à droite. Le désastre s'était produit sous un gouvernement travailliste. L'électorat en déduisait logiquement que les compétences économiques devaient se trouver ailleurs. Gordon Brown avait perdu son expression à la fois résolue et compatissante. Au siège local de Rosendale Street on disait que, depuis le début de la campagne, son « charisme » était porté disparu.

Dans la soirée Roland partit pour Somerset House écouter une conférence sur Robert Lowell. Il avait deux raisons d'y aller. La première était que vers 1972, longtemps avant qu'il ne reprenne sa culture générale en main, son amie Naomi l'avait emmené à une lecture par Lowell en personne de ses œuvres à la Poetry Society. Le poète aurait dû figurer tout en haut de la liste des auteurs méprisés. C'était un Bostonien chic, un intellectuel yankee. Mais il avait aussi été un opposant notoire à la guerre du Viêtnam, et lors de cette soirée sa distraction apparente, ou sa folie naissante, lui avait valu l'immunité. Entre deux poèmes il paraissait oublier l'endroit où il se trouvait ou s'en moquer et il improvisait sur *Le Roi Lear*, la classification scientifique des nuages, l'amour de la vie chez Montaigne. Lowell était un héros de la culture, le dernier poète anglophone capable de parler au nom d'une nation jusqu'à ce que la réputation de Seamus Heaney soit établie. À la fin, comme à la demande du public, alors que personne dans l'auditoire n'avait pris la parole, il avait lu « Pour les morts de l'Union » avec sa voix nostalgique, chantante et nasillarde de Bostonien, qui emportait le poème jusqu'à la strophe finale aux vers déjà célèbres : *Partout, / des voitures géantes à ailerons ondulent tels des poissons ; / une servilité barbare / passe en glissant sur un sol gras.*

Ce soir-là, il s'agissait d'une conférence donnée par un professeur de l'université de Nottingham. Le sujet annoncé était *Le Dauphin*, recueil de 1973 pour lequel Lowell avait pillé, plagié et remanié les lettres angoissées et les appels téléphoniques d'Elizabeth Hardwick, sa femme, qu'il quittait pour une autre, Caroline Blackwood. Celle-ci était enceinte de lui et il avait décidé de l'épouser. Le sujet au sens large était l'absence de scrupules des artistes. Devons-nous pardonner ou ignorer leur acharnement ou leur cruauté au service de leur art ? Et sommes-nous d'autant plus tolérants que cet art est grand ? C'était la seconde raison de la présence de Roland.

Le professeur fit une lecture plutôt réussie d'un poème, un sonnet du *Dauphin*. Déroutant, de reconnaître que ce poème était magnifique et n'aurait sans doute pas existé si Lowell avait eu plus d'égards pour les sentiments de Hardwick. Puis le conférencier lut un extrait d'une lettre d'elle empreinte de tristesse, dont le poème était inspiré. Certains passages avaient été repris mot pour mot. Il lut également quelques lettres envoyées à Lowell par des amis – Elizabeth Bishop : « choquant… cruel » ; dans une autre : « d'une cruauté trop intime », et dans une troisième : ces poèmes « vont anéantir Hardwick ». D'autres amis pensaient que le poète devait maintenir la publication, considérant qu'il le ferait de toute façon. Pour lui trouver des circonstances atténuantes, le conférencier mentionna les nombreuses hésitations de Lowell avant de prendre sa décision, le temps qu'il lui avait fallu, les diverses modifications, dont plusieurs réécritures et réagencements, ainsi que l'idée de s'en tenir à une édition limitée. Pour finir, les amis de Lowell avaient peut-être raison : il fit ce qu'il avait toujours compté faire. Elizabeth Hardwick, sans avoir été consultée, découvrit ses propres mots noir sur blanc dans le recueil. Harriet, la fille qu'elle avait eue avec Lowell, y figurait elle aussi. Aux yeux d'un critique, elle apparaissait comme « l'un des personnages d'enfant les plus désagréables que l'on ait vus ». La poétesse Adrienne Rich condamna *Le Dauphin* comme étant « l'un des actes les plus vindicatifs et mesquins de l'histoire de la poésie ». Alors qu'en était-il désormais, trente-sept ans plus tard ?

De l'avis du professeur, *Le Dauphin* était l'un des plus beaux recueils du poète. Aurait-il dû être publié ? Il croyait que non et ne voyait aucune contradiction à le dire. Quant à savoir si l'opinion que l'on avait de la conduite de Lowell devait être tempérée par la qualité de l'œuvre finale, il pensait que ce n'était pas une question pertinente. Que d'un comportement cruel naissent des poèmes superbes ou exécrables ne changeait rien. Un acte cruel restait un acte cruel. La conférence se termina sur ce jugement. Un murmure – de plaisir sembla-t-il – parcourut l'auditoire. Il était agréable d'éprouver des sentiments ambivalents dans un contexte à ce point civilisé.

Une première intervenante se leva. Il y avait un sujet tabou, déclara-t-elle. À coup sûr, la discussion devait porter sur l'attitude des artistes hommes envers leurs épouses, leurs compagnes et les enfants qu'ils avaient contribué à mettre au monde. Ces hommes fuyaient leurs responsabilités, avaient des aventures, buvaient ou devenaient violents, et se retranchaient comme de bien entendu derrière les exigences de leur noble vocation, de leur art. Historiquement, on avait très peu d'exemples de femmes ayant sacrifié autrui à leur art et elles encouraient alors une réprobation sévère. Elles risquaient davantage de s'en prendre à elles-mêmes, de se refuser le droit d'être mères, pour devenir artistes. On jugeait les hommes avec plus d'indulgence. Dès qu'il était question d'art, de poésie, de peinture ou autre, on avait simplement affaire à un cas banal de domination masculine. Les hommes voulaient tout : enfants, réussite, femmes entièrement dévouées à leur créativité. Applaudissements nourris. Le professeur semblait perplexe. Il n'avait pas envisagé le problème en ces termes, ce qui était surprenant puisqu'une nouvelle vague de féminisme avait gagné les universités une génération plus tôt.

Pendant qu'il en débattait avec son interlocutrice, Roland préparait de son côté sa propre intervention. À cette perspective son cœur battait plus vite. Il avait déjà sa phrase d'introduction. Je suis Hardwick au masculin. Ça lui vaudrait peut-être quelques rires, mais il n'avait pas de vraie question. Il voulait faire une déclaration, justement ce que le modérateur leur avait demandé au début de cette séance d'échanges d'éviter. J'ai été marié à une écrivaine dont le nom vous sera familier. *Pas de plaidoyers s'il vous plaît.* Elle m'a abandonné ainsi que notre bébé et je peux vous dire en connaissance de cause que vous vous trompez. Il faut le vivre pour comprendre : le facteur absolument déterminant est la qualité de l'œuvre. *Voulez-vous s'il vous plaît en venir à votre question, monsieur ?* Être quitté pour une œuvre médiocre serait le pire affront. *Bon, question suivante.* Oui, je lui ai pardonné parce qu'elle avait du talent, voire du génie. Il fallait qu'elle nous quitte pour s'accomplir.

Mais il n'avait pas réagi assez vite. D'autres mains se levaient pour d'autres questions. Roland avait raté une occasion et finit par douter de lui-même. Il n'avait pas réfléchi en profondeur à cette affaire depuis des années. Peut-être ne croyait-il plus à sa propre version. Il était temps de la reconsidérer. Cette foi en les vertus du pardon avait pu être sa façon de protéger sa fierté, de s'armer contre l'humiliation. Ce qui était vrai de Robert Lowell aux yeux du professeur devait l'être d'Alissa Eberhardt. Des romans géniaux, une conduite inexcusable. Mais la confusion régnait dans son esprit.

Dans le taxi du retour, il reconnut que ce qui s'était passé entre Alissa et lui n'avait pas de rapport. Il s'était écoulé trop de temps. Une affaire classée sans suite. Ce que lui ou quiconque en pensait n'y changeait rien. Les dégâts éventuels, c'était Lawrence qui les avait subis. Leur fils posait un autre problème en traversant tant bien que mal, avec des hauts et des bas, comme son père avant lui, la fin de l'adolescence et l'entrée dans l'âge adulte. Une succession de petits boulots, de compagnes, et un pays d'adoption, l'Allemagne. Il avait voulu s'installer un temps quelque part, finir par décrocher l'examen des A Levels et un diplôme universitaire. Une licence d'arabe. Puis, ayant besoin de gagner sa vie, plutôt l'informatique. Après quoi il avait redécouvert sa passion pour les maths, pour une branche noble de la théorie des nombres sans aucune application pratique – d'où l'attrait. Mais ces quatre dernières années ses objectifs s'étaient précisés. Le climat le préoccupait. Il comprenait les courbes, les probabilités, l'urgence. Il était parti pour Berlin et l'Institut de recherche de Potsdam sur les effets du changement climatique. Par miracle, compte tenu de la rigueur allemande en ce domaine, il avait convaincu quelques personnes, grâce à une intéressante démonstration mathématique, de lui confier la machine à café et un poste d'assistant de recherche en bas de l'échelle jusqu'à l'obtention de sa licence. Le soir il était serveur dans le quartier Mitte.

Comment juger de la réussite chez les jeunes ? Il se maintenait en forme, était attentionné, réservé, fiable et souvent, comme son père, à court d'argent. Tout le monde n'avait pas besoin d'une licence de mathématiques décrochée à Cambridge. Pour Lawrence, beaucoup de choses avaient découlé de la rencontre à seize ans d'une jeune Française dans un train.

Roland trouvait que son fils choisissait mal ses compagnes. Lawrence l'aurait nié mais il préférait le danger, la crudité, l'instabilité, les émotions extrêmes. Certaines étaient des mères célibataires au passé compliqué. Comme Lawrence, et comme son père d'ailleurs, elles étaient sans profession (Roland ne se considérant pas comme un musicien), sans compétences exploitables, sans argent. Ces liaisons explosaient souvent en vol, chaque fois de manière plus ou moins spectaculaire. Les ex-compagnes de Lawrence ne devenaient pas des amies. En cela au moins, il était différent de Roland. Toutes disaient qu'il ferait un père merveilleux. Mais chaque dénouement donnait l'impression qu'elle et lui l'avaient échappé belle. Et que c'était une chance qu'ils n'aient laissé aucun enfant derrière eux.

Le Vauxhall Bridge était fermé pour cause de travaux de voirie et un accident bloquait la circulation sur le Chelsea Embankment. Il était plus de vingt-trois heures trente quand le taxi de Roland s'arrêta devant sa maison. Entrant par l'endroit où se trouvait naguère son portillon – volé deux ans plus tôt – et passant sous le robinier, qui empêchait désormais la lumière directe du soleil de pénétrer à l'étage, Roland se sentit anormalement agité à cette heure de la nuit. Il aurait aimé appeler quelqu'un mais il était bien trop tard. Et Daphné était à Rome pour un colloque sur le logement. Peter l'accompagnait, explorant la scène politique locale à la recherche d'europhobes. Les simples sceptiques ne lui suffisaient pas. Trop tard également pour appeler Lawrence. Lui aussi avait une heure d'avance.

Quant à Carol, ses longues journées commençaient tôt. À la tête d'une chaîne de la BBC, elle se couchait souvent dès vingt-deux heures. Mireille était à Carcassonne auprès de son père mourant. Joe Coppinger assistait à un congrès en Corée du Sud. John Weaver de Vancouver, un vieil ami, enseignait sûrement tout l'après-midi.

Sur la table de la cuisine, les vestiges du déjeuner de Roland. Alors qu'il mettait symboliquement deux ou trois assiettes dans l'évier, il comprit qu'il aurait du mal à trouver le sommeil. Cette conférence sur Lowell avait fait remonter le passé, lui rappelant son existence informe. À la même heure il se préparait d'habitude une infusion de menthe, la montait dans sa chambre et lisait jusque tard dans la nuit. Ce soir-là il s'autorisa à prendre un whisky. Il lui fallut quelques minutes pour retrouver la bouteille, cadeau de Noël vieux de cinq mois, à peine entamée. Il l'emporta au salon avec un pichet d'eau et un verre.

Un an avant sa mort, après s'être brouillée avec sa fille, Jane l'avait contacté. Elle supposait qu'ils partageaient les mêmes griefs. Quand il avait évoqué son admiration pour l'œuvre d'Alissa, elle avait fait la sourde oreille. Elle-même avait procédé à une réévaluation complète et définitive : les romans de sa fille étaient ennuyeux et surfaits. Jane et lui avaient continué à s'appeler de temps à autre jusqu'à l'aggravation de sa maladie. Elle n'oubliait jamais de demander des nouvelles de Lawrence, et à Roland ce qu'il devenait, mais son réel centre d'intérêt était la perfidie d'Alissa. Jane se sentait profondément incomprise, voire persécutée. De sombres soupçons la tourmentaient. Certains petits objets ayant une valeur sentimentale avaient disparu de la maison. Il se pouvait, selon elle, qu'Alissa soit venue la nuit.

« Depuis la Bavière ?

— Les écrivains ont tout leur temps. Elle connaît la maison et sait comment me faire du mal. J'ai changé les serrures mais elle réussit quand même à entrer. »

Une sorte de démence sénile. De paraphrénie. Il avait déjà remarqué cette paranoïa agressive des gens âgés. Mais Jane avait raison sur l'essentiel. Alissa lui avait donné un coup de poignard – elle avait nommément accusé sa mère dans des Mémoires devenus un best-seller. Le livre serait réimprimé des années durant, prétendait Jane. Ses passages les plus sévères, relayés par des blogs littéraires, des tweets, des critiques et sur Facebook, dureraient aussi longtemps que la civilisation. Des lettres anonymes d'habitants malveillants étaient arrivées au courrier. À la *Bäckerei,* la vendeuse avait un sourire narquois chaque fois que Jane entrait acheter son pain. Des amis apportaient leur soutien mais étaient atterrés par ce qu'ils avaient lu et ne savaient que penser. Elle ne se trompait sans doute pas en se disant objet de commérages.

À Murnau décrivait une Bavière rurale où des nazis de province, trop bas dans la hiérarchie pour avoir intéressé les tribunaux de Nuremberg, avaient discrètement réintégré, à la fin des années 1940 et au début des années 1950, le gouvernement local, les industries et les chambres d'agriculture de la région. Alissa les nommait tous, mentionnant leur rôle pendant et après la guerre. À tous les niveaux chacun demeurait dans le déni à propos de ce qui s'était passé. Un passage du livre reprenait ce qu'Alissa avait un jour évoqué devant Roland : certaines rues, certaines maisons vides, peuplées par les fantômes de ceux que l'on avait déportés vers une destination innommable. Nul ne parlait d'eux. Les habitants se souvenaient tous du nom et du visage de ceux qui avaient autrefois été leurs voisins, et ils connaissaient donc bien ces fantômes et les enfants de ces fantômes. Les Américains des bases militaires locales étaient haïs, alors que l'argent du plan Marshall était le bienvenu. Une façon de distinguer les donateurs de leur don. Engendré par le redémarrage de l'économie, l'appétit pour la prospérité, pour les biens de consommation, avait enfoui plus profondément cette mémoire collective. Les meurtriers reconstruisaient le pays sur des fondations emplies de cadavres. Un territoire parfaitement cartographié par les historiens et les romanciers – Alissa citait avec déférence *Notre philosophe*, le roman de Gert Hofmann. La nouveauté de son côté à elle, c'était sa prose exceptionnelle, son lyrisme amer. Elle méprisait l'opinion selon laquelle, durant les premières années de l'après-guerre, la reconstruction de l'Allemagne n'avait pu se faire qu'au prix d'une amnésie collective.

Elle entrait ensuite dans les détails. Les chapitres prenaient un tour personnel. Alissa était écartelée entre deux directions. La notoriété exagérée de la Rose blanche la mettait en colère. C'était un cache-sexe pour l'obscénité du déni national. Dans le même temps, elle accusait son père d'avoir désavoué le mouvement, qu'il avait soutenu avec courage, mais seulement à partir de 1943. Heinrich, bourgeois respectable devenu gros et paresseux, redoutait d'être mal vu des anciens nazis de sa clientèle, certains étant maires de communes voisines où à la tête d'associations de juristes. Dans le portrait fait par Alissa, Heinrich ressemblait presque trait pour trait à un dessin de Georg Grosz, loin de l'homme dont Roland se souvenait, servant du schnaps au coin du feu, aimable, tolérant, de bonne composition, souvent perplexe, voire intimidé devant sa femme et sa fille. Selon Alissa, il était déçu d'avoir eu une fille plutôt qu'un fils. Il avait peu pris part à l'éducation de celle-ci, ne lui avait jamais prodigué d'encouragements, l'écoutait avec un air de profond ennui. De fait, il ne semblait jamais entendre ce qu'elle disait. Il l'avait laissée à la merci de sa mère.

Alors commençait le véritable règlement de comptes. *À Murnau* présentait Jane comme une femme aigrie, rongée de l'intérieur par un sentiment d'échec. Ses ambitions et son potentiel littéraires n'avaient pas été ruinés par ses propres décisions. C'était sa fille qui avait tout détruit. La petite Alissa avait souffert dans un foyer froid et sans amour. Les punitions maternelles étaient fréquentes – claques sur les jambes, interdiction de quitter sa chambre des heures durant, rares récompenses annulées par caprice pour des crimes qu'elle avait oubliés. Elle qui quêtait la tendresse de sa mère avait grandi dans l'ombre immense de sa rancœur. Son enfance s'était déroulée sans sorties ni vacances, ni plaisanteries, ni repas de fête, ni histoires au coucher. Personne ne la câlinait jamais. Sa mère vivait dans la cage d'un ressentiment muet. Même quand Alissa avait coupé les ponts en partant pour Londres, le poids glacé de la main maternelle pesait sur sa détermination. Elle avait mis tellement de temps à écrire ses deux premiers romans, si médiocres dans leur conception et si timides, comme en forme d'excuse.

Le jour où, jeune mère à son tour, elle avait laissé mari et enfant derrière elle à Londres pour se rendre à Liebenau et affronter Jane constituait un épisode marquant du livre : dramatique, intense, bouillonnant d'émotions trop longtemps contenues. C'était cette scène-là qui avait retenu l'attention des critiques. Seule Eberhardt, d'après eux, pouvait réussir si adroitement, avec une telle finesse, à évoquer la souffrance et la colère, les nombreux sentiments contradictoires, l'incompréhension mutuelle. Ce qui intéressait Roland, c'était la proximité entre le récit d'Alissa et celui que Jane lui avait fait tant d'années auparavant, par cette chaude soirée dans son jardin.

Les Mémoires d'Alissa étaient devenus un best-seller en Allemagne et dans d'autres pays, dont la Grande-Bretagne. L'enfance exécrable d'autrui était une consolation pour beaucoup, mais aussi un moyen d'explorer ses émotions, et l'expression de ce que chacun savait tout en ayant besoin de continuer à l'entendre : nos débuts nous façonnent et doivent être affrontés. Roland était sceptique, et pas seulement par loyauté envers Jane. Dans les années 1950, peu de pères s'impliquaient auprès de leurs enfants, leurs filles surtout. Les étreintes, les marques d'affection étaient considérées comme trop démonstratives, et gênantes. Sa propre enfance était typique. Les tapes sur les jambes, la fessée étaient courantes. Les enfants, même très aimés, devaient être dressés, pas écoutés. Hors de question de se lancer avec eux dans des conversations sérieuses. Ils n'étaient pas des êtres à part entière, car ils ne faisaient que passer, protohumains transitoires, engagés année après année, interminablement, dans le processus sans grâce du devenir. C'était ainsi. C'était un mode d'éducation. Jugé laxiste à l'époque. Un siècle auparavant, les parents se devaient de briser la volonté d'un enfant en le battant. Pour Roland, ceux de ses concitoyens que cela démangeait de revenir aux siècles passés, entre 1850 et 1950, devraient y réfléchir à deux fois.

Il trouvait qu'*À Murnau*, quoiqu'une lecture captivante, était le moins réussi des livres d'Alissa. D'une dramatisation atypique. Il avait conscience de la rudesse de Jane, mais elle n'était pas cruelle. Nommer sa mère, mentionner le village et la maison, était une grave erreur de la part d'Alissa. Un mois après les obsèques de Jane, Roland avait rencontré Rüdiger au bar américain poussiéreux du Stafford Hotel près de Green Park. Le succès de ses Mémoires avait suscité chez l'auteure un certain remords, qui s'était accru lors des funérailles de sa mère, où Alissa avait constaté que la plupart des amis de Jane ne venaient pas la voir. Lors de la veillée funèbre, Rüdiger l'avait informée des lettres d'insultes que Jane avait reçues.

« Mais seulement parce qu'Alissa m'a posé la question. Sinon je n'aurais rien dit.

— Quelle a été sa réaction ?

— Elle est comme beaucoup d'écrivains talentueux. Ils ont une certaine naïveté, savez-vous ? Elle brûlait d'envie d'écrire ce bouquin. Elle n'a pas réfléchi aux conséquences, même quand on l'a mise en garde. »

Rüdiger, entièrement chauve et plutôt corpulent, en imposait ; il était désormais P-DG de Lucretius Books. Il pouvait se permettre cette distance critique envers son auteure. Il en avait d'autres. « Elle a décidé après les obsèques qu'il fallait retirer le livre des librairies, mettre les invendus au pilon. Nous l'avons convaincue que ça donnerait une mauvaise image d'elle. Comme l'aveu d'une terrible faute. Nous avons insisté. Le mal était fait. Elle devait aller de l'avant. Peut-être écrire un autre livre sur sa mère. »

*

Il était une heure du matin. Le whisky de Roland, une modeste dose très diluée, devait être le verre du coucher, un petit shot. Mais la bouteille était à portée de main et il se versa une dose supérieure, prenant soin de ne pas trop ajouter d'eau. Contre toute attente, Alissa avait un avocat en la personne de Lawrence. Au téléphone il avait dit à son père être ému par ses Mémoires. Il trouvait le scepticisme de Roland « déplacé ». Contrairement à son habitude, il n'avait pas mâché ses mots.

« Tu n'étais pas là. Tu as fait la connaissance d'Oma et d'Opa des années après, alors qu'ils s'étaient adoucis, comme ça arrive aux gens. Et ça ne change rien de dire que c'était la façon dont les parents traitaient leurs gosses à l'époque. Il s'agit de son expérience à elle. Elle parle au nom de toute une génération. Et si les mœurs de l'époque étaient nulles, ça n'effleurait pas une gamine de huit ans envoyée dans sa chambre sans dîner. C'était sa vie et elle a le droit de décrire l'effet que ça lui faisait.

— Sa vérité.

— Ne me sors pas ça, papa. *La* vérité. J'ai des copains qui m'ont raconté leur enfance de merde avec des parents horribles. Et puis je les rencontre, et il n'y a pas plus gentil qu'eux. Je ne vais pas penser pour autant que mes copains sont des menteurs qui se font des films. En tout cas, je crois que tu as d'autres motifs de ne pas aimer ce livre.

— Peut-être. »

Lors de cette conversation Lawrence était quelque part dans le Midwest américain pour un colloque sur l'agriculture et le changement climatique. Roland ne l'avait pas vu depuis six mois et ne souhaitait pas se disputer avec lui au téléphone. Son fils avait de meilleures raisons que lui de ne pas aimer ces Mémoires. Qu'il soit touché par le livre était admirable et généreux de sa part. Mais si Jane avait fait du mal à sa fille, que dire du mal que sa fille avait fait à son propre fils ? Où était l'objectivité de la romancière ? Et ce qui valait pour les mères valait aussi pour le père. La vie mouvementée et marginale de Roland, ses études interrompues et sa monogamie à répétition étaient devenues celles de Lawrence. Pas exactement un cadeau.

Dès qu'il accédait à un détachement agréable comme celui induit par le whisky à la fin d'une journée fatigante, il tendait à penser qu'au moins, le mystère de la vie d'Alissa était toujours intéressant. Il n'y avait dans son existence personne qui lui ressemblait, même de loin. Personne d'aussi radical, Miriam mise à part. La plupart des gens, lui compris, prenaient la vie comme elle venait. Alissa s'y refusait. Il ne l'avait pas revue depuis cette fameuse nuit dans une impasse berlinoise, alors que le Mur s'écroulait en cinquante endroits différents. Voilà presque vingt et un ans. Il ne la reverrait sans doute jamais. Cela avait en soi quelque chose d'un conte de fées. Alissa était quelqu'un. Elle occupait en quarante-cinq langues une certaine place dans le cerveau de plusieurs millions de personnes.

Elle resurgissait dans sa vie à la publication de la traduction anglaise de chaque nouveau livre, environ tous les trois ans, et avec les coupures de presse qu'un assistant de Rüdiger faisait suivre de temps à autre. Roland avait depuis longtemps demandé qu'on ne lui envoie pas le dossier de presse complet. Dans l'intervalle, elle lui traversait rarement l'esprit. Tout ce qu'il lisait sur elle nuisait à sa tranquillité et l'amenait à se disperser. L'année précédente représentait un bon exemple. Un article du *Frankfurter Allgemeine Zeitung* était arrivé, un long essai sur le prix Nobel de littérature se terminant par des spéculations sur le nom qui serait annoncé en octobre. Chaque année des rumeurs circulaient, pas toujours infondées. Suivait la liste des habitués : Roth, Munro, Modiano. Mais, concluait l'auteur de l'article, l'heure était sûrement venue d'honorer à nouveau la langue allemande. Aucun lauréat germanophone depuis Elfriede Jelinek. Qui d'autre cette année sinon Alissa Eberhardt ? Bien sûr ! Le matin même, Roland était allé à pied chez un bookmaker de Clapham High Street et avait demandé quelle était la cote. La dame avait dû aller se renseigner par téléphone. Cette écrivaine ne figurait pas sur leur liste. La réponse était venue du siège national. Cinquante contre un. Il avait misé la somme extravagante de cinq cents livres. Un huitième de ses économies de toute une vie. Vingt-cinq mille livres à tirer, telle de l'ambroisie, du fruit de la réussite de son ex-femme – au moins y aurait-il une certaine justice. Octobre venu et l'annonce faite, la langue allemande avait bel et bien été honorée mais pas en la personne d'Alissa. À sa place, Herta Müller. Dommage. Pas le genre de justice qu'il avait espéré. Il avait dû se résoudre à voir dans ce pari perdu un verdict équitable confirmant l'échec de leur union.

Trente ans plus tôt il se serait versé un troisième whisky, puis un quatrième bien tassé, et aurait eu la nuit devant lui, comme durant les mois après le départ d'Alissa. Mais quand il se leva enfin, avec un vertige à cause de ce mouvement soudain, son deuxième verre était encore aux trois quarts plein. Mieux valait que le whisky soit là que dans son estomac, prêt à perturber son sommeil. Il prit sur une étagère son exemplaire du *Dauphin* et monta dans sa chambre, bâillant et éteignant les lampes au passage. Il avait un jour entendu une amie proche de Lowell raconter à la radio qu'un matin où elle lui rendait visite à l'hôpital, elle l'avait trouvé assis dans son lit, en train de s'enduire les cheveux de confiture d'oranges. Complètement fou et pourtant ses poèmes étaient magnifiques. Écoutant cela longtemps auparavant, et au souvenir de ses propres poèmes, Roland s'était parfois dit qu'il y avait de l'espoir pour lui.

*

Quand il revenait sur les premières années du nouveau millénaire, il se rappelait souvent les deux minutes de silence à Russell Square en l'honneur des victimes des attentats à la bombe dans le métro et dans un bus. S'il tentait de se remémorer cet épisode, il revoyait toujours l'épave du bus à proximité, entourée d'un périmètre de sécurité, une scène de crime où la police scientifique s'affairait encore. Les images des médias et les faux souvenirs se superposaient. En réalité le bus avait explosé ailleurs, à Tavistock Square, et avait été transporté en lieu sûr pour les besoins de l'enquête.

Ce matin de juillet 2005, des pensées intrusives étaient venues converger dans les jardins où se trouvait Roland avec plusieurs centaines d'autres. Pendant ces minutes de silence il essayait de se concentrer sur les morts et les motivations insondables de leurs assassins « sans signes particuliers », mais la maladie de sa mère faisait constamment irruption. La maladie et la mort lui occupaient beaucoup l'esprit. Jane était morte le mois précédant les attentats. Rosalind avait connu des années durant un lent déclin, mais qui s'accélérait. Longtemps elle avait bouleversé dans ses propos grammaire et signification. Sa conversation pouvait être pleine de lyrisme, comme un poème obscur d'E.E. Cummings. Ces derniers temps elle parlait à peine. Et sa respiration devenait un sujet d'inquiétude.

Il était resté derrière la foule, près des grilles de Russell Square, afin de s'éclipser rapidement. Il devait retrouver son frère et sa sœur dans l'ouest de Londres. Susan avait, disait-elle, une grande nouvelle au sujet de leur passé. Impossible d'en parler au téléphone. Ils rendraient visite à Rosalind puis iraient dans un café. Susan devait aller chercher un de ses petits-enfants à l'école et lui avait demandé de ne pas être en retard.

Henry et Susan l'attendaient à la station de métro Northolt. Là ils prirent la voiture de Henry pour rejoindre la maison de retraite, trois anciens pavillons mitoyens dans une rue résidentielle. En chemin, après quelques échanges décousus, le silence. Une aide-soignante les conduisit jusqu'à la minuscule chambre de leur mère où ils s'entassèrent. Elle était assise dans un fauteuil, tournant le dos au lavabo. Elle baissait tant la tête que son menton touchait sa poitrine. Même les yeux ouverts, elle ne semblait pas consciente de la présence des visiteurs qui prenaient place autour d'elle, Susan et Roland sur le lit, Henry sur une chaise apportée par l'aide-soignante. La pièce sentait le désinfectant. Susan était assise le plus près d'elle. Elle posa la main sur celle de sa mère et tenta de dire bonjour d'un ton enjoué. Roland et Henry firent chorus. Aucune réaction. Elle émit un fredonnement, puis un mot que ses enfants ne comprirent pas, puis moins qu'un mot, un son de voyelle, *ah, ah, ah.* Puis seulement le bruit de sa respiration, rapide et superficielle, avec un raclement à cause des mucosités bloquées dans sa trachée-artère. Sa tête se baissa davantage. Ils restèrent assis à la regarder comme s'ils attendaient qu'elle s'anime. Il n'y avait rien à dire. Parler entre eux semblait inconvenant. Roland supposa qu'il ne la reverrait pas vivante mais cela ne l'empêcha pas d'avoir envie de partir au bout de dix minutes. Au contraire.

À ses yeux elle était déjà morte et il la pleurait déjà, mais il ne pouvait le faire en sa présence. Il ne voulait pas être le premier à se lever. Un sentiment, non pas de la nécessité de prendre congé dignement, mais d'être polis, les retenait là. Roland avait passé beaucoup d'heures dans cette chambre surchauffée. Depuis des années la vie de sa mère était une longue marée descendante. En se retirant elle laissait derrière elle des flaques de souvenirs. La plus grande, qui aurait dû contenir le demi-siècle de son mariage avec Robert Baines, était absente. Elle avait disparu très tôt, à une époque où Rosalind reconnaissait encore ses enfants, mais pas ses petits-enfants, et se rappelait d'autres périodes isolées de son existence. Quand Roland se hasardait à faire allusion à son père, elle ne parlait que de Jack Tate. Susan avait accroché au mur la photo de son père à elle. Les anecdotes de Rosalind sur son premier mari étaient sensées. Elle les avait racontées à Roland longtemps avant de tomber malade. Toutes les flaques ne contenaient pas les souvenirs d'un passé lointain. Elle gardait celui d'une visite à Kew Gardens avec Roland cinq ans plus tôt. Et celui de sa propre mère, décédée en 1966, restait également vif et source d'angoisses pour elle. Cela faisait trop longtemps qu'elle ne l'avait pas vue, il fallait qu'elle aille au village lui faire une visite, car elle devait maintenant être si vieille et si frêle. Parfois Rosalind emplissait un sac plastique de cadeaux et de choses essentielles pour les lui apporter. Une pomme, des gâteaux secs, des dessous propres, un crayon, son réveil. Glissés dans le sac, quelques bouts de papier pliés dont elle prétendait que c'étaient des tickets de bus.

L'aide-soignante vint prendre le relais. Le second service du déjeuner commençait, annonça-t-elle, et ils allaient devoir partir. Roland verrait donc sa mère pour la dernière fois ainsi, affalée devant une table avec une douzaine de vieillards bavardant à tue-tête. Il paraissait impossible qu'elle puisse manger. Elle avait toujours la tête penchée en avant et les yeux ouverts, comme sa bouche. Elle fixait la purée contenue dans un bol et n'entendit pas ses enfants lui dire au revoir. Roland déposa un baiser sur sa tête, si fragile et froide, et remarqua une nouvelle fois l'importante calvitie au sommet de son crâne. Cela lui fit du bien de sortir dans la rue ombragée et encombrée de voitures en stationnement. Tant qu'il était avec son frère et sa sœur, il ne ressentait pas grand-chose. Il faudrait qu'il soit seul. Eux aussi sans doute car, alors qu'ils se dirigeaient vers le café, Susan et Henry évoquèrent d'autres maisons de retraite dont ils avaient entendu dire qu'elles étaient moins bien tenues et plus chères que celle-ci.

Le café occupait l'ancien magasin en faillite d'une association caritative. Deux amies de Susan « tentaient leur chance », pour un loyer modique. C'était un endroit triste qui s'efforçait de donner le change avec des nappes en vichy rouge, des pots de géraniums et, dans des cadres sur un mur, plusieurs phrases humoristiques au graphisme psychédélique dont un pub local avait dû faire don. *Pas besoin d'être fou pour travailler ici mais ça aide.* Roland ne quittait pas des yeux cette apostrophe, surpris d'être ému. Ils faisaient tous de leur mieux pour s'en sortir avec ce qu'ils avaient.

Il n'était pas d'humeur à entendre une grande nouvelle. Ils s'étaient serrés autour d'une table trop petite et avaient commandé du thé. Personne n'avait faim. La vue du déjeuner de sa mère servi sous forme de purée dans un bol en plastique avait donné la nausée à Roland. Il semblait aller de soi que la nouvelle de Susan ne pourrait être annoncée qu'après l'arrivée du thé. Henry et elle auraient bientôt soixante-dix ans. Tout sur leur visage, dans leur posture et leurs propos augurait de son propre avenir dans dix ou douze ans. Mais ils s'en tiraient bien, se dit-il pour se rassurer. Après un premier mariage malheureux, une séparation calamiteuse dont il n'était plus jamais question, le bonheur la deuxième fois, alors que lui continuait sa route seul avec une énergie et une détermination réduites. Au moins avait-il un groupe d'amis, dont d'anciennes compagnes, avec qui dîner à l'occasion. Mais au fil des ans certains d'entre eux s'étaient à leur tour installés dans la tranquillité d'un deuxième ou d'un troisième mariage et il les voyait moins.

Quand le thé fut devant eux, dans des tasses blanches trop brûlantes pour y toucher, Susan sortit de son sac à bandoulière une enveloppe en papier kraft. Elle avait reçu une lettre d'un certain lieutenant-colonel Andrew Brudenell-Bruce de l'Armée du salut. Il avait pour mission d'aider certaines personnes à retrouver leur famille perdue de vue. Depuis quelque temps il s'occupait d'un dossier qui pouvait la concerner. Il avait retrouvé Susan grâce au nom de famille inhabituel de son premier mari : Charne. Si le nom de jeune fille de sa mère était bien Rosalind Morley, originaire d'Ash dans le Hampshire, alors cela l'intéresserait peut-être d'apprendre qu'elle avait un frère. Il avait été adopté peu après sa naissance en novembre 1942. Il s'appelait Robert William Cove et aimerait faire connaissance avec sa famille biologique. Le lieutenant-colonel Brudenell-Bruce lui assurait que, si elle ne souhaitait pas être contactée par ce monsieur, le dossier serait clos et elle n'en entendrait plus parler. Si elle souhaitait donner suite, il se ferait un plaisir de les mettre en contact.

Henry et Susan échangèrent un regard. 1942 : l'année où ils n'étaient déjà plus chez eux et avaient commencé à vivre une enfance morcelée. Loin de leur mère, loin l'un de l'autre. Au début des années 1940, leur père participait à la guerre du Désert. Une évidence, donc. Rien que les prénoms. Robert, bien sûr. Et William, celui du père du commandant et d'un frère plus âgé. Susan et Henry regardèrent Roland et il acquiesça de la tête. C'était son frère biologique à *lui*.

Il rompit le silence d'une voix à peine audible. « Eh bien… »

Eh bien quoi ? D'abord la stupidité. C'était d'une telle évidence qu'il lui semblait avoir déjà entendu cette histoire sans y prêter attention. À moins qu'il n'ait été trop protégé des vieilles histoires de famille pour comprendre ce qu'on lui disait. Ou qu'il n'ait pas voulu savoir. Cette nouvelle n'était pas un choc, pas encore. Plutôt une accusation. Quand Rosalind était venue séjourner à Clapham après les obsèques du commandant – Roland essayait de réfléchir tandis qu'ils étaient tous trois assis en silence –, elle ne s'était pas trompée sur l'année, 1941, de sa première rencontre avec Robert Baines. Leur mère avait simplement oublié de mentir. Elle s'était souvenue de taire la naissance de ce bébé mais avait failli lui révéler la vérité. Ses enfants avaient été envoyés loin d'elle « le temps que j'essaie de réorganiser ma vie ». Qu'est-ce que cela pouvait signifier d'autre ? S'il avait été attentif, une question intelligente pour en savoir plus aurait donné la clé de l'histoire. Sa mère avait envie de la raconter. Il y avait sûrement eu d'autres occasions où elle était prête à se libérer de ce secret. Une fois le commandant mort et ces événements si loin derrière elle, elle n'avait plus rien à perdre. Mais il avait la tête ailleurs à chacune de leurs rencontres. Avec un peu plus d'attention – ou bien était-ce un manque d'amour de sa part ? – il aurait pu la faire parler et la soulager de ce fardeau qu'elle avait porté seule pendant soixante-deux ans. Son frère, sa sœur et lui auraient pu l'aider. Et apprendre d'elle la véritable histoire de leur famille. Au coin de la rue, les yeux rivés sur son déjeuner, leur mère ne pouvait rien leur dire de son fils caché parce qu'elle était, de fait, déjà morte.

Roland se redressa et sentit le poids de l'avenir proche. Les questions, la saga familiale à réécrire, un inconnu qu'il faudrait accueillir comme un frère, l'air triste et préoccupé de sa mère enfin expliqué. Il voyait cet avenir se dérouler devant lui, disparaître et réapparaître au loin, tel un chemin en terrain vallonné. Et il y avait aussi le passé, encore plus obscur qu'avant, avec ses silhouettes floues dans la brume. Robert Baines faisant un enfant à l'épouse d'un soldat au combat. Rosalind enceinte d'un autre homme pendant que son mari se battait à l'étranger pour son pays. La honte et le secret, la famille furieuse, les ragots dans le village. Jack mourant en 1944 lors de la libération de l'Europe, laissant Robert et Rosalind libres de se marier. Le sergent Baines avait-il ordonné et organisé l'éloignement des enfants de Rosalind afin de faire place nette pour sa liaison ? Avait-il insisté pour que ce bébé soit adopté afin de sauver sa carrière dans l'armée ? Il risquait de passer en cour martiale. Si Roland s'incluait, avec ses années d'internat, alors les quatre enfants de Rosalind avaient été écartés, bannis. À chaque séparation Rosalind avait dû pleurer. Il voyait encore ses épaules secouées par les sanglots lorsqu'elle était repartie à pied, le jour où ses parents l'avaient mis dans le car qui l'emmènerait vers sa nouvelle école. Elle devait alors penser aux trois autres enfants et se demander comment elle avait pu laisser cela se reproduire.

Jamais Susan et Henry ne faisaient allusion à leur enfance pendant la guerre. Disparue, enterrée. Elle était de retour. Dans leur grand âge ils continueraient, tous les trois, à tenter d'y comprendre quelque chose : la docile Rosalind, l'impérieux Robert, et tout ce qu'ils avaient causé à eux deux. L'exil, la solitude, le chagrin, le remords. Les enfants devaient continuer à tenter de comprendre, se répétait Roland, et ce ne serait jamais fini. Mais il devait s'arrêter à présent et s'occuper de sa seule certitude. Il avait un frère, un second frère qui n'était pas seulement un demi-frère. Une réalité qu'il devait séparer des mensonges et des interrogations. Fallait-il la fêter ? Il n'en ressentait pas encore le besoin. Il ne ressentait que sa propre stupidité.

Il commanda trois verres d'eau à l'amie de Susan.

Henry toussota : « Je pense l'avoir plus ou moins deviné, vers huit ans. Pas l'existence de ce bébé, bien sûr. La liaison. Et puis j'ai tout oublié. Tout refoulé. Quand j'avais la permission d'aller voir maman, il était toujours là. Cet homme. Voilà comment j'appelais ton père en mon for intérieur, Roland : cet homme. Il m'avait offert un cadeau, un tracteur miniature, je crois. Peint en jaune. Mais dans mes souvenirs je n'en ai pas voulu. Je devais avoir mes raisons. Par loyauté envers mon père, sans doute. »

Susan : « Moi je ne me souviens pas de grand-chose. Ma mémoire est vide. Dieu merci. » Elle tendit l'enveloppe à Roland. « À toi de t'en occuper. Je ne peux pas le rencontrer la première. C'est trop.

— Quand tu l'auras vu, reprit Henry, tu nous raconteras. Et alors on fera connaissance. »

Ce soir-là Roland écrivit au lieutenant-colonel Brudenell-Bruce pour se présenter. Il reçut par retour du courrier une réponse aimable. Le lieutenant-colonel avait envoyé une lettre à M. Cove, qui contacterait directement Roland. Lui-même vivait à Waterloo et serait heureux de passer le voir. Il vint deux jours plus tard et s'assit à la table de la cuisine que Roland associa aussitôt aux inspecteurs Douglas Browne et Charles Moffat. Peut-être parce que, comme eux, Brudenell-Bruce était en uniforme. À chacune de ses rencontres avec des représentants de la religion, Roland se sentait obligé de les protéger de son scepticisme, si radical que même l'athéisme l'ennuyait. Il se montrait toujours exagérément amical avec le vicaire local quand il le croisait dans la rue. Nul besoin de protection pour le lieutenant-colonel, un homme respectable et inébranlable, décida-t-il, un colosse aux épaules et aux bras musclés, au rire sonore et communicatif. Il confia à Roland avoir été haltérophile dans sa jeunesse. Beaucoup de choses paraissaient l'amuser, même ses propres remarques. Il s'agissait de son dernier dossier, précisa-t-il, car il allait prendre sa retraite. Il lui avait donc porté une attention particulière. Il se mit à rire.

« Votre nouveau frère va vous plaire. C'est un brave type.

— Dans la famille on est un peu bizarres.

— En trente ans je n'ai jamais rencontré quelqu'un qui ne l'était pas. »

Roland se mit à rire lui aussi.

Une lettre de Robert Cove arriva. Chaleureuse et allant droit au but. Il était âgé de soixante-deux ans, marié, son épouse se prénommait Shirley, ils avaient un fils et deux petites-filles. Il habitait Reading, pas très loin de Pangbourne où il avait grandi. Il avait travaillé presque sa vie entière comme menuisier-charpentier et ne comptait pas prendre sa retraite plus tôt qu'il ne le faudrait. Il avait compris que Roland habitait Londres, alors pourquoi ne pas se rencontrer à mi-distance ? En périphérie de Datchet se trouvait un ancien pub reconverti en salle paroissiale et qui avait gardé le nom de Three Tuns. Il suggéra un jour de la semaine suivante à dix-neuf heures. « Ce sera formidable de faire connaissance. »

Les jours précédents, Roland alterna entre un mauvais pressentiment impossible à expliquer et un mélange de joie, de curiosité et d'impatience. Avant de revenir à la sensation qu'une série d'obligations envers un inconnu l'attendait. Il n'avait pas besoin que sa vie devienne plus intéressante. Il avait envie de lire et de voir le même groupe de vieux amis.

Il arriva en retard. Les horaires de train étaient aléatoires et le Three Tuns se situait plus près de Windsor et plus loin de la gare que ne le promettait le site web. Il longea la chaussée poussiéreuse de la rue principale jusqu'à la sortie de Datchet, obliqua vers la salle paroissiale et emprunta une allée bordée d'arbrisseaux dans des tubes en plastique. Il s'approcha d'un ensemble de bâtiments modernes en brique rouge construits dans le style des supermarchés des années 1980. Des portes automatiques s'ouvrirent devant lui sur un vaste bar à haut plafond, presque désert. Il s'immobilisa près de l'entrée, préférant voir avant d'être vu.

Quelqu'un était assis seul à une table devant un verre avec un fond de vin rouge : une version de lui-même, pas tout à fait son reflet, mais l'image de ce qu'il aurait été après une vie différente, une série d'autres choix. La théorie des mondes multiples devenue réalité, un coup d'œil privilégié sur l'une des innombrables variations possibles de lui-même censées exister dans des univers parallèles et inaccessibles. Là, par exemple, il se voyait tel qu'il aurait été sans lunettes, avec le dos droit qu'il souhaitait depuis toujours et des kilos en moins autour de la taille. Et une expression apparemment plus posée. Robert Cove dut se sentir observé, car il se retourna, se leva et attendit. Durant les trois ou quatre secondes qu'il lui fallut pour aller jusqu'à lui, Roland eut l'impression de sortir de l'ordinaire pour passer dans une forme d'hyperespace et flotter à travers un paysage de rêve, à peine conscient de qui il était. Hormis dans les pièces de théâtre et les romans, une telle rencontre était quasiment impossible. Mais dès qu'il fut devant son frère, la réalité modifiée fit place à la banalité, ou au comique, car il n'existait pas de conventions pour faciliter ce genre d'entrevue. Le premier offrit sa main, le second ses bras. Plus tard Roland ne put se rappeler lequel de ces réflexes avait été le sien. Les deux frères s'étreignirent maladroitement, reculèrent d'un pas et finirent par échanger une poignée de main, annonçant à l'unisson leurs prénoms respectifs. Roland désigna le verre de vin presque vide et son frère acquiesça de la tête.

Quand Robert revint du bar ils trinquèrent et engagèrent la conversation. Ils passèrent quelques minutes à reconnaître que l'Armée du salut s'y entendait à réunir les gens, et que le lieutenant-colonel était un homme merveilleux. Il y eut un silence prolongé. D'une façon ou d'une autre, ils devaient se lancer. Roland proposa que chacun rende brièvement compte de sa vie et de sa situation présente.

« Bonne idée. Commence, Roland. Montre-moi comment faire. »

Dans son accent pointaient quelques « r » doucement roulés que Roland associait à sa mère, et qui sonnaient un peu à son oreille comme ceux des comtés de l'ouest. Sa propre histoire aurait pu être rédigée par un logiciel de rédaction automatique. Il avait quitté l'internat prématurément parce qu'il était impatient de gagner sa vie. Son mariage avec une écrivaine avait pris fin au bout d'un an. Pour la première fois de sa vie il se décrivit comme un « pianiste de bar ». Il promut Lawrence au rang de « chercheur spécialisé dans le changement climatique », mais de « notre mère, notre père, notre demi-frère et notre demi-sœur » et des malheurs du passé, il dressa un tableau plus détaillé. Sa vie telle qu'il la présentait se résumait à peu de chose. Il conclut : « Tu rejoins, si c'est le mot, une famille fracturée. On n'a pas grandi ensemble, et tu en es l'exemple le plus extrême. »

Robert retourna au bar et rapporta une bouteille et des verres propres. La première chose qu'il tenait à dire était qu'il avait été aimé et bien élevé par ses parents adoptifs, Charlie et Ann, qu'il ne ressentait aucune amertume et n'avait pas besoin de compassion.

« Ça fait plaisir à entendre. »

Il ignorait avoir été adopté jusqu'à ce que son père le lui apprenne, contre la volonté de sa mère, quand il avait eu quatorze ans. Mais quelques indices qu'il était parvenu à oublier l'avaient déjà alerté – on le taquinait à l'école sur le fait qu'il n'avait pas de « vrais parents ». Mystérieusement, la rumeur avait circulé. Adolescent, il découvrit peu à peu ce qui s'était passé. En décembre 1942, Ann avait vu une petite annonce dans le quotidien local. Robert déplia une photocopie et la tendit à Roland. Le texte était bref. Au-dessus : *Jeune orchestre recherche d'urgence violon, saxophone, clarinette et trompette. Règlement en liquide*, et dessous : *Achetons en liquide mobilier d'occasion vendable.* Entre les deux : *Recherchons foyer pour bébé de sexe masculin, âgé d'un mois ; pour adoption définitive – Écrire à Boîte postale 173, Mercury, Reading.* « Pour adoption définitive » : une idée du commandant, sûrement. Il aurait pu écrire « sans condition ». Roland ne put s'empêcher de parcourir le reste de la page. En 1942 la guerre avait vidé le marché du travail de sa main-d'œuvre. On avait besoin de « garçons de dix-sept ans » et d'« hommes expérimentés » pour remplacer les absents.

Il rendit la photocopie. Rosalind, son bébé et sa sœur cadette, Joy, étaient allés en train d'Aldershot à Reading, apprit-il. Le train avait du retard, ce qui était fréquent pendant la guerre. Comme convenu, les deux sœurs avaient attendu que les autres voyageurs se dispersent. Elles avaient un sac de voyage marron empli de layette, d'après Ann Cove. Robert avait été remis au couple Cove près du guichet du contrôleur. Des années durant, Ann avait été tourmentée par le souvenir de Joy lui tournant le dos parce qu'elle ne supportait pas de voir le bébé quitter les mains de sa sœur. Rosalind, l'air prostré, n'avait pas dit grand-chose.

Un mois après leur première rencontre, Roland et Robert iraient voir leur tante Joy dans le village de

Tongham, pas très loin d'Ash. Ce seraient, bien sûr, des retrouvailles extraordinaires et Roland se contenterait pour l'essentiel d'écouter. Joy avait perdu son mari l'année précédente et sa santé était fragile, mais sa mémoire intacte. Après les exclamations et les étreintes d'usage, ils s'installèrent devant un thé et un gâteau aux noix, et elle raconta son histoire. Elle avait passé beaucoup de temps avec Robert bébé quand sa sœur allait travailler et s'était profondément attachée à lui.

« Tu étais un magnifique bout de chou », dit-elle en tapotant le genou de Robert.

Dans le train pour Reading elle avait tenté d'amener sa sœur à changer d'avis. Il n'était pas trop tard. Elles pouvaient ignorer ce couple à la gare, repartir par le premier train et rentrer avec le bébé.

« Rosalind ne voulait pas en entendre parler. Tout ce qu'elle répétait d'une voix calme, c'était : "Je suis obligée de le faire. Je suis obligée de le faire." Jamais je ne l'ai oublié, elle évitait mon regard en parlant. »

Même dans le train du retour vers Aldershot, alors que les deux sœurs étaient en proie à un profond désarroi, Joy assurait à Rosalind qu'elles pouvaient encore retourner à Reading, expliquer aux Cove qu'elle avait changé d'avis, et emmener le petit Robert. Rosalind, en larmes, secouait la tête sans rien dire. Une fois sur le quai de la gare d'Aldershot, elle avait fait jurer à sa sœur cadette de ne jamais parler de ce qu'elles avaient fait. Joy avait gardé le silence. Elle n'avait rien révélé à son mari en quarante-huit ans de mariage. Assise près de Robert sur le canapé, elle parlait pour la première fois de cette terrible matinée. Elle se mit à pleurer et il la prit par l'épaule.

À la table du Three Tuns, il continuait le récit de son

histoire. Il avait eu une enfance normale, turbulente. Il n'y avait jamais beaucoup d'argent, mais ses parents étaient gentils et il vivait heureux. Il était devenu chef de classe mais avait été content de quitter l'école plusieurs mois avant son seizième anniversaire. Il détestait être dans une salle de cours, dit-il, encore plus que Roland. Il avait trouvé un emploi en usine, où il était le plus jeune de la chaîne de montage. Selon un rituel traditionnel et violent, les ouvrières avaient voulu s'emparer de lui, le déshabiller entièrement et lui enfiler une barboteuse géante. Refusant de se laisser faire, il s'était enfui. Elles l'avaient poursuivi dans l'escalier métallique, à travers les ateliers et jusque dans la rue. Il s'en était fallu de peu. Il n'avait jamais remis les pieds à l'usine. Il s'était finalement engagé pour cinq ans dans un difficile apprentissage du métier de menuisier-charpentier. Toute sa vie il avait travaillé sur des chantiers de la région et désormais il passait souvent en voiture devant des maisons dont il avait installé les solives de plancher ou la charpente. Sa spécialité était la construction d'escaliers sur mesure. Marié au milieu des années 1960, il se plaisait toujours avec Shirley. Leur fils, leur belle-fille et leurs petites-filles occupaient le centre de leur existence. L'autre passion de Robert était l'équipe de foot de Reading, sa ville. Il allait à tous les matchs, à domicile et à l'extérieur.

Pendant qu'il parlait, Roland étudiait son visage et se rappelait le temps qu'il avait lui-même passé sur des chantiers à la fin des années 1960 et 1970. Les délais serrés, une main-d'œuvre et des livraisons de matériel aléatoires, l'intervention simultanée de différents corps de métier pouvaient créer un climat de tension. Comme l'absence de syndicats, de sanitaires pour les hommes, les terribles conditions de sécurité, les bagarres occasionnelles. Le règne du travail « non déclaré ». Dans les souvenirs de Roland, les hommes d'âge mûr, endurcis par des années de conflits, acquéraient un certain détachement. Celui qu'il croyait voir chez son frère. Ne pas se laisser entraîner dans une discussion pour rien, se montrer implacable quand elle avait lieu. Robert avait un visage plus large que le sien, découvrait-il, plus ouvert et plus généreux. Les mains qui tenaient leurs verres racontaient deux destins différents. Les doigts blancs et lisses d'un pianiste de bar huppé ne seraient d'aucune utilité à Robert. La corne et les cicatrices étaient bien visibles sur les siennes. Sa vie semblait sans tache, plus intègre – un seul mariage, un quartier ponctué de logements qu'il avait aidé à construire, l'équipe locale qu'il encourageait par tous les temps, et surtout ses ravissantes petites-filles dont Roland contemplait à présent la photo. Pas de trip au LSD en bordure de la rivière à Big Sur pour détourner Robert des ambitions ordinaires, ni d'enfant à élever seul, de carrières improvisées, de défilé de compagnes, de déceptions et de pessimisme en politique. Mais Robert n'avait pas eu la vie facile. Mort prématurée de sa mère adoptive, vide causé par l'ignorance de ses origines, années d'apprentissage à la dure et de travail ingrat. Alors que la plupart de ses problèmes, Roland se les était infligés à lui-même, de simples luxes. Mais échangerait-il sa place contre celle de Robert ? Non. Et Robert échangerait-il la sienne ? Non plus.

« Après la mort de ma mère adoptive, quand j'ai eu vingt et un ans, j'ai décidé de retrouver la trace de mes parents biologiques. Je suis remonté assez loin, jusqu'à mon acte de naissance, et puis j'ai arrêté. Trop occupé par d'autres choses. J'ai pensé, bon, si mes parents biologiques ne sont pas venus voir ce que je devenais, ils n'ont sans doute pas envie d'avoir de mes nouvelles. Donc j'ai laissé tomber – pendant plus de quarante ans. »

Roland pensait reconnaître les intonations, les inflexions, peut-être l'attitude méthodique du commandant, le fantôme de l'autre Robert chez ce Robert-ci. Il avait apporté son acte de naissance et le lui montrait. Né le 14 novembre 1942. Où ? À Farnham, une adresse privée. Pas celle du grand hôpital militaire d'Aldershot. Logique. À quelques centimètres à droite se trouvait la vérité : cette mère du nom de Rosalind Tate, née Morley, résidant au 2 Smith's Cottages, Ash. Et à côté le mensonge, le prétendu père du nom de Jack Tate, à la même adresse. Quelques jours plus tôt, Henry avait envoyé à Roland plusieurs documents : les états de service de Jack Tate, ses fiches de paie de l'armée. Il avait servi dans le 1er Bataillon du Royal Hampshire Regiment. Celui-ci avait combattu dans le désert en 1940 avant d'être transféré à Malte en février 1941. Il y était resté pendant le siège prolongé, puis avait participé à l'invasion de la Sicile en juillet 1943 et de l'Italie ensuite. Pour un humble fantassin, pas de permission dans ses foyers. Aucune chance qu'il ait conçu en Angleterre un enfant né en novembre 1942. Le bataillon de Jack n'était rentré qu'en novembre 1943 au pays, où il avait commencé à s'entraîner pour le Débarquement. Il avait accosté à Gold Beach le 6 juin 1944. En octobre, Jack avait été blessé au ventre par balle près de Nijmegen et il était mort en Angleterre le 6 novembre.

Roland fixait des yeux l'acte de naissance de son frère Robert et la case contenant le mensonge, comme si le document pouvait se dissoudre pour révéler une passion d'autrefois puis des regrets : Rosalind mettant un enfant au monde et le confiant six semaines plus tard, sur un quai de gare balayé par le vent, aux bons soins de deux inconnus qu'elle ne reverrait jamais, reprenant le train, inconsolable, peut-être avec le bras de sa sœur sur son épaule, mais les mains vides, et seule. Une matinée qui avait défini son existence. *Je suis obligée de le faire.* Il fallait voir les choses de son point de vue et à travers le prisme de la guerre. En gardant le bébé, elle aurait affronté la fureur de son mari rentrant du front, le mépris du village, et marqué son enfant du sceau de la bâtardise – source dans la société de l'époque d'un dégoût qui s'atténuerait peu à peu du vivant de Roland et de Robert. Elle serait allée contre la volonté de l'homme qu'elle aimait et redoutait. S'ils n'effaçaient pas cet enfant de leur vie, le sergent Baines serait déconsidéré.

« Tu devrais aller voir notre mère, dit enfin Roland. Elle n'en a peut-être plus pour longtemps. »

Robert et lui pouvaient-ils s'aimer ou se haïr comme des frères ? Trop tard. Mais le lien qui le rattachait à cet inconnu – il le sentait à présent – était total, indéniable. Tous les deux ils répétaient complaisamment les mêmes mots, légitimant ce lien. Notre mère, notre père.

Roland sortit de sa poche l'unique photo qu'il avait apportée pour la montrer à Robert. Il la posa sur la table entre eux et ils la regardèrent ensemble. C'était un portrait réalisé en studio de leur mère avec Susan à sa droite, Henry à sa gauche. Tous les trois dans leurs plus beaux vêtements. Susan paraissait avoir un an et demi environ, Henry à peu près quatre ans. La photo devait donc dater de 1940. Prise, à coup sûr ou presque, pour que Jack la garde avec lui toute la durée de la guerre. Henry tenait sa mère par l'épaule. Susan était debout sur une sorte de marchepied invisible, qui mettait son visage à la hauteur de celui de sa mère. Mais c'était Rosalind que les deux frères contemplaient. Elle portait un chemisier à col ouvert qui laissait voir une chaînette avec un pendentif. Une opulente chevelure noire lui descendait jusqu'aux épaules, nul besoin de maquillage, un regard droit et assuré, un léger sourire et l'air tranquille. Une jeune femme d'une grande beauté et d'une élégance naturelle.

« Dire que je ne l'ai jamais connue », murmura Robert.

Roland hocha la tête. Il pensa que lui non plus. La mère qu'il avait connue était soucieuse, soumise, docile, toujours prête à s'excuser. Il comprenait désormais ce lointain chagrin qui flottait autour d'elle et ce qu'elle pleurait. La jeune femme de la photo avait disparu à la gare de Reading en 1942.

*

La démence vasculaire de Rosalind ne suivit pas son cours jusqu'à la fin en droite ligne. Son corps refusait de lâcher et maintint plusieurs mois son esprit en ce monde. Sa mère fixant le contenu en purée d'un bol en plastique ne fut pas la dernière vision que Roland eut d'elle. Elle n'était pas encore morte. Une semaine plus tard, assise au bord de son lit, même sans le reconnaître et en l'appelant « Tatie », comme elle appelait depuis un an chaque visiteur, elle prononça des phrases complètes, dépourvues de sens dans ce contexte mais ayant une certaine poésie. Cette fois, après avoir laissé Roland la serrer dans ses bras, elle déclara : « La lumière du jour vous illumine.

— C'est vrai », répondit-il, prenant son carnet et notant ces mots. Il y eut d'autres vers durant la visite. Elle les laissa échapper au cours d'une heure de conversation décousue. Ils semblaient former un tout. Quand Roland, sans trop d'illusions, lui eut parlé du travail de Lawrence en Allemagne, elle lança soudain : « L'amour vous suit simplement. »

Lorsqu'il partit, elle lui donna ce qui ressemblait à une bénédiction. Ces paroles le sidérèrent. Il se retourna et lui demanda de répéter. Mais elle regardait par la fenêtre et avait déjà oublié ce qu'elle venait de dire. Elle avait également oublié sa présence dans la pièce et le salua de nouveau. Il savait qu'elle avait une foi discrète mais ne l'avait encore jamais entendue invoquer Dieu. Ni l'amour. Il tapa les vers le soir même, sans rien ajouter, sauf la ponctuation finale. Le moment venu, il fit figurer le poème de sa mère au dos du livret de cérémonie pour ses obsèques à l'église St Peter's d'Ash. *La lumière du jour vous illumine, / L'amour vous suit simplement. / Nos cœurs se réjouissent. / Dieu dans toute Sa gloire / Prenez soin de vous.*

Il arriva avec Lawrence. Ils longèrent la petite rue près du cimetière où était garé le corbillard contenant le cercueil de Rosalind. Dans l'église, Roland vit divers membres de la famille, certains âgés de plus de quatre-vingt-dix ans, d'autres de moins d'un an. Sa fratrie, Robert et Shirley compris, avait déjà rejoint les bancs du premier rang. Les porteurs entrèrent avec le cercueil et l'installèrent sur les tréteaux. La vicaire prononça son mot d'accueil. Impossible de quitter des yeux ce cercueil où Rosalind gisait dans le noir. Or elle n'était pas là, ni nulle part ailleurs, et la mort se définissait une fois de plus par sa réalité la plus simple, toujours saisissante : l'absence. L'organiste joua une introduction familière. Depuis sa quatrième année truculente à Berners Hall, Roland ne pouvait se résoudre à chanter un cantique. Malgré la douceur de la mélodie ou le rythme du texte, il ne pouvait surmonter la gêne causée par ces contre-vérités flagrantes ou puériles. L'enjeu était pourtant non pas de croire mais de se joindre au chœur, de faire partie de la communauté. Ils entonnaient « Toutes choses lumineuses et belles », celui que Rosalind préférait. Parfait pour de jeunes enfants, mais comment un adulte pouvait-il chanter ces absurdités créationnistes ? Ne souhaitant pas offenser les autres Roland se leva comme d'ordinaire, tenant le livre de chants ouvert à la bonne page. Idem pour « Pèlerin », inspiré par l'allégorie de John Bunyan. Ni lutins ni esprits malins ! Pendant le cantique il jeta un coup d'œil à son frère, son nouveau frère. Robert, bien droit, n'avait pas de livre de chants à la main et ses lèvres ne bougeaient pas.

Quand les voix étouffées et hachées se turent, Roland monta en chaire pour faire l'éloge funèbre. Henry, l'aîné, n'avait pas voulu s'en charger et Susan non plus. Face à lui, beaucoup avaient quitté très tôt l'école. Il ignorait l'étendue de leurs connaissances historiques. Parlant sans notes, il rappela à l'assemblée l'année de naissance de Rosalind : 1915. Difficile, dit-il, de penser à une autre période de l'histoire où en quatre-vingt-dix ans d'existence on aurait pu vivre autant de changements que Rosalind. Elle était née deux ans avant la révolution russe, et les horribles massacres de la Première Guerre mondiale commençaient. Les inventions qui transformeraient le vingtième siècle – la radio, la voiture, le téléphone, l'avion – n'étaient pas encore entrées dans la vie des habitants d'Ash. L'avènement de la télévision, des ordinateurs, d'internet prendrait des années et était inimaginable. Comme la Seconde Guerre mondiale, avec ses massacres encore plus horribles. Elle transformerait l'existence de Rosalind et de ses proches. En 1915, Ash en était encore à la voiture à cheval, un monde hiérarchisé, agricole, replié sur lui-même. Une visite chez le médecin pouvait grever le budget d'une famille d'ouvriers. Rosalind portait des bottines orthopédiques à trois ans pour remédier aux effets de la malnutrition. À la fin de sa vie un vaisseau spatial était entré dans l'orbite de Mars, on redoutait les inconnues du réchauffement climatique et on se demandait si l'intelligence artificielle ne remplacerait pas un jour les humains.

Il allait ajouter que plusieurs milliers d'armes nucléaires étaient constamment opérationnelles. Mais la vicaire, debout derrière lui, toussota ostensiblement. Le pessimisme de Roland était déplacé. Il revint à une forme correcte d'éloge et parla du dévouement de Rosalind à sa famille, de ses talents pour la cuisine, le jardinage et le tricot, des soins attentionnés qu'elle avait prodigués à son mari Robert atteint d'emphysème. Il ne mentionna pas le bébé confié à des parents adoptifs ni le nouvel ajout à la fratrie. La susceptibilité de Henry et de Susan était encore à vif. Rien contre Robert, avaient-ils assuré, mais ils ne voulaient pas d'un secret honteux dans leurs « derniers adieux » à leur mère – la formulation était de Susan. Roland conclut en racontant que Rosalind avait un jour affirmé à sa belle-fille Melissa, épouse de Henry, « avec toute l'autorité d'une belle-mère », que le voyage vers le paradis durait trois jours.

« Cela signifie qu'elle a dû arriver à destination vers dix-sept heures trente le 29 décembre. Nous espérons sûrement tous qu'elle est confortablement installée. »

Il regagna son banc avec un sentiment d'imposture. Il avait pu conclure ainsi, non sans une pointe d'humour, mais il ne pouvait chanter d'inoffensifs cantiques.

*

Daphné lui déclarait périodiquement, du temps où il avait entre trente et quarante ans, qu'il était sexuellement « impatient » ou « perturbé » ou « malheureux ». Vu de l'extérieur. Elle le lui disait, vu de l'intérieur, avec plus d'insistance quand ils vivaient ensemble à cheval sur deux maisons, au milieu des années 1990. Elle le lui répétait encore durant leurs dernières semaines ensemble, peu avant que Peter ne revienne de Bournemouth faute de mieux et que leur arrangement, à Roland et à elle, ne prenne fin. Mais en toutes ces occasions, jamais sur un ton accusateur. Ce n'était pas le genre de Daphné. Il s'agissait davantage d'une observation teintée de regret – dans son intérêt à lui plutôt que dans le sien. Elle était une femme occupée, capable de tenir Roland et ses problèmes à distance. Cinq ans plus tard, à l'automne 2010, après la défaite des travaillistes et alors que le pays se préparait à payer cher la cupidité et la folie du secteur de la finance, le mari de Daphné la quitta de nouveau. Peter surprit tout le monde par sa passion dévorante pour une femme riche plus âgée que lui. Elle n'était pas pour rien dans son engagement politique risible. Il avait vendu ses parts de la nouvelle société de distribution d'électricité à un fonds d'investissement néerlandais. Le *Financial Times* avait mentionné une somme de trente-cinq millions de livres. Ensemble, Peter et Hermione aideraient à financer le rêve de faire sortir la Grande-Bretagne de l'Union européenne.

Roland avait soixante-deux ans. Son impatience s'était dissipée avec le temps. Les enfants de Daphné et son fils avaient quitté la maison. Elle le connaissait bien, mieux que quiconque. Il pouvait valoir la peine de se risquer, après mûre réflexion, à lui demander – enfin – de l'épouser. À sa grande surprise elle dit oui – en un instant et sans manières. Ils étaient chez elle à Lloyd Square, un soir, en chaussettes près du feu, le premier de la saison. L'acceptation immédiate de Daphné fit paraître plus vastes les pièces joliment proportionnées. Les murs, les portes et les architraves scintillaient. Un baiser sur la bouche, et elle alla chercher une bouteille de champagne dans la cuisine. Voilà comment gouverner sa vie, pensa Roland. Faire un choix, agir ! Une belle leçon. Dommage de ne pas avoir eu la recette plus tôt. Les bonnes décisions venaient moins de calculs rationnels que de l'humeur du moment. Même si certaines de ses pires décisions également. Mais inutile d'y penser à présent. Elle emplit leurs verres et ils trinquèrent à leur avenir. Daphné avait soixante et un ans. Dans l'entreprise de longue haleine qu'était la vieillesse moderne ils faisaient figure de nouveau-nés. Ils ranimèrent le feu et multiplièrent les projets tels des enfants surexcités. Peter donnerait à Daphné sa moitié de la demeure comme contribution à leur séparation définitive. Une fois celle-ci vidée des biens de Peter, Roland y emménagerait et mettrait la maison de Clapham au nom de Lawrence. Mais pas avant les rénovations trop longtemps différées. Daphné connaissait des artisans pouvant s'en charger. Elle travaillerait encore cinq ans pour son association. Ensuite ils voyageraient. Il songeait au Bouthan, elle à la Patagonie. Un parfait contraste. Roland irait à pied prendre le métro à la station Angel presque tous les après-midi et resterait pianiste à l'hôtel de Mayfair. Daphné aurait le droit de l'y retrouver pour boire un verre, et même celui de réclamer un titre. Elle dit qu'elle aimerait qu'il joue « Doctor Jazz ». Il connaissait bien ce morceau. Mary Killy, l'ex-violoniste devenue directrice, n'apprécierait pas. Mais il le jouerait quand même. Dans le salon de Daphné, son vieux piano droit irait contre le mur derrière eux, sous le portrait de Paul Roche réalisé par Duncan Grant, l'amant de l'artiste.

Ainsi cette conversation enjouée se poursuivit-elle jusqu'à ce qu'un silence pensif s'installe entre eux. Roland se leva trop vite du canapé lacéré par le chat et s'immobilisa, attendant que le vertige passe. Puis il remit des bûches dans la cheminée, se rassit et échangea un regard avec sa future épouse. Elle avait gardé ses cheveux longs et toujours blonds, sans doute décolorés. Elle restait grande et forte, et il revit facilement le visage de la mère de trois jeunes enfants, la femme qui l'avait aidé durant les mois et les années après le départ d'Alissa. Dans leur silence, inévitablement, le passé imposait sa présence. Il tenait tant de place désormais. Sans réfléchir – encore une bonne décision – Roland déclara : « Il y a une partie de mon existence dont je ne t'ai jamais parlé. » En prononçant cette phrase, il se demandait si Alissa ne lui avait pas déjà tout raconté longtemps auparavant.

Mais Daphné leva les yeux avec intérêt. Si elle était au courant, elle le lui dirait certainement. Aussi commença-t-il à lui conter toute l'histoire depuis les premières leçons de piano à l'âge de onze ans : la maisonnette de Miriam Cornell, la rupture soudaine par une soirée pluvieuse, les visites de l'inspecteur quand Lawrence était bébé, celle d'un autre inspecteur il y avait huit ans, sa propre visite à Balham, pourquoi il avait joué « Round Midnight », la séparation sur le pas de la porte, l'annonce qu'elle plaiderait coupable.

Quand il eut enfin terminé elle se tut, encaissant. Au bout d'un moment elle demanda doucement : « Et tu as fait quoi ?

— Jamais je n'avais eu autant de pouvoir sur quelqu'un d'autre et je ne voudrais pas que ça se reproduise. Je n'ai rien fait pendant un mois. Je devais être sûr qu'à chaque fois que j'y penserais, j'arriverais à la même conclusion. Et ç'a été le cas. Rien n'a changé. Mes sentiments sur le sujet sont restés les mêmes que ceux que j'avais en sortant de chez elle. Le fait de la revoir a tout réglé. J'étais incapable de l'envoyer en prison. Elle le méritait peut-être, en théorie ou dans l'absolu, sur un plan humain ou autre. Mais l'instinct de vengeance ou de justice est mort en moi après notre rencontre.

— Tu éprouvais encore quelque chose pour elle ?

— Non. Toute cette histoire ne comptait plus. Indifférence totale. Et je ne pouvais me résoudre à oublier mon propre rôle. Ma complicité.

— À *quatorze ans* ?

— Porter plainte contre elle avec détachement… trop cynique pour moi. Ce n'était plus la même femme. Je n'étais plus ce jeune garçon. » Il s'interrompit. « Je ne suis pas très convaincant. Même à mes propres oreilles.

— Elle avait beaucoup de choses à se reprocher.

— Je pense qu'elle le savait.

— Tu aurais ressenti quoi, si c'était arrivé à Lawrence ? »

Roland réfléchit. « De l'indignation, sans doute. Tu as raison.

— Bon… » Daphné s'étira et examina le plafond. « Alors appelons ça le pardon.

— Oui… une vertu. Mais ce n'est pas ce que j'ai éprouvé, ni ce que j'éprouve maintenant. C'était au-delà du pardon. Il n'était même pas question d'aller de l'avant ou ce qu'on dit en pareil cas. Tourner la page. Je n'en avais plus rien à faire – d'elle, de ce que j'aurais pu devenir. Disparu, et je m'en fiche totalement. Comment pourrais-je l'envoyer en prison, même une semaine ?

— Donc tu lui as écrit.

— La police n'avait pas son nom et je ne voulais pas laisser de trace. Je l'ai appelée pour l'informer de ce que j'avais décidé. Elle a commencé à dire quelque chose. Je crois qu'elle voulait me remercier mais j'ai raccroché. »

Le panier contenant les bûches était vide. Ensemble ils allèrent le remplir dans l'arrière-cuisine où le bois était stocké. Lorsque le feu redémarra et qu'ils se furent réinstallés, Daphné reprit : « Tu as gardé ça pour toi pendant tout ce temps ?

— J'en ai parlé une fois à Alissa.

— Et ?

— Je m'en souviens très bien. Chez ses parents. Une épaisse couche de neige partout. Elle m'a dit : “Elle t'a reprogrammé le cerveau.”

— Ce qu'elle pouvait avoir raison ! Mais “reprogrammé” signifie pour toujours. Comment peux-tu dire que ça a disparu, que ça ne compte plus et que tu n'en as rien à faire ? »

Il n'avait pas de réponse mais ils reviendraient certainement sur le sujet. Leur vie de couple commençait.

Le lendemain, un événement imprévu sur son lieu de travail sembla prolonger cette soirée tardive. Comme si demander à une vieille amie de l'épouser avait agrégé et fait remonter à la surface des éléments disparates de son passé. Il devait jouer avant et après le dîner. Il allait de soi qu'à Londres il n'y avait pas de saison touristique. Dans une capitale mondiale branchée, elle ne cessait jamais. Chaque année, les Russes, les Chinois et les Indiens venaient plus nombreux, s'ajoutant aux habituels groupes de ressortissants des pays du Golfe et aux Américains. Même des dizaines de milliers de Français trouvaient que Londres avait quelque chose de plus que Paris. L'hôtel était complet, comme d'habitude, même si la clientèle restait d'un âge respectable. On appréciait l'établissement moins pour son aspect traditionnel digne de la vieille Angleterre que pour sa tranquillité feutrée. À coup sûr il n'y aurait pas d'imprévus. Beaucoup de clients étaient des habitués. La réception disposait de places réservées pour les spectacles populaires du moment. Le restaurant bien tenu ne servait que les résidents – inutile de courir la ville à la recherche de chefs en vue. L'hôtel était cher mais snobé par les stars du rock et du cinéma, les traders et autres représentants du beau monde londonien. Après le dîner le bar américain était bondé, et au fil des années on retrouvait parmi les habitués – rassurés par le jugement de Mary Killy – un groupe de fidèles de Roland et de sa musique accessible. Son arrivée sur l'estrade était parfois saluée par de timides applaudissements. Mary lui avait demandé de remercier d'un geste, une légère révérence suffirait. Il s'exécutait. La direction le traitait à présent comme un atout, un cran au-dessus des serveurs. Il avait désormais le droit d'arriver au travail par les portes d'entrée. Il était autorisé, voire incité, à commander sous les yeux de l'auditoire une boisson au bar avant ou après sa prestation. S'il se mêlait aux clients, tant mieux. Il s'efforçait de l'éviter.

Ce soir-là, il arriva avec une vague gueule de bois due à la nuit de la veille. Daphné et lui s'étaient couchés à quatre heures du matin et avaient fait l'amour avant de s'endormir. Ils ne s'étaient pas vus pour le petit déjeuner. Daphné avait un rendez-vous de routine à l'hôpital très tôt et il avait essayé de faire la grasse matinée. Au bout d'une demi-heure, il avait renoncé, s'était préparé un café puis promené, sa tasse à la main, dans la maison bien rangée, imaginant sa nouvelle vie. Il y avait une minuscule pièce donnant sur un palier dont elle avait dit qu'il pourrait en faire son bureau. Il y jeta un coup d'œil. Encombré d'une pile de valises et de meubles d'enfants – chaises hautes, petits lits, tables miniatures – attendant la génération suivante. Greta, la fille aînée de Daphné, était enceinte. Il s'était alors senti à l'abri de ses réflexions coutumières sur le temps et sa vie qui lui échappaient. Il prenait un nouveau départ. Il allait renaître. Un nouveau-né ! Il avait appelé Lawrence pour lui annoncer la nouvelle, sans pouvoir s'empêcher de penser qu'il quêtait l'approbation de son fils. La réponse avait été simple : « Oui, mille fois oui ! »

Une fois sur son lieu de travail, alors qu'il se mettait au piano pour sa première partie de soirée et saluait de la tête dans les trois directions d'où venaient les quelques applaudissements, il aperçut quatre personnes à une table toute proche sur sa gauche. Un couple de son âge environ et deux jeunes femmes. Ils buvaient des bières et ne semblaient pas trop à leur place. Tous les quatre possédaient cette expression, ce regard concentré que de longues études étaient censées conférer. Lui-même avait de bonnes raisons de ne pas se laisser impressionner. Au fil des ans il avait plus de mal à reconnaître les visages mais en quelques secondes il sut qui ils étaient, et en même temps qu'il se réjouissait il fut transpercé par un remords longtemps oublié. Ses mains étaient déjà sur le clavier et il devait se mettre à jouer. Il y avait plus de clients américains que d'ordinaire, d'après Mary. Cela voulait dire qu'il fallait commencer par « A Nightingale Sang in Berkeley Square », deuxième hymne national pour une certaine catégorie d'Américains à Londres.

Tout en interprétant son habituel enchaînement de titres à succès, il tourna la tête vers les membres du groupe près de lui. Ils l'observaient attentivement, et lorsqu'il croisa leur regard ils sourirent avec gêne. Il leur fit signe de la main. Il entamait un ragtime sans surprises de Scott Joplin et s'imaginait avec Daphné pour épouse, assise seule à une table pendant qu'il jouait « Doctor Jazz » de Jelly Roll Morton dans un style endiablé. Cela se produirait sûrement et cette pensée l'emplit d'une merveilleuse impatience. Au ragtime succéda quelque chose de sentimental. « Always ». Il jeta un nouveau coup d'œil à ces quatre personnes. Une serveuse disposait devant chacun une bière bien fraîche. L'idée lui vint de leur envoyer un message, un souvenir. Sa pause aurait lieu dans quelques minutes. Son dernier morceau serait un titre qu'il n'avait encore jamais joué, ni là ni ailleurs. Il le connaissait bien, les accords étaient simples et une fois lancé, il parvint à restituer le doux balancement rythmé et découvrit que toute seule, sa main droite retrouvait l'introduction et savait comment imiter les notes de guitare soulignant le refrain. *Linger on your pale blue eyes…*

Quand il eut fini et qu'il leva les yeux, la dame pleurait. L'homme s'était levé et s'approchait de lui, et les deux jeunes femmes souriaient. L'une d'elles tenait sa mère par l'épaule. Le brouhaha des conversations se tut, les clients du bar regardèrent avec intérêt Roland descendre de l'estrade et prendre longuement Florian puis Ruth dans ses bras. Hanna et Charlotte les rejoignirent pour une chaleureuse étreinte à quatre. Après tout, on lui avait demandé de se mêler à la clientèle.

Lorsqu'ils se redressèrent Ruth se mit à rire. « *Jetzt weinst du auch !* » Maintenant tu pleures toi aussi !

« Juste par politesse. »

Ils firent quelques pas vers la table. Il avait Hanna à un bras, Charlotte à l'autre, les fillettes d'autrefois aux incroyables secrets chuchotés, ses professeures d'allemand sur le canapé en skaï noir. Un serveur apportait une cinquième bière.

Ils avaient vingt minutes avant la seconde partie de la soirée. Les anecdotes se succédèrent, les quatre Allemands parlant parfois tous à la fois.

« Comment m'avez-vous retrouvé ? »

Quand Florian et Ruth avaient été arrêtés et l'appartement fouillé, on leur avait confisqué leurs carnets d'adresses. Finalement, lorsqu'ils avaient su qu'ils viendraient à Londres, Hanna était remontée grâce à un site français, « Copains d'avant », jusqu'à Mireille qui lui avait appris que Roland était pianiste de bar. Hanna était étudiante Erasmus en biologie à Manchester, Charlotte travaillait dans une librairie de Bristol pour améliorer son anglais. Ruth enseignait dans un lycée, Florian était médecin et ils s'étaient installés à Duisbourg en 1990. Les deux parents faisaient plus vieux que leur âge, ils avaient des rides autour des yeux, et Roland remarqua une certaine réserve dans leur attitude. Ils avaient tous deux pris du poids. Il annonça à toute la famille que la veille au soir sa vieille amie et lui avaient décidé de se marier. Spontanément il appela Daphné. Sa voix semblait lointaine. Elle finissait sa journée de travail et les rejoindrait dans une heure, répondit-elle. Ensuite, champagne !

Les Heise n'avaient jamais fait la connaissance de Lawrence mais ils connaissaient son existence et demandèrent de ses nouvelles. Étudiant en alternance, il préparait sa licence de mathématiques à l'Université libre de Berlin. Jusque-là il était serveur le soir et se rendait bénévolement utile dans un Institut de recherche sur le climat à Potsdam. Le matin même, il avait confié à son père qu'il était « peut-être amoureux » d'une océanographe prénommée Ingrid.

Roland conclut une exubérante seconde partie de soirée par quelques chansons de Kurt Weill, « La Complainte de Mackie » puis « La Ballade de la vie agréable ». Après ce dernier titre, il se leva sous les applaudissements, légèrement plus nourris que d'habitude. Au moins autant que sa prestation, les retrouvailles émouvantes avec ses amis avaient touché quelques membres de l'auditoire. La nouvelle de ses projets de mariage s'était répandue jusqu'au bar. Sur la table trônait une bouteille dans un seau à glace entouré de cinq verres, avec un mot de félicitations du directeur chargé du service de nuit.

Après les toasts les Heise révélèrent leur histoire. En réponse à la question de Roland : non, les disques et les livres qu'il avait apportés chez eux n'étaient pas la cause de leurs problèmes. Mais Schwedt était un lieu sinistre, et l'époque aussi. Ruth travaillait comme femme de ménage dans un hôpital, Florian comme ouvrier dans une papeterie puis, légère promotion, dans une usine de chaussures. Non seulement ils étaient opprimés par le système, mais leurs voisins se montraient hostiles. Rien de pire, toutefois, que de vivre sans leurs filles. Soudain, au bout de deux mois, on les leur avait rendues. Elles n'avaient pas été séparées en fin de compte mais n'étaient pas en bonne santé. Les deux sœurs acquiesçaient de la tête pendant que Ruth parlait. Un espoir croissant avait pourtant éclairé les dix-huit derniers mois. Des informations filtraient sur des gens, des familles entières qui gagnaient l'Autriche par la Hongrie sans que les Russes n'interviennent. Et puis, bien sûr, la chute du Mur. Le voyage vers l'ouest depuis Schwedt en mars 1990 avait été compliqué. À Berlin ils avaient enfin retrouvé Maria, la mère de Ruth. Les autorités ne l'avaient jamais autorisée à leur rendre visite. Ruth et Florian avaient dû la faire hospitaliser à l'ouest, à Duisbourg, où elle était décédée en 1992.

La bourse accordée à Florian, âgé de quarante et un ans, pour faire des études de médecine, avait été une merveilleuse parenthèse. Mais ils avaient eu du mal à subvenir aux besoins de leur famille sur le salaire de Ruth, assistante d'enseignement dans un établissement pour enfants difficiles. D'après Florian, la situation avait empiré quand les deux filles s'étaient transformées en adolescentes infernales. Hanna et Charlotte poussèrent des cris de protestation.

« D'accord. Alors que dire d'une menace prématurée de grossesse, d'un dépôt de plainte pour vandalisme à cause de graffitis, de la consommation d'alcool et de drogues, de cheveux teints en vert, de bulletins scolaires médiocres, de musique trop forte dans la rue, de retours à la maison à deux heures du matin, d'avoir uriné sur la voie publique… ? »

Plus la liste s'allongeait, plus les deux sœurs riaient. Elles se tenaient par le bras. « C'était derrière un buisson !

— *Wir wollten einfach nur Spaß haben !*

— Juste pour vous amuser ? Et la pétition des voisins ? »

Ruth se tourna vers Roland. « Ils voulaient que ces deux-là soient renvoyées à l'Est ! »

Les deux filles eurent un fou rire. Difficile d'imaginer des graffitis et des cheveux verts devant ces Occidentales élégantes et cultivées. C'étaient les parents qui restaient marqués et ils burent presque tout le champagne. Leurs filles touchèrent à peine au leur. Quelques minutes s'écoulèrent, puis Hanna et Charlotte échangèrent un regard, un signe de tête, et se levèrent. Une amie italienne dont le copain anglais avait un appartement à Holland Park organisait une fête et il fallait qu'elles partent. Elles verraient leurs parents à l'hôtel pour le petit déjeuner. Ces derniers se levèrent pour qu'elles les serrent dans leurs bras et les regardèrent traverser rapidement le bar. Roland eut des sentiments mitigés. Il ne leur enviait pas cette fête débutant si tard. Mais en son for intérieur il regrettait ce dont il se souvenait si bien, cette impatience, cet appétit d'être là pour un événement crucial. Ses regrets se dissipèrent en voyant Hanna et Charlotte s'effacer à l'entrée devant sa future épouse. Avant même qu'elle n'ait atteint leur table Florian et Ruth avaient vidé les verres de leurs filles. Ils commandèrent une deuxième bouteille avec des verres propres.

Après les présentations et une nouvelle série de toasts, toute l'histoire fut brièvement résumée pour Daphné. Elle gardait le souvenir de cette famille grâce aux récits de Roland. Il rappela qu'elle l'avait présenté à un contact dans l'industrie du disque qui avait mis la main sur un enregistrement pirate de Dylan, une rareté convoitée par Florian.

« J'allais mieux du temps où j'avais envie de choses qui

me manquaient », dit-il. Il se leva et, marmonnant contre la bêtise des lois antitabac locales, sortit pour fumer.

En son absence Roland joua les interprètes pour Daphné alors que Ruth leur expliquait que Florian était moins heureux que les filles et elle. La clinique où il travaillait se trouvait dans un quartier difficile de Duisbourg. Il voyait le pire : la drogue, la pauvreté, la violence, la misère, le racisme, la façon dont les femmes étaient traitées dans les communautés blanches comme immigrées. Ruth appelait cela le pire. Chaque pays avait le sien. Mais Florian disait que c'était la réalité et que personne ne la regardait en face. Jamais il ne pourrait défendre l'ancien bloc de l'Est mais il ne se plaisait pas dans l'Allemagne réunifiée. Il détestait les embouteillages, les graffitis partout, les ordures autour de la clinique, la stupidité de la politique, le consumérisme. Quand un spot publicitaire passait à la télévision il quittait la pièce. Il trouvait les voisins condescendants avec lui, mais en réalité, selon Ruth, c'étaient des gens sympathiques. Quand leurs filles étaient au lycée, il se plaignait toujours du manque de discipline en classe. C'était gênant. En fait elles avaient reçu une bonne éducation. Sur la route, prétendait-il, la plupart des automobilistes étaient des fous criminels. Le rock allemand le rendait dingue.

« Il a toute la musique qu'il aime, ses albums, mais il ne les écoute jamais. Quand tu as joué cette chanson du Velvet Underground au piano il a été très triste. Tous les deux on l'a été, à cause de ce passé qu'on ne veut jamais revoir. Nulle part ! »

Roland écoutait avec un sentiment de malaise Ruth parler de Florian en son absence. Son ton était plus plaintif que compatissant et il la soupçonna d'essayer de lui faire prendre parti dans leurs griefs conjugaux. Il espéra que rien de tout cela n'avait filtré dans sa traduction. Il jeta un coup d'œil à Daphné, assise à côté de lui. Depuis qu'elle les avait rejoints elle paraissait distante. Il la prit par la main et fut surpris de sentir sa paume brûlante et moite, mouillée de sueur en fait.

« Ça va ? demanda-t-il doucement.

— Oui, très bien. » Elle serra sa main à lui de toutes ses forces.

Ruth se pencha soudain en avant. « Il voit une autre femme. Il nie. Donc on ne peut pas en parler. »

Mais Roland ne traduisit pas pour Daphné. Il voyait Florian approcher, suivi par une serveuse avec la deuxième bouteille. En s'asseyant, il insista pour l'ouvrir lui-même.

Daphné serra fort la main de Roland à nouveau. Il crut comprendre qu'elle ne voulait pas s'attarder. Il la regarda et acquiesça de la tête. Elle paraissait épuisée. Sa journée avait été longue. Mais Florian était revenu d'humeur plus loquace, emplissant les verres et voulant se remémorer la fin des années 1970 et les livres interdits, qu'il n'avait pas ouverts depuis. Puis il embraya sur l'OTAN. Son expansion vers l'est était une folie, une provocation ridicule pour les Russes et leur complexe d'infériorité national. Roland exprima son désaccord. Florian n'avait sûrement pas besoin qu'on lui rafraîchisse la mémoire. Les anciens pays du pacte de Varsovie avaient souffert des années durant sous l'occupation brutale des Russes. Ils avaient de bonnes raisons et tous les droits de faire leurs propres choix. Mais entrer dans ce débat était une erreur et il fallut près d'une demi-heure pour en sortir, échanger numéros de téléphone et adresses électroniques. Puis ils se dirent au revoir en tombant dans les bras les uns des autres, des étreintes qui, pour Roland, avaient perdu leur innocente exubérance. Le moment était pollué. Il regrettait que Ruth lui ait révélé ce qu'il n'avait pas besoin de savoir. Il était triste pour eux deux et s'en voulait vaguement, d'une façon déplacée, de son propre bonheur.

Il y eut un nouveau retard alors qu'ils partaient. Quelques membres du personnel voulaient échanger une poignée de main, être présentés à Daphné et les féliciter. Elle remercia chaleureusement mais il vit que cela lui demandait un effort. Il soupçonna Peter de poser des problèmes. Peut-être voulait-il revenir. Aucune chance. Enfin, bras dessus bras dessous, ils longèrent les petites rues impeccables de Mayfair vers Park Lane pour prendre un taxi. Daphné voulut savoir ce qu'avait dit Ruth et il le lui confia. Elle ne réagit pas et, en chemin, il la sentit se cramponner à son bras comme si elle avait peur de tomber. Une fois dans le taxi et roulant vers l'est de la ville il se rapprocha d'elle.

« Qu'y a-t-il, Daphné ? Explique-moi. »

Elle se raidit soudain et fut parcourue par un frisson. Bien qu'elle ait pris une profonde inspiration avant de parler sa voix était à peine audible. « J'ai une mauvaise nouvelle. » Elle s'apprêtait à la lui donner mais n'y parvint pas. Elle se détourna et se mit à pleurer. Roland était sous le choc. S'il s'agissait d'un des enfants, elle lui en aurait déjà parlé. Il l'enlaça et attendit. Elle avait les épaules et le cou brûlants. Le chauffeur ralentit et demanda dans son micro s'il pouvait faire quelque chose. Roland lui dit de continuer à rouler et il coupa le micro. C'était la première fois que Roland voyait Daphné pleurer. Elle toujours si compétente, si forte, si soucieuse du sort d'autrui. Il éprouvait l'étonnement muet d'un enfant devant un parent en pleurs. Il trouva des mouchoirs en papier dans le sac de Daphné et les lui mit dans la main. Lentement, elle se ressaisit.

« Je suis désolée. » Elle le répéta. « Je suis désolée. »

Il l'attira contre elle. Enfin elle lui dit : « J'ai reçu des résultats d'examens ce matin. » En l'écoutant il devina la suite.

Elle reprit : « J'aurais dû t'en parler. Mais je croyais que ce ne serait rien. C'est un cancer, stade quatre. »

Il eut beau essayer, pendant quelques secondes il fut incapable de répondre.

« Où ?

— Partout ! Il est partout ! Je n'ai pas une chance. Dans leur jargon compliqué c'est ce qu'ils ont dit. Les deux médecins. Oh Roland, j'ai tellement peur ! »

11

Il la sortit du tiroir où il rangeait ses pulls et la posa sur son bureau. C'était une lourde urne en céramique dont le couvercle recouvert de liège se vissait, enveloppée dans une page d'un journal vieux de deux ans. Auparavant elle avait trôné cinq ans sur l'appui de fenêtre dans la chambre de Roland, jusqu'à ce qu'il se lasse de ce rappel des raisons de son retard. Juste avant minuit en ce début de septembre, ses bagages étaient faits et entassés dans l'entrée. Sa voiture de location, la moins chère qu'il ait trouvée, était garée au coin de la rue. Il posa délicatement l'urne sur le côté et la fit rouler pour la libérer du papier-journal. Deux années ne pesaient pas grand-chose dans la mémoire, comme deux mois. Le rouleau-compresseur du temps était un lieu commun chez ses vieux amis. Ils partageaient régulièrement leurs impressions d'une accélération injuste. Il avait oublié quelle noire ironie lui avait fait choisir cette page. Il la déploya après avoir mis l'urne à l'écart. 15 juin 2016. Une photo en occupait une moitié : Nigel Farage, leader du UK Independence Party, et la députée travailliste Kate Hoey à la proue d'un bateau, adossés contre la rambarde et d'humeur radieuse. Derrière eux, le Parlement. Près d'eux sur le fleuve, une vedette de tourisme bondée et décorée de drapeaux britanniques. Il y avait d'autres embarcations, partiellement hors champ. C'était une célébration et la promesse que la Grande-Bretagne voterait bientôt sa sortie de l'Union européenne et contrôlerait à nouveau ses immenses zones de pêche.

Mais Roland ne s'intéressait ni à Farage ni à Hoey. Un coude, le haut d'un bras et d'une épaule au premier plan expliquaient son choix. Un choix pervers. C'étaient ceux de Peter Mount, l'un des principaux donateurs soutenant cette cause. Depuis un an il importunait Roland pour qu'il disperse les cendres de Daphné et l'associe à ce rituel. Récemment, ses appels s'étaient multipliés. Roland avait plus d'une fois expliqué que les volontés de Daphné étaient bien définies et qu'il ne les enfreindrait pas. Rien ne s'opposait à ce retard. À deux reprises, il avait raccroché au nez de Peter. Il n'avait pas seulement quelque chose contre lui. Il finissait par haïr tout ce que cet homme représentait.

Il enveloppa l'urne dans une veste polaire, et l'installa dans un sac à dos vide qu'il descendit pour l'ajouter au reste de ses affaires. Des chaussures de marche sous un chapeau à large bord, un deuxième sac à dos, une petite valise, un carton empli de provisions. Dans la cuisine il rédigea un mot pour Lawrence et Ingrid. Ils arrivaient de Potsdam avec Stefanie, six ans, pour garder la maison et profiter de Londres. Ses consignes concernaient principalement son chat, qu'il n'avait pas vu depuis deux jours. À son retour, ils fêteraient l'anniversaire de Roland par un dîner. Quel plaisir, de ne pas rentrer dans une maison vide !

Sur une autre feuille, il écrivit une lettre farfelue de bienvenue pour Stefanie, avec quelques dessins et blagues.

Ces deux dernières années ils avaient tissé une amitié bien à eux. Une surprise, une aventure, une histoire d'amour, alors qu'il avait dépassé la soixantaine. Il était touché par sa façon de rechercher sa présence pour partager ses réflexions pleines de gravité ou ses interrogations longuement méditées, ou pour le supplier de s'asseoir à côté d'elle à table. Elle voulait tout savoir de son passé. Il était impressionné par ces preuves de la vie intérieure si riche d'une enfant de six ans. Elle le ramenait plus de trente ans en arrière, à l'enfance de Lawrence. Elle écoutait l'air concentré les histoires de son grand-père. Elle avait les yeux bleu-noir de sa mère, un regard outremer d'océanographe. Il pensait qu'elle le considérait comme une antiquité extrêmement précieuse, dont elle avait pour tâche de protéger la fragile existence. Il était flatté chaque fois qu'elle lui prenait la main.

Une demi-heure plus tard il était couché et, bien entendu, incapable de trouver le sommeil. Trop de choses à ne pas oublier : couteau tranchant, médicaments contre l'hypertension, meilleur itinéraire pour quitter Londres. Il devait emporter sa nouvelle carte bancaire pour remplacer celle qui était périmée. Les voitures n'ayant plus de lecteurs de CD, il devait en chercher un pour pouvoir passer la musique préférée de Daphné. Il prit un comprimé de zopiclone, et en patientant revint à Peter Mount. À présent que le référendum était allé dans son sens, celui-ci semblait se brouiller sans cesse avec la femme dont il partageait la vie et redécouvrir son amour pour Daphné. Hermione et lui avaient fait campagne ensemble, donné de l'argent, triomphé, et désormais ils se disputaient en justice les propriétés qu'ils possédaient conjointement. L'amour posthume de Mount pour son ex-compagne se résumait à une obsession pour ses cendres. Il savait où elle voulait qu'elles soient dispersées. Trente-cinq ans plus tôt, elle lui avait indiqué l'endroit sur une carte. Il avait récemment proposé d'y aller lui-même. Hors de question. Les consignes données à Roland par Daphné ainsi que sa lettre le spécifiaient. Cette lettre se trouvait dans ses bagages. Peter avait deux fois quitté Daphné, sans ménagement, et il y avait eu ces violences, qu'il reconnaissait sans remords. À l'époque, il prétendait apparemment que c'était elle qui le provoquait. Durant les dernières semaines de sa vie, elle avait décidé de ne pas lui pardonner.

Le comprimé mit du temps à faire effet et le fit dormir trop longtemps. Il aurait dû n'en prendre qu'une moitié. Toute la nuit Peter Mount avait figuré dans la trame enchevêtrée de ses rêves. La mère de Roland était là elle aussi, elle avait besoin de quelque chose et appelait à l'aide, mais sous forme de marmonnements qu'il ne comprenait pas. Il se réveilla à huit heures et demie, l'esprit embrumé. Il avait projeté de prendre la route à six heures et de quitter la ville avant l'heure de pointe. Fonctionnant au ralenti, il perdit encore du temps à ranger la cuisine pour Lawrence et Ingrid, puis il lui fallut un café supplémentaire avant de partir. Il était presque dix heures quand il amena la voiture devant la maison. Pile au moment de la journée où les agents du stationnement faisaient du zèle. Il chargea la voiture à toute vitesse et retournait vers la maison pour la fermer à clé quand il se trouva face au personnage de ses rêves. Dans son état il ne s'en étonna pas. Mount était debout près de la grille, un sac de voyage à la main. Il portait une veste en tweed de gentleman-farmer, une casquette de base-ball et des richelieus.

« Dieu merci. Je croyais que tu serais déjà parti.

— Que veux-tu, Peter ?
— Les enfants m'ont prévenu. Je viens aussi. »
Roland secoua la tête et le bouscula pour passer. Entrant dans la maison, il vit par-dessus son épaule Peter essayer de monter dans la voiture. Puis d'ouvrir le coffre. Il s'approcha de la porte d'entrée et cria : « Tu profites bien de ma maison ? »
Roland claqua la porte et s'assit au pied de l'escalier pour réfléchir. Cette maison avait bien été naguère celle de Peter, achetée avec l'argent rapporté par l'électricité. Ensuite il en avait fait don à Daphné pour prix de sa culpabilité. C'était un vieux contentieux et Roland avait changé les serrures voilà quelque temps. Au bout de dix minutes il ressortit. Peter, toujours là, attendait.
Roland adopta un ton tranquille et raisonnable. « Je ne sais pas pourquoi, Peter, mais toi tu le sais sûrement. Elle ne voulait pas que tu t'en mêles.
— Tu mens, mon vieux. Je l'ai aimée bien plus longtemps que toi. J'ai le droit de venir. »
Roland regagna la maison, bien décidé à passer le reste de la matinée à payer des factures et à écrire des e-mails – ce serait une bonne chose de faite. Là où il allait, pas de connexion internet. À midi trente il jeta un coup d'œil par la fenêtre de la salle de bains. Peter était parti et il n'y avait toujours pas de procès-verbal sur le pare-brise. Une heure plus tard Roland roulait sur l'autoroute M40 en direction de l'ouest, vers Birmingham et au-delà.
Les longs trajets en voiture étaient pour lui souvent propices à un effort de réflexion soutenu, presque aussi lent et morne que la circulation, mais utilement distancié. Sa petite voiture, plus rapide et spacieuse qu'il ne s'y attendait, était comme une bulle d'idées traversant vers le nord

un pays qu'il ne connaissait ni ne comprenait plus. Près de Birmingham il entra dans un état proche de la pensée magique. Les tours de refroidissement, les pylônes surdimensionnés, les entrepôts aux murs aveugles et grillagés en lisière des zones industrielles suggéraient une volonté inflexible de quitter l'Union européenne qu'il n'était pas loin d'admirer. Les pick-up et les semi-remorques qu'il doublait semblaient plus gros, plus bruyants, plus agressifs et nombreux – leur vote était majoritaire.

À Birmingham, en réalité, le résultat des élections avait été nuancé. C'était une ville cosmopolite. En 1971 il y avait donné un concert avec le groupe de Peter. Un public modeste mais averti appréciait le rock du Peter Mount Posse, inspiré de celui du sud des États-Unis, des Allman Brothers, de Marshall Tucker. Peter insistait pour que les musiciens portent des feutres gris, des tee-shirts, des jeans noirs. Ils ne reprenaient pas les titres des autres. Peter et le bassiste avaient composé tous les morceaux du groupe. Ils s'étaient produits dans une salle confidentielle au sous-sol d'un magasin de guitares près de la gare de New Street. Une de leurs meilleures soirées, avant la séparation du Peter Mount Posse à cause des mariages, des enfants et de l'avènement du punk. C'était le soir où Peter avait amené sa nouvelle compagne, Daphné. Roland et elle avaient discuté pendant des heures alors que Peter était parti se soûler quelque part. Dès lors une jalousie et une rivalité muettes avaient existé entre les deux hommes. Mais Mount était un guitariste et un leader à l'autorité naturelle, sachant arriver à ses fins et se battre à l'occasion, de vraies bagarres à coups de poing. Un claviériste à mi-temps et peu sûr de lui n'était pas de taille. Revoilà donc ce même Peter, homme d'argent et de convictions, transfuge de l'UKIP, désormais donateur en vue du parti conservateur au pouvoir et, selon le magazine *Private Eye*, en passe d'être anobli. L'esprit égalitaire du rock n'avait visiblement rien d'inévitable. La confrontation sur le trottoir ce matin-là avait moins à voir avec un kilo de cendres qu'avec la perpétuation d'un vieil affrontement. Sept ans plus tard, ils en revenaient toujours à Daphné. Lequel d'entre eux serait propriétaire de sa mémoire ?

Les mois entre le diagnostic et sa mort avaient été les plus intenses de la vie de Roland, les plus heureux à certains moments, les plus malheureux le reste du temps. Jamais il n'avait été autant éprouvé. Après le choc et la terreur initiale, Daphné avait consulté pour obtenir un second avis. Il l'avait accompagnée, prenant des notes pendant qu'elle posait les questions qu'ils avaient préparées ensemble. Ça paraissait si abstrait, lui répétait-elle. Elle ne ressentait rien d'inhabituel, hormis une douleur épisodique sur le côté, qu'à la demande du médecin elle avait située à trois sur une échelle allant de un à dix. Ils s'étaient mariés dans un bureau d'état civil sans la présence de proches ou d'amis, seulement celle de deux témoins choisis au hasard dans la rue. Des jours durant ils avaient discuté de la consultation et des résultats d'une nouvelle série d'examens. Puis elle avait pris sa décision. Elle avait fait venir les enfants, dont Lawrence, à Lloyd Square et leur avait appris la nouvelle. Dix sur l'échelle du chagrin. Gerald, son diplôme de médecin en poche depuis peu, s'était tu et avait quitté la pièce. Greta avait fondu en larmes, Nancy s'était mise en colère – contre la nouvelle et contre sa mère. Lawrence avait pris Daphné dans ses bras et ils avaient pleuré ensemble.

Une fois le calme revenu et Gerald de retour dans la

pièce, elle leur avait annoncé sa décision à tous. Hormis des soins palliatifs, pas encore nécessaires, elle refuserait tout traitement. Les effets secondaires étaient épouvantables, le taux de réussite négligeable à ce stade. Les enfants reprirent leur vie, Daphné et Roland établirent un plan d'action. Il comportait trois phases. Premièrement, tant que Daphné était encore en état de voyager, il y avait des lieux qu'elle souhaitait revoir. Parmi eux, celui où elle aimerait que Roland disperse ses cendres. Ensuite, elle resterait chez elle pour mettre de l'ordre dans ses affaires et continuerait à le faire jusqu'à la troisième phase, quand l'heure viendrait pour elle de se concentrer sur sa maladie.

Roland s'occupa des réservations d'hôtel et de l'organisation du voyage. En bref, il procéda de manière pragmatique et professionnelle. Mais il y eut encore des larmes et plus d'un accès de colère à cette période. Sans s'abaisser à demander « Pourquoi moi ? », Daphné s'indignait comme Nancy de l'indécence du sort. Elle s'en prenait au détachement apparent de Roland, à son « foutu bloc-notes » – en réalité, quelques feuilles de papier posées sur un livre d'art – et à son stylo toujours prêt comme celui d'un « gardien de prison ». Prison ? Parce que lui était libre et elle prise au piège. Mais leurs réconciliations étaient immédiates et tendres.

Pour commencer, des vacances en famille dans un hôtel sans prétention d'une petite île au large de la côte méditerranéenne française. Daphné voulait que Lawrence les accompagne. Sensible à leur requête, l'institut de Potsdam lui accorda sans délai un congé. Greta, Nancy et Gerald connaissaient l'hôtel depuis leur enfance. Le propriétaire se souvenait de Daphné et la serra sur son cœur. Il ne fallait pas lui dire la vérité. Cette semaine leur donna un avant-goût de nombreuses et violentes sautes d'humeur, depuis une appréhension glaçante de la tragédie proche jusqu'à la joie ordinaire des vacances qui effaçait curieusement tout le reste. Les blagues, taquineries et souvenirs familiaux, le bonheur pris dans ce cadre naturel se révélaient irrépressibles. En deux heures, lors d'un repas, ils pouvaient passer plusieurs fois d'un extrême à l'autre. Ils dînaient dehors sur une terrasse surplombant une modeste baie et le soleil couchant. Photographier Daphné parmi eux, c'était déjà voir la photo qui lui survivrait. Elle refusait toute omerta sur sa maladie. Pas plus facile qu'un silence pudique. Le premier soir, à l'heure de se dire bonne nuit, leurs étreintes furent comme une répétition d'un ultime adieu ; tous en eurent conscience et il y eut des larmes. Ils étaient au jardin sous un eucalyptus, se tenaient par le cou en cercle. À proximité, dans le vivier du chef, la carapace des homards heurtait le verre en produisant un cliquetis sourd. Quelle différence avec l'étreinte conviviale entre les Heise et lui dans l'hôtel de Mayfair, quelques semaines auparavant !

Daphné déclara : « Face à cette saloperie, être là, partager ça est la meilleure chose, la plus joyeuse que je puisse imaginer. » À ces mots, Lawrence ne put retenir son émotion et tout le monde dut le consoler. Quand il fut remis ils le taquinèrent, disant qu'il volait la vedette à Daphné et elle rit avec eux. Cela dura six soirs de suite, avec des hauts et des bas. Elle avait un don pour les convaincre que, dans les bons jours comme dans les mauvais, ils ne devaient ni s'empêcher ni s'en vouloir d'éprouver de la joie ou de la tristesse. Elle donnait l'impression d'être heureuse et, bien que ses proches aient eu du mal à le croire, cette illusion leur remontait le moral.

Les voitures étaient interdites sur l'île. Il y avait une route forestière goudronnée et plusieurs sentiers traversaient les bois de chênes verts. Ensemble ils faisaient des randonnées, se baignaient, pique-niquaient sur les falaises. Un après-midi, Daphné et Roland allèrent seuls à pied au bout de l'île jusqu'à une plage de sable près d'une petite bambouseraie. Ils restèrent indifférents à la beauté de la journée tandis que Daphné lançait quelques idées qui évolueraient au fil des semaines. Presque autant que la souffrance elle redoutait l'impuissance et l'humiliation qui l'attendaient à la fin. Elle éprouvait les premières sensations d'une déchirure sur le côté. La douleur, pensait-elle, deviendrait énorme, « comme une tour ». Cela l'effrayait. Ainsi que la perspective de perdre la tête en cas de métastases au cerveau. Quant au chagrin – de ne pas voir les quatre enfants progresser dans leur vie adulte, de ne jamais connaître les petits-enfants à venir, de ne pas vieillir avec Roland, ni découvrir la vie de couple qu'ils auraient dû avoir depuis longtemps…

« Ma faute », dit-il.

Elle ne le contredit pas, se contenta de serrer fort sa main dans la sienne. Plus tard, en regagnant l'hôtel, sur ce même sujet elle murmura : « Tu n'as jamais tenu en place. »

De retour sur le continent, à la fin du séjour, ils se dirent tous au revoir sur le quai, normalement, affectueusement. Pour l'heure ils s'étaient purgés des émotions excessives. Les jeunes adultes partageaient un taxi jusqu'à Marseille pour prendre l'avion vers Londres, ou vers Berlin via Paris. Roland et Daphné partaient au volant d'un coupé cabriolet de location en direction du nord-est, pour séjourner dans une *pensione* rurale du val d'Aoste. Elle y avait été femme de chambre pendant deux mois à la fin de ses études. Environ six cent cinquante kilomètres en quatre jours, sans se presser, et Daphné conduirait. Ils emprunteraient autant que possible les petites routes, Roland servant de navigateur grâce aux cartes routières achetées avant le départ. Pas de GPS. Il avait aussi réservé trois gîtes d'étape dans des villages isolés.

L'île mise à part, ce fut le plus réussi des itinéraires de rêve de Daphné. L'attention réclamée par la conduite sur d'étroites routes de montagne, le choix du lieu de pique-nique idéal, le plaisir d'arriver à bon port en fin de journée, les demi-tours occasionnels quand Roland se trompait de direction forçaient Daphné à se concentrer sur le présent. La *pensione*, la Maison Lozon, était pour l'essentiel comme dans ses souvenirs. Le propriétaire les laissa jeter un coup d'œil dans l'ancienne chambre de Daphné. Un serveur bulgare de l'auberge avait conquis son cœur et dans cette petite chambre, la veille de son dix-huitième anniversaire, elle avait fait l'amour pour la première fois.

Au dîner ils parlèrent de leurs années d'adolescence, de celles de leurs enfants, de cette période de la vie en général, et de celle où elle avait acquis un statut à part. Pour Roland cela datait du moment symbolique où Elvis avait sorti son premier tube, « Heartbreak Hotel », en 1956. Pour Daphné c'était cinq ans plus tôt, lors de l'essor économique de l'après-guerre et du recul de l'âge de la scolarité obligatoire, au début des années 1950. Ce fut sans doute le fait de parler de cette époque de leurs vies respectives qui accrut leur sentiment d'avoir un passé commun ; ou le regret de ne pas s'être rencontrés adolescents ; ou leur euphorie à la fin d'un voyage par la route réussi, le souvenir lumineux de leur semaine sur l'île ou le ravissement de Daphné en écoutant Roland jouer pour elle une chanson de Fats Waller sur l'antique piano de la *pensione* ; surtout, ce fut la certitude que tout cela devait leur être enlevé. Ils avaient longtemps été amis et s'aimaient comme s'aiment les vieux amis, mais plus tard ce soir-là sous les poutres de leur chambre au deuxième étage, ils tombèrent amoureux – comme des adolescents.

Ce sentiment demeura mais le voyage devint moins enchanteur. Ils redescendirent littéralement de leur nuage quand, soumis aux impératifs du calendrier, ils quittèrent les montagnes pour rejoindre un flot de véhicules en direction de l'aéroport Malpensa de Milan, rendre leur voiture de location et prendre un vol vers Paris. Turin aurait mieux valu. Une erreur de Roland. Daphné, l'air sombre, adopta la conduite locale, clignotant pour déboîter à grande vitesse sur la voie rapide très fréquentée. Roland, tendu sur son siège, se taisait.

Ils s'étaient habitués à la beauté et à la paix, et découvrirent que Paris ne leur convenait pas. Leur appartement se trouvait rue de Seine. Le quartier était envahi de touristes comme eux. Le café du matin dans les bars voisins avait un goût infect, à la fois bourbeux et insipide. Ils décidèrent de se préparer le leur dans l'appartement. Au restaurant doublement étoilé par le guide Michelin qu'elle voulait lui montrer, les vins qu'ils s'offraient pour quinze livres à Londres coûtaient au minimum deux cents euros. De banales récriminations de touristes. Mais au Petit Palais, où Daphné n'était pas allée depuis trente ans, Roland eut ce qu'elle se plaisait à appeler « un mouvement d'humeur ». Il se détourna rapidement des tableaux et l'attendit dans l'entrée principale. Lorsqu'elle vint le retrouver et qu'ils s'éloignèrent à pied, il se déchaîna. S'il devait encore regarder une seule Vierge à l'Enfant, une seule Crucifixion, une seule Assomption, une seule Annonciation, il allait « vomir ». Historiquement, affirma-t-il, le christianisme avait été un éteignoir pour l'imagination européenne. L'expiration de sa tyrannie, quel cadeau ! Ce qui passait pour de la piété n'était que du conformisme imposé par un totalitarisme intellectuel d'État. Contester ou défier celui-ci au seizième siècle équivalait à risquer sa vie. Comme protester contre le réalisme socialiste dans l'Union soviétique de Staline. Cinquante générations durant, le christianisme avait fait obstacle non seulement au progrès scientifique mais plus ou moins à toute vie culturelle, à toute liberté d'expression et à tout questionnement. Il avait mis aux oubliettes pendant une éternité les philosophies tolérantes de l'Antiquité classique, condamné des milliers d'esprits brillants au puits sans fond d'ineptes querelles théologiques. Il avait propagé son prétendu Verbe au prix d'horribles violences et s'était maintenu en place par la torture, les persécutions et la mort. Doux Jésus, laissez-moi rire ! L'expérience que l'humanité avait du monde comprenait une infinité de sujets, et pourtant dans l'Europe entière les grands musées étaient pleins de la même camelote criarde. Pire que la musique de variétés. C'était le concours de l'Eurovision peint à l'huile et dans un cadre doré. En discourant il s'étonnait de la véhémence de ses sentiments et de son plaisir à se défouler. Ce flot de paroles – cette explosion – disait autre chose. Quel soulagement, conclut-il en se calmant, de voir une représentation d'un intérieur bourgeois, d'une miche de pain sur une planche en bois près d'un couteau, d'un couple de patineurs main dans la main sur un canal pris par les glaces, essayant de s'offrir un peu de bon temps « pendant que le foutu prêtre avait le dos tourné. Bénie soit la peinture hollandaise ! ».

Daphné, à qui il restait alors huit semaines à vivre, posa la main sur le bras de Roland. Son doux sourire indulgent l'attendrit. Elle lui donnait une leçon d'agonie. « C'est l'heure du déjeuner. Je crois que tu as besoin de prendre un verre », suggéra-t-elle.

La routine du voyageur et du touriste dans une ville animée la fatiguait et elle aspirait à être chez elle. Ils écourtèrent leur visite et rentrèrent trois jours plus tôt que prévu à Londres en train. Il leur restait un voyage à faire, mieux valait qu'elle se repose à Lloyd Square avant de repartir. Cinq jours plus tard, elle était en forme, et ils chargèrent sa voiture de provisions et de matériel de randonnée. Là encore elle insista pour conduire. Une dernière fois, répétait-elle. Suivant ses consignes, il avait loué un gîte dans le Lake District, près de la rivière Esk. Elle y avait séjourné à neuf ans avec son père, médecin de campagne et naturaliste amateur. Elle se souvenait de sa joie de l'avoir rien qu'à elle. Ensemble le père et la fille comptaient gravir Scafell Pike, la plus haute montagne d'Angleterre, si ce n'était du monde. Bird How, le gîte situé sur les hauteurs de la vallée, n'avait pas l'électricité et cela contribuait à l'enthousiasme de la fillette, ravie d'avoir l'autorisation d'allumer les bougies et de les emporter dans la chambre parmi les inquiétantes ombres mouvantes.

Tandis que Daphné négociait les cols de Wrynose et de Hardknott, Roland se rappela le moment où Lawrence, alors âgé de quatorze ans, avait annoncé vouloir escalader une montagne. Deux jours plus tard, installés dans un pub de la vallée de Langstrath, ils s'étaient mis en route à l'aube pour gravir ce même sommet.

« J'étais impressionné par sa condition physique, par la vitesse à laquelle il m'a fait faire cette ascension. »

Daphné rit. « Tu sembles un peu triste.

— Il me manque. »

Il y avait des nuages bas et de la bruine quand ils arrivèrent à Bird How, deux heures avant la nuit. On atteignait le gîte par un simple chemin et le châssis de la voiture, basse sur roues, racla bruyamment des roches faisant saillie. Roland traversa le jardin en friche pour transporter leurs affaires à l'intérieur pendant que Daphné préparait la maison. Même dans cette lumière déclinante il avait conscience de la beauté des environs. Les montagnes s'élevaient de part et d'autre. La rivière Esk, invisible sous une rangée d'arbres, coulait au bas d'une prairie entourée de murs en pierres sèches. Le gîte était simple. Pas de salle de bains – on faisait sa toilette dans l'évier de la cuisine. Au sous-sol se trouvaient une cave pavée et des W-C chimiques.

Le lendemain matin il avait cessé de pleuvoir et les nuages s'étaient en partie levés. La météo prévoyait des éclaircies. Ils firent leurs sacs à dos et s'engagèrent sur le chemin, suivant la rivière vers l'amont. À Taw House Farm ils prirent la passerelle pour gagner l'autre rive, côté est. Daphné avait en tête un lieu précis qu'elle voulait lui montrer. La marche sur le sol plat était facile mais ils avançaient lentement, se reposant toutes les vingt minutes environ. Juchée sur une échelle adossée à un mur, elle avala un antidouleur et marcha ensuite avec plus d'assurance. Ils mirent trois heures pour couvrir quelques kilomètres. Une fois sur place, au croisement avec Lingcove Bridge, elle était surexcitée. Elle n'en revenait pas que ce simple pont aux arches de pierre soit exactement comme cinquante ans auparavant, lorsqu'elle s'était assise à proximité avec son père et qu'il lui avait parlé de la guerre. Membre du service de santé de l'armée, il soignait les soldats qui se battaient pied à pied pour traverser les plaines du nord de l'Allemagne jusqu'à Berlin. Ce n'était pas un homme démonstratif, dit-elle à Roland, mais il la tenait par la main en évoquant son travail, expliquant de son mieux à une enfant de neuf ans le système du tri des blessés. Alors que leur unité progressait plus loin vers l'est, plus loin de chez lui, il écrivait à la mère de Daphné.

« Je lui ai demandé de quoi il parlait dans ses lettres. Il a répondu qu'il décrivait tout, même les blessures qu'il avait soignées et il lui disait qu'il l'aimait très fort, et qu'à son retour ils se marieraient et auraient un jour une petite fille comme moi. Je ne peux pas te dire, Roland, quelle joie c'était d'entendre ça. Il était extrêmement réservé. Jamais il n'avait prononcé le mot "amour". On ne l'employait pas en ce temps-là, pas devant les enfants. L'entendre dire qu'il aimait ma mère a fait rayonner en moi une immense tendresse pour lui. Il m'a raconté qu'il avait vu des ingénieurs construire à toute vitesse un pont flottant sur l'Elbe. Quand un camion avait traversé, deux roues avaient roulé dans le vide et le véhicule avait failli se renverser dans le fleuve. Les soldats avaient dû s'extirper prudemment, un à un.

« En me faisant ce récit, et c'était vraiment un bon conteur, il le transformait en une sorte de thriller. Je me cramponnais à sa main, derrière nous la rivière suivait son cours tumultueux jusqu'à la cascade et au-delà. Le camion penchait de plus en plus mais les soldats allaient s'en sortir. En l'écoutant je me suis sentie plus heureuse que je ne l'avais jamais été. »

Daphné et Roland montèrent sur le petit pont et regardèrent en aval. Après un silence, elle reprit : « Je suis maintenant si heureuse ici avec toi, ces deux moments de bonheur délimitent presque mon existence. J'aimerais que tu reviennes seul avec mes cendres. Réunir tous les enfants à la fois serait une gageure. Ne viens pas avec un ami, ni avec une de tes charmantes ex-compagnes. Surtout, ne laisse pas Peter imposer sa présence. Il m'a trop souvent fait du mal. De toute façon, il déteste marcher en pleine nature. Viens seul et souviens-toi de notre bonheur ici. Ensuite renverse-moi dans la rivière. » Elle ajouta : « S'il y a du vent, tu peux descendre du pont et le faire depuis la berge. »

Ces dernières phrases, pathétiques, les bouleversèrent. Ils s'étreignirent en silence. Parler de bonheur était absurde, se dit Roland. L'approche d'un groupe de randonneurs, dont les anoraks d'un bleu électrique défiguraient le paysage, les rappela au réel et ils s'écartèrent l'un de l'autre. Le pont n'était pas assez large pour qu'ils passent tous à la fois, alors pendant que le groupe patientait Roland et Daphné regagnèrent la rive côté est et parcoururent quelques centaines de mètres en amont de Lingcove Beck, jusqu'à la première cascade, devant laquelle ils pique-niquèrent.

À la fin, Daphné étant trop fatiguée pour continuer, ils amorcèrent leur descente vers Bird How. Elle somnola le reste de la journée sur le lit et Roland, découragé par la biographie de Wordsworth qu'il avait apportée, et par le poète, feuilleta à la place des magazines sur la campagne laissés par d'autres occupants. En début de soirée il sortit et regarda de l'autre côté de la vallée en direction de Birker Fell. La brise sur son visage lui apportait le son de la rivière et l'amplifiait. Il crut entendre des pas derrière le gîte auquel il tournait le dos. Il alla voir, mais il n'y avait personne. Ces bruits réguliers se confondirent avec les battements de son cœur. De nouveau plongé dans la contemplation de la rivière il aperçut une chouette effraie à une cinquantaine de mètres, volant à basse altitude, droit vers lui, remontant la prairie, sa tête pâle bien visible. L'espace d'un instant il eut l'impression, proche d'une hallucination, de voir un visage humain très âgé, totalement indifférent, qui le fixait. Puis l'image s'évanouit, la chouette vira sur l'aile vers la droite et l'amont de la rivière, volant parallèlement à elle avant d'obliquer à gauche pour la traverser et disparaître derrière un taillis. Quand il retourna à l'intérieur, il entendit Daphné bouger et lui apporta une tasse de thé. Il ne mentionna pas la chouette. Il se dit qu'elle aurait regretté de l'avoir ratée.

Deux jours plus tard ce fut lui qui prit le volant pour rentrer à Londres. Daphné dormit durant une partie du trajet. Lorsqu'elle se réveilla ils atteignaient Manchester. Elle sortit un CD de son sac, des morceaux choisis de *La Flûte enchantée.*

« D'accord ?

— Bien sûr. Monte le son. »

Dès le premier accord, imposant, de l'ouverture, Roland se sentit renvoyé à l'année 1959, à l'odeur de peinture fraîche imprégnant les décors avec des bois effrayants et le lourd tablier en coton qu'on l'obligeait à porter ; à sa perplexité quant aux lieux où il était censé se trouver et à ce qu'il était censé faire ; à la détresse inavouée d'être si loin de sa mère. Plus de trois mille kilomètres. Il revoyait sur la chaussée qui se déroulait devant lui les motifs du lino de la salle de musique de Berners Hall. Le rythme familier, joyeux et précipité, du début de l'ouverture ne le délivra pas. Il avait tenu bon dans l'adversité et, à cause de Mozart et des souvenirs, ses nerfs lâchaient. Le courage désespéré de Daphné menaçait de l'anéantir. À cent vingt kilomètres à l'heure sur la voie médiane, doublant une longue file de camions, sa vue commençait à se brouiller. Daphné était si chaleureuse, si pathétique, elle faisait tant d'efforts en pure perte.

« Il faut que je m'arrête, murmura-t-il. Quelque chose dans l'œil. »

Elle se retourna sur son siège pour regarder par la lunette arrière alors qu'il accélérait le long de l'interminable convoi.

« Vas-y maintenant », dit-elle.

Avec son aide il se glissa entre deux camions et se gara sur le bas-côté, allumant les feux de détresse. Elle avait déjà un mouchoir en papier à la main. Il le prit et sortit. Le rugissement insensible de l'autoroute M6 le revigora pendant qu'il s'essuyait les yeux, debout dans une tempête de poussière. Lorsqu'il redémarra, elle posa la main sur son poignet. Elle avait compris.

Il allait mieux, désormais indifférent à l'opéra. Ils avaient roulé une quinzaine de kilomètres quand elle reprit la parole : « Pauvre Reine de la nuit. Elle a beau monter dans les aigus, elle sait qu'elle va perdre. »

Il lui jeta un coup d'œil et se rassura. Daphné compatissait vraiment. Elle ne parlait pas d'elle-même.

Chez eux, le lendemain soir, quand il rentra de sa soirée à l'hôtel, il la trouva à genoux au salon, entourée d'albums et de centaines de photos éparses, certaines en noir et blanc. Elle en annotait autant qu'elle le pouvait afin que les enfants connaissent le nom de leurs plus lointains parents et de ses amis à elle. Ils trouveraient aussi un rappel des dates et lieux précis des vacances de leur enfance. Elle leur écrivit à chacun une longue lettre, à lire six mois après sa mort. Avec quelques interruptions, le tri des photos lui prit plus de deux semaines. Elle put obtenir par l'intermédiaire de son médecin généraliste qu'une auxiliaire de vie vienne s'occuper d'elle quand elle en deviendrait incapable. Elle commença à vider ses penderies et ses tiroirs des vêtements qu'ils contenaient, certains devant être jetés, les autres lavés, repassés et pliés par ses soins, puis emportés par Roland à la Croix-Rouge. Elle donna tous ses manteaux. Elle ne verrait pas d'autre hiver. Impitoyable, pensait Roland. Et si elle ne mourait pas ? Il se raccrochait à cet espoir. Des choses plus étranges s'étaient produites lors de maladies.

Daphné ne laissait pas de place au doute. « Je ne veux pas que les enfants ou toi fassiez ça. Trop lugubre. »

Elle se retira officiellement de son association pour le droit au logement et la transforma en collectif avec l'aide d'un ami avocat. Elle alla au bureau, fit un discours d'adieu à son personnel accablé et revint de très bonne humeur avec des fleurs et des boîtes de chocolats. Roland se méfiait, redoutant qu'elle ne s'écroule d'un moment à l'autre. Mais le lendemain matin elle était au jardin, chaussures de randonnée aux pieds, retournant la terre des massifs. Dans l'après-midi, le même avocat vint l'aider à prendre des dispositions pour la maison. Peter avait fait des dons généreux à leurs trois enfants pour qu'ils s'achètent un logement. Daphné voulait léguer sa maison à Roland. Quand il protestait, elle rappelait ses conditions. Il ne devait pas la vendre de son vivant. Elle resterait une maison de famille. Lawrence pourrait lui aussi y avoir une chambre. Utile pour les enfants s'ils vivaient ailleurs qu'à Londres, utile pour fêter Noël.

« Maintiens-la en vie, dit-elle. Je serais tellement rassurée si tu acceptais. »

Après avoir consulté les enfants par téléphone ce fut entendu. La maison de Roland à Clapham serait vendue. Les projets de rénovation furent abandonnés. Avec l'argent Lawrence pourrait acquérir un logement à Berlin, où les prix étaient plus bas.

Paradoxalement, se disait Roland, tous ces préparatifs – la deuxième phase – étaient une façon d'oublier l'avenir immédiat. Elle avait déjà consulté son médecin pour obtenir ce qu'elle appelait une « mise à jour » de son traitement antidouleur. En fin de matinée et en début d'après-midi, elle dormait. Elle mangeait moins et se couchait presque chaque soir avant vingt-deux heures. L'alcool sous toutes ses formes l'écœurait à cause du goût de pourriture, prétendait-elle, et tant mieux. Ne pas boire préservait son énergie.

Ni le début de la troisième phase ni sa nature ne firent de cadeau à Daphné. Son talent pour l'organisation en dissimula partiellement l'arrivée, qui fut progressive. Une deuxième mise à jour du traitement, le coucher plus tôt dans la soirée, une quantité de nourriture encore moindre, des moments de désorientation, d'autres d'irritabilité, une perte de poids visible, une pâleur marquée, le tout évoluant lentement tandis qu'elle s'affairait. C'était la pluie de petits cailloux précédant l'avalanche. Celle-ci eut lieu en pleine nuit dans un hurlement. La douleur au côté et dans le ventre de Daphné s'était intensifiée au-delà de ce que pouvaient soulager les derniers comprimés en date. Roland, hébété au pied du lit, enfilait son jean pendant qu'elle se tordait sur les draps enchevêtrés. Elle tentait de lui dire quelque chose entre deux violents élancements. De ne pas appeler d'ambulance. Précisément ce qu'il comptait faire. Elle n'était plus aux commandes. Les urgences arrivèrent en dix minutes. Il fut impossible d'habiller Daphné. À l'arrière de l'ambulance un infirmier lui administra de la morphine alors qu'ils fonçaient vers le Royal Free Hospital. Elle somnola sur un brancard pendant les cinquante minutes d'attente. Roland et un brancardier l'emmenèrent eux-mêmes jusqu'au service indiqué, où les soignants semblaient au courant et avaient son dossier. Son médecin généraliste avait dû anticiper. Roland attendit près du bureau des infirmières pendant qu'on la « soulageait ». Quand il retourna la voir elle était sous perfusion, vêtue d'une blouse d'hôpital, assise. L'oxygène qui lui était insufflé dans les narines avait redonné quelques couleurs à son visage.

« Je suis désolée. » Ce furent ses premiers mots.

Il lui prit la main, la serra dans les siennes et s'assit. Il s'excusa. « J'étais obligé de te faire transporter ici.

— Je sais. »

Un peu après elle ajouta : « Il n'arrivera rien cette nuit.

— Non, bien sûr que non.

— Tu devrais rentrer à la maison, dormir un peu. Reviens me voir dans la matinée. »

Alors qu'elle faisait la liste des choses à apporter, et qu'il la tapait sur son portable, il sentit que sa bonne vieille Daphné était à nouveau aux commandes, et il quitta l'hôpital à quatre heures du matin mû par un espoir irrationnel.

*

Juste après dix-huit heures, dans une somptueuse lumière de fin d'été, il tourna et s'engagea sur le chemin conduisant au gîte. Il y avait apparemment moins d'ornières, ou bien la voiture était plus haute sur roues. Avant de vider le coffre il alla jeter un coup d'œil à l'intérieur. Tout était exactement comme la fois précédente, même l'odeur de bois ciré, même les exemplaires du magazine *Country Life* sur une table dans un coin et le calme vibrant. Mais ce soir-là le soleil répandait ses reflets aux tons miel sur la prairie jusqu'à la rivière et sur toute la vallée. Roland n'avait plus soixante-deux ans. Il lui fallut quatre voyages pour transporter ses affaires à l'intérieur. Comme il s'y attendait, l'absence de Daphné dans ce profond silence était oppressante. Pour s'occuper il défit ses bagages. Il mit même ses vêtements de rechange dans des tiroirs alors qu'il n'était là que pour deux nuits.

Enfin il se versa une bière, l'emporta dehors et s'assit près de la porte d'entrée sur un banc improvisé entre les pierres sèches du mur. C'était apaisant de rester immobile à contempler la vallée – en attendant que se dissipent en lui les vibrations persistantes du moteur surmené de la petite voiture. Sept ans. Qu'est-ce qui l'avait retenu si longtemps ? La lettre de Daphné était limpide. Il pouvait prendre tout le temps qu'il voulait. Durant toutes ces années il ne lui suffisait pas de vivre dans sa maison, d'en être même propriétaire, d'occuper son bureau, de faire la cuisine dans ses casseroles, de dormir dans le lit qu'ils avaient partagé. Ils ne lui suffisaient pas non plus, ces Noëls successifs avec Lawrence, Stefanie, Gerald, Nancy, Greta, leurs compagnes et compagnons, puis leurs conjoints et leurs propres enfants. Le souvenir de Daphné était très présent dans tout cela, mais Roland avait encore besoin des vestiges concrets de sa présence physique et refusait de se séparer de ce résidu calciné, essence de sa femme et de son cercueil. Il lui fallait garder celle-ci près de lui. Au bout de cinq ans seulement, alors que l'urne était surtout devenue un rappel du retard pris, il l'avait enroulée dans une feuille de papier journal et rangée au fond d'un tiroir.

Plus tard, en préparant son dîner, il sentit à nouveau la tristesse l'envahir. Voilà longtemps que Daphné n'avait pas autant occupé ses pensées. Ça faisait mal. Encore une raison de son retard : sa réticence à affronter de nouveau le deuil. Mieux aurait valu qu'elle soit enterrée dans un cimetière londonien où il aurait pu régulièrement s'asseoir près d'elle. Être un officiant sinistre de la dispersion finale de tout ce qui restait d'elle, cela faisait remonter trop d'émotions. Il aurait dû s'en occuper aussitôt, dans les deux semaines suivant sa mort, descendre à l'auberge de Boot, longer à pied la rivière sans revoir le gîte. Il n'avait pas réfléchi en réservant Bird How. C'était morbide d'y revenir. Il se demanda s'il ne devrait pas refaire ses bagages et partir. Mais il savait qu'aller ailleurs ne changerait rien. Tant que les cendres de Daphné ne seraient pas dans la rivière Esk, se dirigeant vers Ravenglass et la mer d'Irlande, il n'y aurait pas de soulagement. Il devait aller jusqu'au bout. Souffrir était approprié. Il avait projeté de continuer ensuite à pied en amont depuis le pont jusqu'à Esk Hause et de redescendre par la cascade de Lingcove Beck. Mais il avait regardé la carte de plus près et vu que c'était une randonnée bien trop ambitieuse pour un homme de son âge et dans son état. Les choses étaient claires, il ferait son devoir sur le pont, rentrerait directement, remplirait le coffre de la voiture et partirait. Il serait incapable de passer une nuit de plus à Bird How.

Il se mit en route sur le chemin avant neuf heures, longea la vallée vers l'amont, rejoignit la rive côté est par la passerelle de Taw House Farm comme auparavant. À ceci près qu'il s'efforçait de ne pas raisonner en ces termes. Il devait éviter qu'elle soit dans ses pensées, marchant avec lui. Il ne faisait pas une randonnée dans le passé mais pour en sortir. Bientôt il fut près de Bursting Gill, contemplant Heron Crag sur la rive opposée, à moins de dix minutes du pont. Après les récentes pluies, la rivière à sa gauche s'élançait magnifiquement contre le granite des rochers, les fougères recouvrant les montagnes autour de lui étaient encore vertes et la senteur suave de l'eau sur la roche flottait dans l'air. Alors que l'eau et la roche n'avaient pas d'odeur. Il posa son sac à dos. L'urne en céramique et ses deux bouteilles d'eau étaient lourdes. Il s'agenouilla au bord de la rivière pour s'éclabousser le visage.

Il ne s'était pas rendu compte de la brièveté du trajet, ou de la vitesse à laquelle il avait couvert la distance. Ce jour-là, Daphné avait dû se reposer plusieurs fois. Il reprit son sac à dos et grimpa vers la droite en direction de Great Gill Head Crag, jusqu'à un tertre, parmi les fougères, où il fit halte. Il se trouvait à une trentaine de mètres au-dessus du sentier, avec une vue dégagée vers l'aval. Un mercredi matin, les vacances d'été étant finies, il n'y avait personne à proximité hormis un randonneur solitaire, à deux ou trois kilomètres peut-être. Il ou elle semblait se tenir immobile. Roland s'assit et sortit la lettre. Instantanément la voix de Daphné résonna à son oreille.

Mon très cher, tu peux me disperser quand tu voudras. Peu importe s'il te faut vingt ans. Du moment que tu peux marcher sans aide jusqu'au pont, t'y tenir là où nous étions et penser à nous, à notre bonheur. Adolescente j'étais tombée amoureuse d'un Bulgare. Il m'avait dit qu'un jour il serait un poète célèbre. Je me demande s'il a réussi. Les vies sont si difficiles à prédire. Je suis revenue au même endroit quarante ans plus tard pour tomber amoureuse de toi, ou découvrir que je l'étais depuis longtemps. Quelle merveille cela aura été de conduire tous deux jusque-là à travers les montagnes ! Merci d'avoir été mon navigateur et d'avoir joué à ma demande une chanson sentimentale sur le piano désaccordé de la pensione. *Merci pour tout. Je sais que ce voyage-ci sera douloureux pour toi. Encore une raison de te dire merci. Je suis tellement désolée que tu doives longer seul cette belle rivière. Je t'aime tant, mon chéri. Ne l'oublie pas ! Daphné*

La proximité et la netteté de sa voix réveillèrent le souvenir du courage de Daphné, des souffrances qu'elle avait endurées en écrivant la lettre dans ce service surchauffé, avec les rideaux verts tirés autour de son lit étroit et le cathéter de la pompe à morphine fixé à la base de son pouce. Ses mots pleins de bravoure dans une écriture ronde et appliquée le rendirent plus sensible à la présence de la vallée, de sa lumière et de ses espaces généreux, de sa rivière sonore roulant ses eaux tumultueuses vers le sud-ouest, du contact rêche de l'herbe sous l'une de ses mains et, alors qu'il buvait une longue gorgée, de la fraîcheur de sa bouteille d'eau dans son autre main. Il avait de la chance d'être en vie.

La lettre de Daphné était une partie essentielle du rituel. Après l'avoir relue il se leva – avec trop d'allant, peut-être, et il dut attendre que passe un vertige soudain. Puis il descendit vers la rivière. Autrefois il s'y entendait à dévaler des pentes raides en courant à moitié, bondissant de rochers en escarpements tel un chamois. Là, inquiet pour les articulations de ses genoux, il rejoignit le sentier de biais, pas à pas. Il approcha de Lingcove Bridge dans un état contemplatif. Il avait oublié l'existence de ce côté d'une bergerie en pierres sèches. Il la dépassa et arriva devant le pont. C'était un lieu populaire pour pique-niquer, ou pour prendre des photos et boire une gorgée d'eau. Ce matin-là l'endroit était à lui. Le pont était juste assez large pour y faire passer deux moutons côte à côte. Il s'y engagea et s'arrêta, suivant la consigne, au sommet de la modeste arche en pierre où ils s'étaient attardés ensemble. Il posa son sac à dos entre ses pieds, mais ne se sentait pas encore prêt à sortir l'urne. En cette occasion il voulait prendre son temps. Il scruta la rivière en aval. Il y avait peu de vent et il pourrait disperser les cendres d'où il était. Il se dit que, s'il pouvait par magie se transformer en quelqu'un d'autre à cet instant, il choisirait d'être le père médecin de Daphné, si calme, si conscient de la petite main étreignant la sienne tandis qu'il parlait de la guerre et de ses lettres d'amour adressées à celle qui deviendrait la mère de la fillette. Même anodin, le fait de se représenter un médecin était une erreur. Cela lui rappela non pas un bonheur partagé mais ce qui avait suivi au cours de ces ultimes semaines. Il ne pouvait rien contre ses pensées indisciplinées. Elles l'entraînaient vers les atroces souffrances de Daphné et celles des enfants quand ils allaient la voir. Elle était de plus en plus recroquevillée sur son lit, le crâne visible sous ses traits, les dents si saillantes qu'ils avaient tous du mal à reconnaître son visage sous ce nouveau masque. Sa peau la brûlait. Elle détestait dormir autant, tous ces sommes dus à la morphine, tous ces rêves – terrifiants par leur réalisme, disait-elle, et elle luttait pour leur échapper. Sa langue était couverte d'aphtes, ses os comme en feu. La douleur qui lui déchirait un côté était comme elle l'avait redoutée, en pire. Elle avait le choix entre cette souffrance et la morphine avec ses rêves oppressants qui prenaient l'apparence de la réalité, même si le médecin de l'hôpital insistait sur le fait que les patients sous morphine avaient un sommeil sans rêves. Quand Roland demandait à Daphné si elle voulait rentrer chez elle, elle avait l'air effrayée. Elle répondait qu'elle se sentait plus en sécurité où elle était. Pour la même raison, elle refusait d'être transférée dans une maison de retraite médicalisée. Bientôt les médicaments ne suffirent plus contre la douleur et elle aspira à mourir. C'était l'humiliation qu'elle avait toujours appréhendée, mais son calvaire l'y rendait insensible. Il l'entendit supplier d'une toute petite voix un médecin de la laisser partir. Elle fit une tentative auprès des infirmières, à présent ses amies, pour obtenir une overdose dont personne ne saurait rien. Mais le personnel, toujours attentionné, avait l'obligation légale de la maintenir en vie dans la douleur jusqu'à ce qu'elle meure. Ils étaient prêts à la tuer par omission, en cessant de lui donner à manger et à boire. Une soif intense et implacable s'ajouta à son martyre. Roland lui humectait les lèvres avec une éponge. Ses lèvres se fendillaient comme si elle avait traversé un désert en rampant. Le blanc de ses yeux était jaune. Son haleine sentait la pourriture. Il retira le panonceau *Rien par voie orale* fixé au pied du lit et alla au bureau des infirmières exiger que l'on donne de l'eau à Daphné dès qu'elle en demanderait. Elles acceptèrent avec un haussement d'épaules, pas de problème.

Peu de temps auparavant avait été soumis au Parlement un projet de loi qui aurait permis à Daphné de choisir le moment de sa mort. Les hauts dignitaires de l'Église siégeant à la Chambre des lords, les archevêques, s'y opposèrent. Ils dissimulèrent leurs objections théologiques derrière d'horribles récits où des proches cupides voulaient mettre la main sur l'argent des malades. Les théologiens étaient les plus méprisables. À l'hôpital, quoique jamais en présence de Daphné, il réservait son mépris – ses « mouvements d'humeur » – aux notables de la médecine, ces austères doyens des sociétés et collèges royaux qui ne voulaient pas renoncer à leur droit de vie ou de mort.

Il expliqua tout cela à Lawrence dans un couloir de l'hôpital. Une de ses diatribes irresponsables – des médecins pouvaient passer et l'entendre. Deux siècles s'étaient écoulés avant que les sommités en place ne jugent utile d'examiner au microscope les micro-organismes décrits par Antonie Van Leeuwenhoek en 1673. Elles avaient pris position contre l'hygiène parce que c'était une insulte à la profession, contre l'anesthésie parce que la douleur était un élément de la maladie voulu par Dieu, contre la théorie des microbes parce qu'Aristote et Gallien pensaient différemment, contre la médecine basée sur les preuves parce qu'on ne procédait pas ainsi. Elles se cramponnèrent le plus longtemps possible à leurs sangsues et à leurs ventouses. Au milieu du vingtième siècle, elles défendirent l'ablation généralisée des amygdales chez les enfants, malgré les preuves de son inefficacité. Au bout du compte, la profession finissait toujours par s'incliner. Un jour ces sommités s'inclineraient, et reconnaîtraient le droit d'une personne sensée de choisir la mort plutôt que des souffrances insupportables et incurables. Trop tard pour Daphné.

Lawrence laissa son père terminer puis posa la main sur son bras. « Ils ont aussi dû combattre des tonnes d'idées fausses, papa. Quand la loi changera, eux aussi. » Ils retournaient vers la salle où se trouvait Daphné. « Sans doute, mais ils se battront jusqu'au bout. »

Assis jour après jour à son chevet, s'occupant d'elle, assistant à son déclin grotesque, il avait besoin de quelqu'un, de quelque chose à qui s'en prendre. De manière impie, il aspirait à ce qu'elle meure. Il le souhaitait presque autant qu'elle.

Plus tard, on l'autorisa à rester toute la nuit avec elle. Quand elle mourut à cinq heures du matin, il s'était endormi dans son fauteuil et ne put se le pardonner. Se réveillant, il avait vu quelqu'un remonter le drap sur son visage et s'était énervé. Une infirmière philippine avait été ferme avec lui. « Elle ne s'est pas réveillée, chéri. On a fait ce qu'il fallait pour. »

Voilà donc aussi, pensait-il sur le pont, ce qu'ils avaient partagé pendant quatre semaines et, au moment ultime, échoué à partager. La gentille infirmière ne pouvait avoir eu conscience de tout. Il s'était assoupi plus d'une heure. Jamais il ne saurait si Daphné s'était réveillée, l'avait appelé en se sentant partir, avait levé une main dans l'espoir d'atteindre la sienne. Cette pensée lui était insupportable et il n'en avait jamais parlé aux enfants. Lawrence aurait sans doute quelque chose de rationnel et de réconfortant à dire. Ç'aurait été encore pire.

Roland avait toujours le pont pour lui tout seul. Il pivota sur lui-même pour regarder vers l'amont puis vers Lingcove Beck, en direction de la cascade où ils avaient déjeuné ensemble. Il lui restait à se remémorer leur bonheur, le rituel l'exigeait, mais rien ne pressait. Il se souvenait encore de ce qu'ils avaient mangé. Les sandwichs sophistiqués n'avaient jamais été pour eux. À la place, ils attaquaient avec un bon couteau une miche de pain et un bloc de cheddar. Accompagnés de tomates, d'olives noires, d'oignons verts, de pommes, de noix et de chocolat. Exactement ce qu'il avait dans son sac ce jour-là.

Quand il se retourna vers l'aval il vit un randonneur apparaître au détour d'un léger méandre de la rivière. Sans doute celui qu'il avait aperçu du haut du tertre, désormais à deux cents mètres environ. Il l'observa, sourcils froncés, et se baissa d'instinct pour prendre ses jumelles dans une poche latérale de son sac à dos. Il les porta à ses yeux, tourna la molette pour faire le point et, comme de bien entendu, c'était Peter Mount, se déplaçant sur le sol irrégulier d'un pas hésitant et d'un air dégoûté. Le goudron était sa surface de prédilection. Ou la moquette. Oui, c'était bien lord Posse Mount, anciennement de Clapham Old Town, venu reprendre Daphné à Roland au nom d'une logique impure. Je l'ai rencontrée le premier. Ils étaient à quelques minutes l'un de l'autre. Roland savait qu'il pouvait clore tout débat en confiant les cendres de Daphné à la rivière sans plus attendre. Mais il ne comptait pas se laisser intimider ou harceler. Il avait reçu des consignes et entamait à peine sa méditation sur leur bonheur. Il rangea ses jumelles et croisa les bras. L'ex-compagnon – et non mari – de son épouse défunte, le père de son beau-fils et de ses belles-filles, longeait laborieusement le chemin. Des richelieus ne convenaient apparemment pas pour traverser les divers ruisseaux de montagne qui venaient se jeter dans la rivière Esk. Pour quelqu'un nourrissant l'espoir raisonnable d'être anobli, à condition de verser suffisamment d'argent au parti, la casquette de base-ball ne présentait pas très bien non plus. L'intention était peut-être de faire jeune. En vain, car le visage, aussi las que celui de Roland, était celui d'une vieille ganache en proie à l'agacement et à l'angoisse.

Roland, ragaillardi, attendait l'affrontement avec impatience. L'urne en céramique était bien enveloppée dans son sac à dos, lui-même calé entre ses pieds chaussés de lourds bottillons de randonnée. Il afficha un large sourire de bienvenue lorsque Peter s'arrêta près du pont et leva les yeux vers lui.

« Ça alors, Peter ! » Il éleva la voix pour couvrir le bruit du courant. « Quelle surprise !

— Me voilà les pieds trempés, bon sang, et j'ai dû me froisser un muscle. » Il s'assit lourdement sur un rocher. Il n'avait pas de bagages.

« Pauvre de toi. » Une immense joie gagna Roland. Son sac à dos en bandoulière, il descendit sur la berge.

Peter enleva sa casquette et s'épongea le front avec. « Tu as fait la bonne action ?

— Non.

— Très bien. C'est le pont ?

— Absolument.

— Bon, parfait. Accorde-moi juste une minute. »

Impressionnante, cette capacité de Peter à parler comme si la conversation du matin précédent n'avait pas eu lieu. Il avait le don d'arriver à ses fins. Il faisait comme si de rien n'était, ignorant tous les obstacles jusqu'à ce qu'il obtienne satisfaction. Utile, longtemps auparavant, quand ils débarquaient dans une salle de spectacle, toujours pour assurer la première partie, et que la sono ou l'éclairage n'étaient pas au point et la direction sourde et muette – au début.

« Alors tu vas où ? demanda Roland avec légèreté.

— Ici même. »

Pour imiter Peter, pour rendre hommage à ses méthodes, Roland reprit : « Si tu traverses la rivière et que tu montes vers la gauche, tu arriveras à Esk Hause. Tourne vers l'est au sommet et tu auras de magnifiques vues de Langdale. »

Son adversaire se leva. Il désigna le sac à dos de Roland avec un sourire. « Tu as l'urne là-dedans.

— Je vais sans doute attendre que tu passes ton chemin, Peter. Tu sais, tu pourrais aussi rester sur cette rive, monter jusqu'à Lingcove Beck et admirer quelques belles cascades. Si tu apprécies ce genre de choses. Ensuite tu pourrais faire l'ascension de Bow Fell.

— Allez, Roland. Finissons-en. J'ai réservé une table pour le déjeuner à Askham Hall.

— La route est assez longue. Je ne veux pas te retarder.

— Tu sais quoi ? Je m'en charge et tu peux regarder. » Peter fit un pas vers Roland, bras tendu comme pour lui prendre son sac à dos.

Roland s'écarta. « Elle ne voulait pas que tu sois impliqué. Elle l'a clairement fait savoir, j'en ai peur. »

Peter replia sa casquette et la fourra dans la poche intérieure de sa veste en tweed. Il détourna le regard, se massant d'un air apparemment songeur le lobe de l'oreille entre le pouce et l'index. « Ce devait être à Stockholm. Il y a trente-cinq ans. Elle était enceinte de Greta. Elle m'a dit ce qu'elle voulait si jamais elle partait la première. J'ai dit de mon côté ce que je souhaitais si c'était moi. On s'est fait des promesses solennelles. Plus tard, de retour chez nous, elle a dessiné un cercle pour moi sur une carte. Que j'ai toujours gardée. »

Il la sortit en partie de la poche de sa veste. Une vieille

carte d'état-major, sixième édition, un centimètre pour un kilomètre.

« C'était il y a longtemps, répliqua Roland. Avant Angela, non ? Avant Hermione ? Avant que tu ne lèves la main sur elle ? »

À sa surprise, Peter avança vers lui d'un pas décidé. Cette fois il ne s'écarta pas. Une fois encore, avec un certain à-propos, Peter poursuivit comme si Roland n'avait rien dit. « Et je tiens toujours mes promesses. »

Ils étaient assez près l'un de l'autre, face à face, pour que Roland reconnaisse l'eau de toilette de Peter.

« Moi aussi.

— Alors le plus sensé, c'est de le faire ensemble.

— Désolé, mon vieux. Je t'ai expliqué pourquoi. »

Peter prit Roland par le col ouvert de sa chemise, juste sous le premier bouton. Il serrait à peine, presque affectueusement, la toile de coton. « Tu sais, Roland, je t'ai toujours apprécié.

— Je vois ça. » En prononçant ces mots, Roland referma sa main droite sur le poignet de Peter. Un peu plus épais qu'il ne s'y attendait mais en serrant plus fort, son index et son pouce se rejoignirent. Alors seulement, trop tard, il comprit qu'ils allaient se battre. Incroyable. Mais aucun moyen d'y échapper. Ils étaient de la même taille, et du même âge à un ou deux mois près. Il savait que Peter ne faisait jamais de sport, contrairement à lui qui avait derrière lui des milliers d'heures sur les courts de tennis. Ça faisait un bon moment mais il gardait sûrement une certaine forme physique, une certaine force. Et de la puissance dans la main qui avait tenu la raquette, car Peter lâcha en hoquetant la chemise de Roland. Tout en essayant de l'étrangler de sa main libre. Donc c'était du sérieux. Se débarrassant de la main de Peter d'un coup de poing, il laissa glisser son sac à dos à terre. Tant mieux, car les deux hommes luttaient à présent pour enserrer du bras le cou de l'autre et faire basculer celui-ci au sol à l'aide de leurs jambes. Contrant chaque geste de l'adversaire, ils en vinrent au corps-à-corps. Ils restèrent ainsi une minute entière, deux vieillards chancelants et poussant des grognements sur une rive de l'Esk. Nul autre son que le tumulte de la rivière. Nul chant d'oiseau. Nul randonneur de passage risquant de s'étonner du spectacle. Ils avaient le Lake District tout à eux pour régler leur différend.

En se débattant, Roland se sentait désavantagé sur un point. Il avait le temps de trouver cette bagarre absurde. Le savoir lui faisait perdre ses moyens. Se battait-il ou feignait-il de se battre ? Alors que Peter, lui, bénéficiait de la certitude d'être dans son bon droit et de n'avoir qu'un but : l'emporter. Et emporter les cendres.

Roland libéra son bras droit et remonta brutalement le plat de sa main sous le nez de Peter, lui renversant la tête en arrière. Celui-ci dut enfin lâcher prise et s'éloigner. Il saignait du nez. Roland tournait le dos à la rivière. Il inspecta son sac à dos. Bien calé contre le mur de la bergerie. Le souffle court, Peter et lui se faisaient face, à trois ou quatre mètres l'un de l'autre. À son étonnement, Peter émit un nouveau grognement et se pencha ou se recroquevilla soudain, comme si son cœur ou un autre organe lâchait. Roland s'apprêtait à lui venir en aide, mais Peter s'était redressé avec à la main une pierre de la taille d'une balle de tennis. Alors seulement Roland comprit que cette bagarre, comme toutes les bagarres, obéissait, ou avait obéi, à des règles tacites. Elles ne s'appliquaient plus.

Peter essuya le sang sur sa lèvre supérieure. « Bon », chuchota-t-il en déployant son bras.

« Si tu me jettes ça, promit Roland, je te brise la nuque. »

Peter jeta gauchement la pierre et Roland tenta gauchement d'esquiver sa trajectoire. Elle l'atteignit non pas en plein visage mais en haut du front, bien au-dessus de l'œil droit. Il ne s'écroula pas. Il titubait, conscient mais cloué sur place, un son strident et continu dans les oreilles. Peter en profita pour se ruer sur lui et lui plaquer violemment les deux mains sur la poitrine, le faisant basculer en arrière sur la pente abrupte et rocheuse qui les séparait de la rivière. En cas de besoin Roland savait tomber, du moins de manière pas trop désastreuse. Juste avant de perdre pied, il parvint à pivoter sur lui-même pour atterrir de tout son long sur un haut-fond. Son bras gauche amortit partiellement la chute et l'eau atténua le choc pour sa tête. Il coula quelques secondes seulement, échappant par chance à la force du courant. L'impact fut toutefois colossal, comme une explosion, il eut le souffle coupé et hoqueta. Se redressant tant bien que mal il devina qu'il s'était cassé quelques côtes. Il sortit la moitié supérieure de son corps de l'eau et resta couché en partie à l'air libre, reprenant son souffle, entendant le son strident diminuer dans ses oreilles. Soudain il se rappela l'existence de Peter. Il se tordit le cou pour le voir. Debout sur le pont, celui-ci finissait de disperser les cendres de Daphné au milieu des flots tumultueux. Il aperçut Roland, brandit l'urne en triomphe au-dessus de sa tête telle une coupe de championnat de foot et lui adressa un sourire réjoui. Roland ferma les yeux. Plus rien n'avait d'importance. Peu importait qui les avait dispersées, les cendres de Daphné étaient dans la rivière, se dirigeant vers la mer d'Irlande comme elle le voulait. Il pouvait se laisser aller, flotter près d'elle jusqu'à destination.

Il sortit les jambes de l'eau et parvint à s'asseoir. Quelques secondes plus tard il entendit la voix de Peter au-dessus de lui, en haut de la pente.

« Je dois me dépêcher. En retard pour déjeuner. Désolé qu'on n'ait pas pu le faire ensemble. Tu vas survivre, on dirait. »

Roland resta une demi-heure assis à récupérer, à vérifier l'absence de fractures aux bras ou aux jambes. Il avait la chance, si c'était le mot, qu'il fasse chaud ce jour-là. Il finit par se relever et faire quelques mètres vers l'aval, où il lui fut plus facile de regagner la rive. L'urne vide était appuyée contre son sac à dos, dans lequel il chercha des antidouleurs, paracétamol et ibuprofène. Il prit un gramme de chaque avec une gorgée d'eau. Lever les bras pour enfiler sa veste polaire lui fit mal. Il déploya un bâton de randonnée télescopique et, avec difficulté et force grognements, remit son sac à dos sur ses épaules. Vingt minutes plus tard il avançait d'un bon pas. Le chemin était facile et la descente de la vallée ne nécessitait pas d'effort. Ses chaussures produisaient un couinement sympathique, les antidouleurs faisaient effet. Mais sa défaite pesait sur lui. Il tenta de la chasser de ses pensées. C'était la mort, et non Peter, qui lui avait volé Daphné. Diverses rêveries de vengeance le réconfortèrent en chemin mais il savait qu'il ne ferait rien. De retour au gîte, où il n'y avait pas de salle de bains ni de douche chaude, il se changea, fit du feu, s'installa devant pour manger ses provisions – des noix, du fromage, une pomme – puis s'endormit.

Il mit beaucoup de temps à charger sa voiture le lendemain. Ses douleurs s'étaient intensifiées pendant la nuit.

Avant de se mettre en route il fouilla sa pharmacie dans son sac à dos pour reprendre des antidouleurs, avec un peu de modafinil pour rester éveillé et se concentrer sur la route. Cela rendit son voyage presque agréable. En souvenir de Daphné, il passa ses morceaux choisis de *La Flûte enchantée* sur le lecteur qu'il avait apporté et les écouta sans être ramené au passé. La perspective de dîner avec Lawrence, Ingrid et Stefanie le soutenait.

Après trois arrêts durant le trajet, il se gara devant la maison de Lloyd Square en fin d'après-midi. Une surprise l'attendait. L'entrée décorée de ballons était emplie d'enfants qui l'acclamaient. Lawrence et Ingrid s'étaient arrangés pour que Nancy, Greta, Gerald et leur famille soient là. Dans la cuisine devant une tasse de thé, avec Stefanie sur les genoux, il décrivit comment il était tombé dans une rivière après avoir glissé sur un sentier. Les enfants n'en revenaient pas qu'on laisse un vieux monsieur s'embarquer seul dans une aventure aussi folle. Avant que Roland n'aille se doucher, Gerald, désormais chef de clinique en pédiatrie, examina ses blessures. Il avait récemment épousé David, conservateur au département des antiquités grecques et romaines du British Museum. Le jeune médecin ne fut pas troublé par les meurtrissures rougeâtres et les écorchures sur le bras gauche et le haut des jambes de Roland, ni par sa blessure héroïque au front. Elle ne nécessitait pas de points de suture. Il fut toutefois intrigué par son ecchymose à la poitrine. Le petit garçon avec des taches de rousseur qui venait après l'école jouer avec Lawrence et dormir à la maison possédait à présent l'autorité imperturbable d'un praticien expérimenté. Il conseilla de faire une radio. Une côte cassée pouvait transpercer la plèvre de Roland.

Avant de rejoindre la fête d'anniversaire, Roland reprit un peu de modafinil pour tenir toute la soirée. Ils étaient quinze à se serrer autour de la table de la salle à manger, plus deux bébés dans leur chaise haute. Stefanie avait demandé à s'asseoir près de lui. De temps à autre elle serrait sa main dans les siennes pour le rassurer. Elle lui prit la tête pour l'approcher de ses lèvres et murmura : « *Opa, ich mach mir Sorgen um dich.* » Grand-père, je m'inquiète pour toi.

Plus tard, Roland contempla cette tablée, cette famille turbulente pleine de bonne volonté, plus quelques amis : un mathématicien spécialiste du changement climatique, une océanographe, un médecin, une mère au foyer, un travailleur social, un avocat en droit communautaire, une institutrice, un conservateur de musée. Tous étaient peut-être, conformément à l'esprit du temps, les nouveaux marginaux. Car désormais, dans ce petit coin du monde, c'étaient Peter Mount et ses semblables qui gouvernaient. L'espace d'un instant de dissociation mentale, il vit les membres de sa famille regroupés sur une photo ancienne où tout le monde, y compris les bébés – Charlotte et Daphné – aurait vieilli et serait mort depuis longtemps. Ils y figuraient tous, ces gens de 2018, compétents et tolérants, dont les opinions s'étaient perdues dans le passé, dont les voix s'étaient peu à peu éteintes jusqu'à ce qu'il en reste à peine trace.

Lawrence se leva pour porter un toast, non seulement au soixante-dixième anniversaire de son père, mais aussi en souvenir de sa belle-mère, et à l'avenir de tous les enfants autour de la table. Malgré de multiples élancements et tiraillements, Roland se mit debout pour les remercier tous et il leva son verre à sa femme et à ses petits-enfants. Retrouvant le goût riche et raffiné de l'Europe du Sud, il se remémora cette promenade avec Daphné sur l'île méditerranéenne, jusqu'à une plage avec une bambouseraie et les eaux calmes d'une baie bleu sombre, et à leur retour ce parfum des herbes sauvages qu'ils écrasaient sous leurs chaussures poussiéreuses. À une époque où Daphné était encore assez solide pour supporter sans effort la chaleur de la journée et la distance. Sa main se posa instinctivement sur son cœur, sur la zone endolorie juste dessous, et il les remercia tous à nouveau.

12

La chute, la deuxième en trois ans, eut lieu en juin 2020, peu avant la fin du premier confinement, alors que Roland descendait l'escalier. Il avait terminé le premier jet d'un article, « L'héritage thatchérien », pour un magazine américain en ligne. Cent vingt-cinq dollars pour mille mots. Pourquoi Thatcher, pourquoi maintenant ? Il n'avait pas posé la question. Son mi-temps à l'hôtel ne lui donnait pas droit aux aides financières durant la pandémie, lui avaient dit ses employeurs japonais branchés, amateurs de be-bop et de blues nerveux. Il touchait une retraite de l'État et avait moins de trois mille livres d'économies. Relancer sa carrière de journaliste était tout ce qui lui venait à l'esprit.

Il descendait avec précaution, se tenant d'une main à la rampe, comme le lui rappelait constamment Gerald. Tomber sous la douche, en sortant de la baignoire, sur un trottoir ou une pente, en trébuchant à cause d'un tapis, à la descente d'un bus, c'était le début de la fin pour beaucoup de vieillards. Roland se dirigeait vers la cuisine et un déjeuner tardif – le contenu d'une boîte de sardines à l'huile d'olive sur une tranche de pain *pumpernickel* grillé, avec une tasse de thé noir. Plus savoureux qu'il n'y paraissait.

Dans l'escalier il se demandait comment améliorer son article. Celui-ci était laborieux, austère, terne. Sur le site du magazine, des hommes et des femmes ayant le tiers de son âge vous sortaient des papiers avec une blague et une pique à chaque ligne tout en offrant le sérieux d'un savoir-faire livresque ou politique. Près de trente ans après le départ de la Première ministre, son héritage, sa marque sur la psyché du pays restaient profonds, avait-il écrit. Elle avait laissé des empreintes digitales partout sur le présent et ne serait pas oubliée de sitôt : une crise du logement due au délabrement des services sociaux, une City déréglementée et en folie dont le pays payait la cupidité par des plans d'austérité, une conception handicapante de la grandeur nationale, une méfiance généralisée envers les Allemands, les Français et les autres, des villes moyennes du nord des Midlands, du pays de Galles et du centre de l'Écosse encore anesthésiées par la rigueur de son libéralisme économique, la vente des grandes entreprises nationales, l'impatience des actionnaires, les incroyables inégalités de revenus, une moindre allégeance au bien commun, le manque de protection pour les ouvriers, les rivières polluées par des égouts privatisés.

Il n'était qu'un vieux pisse-copie travailliste. Il en faisait trop avec ses « empreintes digitales partout sur le présent ». Pour ce qu'il en savait, c'était un cliché ou un emprunt. Il lui fallait quelques blagues. Le côté positif de Thatcher ? Elle avait mis à bas la dictature fasciste en Argentine, sauvé la couche d'ozone, et brièvement, avant de changer d'avis sur la question, parlé au monde entier du changement climatique. On lui devait aussi l'ouverture des magasins le dimanche, la réforme du parti travailliste, la baisse de l'inflation et des impôts, l'aide à Reagan pour faire plier l'Union soviétique, l'élimination de quelques syndicats corrompus, l'accession à la propriété des classes populaires, la démonstration que les femmes pouvaient en imposer aux hommes à l'autorité pompeuse et dominatrice. Rien de drôle dans tout ça.

De tels efforts d'impartialité avaient dû perturber son sens de l'équilibre. Il était à deux marches du bas de l'escalier, une chance pour lui. La transition fut instantanée. Il sentit l'impitoyable lasso d'acier lui enserrer la poitrine puis la douleur fusa, météorique, à gauche de son sternum. L'étoile filante de sa malchance. Il se contracta et bascula en avant. La merveilleuse routine automatique se mit en marche et ses mains jaillirent de son corps pour protéger sa tête alors qu'il atterrissait avec un bruit sourd, indemne et les bras en croix sur le carrelage du couloir. Quand il s'assit, des points lumineux traversèrent son champ de vision mais la douleur avait disparu. Pas même de contrecoup. Pas la moindre anomalie. Il se remit lentement debout, s'adossa contre le mur, penché en avant, genoux légèrement fléchis, et attendit de voir. Rien. Ce n'était rien.

De la main il fit tomber de son pantalon quelques flocons de poussière et gagna la cuisine. Il avait comme d'habitude laissé la radio allumée. Un homme en furie se déchaînait contre une femme en pleurs. Le feuilleton radiophonique *The Archers*. Insupportable. Il coupa le son et entama ses préparatifs. C'était une tâche sérieuse, interdite aux faibles, de tirer sur l'anneau qui soulèverait le couvercle en fer-blanc et laisserait entrer la lumière dans sa boîte de trois sardines couchées tête-bêche comme des enfants lors d'une soirée pyjama. Il aurait pu se briser la nuque. Mais seul un bouffon irait aux urgences pour se plaindre de son cœur. Et attraper ce sale virus transmis par un abruti déambulant sans masque dans la salle d'attente. Puis sentir quelques jours plus tard sur sa langue l'embout glacé du respirateur avant d'être plongé dans un coma artificiel, avec une chance sur deux de se réveiller. Par ailleurs, ce n'était pas son cœur. Ça venait sûrement de ses côtes, d'un petit bout d'os qui transperçait le tissu musculaire tel un cure-dents planté dans un anchois. Les radios n'avaient montré que des fêlures, censées se réparer toutes seules. Mais c'était lui le patient et il savait que sa théorie se tenait. Un éclat d'os microscopique était logé dans une terminaison nerveuse. Dès que Roland bougeait d'une certaine façon, la douleur, avec une sensation de constriction, irradiait dans sa poitrine, quoique jamais aussi intensément qu'à présent. Gerald, avec l'appui de Lawrence, voulait l'envoyer chez un cardiologue. Mais Gerald était pédiatre. Le cœur des enfants était différent.

Roland but son thé au salon, inchangé depuis la disparition de Daphné, excepté la poussière, plus quelques milliers de photos recouvrant le tapis et trois cartons où d'autres étaient entassées. S'inspirant de Daphné, il avait entre autres projets de confinement celui de les annoter, les trier et les ranger par ordre chronologique. Pas facile. Il progressait lentement. Trop d'entre elles rappelaient des souvenirs, suscitaient des interrogations sur les amis morts ou depuis longtemps perdus de vue, entraînaient des efforts prolongés pour se remémorer les noms et les lieux. Il perdait beaucoup de temps à regretter sa jeunesse. Trop de clichés de sa décennie perdue le montraient sac au dos, vigoureux et jovial dans des paysages spectaculaires de montagnes, de déserts, de flore sauvage ou de lacs. Où était-ce, qui avait appuyé sur le déclencheur, en quelle année ? Il était un inconnu pour lui-même, un inconnu qu'il enviait. Désormais cette décennie lui paraissait précieuse, peut-être la meilleure qu'il ait eue. Après l'enfance et l'internat, avant les leçons de tennis, la musique d'ambiance et les cartes de vœux, quand avait-il été si libre, si désireux de fêter la vie même ? Profites-en, avait-il envie de dire au jeune homme qui le fixait. Vagabonder dans les prairies de castilleja, le long de torrents, à deux mille mètres d'altitude dans la chaîne des Cascades, défoncé et béat sous l'effet de la mescaline et en bonne compagnie, leur camp de base à une dizaine de kilomètres derrière eux : il fallait y voir une réussite.

À partir de 2004, et pendant dix ans, ses photos étaient prises avec un appareil argentique. Depuis, il utilisait un téléphone portable. Pour les non-spécialistes, les appareils photo appartenaient à une espèce révolue, comme les machines à écrire et les réveils, et en voie d'extinction, comme les postes de radio ou les lessiveuses. Il avait envoyé par e-mail une bonne partie de ses fichiers JPEG à une firme de Swansea pour obtenir à grands frais des tirages sur papier, prêts à être annotés. Puis s'était aperçu qu'il aurait dû commencer par numériser une sélection de ses tirages papier d'avant 2004. Il aurait alors pu remettre en main propre ou envoyer par e-mail à sa famille sa production entière, facilement reproductible.

À l'ère du numérique il donnait le change, tel un homme habilement déguisé, mais restait un citoyen du monde analogique. Cette erreur de départ sapait sa détermination et le ralentissait. Trop tard, trop cher de revenir en arrière, et continuer l'ennuyait. Il n'avait pas la discipline de Daphné. Mais elle avait travaillé jusqu'à la dernière limite. Il était plus souple avec lui-même. En conséquence de quoi il n'arriverait jamais au bout. De temps à autre il allait au salon, ramassait une photo sur le sol, l'examinait et s'absorbait dans quelque rêverie. Quand il en sortait, il griffonnait deux ou trois lignes au dos. Depuis le début du premier confinement il avait ainsi légendé cinquante-huit photos. Une manière ridicule de procéder.

Ces temps-ci il mangeait moins, buvait plus et réfléchissait beaucoup. Il avait un fauteuil, une vue, un verre précis auxquels allait sa préférence. Parmi ses sujets de méditation, d'autres erreurs de départ se multipliaient au fil du temps pour former un faisceau. Après examen, ces erreurs se muaient en questions, en hypothèses, voire en réels atouts. S'agissant de la dernière en date, il s'illusionnait peut-être. Mais, quand on passait sa vie en revue, mieux valait ne pas concéder trop de défaites. Avoir épousé Alissa ? Sans Lawrence il n'y aurait eu ni joies ni Stefanie, la meilleure amie de Roland. Le départ d'Alissa ? Il avait relu *Le Voyage* fin février, début mars, alors qu'il s'était confiné de sa propre initiative, comme la plupart des gens qu'il connaissait, trois semaines avant l'annonce du gouvernement. Son roman offrait toujours le même plaisir de lecture. Avoir quitté Berners Hall trop tôt ? S'il était resté, Miriam lui aurait de son propre aveu fait sécher les cours et il aurait été noyé. Aujourd'hui encore cette pensée, comme s'il pouvait encore revenir en arrière, le troublait vaguement. Le renoncement à une carrière de pianiste classique ? Alors il n'aurait jamais découvert le jazz, ni vécu libre à vingt ans, ni appris à respecter le travail manuel, ni acquis un revers foudroyant au tennis. Il aurait été condamné à jouer du piano cinq heures par jour sa vie durant. N'avoir pas envoyé Miriam en prison ? Tout le temps qu'elle y aurait été, sa détention aurait maintenu entre eux un lien malsain et puissant. C'était l'une des raisons. Il y en avait d'autres.

Avoir épousé Daphné alors qu'elle allait mourir lui apparaissait comme inévitable, nécessaire, peut-être la meilleure chose qu'il ait jamais faite. Aurait-il dû rester au parti travailliste pour en défendre la tradition libertaire et centriste ? Quatre défaites consécutives l'auraient laissé frustré et furieux. Sa vie était donc une suite ininterrompue de décisions pertinentes ? Évidemment que non. Il en revint finalement au véritable tournant à partir duquel tout se déployait en éventail avec l'extravagance d'un paon faisant la roue : l'adolescent enfourchant son vélo, en pleine crise des missiles de Cuba, pour se présenter devant Miriam et connaître deux années d'éducation érotique et sentimentale au dénouement grotesque – cette semaine en pyjama qui avait marqué la fin de ses études et perturbé ses relations avec les femmes. Une question difficile. Quand il se demandait s'il regrettait ce qui s'était passé, il n'avait pas de réponse toute prête. Telle était la nature du mal. À près de soixante-douze ans il ne se sentait pas guéri. Cette expérience l'accompagnait et il ne pouvait se séparer d'elle.

Confiné chez lui par une pandémie et la peur de mourir sous respirateur en luttant pour une bouffée d'air, traversant les fins d'après-midi hivernales dans son fauteuil à bascule – rapporté de la maison de Clapham, un siège pour vieillards et mères allaitantes – et se demandant combien de temps il devait attendre pour se servir sans déchoir son premier verre de la journée, il repensait souvent à sa confrontation avec Miriam Cornell dans sa demeure de Balham, dans son salon de musique aux murs nus. Comme il le faisait à Clapham Old Town, il se posta devant la porte-fenêtre donnant sur un jardin. Cinq ans plus tôt, il avait planté un pommier sur la pelouse de Daphné pour remplacer celui qu'il avait abattu à Clapham. L'arbre avait peu grandi, mais il était en vie.

Chez Miriam des portes-fenêtres plus imposantes ouvraient sur un jardin luxuriant de paysagiste. Il se souvint de sa lassitude à la fin, de son envie désespérée de partir. Il y avait une fausseté, un vide, un mensonge dont ils étaient complices. Et deux sujets qu'ils avaient par un accord tacite refusé d'aborder. Le plus facile d'abord. Ils n'avaient pu faire allusion au plaisir partagé qu'ils trouvaient dans la musique, en jouant les morceaux à quatre mains de Mozart dans la maisonnette de Miriam, ni à la jubilation d'interpréter sur des pianos à queue la *Fantaisie en fa mineur* de Schubert dans la salle paroissiale de Norwich, ni au tonnerre d'applaudissements lors du concert de l'école quand le jeune garçon au profil de souris leur avait offert sur scène des fleurs et des chocolats.

Puis le plus difficile. Pendant cette confrontation avec elle ils n'avaient pas osé parler de ce qui les liait, ce plaisir répété, sans limites, obsessionnel, qui les engloutissait, mais qui était également illégal, immoral, destructeur. Longtemps auparavant ils avaient été nus, face à face sur le lit de la petite chambre éclairée par le soleil, avec vue sur la rivière Stour. Elle ne voulait pas qu'il parte et il ne voulait pas qu'elle le laisse partir. Une vie plus tard, un monsieur s'était présenté à la porte de sa splendide demeure pour l'accuser. Elle aussi était quelqu'un de différent. Dans les vêtements de ce qu'ils étaient devenus ils niaient la véritable histoire alors même qu'ils en discutaient. Ils ne s'étaient pas touchés ni serré la main, pour autant qu'il s'en souvienne. Il avait joué au policier procédant froidement à l'interrogatoire. Après s'être drapée dans sa dignité et avoir voulu le jeter dehors, elle avait avoué. Certes, il était un enfant et c'était un délit, mais il y avait aussi autre chose et de là venait le problème. Elle n'aurait jamais pu prononcer le mot et Roland aurait refusé de l'écouter. Ils avaient menti par omission. Elle l'avait aimé et s'était fait aimer de lui. L'otage était tombé amoureux de sa geôlière – le syndrome de Stockholm. Par cette soirée pluvieuse où il s'était échappé avec dans la poche arrière de son pantalon l'argent gagné en creusant des tranchées, il avait traversé sa pelouse en traînant derrière lui la malle contenant tous ses biens, mais il n'était jamais allé plus loin. Là était le mal, le sujet tabou : l'attirance. Le souvenir de cet amour restait indissociable du délit. Il lui était impossible d'aller au commissariat.

Debout, il contemplait les photos qui recouvraient les trois quarts du vaste tapis persan vert de Daphné. Les ranger par ordre chronologique, initialement un projet essentiel et adapté à un confinement, semblait soudain absurde. Tout le monde savait que la mémoire ne fonctionnait pas comme ça, que ça ne rimait à rien. Près de son pied gauche se trouvait un vieux polaroid, datant sans doute de 1976. Il le prit. Un banal cliché d'une mare ronde et boueuse. Risible, à quel point la ressemblance était lointaine avec ce que Roland et son vieux copain John Weaver avaient vu à l'époque, une mare naturelle qui s'était formée en haut d'une falaise et, au-delà, l'océan Pacifique. Vus d'une dizaine de mètres de distance, ses bords marécageux et sa surface paraissaient bouillonner, écumer. En s'approchant ils avaient découvert des milliers de minuscules grenouilles. Toutes avaient apparemment émergé de leur existence de têtards au même moment. Plus de grenouilles que d'eau. Elles ondulaient et s'entortillaient les unes autour des autres, un formidable festin pour les oiseaux prédateurs de la bonne espèce. Derrière la mare le soleil commençait à descendre vers une immense plaine de nuages rougeoyants, qui s'étendait en contrebas des falaises jusqu'à l'horizon. Ils étaient encore à sept ou huit kilomètres de leur camp près de la rivière de Big Sur et l'avaient regagné à petites foulées. À vingt-huit ans on pouvait courir sur des kilomètres sans effort. Leur sentier à travers le maquis californien, au sol dur et plat, descendait en pente douce. Quelle magnifique demi-heure ç'avait été, de fendre l'air tiède et parfumé dans le soleil déclinant !

Là, un blanc, et au souvenir suivant il faisait nuit, ils se trouvaient dans un bar en extérieur où les gens étaient assis à des tables près d'une piscine chauffée. Après une journée pareille ils étaient d'humeur festive. Cinq ans auparavant, John avait fui vers Vancouver pour se libérer des petits boulots en Angleterre et de l'exploitation. C'étaient leurs retrouvailles. Puisque la liberté leur tenait à cœur et qu'ils nageaient en pleine euphorie, ils s'étaient entièrement déshabillés et, leur verre à la main, allaient et venaient dans la piscine en bavardant, jusqu'à ce que le propriétaire, debout au bord les mains sur les hanches, les interrompe et leur ordonne de sortir en disant, formule qu'ils se plaisaient à citer longtemps après : « C'est pas normal, je le sais. »

Ils avaient obéi et en avaient ri une fois rhabillés. Mais ils se trouvaient dans un lieu public, un bar familial après tout, et il n'était que vingt heures. Ils n'avaient aucun motif, aucun besoin d'être vus nus. Le propriétaire avait raison. Sa phrase, son ton cassant en la leur balançant à ce moment précis, hanta Roland de nombreuses années. L'impératif catégorique de Kant ? Non, car c'était une question de contexte et de conventions sociales. Mais quand il pensait à ses propres erreurs durant sa vie, rétrospectivement il avait l'impression qu'il lui manquait cette faculté innée de prendre du recul et ce sens pragmatique de la marche à suivre. Qui d'autre que Roland était arrivé à soixante-dix ans quasiment appauvri, vivant dans une coûteuse demeure dont il était devenu propriétaire par hasard et ne pourrait jamais vendre – payée par un homme qu'il méprisait, récemment anobli et secrétaire d'État dans le gouvernement Johnson ? Ce n'était pas normal, et il le savait, mais n'y pouvait rien. Il avait trop tardé.

Il lâcha la photo. Aucune envie d'écrire au dos. Trop à dire. Il monta dans son bureau. Le confinement touchait à sa fin et ses autres projets inaccomplis l'étaient toujours. Les choses habituelles : lire tout Proust, apprendre une autre langue étrangère et à jouer d'un autre instrument. En l'occurrence l'arabe, et la mandoline. Il avait également décidé de lire en entier *L'Homme sans qualités* de Musil en allemand. À ce jour, soixante-dix-neuf pages en trois mois. Autre ambition, améliorer sa compréhension des sciences, à commencer par les quatre lois de la thermodynamique. Il supposait que les principes de base élaborés à l'ère de la machine à vapeur seraient relativement faciles à saisir. Mais un simple point de départ se révélait d'une telle complexité et d'une telle abstraction qu'il s'était vite senti dépassé, et guetté par l'ennui. Pourtant la deuxième loi, en fait la troisième car ils partaient de zéro, lui avait rappelé une vérité évidente pour toute personne entretenant une maison. De même que la chaleur se dissolvait dans le froid et non l'inverse, l'ordre se dissolvait dans le chaos et jamais l'inverse. Une entité aussi complexe qu'une personne finissait par mourir et devenir un tas désordonné d'éléments disparates qui devaient se séparer. Les morts ne se muaient pas en une vie ordonnée, ne devenaient jamais des vivants, quoi que les évêques puissent en dire ou feindre de croire. L'entropie était un beau et troublant concept au cœur de la plupart des peines et des chagrins humains. Tout, surtout la vie, se délabrait. L'ordre était un rocher à faire rouler jusqu'en haut de la montagne. La cuisine ne se rangerait pas toute seule.

Même en désordre la maison n'était pas si sordide. Ça ne le dérangeait pas, mais le confinement serait bientôt levé et les enfants viendraient le voir. Lawrence et les siens d'abord, puis Greta, son mari et ses enfants, ainsi que Gerald et David, son compagnon, et ensuite Nancy et sa famille. Pas question de déshonorer la mémoire de Daphné en dégradant sa vaste demeure accueillante. Il n'avait pas eu les moyens de garder l'employée de maison. Les enfants avaient proposé de prendre son salaire à leur charge et il avait refusé par orgueil. Chacun peut bien faire son ménage lui-même. À présent il fallait payer le prix de cet orgueil. Il était obligé de s'arracher à ses habituelles rêveries et de se mettre au travail. Ce jour-là, celui de sa chute, était celui où il avait prévu de commencer.

Il comptait s'attaquer d'abord aux chambres du dernier étage, les plus faciles. L'aspirateur et les produits d'entretien y étaient déjà, grâce à un faux départ la semaine précédente. Il ouvrit les fenêtres des deux pièces, dépoussiéra les surfaces, refit les lits, passa l'aspirateur. Une heure et demie s'écoula avant qu'il ne commence la salle de bains. À genoux, il récurait les parois de la baignoire quand une pensée l'interrompit, un curieux sentiment de contentement, le fait de ne réfléchir à rien d'autre qu'à la tâche suivante, d'être immergé dans le présent, délivré de toute intro- et rétrospection. Il ne pourrait en faire son gagne-pain comme certains y étaient contraints, mais en tant que forme d'évasion le ménage se classait en bonne place. Il aurait dû s'y mettre dès le début, tous les jours. Un bon exercice physique. Si jamais il y avait un autre confinement… Il s'apprêtait à continuer quand le téléphone sonna. À contrecœur il posa sa brosse et alla décrocher dans la chambre voisine.

C'était Rüdiger. Ils avaient échangé via Zoom deux ou trois fois depuis mars. À ce stade l'Allemagne gérait la pandémie plus efficacement que le Royaume-Uni. Roland n'aimait pas trop l'entendre. Il se réjouissait que l'Allemagne s'en tire bien mais, patriote dans l'âme, se plaisait à croire son pays capable de relever un défi. Fin février il avait vu plusieurs vidéos montrant des soignants épuisés dans une Italie du Nord submergée par les cas de Covid, ne prenant en charge que les patients susceptibles de survivre. On manquait de respirateurs, d'oxygène, de masques chirurgicaux. Les entrepreneurs des pompes funèbres ne pouvaient faire face à l'accumulation de cadavres. Il y avait une pénurie de cercueils. L'Autriche avait fermé ses frontières. Comment la maladie pouvait-elle ne pas se propager ici alors qu'il y avait quotidiennement des dizaines de vols en provenance de l'Italie ? Le gouvernement britannique tergiversait. Deux semaines plus tard, mi-mars, des milliers de gens se rassemblaient à Cheltenham pour le festival des courses hippiques. Des dizaines de milliers d'autres assistaient à des matchs de foot. Le gouvernement avait tardé une semaine de plus.

Roland avait tenté de s'en expliquer auprès de son ami

allemand. « C'est dans notre inconscient national. On a le sentiment d'avoir déjà quitté l'UE. On n'attrape plus vos virus européens. »

Cette fois Rüdiger, peu doué pour parler de tout et de rien, déclara sans préambule : « J'ai trois choses à t'annoncer.

— Vas-y.

— Une bonne nouvelle, une mauvaise, et une qui peut s'avérer bonne ou mauvaise.

— Commence par la mauvaise.

— Hier Alissa a été amputée du pied gauche. »

Roland se tut. Il cherchait le souvenir d'une histoire du même genre à propos de Sartre. Sans doute inexacte, quelle qu'elle soit. « Le tabac ? demanda-t-il.

— *Genau.* Neuropathie distale. Puis la gangrène. L'opération s'est bien passée, paraît-il.

— Tu l'as vue ?

— Abrutie par les médicaments. Elle s'est dite soulagée que ce soit fait. Quand j'ai répondu qu'elle avait fumé pour l'amour de l'art, elle a ri. Alors... Maintenant la bonne nouvelle. J'ai sur mon fauteuil les épreuves reliées, en anglais, de son nouveau roman.

— Formidable. Tu en penses quoi ?

— Un exemplaire te parviendra dès aujourd'hui.

— Et la troisième nouvelle ?

— Elle veut te voir. Dans un mois environ si tu le peux. De toute évidence c'est à toi de te déplacer. Elle paiera ton vol.

— D'accord. » Il l'avait dit machinalement. On le convoquait, on lui ordonnait de prendre l'avion, de respirer des coronavirus recyclés. Pour penser à autre chose il ajouta : « Oui, je viendrai.

— J'espérais tellement que tu répondes ça. Je vais lui en parler tout de suite.

— Je paierai mon vol moi-même.

— Très bien.

— Elle veut voir Lawrence ?

— Toi seulement. »

Il transporta les produits d'entretien et l'aspirateur à l'étage au-dessous, prêts pour le travail du lendemain, se doucha puis alla s'asseoir au jardin pour manger un sandwich. Alissa avec un pied en moins ne lui était pas plus étrangère qu'Alissa fumeuse invétérée depuis trente ans. Si elle était mourante, Rüdiger le lui aurait dit. Mais rien dans la perspective de cette visite ne le motivait. Pas même la curiosité. Ses économies se réduiraient encore un peu. Grâce au confinement il avait fini par préférer n'aller nulle part. Alissa Eberhardt était reconnue comme la plus grande écrivaine allemande. Plus que Günter Grass en son temps, et avec peu de risques de tomber en disgrâce. Presque aussi importante que Thomas Mann. Son sentiment le plus négatif envers elle, depuis longtemps émoussé, était la colère inspirée par le rejet de leur fils. Il lui traversait rarement l'esprit. Dans son paysage mental elle était à sa place là où elle était, une magnifique montagne vue de loin, une célébrité qu'il avait connue quand elle était encore dans l'ombre, une superbe romancière, peut-être une géante de la littérature. Il n'y avait rien entre eux, rien qu'il ait envie de lui dire, ni d'entendre. Elle n'avait pas besoin d'apprendre de sa bouche à quel point il admirait son œuvre. Alors pourquoi aller la voir ? Parce qu'elle avait perdu un pied ? Tout ça à cause d'une addiction librement choisie à une substance ridicule. Même pas une défonce digne de ce nom. Une drogue minable que les gens fumaient pour calmer l'envie qu'ils en avaient. Telle une affreuse Cléopâtre vous affamant tout en prétendant vous satisfaire. Si Alissa avait besoin de lui parler avant qu'ils ne soient tous les deux réduits à néant et dispersés par l'entropie, qu'elle prenne le temps de s'habituer à son pied prothétique et vienne le voir à Londres, ici même, autour de sa vieille table de jardin. Autant rappeler Rüdiger pour l'informer de son changement d'avis. Non. Elle devait déjà savoir qu'il avait donné son accord. Donc il irait. Il répondrait à sa convocation parce que cela lui coûterait davantage de ne pas le faire.

Le livre d'Alissa mit dix jours à arriver. À ce moment-là, même si la maison de Daphné resplendissait moins qu'autrefois, toutes les pièces étaient en ordre. On était en juillet, le confinement était fini et la nation s'offrait des loisirs. Mais rien de changé pour Roland. Il sortit de son emballage le roman, *Sa lente réduction*, et se plongea dans sa lecture. Il était plus long que tout ce qu'elle avait écrit. Le voici donc enfin, et *lui* aussi, Roland, au chapitre un, devenu après cette traversée du miroir qu'était son art le mari autoritaire, harceleur et parfois violent que Monique, la protagoniste, plaque un matin, laissant derrière elle leur fille âgée de sept mois. Ce mari, Guy, est anglais. La maison que Monique quitte se trouve à Clapham, au sud de Londres, dans un quartier rendu « détestable » par la pauvreté et les embouteillages. Elle est d'origine franco-allemande, habitée par des idéaux politiques que la maternité menaçait d'étouffer. De retour à Munich, sa ville natale, alors qu'elle se remet de la souffrance d'être séparée de sa fille, elle s'implique dans la vie politique locale en travaillant pour le parti social-démocrate. Elle devient spécialiste du logement social. Là, Alissa semblait s'inspirer de l'expérience qu'avait eue Daphné des divers locataires, de l'ouvrier fiable et travailleur payant son loyer à l'ivrogne agressif et insolvable. Tous devaient être logés.

Monique change de prénom et devient Monika. Puis pour des raisons sincères, qui se révèlent néanmoins opportunes, elle se convertit à l'écologie et change de parti. Elle connaît une ascension rapide chez les Verts. Au bout de cinq ans elle remporte les élections locales et un siège au parlement régional. Elle tombe amoureuse de Dieter, un chef cuisinier en vue, pionnier d'une révolution dans la cuisine allemande dont il bannit la lourdeur au profit de la légèreté des saveurs méditerranéennes. Le titre du roman est en partie une allusion à un terme de cuisine. Dix ans plus tard Monika est une personnalité politique connue à Berlin, habile stratège, en route vers le sommet. Mais lors d'un revirement surprenant, elle apporte son soutien à des dirigeants des Verts moins chevronnés.

On est alors en 2002 et le roman devient à ce stade une histoire contrefactuelle de la politique allemande. Grâce à une série de revers frappant ses collègues comme ses adversaires politiques, et à son arrivisme implacable, Monika devient chancelière. Elle restera au pouvoir pendant plus d'une décennie mais ne ressemble pas à Angela Merkel. À partir du moment où elle arrive au sommet de l'État commence l'érosion de ses idéaux politiques, la lente réduction. Peut-être, suggère le récit, cette spirale descendante avait-elle débuté longtemps auparavant. Pour rendre possible la « lente réduction » des émissions de carbone du pays et l'emporter sur les puissants intérêts de l'industrie charbonnière, elle se fait la championne de l'énergie nucléaire. Le parti lui en veut terriblement, mais sans pouvoir la déloger. Afin d'encourager les investissements en Allemagne d'importantes firmes du numérique, elle passe clandestinement un accord avec le gouvernement américain pour fournir des renseignements militaires et autres aides pendant l'invasion de l'Irak. Voulant tenir en échec le parti d'extrême droite Alternative für Deutschland, elle ferme les frontières allemandes aux migrants. Soucieuse de ne pas offusquer les nombreux électeurs turco-musulmans, elle prend des positions ambiguës sur la liberté d'expression.

À Bruxelles, elle arrive toujours à ses fins. Les Français en sont réduits à jouer les seconds rôles et à lui obéir. Elle s'arrange pour que Berlin accueille les jeux Olympiques. Elle est déterminée à ce que l'Allemagne devienne membre de plein droit du Conseil de sécurité de l'ONU. Dans ce but, en seulement huit ans au pouvoir, elle a fait de l'Allemagne une puissance nucléaire, grâce à cinq sous-marins miraculeusement soutirés aux Français. Quels que soient les obstacles, jamais elle ne semble perdre une bataille. Les diverses élites politiques des Verts, du SPD, et même une importante minorité de la CDU de centre droit finissent par la détester. Les étudiants manifestent en masse contre elle. Mais dans l'ensemble du pays, au sein de l'électorat, on l'adore. Elle est belle, spirituelle, elle sait parler aux classes populaires et gagne les élections. Le pays connaît la prospérité économique, le plein-emploi, une inflation quasi nulle, des hausses de salaires. L'orgueil national monte en flèche après l'organisation réussie des jeux Olympiques. Mais en privé elle est tourmentée. La cruauté dont a fait preuve son ex-mari la hante encore. Comme ses propres remords au sujet de sa fille, que Guy l'empêche de voir. Monika est asservie sexuellement par Dieter, qui refuse de l'épouser et la désespère en multipliant les aventures. Elle sait, sans jamais le reconnaître, que pour réussir elle a dû jouer un lobby, un groupe d'intérêt contre un autre au mépris de tout ce en quoi elle croyait autrefois.

Le lecteur comprend que c'est l'histoire d'Icare. Quand Dieter finit par abandonner Monika, cela précipite de manière dramatique son effondrement nerveux. Elle commet une série d'erreurs politiques spectaculaires. Point culminant, un scandale causé par les dessous-de-table de l'industrie automobile, qu'elle gère très maladroitement. Elle donne l'impression de protéger des gens corrompus. Elle souffre d'une dépression invalidante, encore aggravée lorsqu'un ancien et proche conseiller évoque par écrit une scène sadomasochiste, avec menottes et fouets, à laquelle il avait assisté par hasard. Lors d'une conférence de presse, Dieter confirme le contenu de cet article qu'il pimente à sa façon, précisant : « Elle est vulnérable et dérangée », phrase abondamment citée. À Berlin les adversaires de Monika comprennent que c'est une aubaine. Icare amorce sa chute. Une motion de censure déposée au Bundestag et au Bundesrat, invoquant une clause de la Constitution de 1949, déclare la chancelière mentalement instable et inapte à gouverner. Ce qui est le cas.

L'ascension et la chute de Monika étaient narrées d'une plume experte. À l'évidence le roman était exceptionnel. Mais Roland ne put que prendre ombrage du dénouement. Une année a passé. Chassée du pouvoir, devenue la risée des médias, rejetée par ses alliés, l'ex-chancelière fait un voyage privé à Londres. Guy, un homme usé, voûté et miné par la goutte, habite toujours la même maison de Clapham. Il est stupéfait de découvrir Monika à sa porte. Il l'invite à entrer. Elle a appris de toute une vie en politique à ne pas perdre de temps lors d'une réunion avec les politesses d'usage. Leur conversation dans la cuisine est brève. Elle est venue l'assassiner. Elle prend un couteau sur le support magnétique et le lui plante dans la gorge. Elle lave la lame, vérifie l'absence de sang sur ses vêtements et s'en va. Le soir même elle est de retour dans son appartement berlinois et le meurtre de Guy ne sera jamais élucidé. À la fin du roman, oubliée de tous, réduite à presque rien, Monika vit dans un chalet du parc national de la Suisse saxonne, toujours tourmentée par ses démons, ses remords, son amour perdu, ses idéaux trahis.

Roland était couché de tout son long sur le canapé où il venait de terminer sa lecture. Les dernières lueurs du soleil de cette soirée d'été, filtrant à travers le feuillage d'un platane, ondulaient sur le mur au-dessus de lui. Il aurait dû se sentir honoré qu'Alissa se soucie encore suffisamment de lui pour éprouver le besoin de le tuer. Elle avait pris son temps. Elle aurait mieux fait de se débarrasser de lui dès son premier roman. Dans la prétendue chambre d'écho d'internet, vieille d'un quart de siècle, de nombreux commentaires mentionnaient qu'Alissa Eberhardt habitait autrefois le quartier de Clapham à Londres, et qu'elle avait abandonné son mari et son bébé pour entamer une carrière littéraire. Beaucoup de journalistes femmes s'étaient demandé noir sur blanc si c'était le seul moyen pour une de leurs semblables de se dédier entièrement à son art. Les internautes qui liraient le nouveau roman – par dizaines et dans quantité de langues – concluraient qu'Alissa ne l'avait pas quitté uniquement pour se consacrer à l'écriture, mais aussi parce qu'il était violent. Cela n'aurait en rien nui au récit de faire de Guy un Français, de transformer Londres en Lyon, de lui donner trois enfants, aucun d'eux n'ayant sept mois. Son roman portait une accusation mensongère, c'était une agression – une fiction, et d'ailleurs il savait qu'elle se retrancherait derrière cet argument, derrière les conventions de l'illusion réaliste.

Le soir même il appela Rüdiger. Après des années à la tête de Lucretius Books, l'éditeur en retraite avait appris à rester calme face à la colère sous toutes ses formes.

« Je l'avais prévenue que ça risquait de te contrarier.

— Qu'est-ce qu'elle a dit ?

— Que c'était ton droit. »

Roland prit une profonde inspiration. « C'est un affront. »

Rüdiger se tut, attendant la suite.

« Jamais je n'ai été violent avec elle.

— J'en suis certain.

— C'est moi qui ai subi des torts. Je ne l'ai jamais critiquée publiquement. Quand Lawrence était petit je l'ai encouragée à le voir. Elle n'en a fait qu'à sa tête.

— Oui. »

Roland s'efforçait de contenir son exaspération. « Dis-moi, Rüdiger. Qu'est-ce qui lui prend ?

— Je n'en sais rien.

— On n'en est qu'aux épreuves. Tu pourrais la convaincre de faire des modifications.

— Je ne suis plus son éditeur. Et même quand je l'étais, elle refusait ce qu'elle appelait mes ingérences.

— Tu peux lui dire que je suis choqué.

— Si tu veux. »

Ils gardèrent plusieurs secondes le silence, se demandant tous les deux, devina Roland, comment mettre un terme à cet appel. « Pourquoi je me donnerais la peine d'aller la voir ? finit-il par demander.

— Toi seul peux en décider. »

Quand il raccrocha, Roland s'aperçut qu'il avait oublié de prendre des nouvelles du pied d'Alissa. Il passa le reste de la soirée à improviser mélancoliquement au piano en s'inspirant de Keith Jarrett.

Lawrence arriva en famille le lendemain en fin d'après-midi. Ce fut le genre de retrouvailles exubérantes qui se multipliaient partout dans le pays après le confinement. Roland n'avait pas vu les siens depuis Noël. Paul le dévisagea d'un air méfiant et se cacha derrière les jambes de sa mère. Stefanie, presque huit ans, semblait avoir grandi de cinq centimètres. D'abord circonspecte, elle devint plus chaleureuse au fil de la soirée. Lorsqu'ils s'attablèrent autour d'un thé, de jus de fruits et d'un gâteau, et qu'elle parut s'absorber dans une rêverie, le menton au creux de sa paume, il s'imagina la jeune adolescente qu'elle serait un jour. Le dîner des enfants, leur coucher prolongé et à des heures différentes occupèrent une bonne partie de la soirée. Roland put partager une demi-heure avec Stefanie sur le canapé. Timide, elle s'animait en tête-à-tête. Jusqu'à l'âge de sept ans et demi elle n'aimait pas lire seule. Elle préférait bavarder, écouter, rêvasser. Puis il y avait eu un miracle, décrit par Lawrence lors d'un appel pendant le confinement. À l'heure du coucher il lui avait récité de mémoire *Minette et le hibou*. Il avait oublié l'effet produit sur lui dans son enfance. « Ç'a été comme une sorte de saut à la perche de l'imagination. Elle me l'a redemandé. Et les deux soirs suivants aussi. Puis elle l'a lu seule, l'a appris par cœur, l'a récité au petit déjeuner. Et maintenant elle lit. Une transformation. »

Dès qu'elle fut seule avec Roland, elle lui parla dans sa langue maternelle et corrigea l'allemand de son grand-père, ainsi qu'il lui avait demandé de le faire.

« Opa, raconte-moi quelque chose », commença-t-elle, selon son habitude.

Il évoqua les leçons d'allemand que lui avaient données voilà longtemps deux fillettes allemandes à Berlin.

« Parle-moi d'autrefois. »

Il obéit en lui faisant le récit de sa vie en Libye, de son expédition dans le désert avec son père en quête d'un scorpion qu'ils avaient trouvé aussitôt, sous une pierre.

Elle connaissait l'anecdote mais aimait la réentendre. « Il aurait pu te tuer ?

— Sans doute me rendre très malade quelque temps. »

En retour, elle lui donna le nom de quelques-uns de ses nouveaux amis et décrivit leur personnalité. Elle avait décidé de devenir agricultrice biologique. Et mis au point sa propre méthode pour nager le dos crawlé. Il lui expliqua qu'il essayait de trier des photos. Avant l'heure du coucher, il l'emmena au salon pour lui montrer l'amas de clichés. Il lui tendit des photos de Lawrence pendant des vacances en Grèce. Elle trouvait amusant et paradoxal que son père ait pu avoir quatre ans.

Ce ne fut pas avant vingt-deux heures que les trois adultes purent se mettre à table pour partager le dîner préparé par Roland. Ils parlèrent d'abord des enfants, puis, inévitablement, de la pandémie, de la probabilité d'un deuxième confinement, de la course contre la montre pour tester et produire des vaccins. Dans cette nouvelle ère de l'irrationnel relayé par les médias on promouvait de faux remèdes, conseillés pour certains par le président américain. Des thèses conspirationnistes alimentées par la colère et les phobies se répandaient partout.

Quand Roland donna la nouvelle de l'amputation d'Alissa, Lawrence dit : « Désolé de l'apprendre. »

De toute évidence cela le laissait assez froid. Roland avait fini par se souvenir de la fameuse anecdote sur Sartre, racontée par Simone de Beauvoir. Il fumait soixante cigarettes par jour et philosophait longuement sur les plaisirs du tabac. Cette dépendance lui ruinait la santé. Lorsque ses jambes le lâchèrent et qu'il fit une grave chute, un médecin de l'hôpital lui dit franchement que, s'il continuait à fumer, il faudrait l'amputer d'abord des orteils, puis des pieds, puis des jambes. S'il renonçait à sa mauvaise habitude, il retrouverait la santé. À lui de choisir. Sartre avait répondu qu'il avait besoin d'y réfléchir.

La blague, si c'en était une, ne fit pas rire Ingrid. Elle amusa Lawrence. Ensuite, ils évoquèrent leurs emplois respectifs. Tous deux travaillaient sur des articles pour le rapport 2021 du GIEC, qui devait paraître dix mois plus tard. Les indicateurs étaient peu engageants. Le taux de dioxyde de carbone dans l'atmosphère atteignait 415 ppm, niveau le plus élevé en deux millions d'années. Les projections faites sept ans plus tôt se révélaient au-dessous de la vérité. Ils pensaient que certains processus étaient irréversibles. Limiter le réchauffement à 1,5 °C semblait désormais impossible. Ils avaient récemment survolé avec une équipe – et la permission des Russes – de vastes zones de la forêt sibérienne en flammes. Les chercheurs locaux leur avaient montré des données terrifiantes sur le méthane libéré dans l'atmosphère par des puits de pétrole vétustes, tout en avouant que faire remonter l'information au sommet de la hiérarchie menacerait leurs subventions. Les données sur la fonte des glaces au Groenland, dans l'Arctique et l'Antarctique étaient déprimantes. Malgré leurs beaux discours, les gouvernements et l'industrie niaient encore l'évidence. Les dirigeants nationalistes vivaient dans un monde imaginaire. Feux de forêts, inondations, sécheresse, famine, supertempêtes : l'année à venir serait encore pire que la précédente, mais bien meilleure que la suivante. La catastrophe était déjà là.

Lawrence servait le vin qu'ils avaient apporté d'Allemagne. « Il est peut-être trop tard. On est foutus. »

L'air tiède de la nuit entrait par les fenêtres ouvertes. Ils bavardaient tous les trois, à l'écoute les uns des autres, dans l'intimité familiale. Il en allait souvent ainsi, se dit Roland. Le monde tanguait dangereusement, gouverné en trop d'endroits par des ignorants sans vergogne, pendant que la liberté d'expression était battue en brèche et que les réseaux sociaux bruissaient des cris de foules en délire. La vérité ne faisait pas consensus. Les armes nucléaires de nouvelle génération se multipliaient, commandées par des intelligences artificielles ayant le doigt sur la détente, alors que les indispensables équilibres naturels, les jet-streams et les courants océaniques, comme les insectes pollinisateurs, les barrières de coraux, les sols riches et grouillants de vie, la flore et la faune sous toutes leurs formes donnaient des signes d'épuisement ou disparaissaient. Certaines parties du monde brûlaient ou étaient recouvertes par les eaux. Or simultanément, dans la chaleur désuète du cercle familial, rendue plus rayonnante par les privations récentes, il éprouvait un bonheur que rien ne pouvait abolir, pas même l'annonce de tous les désastres menaçant le monde. C'était insensé.

*

Plus tard, en juillet 2020, eurent lieu les obsèques d'un membre de la famille, puis en août survint un autre décès.

D'abord le mari de sa sœur, Michael, un géant débonnaire, magicien amateur de talent, ancien infirmier militaire devenu chimiste dans l'industrie. Un homme maîtrisant toutes sortes de savoirs aussi étranges qu'utiles. Deux semaines plus tard seulement, le frère de Roland mourait. Des quatre enfants de Rosalind, c'était lui qui avait été le plus éprouvé dans son jeune âge. Comme Robert, leur « nouveau » frère, il avait été bon élève et chef de classe. Il n'y avait pas eu assez d'argent pour lui permettre de poursuivre ses études dans un lycée jusqu'en sixième année. Rosalind et son second mari auraient dû intervenir. Mais Henry ne s'était jamais plaint du tour pris par son existence. Service militaire, puis employé des années chez un tailleur, un mariage raté, une reconversion pour devenir comptable, et enfin, la chance de sa vie, avoir épousé Melissa.

Ce furent des obsèques civiles et, les deux fois, Roland lut un poème de James Fenton, « Pour Andrew Wood ». Il demandait ce que les morts pouvaient vouloir de la part des vivants et répondait à la question en proposant un accord.

Ainsi les morts pourraient cesser leur plainte
Et nous pourrions nous pardonner
Et un pacte pourrait être scellé
Entre les amis morts et les amis vivants.

Melissa l'avait entendu aux obsèques de Michael et avait souhaité qu'il soit de nouveau lu à celles de Henry. Après, quand la famille proche se fut retirée dans l'angle d'un pub mal éclairé près du crématorium, Susan déclara que ce poème permettait à Michael et à Henry de rester des présences vivantes dans leur vie à tous. Melissa voulut approuver mais ne put retenir ses larmes.

Là était le problème. Lire le poème sans s'effondrer, surtout, découvrit Roland, quand le poète dit des morts, une fois qu'ils seront « moins imbus d'eux-mêmes » :

Et le temps les rendrait généreux
Comme ils l'étaient jadis.

Il lui suffisait de penser à ces vers pour que sa gorge se noue. C'était Daphné, la généreuse Daphné. La douleur encore à vif, neuf ans après. Autant que les sentiments exprimés par le poème, c'était ce ton rassurant, d'un calme non dénué d'espièglerie, qui lui faisait cet effet, et la conscience que rien de tout cela n'était vrai. Les morts ne pouvaient rien vouloir, et tous n'avaient pas été généreux jadis. Le poète se montrait bienveillant et consolateur. L'émotion de Roland venait de cette gentillesse, de cette finesse. Le remède, au moment de réciter le poème, était d'enfoncer la main dans sa poche et de se pincer la cuisse. Le pinçon fait lors des secondes obsèques recouvrit le premier.

Devant une bière, Roland, Robert et Shirley, Susan et Melissa retracèrent l'histoire familiale. Le bébé à la gare de Reading, le secret de toute une vie, la famille fracturée. Robert, sorti depuis peu de l'hôpital après une opération du cœur, pensait écrire ses Mémoires. Il en avait déjà fait plus que n'importe quel membre de la famille pour retrouver ce qui pouvait être connu de leur passé. Il envisageait de recourir à un prête-plume. Rien de nouveau dans leur histoire à ce jour, mais ils avaient besoin d'en parler ensemble, comme c'était parfois arrivé auparavant. L'humeur, sous l'influence du poème de Fenton, était au pardon. Que deux d'entre eux aient rejoint Rosalind et Robert dans l'au-delà les rendait indulgents. Alors qu'ils revenaient sur ce passé, Susan dit de sa mère et de son beau-père : « Ils se sont mis dans un terrible pétrin, mais à l'époque, à leur place, on aurait peut-être agi comme eux et tout enterré définitivement. »

S'ensuivit un silence compatissant. Enfin, Robert prit la parole : « Ils m'ont confié à de merveilleux parents adoptifs. Je n'en veux à personne. »

Leur était-il possible de se réconcilier avec le souvenir de leurs parents morts, comme le proposait Fenton ? Peut-être que non car, juste avant qu'ils ne se séparent, Susan lâcha avec colère : « Il y a quand même quelque chose qu'il a fait et je ne le lui pardonnerai jamais. Jamais. »

Ils l'incitèrent à se livrer davantage.

« Je suis désolée, jamais je n'aurais dû en parler. Je n'en reparlerai plus. » Puis elle répéta : « Je ne le lui pardonnerai jamais. »

Quand Roland l'appela ce soir-là et la questionna de nouveau, elle changea de sujet.

*

Ces deux décès et la venue des enfants de Daphné avec leurs familles respectives l'occupèrent tout le mois d'août. Il n'avait pas informé Rüdiger de son changement d'avis concernant sa visite. Il avait appris par lui qu'Alissa était en fauteuil roulant. Au fil de l'été, il devint moins sûr de ce qu'il voulait faire. C'était peut-être par lâcheté qu'il refusait de la rencontrer. Peut-être lui inspirait-elle plus de curiosité qu'il ne le pensait. Mais il hésitait. Au milieu du mois, Lawrence l'appela de Potsdam. Ces dernières années il avait lu tous les romans de sa mère, et venait de finir l'exemplaire de *Sa lente réduction* prêté par Roland. Alors qu'ils en discutaient, Lawrence lança brusquement : « Il t'est arrivé de la frapper ?

— Absolument pas.

— Et de l'empêcher de me voir ?

— Jamais.

— Elle te dénonce quasiment.

— C'est perturbant. »

Lawrence avait dû réfléchir et en discuter avec Ingrid. Lors de l'appel suivant il dit : « Papa, tu ne peux pas en rester là. Écris-lui.

— Je pensais aller la voir.

— Encore mieux. »

La décision était donc prise. À ce moment-là Roland se demanda s'il n'était pas trop tard. De source autorisée, on parlait d'un confinement en septembre pour éviter une deuxième vague de contaminations. Le nombre de cas remontait suivant la courbe familière. Mais Roland avait repris ses soirées au piano à l'hôtel et ne put trouver un remplaçant acceptable aux yeux de la direction avant le dernier jour d'août. Il avait tort de s'inquiéter. Une connaissance, Nigel, vieil ami de Daphné, passa à l'hôtel un soir et ils prirent un verre à la fin de la prestation de Roland. La droite libertarienne du parti conservateur, composée pour l'essentiel d'europhobes purs et durs, surnommait le ministre de la Santé et ses conseillers « la Gestapo » à cause de leur zèle à imposer des confinements. Par tempérament, le Premier ministre penchait vers ce libertarisme. D'après Nigel, le bruit courait qu'il refuserait un confinement en septembre.

« Alors, le nombre de cas continuera bien sûr à grimper, et on n'y coupera pas. Ce qui s'est passé en mars ne lui a pas servi de leçon. »

Dans l'avion pour Munich, Roland porta le masque chirurgical donné par Gerald et resta nerveusement assis toute la durée du vol, refusant nourriture et boissons, conscient qu'autour de lui les passagers avaient la moitié de son âge et de fortes chances de survivre à une dose de Covid sans même se savoir infectés. Son siège était près d'un hublot et il avait vue sur une aile qui vibrait. Dire qu'il risquait sa vie pour plaider sa cause devant une femme aimée longtemps auparavant et désormais infirme. De la folie.

Il passa la soirée chez Rüdiger. Depuis de nombreuses années celui-ci vivait seul dans un grand appartement du quartier de Bogenhausen. Durant tout ce temps, jamais Roland ne l'avait entendu faire allusion à une compagne ou un compagnon. Il ne s'était jamais senti le droit de le questionner, et à présent c'était trop tard. Il s'était enrichi grâce à son empire éditorial, aidait financièrement l'Opéra de la ville, le musée Lenbachhaus et diverses organisations caritatives locales, était devenu à sa retraite lépidoptériste amateur. Également pêcheur à la mouche, il montait ses propres mouches. Quelle vie incroyable. Le cuisinier de Rüdiger servit le dîner. Entendant de lointains bruits de vaisselle dans la cuisine, Roland regretta brièvement de ne pas être riche. Cela aurait pu lui convenir. Il lui aurait fallu adopter un comportement différent, des opinions politiques différentes. Mais Rüdiger avait toujours été un homme de gauche et faisait des dons généreux à Amnesty. *Généreux.* Ce mot incita Roland à évoquer les récentes obsèques. De la mort ils passèrent à la pandémie. Le nombre de contaminations en Allemagne restait relativement bas. À la télévision la chancelière Merkel avait montré qu'elle comprenait aussi bien la virologie que les statistiques et probabilités, et elle caracolait en tête des sondages. Elle leur offrit une transition vers le roman d'Alissa. Il serait en librairie quatre semaines plus tard. Il y avait déjà eu quelques articles. Certains critiques qualifiaient *Sa lente réduction* de nouveau chef-d'œuvre. D'autres restaient sur leur faim.

« C'est notre plus grande romancière. On la fait lire aux adolescents. Mais elle est blanche, hétéro, vieille, et certains de ses propos lui ont aliéné la sympathie des jeunes lecteurs. Et puis au bout d'un certain temps les gens se lassent. Même si elle se renouvelle à chaque fois. Ils disent : "Elle fait quelque chose de différent – encore une fois !" »

Mais pour l'heure aucune allusion dans la presse à Roland comme mari battant sa femme.

« Tu vas peut-être passer au travers », dit Rüdiger pour le taquiner.

Plus tard il laissa Roland poursuivre dans la bibliothèque sa lecture du chef-d'œuvre de Musil et alla écrire quelques e-mails. Il revint une heure plus tard et déclara : « J'ai réfléchi. Je ferais mieux de t'accompagner demain. Ça risque d'être difficile.

— Je n'en ai pas trop envie.

— Permets-moi au moins de te conduire là-bas.

— Très aimable à toi, Rüdi. Mais je préférerais faire ce trajet seul.

— Alors laisse mon chauffeur t'emmener. Appelle-le dès que tu voudras rentrer. »

Le lendemain matin, à l'approche du village, Roland demanda à être déposé sur la route principale près de l'arrêt de bus. Sans doute là où Lawrence, âgé de seize ans, était descendu. Il attendit que la voiture s'éloigne. Il apercevait la rue d'Alissa à une centaine de mètres devant lui, de l'autre côté de la route. Il l'avait déjà vue à travers les yeux de son fils. D'où son impression d'être sur les lieux d'un rêve à demi oublié. Sa mémoire et sa perception immédiate rivalisaient d'adresse pour créer l'illusion d'un retour. La rue d'Alissa montait en pente raide jusqu'à la première d'une douzaine de maisons, série de variations mineures sur l'idée maîtresse d'un architecte. Une petite forteresse ombrageuse de plain-pied, en verre et en béton, avec des volets. Comme si un géant avait pour se venger aplati une création de Frank Lloyd Wright. Les arbres et arbustes avaient dû être proscrits par l'architecte pour mettre en valeur la pureté des lignes horizontales. À une dizaine de mètres en contrebas de ce qui ressemblait à une falaise, un flot de véhicules traversait le village à toute vitesse dans les deux sens de la route principale. Roland savait par Rüdiger qu'Alissa avait acheté cette maison en 1988 avec l'argent rapporté par *Le Voyage*. Peut-être sans réfléchir, avant qu'elle ne soit construite et sans avoir visité le site. Quoi qu'elle ait pu penser lors de son installation, la routine avait dû la maintenir là. Tant de livres, de documents, d'archives. Un déménagement l'aurait perturbée. Le quartier n'avait apparemment rien de convivial et cet anonymat avait pu lui plaire.

Roland ralentit après la deuxième maison, comme son fils sans doute. Et comme Lawrence il aurait voulu avoir plus de temps, alors qu'il avait eu des mois pour réfléchir. Il n'oubliait pas qu'Alissa l'avait insulté dans son livre mais ne pouvait à présent mobiliser sa colère. À la place lui venait un fatras de souvenirs anachroniques, un bol de sentiments et de réminiscences jamais digérés auxquels il n'avait pas touché ni goûté depuis des années. Leur champagne nocturne sur un rocher au milieu d'un ruisseau près du mont Suilven ; le roman qu'il lui avait dactylographié ; son apparition à elle avec un sac de nourriture à la porte de son logement de Brixton ; le couvre-lit en chenille de coton sur lequel ils avaient décidé de se marier ; elle à genoux dans un jean maculé de peinture sur le sol de leur chambre à Clapham, décorant au pochoir une commode venant d'une brocante ; leur violente dispute au sujet de l'Allemagne de l'Est ; et leurs ébats – au bord du delta du Danube, dans les hôtels français, sur le lit trop dur de l'appartement de Lady Margaret Road, dans le verger d'une ferme espagnole, et l'unique fois à Liebenau, en silence, avec ensuite cette naissance effrayante et magnifique. Il y en avait d'autres, et ils arrivaient comme tassés par ces rouleaux-compresseurs du temps pour ne plus faire qu'un objet. Mais quel objet – une pierre informe, un œuf d'or ? Plutôt un brin de ruban, une fiction qui n'appartenait qu'à lui. Il n'était pas question de la partager avec elle et cela donnait la mesure de cette perte qui ne le touchait plus désormais.

Or il y avait cette essence que chacun oublie quand un amour s'éloigne dans le passé – comment c'était, quel effet cela faisait et quel goût cela avait d'être ensemble seconde après seconde, heure après heure, jour après jour, avant que tout ce qui allait de soi n'ait été rejeté, puis recouvert par la réécriture du dénouement, et ensuite par les défaillances mortifiantes de la mémoire. Paradis ou enfer, nul ne se souvient de grand-chose. Les liaisons et les mariages depuis longtemps terminés finissent par ressembler aux cartes postales du passé. Quelques mots sur la météo, une anecdote, drôle ou triste, une photo ensoleillée au recto. Premier à disparaître, songeait Roland en marchant vers la maison d'Alissa, le moi insaisissable, précisément ce que l'on avait été soi-même, comment on apparaissait aux yeux des autres.

Une petite voiture blanche était garée devant chez elle et il fit une pause à côté. Pathétique qu'il soit obligé de se rendre à l'évidence : il n'était plus la créature agile de ses souvenirs. Il était un vieil homme rendant visite à une vieille femme. Alissa et Roland allongés nus dans un sous-bois, un taillis de chênes verts près de l'endroit où le Danube se divisait pour se jeter dans la mer Noire, n'existaient nulle part ailleurs sur la planète que dans son esprit. Et peut-être dans celui d'Alissa. Peut-être ces chênes étaient-ils des pins. Il s'approcha de la porte d'entrée large et basse. Ignorant la plaque avec l'inscription en caractères gothiques qui le priait d'entrer par le côté, il sonna.

Une femme philippine de petite taille et en tablier marron lui ouvrit et s'effaça devant lui. Pour une si vaste demeure l'entrée était exiguë. Il attendit que l'employée ait poussé la porte alors que celle-ci se fermait automatiquement. La jeune femme se tourna vers lui avec un haussement d'épaules et un sourire désarmant. Elle n'était pas habituée à ce genre de porte et ne pouvait s'en expliquer faute de parler la même langue que lui. Durant ces quelques secondes il se rappela sa visite chez Miriam Cornell à Balham et imagina quelqu'un comme lui, un imbécile sûr de son bon droit, voyageant dans toute l'Europe pour mettre en accusation les femmes de son passé. Il se pardonna à lui-même. Ce n'était que son second règlement de comptes en dix-huit ans.

L'employée le fit entrer au salon qui occupait tout l'arrière de la maison et la porte se referma derrière lui. La pièce était aussi sombre qu'elle en donnait l'impression de l'extérieur. L'odeur d'un tabac puissant imprégnait l'air. Des Gauloises, peut-être. Il ne savait pas que ça existait encore. Elle se trouvait tout au fond dans un fauteuil roulant, assise à une grande table devant un ordinateur à écran plat entouré de plusieurs imposantes piles de livres. Ce fut l'éclat de ses cheveux blancs qu'il vit en premier, tandis qu'elle manœuvrait son fauteuil pour reculer et s'exclamait, criant presque : « Mon Dieu ! Regarde-moi ce ventre que tu as. Et où sont passés tes cheveux ? »

Il se dirigea vers elle, déterminé à sourire. « J'ai encore mes deux pieds. »

Elle s'esclaffa gaiement. « *Einer reicht !* » Un seul suffit.

Une entrée en matière délirante. Comme s'il s'était trompé d'adresse. Le sarcasme n'avait jamais été le style d'Alissa. Une vie à s'exprimer publiquement, à être un trésor national, l'avait libérée.

Avec habileté, elle amena son fauteuil jusqu'à lui : « Après trente ans tu peux bien m'embrasser, nom d'un chien ! »

Il ne voyait comment refuser et s'appliquait à rester calme. Il se pencha pour poser ses lèvres sur la joue d'Alissa. Elle avait la peau sèche, tiède et, comme la sienne, profondément ridée.

Elle lui saisit la main et s'y cramponna. « Dans quel état on est ! On va boire à notre santé. Maria nous apporte une bouteille. »

Il était à peine onze heures. Roland patientait d'ordinaire jusqu'à dix-neuf heures. Il se demanda si elle n'était pas désinhibée par les antidouleurs. Certains opioïdes produisaient cet effet. « Bien sûr, dit-il. On n'a plus rien à perdre. »

Elle lui indiqua un fauteuil. Pendant qu'il déplaçait plusieurs exemplaires de la *Paris Review*, elle alluma une cigarette.

« Mets-les par terre. Ça n'a pas d'importance. »

Il s'agissait de numéros anciens, datant de l'époque où George Plimpton était le rédacteur en chef. Roland avait entendu dire que, depuis, de nouveaux venus avaient pris les rênes. Ils ne goûtaient peut-être pas chez Alissa le mélange de rationalisme acerbe et de féminisme des années 1970. Elle s'était inutilement fait des ennemis en déclarant à propos des transgenres sur le plateau d'une chaîne de télévision américaine qu'un chirurgien pouvait sculpter une « sorte d'homme » à partir d'une femme, mais qu'à partir d'un homme il n'y aurait jamais de quoi ciseler une femme. Dit sur un ton provocateur à la Dorothy Parker, cela avait suscité un éclat de rire général au sein de l'auditoire en studio. Mais on n'était plus au temps de Dorothy Parker. « Sorte d'homme » lui causa les ennuis habituels. Une université de la côte Est des États-Unis lui retira son titre de professeure honoraire et quelques autres annulèrent sa venue. D'autres institutions suivirent et son programme de conférences tomba à l'eau. L'association Stonewall, dont la direction avait également changé, l'accusa d'encourager la violence envers les transgenres. Ses commentaires la poursuivirent sur internet. Pour la jeune génération elle n'allait pas dans le sens de l'Histoire. Rüdiger avait confié à Roland que ses ventes aux USA et au Royaume-Uni en souffraient.

Maria entra avec le vin et deux verres sur un plateau et repartit. Alissa emplit ces derniers à ras bord.

Quand ils trinquèrent elle annonça : « Je sais par Rüdiger que tu apprécies mon travail. C'est généreux à toi, mais ne m'en parle pas. J'en ai assez des compliments. Quoi qu'il en soit, nous voici tous les deux. Santé ! Comment vas-tu ?

— Bien et mal. J'ai des belles-filles et un beau-fils, qui

ont eux aussi des enfants. Et j'ai deux petits-enfants, qui sont également les tiens. Hélas j'ai perdu Daphné.

— Pauvre vieille Daphné. »

C'était dit avec tact mais Roland se tut. Pour cacher son agacement il but longuement, plus qu'il n'en avait l'intention. Elle l'observait attentivement et désigna de la tête le verre qu'il avait à la main.

« Tu en es où ?

— Au tiers d'une bouteille par jour. Plus un whisky en fin de journée. Et toi ?

— Je commence vers cette heure-là et je continue très tard. Mais pas d'alcools forts.

— Et ça ? » Il montrait le nuage au-dessus de la tête d'Alissa.

« J'ai réduit à quarante par jour. » Elle ajouta : « Ou cinquante. Et je n'en ai rien à foutre. »

Il hocha la tête. Il avait eu différentes versions de la même conversation avec des amis de son âge ou octogénaires. Presque tout le monde buvait. Certains s'étaient remis au cannabis. D'autres à la cocaïne, qui pendant vingt minutes leur rappelait vaguement ce que c'était qu'être jeune. D'autres encore prenaient même du LSD en microdoses. Mais en matière de drogues psychoactives, difficile de battre l'alcool sous forme de vin, surtout sur le plan gustatif.

Chaque fois que leurs regards se croisaient, il se faisait une impression plus précise de son visage. Les traits dont il se souvenait étaient bien là, prisonniers de joues et de paupières bouffies. Il dut imaginer que la beauté de la femme qu'il avait aimée était peinte à la surface d'un ballon dégonflé. En soufflant aussi fort qu'il l'oserait, il les retrouverait, ces yeux, ce nez, cette bouche et ce menton familiers, s'éloignant les uns des autres, flottant telles des galaxies dans l'univers en expansion. Alissa était là quelque part, le fixant, essayant elle aussi de le retrouver, *lui*, parmi ses propres débris, ce non-être chauve et porcin à l'air déçu. Il avait prétendu boire moins qu'elle, puis avait vidé son verre alors qu'elle avait à peine touché au sien. Ce qui les avait fait grossir tous les deux, c'était moins la nourriture que la négligence ou la capitulation. Ils se laissaient aller. Elle, au moins, avait encore un ou deux livres à écrire. Alors que lui… mais il se laissait emporter par ses pensées, or elle s'adressait à lui.

« Je le leur ai dit. Je ne bougerai pas. » Elle avait parlé haut et fort, comme pour protester, comme si lui aussi avait insisté pour qu'elle change d'avis.

Le moignon à l'extrémité de sa jambe gauche était enveloppé dans une chaussette d'homme et posé sur un coussin blanc qui recouvrait le marchepied du fauteuil roulant. Elle n'avait aucune raison de bouger. Il avait parfois entendu des écrivains à succès se plaindre en public de leur sort, des interruptions, des pressions. Cela le mettait toujours mal à l'aise.

Elle continua. « J'ai dit : une seule interview. Une seule ! Sur plusieurs chaînes, traduite en plusieurs langues, dans la presse, à la radio, sur internet, peu importe, en une seule fois. »

Il était question de *Sa lente réduction*, de la promotion du livre. Il décida de se lancer sans perdre son calme. « C'est un beau roman. Tu n'as pas besoin de lever le petit doigt. Mais Alissa… Tu me fais apparemment passer pour un mari violent.

— Quoi ? »

Il répéta.

Stupéfaite, ou feignant de l'être, elle le dévisagea. « C'est un roman, pas des Mémoires.

— Tu l'as plus d'une fois raconté à tout le monde : tu as laissé derrière toi ton mari et ton bébé de sept mois à Clapham en 1986. C'est mentionné dans ton roman. Ton héroïne fuit des violences conjugales. Pourquoi n'avoir pas choisi Streatham ou Heidelberg ? Pourquoi pas un enfant de deux ans ? Aux yeux de la presse, l'allusion sera évidente. Jamais je n'ai levé la main sur toi, tu le sais. Je voudrais l'entendre de ta bouche.

— Évidemment que tu ne m'as pas frappée. Grands dieux ! » La tête renversée en arrière elle contempla le plafond. Ses deux mains tripotaient fébrilement les roues de son fauteuil. Elle reprit la parole : « Oui, je me suis servie de notre maison, et j'en avais bien le droit. Je me souviens parfaitement de cette baraque merdique. Je l'avais en horreur.

— Tu aurais pu en inventer une autre.

— Roland ! Enfin ! Est-ce qu'une future chancelière allemande habite notre maison ? Est-ce que je gouverne ce pays depuis dix ans ? As-tu été égorgé ? Est-ce qu'on va m'arrêter pour t'avoir assassiné avec un couteau de cuisine ?

— Ces analogies ne tiennent pas. Tu prépares le terrain dans tes interviews depuis des années. Le mari abandonné et le bébé étaient…

— Oh je t'en prie ! »

Elle avait crié mais sa colère ne l'empêcha pas de remplir à nouveau leurs verres jusqu'à les faire déborder. « Je dois vraiment te donner un cours sur la façon de lire un roman ? J'emprunte. J'invente. Je pille ma propre vie. Je glane partout, je change ce que je trouve, je transforme selon mes besoins. Tu n'as pas remarqué ? Le mari abandonné mesure deux mètres, il a un catogan avec lequel tu n'aurais voulu être vu à aucun prix. Et il est blond, comme Karl, le Suédois que j'ai connu avant toi. Certes, il m'a frappée deux ou trois fois. Mais il n'a pas de cicatrice et toi non plus. Celle de mon personnage, je l'ai prise à un agriculteur de Liebenau, un ancien nazi, ami de mon père. En revanche Monika, la chancelière, est partiellement inspirée de moi il y a trente ans. Et de ta sœur Susan, que j'adorais. Tout ce qui m'est et ne m'est pas arrivé, tout ce que je sais, tous ceux que j'ai rencontrés : tout ça m'appartient et j'ai le droit de le malaxer avec tout ce que je peux inventer. »

Il se pouvait qu'elle ne soit pas du tout en colère, pensa Roland, que le volume de sa voix soit simplement dément. « Alors écoute mon humble requête, répondit-il. Va un minuscule cran plus loin dans l'invention. Mets cette baraque merdique ailleurs qu'à Clapham.

— Tu n'as donc pas remarqué ton absence de mes Mémoires ? Je vais t'expliquer ce que je fais depuis trente-cinq ans. Je n'écris *pas* sur toi ! Nom d'un chien, Roland, je t'ai protégé !

— De quoi ?

— De la vérité… Grands dieux ! » Maladroitement elle tenta d'extraire une cigarette par le petit trou en haut du paquet souple. Quand celle-ci fut allumée elle tira une longue bouffée et se calma. Elle avait réfléchi. Elle avait une liste.

« Des Mémoires que j'aurais pu écrire. Sur ta façon de m'imposer tes besoins jusqu'à ce qu'ils me sortent par les yeux, les oreilles, la bouche. Non seulement sur ton prétendu droit divin à quelque union extatique des âmes et des corps. Mais sur ta version ô combien complaisante de ce que tu aurais pu être. Sur ce sentiment raffiné d'échec et cet autoapitoiement à cause de ce que la vie t'avait volé. Pianiste de concert, poète, champion à Wimbledon : ces trois héros hors de ta portée tenaient beaucoup de place dans une petite maison. Comment je pouvais respirer ? Et puis tu as inventé la paternité, la parentalité, et tu étais intarissable. Pendant ce temps-là, tout autour de toi s'accumulaient le bric-à-brac, la saleté, ton foutoir. Je ne pouvais pas bouger. Je ne pouvais pas réfléchir. Pour me libérer j'ai payé le prix fort, c'est-à-dire Lawrence. Tu étais un formidable sujet, Roland. Quelque chose sur les hommes que j'aurais pu révéler au monde entier. Mais je ne l'ai pas fait ! Jamais je n'ai oublié que tu étais le seul que j'aie aimé. »

Cela le fit sursauter. Tandis qu'elle énonçait les chefs d'accusation, il fixait des yeux la flaque de vin qui s'était formée sur le plateau en verre de la table. Il adopta un ton faussement patient. « Tes propres appétits sexuels étaient pressants. Ces lettres de refus te faisaient hurler…

— Arrête, Roland, arrête, arrête ! » À chaque mot crié, sa main s'abattait sur l'accoudoir du fauteuil roulant. Ce qui restait de sa cigarette fut projeté en l'air et atterrit sur le tapis à un ou deux mètres de là. Mais elle se maîtrisait encore. Elle attendit qu'il se lève, lui redonne sa cigarette et se rasseye.

« On n'est pas ici pour ça. Laisse-moi prendre ta défense. Je ne savais pas tenir une maison moi non plus. Je voulais tout le temps que tu m'aides à m'occuper du bébé, et je t'accusais ensuite de me priver de lui. J'avais envie de sexe et j'arrivais à mes fins tout en faisant semblant de répondre à tes besoins. Essuyer des refus pour mes romans me rendait folle et je me retournais parfois contre toi, malgré tout ton travail de relecture et de dactylographie. J'ignorais mon fils quand il venait à moi. Voilà. Mes romans sont pleins de femmes stupides, exigeantes, contradictoires qui s'enfuient. À l'époque j'en prenais pour mon grade de la part des féministes. Mais j'ai aussi des personnages masculins stupides. La vie est bordélique, tout le monde commet des erreurs parce qu'on est tous foutrement stupides, et en disant cela je me suis fait beaucoup d'ennemis chez ces jeunes puritains. Ils sont aussi bêtes qu'on l'était. Le problème, Roland, pour toi comme pour moi, est que ça n'a plus d'importance, raison pour laquelle j'espérais que tu viendrais. On est encore là et on n'a plus beaucoup de temps. Moi surtout. Je pensais qu'on pourrait manger et se soûler ensemble, et se souvenir de tout ce qui était bien. Bientôt la version définitive du livre sera sous presse. Si ça te fait plaisir je remplacerai Clapham par une autre ville, je modifierai l'âge du bébé et tout ce que tu voudras. Ce n'est rien. Rien de tout ça n'a d'importance. »

La contemplant avec stupeur, il finit par porter son verre à ses lèvres mais sans boire aussitôt. Après cet épanchement il restait sous le coup d'une révélation : il avait été le seul homme qu'Alissa ait aimé. Vrai ou non, c'était extraordinaire qu'elle l'ait dit. Il ne pouvait lui dire la même chose, pas tout à fait. À la place il proposa de porter un toast. « Merci. À la perspective de boire et de manger ensemble toute la journée. » Il dut se lever et se pencher au-dessus de la table pour trinquer avec Alissa. Alors elle murmura : « Excellent. »

Au même moment, Maria entra avec une deuxième bouteille. Alissa avait dû activer un vibreur.

« Bon, lança Roland. Et que penses-tu de ça ? En remontant ta rue je me remémorais différents lieux où on a fait l'amour. »

Elle applaudit. « À la bonne heure ! »

Il énuméra pour elle les endroits en question, à peu près dans l'ordre où ils lui étaient revenus en mémoire. Donc – un partage après tout.

À chaque lieu mentionné, la bonne humeur d'Alissa croissait. « Tu te souviens d'un couvre-lit ? Ces hommes ! » Et soudain : « Dans ce bois du delta du Danube tu as marché sur une épine et tu voulais que ce soit un scorpion.

— Seulement au début.

— Tu as sauté en l'air. »

Il fut surpris qu'elle n'ait plus qu'un vague souvenir du jour où elle était venue à Brixton avec ses courses.

« Tu as dit que la nourriture était pour "après". Ce mot. J'ai failli m'évanouir. »

Lui aussi avait oublié certains événements qui rayonnaient encore pour elle.

« On avait passé la nuit chez tes parents, raconta-t-elle. On est montés dans la chambre en fin de matinée, pour défaire le lit, je crois. Et on s'est retrouvés à se faire un câlin en vitesse, sans bruit. J'étais tendue, de peur qu'au rez-de-chaussée ils nous entendent. Le lit grinçait. Les lits grincent toujours quand il y a quelqu'un à proximité.

— Le grincement révélateur.

— Ça ne te revient donc pas ? Quand on a eu fini, tu ne pouvais pas sortir.

— De la chambre ?

— De moi ! J'avais une sorte de spasme. Du vaginisme, on appelle ça. C'était la première fois et ça ne s'est jamais reproduit. On avait tous les deux mal, et au pied de l'escalier ta mère nous criait que le déjeuner était prêt.

— J'avais rayé ça de mes tablettes. Je suis sorti comment ?

— On a fredonné des chansons débiles. Dans un murmure, pour me détendre. L'une d'elles s'intitulait : "I'm Gonna Wash That Man Right Outa My Hair". Je vais me laver les mains de ce type.

— Ce que tu as fait un an plus tard. »

Elle retrouva soudain son sérieux. La deuxième bouteille était déjà à moitié vide. « Viens ici, Roland, tout près de moi. Maintenant, écoute. Je ne me suis jamais lavé les mains de toi. Jamais. Sinon tu ne serais pas ici. S'il te plaît, crois-moi.

— OK. Compris. » Il se pencha vers elle et ils se prirent par la main.

La journée s'écoula ainsi. Ils déjeunèrent au jardin. Ils étaient trop vieux ou trop instruits par l'expérience pour finir ivres morts. Plus tard il se rappellerait l'essentiel de ce qu'ils s'étaient dit, et l'écrirait dans son journal. L'après-midi ils parlèrent de leur santé.

« Toi d'abord », déclara-t-elle.

Il n'omit rien. Glaucome à angle ouvert, cataractes, lésions causées par le soleil, hypertension, douleurs thoraciques dues à une côte cassée, risques de diabète de type 2 compte tenu de son tour de taille, arthrose dans les deux genoux, hyperplasie de la prostate – bénigne, maligne, aucune idée. Il avait trop peur pour chercher à savoir.

Ils étaient revenus à l'intérieur. Le soleil déclinant ne rendait pas le salon plus lumineux. Elle lui apprit qu'elle avait un cancer du poumon et qu'il y avait déjà des métastases. Les médecins lui donnaient raison de refuser les traitements. Elle devrait sans doute être amputée de l'autre pied. Elle n'allait pas s'infliger davantage de stress en arrêtant de fumer.

« Je suis fichue. J'ai encore une nouvelle à écrire, après quoi je resterai ici et j'attendrai. »

Ensuite, insista-t-elle, interdiction de parler de maladies. Ils évoquèrent leurs parents, comme des années auparavant. Une forme de résumé complexe où elle et lui n'avaient rien de neuf à échanger hormis le récit du déclin et de la mort de leurs pères et mères respectifs. Ils ne mentionnèrent pas les Mémoires d'Alissa ni la rupture avec Jane. Ils écoutèrent de vieilles chansons sur la chaîne stéréo mais sans émotion particulière. Impossible de revivre leur exubérance d'avant le déjeuner. Les effets de l'alcool refluaient, tirant leur moral vers le bas. L'affirmation d'Alissa selon laquelle plus rien n'avait d'importance sonnait creux. Roland devait reprendre l'avion le soir même. Tout avait de l'importance. Il appela le chauffeur de Rüdiger pour organiser son trajet à l'aéroport.

Quand il revint s'asseoir près d'elle, il lui confia : « J'ai failli ne pas venir et je me réjouis d'être là. Mais il reste une ombre et tu es la seule à pouvoir faire quelque chose. On a évité le sujet. Il faut que tu voies Lawrence. Il faut que tu lui parles. Tu ne peux pas t'en dispenser, Alissa. Compte tenu de ce que tu m'as appris, il faut que ça se fasse, pour vous deux. »

Elle l'avait écouté les yeux clos et ne les rouvrit pas tout de suite pour lui répondre : « J'ai peur et j'ai honte… de ce que j'ai fait, de m'être si longtemps obstinée. J'étais une intégriste, Roland. J'ai ignoré la magnifique lettre de ce gosse. Tu sais, je l'ai même mise à la poubelle ! J'ai été cruelle quand il est venu me voir. Il ne pourra jamais me pardonner. Enfin c'est trop tard pour rétablir une relation, quelle qu'elle soit.

— Tu pourrais avoir une surprise, comme j'en ai eu une aujourd'hui. »

Elle hochait la tête. « J'y ai réfléchi. J'ai trop attendu.

— La façon dont il te voit en serait changée, longtemps après ta disparition. Jusqu'à la fin de ses jours. » Elle hochait toujours la tête.

Il posa une main sur la sienne. « D'accord. Promets-moi seulement une chose. Que tu vas encore y réfléchir. »

Elle se tut. Il crut surprendre un dernier hochement de tête, mais si discret qu'il s'agissait peut-être d'un acquiescement. Elle s'était endormie.

Il resta assis près d'elle à l'observer en attendant la voiture. Les lèvres entrouvertes, la tête inclinée sur le côté, elle respirait bruyamment. À n'en pas douter elle était mourante. La jeune femme pâle et mince aux grands yeux était devenue un personnage grotesque avec une voix de stentor, penseraient certains. Mais plus il avait passé de temps avec elle ce jour-là, plus il avait revu le visage de celle qu'il avait épousée en 1985. Il se sentait ému, ou flatté, d'être le seul homme qu'elle ait aimé. Si ce n'était pas vrai, il se réjouissait malgré tout qu'elle l'ait dit. Si c'était vrai, alors ses douze livres lui avaient coûté deux amours : un fils et un mari. Désormais, elle n'avait personne, aucune famille. Ni aucun ami proche, selon Rüdiger. Elle vivait dans la pénombre d'un bunker en béton, attendant seule la mort. Le temps l'avait abîmé lui aussi, mais à tous égards c'était lui le plus heureux. Aucun roman à son actif, pourtant, ni aucune chanson, aucun tableau, aucune invention pouvant lui survivre. Troquerait-il sa famille contre le mètre de livres d'Alissa ? Contemplant son visage à présent familier, il fit non de la tête en guise de réponse. Il n'aurait pas eu le courage de fuir comme elle l'avait fait, même si pour les hommes le prix à payer était moindre – les biographies littéraires regorgeaient d'épouses et d'enfants abandonnés pour suivre une vocation. Trop prompt à s'offusquer, il avait oublié que le héros d'Alissa dont il s'était cru le modèle mesurait deux mètres, était blond, avec une cicatrice et un catogan. Elle lui avait infligé un cours assourdissant sur la lecture des romans.

Il entendit la sonnette et les pas rapides de Maria allant ouvrir. Par prudence il se leva lentement, afin d'éviter un vertige de plus. Quittant la pièce, il se retourna vers elle pour un ultime et long regard.

*

Au début de l'année 2021, telle une éclipse post-solstice d'hiver, le troisième confinement débuta, le président américain fut remplacé dans un climat troublé, et le Royaume-Uni avait déjà laissé l'Europe derrière lui. Roland, à nouveau seul dans la grande maison de Lloyd Square et délivré de deux obsessions, put se concentrer sur la science de l'épidémiologie et ses aléas politiques. Le nouveau confinement avait été retardé, comme le premier et le deuxième. En nombre de morts par million d'habitants le pays se classait dans un bon rang mondial et le Premier ministre restait populaire. Surtout quand la vaccination commença avec une efficacité bienveillante alors que l'Europe, l'Allemagne surtout, tâtonnait. Rien n'était simple. Ce confinement national dura un long hiver et un printemps glacial. Les dégâts furent incommensurables. Les estimations variaient suivant la situation locale et l'opinion politique. En revanche, tout le monde reconnaissait la gravité de l'impact sur les corps et les esprits, sur l'enfance, l'éducation, les revenus et l'économie. Les suicides étaient en hausse, ainsi que les séparations au sein des couples et les violences intrafamiliales – par quoi il fallait comprendre celles des hommes envers leur femme et leurs enfants. Mais le pire était de mourir étouffé sans famille ni amis, accompagné par des soignants surmenés et masqués, pensaient la plupart des gens – et la plupart d'entre eux, Roland compris, se confinaient docilement.

Mi-février il avait annoté sa centième photo – Daphné et lui au bord de la rivière Esk –, prise, dans ses souvenirs, par un randonneur japonais solitaire et obligeant. Elle marquait la fin de son projet. Sa sélection couvrait une vie entière : dans les bras de sa mère à six mois, en culottes courtes et les oreilles décollées dans le désert libyen, et ensuite, pour l'essentiel, des portraits de son entourage, parents et fratrie, deux épouses, son fils et sa propre famille, ses belles-filles et beau-fils, leur famille, d'anciennes compagnes, ses amis proches, l'univers distinct des vacances, peau nue et sac au dos, la mare aux grenouilles, le personnel de son hôtel londonien, le col de Khyber, l'Himalaya, le Causse du Larzac, bras dessus bras dessous avec Joe Coppinger sur un glacier de la Haute-Engadine, Lawrence à deux mois dans les bras de sa mère, Rüdiger du temps où il avait un piercing à l'oreille. Entre autres. Il avait exclu son unique photo de Miriam Cornell floue, debout près de l'abri de jardin où la malle de Roland était alors sans doute enfermée. Puis il changea d'avis et l'ajouta aux cent autres, écrivant au dos : *ma professeure de piano de 1959 à 1964.* Elle mise à part, tout le monde était nommé, et le contexte précisé. Il empila les photos restantes, trop banales ou à jamais un mystère, même pour lui, dans trois grands cartons, ferma leur couvercle avec du ruban adhésif et les monta sur une échelle branlante au grenier.

En février et en mars il lut du premier au dernier les carnets contenant son journal, à raison d'un par jour habituellement, quarante en tout. Il les avait empilés sur un banc dans la cuisine. Ce soir-là il regardait d'un œil morose un tournoi de tennis dont les compétiteurs avaient été des stars trente, quarante, voire cinquante ans plus tôt. De loin ces hommes et ces femmes paraissaient sveltes et vigoureux. Le plus vieux avait quatre-vingt-un ans. Ils jouaient en double, surtout en fond de court, mais leur jeu, peaufiné leur existence durant, était rapide et au ras du filet. Ils aimaient la vie et n'avaient donc pas envie de perdre. Le ton montait souvent autour de la chaise de l'arbitre. Selon les critères en vigueur, Roland le savait, il avait vieilli avant l'âge. Il n'y pouvait rien.

Cette fois il se sentait partie intégrante de la communauté des confinés. Il faisait comme tout le monde : notait que les journées passaient trop vite, réservait en ligne des vacances dont il pensait ne jamais pouvoir profiter, prenait de bonnes résolutions qu'il ne tenait pas, gardait le contact avec sa famille grâce au téléphone et aux vidéos envoyées par internet. Seul chez lui, il avait une vie sociale très remplie. La famille de Daphné, des échanges réguliers avec Lawrence et Ingrid à Potsdam, puis séparément avec Stefanie. Il s'animait avec Nancy, qui venait de Stoke Newington en voiture pour le voir, en général sans ses trois fils turbulents, dont il disait alors regretter l'absence tout en ayant un sentiment de soulagement. Par la voix, la manière d'être, l'apparence, Nancy ressemblait beaucoup à une Daphné plus jeune revenue d'entre les morts. Le virus avait ressuscité le passé de Roland. Il avait enfin renoué avec Diana, qui dirigeait une maternité de St George à la Grenade et refusait de prendre sa retraite. Carol était restée à la tête d'un véritable fief au sein de la BBC jusqu'à sa retraite. Mireille, qui avait suivi les traces de son père dans la diplomatie française, était elle aussi à la retraite. Ensemble ils parlaient surtout de leurs enfants et petits-enfants, et de la pandémie.

Des élancements lui transperçaient les genoux lors de sa promenade quotidienne. L'effet secondaire de l'arthrose était la prise de poids à cause du manque d'exercice. Alissa avait raison – avec son ventre, il était ridicule. Il avait eu une nouvelle douleur thoracique, mais mineure, rien à voir avec celle qui avait provoqué sa chute au pied de l'escalier. Il envisageait de remplacer le chat qui s'était enfui, et s'interrogeait encore quand le confinement fut levé mi-mai. Il bavardait une fois par semaine, derrière son masque, avec le Sikh jovial qui lui livrait ses provisions commandées via internet. Mais il entrait périodiquement dans un état de catatonie, un monde en noir et blanc de neutralité émotionnelle, qui pouvait durer une heure ou deux. Là, si on lui avait dit qu'il ne reverrait jamais un autre être humain, ne parlerait jamais plus à l'un de ses semblables, il n'en aurait été ni triste ni heureux. Dans cet état – après plusieurs semaines – il parvenait à faire ce qui lui avait toujours paru impossible, sauf pour des yogis en transe : rester assis une demi-heure dans un fauteuil sans penser à rien.

C'étaient les moments les plus difficiles, ces retours à un tel repli sur soi. Silence, solitude, sentiment d'inutilité, crépuscule perpétuel. Les noms des jours de la semaine ne signifiaient rien. Ni la médecine moderne, même après la première vaccination. Nous ne faisons maintenant plus qu'un avec l'Histoire, tous soumis à ses caprices. Le Londres de Roland était celui de l'année de la Grande Peste, en 1665, ou bien celui tout en bois de la Peste Noire en 1349. Il se sentait vieux, dépendant de sa famille. Pour rester en vie il devait en fuir tous les membres. Et réciproquement. Pour reprendre le cours de sa modeste existence il se forçait à effectuer une action dérisoire, comme se lever pour remettre au réfrigérateur une bouteille de lait avant que le chauffage central ne fasse tourner celui-ci.

D'une façon ou d'une autre, sans doute devant Lawrence, il avait laissé échapper une allusion à ses douleurs thoraciques. Fin février toute la famille revint à la charge, Lawrence constamment, Ingrid avec tact et à intervalles réguliers. Lors d'une visite, Nancy avait pris sa main dans les siennes alors qu'ils étaient debout au jardin. Elle le suppliait, comme les autres, de voir un médecin. Ce fut comme si Daphné s'adressait à lui. En une autre occasion elle vint avec Greta, illégalement, et les deux sœurs plaidèrent la même cause. Il leur rappela sa chute dans le Lake District et le fait que depuis il n'avait plus jamais été le même. C'étaient ses côtes. Un jour à l'heure du déjeuner, Gerald l'appela depuis le Great Ormond Street Children's Hospital. Il avait une pause de dix minutes. Tandis qu'il parlait Roland entendait le bruissement de sa blouse de protection en plastique. L'épuisement rendait sa voix atone. « Écoute, j'ai peu de temps. Un septuagénaire avec des douleurs thoraciques qui ne se fait pas examiner est un imbécile.

— Merci, Gerald. Trop aimable. Mais je sais exactement de quoi il s'agit. J'ai fait cette chute pendant une randonnée dans le Lake District et…

— Je n'ai rien de plus à dire. On vient encore de perdre un patient du service à cause du Covid. Douze ans, un gosse de Bolton. Dans une minute je dois annoncer la nouvelle à ses parents. Si tu n'es pas capable de t'occuper de ta santé, alors tant pis pour toi. » Il raccrocha.

Mortifié, Roland resta debout dans la cuisine, près de son déjeuner dont il n'avait mangé qu'une moitié, l'incarnation d'un vieil idiot. À l'étage, dans son bureau, il écrivit un e-mail à Gerald pour s'excuser de sa légèreté dans cette période horrible et féliciter le jeune homme pour son courage et son dévouement. Oui, promit-il, il verrait un cardiologue à la fin du confinement.

Il suivait l'évolution de la pandémie, consultait quotidiennement le tableau de bord du Johns Hopkins Hospital et les sites du gouvernement pour surveiller le nombre croissant des contaminations de la troisième vague. Parmi ceux ayant été testés positifs au cours des quatre semaines précédentes, on atteignait mille quatre cents morts. Sans compter ceux qui mouraient sans avoir été testés. Tout le monde, même les tabloïds proches de la droite, disait que Johnson aurait dû confiner le pays dès septembre. Roland croyait aux chiffres. Pas si fréquent, sur la planète, de faire confiance aux données officielles, non ? Les choses n'allaient donc pas si mal, se disait-il dans ses meilleurs moments. Les outils de l'État, ses institutions, étaient plus importants que le gouvernement présent.

Lui et tous ceux qui s'intéressaient à la pandémie en avaient déjà appris le lexique : taux « R », fomites, charge virale, site de clivage de la furine, tests de schéma vaccinal hétérologue, variants insensibles aux vaccins, découplage nombre de cas/taux d'hospitalisations, et ce « péché originel antigénique » aux résonances encore plus sinistres. Il n'y avait rien de neuf dans ce nouveau confinement, rien à espérer hormis des chiffres en baisse, et des journées plus longues après le passage à l'heure d'été, la semaine suivant l'équinoxe de printemps. Ce qui le réconfortait était sa découverte lors du premier confinement qu'il n'avait rien contre un peu de ménage. L'exercice physique était bon pour lui et maintenir sa cage en ordre la faisait paraître plus spacieuse. Tenir l'entropie à distance vidait agréablement l'esprit, même si dans le sien il n'y avait souvent pas grand-chose. Il commença par les vêtements : des brassées de pull-overs, certains avec des trous de mites, des jeans trop étroits qui soulignaient son changement de silhouette, des chemises d'une couleur bilieuse. Il n'avait pas besoin de plus de dix paires de chaussettes et ne pensait pas remettre un jour un costume ou une cravate. Il s'attarda sur son équipement de randonnée et n'y toucha pas. Des livres qu'il ne lirait ou ne relirait jamais, d'anciennes déclarations de revenus, de vieilles factures, des transformateurs inutiles… Difficile de s'arrêter. Il emplit une chambre d'amis de sacs-poubelle et de cartons. Il se sentait plus léger, plus jeune même. Les gens souffrant de troubles alimentaires, songea-t-il, devaient rechercher cette sensation grisante lorsqu'ils perdaient du poids pour décoller de leur existence et flotter dans les airs, délivrés d'eux-mêmes, de leurs fardeaux passés et à venir, réduits ou élevés à la pureté existentielle, heureux et sans rien pour les encombrer, tels de jeunes enfants.

Ce processus de purification l'amena aux quarante carnets de son journal. Son entrée la plus récente datait de septembre l'année précédente, un récit long de mille mots des heures passées avec Alissa. Là, avait-il décidé, devait s'arrêter ce journal. Elle et lui avaient échangé quelques e-mails, mais qui manquaient les uns comme les autres – de quoi, au juste ? – d'énergie, d'inventivité, de conviction. D'avenir. Leur relation avait atteint sa conclusion. Alissa n'évoquait pas sa santé mais Rüdiger avait fait savoir à Roland qu'elle déclinait lentement.

La relecture de ses carnets depuis 1986 ne lui apporta pas une meilleure compréhension de sa vie. Il n'y avait aucun thème saillant, aucun courant souterrain qu'il n'ait pas remarqué à l'époque, rien qu'il n'ait appris. Il ne trouva qu'une imposante masse de détails et d'événements, de conversations, et même de gens qu'il avait oubliés. Il lui semblait découvrir le passé de quelqu'un d'autre. Il se détestait d'avoir pu se plaindre par écrit – de sa vie au jour le jour, de ne pas avoir l'emploi qu'il lui fallait, de n'être pas resté longtemps et heureusement marié. Ennuyeux, aucune lucidité, et cette passivité. Il avait lu beaucoup de livres. Ses résumés, rédigés à la hâte, étaient sans intérêt. Quelle médiocrité, en comparaison du journal de Jane. Elle, au moins, avait des sujets sur lesquels écrire : la civilisation européenne en ruine, la décapitation de jeunes idéalistes héroïques, alors que lui était l'enfant d'une longue période de paix. Il se souvenait encore de la virtuosité de sa prose. Écrite, comme la sienne, tard le soir et jamais révisée. Sa façon de planter un décor ou de raconter le déroulement d'une scène était bien supérieure à la sienne, de même que la logique et la tension qui unissaient chaque phrase à la suivante. Ce don qu'elle avait de savoir choisir le détail qui pouvait éclairer l'ensemble témoignait d'une intelligence brillante, vibrante. Cela valait également pour la prose d'Alissa. Là où il se contentait d'énumérer des expériences, la mère et la fille leur donnaient vie.

Au moins une bonne raison d'agir. Quand il imagina

Lawrence ou l'un de ses descendants lisant son journal, il sut ce qu'il devait faire. Nancy et sa famille lui avaient offert un brasero pour Noël. Par un morne après-midi de la fin mars, il l'emplit de petit bois, de branchages et de charbon de bois. Dès que le feu eut pris, il s'assit à proximité, vêtu de son manteau, coiffé d'un bonnet de laine et, mug de thé dans une main, de l'autre il fit une flambée avec la seconde moitié de son existence si piètrement restituée, un carnet à la fois. Il se revit alors jetant les livres de Camus, Goethe et les autres, rapportés de Berners Hall, dans un feu de joie au milieu du jardin de Susan. Cinquante-sept ans auparavant. Deux brasiers, tels des serre-livres, pour encadrer une vie. *Tout pour l'amour* de John Dryden avait-il réellement brûlé plus vite, plus fort que le reste ? Sur ce point la mémoire lui fit défaut. Il espéra que oui.

Lorsque le brasero ne contint plus que des braises, le froid incita Roland à rentrer pour retrouver son fauteuil habituel. Ses souvenirs et ses réflexions abritaient davantage de choses qu'il n'aurait pu en trouver dans son journal. Il y avait des courants, des intrigues, des développements, or dans ces pages parties en fumée il ne posait même pas les bonnes questions. Quelle logique, quelles motivations, quel renoncement désespéré pouvaient, d'heure en heure, tous nous transporter à l'intérieur d'une génération de l'optimisme enthousiaste lors de la chute du Mur de Berlin à l'assaut du Capitole américain ? Roland avait cru que 1989 serait un portail largement ouvert sur l'avenir, par lequel tout le monde s'engouffrerait. Ce n'avait été qu'un point culminant. À présent, de Jérusalem au Nouveau-Mexique, on construisait des murs. Tant de leçons non retenues. Cet assaut de janvier contre le Capitole pouvait n'être qu'une faille, un moment singulier de honte dont on discuterait avec étonnement pendant des années. Ou un portail ouvrant sur une nouvelle sorte d'Amérique, l'administration actuelle étant un simple interrègne, une variante de la république de Weimar. Rendez-vous sur l'avenue des Héros-du-6-Janvier. D'un point culminant à un tas de fumier en trente ans. Seuls un regard rétrospectif, des recherches historiques bien conduites pouvaient distinguer les points culminants et les failles des portails.

La mort, selon Roland, avait le défaut majeur d'être en dehors de l'Histoire. Ayant suivi cette dernière jusque-là il avait besoin de savoir comment les choses allaient tourner. Le livre qu'il lui fallait aurait cent chapitres, un pour chaque année – une histoire du vingt et unième siècle. En l'occurrence il risquait de ne pas en dépasser le quart. Un coup d'œil au sommaire suffirait. Un réchauffement catastrophique de la planète serait-il évité ? La vague mondiale de nationalisme raciste ferait-elle place à quelque chose de plus généreux, de plus constructif ? Parviendrions-nous à ralentir l'extinction des espèces ? Les sociétés ouvertes découvriraient-elles de nouveaux moyens, plus justes, de prospérer ? L'intelligence artificielle nous rendrait-elle plus sages, ou inutiles ? Pourrions-nous traverser le siècle sans un échange de missiles nucléaires ? Aux yeux de Roland, le simple fait d'être encore entier le dernier jour du vingt et unième siècle, à la fin du livre, serait un triomphe.

La tentation des vieillards, nés au beau milieu des événements, était de voir dans leur mort la fin de tout, la fin des temps. De cette façon leur mort aurait plus de sens. Il acceptait de voir le pessimisme comme un bon compagnon de la réflexion et de l'étude, et l'optimisme comme l'affaire des hommes politiques, que personne ne croyait. Il connaissait les raisons de se réjouir et avait parfois cité les indicateurs, les taux d'alphabétisation et ainsi de suite. Mais c'était par comparaison avec un passé épouvantable. Impossible de le nier, de nouvelles horreurs nous entouraient. Des nations gouvernées par des gangs criminels en cols blancs ne cherchant que leur enrichissement personnel, maintenus en place par des services de sécurité, par la réécriture de l'Histoire et un nationalisme passionné. La Russie n'était qu'un exemple parmi d'autres. Les États-Unis en proie à un délire colérique, conspirationniste et suprémaciste pouvaient en devenir un autre. La Chine faisait mentir l'affirmation selon laquelle le commerce avec le monde extérieur ouvrait les esprits et les sociétés. Avec les technologies à sa disposition, elle pouvait perfectionner l'État totalitaire et offrir un nouveau modèle d'organisation sociale pour concurrencer ou remplacer les démocraties libérales – une dictature reposant sur une circulation fiable des biens de consommation et un certain degré de génocides ciblés. Le cauchemar de Roland était que la liberté d'expression, un privilège en recul, ne disparaisse pendant mille ans. L'Europe chrétienne du Moyen Âge s'en était passée tout aussi longtemps. L'islam n'y avait jamais attaché beaucoup d'importance.

Mais chacun de ces problèmes était local, limité à la modeste échelle du temps humain. Ils se réduisaient à un noyau amer contenu dans la coque d'un problème plus vaste, le réchauffement de la planète, la disparition des animaux et des plantes, la perturbation des systèmes interdépendants que sont les océans, la terre, l'atmosphère et la vie, magnifiques équilibres nourriciers que nous forçons à changer sans bien les comprendre.

Depuis la salle de séjour de Daphné – cette maison serait toujours la sienne – il regarda le crépuscule s'installer sur Londres. Si, par un coup de chance imprévu, il pouvait mettre la main sur ce livre fantôme, il serait peut-être rassuré, ou non. Au moins sa curiosité pourrait-elle être satisfaite. Comme il serait apaisant de lire que son pessimisme était démesuré ! Il y avait un dicton réconfortant qu'il aimait bien : les choses ne vont jamais aussi bien qu'on l'espère ni aussi mal qu'on le redoute. Mais imaginez que l'on montre à un Édouardien bienveillant une histoire des soixante premières années du vingtième siècle. L'addition des morts à grande échelle en Europe, en Russie et en Chine lui causerait un choc et il se mettrait à pleurer.

Assez ! Ces dieux modernes en colère ou déçus, Hitler, Nasser, Khrouchtchev, Kennedy et Gorbatchev, avaient peut-être influé sur son existence, mais cela ne donnait à Roland aucune compétence sur les affaires internationales. Qui se souciait de ce qu'un obscur M. Baines de Lloyd Square pensait de l'avenir d'une société ouverte ou du sort de la planète ? Il n'avait aucun pouvoir. Sur une table près de lui, une carte postale de Lawrence et d'Ingrid. Une plage d'un jaune lumineux avec à l'arrière-plan des dunes couvertes de spartine maritime. Au verso, l'écriture d'Ingrid. Juste avant la formule de fin, elle disait qu'ils viendraient le voir dès que le confinement serait levé, en mai espéraient-ils. De bonnes nouvelles. Roland ferma les yeux. Entre son fils et lui il y avait un problème non résolu. Pas de brouille, mais il fallait qu'ils se parlent.

Tout avait commencé l'année précédente en septembre, une semaine après le retour de Roland de sa visite à Alissa. Il avait appelé Potsdam et Lawrence avait décroché. Roland avait fait le récit, anodin de bout en bout, du temps qu'il avait passé avec elle. « Je pense que tu devrais aller la voir. Je sais que ça lui ferait plaisir. »

Il y avait eu un silence. Puis Lawrence avait dit : « Rüdiger lui a donné mon adresse e-mail. Elle a écrit pour m'inviter.

— Qu'as-tu répondu ?

— Rien encore. Il se peut que je ne réponde pas. »

Roland s'en était rendu compte, il tenait vraiment à ce que son fils rende visite à Alissa. Il devait procéder avec précaution. « Tu sais qu'elle est malade.

— Oui. »

Il entendait en bruit de fond Paul et sa mère chantonner. « *Es war einmal ein Mann, der hatte einen Schwamm...* » Alissa récitait la même comptine à Lawrence bébé. Il était une fois un homme qui avait une éponge...

« Ça pourrait être important pour toi. Sinon tu le regretteras peut-être toujours.

— Elle veut qu'on fasse la paix. Ça n'a jamais été possible et ça ne peut pas l'être maintenant.

— Tu sembles amer. Aller la voir pourrait être un moyen de régler ça.

— Honnêtement, papa. Je ne suis pas amer. Elle ne me traverse jamais l'esprit. Je suis désolé qu'elle soit malade ou n'importe quoi d'autre. Beaucoup de gens que je ne connais pas le sont aussi. Pourquoi devrais-je me soucier d'elle ? »

Roland avait dit la chose qu'il ne fallait pas dire. « Parce que c'est ta mère. »

À juste titre, Lawrence n'avait pas répondu, ni quand son père avait ajouté : « C'est la plus grande romancière européenne. »

Ils avaient changé de sujet. Plus tard, lors d'une autre conversation, Roland avait insisté : « Au moins réponds-lui.

— Peut-être. »

Quand Lawrence vint avec sa famille, en mai, trois jours après la fin du confinement, Roland eut l'impression que son fils n'avait toujours pas écrit. Avec ses intonations hésitantes et mélodieuses, Ingrid avait suggéré à son beau-père au téléphone de laisser tomber. Il avait dit qu'il le ferait. Mais ensuite il avait considéré de son devoir d'essayer une dernière fois. Si on l'avait questionné, il aurait eu du mal à expliquer pourquoi cette affaire lui tenait à cœur. Sa propre visite avait réglé quelque chose. Son fils pensait n'avoir rien à régler.

Après leur arrivée, Lawrence et sa famille se mirent en quarantaine dans la maison pendant que Roland s'isolait dans l'appartement au sous-sol. Une fois les dix jours passés, Lawrence emprunta une voiture à Gerald et conduisit Roland à son rendez-vous dans une clinique spécialisée en cardiologie au sud de St Albans. Un ancien professeur de Gerald, en préretraite, y exerçait et lui devait une faveur. Roland désapprouvait la médecine privée, mais on lui assura, comme si cela changeait quoi que ce soit, qu'aucune somme d'argent n'avait changé de mains.

Pendant le trajet, supposant que c'était sa dernière chance, Roland souleva de nouveau la question d'Alissa.

« Je me doutais que tu aborderais le sujet donc je lui ai écrit. Je lui ai dit d'aller se faire voir.

— Tu n'as pas fait ça !

— Non. J'ai été très poli. J'ai dit que je ne voyais pas l'intérêt d'une rencontre maintenant et que je lui souhaitais une meilleure santé. J'ai joint une photo de ses petits-enfants.

— Ah, très bien.

— Je lui ai également demandé de ne pas écrire à nouveau.
— OK.
— Mais papa… Quelques jours plus tard, un gros colis est arrivé. Dedans il y avait un coffret en bois avec un mot dessus disant : *Je comprends mais s'il te plaît accepte ceci.* À l'intérieur, le *Blaue Reiter Almanac.* 1912.
— Formidable !
— On l'a fait authentifier. Incroyable. Et il est magnifique. Kandinsky, Münter, Matisse, Picasso. On va le garder pour Stefanie et Paul. Mais dans le coffret il y avait aussi sept carnets, le journal d'Oma. Écrit en 1946 ! Tu étais au courant ?
— Oui.
— Un style superbe.
— Je suis d'accord.
— Il m'a fallu les soirées de toute une semaine pour les parcourir. Puis je les ai scannés pour les envoyer à Rüdiger. Il n'en connaissait même pas l'existence et il est enthousiaste. Lucretius Books va les publier en allemand en deux volumes. Un éditeur londonien est également intéressé. »
Roland ferma les yeux. « Génial, murmura-t-il.
— Selon Rüdiger ils seront précieux pour les chercheurs en tant que source d'inspiration du *Voyage*.
— Il a raison. Mais ils représentent bien plus que ça. »
La clinique, un manoir de style Queen Ann avec un terrain de hockey sur gazon et deux courts de tennis à l'abandon, ressemblait à un internat. Lawrence se gara sur le parking mais ne descendit pas de la voiture. Il allait voir un ami à Harpenden et reviendrait dès que Roland l'appellerait. Le père et le fils s'étreignirent maladroitement dans l'habitacle exigu. Alors que Roland traversait la rangée

d'arbres qui cachait les voitures pour rejoindre l'édifice, son moral plongea. À cause de sa tristesse pour Alissa face à la mort, recevant cet e-mail de Lawrence, mérité ou non, puis emballant ces trésors qu'elle avait espéré lui remettre en main propre. Et de la publication du journal de Jane. La rédemption, mais trop tard. Quand il poussa les doubles portes vitrées de l'accueil de la clinique, il n'était plus si sûr d'avoir le cœur en bon état. Un établissement entier allait se consacrer à découvrir que non. Comment tenir tête à tous ces soignants ? Même le réceptionniste à la barbe grisonnante avait l'air solennel d'un spécialiste.

Attendant qu'on l'appelle, il se demanda si son fils ne l'avait pas déposé, en accord avec le reste de la famille, pour être sûr qu'il aille à son rendez-vous. Encore un avant-goût de la vieillesse, cette impression peut-être paranoïde qu'on organisait les choses derrière son dos. L'étape ultime étant : il va falloir le mettre en maison de retraite.

Au début du calvaire de cette matinée, il passa un quart d'heure expéditif avec Michael Todd, le professeur de Gerald. Le spécialiste, un immense gaillard à la peau rose, avait le crâne si chauve et luisant que le vert des arbustes de l'autre côté de la fenêtre de son bureau s'y reflétait vaguement. Il passa en revue les examens prévus. Il reverrait Roland quand tout serait au complet. Les résultats de l'analyse de sang étaient déjà arrivés. Lorsqu'on demanda à Roland de décrire sa douleur thoracique il ne mentionna pas sa théorie de la côte cassée. Deux minutes d'auscultation avec un stéthoscope, puis on l'emmena. Même s'il était l'objet d'une attention aimable et compétente et que rien ne lui faisait mal, ce furent deux heures désagréables. Radio, IRM dans un grondement de tonnerre, tapis roulant, électrocardiogramme. Sur le moniteur de l'appareil d'échographie, il vit en temps réel son cœur s'activer pour lui dans le noir comme depuis plus de soixante-dix ans, avec un bruit de succion syncopé. Ces machines et leurs gardiens experts ne pouvaient pas être là pour rien. Il avait le cœur malade.

On le raccompagna jusqu'à M. Todd. Sur son bureau, une pile de documents sortis d'une imprimante. Il les parcourait lorsque Roland s'assit en face de lui et attendit. Difficile de ne pas avoir le sentiment que c'était un jugement moral, et non pas médical, qui allait être prononcé. Était-il une bonne ou une mauvaise personne ? Le cœur en question accéléra l'allure. C'était comme à l'école. Son avenir était en jeu.

Enfin Michael Todd leva les yeux, retira ses lunettes et dit d'un ton neutre : « Eh bien Roland – je peux vous appeler Roland ? –, pour autant que je puisse en juger votre cœur n'a rien. Je vois ici le coupable, un ostéophyte, une minuscule excroissance osseuse sur une côte, qui appuie sur un nerf. D'où la douleur à laquelle vous faites allusion. Vous avez peut-être eu une fracture à cet endroit-là.

— J'ai fait une mauvaise chute il y a deux ou trois ans.

— Racontez-moi.

— L'actuel secrétaire d'État à la Santé m'a poussé dans une rivière.

— Peter Mount ! *Lord* Mount. Ça alors. On était au lycée ensemble. Et il s'en est pris à vous ? Ça ne me surprend pas. Une effroyable brute depuis toujours. Quoi qu'il en soit, mon collègue va s'occuper de votre ostéophyte. »

Il lui tendit le cliché. Roland ne vit rien mais rendit le document en acquiesçant de la tête.

« Vous devriez atteindre largement plus de quatre-vingts ans. Mais il faut d'abord faire quelque chose pour votre poids et votre manque d'exercice. Cessez de boire du vin chaque jour. Offrez-vous de nouveaux genoux. Le reste suivra. »

Roland n'appela pas Lawrence aussitôt. Il alla d'abord flâner autour du terrain de hockey. Le fantasme était irrésistible. C'était son école. Le directeur en personne venait de lui donner ses résultats. Il avait réussi, comme il savait que ce serait le cas. Onze « A » ! Il avait une chance de lire le chapitre trente-cinq.

Chez lui il appela Gerald le soir même pour le remercier.

« On est soulagés, Roland. Je connais une chirurgienne géniale pour toi. Elle exerce à University College Hospital. Un genou à la fois bien sûr, mais tu pourrais retrouver les courts à Pâques dès l'année prochaine. »

Greta puis Nancy appelèrent. Ingrid et Lawrence vinrent au salon trinquer avec lui, du vin pour eux, un soda au citron vert pour lui. Il eut un sentiment d'imposture. À part cette absence de maladie, il n'avait rien réussi de particulier. Mais il eut l'élégance de faire comme si.

Pendant que Lawrence mettait Paul au lit et qu'Ingrid préparait le dîner, il resta seul avec Stefanie. À présent qu'elle lisait seule, ils avaient encore plus de sujets de conversation. Ils ne parlaient qu'allemand. Au-dehors la soirée était ensoleillée, mais à cause d'une température de quinze degrés et d'un vent violent les portes-fenêtres étaient fermées. Roland était dans son fauteuil à bascule, Stefanie debout près de lui. Elle avait encore perdu une dent récemment et l'avait mise sous son oreiller. Le lendemain matin il y avait une pièce de deux euros.

« *Ich weiß, dass Mama sie dort hingelegt hat !* » Je sais que c'est maman qui l'a mise.

Cet après-midi-là elle avait lu *Flix* de Tomi Ungerer, l'histoire d'un chien né de parents chats. Roland, sans qu'elle le sache, la connaissait. Un conte moral, mais drôle et intelligent.

Stefanie s'appuya contre son épaule en lui expliquant l'intrigue. « *Opa, er muss gebratene Maüse essen und lernen, auf Bäume zu klettern !* » Il doit manger des souris frites et apprendre à grimper aux arbres. Flix, un horrible chiot, est adoré par ses parents et grandit dans un monde de chats. Il apprend que son arrière-grand-mère chat avait été mariée en secret à un carlin. Les gènes canins ont refait surface. Par chance il a un parrain chien qui lui apprend comment vivent ses semblables, langue des chiens comprise. Mais être écartelé entre deux cultures peut s'avérer difficile. Finalement il devient homme politique et fait campagne pour le respect mutuel, l'égalité des droits et la fin de la ségrégation entre chats et chiens.

Quand elle eut fini son récit, il demanda : « Tu ne penses pas que cette histoire essaie de nous dire quelque chose sur les humains ? »

Elle le regarda, perplexe. « Ne sois pas ridicule, Opa. C'est juste une histoire de chats et de chiens. »

Il comprenait son point de vue. Dommage de gâcher un excellent conte en voulant en tirer une leçon. Ce serait pour plus tard. Des chats au poème qui l'avait amenée à lire seule, il n'y avait qu'un pas. Ensemble ils récitèrent en anglais *Minette et le hibou.* Il lui raconta que son papa, quand il était petit, voulait l'entendre soir après soir et s'écriait toujours : « Toi ! Toi ! Son nez ! Son nez ! La lune ! La lune ! »

« *Und was liest du, Opa ?* » Et toi, tu lis quoi ?

« Eh bien il y a un livre fantôme que j'ai envie de lire.

Il est très intéressant et si énorme que je n'arriverai sans doute jamais au bout.

— Qui sont les personnages ?

— Absolument tout le monde, toi incluse. Et il dure cent ans.

— *Und was passiert da drin ?* » Il se passe quoi ?

« C'est ce que j'adorerais découvrir. »

Elle le prit par le cou, impatiente de se joindre à ce jeu. Comme d'habitude, elle voulait faire tout son possible pour lui. « Moi j'irai jusqu'au bout, Opa. » Elle réfléchit, puis ajouta : « *Ich werde es lesen, wenn ich erwachsen bin, und es dir sagen.* » Je le lirai quand je serai grande et je te raconterai.

« Au dernier chapitre tu seras aussi vieille que moi. »

Cette idée saugrenue la fit sourire et il vit à nouveau qu'elle avait de part et d'autre de la bouche des trous pleins d'innocence là où seraient bientôt ses dents définitives. Il n'aurait pas dû mentionner son histoire imaginaire du vingt et unième siècle. Ce n'était pas un livre pour enfants. Il adorait sa petite-fille, et dans ce moment de libération il songea qu'il n'avait rien appris dans l'existence, et n'apprendrait jamais rien. Il se tourna vers elle et l'embrassa légèrement sur la joue. « Un jour tu pourras tout me raconter, ma chérie. Mais maintenant ta maman nous appelle pour le dîner. Tu veux bien t'asseoir à côté de moi s'il te plaît ? »

Il se leva du fauteuil mais bien trop vite, et il fut pris d'un de ces vertiges où tout se mettait à tourner, où il semblait flotter dans une substance dense et noire qui ondulait vaguement. Sa main trouva un appui sur le dossier.

« Opa ? »

Non, il n'aurait pas dû mentionner ce livre alors qu'il lui léguait un monde abîmé.

Puis ses idées s'éclaircirent mais il se retenait toujours au dossier du fauteuil, déterminé à rester debout pour ne pas alarmer la fillette.

« Tout va bien, *mein Liebling.* »

Elle lui parla doucement de cette voix chantante, cajoleuse, qu'elle entendait parfois sa mère employer avec son petit frère. « *Komm, Opa. Hier lang.* » Viens, grand-père. C'est par là. Les sourcils froncés par l'inquiétude, elle prit sa main libre dans la sienne et lui fit traverser la pièce.

REMERCIEMENTS

Je suis redevable aux ouvrages et auteurs suivants : *La Rose blanche*, d'Inge Scholl ; *A Noble Treason*, de Richard Hanser ; *Complete Surrender*, de David Sharp ; *Robert Lowell*, de Ian Hamilton. Mes remerciements les plus sincères à Reagan Arthur, Georges Borchardt, Suzanne Dean, Louise Dennys, Martha Kanya Forstner, Mick Gold, Daniel Kehlmann, Bernhard Robben, Michal Shavit, Peter Straus and LuAnn Walter. Et particulièrement à Tim Garton Ash et à Craig Raine pour leur relecture attentive et leurs annotations, à James Fenton de m'avoir autorisé à citer un extrait de son poème « Pour Andrew Wood », à David Milner pour son remarquable travail de révision et, comme toujours, à Annalena McAfee, qui a relu avec compétence de nombreuses versions successives de ce roman. Enfin, merci à mon professeur d'anglais, le regretté Neil Clayton, qui avait insisté pour que je ne change pas son nom, et, plusieurs décennies après, un chaleureux salut à tous les élèves et enseignants de l'étrange et merveilleuse Woolverstone Hall School. Aucune professeure de piano du nom de Miriam Cornell n'y a jamais enseigné.

IAN MCEWAN
Londres, 2022

Composition : IGS-CP à L'Isle-d'Espagnac (16)
Achevé d'imprimer par Normandie Roto Impression s.a.s.
à Lonrai, en novembre 2023
Dépôt légal : novembre 2023
Premier dépôt légal : septembre 2023
Numéro d'imprimeur : 2304974

ISBN : 978-2-07-298858-5 / Imprimé en France

629080